GOLDMANN

Buch

Die hübsche Olympia Wingfield hat alle Hände voll zu tun, als sie sich plötzlich um ihre verzogenen Neffen kümmern muß, die soeben ihre Mutter verloren haben. Zu allem Überfluß muß sie sich auch noch einen etwas zudringlichen, aber unermüdlichen Nachbarn vom Hals halten. Als er sie eines Tages in der Bibliothek überrascht und sie seinen gierigen Klauen ausgeliefert scheint, kommt ihr ein mysteriöser Fremder zu Hilfe, der behauptet, sein Name sei Chillhurst und er der neue Hauslehrer ihrer Neffen. Er erzählt von weiten Reisen und fernen Inseln und schlägt die träumerische Olympia mit seinem exotischen Zauber völlig in seinen Bann. Und längst hat Olympia sich auf eine skandalöse Affäre eingelassen, als sie erfährt, daß Chillhurst der Nachkomme eines berüchtigten Seeräubers ist und sich mit hinterhältigen Absichten in ihr Leben geschlichen hat.

Autorin

Amanda Quick ist in den USA die mit Abstand erfolgreichste und mehrfach preisgekrönte Autorin historischer und zeitgenössischer Liebesromane. Bislang hat jedes ihrer Bücher auf Anhieb den Sprung unter die ersten zehn der New-York-Times-Bestsellerliste geschafft. Nach Virgin Island und einigen Zwischenstationen lebt Amanda Quick heute im Nordwesten der USA.

Bereits im Goldmann Verlag erschienen:

Verführung. Roman (42443)
Verlangen. Roman (42444)
Skandal. Roman (42445)
Gefährliche Küsse. Roman (42620)

AMANDA QUICK

Süßer Betrug

ROMAN

Aus dem Amerikanischen
von Uta Hege

GOLDMANN VERLAG

Die Originalausgabe erschien
unter dem Titel »Deception« bei
Bantam Books, New York

Deutsche Erstveröffentlichung

Umwelthinweis:
Alle bedruckten Materialien dieses Taschenbuches
sind chlorfrei und umweltschonend.
Das Papier enthält Recycling-Anteile.

Der Goldmann Verlag
ist ein Unternehmen der Verlagsgruppe Bertelsmann

Umschlaggestaltung: Design Team München
Umschlagillustration: Schlück/Accornero, Garbsen
Satz: IBV Satz- und Datentechnik GmbH, Berlin
Druck: Elsnerdruck, Berlin
Verlagsnummer: 42621
Redaktion: Sabine Dolt
Lektorat: SK
Herstellung: Peter Papenbrok
Made in Germany
ISBN 3-442-42621-9

3 5 7 9 10 8 6 4 2

FÜR REBECCA CABAZA:
Eine Verlegerin mit Verständnis
für Romantik. Es ist ein Vergnügen,
mit Dir zu arbeiten.

Prolog

»Sagen Sie ihr, daß sie sich vor dem Wächter hüten muß.« Artemis Wingfield beugte sich über den Tisch in der Taverne. Der Blick aus seinen blaßblauen Augen unter den buschigen grauen Brauen war eindringlich. »Haben Sie das verstanden, Chillhurst? Sie *muß sich vor dem Wächter hüten.*«

Jared Ryder, Vicomte Chillhurst, stützte die Ellbogen auf den Tisch, legte die Fingerspitzen aneinander und betrachtete sein Gegenüber mit seinem gesunden Auge. Wingfield hatte in den letzten zwei Tagen Vertrauen zu ihm gefaßt, dachte er, so großes Vertrauen, daß er die schwarze Samtklappe nicht länger anstarrte, die Jareds blindes Auge verdeckte.

Es war offensichtlich, daß Wingfield Jared als den akzeptiert hatte, der er vorgab zu sein – ein abenteuerlustiger Engländer, der, nachdem der Krieg gegen Napoleon zu Ende war, endlich wieder reisen wollte.

Die beiden Männer hatten die letzten zwei Nächte in demselben Gasthaus in dem tristen, kleinen französischen Hafen verbracht, wo sie auf die Schiffe warteten, die sie an ihre jeweiligen Bestimmungsorte bringen sollten.

Schweißtropfen liefen über Wingfields Gesicht. Es war ein warmer Abend im Spätfrühling, und die verräucherte Taverne war zum Bersten voll. Jared war der Meinung, daß Wingfield unnötigerweise unter der Hitze litt. Der hohe Kragen, die elegant gebundene Krawatte, die engsitzende Weste sowie der vornehme Rock des älteren Mannes trugen gewiß zu seinem Unbehagen bei.

Die modische Kleidung paßte weder zu der milden Nacht noch zu der schäbigen Hafenkneipe. Wingfield gehörte jedoch offensichtlich zu der Sorte von Engländern, denen das Erscheinungsbild weit wichtiger war als Bequemlichkeit. Jared nahm an, daß sein neuer Bekannter sich auf seinen Reisen allabendlich zum Dinner umzog, auch wenn das Mahl in einem Zelt serviert wurde.

»Ich verstehe die Worte, Sir.« Jareds Fingerspitzen klopften gegeneinander. »Aber mir entgeht ihr Sinn. Wer oder was ist dieser Wächter?«

Wingfields Barthaare zuckten. »Das alles ist vollkommener Unsinn, wenn Sie mich fragen. Es ist nur Teil einer alten Legende in Verbindung mit einem Tagebuch, das ich meiner Nichte nach England schicke. Der alte Mann, der mir das Buch verkauft hat, erzählte mir von der Warnung.«

»Ich verstehe«, sagte Jared höflich. *»Hüten Sie sich vor dem Wächter.* Interessant.«

»Wie gesagt, das ist nur eine alte Legende, die mit dem Tagebuch zusammenhängt. Trotzdem, letzte Nacht ist etwas Seltsames passiert, und man kann nicht vorsichtig genug sein.«

»Etwas Seltsames?«

Wingfields Blick verengte sich. »Ich glaube, mein Zimmer hier im Gasthaus wurde durchsucht, während ich beim Essen war.«

Jared runzelte die Stirn. »Davon haben Sie heute morgen beim Frühstück nichts erzählt.«

»Ich war mir nicht sicher. Sehen Sie, es wurde nichts gestohlen. Aber den ganzen Tag über hatte ich das höchst eigenartige Gefühl, beobachtet zu werden.«

»Äußerst unangenehm.«

»In der Tat. Zweifellos hat das alles nichts mit dem Tagebuch zu tun, aber ich war doch leicht beunruhigt. Schließlich möchte ich meine Nichte nicht in Gefahr bringen.«

Jared nahm die Hände auseinander und genehmigte sich einen Schluck von seinem Leichtbier. »Was ist das für ein Tagebuch, das Sie ihr da schicken?«

»Das Tagebuch einer Lady«, erläuterte Wingfield. »Es gehörte einer Frau namens Claire Lightbourne. Das ist alles, was ich darüber weiß. Die Einträge sind größtenteils vollkommen unverständlich.«

»Wie das?«

»Es scheint in einer abstrusen Mischung aus Griechisch, Latein und Englisch geschrieben worden zu sein. Fast wie ein Geheimcode. Meine Nichte glaubt, daß das Lightbourne-Tagebuch der Schlüssel zu einem sagenhaften Schatz ist.« Wingfield schnaubte.

»Sie glauben die Geschichte nicht?«

»Das Ganze klingt ziemlich phantastisch, wenn Sie mich fragen. Aber es wird Olympia Spaß machen, die Eintragungen zu entziffern. Ihr gefallen solche Dinge.«

»Klingt, als sei sie eine recht ungewöhnliche Frau.«

Wingfield kicherte vergnügt. »Das ist sie. Nehme an, es ist nicht ihre Schuld. Sie wuchs bei einer recht exzentrischen Tante und deren Freundin auf. Ich kannte diesen Zweig der Familie nicht besonders gut, aber es hieß, daß die beiden Damen Olympias Erziehung selbst übernommen haben. Sie haben ihr lauter seltsame Dinge in den Kopf gesetzt.«

»Was für Dinge?«

»Dank ihrer Erziehung kümmert Olympia sich nicht im geringsten um Fragen der Schicklichkeit. Verstehen Sie mich nicht falsch, sie ist eine wohlerzogene junge Dame. Ihr Ruf ist tadellos. Aber sie interessiert sich nicht im geringsten für die Dinge, für die sich junge Frauen im allgemeinen interessieren sollten, wenn Sie verstehen, was ich meine.«

»Was zum Beispiel?«

»Mode. Sie hat keinerlei Interesse an schönen Kleidern. Und ihre

Tante hat ihr niemals all die nützlichen Dinge beigebracht, die eine Lady braucht, wie zum Beispiel Tanzen, Flirten oder wie man einem potentiellen Verehrer gefällt.« Wingfield schüttelte den Kopf. »Sie hat eine höchst eigenartige Erziehung genossen, wenn Sie mich fragen. Ich nehme an, das ist der Hauptgrund dafür, daß sie keinen Ehemann gefunden hat.«

»Wofür interessiert sich Ihre Nichte denn?« Jareds Neugierde war geweckt.

»Alles, was mit den Bräuchen und Legenden ferner Länder zu tun hat, fasziniert das Mädchen. Sie ist aktives Mitglied der Gesellschaft für Reisen und die Erforschung fremder Länder, wissen Sie, obgleich sie in ihrem ganzen Leben noch nicht aus Dorset herausgekommen ist.«

Jared blickte ihn an. »Wenn sie selbst nicht reist, wie kann sie dann aktives Mitglied in der Gesellschaft sein?«

»Sie spürt alte Bücher, Magazine und Briefe auf, die mit Reisen und der Erforschung fremder Länder zu tun haben. Sie studiert alles sehr sorgfältig, zieht eigene Schlußfolgerungen und schreibt dann darüber Berichte. Während der letzten drei Jahre hat sie verschiedene Abhandlungen im vierteljährlich erscheinenden Magazin der Gesellschaft veröffentlicht.«

»Hat sie das?« Jareds Interesse wuchs mit jeder Minute.

»In der Tat.« Stolz flackerte in Wingfields Augen auf. »Höchst erfolgreiche Abhandlungen, weil sie alle möglichen interessanten Informationen über die Sitten und Gebräuche fremder Völker enthalten.«

»Und wie hat sie das Lightbourne-Tagebuch entdeckt?« fragte Jared vorsichtig.

Wingfield zuckte mit den Schultern. »Durch eine Reihe von Briefen, die sie im Verlauf ihrer Nachforschungen entdeckt hat. Sie brauchte fast ein Jahr, aber schließlich fand sie heraus, daß das Tagebuch in einer kleinen Stadt hier an der französischen Küste sein mußte. Es war ursprünglich Teil einer wesentlich größeren Büchersammlung, die während des Krieges zerstört wurde.«

»Sie sind extra hierhergekommen, um dieses Tagebuch für Ihre Nichte zu erwerben?«

»Es lag auf meinem Weg«, sagte Wingfield. »Ich bin unterwegs nach Italien. Offensichtlich hat das Tagebuch in den letzten Jahren ziemlich häufig den Besitzer gewechselt. Der alte Mann, der es mir verkauft hat, war in einer Notlage. Er brauchte dringend Geld und war überglücklich, ein paar von seinen Büchern verkaufen zu können. Ich habe bei der Gelegenheit gleich noch ein paar andere Bände für Olympia erstanden.«

»Und wo ist das Tagebuch jetzt?«

»Oh, es ist in Sicherheit.« Wingfield blickte selbstzufrieden. »Ich habe es gestern eingepackt und mit den anderen Sachen, die ich Olympia schicke, an Bord der *Sea Flame* bringen lassen.«

»Machen Sie sich keine Sorgen wegen der Sachen, während sie an Bord des Schiffes sind?«

»Gütiger Himmel, nein. Die *Sea Flame* ist eines der Flamecrest-Schiffe. Hervorragender Ruf. Zuverlässige Besatzung und erfahrene, vertrauenswürdige Kapitäne. Nein, nein, meine Sachen sind dort in sicheren Händen.«

»Aber die englischen Straßen halten Sie nicht für sonderlich sicher, oder?«

Wingfield verzog das Gesicht. »Ich bin wesentlich ruhiger, seit ich weiß, daß Sie die Waren persönlich nach Upper Tudway in Dorset begleiten werden.«

»Ich weiß Ihr Vertrauen zu schätzen.«

»Ja, Sir, meine Nichte wird begeistert sein, wenn sie das Tagebuch sieht.«

Jared beschloß, daß Olympia Wingfield tatsächlich ein höchst eigenartiges Geschöpf war. Nicht, daß er selbst nicht ausreichend Erfahrung hätte mit seltsamen Menschen. Schließlich war er in einer Familie von außergewöhnlichen Exzentrikern aufgewachsen.

Wingfield lehnte sich in seiner Ecke zurück und sah sich in der Taverne um. Sein Blick fiel auf einen narbenübersäten, kräftigen Mann am Nebentisch. Der Mann trug ein Messer und hatte einen brutalen Gesichtsausdruck, der alle Besucher davon abhielt, sich zu ihm zu setzen. So wie er sahen viele der Gäste aus.

»Ziemlich rauh, die Kerle, nicht wahr?« fragte Wingfield etwas beklommen.

»Die Hälfte der Männer, die Sie hier heute abend sehen, sind wohl nur wenig besser als Piraten«, sagte Jared. »Soldaten, die nicht wußten wohin, als Napoleon schließlich besiegt wurde. Matrosen, die auf ein Schiff warten. Männer auf der Suche nach einer willigen Hure oder einer Schlägerei. Das normale Gesindel, das sich so in Hafenstädten herumtreibt.«

»Und die andere Hälfte?«

Jared lächelte leicht. »Das sind wahrscheinlich Piraten.«

»Überrascht mich nicht. Sie sagten, Sie seien ziemlich viel gereist, Sir. Sie müssen also Orte wie diesen zur Genüge kennen. Nehme an, Sie haben gelernt, auf sich aufzupassen.«

»Wie Sie sehen, habe ich bisher überlebt.«

Wingfield blickte vielsagend auf die schwarze Samtklappe, die Jareds zerstörtes Auge verdeckte. »Wie ich feststelle, jedoch nicht ganz unbeschadet.«

»Nein, nicht ganz unbeschadet.« Jareds Mund verzog sich zu einem humorlosen Lächeln.

Er war sich durchaus bewußt, daß die Leute sein Äußeres im allgemeinen nicht gerade vertrauenerweckend fanden. Und nicht nur die Augenklappe machte sie mißtrauisch. Selbst im günstigsten Fall, wenn sein Haar gerade vernünftig geschnitten war und er modische

Kleider trug, sah er immer noch aus wie ein Pirat. Das hatten sogar die Mitglieder seiner eigenen Familie häufig genug festgestellt.

Deren Hauptsorge war jedoch die, daß er sich nicht auch noch wie ein Pirat verhielt.

Alles in allem war Jared eher ein kühler Geschäftsmann als der leidenschaftliche, draufgängerische Sohn, von dem sein Vater gehofft hatte, daß er die Familientradition weiterführen würde.

Am Anfang hatte Wingfield vorsichtige Distanz zu ihm gewahrt. Jared wußte, daß nicht sein Äußeres, sondern seine ruhige Art und seine gewählte Ausdrucksweise den älteren Mann veranlaßt hatten, ihn schließlich doch als ebenbürtigen Gentleman zu akzeptieren.

»Wie haben Sie Ihr Auge verloren, wenn ich fragen darf?«

»Das ist eine lange Geschichte«, sagte Jared. »Und eine schmerzhafte dazu. Ich würde im Augenblick lieber nicht darüber sprechen.«

»Natürlich, natürlich.« Wingfield errötete. »Bitte entschuldigen Sie meine Impertinenz.«

»Machen Sie sich deswegen keine Sorgen. Ich bin es gewohnt, daß die Leute mich anstarren.«

»Ja, nun, ich muß sagen, daß ich mir erheblich weniger Sorgen machen werde, wenn die *Sea Flame* morgen früh erst einmal in See gestochen ist. Es ist eine große Beruhigung für mich zu wissen, daß Sie an Bord sein werden und meine Waren dann sogar noch bis nach Upper Tudway begleiten. Ich möchte Ihnen noch einmal für Ihre freundliche Hilfsbereitschaft danken.«

»Da ich selbst auf dem Weg zurück nach Dorset bin, ist es mir ein Vergnügen, Ihnen behilflich zu sein.«

»Auf diese Weise spare ich sogar noch eine nicht unbeträchtliche Summe«, vertraute Wingfield ihm an. »Ich brauche nicht wie sonst extra in Weymouth eine Firma mit dem Weitertransport der Waren zu beauftragen. Ganz schön teuer, so etwas.«

»Es ist nie ganz billig, Sachen zu importieren.«

»Nein, und unglücklicherweise hat Olympia für die letzten beiden Warensendungen bei weitem nicht soviel Geld erhalten, wie ich gehofft hatte. Ich hatte angenommen, das Geschäft sei etwas einträglicher.«

»Der Markt für importierte Waren ist äußerst schwankend«, sagte Jared. »Ist Ihre Nichte denn eine gute Geschäftsfrau?«

»Gütiger Himmel, nein.« Wingfield kicherte vergnügt. »Olympia hat nicht den geringsten Geschäftssinn. Sie ist zwar äußerst clever, hat aber einfach kein Interesse an Finanzdingen. Ich fürchte, sie schlägt ganz nach meinem Zweig der Familie. Am liebsten würde sie wie ich die Welt bereisen, aber das ist natürlich unmöglich.«

»Eine Frau allein hätte in den meisten Teilen der Welt erhebliche Schwierigkeiten«, pflichtete Jared ihm bei.

»Nun, das hätte meine Nichte bestimmt nicht am Reisen gehindert. Ich habe ja bereits gesagt, daß sie kein typisches englisches Fräulein ist. Sie ist jetzt fünfundzwanzig und hat ihren eigenen Kopf. Nicht auszudenken, was sie alles unternehmen würde, wenn sie über ein entsprechendes Einkommen verfügte und nicht ihre drei Neffen am Hals hätte.«

»Sie zieht ihre Neffen auf?«

Wingfields Barthaare zuckten. »Sie nennt sie ihre Neffen, und sie nennen sie Tante Olympia, aber in Wahrheit ist die verwandtschaftliche Beziehung nicht ganz so eng. Bei den Jungen handelt es sich um die Söhne eines Cousins und seiner Frau, die vor ein paar Jahren bei einem Kutschenunglück ums Leben kamen.«

»Und wie sind die Kinder zu Ihrer Nichte gekommen?«

»Sie wissen, wie solche Dinge laufen, Sir. Nach dem Tod ihrer Eltern wurden die Jungen von einem Verwandten zum anderen weitergereicht, bis sie schließlich vor sechs Monaten bei Olympia landeten. Sie hat sie dann aufgenommen.«

»Ganz schön viel Arbeit für eine alleinstehende junge Frau.«

»Besonders, wenn sie nichts anderes im Kopf hat als die Erforschung fremder Länder und alter Legenden.« Wingfield runzelte nachdenklich die Stirn. »Die Jungen sind recht wild. Sie haben in den sechs Monaten bereits drei Hauslehrern das Fürchten gelehrt. Reizende Kinder, aber nichts als Unfug im Kopf. Der ganze Haushalt scheint permanent in Aufruhr zu sein.«

»Ich verstehe.« Jared war selbst in einem Haushalt aufgewachsen, in dem es drunter und drüber gegangen war. Diese Erfahrung reichte ihm. Er zog ein ruhiges, geordnetes Leben vor.

»Natürlich versuche ich, Olympia so gut es geht zu helfen. Ich tue, was ich kann, wenn ich in England bin.«

Aber Sie bleiben nicht lange genug in England, um sich selbst dieser drei Jungen anzunehmen, nicht wahr? dachte Jared. »Was schikken Sie Ihrer Nichte noch außer dem Lightbourne-Tagebuch?«

Wingfield leerte sein Bierglas. »Stoffe, Gewürze und ein paar billige Schmuckstücke. Und natürlich Bücher.«

»Und sie sorgt dafür, daß die Sachen in London verkauft werden?«

»Alles außer den Büchern. Die sind für ihre Bibliothek. Der Rest geht nach London. Mit einem Teil des Geldes führt sie ihren eigenen Haushalt, und das, was übrig ist, spart sie, um meine Reisen mitzufinanzieren. Das System ist also für uns beide von Vorteil, obgleich ich wie gesagt gedacht hätte, daß wir ein wenig mehr damit verdienen würden.«

»Es ist schwierig, erfolgreich Geschäfte zu machen, wenn man sich nicht selbst um alles kümmert«, bemerkte Jared trocken.

Er dachte an die Probleme, die er selbst während der letzten sechs Monate gehabt hatte. Er würde seine Nachforschungen intensivieren müssen. Es gab keinen Zweifel mehr, daß mehrere tausend Pfund aus dem enormen Flamecrest-Vermögen unterschlagen worden waren. Es war Jared egal, daß er getäuscht worden war. Er hatte jedoch keineswegs die Absicht, sich weiterhin von jemandem zum Narren halten zu lassen.

Alles zu seiner Zeit, ermahnte er sich. Im Augenblick mußte er sich um das Tagebuch kümmern.

»Sie haben vollkommen recht, wenn Sie sagen, daß man sich am besten um alles selbst kümmert, aber Tatsache ist nun einmal, daß weder Olympia noch ich großes Interesse an derart langweiligen Dingen haben. Nun, zumindest kommen wir über die Runden.« Wingfield blickte Jared an. »Sind Sie sich auch wirklich sicher, daß es Ihnen nichts ausmacht, mir diesen Gefallen zu erweisen?«

»Nicht das geringste.« Jared blickte aus dem Fenster auf den nächtlichen Hafen. Er konnte den dunklen Rumpf der *Sea Flame* erkennen, wie sie dort vor Anker lag und auf die Morgenflut wartete.

»Ich weiß Ihre Hilfsbereitschaft zu schätzen, Sir. Ich habe wirklich außerordentliches Glück, daß ich hier in diesem Teil von Frankreich einem Gentleman wie Ihnen begegnet bin und daß Sie auch noch ausgerechnet an Bord der *Sea Flame* nach England übersetzen wollen.«

Jared lächelte leicht. »Ja, das ist ein glücklicher Zufall.« Er fragte sich, was Wingfield wohl sagen würde, wenn er erführe, daß Jared nicht nur die *Sea Flame*, sondern die gesamte Flamecrest-Flotte beherrschte.

»Ja, nun, ich fühle mich erheblich wohler, seit ich weiß, daß Sie dafür sorgen werden, daß die Waren und das Tagebuch sicher bei meiner Nichte ankommen. Jetzt kann ich beruhigt weiterreisen.«

»Ich glaube, Sie sagten, es ginge weiter nach Italien?«

»Ja, und von dort nach Indien.« In Wingfields Blick lag die Begeisterung des leidenschaftlichen Reisenden. »Wissen Sie, ich wollte immer schon einmal nach Indien.«

»Dann wünsche ich Ihnen eine gute Reise«, sagte Jared.

»Die wünsche ich Ihnen ebenfalls, Sir. Und nochmals, vielen Dank.«

»Es ist mir ein Vergnügen.« Jared zog eine goldene Uhr hervor. »Und jetzt entschuldigen Sie mich bitte.« Er ließ die Uhr wieder in die Tasche gleiten und erhob sich.

Wingfield blickte zu ihm auf. »Sie gehen sicher schlafen?«

»Noch nicht. Ich glaube, ich mache noch einen kleinen Spaziergang am Kai. Ich brauche noch etwas frische Luft, ehe ich zu Bett gehe.«

»Seien Sie vorsichtig«, riet Wingfield mit gesenkter Stimme. »Die Meute hier gefällt mir ganz und gar nicht. Und man kann nie wissen, was für ein Gesindel sich um diese Zeit draußen herumtreibt.«

»Machen Sie sich meinetwegen keine Sorgen, Sir.« Jared nickte höflich zum Abschied. Dann drehte er sich um und ging in Richtung der Tür.

Ein, zwei der Männer, die über ihren Krügen hingen, bedachten seine teuren Stiefel mit einem abschätzenden Blick. Dann glitten ihre Augen hinauf über das Messer, das an seinem Bein festgebunden war, bis hin zu der schwarzen Augenklappe.

Niemand erhob sich, um Jared nach draußen zu folgen.

Die Brise vom Meer fuhr Jared durch das lange, wirre Haar, als er hinaus in die Dunkelheit trat. Im Gegensatz zu Wingfield war er passend für das milde Klima gekleidet. Er trug kein Halstuch, da er Halstücher und Krawatten verabscheute. Der Kragen seines feingewobenen Baumwollhemdes war geöffnet, und die Ärmel waren bis zu den Ellbogen aufgekrempelt.

Jared ging den Kai entlang. Er dachte an die vor ihm liegende Aufgabe, hatte jedoch zugleich sämtliche Sinne auf die nächtliche Umgebung ausgerichtet. Ein Mann, der bereits ein Auge verloren hatte, hatte allen Grund, auf das andere aufzupassen.

Am anderen Ende des Kais baumelte eine Laterne. Als Jared näher kam, sah er, wie zwei Männer aus der Dunkelheit heraustraten. Beide waren groß und breitschultrig, fast ebensolche Hünen wie er selbst. Ihre zerklüfteten Gesichter wurden von silbrigen Backenbärten und von Mähnen von weißem Haar eingerahmt. Sie gingen mit beherztem, stolzem Schritt, obgleich sie gewiß schon über sechzig waren. *Zwei alternde Freibeuter,* dachte Jared ohne Zuneigung.

Der erste der beiden Männer grüßte Jared mit einem strahlenden Lächeln. Die Augenfarbe des älteren Mannes wirkte im Mondschein wäßrig und verwaschen, aber Jared kannte den ungewöhnlichen Grauton genau. Jeden Morgen, wenn er sich rasierte, sah er dieselbe Farbe im Spiegel.

»Guten Abend, Sir«, sagte Jared höflich zu seinem Vater. Dann nickte er dem anderen Mann zu. »Onkel Thaddeus. Eine angenehme Nacht, nicht wahr?«

»Wurde langsam Zeit, daß du auftauchst.« Magnus, Graf Flamecrest, blickte finster. »Ich dachte schon, dein neuer Bekannter würde dich die ganze Nacht mit Beschlag belegen.«

»Wingfield unterhält sich nun einmal gerne.«

Thaddeus hielt die Laterne höher. »Nun, Junge? Was haste rausgekriegt?«

Jared war vierunddreißig Jahre alt. Seit langer Zeit sah er sich nicht mehr als Jungen. Tatsächlich hatte er häufig das Gefühl, um Jahre älter zu sein als der Rest der Familie. Aber es war zwecklos, Thaddeus darauf aufmerksam zu machen.

»Wingfield glaubt, er habe Claire Lightbournes Tagebuch gefunden«, sagte Jared ruhig.

»Hört, hört.« Die Zufriedenheit in Magnus' Gesicht war nicht zu übersehen. »Also stimmt es. Das Tagebuch ist nach all den Jahren endlich wieder aufgetaucht.«

»Verdammt«, rief Thaddeus. »Wie, zum Teufel, ist Wingfield bloß da drangekommen?«

»Ich glaube, es war seine Nichte, die das Buch ausfindig gemacht hat«, erläuterte Jared. »Und zwar wurde es hier in Frankreich entdeckt. Wie Ihr seht, waren die Bemühungen meiner Cousins offensichtlich vergeblich, als sie vor zwei Monaten in die spanischen Berge gejagt sind, um dort zu suchen.«

»Nun, Jared«, sagte Magnus besänftigend. »Der junge Charles und William hatten allen Grund zu der Annahme, das Buch sei während des Krieges dort gelandet. Du bist ja nur verärgert, weil deine Cousins sich von diesen verdammten Banditen haben schnappen lassen.«

»Die ganze Angelegenheit war wirklich lästig«, räumte Jared grimmig ein. »Außerdem hat sie mich fast zweitausend Pfund Lösegeld gekostet, ganz zu schweigen von der Zeit, die dabei draufgegangen ist, während der ich mich nicht um meine Geschäfte kümmern konnte.«

»Verflucht, Sohn«, donnerte Magnus. »Kannst du nicht einmal an etwas anderes als an deine Geschäfte denken? Bei Gott, in deinen Adern fließt Freibeuterblut, aber du hast das Herz und die Seele eines Krämers.«

»Mir ist durchaus bewußt, daß ich für Sie und den Rest der Familie eine Enttäuschung bin, Sir.« Jared lehnte sich an die Steinmauer, die den Hafen umschloß. »Aber da wir bereits unzählige Male über diese Sache gesprochen haben, können wir uns das heute abend wohl sparen.«

»Er hat recht, Magnus«, beeilte sich Thaddeus zu sagen. »Im Augenblick gibt es wichtigere Dinge zu besprechen. Das Tagebuch ist praktisch in Reichweite. Wir brauchen es uns nur noch zu holen.«

Jared zog eine Braue hoch. »Wer von Euch hat gestern abend versucht, das Tagebuch zu klauen? Wingfield sagt, sein Zimmer sei durchsucht worden.«

»Es war einen Versuch wert«, sagte Thaddeus unverfroren.

Magnus nickte. »Wir haben uns nur mal umgesehen, das ist alles.«

Jared unterdrückte einen verzweifelten Fluch. »Das Tagebuch befindet sich seit gestern nachmittag an Bord der *Sea Flame.* Wir müßten das ganze verdammte Schiff entladen, um es zu finden.«

»Oje«, murmelte Thaddeus niedergeschlagen.

»Auf jeden Fall«, fuhr Jared fort, »gehört das Tagebuch Miss Olympia Wingfield, Meadow Stream Cottage in Dorset. Sie hat es gekauft und dafür bezahlt.«

»Bah, das Tagebuch gehört uns«, sagte Magnus stur. »Es ist ein Familienerbstück. Ich sage dir, sie hat keinerlei Anspruch darauf.«

»Du scheinst vergessen zu haben, daß es uns höchstwahrscheinlich nicht gelingen wird, die Eintragungen zu entziffern, selbst wenn wir das Tagebuch in die Hände bekommen. Auf alle Fälle...« Jared unterbrach sich lange genug, um sicher zu sein, daß er die volle Aufmerksamkeit seines Vaters und seines Onkels hatte.

»Ja?« fragte Magnus neugierig.

»Artemis Wingfield ist sich sicher, daß seine Nichte in der Lage sein wird, den Code zu entschlüsseln, in dem das Tagebuch geschrieben wurde«, sagte Jared. »Offenbar hat Miss Wingfield Talent für solche Dinge.«

Thaddeus' Miene erhellte sich. »Tja, Junge, dann ist wohl klar, was du machen mußt. Du wirst das Tagebuch zu seinem Bestimmungsort begleiten und Miss Wingfields Vertrauen erschleichen, damit sie dir alles erzählt, was sie herausfindet.«

»Hervorragender Plan.« Magnus' Barthaare zitterten vor Aufregung. »Laß deinen Charme spielen, Sohn. Verführe sie. Dann bringst du sie dazu, dir alles anzuvertrauen, was in dem Tagebuch steht. Und dann werden wir ihr das Ding entwenden.«

Jared seufzte. Es war schwierig, der einzig Normale und Vernünftige in einer Familie von Exzentrikern und Originalen zu sein.

Die Suche nach dem Lightbourne-Tagebuch hatte seit drei Generationen sämtliche Flamecrestschen Männer außer Jared beschäftigt. Ebenso wie sein Großvater und sein Großonkel hatten es Jareds Vater, Onkel und Cousins alle irgendwann einmal versucht. Der Gedanke an den verborgenen Schatz faszinierte den Clan, der von einem echten Freibeuter abstammte.

Aber irgendwann mußte einmal Schluß sein. Vor ein paar Wochen wären seine Cousins wegen des Tagebuchs beinahe umgebracht worden. Jared hatte beschlossen, daß es an der Zeit war, dem Unsinn ein für allemal ein Ende zu machen. Unglücklicherweise war dies nur möglich, indem er das Tagebuch in die Hände bekam, um zu sehen, ob es wirklich das Geheimnis des verlorenen Schatzes enthüllte.

Niemand hatte ihm widersprochen, als er verkündet hatte, nun sei die Reihe an ihm, das geheimnisvolle Vermögen zu suchen, das vor beinahe hundert Jahren verschwunden war. In Wahrheit waren sie alle, besonders sein Vater, nur allzu erfreut darüber, daß Jared offenbar endlich Interesse an der Sache zeigte.

Jared wußte, daß die Familie seinen kühlen Geschäftssinn nützlich fand. Aber das zählte nicht viel in einer Familie, die für ihre leidenschaftlichen, heißblütigen Männer berühmt war.

In den Augen seiner Verwandten war Jared ein hoffnungsloser Langweiler. Sie sagten, ihm fehle das Feuer der Flamecrests. Er seinerseits war der Ansicht, daß ihnen Selbstbeherrschung und Vernunft fehlten. Es war ihm nicht entgangen, daß sie nur allzu bereit waren, mit ihren Schwierigkeiten, besonders mit Geldproblemen, zu ihm zu kommen.

Jared hatte immer alle Angelegenheiten für sie geregelt und dem Flamecrest-Clan die langweiligen Alltagsgeschäfte abgenommen, seit er neunzehn war. Die gesamte Familie war der Meinung, daß das das einzige war, wofür er Talent besaß.

Es schien Jared, als sei er unablässig mit der Rettung des einen oder anderen Familienmitgliedes beschäftigt.

Manchmal, wenn er spätabends über seinem Terminkalender saß, fragte er sich flüchtig, ob es wohl jemals jemanden gäbe, der ihn im Notfall retten würde.

»Ihr könnt leicht von Charme und Verführung reden«, sagte Jared, »aber wir alle wissen, daß ich das Flamecrestsche Talent für diese Dinge nicht geerbt habe.«

»Bah.« Magnus wischte diesen Einwurf mit einer Handbewegung beiseite. »Das Problem ist einfach, daß du es noch nie wirklich versucht hast.«

Ein Ausdruck ernster Besorgnis erschien auf Thaddeus' Gesicht. »Tja, nun, Magnus, ich würde nicht so weit gehen zu sagen, daß er es nicht versucht hätte. Schließlich hatten wir vor drei Jahren die unglückliche Situation, als der Junge versucht hat, eine Frau zu finden.«

Jared sah seinen Onkel an. »Ich nehme an, wir können uns diese Diskussion sparen. Ich habe nicht die Absicht, Miss Wingfield oder irgend jemand anderen zu verführen, um an das Geheimnis des Tagebuchs zu kommen.«

Thaddeus runzelte die Stirn. »Wie willst du es dann aus ihr herauskriegen, Junge?«

»Ich werde ihr anbieten, ihr die Informationen abzukaufen«, sagte Jared.

»Abzukaufen.« Magnus blickte ihn entsetzt an. »Du denkst, du kannst ein so legendäres Geheimnis mit bloßem Geld erkaufen?«

»Ich habe die Erfahrung gemacht, daß man mit Geld fast alles erkaufen kann«, erläuterte Jared. »Ein direkter, geschäftsmäßiger Ansatz wirkt wahre Wunder in fast jeder Situation.«

»Junge, Junge, was sollen wir bloß mit dir machen?« stöhnte Thaddeus.

»Ihr werdet mich die Sache nach meinen Vorstellungen durchführen lassen«, sagte Jared. »Nun denn, daß wir uns richtig verstehen. Ich werde euch das Tagebuch verschaffen. Bis dahin will ich euer Wort, daß ihr euch an die Abmachung haltet.«

»Welche Abmachung?« fragte Magnus verblüfft.

Jareds Gesicht spannte sich. »Solange ich mich mit der Sache befasse, haltet ihr euch vollkommen aus den geschäftlichen Angelegenheiten der Familie heraus.«

»Verdammt, Sohn, Thaddeus und ich haben die Familiengeschäfte schon geführt, als du noch nicht einmal geboren warst.«

»Ja, Sir, ich weiß. Ihr beide hättet die Familie beinahe ruiniert.«

Magnus' Schnurrbart hüpfte vor Empörung. »Es war schließlich nicht unsere Schuld, daß wir ein bißchen Pech damit hatten. Damals liefen die Geschäfte eben schlecht.«

Jared beschloß, das Thema nicht zu vertiefen. Sie alle wußten, daß der fehlende Geschäftssinn des Grafen und seines Bruders Thaddeus dazu geführt hatte, daß das wenige, was vom Vermögen der Flamecrests übrig gewesen war, auch noch verlorengegangen war.

Es war Jared gewesen, der im Alter von neunzehn Jahren die Geschäfte übernahm, gerade rechtzeitig, um das eine altersschwache Schiff zu retten, das der Familie noch geblieben war. Er hatte die Kette seiner Mutter versetzt, um an das dafür erforderliche Geld zu kommen. Niemand in der Familie hatte ihm diesen schockierenden Mangel an Sentimentalität jemals verziehen, besonders seine Mutter nicht. Zum letzten Mal hatte sie vor zwei Jahren über die Sache gesprochen, auf dem Totenbett. Jared war zu sehr in seiner Trauer gefangen gewesen, um sie daran zu erinnern, daß sie die Früchte des neu erworbenen Vermögens ebenso wie der Rest der Familie extrem genossen hatte.

Jared war es gelungen, mit diesem einen Schiff das Flamecrestsche Imperium wieder aufzubauen. Er hoffte inständig, daß er diese Aufgabe nicht noch einmal erfüllen müßte, wenn er dieses idiotische Abenteuer hinter sich hätte.

»Schwer zu glauben, daß das verlorene Vermögen der Familie endlich in Reichweite ist.« Thaddeus schüttelte triumphierend die Faust.

»Wir besitzen bereits ein Vermögen«, sagte Jared. »Wir brauchen den gestohlenen Schatz nicht, den Käpt'n Jack und sein Partner Edward Yorke auf dieser verdammten Insel vor fast hundert Jahren vergraben haben.«

»Der Schatz war nicht gestohlen«, donnerte Magnus.

»Wie Sie sich vielleicht erinnern, Sir, war Urgroßvater ein Pirat, als er auf den Westindischen Inseln lebte.« Jared zog die Brauen hoch. »Es ist also höchst unwahrscheinlich, daß er und Yorke den Schatz auf ehrliche Art und Weise in die Hände bekamen.«

»Käpt'n Jack war kein Pirat«, verkündete Thaddeus stolz. »Er war ein loyaler Engländer, der im Auftrag der Krone segelte. Bei Gott, der Schatz war Bestandteil der rechtmäßigen Beute von einem spanischen Handelsschiff.«

»Es wäre interessant, einmal die spanische Version der Geschichte zu hören«, bemerkte Jared.

»Bah.« Magnus blickte ihn finster an. »Sie haben die Schuld an der Sache. Hätten die verfluchten Spanier sich nicht an die Verfolgung von Käpt'n Jack und Yorke gemacht, hätten die beiden die Beute nicht auf dieser verdammten Insel vergraben müssen, und wir würden heute nacht nicht hier rumstehen und uns überlegen, wie wir sie zurückbekommen.«

»Ja, Sir«, sagte Jared schwach. Er hatte diese Rede schon unendlich oft gehört. Und immer wieder langweilte sie ihn.

»Der einzige wirkliche *Pirat* war Edward Yorke«, fuhr Magnus fort. »Dieser verlogene, betrügerische, mörderische Schurke, der deinen Urgroßvater an die Spanier verraten hat. Nur mit Gottes Hilfe ist es Käpt'n Jack gelungen, der Falle zu entgehen.«

»Das alles ist fast hundert Jahre her. Wir wissen nicht sicher, ob Yorke Käpt'n Jack verraten hat«, entgegnete Jared ruhig. »Auf alle Fälle ist es jetzt auch egal.«

»Es ist alles andere als egal«, schnauzte Magnus. »Unsere Familie steht in einer stolzen Tradition, mein Junge. Es ist deine Pflicht, den verlorenen Schatz zu finden. Er gehört uns, und wir haben das Recht, ihn zurückzufordern.«

»Schließlich«, sagte Thaddeus ernst, »bist du der neue Wächter, Junge.«

»Verdammt«, knurrte Jared. »Das ist alles blanker Unsinn, und ihr wißt es.«

»Es ist durchaus kein Unsinn«, beharrte Thaddeus auf seiner Meinung. »Du hast das Recht auf diesen Titel vor Jahren erworben, als du Käpt'n Jacks eigenen Dolch benutzt hast, um deine Cousins vor den Schmugglern zu retten. Hast du das etwa vergessen?«

»Ich werde diesen Zwischenfall wohl kaum jemals vergessen, da er mich schließlich ein Auge gekostet hat, Sir«, murmelte Jared. Er wollte sich jedoch nicht schon wieder auf einen Streit wegen einer weiteren idiotischen Familienlegende einlassen. Er hatte alle Hände voll mit der alten Geschichte von dem verborgenen Schatz zu tun.

»Du kommst um die Tatsache nicht herum, daß du der neue Wächter bist«, sagte Magnus mit weiser Miene. »Du hast den Dolch mit Blut benetzt. Außerdem bist du Käpt'n Jack wie aus dem Gesicht geschnitten.«

»Genug damit.« Jared zog seine Uhr hervor und hielt sie in das Licht der Laterne. »Es ist spät, und ich muß früh aufstehen.«

»Du und deine verdammte Uhr«, brummte Thaddeus. »Ich wette, du hast auch deinen Terminkalender dabei.«

»Selbstverständlich«, versicherte Jared ihm kühl. »Du weißt, daß ich ihn brauche.«

Seine Uhr und sein Terminkalender waren die beiden Dinge, die er im Alltag am meisten schätzte, dachte Jared. Seit Jahren hatten sie es ihm ermöglicht, Ordnung und Routine in einer Welt aufrechtzuerhalten, die wegen seiner wilden, unberechenbaren Familie häufig genug aus den Fugen geriet.

»Ich kann es einfach nicht glauben.« Magnus schüttelte traurig den Kopf. »Da bist du dabei, dich auf die Suche nach dem Geheimnis eines großartigen Schatzes zu begeben, und alles was du machst, ist, auf die Uhr zu gucken und deinen Terminkalender zu überprüfen. Wie ein langweiliger Geschäftsmann.«

»Ich bin ein langweiliger Geschäftsmann, Sir«, sagte Jared.

»Das treibt einem Vater die Tränen in die Augen«, brummte Magnus.

»Versuch, ein bißchen vom Flamecrestschen Feuer an den Tag zu legen, Junge«, drängte Thaddeus.

»Wir sind im Begriff, unser verlorenes Erbe zurückzuerlangen, mein Sohn.« Magnus stützte sich auf den Rand der Kaimauer und blickte hinaus auf die nächtliche See. Er wirkte wie ein Mann, der über den Horizont hinaussehen konnte. »Ich habe es im Gefühl. Nach all den Jahren ist der Familienschatz in Reichweite. Und dir wird die große Ehre zuteil, ihn für uns alle zurückzuholen.«

»Ich versichere Ihnen, Sir«, erwiderte Jared höflich, »meine Freude und Aufregung ist grenzenlos.«

Kapitel 1

»Ich habe noch ein anderes Buch, das Sie vielleicht interessiert, Mr. Draycott.« Olympia Wingfield balancierte mit einem Fuß auf der Leiter, stützte sich mit dem anderen Fuß auf einem Regal ab und streckte sich nach einem Buch, das ganz oben im Bücherschrank stand. »Es enthält eine Reihe faszinierender Informationen über die Legende von der Goldinsel. Und ich glaube, hier ist noch ein Buch, das Sie lesen sollten.«

»Ich flehe Sie an, seien Sie vorsichtig, Miss Wingfield.« Reginald Draycott griff nach den Seitenstreben der Leiter, um sie festzuhalten. Er starrte hinauf zu Olympia, die sich gerade nach vorne beugte, um ein weiteres Buch aus dem Schrank zu nehmen. »Sie werden noch herunterfallen, wenn Sie nicht aufpassen.«

»Unsinn. Ich versichere Ihnen, daß ich es durchaus gewohnt bin, auf dieser Leiter herumzuklettern. Nun, dieses Buch hier habe ich für meine letzte Abhandlung für das Magazin der Gesellschaft für Reisen und die Erforschung fremder Länder benutzt. Es ist äußerst nützlich, weil es Berichte über die höchst ungewöhnlichen Bräuche der Bewohner einiger Südseeinseln enthält.«

»Sehr freundlich von Ihnen, mir das Werk zu borgen, Miss Wingfield, aber ich mache mir wirklich die größten Sorgen, wenn ich Sie dort oben auf der Leiter herumturnen sehe.«

»Sie brauchen sich wirklich keine Sorgen zu machen, Sir.« Olympia blickte mit einem beruhigenden Lächeln auf Draycott hinab. Er hatte einen höchst eigenartigen Gesichtsausdruck. Seine blassen Augen waren gläsern, und sein Mund stand sperrangelweit auf.

»Fühlen Sie sich nicht wohl, Mr. Draycott?«

»Doch, doch, durchaus, meine Liebe.« Draycott fuhr sich mit der Zunge über die Lippen und starrte weiter zu ihr hinauf.

»Sind Sie sich ganz sicher? Sie sehen aus, als sei Ihnen übel. Ich kann Ihnen die Bücher auch ein andermal geben.«

»Ich möchte auf keinen Fall auch nur einen Tag länger darauf warten. Ich gebe Ihnen mein Wort, mir geht es wirklich ausgezeichnet. Auf jeden Fall haben Sie mein Interesse an der Legende von der Goldinsel geweckt, meine Liebe. Ich werde Ihr Haus nicht ohne weiteres Studienmaterial verlassen.«

»Nun denn, wenn Sie sicher sind, daß Ihnen nichts fehlt. Also, dieser Band hier handelt von einigen ungewöhnlichen Bräuchen der Bewohner der legendären Goldinsel. Ich für meinen Teil war immer fasziniert von den Sitten und Gebräuchen, die in fremden Ländern herrschen.«

»Ach, tatsächlich?«

»O ja. Als Frau von Welt finde ich solche Dinge höchst anregend. Die Rituale, die die Bewohner der Goldinsel in der Hochzeitsnacht zelebrieren, sind zum Beispiel höchst bemerkenswert.« Während Olympia in dem alten Buch blätterte, fiel ihr Blick erneut auf Draycott.

Irgend etwas stimmte nicht mit ihm, dachte sie. Sein Gesichtsausdruck erfüllte sie mit einem gewissen Unbehagen. Seine Augen waren nicht auf ihr Gesicht gerichtet, sondern blickten starr auf irgend etwas weiter unten.

»Sagten Sie Rituale während der Hochzeitsnacht, Miss Wingfield?«

»Ja, es handelt sich dabei um sehr ungewöhnliche Bräuche.« Olympia runzelte angestrengt die Stirn. »Offensichtlich macht der Bräutigam der Braut einen großen goldenen Gegenstand zum Geschenk, der die Form eines Phallus aufweist.«

»Sagten Sie Phallus, Miss Wingfield?« Draycott klang, als drücke ihm jemand die Kehle zu.

Plötzlich kam Olympia der Gedanke, daß Draycott vom Fuß der Leiter aus eine hervorragende Sicht direkt unter ihre Röcke hatte.

»Gütiger Himmel.« Olympia verlor das Gleichgewicht und klammerte sich an die oberste Sprosse der Leiter. Eines der Bücher, die sie in der Hand gehalten hatte, fiel mit Gepolter auf den Teppich.

»Stimmt etwas nicht, meine Liebe?« fragte Draycott eilig.

Vor lauter Verlegenheit darüber, daß er einen solch ungehinderten Blick auf einen nicht unbeachtlichen Teil ihrer bestrumpften Beine werfen konnte, schoß Olympia das Blut ins Gesicht.

»Es ist alles in Ordnung, Mr. Draycott. Ich habe die Bände gefunden, die ich gesucht habe. Ich komme wieder herunter. Sie können jetzt beiseite treten.«

»Erlauben Sie mir, Ihnen behilflich zu sein.« Draycotts Wurstfinger strichen über Olympias Waden.

»Nein, danke. Es geht auch so.« Olympia rang nach Luft. Nie zuvor hatten sich Männerhände auf ihre Beine gelegt. Draycotts Berührung ließ sie erschreckt zusammenfahren.

Sie versuchte, die Leiter wieder hinaufzuklettern, um Draycotts Händen zu entkommen. Seine Finger schlossen sich jedoch um ihren Knöchel, noch ehe sie außer Reichweite gelangen konnte.

Olympia versuchte vergeblich, seinen Griff abzuschütteln. Ihre Verlegenheit wich zunehmender Verärgerung. »Würden Sie mir bitte aus dem Weg gehen, Mr. Draycott. Dann kann ich endlich sicher die Leiter herunterklettern.«

»Ich kann nicht zulassen, daß Sie möglicherweise stürzen.« Draycotts Finger glitten höher.

»Ich brauche Ihre Hilfe nicht.« Olympia fiel ein weiteres Buch aus dem Arm. Mit einem Knall landete es auf dem Teppich. »Würden Sie jetzt bitte freundlicherweise meinen Knöchel loslassen, Sir.«

»Ich versuche lediglich, Ihnen behilflich zu sein, meine Liebe.«

Jetzt war Olympia wirklich erbost. Sie kannte Reginald Draycott seit Jahren und konnte einfach nicht glauben, daß er sich ihrer Bitte widersetzte. Sie trat gegen Draycotts Schulter.

»Au.« Draycott stolperte einen Schritt zurück und warf Olympia einen gekränkten Blick zu.

Olympia ignorierte den stummen Vorwurf. Mit wehenden Rökken stürzte sie die Leiter hinab. Sie spürte, wie sich der Knoten, mit dem sie ihr Haar zusammenhielt, löste. Ihre weiße Musselinhaube war verrutscht. Als die Spitze ihres Pantoffels den Teppich berührte, umschlossen Draycotts Hände von hinten ihre Taille.

»Meine teure Olympia, ich kann meine Gefühle einfach nicht länger bezähmen.«

»Das reicht, Mr. Draycott.« Olympia gab jeden Versuch auf, die Situation auf damenhafte Weise zu meistern. Sie rammte ihm ihren Ellbogen in den Bauch.

Draycott stöhnte, ließ jedoch nicht von ihr ab. Er keuchte in ihr Ohr. Sie nahm den Zwiebelgeruch seines Atems wahr, und ihr Magen zog sich zusammen.

»Olympia, mein Liebling, du bist eine reife Frau und kein junges Mädchen, das eben erst der Schule entsprungen ist. Du bist dein Leben lang lebendig hier in Upper Tudway begraben gewesen. Du hattest nie die Gelegenheit, die Freuden der Leidenschaft kennenzulernen. Es ist an der Zeit, daß du anfängst zu *leben.*«

»Ich glaube, ich muß mich gleich auf Ihre Stiefel übergeben, Mr. Draycott.«

»Sei nicht albern. Du bist zweifelsohne ein bißchen nervös, weil dir die Freuden körperlichen Verlangens fremd sind. Keine Angst, ich werde dir alles beibringen, was du wissen mußt.«

»Lassen Sie mich los, Mr. Draycott.« Olympia ließ auch noch das letzte Buch fallen und zerrte an seinen Händen.

»Du bist eine wunderbare Frau, die noch niemals in den Genuß von *l'amour* gekommen ist. Du wirst dir doch sicher nicht die höchste sinnliche Erfahrung versagen wollen.«

»Mr. Draycott, wenn Sie mich nicht sofort loslassen, fange ich an zu schreien.«

»Es ist niemand hier, meine Liebe.« Draycott zerrte sie hinüber zur Couch. »Deine Neffen sind fort.«

»Ich bin sicher, daß Mrs. Bird irgendwo in der Nähe ist.«

»Deine Haushälterin ist draußen im Garten.« Draycott begann ihren Nacken zu liebkosen. »Keine Angst, meine Süße, wir sind ganz allein.«

»*Mr. Draycott.* Nehmen Sie sich zusammen, Sir. Sie wissen nicht, was Sie tun.«

»Nenn mich Reggie, meine Liebe.«

Verzweifelt versuchte Olympia, die Silberstatue des Trojanischen Pferdes, die auf ihrem Schreibtisch stand, in die Hand zu bekommen. Ihr Arm war nicht lang genug. Zu ihrer Überraschung jaulte Draycott jedoch plötzlich auf und ließ sie los.

»Verdammt.« Er rang nach Atem.

Endlich frei, doch aus dem Gleichgewicht, stolperte Olympia zur Seite. Sie hielt sich am Schreibtisch fest. Sie hörte, wie Draycott hinter ihr erneut aufschrie.

»Wer, zum Teufel, sind Sie?« setzte er empört an.

Olympia vernahm das unangenehme Geräusch eines gelungenen Fausthiebs, gefolgt von einem dumpfen Aufschlag.

Ihre Haube baumelte über einem Ohr, als sie herumwirbelte. Sie schob sich ein paar Haarsträhnen aus dem Gesicht und starrte verblüfft auf Draycott, der zusammengekrümmt auf dem Boden lag.

Unweigerlich wanderte ihr Blick weiter in Richtung der schwarzen Stiefel, die neben dem Häuflein Elend aus dem Teppich zu wachsen schienen. Langsam sah sie an den Stiefeln hinauf.

Dann starrte sie in das Gesicht eines Mannes, der direkt aus einer Legende zu kommen schien, einer Legende von verborgenen Schätzen und geheimnisvollen Inseln in unerforschten Meeren. Von dem langen, windzerzausten, schwarzen Haar über die samtene Augenklappe bis hin zu dem am Oberschenkel befestigten Dolch war ihr Gegenüber eine wahrhaft furchterregende Erscheinung.

Dies hier war einer der kraftvollsten und imposantesten Männer, die Olympia je zu Gesicht bekommen hatte. Groß, breitschultrig und sehnig verströmte dieser Mensch zugleich Stärke und männlichen Charme. Seine Gesichtszüge waren von der beherzten, furchtlosen Hand eines Bildhauers geschaffen worden, der Feinheit und Vornehmheit verachtete.

»Sind Sie zufällig Miss Olympia Wingfield?« fragte der Mann ruhig, als sei eine bewußtlose Person zu seinen Füßen etwas Alltägliches.

»Ja.« Olympia merkte, daß ihre Stimme ein einziges Quieksen war. Sie räusperte sich und versuchte es noch einmal. »Ja, das bin ich. Und wie ist Ihr Name, Sir?«

»Chillhurst.«

»Oh.« Sie blickte ihn verwirrt an. Den Namen hatte sie noch nie gehört. »Angenehm, Mr. Chillhurst.«

Der Reitmantel und die Reithosen standen ihm gut, doch selbst sie, die ihr gesamtes bisheriges Leben auf dem Land verbracht hatte, erkannte, daß die Garderobe hoffnungslos unmodern war. Offensichtlich ein nicht sonderlich gut betuchter Mann. Er konnte sich anscheinend noch nicht einmal ein Halstuch leisten, da er definitiv keines trug. Der Kragen seines Hemdes stand offen. Der Anblick seines nackten Halses hatte etwas Unzivilisiertes, gar Primitives. Olympia entdeckte sogar einen kleinen Teil seiner Brust, die mit dunklem, lockigem Haar bedeckt zu sein schien.

Der Mann sah gefährlich aus. Gefährlich und faszinierend.

Olympia erschauderte leicht. Anders als unter dem unangenehmen Griff von Draycott war dies ein Schauder der Erregung.

»Ich glaube nicht, daß ich jemanden namens Chillhurst kenne«, gelang es Olympia zu sagen.

»Ihr Onkel, Artemis Wingfield, hat mich geschickt.«

»Onkel Artemis?« Erleichterung wallte in ihr auf. »Haben Sie ihn irgendwo unterwegs getroffen? Geht es ihm gut?«

»Sehr gut, Miss Wingfield. Ich habe ihn an der französischen Küste getroffen.«

»Wunderbar.« Olympia schenkte ihm ein erfreutes Lächeln. »Ich kann es kaum erwarten, alle Neuigkeiten zu hören. Onkel Artemis erlebt immer so interessante Abenteuer. Wie ich ihn beneide. Sie müssen heute abend mit uns essen, Mr. Chillhurst. Dann können Sie uns alles erzählen.«

»Geht es Ihnen gut, Miss Wingfield?«

»Wie bitte?« Olympia starrte ihn verwirrt an. »Natürlich geht es mir gut. Weshalb sollte es mir nicht gut gehen? Ich habe eine gute Gesundheit. Immer schon gehabt. Danke für die Nachfrage, Mr. Chillhurst.«

Chillhurst zog die schwarze Braue über seinem gesunden Auge hoch. »Meine Frage bezog sich auf Ihr Erlebnis mit dieser Person da auf dem Fußboden.«

»Oh, ich verstehe.« Abrupt fiel Olympia Draycotts Anwesenheit wieder ein. »Gütiger Himmel, den hätte ich beinahe vergessen.« Sie sah, wie Draycotts Lider flatterten, und fragte sich, was sie nun tun sollte. Sie war nicht besonders bewandert in Fragen des gesellschaftlichen Umgangs, besonders nicht in Situationen wie dieser. Tante Sophy und Tante Ida hatten sich nie die Mühe gemacht, sie in solchen Nebensächlichkeiten zu unterweisen.

»Das ist Mr. Draycott«, sagte Olympia. »Ein Nachbar von uns. Ich kenne ihn seit Jahren.«

»Hat er schon immer die Angewohnheit gehabt, alleinstehende Damen in ihrem Heim zu überfallen?« fragte Chillhurst trocken.

»Was? Oh, nein.« Olympia errötete. »Zumindest glaube ich das nicht. Er scheint ohnmächtig zu sein. Meinen Sie, ich sollte meine Haushälterin rufen und sie nach dem Riechfläschchen schicken?«

»Machen Sie sich keine Umstände. Er wird früh genug wieder zu sich kommen.«

»Ja? Ich habe keine sonderliche Erfahrung mit den Auswirkungen von Faustkämpfen. Aber meine Neffen sind begeisterte Anhänger des Boxsports.« Olympia bedachte ihn mit einem fragenden Blick. »Sie scheinen sich damit sehr gut auszukennen. Haben Sie das in einer der Londoner Boxschulen gelernt?«

»Nein.«

»Ich dachte, das hätten Sie vielleicht. Nun, ist auch egal.« Sie blickte erneut auf Draycott hinab. »Auf alle Fälle war er recht lästig. Ich hoffe, er hat aus dieser Sache gelernt. Ich muß sagen, wenn er sich weiterhin so benimmt, werde ich ihm nicht mehr erlauben, meine Bibliothek zu benutzen.«

Chillhurst sah sie an, als sei sie verrückt geworden. »Miss Wingfield, gestatten Sie mir die Bemerkung, daß er unter keinen Umständen die Erlaubnis bekommen sollte, Ihr Haus noch einmal zu betreten. Zudem sollte eine Frau Ihres Alters sowieso niemals allein Herrenbesuch in ihrer Bibliothek empfangen.«

»Seien Sie nicht albern. Ich bin fünfundzwanzig Jahre alt, Sir. Ich habe von Herrenbesuchen nichts zu befürchten. Auf jeden Fall bin ich eine Frau von Welt und lasse mich als solche nicht leicht durch ungewöhnliche oder außergewöhnliche Umstände aus der Fassung bringen.«

»Tatsächlich, Miss Wingfield?«

»Ganz bestimmt. Ich nehme an, der arme Mr. Draycott wurde einfach von der Art intellektueller Leidenschaft erfaßt, die oft durch großes Interesse an alten Legenden hervorgerufen wird. Diese ganzen Geschichten von verlorenen Schätzen und so haben eine äußerst erregende Wirkung auf die Sinne mancher Menschen.«

Chillhurst starrte sie an. »Und sind Sie dieser erregenden Wirkung auch schon erlegen, Miss Wingfield?«

»In der Tat.« Olympia unterbrach sich, da Draycott sich zu regen begann. »Sehen Sie, er öffnet die Augen. Meinen Sie, er wird Kopfschmerzen haben wegen des entsetzlichen Schlags, den Sie ihm verpaßt haben?«

»Mit etwas Glück, ja«, murmelte Chillhurst.

»Verdammt«, brummte Draycott. »Was ist bloß passiert?« Er starrte Chillhurst verwirrt an. Nach einer ganzen Weile riß er plötzlich überrascht die Augen auf. »Wer, in drei Teufels Namen, sind Sie, Sir?«

Chillhurst blickte zu ihm hinab. »Ein Freund der Familie.«

»Was fällt Ihnen ein, mich einfach anzugreifen?« fragte Draycott. Vorsichtig berührte er seine Wange. »Bei Gott, dafür werde ich Sie vor den Richter bringen.«

»Das werden Sie tunlichst bleiben lassen, Mr. Draycott«, sagte Olympia scharf. »Ihr Benehmen war wahrhaft abscheulich, wie Sie zweifellos selbst wissen. Ich bin sicher, daß Sie sich umgehend empfehlen möchten.«

»Erst wird er sich bei Ihnen entschuldigen, Miss Wingfield«, warf Chillhurst leise ein.

Olympia starrte ihn überrascht an. »Wird er das?«

»Ja.«

»Verdammt. Ich habe mir nichts zuschulden kommen lassen«, sagte Draycott in beleidigtem Ton. »Ich habe lediglich versucht, Miss Wingfield von der Leiter zu helfen. Und das ist der Dank dafür.«

Chillhurst beugte sich vor, packte Draycott beim Halstuch und zerrte den angeschlagenen Mann auf die Füße. »Sie werden sich auf der Stelle entschuldigen«, sagte er bestimmt. »Und dann werden Sie das Haus verlassen.«

Draycott blinzelte mehrere Male. Sein Blick fiel auf Chillhursts unbewegte Miene. Schnell wandte er sich ab und sagte: »Ja, natürlich. Das alles war ein Mißverständnis. Es tut mir furchtbar leid.«

Ohne Vorwarnung ließ ihn Chillhurst los. Draycott stolperte und machte schnell einen Satz nach hinten, um sich außer Reichweite zu bringen. Mit dem Ausdruck größten Unbehagens wandte er sich an Olympia.

»Es tut mir leid, wenn es zwischen uns ein Mißverständnis gegeben hat, Miss Wingfield«, sagte er steif. »Ich wollte Ihnen gewiß nicht zu nahe treten.«

»Natürlich wollten Sie das nicht.« Olympia konnte sich nicht helfen, neben Mr. Chillhurst erschien ihr Draycott plötzlich sehr klein und harmlos. Es fiel ihr schwer sich vorzustellen, daß sie noch vor wenigen Minuten wegen seines Benehmens tatsächlich leicht beunruhigt gewesen war. »Ich glaube, es ist das beste, wenn wir beide die Angelegenheit schnellstens vergessen. Tun wir, als sei nichts geschehen.«

Draycott warf einen Blick auf Chillhurst. »Wie Sie wünschen.«

Er strich seinen Mantel glatt und rückte sein Halstuch zurecht. »Nun, wenn Sie mich jetzt entschuldigen wollen. Ich muß gehen. Bemühen Sie sich nicht, ich finde allein hinaus.«

Nachdem Draycott die Bibliothek eilig verlassen hatte, senkte sich Schweigen über den Raum. Olympia sah Chillhurst an, der wiederum sie mit einem ausdruckslosen Blick betrachtete. Keiner der beiden sagte ein Wort, ehe die Haustür hinter Draycott ins Schloß gefallen war.

Dann lächelte Olympia. »Vielen Dank für Ihre Hilfe, Mr. Chillhurst. Das war äußerst galant von Ihnen. Ich bin noch nie zuvor von jemandem gerettet worden. Eine höchst ungewöhnliche Erfahrung.«

Chillhurst verbeugte sich mit einem ironischen Grinsen. »Nicht der Rede wert, Miss Wingfield. Es freut mich, daß ich Ihnen einen Gefallen erweisen konnte.«

»Das haben Sie in der Tat, obgleich ich bezweifle, daß Mr. Draycott mehr wollte als einen harmlosen Kuß.«

»Ach.«

Olympia runzelte die Stirn angesichts der Skepsis in Chillhursts Augen. »Er ist wirklich kein schlechter Mensch. Ich kenne ihn, seit ich nach Upper Tudway kam. Aber ich muß zugeben, daß er sich recht seltsam verhält seit dem Tod seiner Frau vor sechs Monaten.« Sie hielt inne. »Er hat in jüngster Zeit ein erstaunliches Interesse an alten Legenden entwickelt, was zufällig mein Spezialgebiet ist.«

»Das überrascht mich nicht.«

»Was? Daß das mein Spezialgebiet ist?«

»Nein, daß Draycott ein solch plötzliches Interesse daran entwikkelt hat.« Chillhurst blickte finster. »Offensichtlich nahm er an, es sei dann leichter, Sie zu verführen, Miss Wingfield.«

Olympia war entsetzt. »Gütiger Himmel, Sie glauben doch nicht allen Ernstes, daß das, was heute nachmittag passiert ist, von ihm geplant war?«

»Ich nehme an, es war durchaus geplant, Miss Wingfield.«

»Ich verstehe.« Olympia dachte kurz darüber nach. »Diese Möglichkeit hatte ich noch nicht in Betracht gezogen.«

»Offensichtlich nicht. Ich möchte Ihnen nur raten, ihn nicht mehr allein zu empfangen.«

Olympia machte eine wegwerfende Handbewegung. »Nun, es ist wirklich nicht so wichtig. Oje, ich bin wirklich unhöflich. Sie hätten gewiß gern eine Tasse Tee, nicht wahr? Wahrscheinlich hatten Sie eine anstrengende Reise. Ich werde meine Haushälterin rufen.«

Noch ehe Olympia nach Mrs. Bird läuten konnte, öffnete sich krachend die Haustür. Lautes Bellen erfüllte die Eingangshalle. Hundepfoten kratzten auf dem Holzfußboden vor der Bibliothek. Stiefelgepolter war zu hören. Jugendliche Stimmen erhoben sich zu einem tosenden Chor.

»Tante Olympia? Tante Olympia, wo bist du?«

»Wir sind wieder da, Tante Olympia.«

Olympia blickte Chillhurst an. »Ich glaube, meine Neffen sind von ihrem Angelausflug zurück. Sie werden Sie unbedingt sehen wollen. Sie hängen sehr an Onkel Artemis, und ich bin sicher, daß sie alles hören wollen, was Sie uns von Ihrer Begegnung mit ihm zu berichten haben. Sie könnten vielleicht auch etwas von Ihrer Erfahrung im Boxkampf erzählen. Meine Neffen werden eine Menge Fragen haben.«

In dem Augenblick platzte ein riesiger zotteliger Hund von unbestimmter Rasse in die Bibliothek. Er bedachte Chillhurst mit einem lauten Bellen und galoppierte dann auf Olympia zu. Er war klatschnaß, und seine enormen Pfoten hinterließen matschige Abdrücke auf dem Teppich.

»Oje, Minotaurus ist mal wieder nicht angeleint.« Olympia richtete sich auf. »Sitz, Minotaurus. Sitz, habe ich gesagt. Sei ein braver Hund.«

Ohne auch nur kurz innezuhalten, stürzte der Hund vorwärts. Seine Zunge baumelte aus seinem grinsenden Maul.

Olympia machte einen schnellen Satz zurück. »Ethan? Hugh? Bitte ruft euren Hund zurück.«

»Hierher, Minotaurus«, schrie Ethan aus der Eingangshalle. »Hierher, alter Junge.«

»Komm sofort zurück, Minotaurus«, brüllte Hugh.

Minotaurus schenkte den beiden Jungen keinerlei Beachtung. Er hatte es sich in den Kopf gesetzt, Olympia zu begrüßen, und niemand konnte ihn davon abhalten. Er war ein freundliches Ungetüm von einem Hund, und Olympia hatte ihn ins Herz geschlossen, nachdem ihre Neffen ihn gefunden und mit heimgebracht hatten. Nur hatte das Biest unglücklicherweise keinerlei Manieren.

Der riesige Hund kam direkt vor ihr zum Stehen und setzte sich auf die Hinterpfoten. Olympia streckte eine Hand aus, um ihn abzuwehren, aber sie wußte, daß es sinnlos war.

»Bleib sitzen, Junge, bleib sitzen«, sagte sie, ohne wirklich daran zu glauben. »Bitte, sitz. *Bitte.*«

Minotaurus jaulte begeistert auf. Er fühlte seinen Sieg nahen. Seine schmutzigen Pfoten rutschten unaufhaltsam an Olympias schönem Kleid hinab.

»Das reicht«, sagte Chillhurst. »Undressierte Hunde im Haus haben mir noch nie gefallen.«

Aus den Augenwinkeln heraus sah Olympia, daß er sich bewegte. Er machte einen einzigen ruhigen Schritt auf Minotaurus zu, packte das Lederhalsband des Hundes und zog ihn mit fester Hand herunter, bis wieder alle vier Pfoten auf der Erde waren.

»Sitz«, sagte Chillhurst zu dem Hund. »Sitz.«

Minotaurus blickte überrascht zu ihm auf. Einen Moment lang beäugten sich Mann und Hund gegenseitig. Dann jedoch setzte Minotaurus sich gehorsam auf die Hinterbacken.

»Das ist wirklich erstaunlich«, sagte Olympia. »Wie haben Sie das bloß geschafft, Mr. Chillhurst? Minotaurus gehorcht sonst nie.«

»Er braucht einfach eine feste Hand.«

»Tante Olympia? Bist du in der Bibliothek?« Ethan kam durch die Tür gerannt. Das Gesicht des Achtjährigen spiegelte helle Aufregung wider. Sein sandfarbenes Haar klebte am Kopf. Seine Kleider waren ebenso naß wie das Fell des Hundes. »Da draußen steht eine fremde Kutsche. Sie ist riesengroß und voll mit Kisten. Ist Onkel Artemis zu Besuch gekommen?«

»Nein.« Olympia runzelte die Stirn, als sie seine Aufmachung sah.

Gerade als sie fragen wollte, weshalb er mit seinen Kleidern baden gegangen sei, kam Ethans Zwilling Hugh ins Zimmer gestürzt. Er war ebenso schlammbedeckt wie sein Bruder. Außerdem war auch noch sein Hemd zerrissen.

»Sag mal, Tante Olympia, haben wir Besuch?« fragte er aufgeregt. Seine blauen Augen blitzten vor Begeisterung.

Beide Jungen blieben abrupt stehen, als sie Chillhurst entdeckten. Sie starrten ihn an, während Wasser auf den Teppich rann.

»Wer sind Sie?« platzte Hugh heraus.

»Kommen Sie aus London?« fragte Ethan eifrig. »Was haben Sie alles in der Kutsche?«

»Was ist mit Ihrem Auge passiert?« wollte Hugh wissen.

»Hugh, Ethan, wo bleibt euer Benehmen?« Olympia bedachte die beiden Jungen mit einem strengen, doch zugleich liebevollen Blick. »So begrüßt man einen Gast nicht. Bitte lauft schnell nach oben und zieht euch um. Ihr beide seht aus, als wärt ihr in den Bach gefallen.«

»Ethan hat mich reingeschubst, also habe ich ihn auch reingeschubst«, erklärte Hugh kurz. »Und dann ist Minotaurus auch noch ins Wasser gesprungen.«

Ethan war empört. »Ich habe dich nicht ins Wasser geschubst.«

»Hast du doch« sagte Hugh.

»Hab ich nicht.«

»Hast du doch.«

»Das ist jetzt nicht so wichtig«, beeilte sich Olympia zu sagen. »Geht rauf und zieht euch ordentlich an. Wenn ihr wieder runterkommt, werde ich euch Mr. Chillhurst ordentlich vorstellen.«

»Oh, Tante Olympia«, sagte Ethan in dem unangenehm weinerlichen Ton, den er sich in letzter Zeit angewöhnt hatte. »Sei keine Spielverderberin. Erzähl uns erst, wer dieser Typ ist.«

Olympia fragte sich, wo Ethan diesen Jargon aufgeschnappt hatte. »Ich werde euch alles später erzählen. Es ist wirklich aufregend. Aber ihr seid beide äußerst schmutzig, und deshalb müßt ihr euch erst umziehen. Ihr wißt, wie ärgerlich Mrs. Bird wird, wenn sie Matsch auf dem Teppich entdeckt.«

»Zum Teufel mit Mrs. Bird«, sagte Hugh.

»Hugh.« Olympia schnappte nach Luft.

»Ehrlich, sie regt sich immerzu über irgend etwas auf, Tante Olympia. Das weißt du doch.« Er sah Chillhurst an. »Sind Sie ein Pirat?«

Chillhurst schwieg. Wahrscheinlich vor allem deshalb, weil in der Eingangshalle schon wieder Lärm erklang. Zwei Cockerspaniel kamen in den Raum gestürzt. Mit fröhlichem Kläffen verkündeten sie ihre Ankunft, wobei sie wild hin- und herrannten. Dann sahen sie neugierig zu Minotaurus, der nach wie vor wohlerzogen zu Chillhursts Füßen saß.

»Tante Olympia? Was ist los? In der Einfahrt steht eine fremde Kutsche. Wem gehört die?« Robert, zwei Jahre älter als die Zwillinge, erschien in der Tür. Sein Haar war dunkler als das seiner Brüder, aber seine Augen hatten dasselbe leuchtende Blau. Er war zwar nicht tropfnaß, aber seine Stiefel waren schlammbedeckt, und sein Gesicht und seine Hände waren ebenfalls sehr schmutzig.

Unter einem Arm trug er einen riesigen Drachen. Der lange, schmutzige Schwanz schleifte auf dem Boden. Drei kleine Fische baumelten an einer Schnur, die er in der anderen Hand hielt. Als er Chillhurst entdeckte, machte er abrupt halt und riß die Augen auf.

»Hallo«, sagte Robert. »Wer sind Sie denn, Sir? Ist das da draußen Ihre Kutsche?«

Chillhurst ignorierte die wild herumspringenden Cockerspaniel und blickte die drei Jungen nachdenklich an. »Ich bin Chillhurst«, sagte er schließlich. »Euer Onkel hat mich geschickt.«

»Ehrlich?« fragte Hugh. »Woher kennen Sie denn Onkel Artemis?«

»Ich habe ihn erst kürzlich kennengelernt«, erklärte Chillhurst. »Er wußte, daß ich nach England fuhr, und bat mich, hier in Upper Tudway Station zu machen.«

Robert strahlte. »Dann hat er Ihnen bestimmt Geschenke für uns mitgegeben. Sind sie in der Kutsche?«

»Onkel Artemis schickt uns immer Geschenke«, erläuterte Hugh.

»Stimmt«, mischte sich Ethan ein. »Wo sind unsere Geschenke?«

»Ethan«, sagte Olympia. »Es ist äußerst unhöflich, einen Gast nach Geschenken zu fragen, ehe er auch nur die Gelegenheit hatte, sich nach der Reise frisch zu machen.«

»Es ist schon gut, Miss Wingfield«, sagte Chillhurst leise. Er wandte sich an Ethan. »Unter anderem hat euer Onkel mich geschickt.«

»Sie?« Ethan war wie vom Donner gerührt. »Weshalb sollte er Sie schicken?«

»Ich bin euer neuer Hauslehrer«, sagte Chillhurst.

Überraschtes Schweigen. Olympia beobachtete, wie die freudige Aufregung ihrer drei Neffen in blankes Entsetzen umschlug. Sie starrten Chillhurst an.

»Verflucht«, stieß Hugh hervor.

»Wir wollen keinen anderen Hauslehrer.« Ethan rümpfte die Nase. »Der letzte war todlangweilig. Die ganze Zeit nur Latein und Griechisch.«

»Wir brauchen keinen Hauslehrer«, versicherte Hugh Chillhurst. »Stimmt doch, Robert, oder?«

»Stimmt«, beeilte sich Robert ihm beizupflichten. »Tante Olympia kann uns alles beibringen, was wir wissen müssen. Sag ihm, daß wir keinen Hauslehrer wollen, Tante Olympia.«

»Das versteh ich nicht, Mr. Chillhurst.« Olympia starrte den Piraten an, der da mitten in ihrer Bibliothek stand. »Mein Onkel würde gewiß keinen Hauslehrer engagieren, ohne mich vorher zu fragen.«

Chillhurst wandte sich mit einem eigenartig glitzernden Blick an sie. »Aber genau das hat er getan, Miss Wingfield. Ich hoffe, das stellt Sie vor keine allzu großen Probleme. Ich bin den ganzen weiten Weg gekommen, weil man mir eine Stelle versprochen hat. Ich hoffe, Sie werden Verwendung für mich haben.«

»Ich bin mir keineswegs sicher, daß ich mir einen neuen Hauslehrer leisten kann«, sagte Olympia langsam.

»Machen Sie sich wegen meines Gehalts keine Sorgen«, sagte Chillhurst freundlich. »Ich wurde bereits im voraus bezahlt.«

»Ich verstehe.« Olympia wußte nicht, was sie sagen sollte.

Chillhurst wandte sich an die drei Jungen, die ihn enttäuscht anstarrten. »Robert, du wirst wieder hinausgehen und die Fische in die Küche bringen, wo du sie ausnehmen wirst.«

»Mrs. Bird nimmt sie immer aus«, sagte Robert schnell.

»Du hast sie gefangen, also wirst du sie auch ausnehmen«, entgegnete Chillhurst ruhig. »Ethan, Hugh, ihr beide werdet umgehend sämtliche Hunde aus dem Haus schaffen.«

»Aber die Hunde sind immer im Haus«, protestierte Ethan. »Zumindest Minotaurus. Die Cockerspaniel gehören einem der Nachbarn.«

»Von nun an sind keine Hunde außer Minotaurus im Haus gestattet, und Minotaurus darf auch nur ins Haus, wenn er sauber und trocken ist. Seht zu, daß die Cockerspaniel dahin kommen, wo sie hingehören, und dann kümmert ihr euch um euren eigenen Hund.«

»Aber Mr. Chillhurst«, setzte Ethan mit seiner neuen, weinerlichen Stimme an.

»Und Gejammere gibt es auch nicht«, sagte Chillhurst. »Jammern verärgert mich.« Er zog eine goldene Taschenuhr hervor und sah nach der Zeit. »Nun, ihr habt eine halbe Stunde, um zu baden und euch umzuziehen.«

»Ich brauche kein Bad«, brummte Robert.

»Du wirst ein Bad nehmen, und zwar schnell.« Chillhurst ließ die Uhr wieder in die Tasche gleiten. »Wenn ihr fertig seid, werden wir uns treffen, und ich werde euch den Stundenplan erklären, nach dem wir arbeiten werden. Verstanden?«

»Verdammt«, flüsterte Robert. »Der Typ ist vollkommen verrückt.«

Ethan und Hugh starrten Chillhurst nach wie vor mit offenen Mündern an.

»Ich fragte, ob ihr mich verstanden habt?« wiederholte Chillhurst mit gefährlich leiser Stimme.

Ethans und Hughs Blick fiel auf das Messer, das an Chillhursts Oberschenkel befestigt war.

»Ja, Sir«, sagte Ethan eilig.

Hugh schluckte. »Ja, Sir.«

Robert bedachte Chillhurst mit einem beleidigten Blick, aber auch er widersprach ihm nicht. »Ja, Sir.«

»Dann seid ihr jetzt entlassen«, sagte Chillhurst.

Die drei Jungen machten auf dem Absatz kehrt und stürzten zur Tür hinaus. Die Hunde rannten ihnen lärmend hinterher. In der Tür gab es ein kurzes Gedrängel, doch dann war alles ruhig.

Olympia starrte ihnen ungläubig nach. »Das war einfach unglaublich, Mr. Chillhurst. Sie sind engagiert.«

»Vielen Dank, Miss Wingfield. Ich werde mein Bestes tun, um Ihr Vertrauen nicht zu enttäuschen.«

Kapitel 2

»Ich möchte Ihnen gleich reinen Wein einschenken, Mr. Chillhurst.« Olympia faltete die Hände über der Schreibtischplatte und blickte Jared an. »Ich habe in den vergangenen sechs Monaten drei Hauslehrer eingestellt. Keiner von ihnen blieb länger als vierzehn Tage.«

»Seien Sie versichert, daß ich so lange bleiben werde, wie es erforderlich ist, Miss Wingfield.« Jared lehnte sich in seinem Stuhl zurück und betrachtete Olympia eingehend.

Verdammt, dachte er. Er konnte einfach nicht den Blick von ihr wenden. Von Anfang an hatte sie ihn fasziniert.

Nein, die Faszination hatte bereits an dem Abend in der schmuddeligen französischen Hafenkneipe begonnen, als Artemis Wingfield ihm seine ungewöhnliche Nichte beschrieben hatte. Jared hatte die ganze Reise über den Kanal damit verbracht, sich die Frau vorzustellen, der es gelungen war, das Lightbourne-Tagebuch ausfindig zu machen. Schließlich hatten mehrere Mitglieder seiner eigenen Familie jahrelang vergeblich versucht, das Tagebuch zu finden, und nun fragte er sich, was für eine Frau Olympia war, wenn sie die Cleverness besaß, ihnen zuvorzukommen.

Auch wenn er äußerst gespannt gewesen war auf diese Person, so hatte ihn doch die Vehemenz überrascht, mit der er auf Draycotts Angriff gegen Olympia reagiert hatte. Die Gefühle, die ihn in dem Moment überkommen hatten, waren von einer wilden Heftigkeit gewesen, die für ihn neu war.

Es war, als hätte er das Zimmer betreten und seine Frau in den Armen eines anderen Mannes entdeckt. Er hätte Draycott erwürgen können, und zugleich war er erbost über Olympias offensichtliche

Naivität. Er hatte das Bedürfnis verspürt, Olympia zu schütteln, um sie dann auf den Teppich hinabzuziehen und sie leidenschaftlich zu lieben.

Die Stärke seiner Empfindungen verwirrte Jared. Er erinnerte sich an seine Gefühle, als er seine Verlobte Demetria Seaton überrascht hatte, wie sie jemand anderen geküßt hatte. Seine Reaktion darauf war bei weitem nicht so heftig gewesen wie das, was er heute erlebt hatte.

Es ergab einfach keinen Sinn. Es war vollkommen unlogisch.

Aber trotzdem hatte Jared innerhalb von Sekunden gewußt, was er zu tun hatte. Im Handumdrehen hatte er seine sorgsam ausgeklügelten, durch und durch logischen Pläne über den Haufen geworfen. Alle Gedanken an den Erwerb des Tagebuchs und die Entdeckung seiner Geheimnisse waren wie weggewischt gewesen. Es ging nicht mehr bloß ums Geschäft.

In einer für ihn völlig untypischen Gefühlsanwandlung hatte er das Lightbourne-Tagebuch zum Teufel gewünscht. Eine sachliche, rein geschäftliche Beziehung war das letzte, was er mit Olympia eingehen wollte. In der Tat war ihm der Gedanke unerträglich.

Er wollte sie. *Wollte sie.*

Als ihm das bewußt geworden war, ging es nur noch darum, einen Weg zu finden, hier in der Nähe dieser hinreißenden Sirene bleiben zu können. Er mußte die heftige, übermächtige, leidenschaftliche Anziehungskraft dieser Frau erforschen, und wenn es das letzte war, was er in seinem Leben täte.

Alles andere zählte nicht mehr, weder sein sorgsam zurechtgelegter Plan zur Erlangung des Tagebuchs, um der jahrelangen Suche danach endlich ein Ende zu machen, noch seine ausgedehnten Geschäfte, ja nicht einmal die Suche nach der Person, die systematisch Gelder aus seinem Unternehmen veruntreute.

Seine Familie, seine Geschäfte und der verdammte Betrüger

konnten ihm alle eine Weile gestohlen bleiben. Zum ersten Mal in seinem Leben würde er etwas tun, was er wirklich tun wollte – zum Teufel mit seinen Verpflichtungen.

Mit der ihm eigenen kühlen Intelligenz hatte er die offensichtliche Lösung für sein neues Problem erkannt und war in die Rolle des neuen Hauslehrers geschlüpft. Es war erstaunlich einfach gewesen, als hätte das Schicksal höchstpersönlich seine Hand im Spiel gehabt.

Erst jetzt, da er die Gelegenheit hatte, sich über seine erstaunliche Impulsivität Gedanken zu machen, fragte Jared sich, ob er vielleicht übergeschnappt sei.

Dennoch bedauerte er sein übereiltes Handeln keineswegs. Er wußte nur allzu gut, daß das Verlangen, das er in seinem Inneren verspürte, und die Hitze, die durch seine Adern strömte, eine Bedrohung waren für seine vielgerühmte Selbstbeherrschung. Aber aus irgendeinem unerfindlichen Grund war ihm dieses Risiko vollkommen egal.

Diese Gleichgültigkeit erstaunte Jared mehr als alles andere, was bisher geschehen war. Die ruhige, kühle, logische Art, mit der er bisher alle Dinge im Leben angepackt hatte, war ihm bisher sehr wichtig gewesen.

In einer Familie, in der alle anderen immer nur ihren Leidenschaften und seltsamen Launen zu folgen schienen, hatten Selbstbeherrschung und kalte Zurückhaltung Jared inneren Frieden und ein beruhigendes Gefühl von Ordnung vermittelt. Er hatte seine eigenen Gefühle immer derart in Zaum gehalten, daß er sich mit der Zeit gefragt hatte, ob er überhaupt noch irgendwelcher Regungen fähig war.

Und nun hatte ihm Olympia Wingfield bewiesen, daß er durchaus noch Sehnsüchte hatte. Sie war eine Sirene, da war er sich ganz sicher. Eine, die sich ihrer eigenen Macht noch nicht bewußt war.

Es war nicht ihre Schönheit, die durch den Panzer gedrungen war, mit dem er sich vor so langer Zeit umgeben hatte. Demetria war wesentlich eleganter und schöner gewesen.

Aber Olympia mit ihrem wilden, leuchtend roten Haar, ihrem ausdrucksstarken Gesicht, ihren Augen in der Farbe einer versteckten Lagune war mehr als schön. Sie war aufregend. Faszinierend. Lebendig. Sie versprühte einen unschuldigen Charme, der verführerischer war als alles, was Jared bisher erlebt hatte.

Es schien ihm, als sänge ihr ganzer schlanker, sanft gerundeter Körper unter dem bescheidenen Musselinkleid, das sie trug, ein stummes, sinnliches Lied. Die Reginald Draycotts dieser Welt müßten sich für eine Weile mit anderen weiblichen Bekannten begnügen, beschloß er. Er wollte Olympia, und er hatte nicht die Absicht, irgendeinem anderen Mann zu gestatten, auch nur in ihre Nähe zu gelangen, solange er selbst von ihr verzaubert war.

Doch bei aller Neugierde und Faszination, die er verspürte, erkannte Jared, daß Olympia irgendwie unordentlich und zerzaust wirkte. Ihre gesamte Aufmachung, von der Musselinhaube, die schief auf ihrem wirren Haar saß, bis hin zu den Baumwollstrümpfen, die sich aus dem Strumpfhalter gelöst hatten und auf die Knöchel hinabgerutscht waren, wirkte auf fröhliche Weise durcheinander. Sie erweckte den Anschein einer Frau, die gefangen war zwischen dem grauen Alltag und irgendeiner fantastischen Welt, die nur sie selbst sehen konnte.

Sie war ganz offensichtlich ein Blaustrumpf, vom Schicksal dazu bestimmt, eine alte Jungfer zu werden, aber sie wirkte durchaus zufrieden mit ihrem Los. Jared konnte sich gut vorstellen, daß sie es genoß, ungebunden zu sein. Sie hatte gewiß festgestellt, daß es nur sehr wenige Männer gab, die in der Lage waren, ihre Gedanken und Gefühle zu verstehen oder gar zu teilen.

Olympia nagte an ihrer Unterlippe. »Es ist sehr freundlich von Ihnen, wenn Sie versprechen, daß Sie bleiben wollen, und ich bin überzeugt, daß Sie die besten Absichten haben. Die Sache ist jedoch die, daß meine Neffen etwas schwierig sind. Wissen Sie, sie hatten gewisse Schwierigkeiten, sich hier einzugewöhnen.«

»Machen Sie sich keine Sorgen, Miss Wingfield. Ich werde schon mit ihnen fertig werden.« Nach jahrelangem Umgang mit gerissenen Geschäftsleuten, kriegerischen Schiffskapitänen, gelegentlichen räuberischen Piraten sowie den unberechenbaren Mitgliedern seiner eigenen Familie war Jared von der Vorstellung, es mit drei flegelhaften kleinen Jungen aufnehmen zu sollen, nicht sonderlich beunruhigt.

Während eines kurzen Augenblicks trat ein hoffnungsvolles Leuchten in Olympias fantastische blaugrüne Augen. Dann jedoch runzelte sie erneut die Stirn. »Ich hoffe, Sie beabsichtigen nicht, meine Neffen mit Prügeln zu erziehen, Mr. Chillhurst. Ich werde Ihnen nicht gestatten, sie zu schlagen. Sie haben genug gelitten in den zwei Jahren, seit sie ihre Eltern verloren haben.«

»Meiner Meinung nach bringt man weder Jungen noch Pferde mit der Peitsche zur Raison, Miss Wingfield.« Jared war leicht überrascht, als er sich die Worte sagen hörte, die sein Vater vor Jahren einmal geäußert hatte. »Mit derartigen Methoden bricht man nur den Geist des Opfers.«

Olympia strahlte. »Genauso sehe ich es auch. Ich weiß, daß viele Leute an den Wert solch altmodischer Erziehungsmethoden glauben, aber ich habe sie noch niemals gutgeheißen. Meine Neffen sind gute Jungen.«

»Ich verstehe.«

»Sie befinden sich erst seit sechs Monaten in meiner Obhut«, fuhr Olympia fort. »Sie wurden nach dem Tod ihrer Eltern von einem Verwandten zum nächsten weitergereicht. Als sie schließlich bei mir landeten, waren sie ziemlich verängstigt und entmutigt. Hugh leidet immer noch gelegentlich unter Alpträumen.«

»Ich verstehe.«

»Mir ist bewußt, daß es ihnen an einem gewissen Maß an Disziplin mangelt. Aber ich bin froh, daß sie in den letzten Monaten ein wenig aufgelebt sind. Am Anfang waren sie viel zu ruhig. Ich nehme an, ihr gegenwärtiger Übermut ist ein gutes Zeichen dafür, daß sie inzwischen etwas glücklicher sind.«

»Ganz bestimmt sind sie inzwischen glücklicher«, pflichtete Jared ihr bei.

Olympias Finger krallten sich ineinander. »Ich wußte, wie ihnen zumute war, als ihre Tante und ihr Onkel aus Yorkshire sie bei mir ablieferten. Ich selbst habe diese entsetzliche Einsamkeit und die Angst gespürt, als ich damals zu Tante Sophy gebracht wurde.«

»Wie alt waren Sie zu der Zeit?«

»Zehn. Nachdem meine Eltern auf See verschollen waren, wurde auch ich von einem Verwandten zum nächsten geschickt, genau wie meine Neffen. Niemand wollte mich wirklich, obgleich einige versuchten, ihre Pflicht zu erfüllen.«

»Pflichtgefühl ist ein trauriger Ersatz für Zuneigung.«

»Stimmt, Sir. Und ein Kind spürt den Unterschied. Schließlich landete ich hier bei Tante Sophy. Sie und Tante Ida waren zu der Zeit bereits über Sechzig, aber sie nahmen mich auf und gaben mir ein richtiges Zuhause. Und ich bin fest entschlossen, ebenfalls für meine Neffen zu sorgen.«

»Das ist löblich, Miss Wingfield.«

»Unglücklicherweise habe ich keine besondere Ahnung davon, wie man kleine Jungen erzieht«, gestand Olympia. »Ich hatte Angst davor, zu hart mit ihnen umzuspringen, weil ich nicht wollte, daß sie sich ungeliebt und unwillkommen fühlen.«

»Eine gewisse Ordnung und vernünftige Disziplin geben einem Jungen nicht das Gefühl, ungeliebt oder unwillkommen zu sein«, sagte Jared ruhig. »Ganz im Gegenteil.«

»Meinen Sie?«

Jared legte die Fingerspitzen gegeneinander. »Es ist meine Meinung als Hauslehrer, daß ein streng geregelter Lehrplan und lehrreiche Aktivitäten Ihren Neffen nur guttun werden.«

Olympia entfuhr ein Seufzer der Erleichterung. »Ich wäre Ihnen gewiß sehr dankbar, wenn es Ihnen gelänge, wieder eine gewisse Ordnung in unseren Haushalt zu bringen. Es ist wirklich schwierig zu arbeiten bei all dem Lärm und dem Hin und Her. In den letzten Monaten habe ich nicht einen einzigen Artikel schreiben können. Es scheint, als gäbe es immer irgendwo irgendeine Krise.«

»Krise?«

»Letzten Sonntag hat Ethan einen Frosch mit in die Kirche genommen. Sie glauben nicht, was für eine Aufregung das gegeben hat. Vor ein paar Tagen hat Robert versucht, das Pferd eines unserer Nachbarn ohne Sattel zu reiten, und wurde prompt abgeworfen. Gestern hat Hugh sich mit dem kleinen Charles Bristow geprügelt, und die Mutter des jungen Mannes hat ein entsetzliches Theater deswegen veranstaltet.«

»Weswegen haben sie sich denn geprügelt?« fragte Jared neugierig.

»Keine Ahnung. Hugh wollte es mir nicht sagen. Aber er hatte eine blutige Nase, und ich hatte große Sorgen, ob sie nicht vielleicht sogar gebrochen sei.«

»Also hat Hugh den Kampf verloren?«

»Ja, aber das ist vollkommen unwichtig. Was zählt, ist, daß es überhaupt zu dieser Schlägerei gekommen ist. Ich war wirklich sehr beunruhigt. Mrs. Bird sagte, ich solle ihm dafür eine Tracht Prügel versetzen, aber das werde ich auf keinen Fall tun. Nun, auf jeden Fall können Sie sich jetzt vielleicht vorstellen, wie das Leben hier in den letzten Monaten aussah.«

»Hm.«

»Und vor allem ist es immer entsetzlich *laut*«, fuhr Olympia unglücklich fort. »Man hat das Gefühl, auf dem Jahrmarkt zu sein.« Sie rieb sich die Stirn. »Ich gebe zu, zeitweise ist es recht anstrengend.«

»Machen Sie sich keine Sorgen, Miss Wingfield. Ihre Neffen sind bei mir in guten Händen. Ich werde einen geregelten Stundenplan für die Jungen erstellen, so daß Sie sich wieder Ihrer Arbeit widmen können. Da wir gerade davon sprechen, ich muß sagen, Ihre Bibliothek ist wirklich beeindruckend.«

»Vielen Dank.« Durch diese Bemerkung kurz abgelenkt, sah Olympia sich voll liebevollem Stolz in dem Raum um. »Den Großteil der Bücher habe ich von Tante Sophy und Tante Ida geerbt. In jüngeren Jahren sind sie viel gereist, und sie haben von überallher Bücher und Manuskripte mitgebracht. Dieser Raum birgt zahlreiche wahre Schätze.«

Es gelang Jared, seinen Blick lange genug von Olympia loszureißen, um sich die Bibliothek etwas genauer anzusehen. Das Zimmer war ebenso seltsam und faszinierend wie diese Frau.

Es war das Refugium einer gebildeten Person, vollgestopft mit gelehrten Büchern, Landkarten und Globen. Es lagen keine Bücher mit gepreßten Blumen herum, und es stand auch kein Nähkorb in der Ecke. Olympias Schreibtisch war ein großes und stattliches Ungetüm aus blankpoliertem Mahagoni. Er hatte keinerlei Ähnlichkeit mit den zierlichen, kleinen Tischchen, die von den meisten Frauen benutzt wurden. In der Tat erinnerte ihn dieses Möbelstück an seinen eigenen Schreibtisch.

»Was Ihre Stellung hier betrifft, Mr. Chillhurst«, Olympia legte die Stirn in Falten. »Ich nehme an, ich sollte nach Referenzen fragen. Mrs. Milton, eine Nachbarin, hat mich aufgeklärt, daß man niemals einen Hauslehrer einstellen sollte, der nicht verschiedene hervorragende Referenzen vorzuweisen hat.«

Jareds Augen wanderten zu ihr zurück. »Ihr Onkel hat mich geschickt. Ich nahm an, das sei Empfehlung genug.«

»Oh, ja.« Olympias Blick hellte sich auf. »Ja, natürlich. Eine bessere Empfehlung könnten Sie wohl kaum haben.«

»Es freut mich, daß Sie das so sehen.«

»Die Sache wäre dann also erledigt.« Olympia war offensichtlich erleichtert, daß sie sich keine weiteren Gedanken über ein solch lästiges Detail wie Referenzen machen mußte. Sehnsucht flackerte in ihren Augen auf. »Sie sagten, Sie hätten Onkel Artemis in Frankreich getroffen?«

»Ja. Ich war unterwegs von Spanien nach England.«

»Sie waren in Spanien?« Olympia war hingerissen. »Ich wollte schon immer einmal nach Spanien reisen. Und nach Italien und Griechenland.«

»Zufällig bin ich in all diesen Ländern schon einmal gewesen.« Jared machte eine Pause, um zu sehen, wie sie darauf reagierte. »Und auf den Westindischen Inseln und in Amerika.«

»Wie aufregend, Sir. Wie ich Sie beneide. Sie sind in der Tat ein Mann von Welt.«

»So könnte man vielleicht sagen«, stimmte Jared ihr zu. Er war einfach ein Mann, dachte er zugleich wehmütig und amüsiert. Er konnte sich nicht helfen, die weibliche Bewunderung, die er in den Augen dieser Sirene entdeckte, wärmte sein Innerstes.

»Zweifelsohne sind Sie äußerst versiert in bezug auf die Bräuche der Bewohner fremder Länder.« Olympia sah ihn erwartungsvoll an.

»Ich habe gewisse Betrachtungen angestellt«, entgegnete Jared.

»Dank der hervorragenden Erziehung, die ich bei meinen Tanten genossen habe, betrachte ich mich als Frau von Welt«, vertraute Olympia ihm an. »Aber ich hatte leider nie die Gelegenheit, in fremde Länder zu reisen. Es ging meinen Tanten in den letzten Jahren nicht besonders gut. Und jetzt lebe ich von der kleinen Erbschaft, die sie mir hinterlassen haben, die jedoch natürlich keinesfalls reicht, um eine interessante Reise zu finanzieren.«

»Ich verstehe.« Jared lächelte leicht bei dem Gedanken an Olympia als Frau von Welt. »Nun denn, da wären vielleicht noch ein oder zwei Kleinigkeiten, über die wir sprechen sollten hinsichtlich meiner Stellung in Ihrem Haushalt, Miss Wingfield.«

»So?«

»Ich fürchte, ja.«

»Ich dachte, wir hätten alles geregelt.« Olympia sank erneut auf ihren Stuhl. Ihr entfuhr ein weiterer, durchaus sinnlicher Seufzer, der bei einer anderen Frau fälschlicherweise als Äußerung von Leidenschaft hätte aufgefaßt werden können. »Nie zuvor ist mir jemand begegnet, der so weit gereist ist wie Sie, Sir. Es wird mir ein großes Vergnügen sein, Ihnen zahlreiche Fragen zu stellen und bestimmte Dinge, die ich meinen Büchern entnommen habe, auf ihren Wahrheitsgehalt hin zu überprüfen.«

Jared bemerkte, daß sie ihn anstarrte, als sei er der hübscheste, faszinierendste, begehrenswerteste Mann auf Erden. Nie zuvor hatte ihn eine Frau mit einem derartigen Verlangen angesehen. Noch nicht einmal die Augenklappe schien ihr etwas auszumachen.

Bisher hatte er an sich noch kein besonderes Talent im Umgang mit Frauen entdeckt. Zum einen war er, seit er neunzehn war, immer viel zu beschäftigt gewesen, um dieser Sache viel Zeit zu widmen. Und zum anderen schien ihm, wie sein Vater wiederholte Male bedauernd festgestellt hatte, ganz einfach das Flamecrestsche Feuer zu fehlen.

Es war nicht so, daß ihm die normale männliche Begierde fehlen würde. Die kannte er nur allzu gut. Er wußte genau, wie es war, spät nachts wach zu liegen und sich nach einer warmen, liebenden Frau zu sehnen.

Das Problem bestand darin, daß es einfach nicht seiner Natur entsprach, eine Reihe oberflächlicher Affären zu pflegen. Die paar Romanzen, die es im Laufe der Jahre gegeben hatte, hatten ihn ruhelos und unzufrieden zurückgelassen. Und er nahm an, daß es seinen Partnerinnen nicht anders ergangen war. Wie Demetria ihm deutlich zu verstehen gegeben hatte, gab es außer seinem Titel und den damit verknüpften Erwartungen nicht viel Interessantes an ihm.

Doch heute sagte ihm irgendein tief verborgener männlicher Instinkt, daß es durchaus möglich wäre, Olympia Wingfield zu verführen. Sie würde keine Gedichte, keine Blumen und keine schmachtenden Blicke erwarten.

Alles, was er zu tun hatte, war, sie mit Geschichten von seinen Reisen zu fesseln.

Er begann, sich einen genauen Plan zurechtzulegen. Zweifelsohne würde sie ihn für eine Geschichte von einem Abenteuer in Neapel oder Rom mit einem Lächeln belohnen. Eine Erzählung von einer Reise nach Amerika würde sie dahinschmelzen lassen. Er wagte nicht, sich vorzustellen, was sie täte, wenn er ihr von seiner Fahrt zu den Westindischen Inseln berichtete. Allein der Gedanke an die Möglichkeiten ließ ihn erstarren.

Jared atmete tief ein und versuchte, das heiße, schmerzhafte Drängen in seinem Inneren zu bezwingen. Er tat, was er immer tat, wenn er merkte, daß er die Selbstbeherrschung verlor. Er griff in die Innentasche seines Mantels und zog seinen Terminkalender hervor. Er bemerkte, daß Olympia interessiert zusah, wie er die Seite aufschlug, auf der die Termine für den heutigen Tag notiert waren.

»Zunächst sollten wir über die Warensendung sprechen, die Ihr Onkel mir anvertraut hat«, sagte Jared.

»Ja, natürlich«, erwiderte sie brüsk. »Es war sehr freundlich von Ihnen, die Sendung bis hierher zu begleiten. Wie Onkel Artemis Ihnen sicher erläutert hat, haben er und ich eine recht profitable

Abmachung getroffen. Er sucht auf seinen Reisen eine Reihe interessanter Waren aus und schickt sie dann hierher, damit ich sie an Londoner Händler weiterverkaufe.«

Jared versuchte vergeblich, sich Olympia als gewiefte Verkäuferin importierter Luxusgüter vorzustellen. »Dürfte ich fragen, wie Sie die Käufer für Ihre Waren finden, Miss Wingfield?«

Sie bedachte ihn mit einem strahlenden Lächeln. »Es ist ganz einfach. Einer meiner Nachbarn, ein Gutsbesitzer namens Pettigrew, war so freundlich, mir seine Hilfe anzubieten. Er sagt, es sei das Mindeste, was er aus Respekt für meine lieben Tanten, die so lange Zeit seine Nachbarinnen waren, für mich tun könne.«

»Und wie genau geht Pettigrew vor?«

Olympia machte eine wegwerfende Handbewegung. »Ich glaube, sein Londoner Mittelsmann kümmert sich um alle Details.«

»Und meinen Sie, daß Pettigrews Mittelsmann einen guten Preis für Ihre Waren erzielt?« bohrte Jared.

Olympia kicherte. Mit verschwörerischer Miene beugte sie sich vor. »Mit der letzten Sendung haben wir eine Summe von beinahe zweihundert Pfund erzielt.«

»Tatsächlich?«

»Natürlich war es eine besondere Warensendung. Onkel Artemis hatte Seide und eine große Menge Gewürze geschickt. Ich bezweifle, daß wir dieses Mal ebensoviel verdienen werden.«

Jared dachte an die Waren im Wert von beinahe dreitausend Pfund, die er aus Frankreich mitgebracht hatte. Er hatte zwei kräftige Männer engagieren müssen, um die Sachen zu bewachen, nachdem das Schiff in Weymouth angelegt hatte.

Jared zog einen zusammengefalteten Zettel aus seinem Kalender. »Dies ist ein Verzeichnis der Waren, die Ihr Onkel Ihnen dieses Mal geschickt hat.« Er reichte Olympia das Blatt. »Wie verhält es sich im Vergleich zu der letzten Sendung?«

Olympia nahm das Papier und überflog es mit einem Stirnrunzeln. »Ich erinnere mich nicht mehr an alle Sachen, die beim letzten Mal dabei waren, aber anscheinend sind dieses Mal weniger Spitzen dabei. Und es fehlen die italienischen Fächer, die Onkel Artemis letztes Mal mitgeschickt hat.«

»Diese Warensendung umfaßt mehrere Ballen Seide und Samt«, bemerkte Jared leise.

Olympia zuckte leicht mit den Schultern. »Pettigrew sagt, daß der Markt für Seide und Samt im Moment sehr schlecht ist. Alles in allem werden wir wohl nicht soviel Gewinn machen wie mit der letzten Sendung. Nun, irgend etwas wird schon dabei rumkommen, wie meine Neffen sagen würden.«

Jared fragte sich, seit wann Pettigrew Olympia wohl bereits systematisch über das Ohr haute. »Ich habe etwas Erfahrung mit dem Import von Waren, Miss Wingfield.«

»Wirklich?« Sie versuchte, ihre Überraschung höflich zu verbergen.

»Ja.« Jared dachte kurz an die Waren im Wert von Hunderttausenden von Pfund, die die Flamecrest-Schiffe jedes Jahr transportierten. »Wenn Sie möchten, kann ich diese Sendung für Sie verkaufen.«

»Das ist sehr freundlich von Ihnen.« Olympia war ganz überwältigt von seiner Hilfsbereitschaft. »Aber sind Sie sich auch ganz sicher, daß Sie eine solche Aufgabe übernehmen möchten? Pettigrew sagt, es sei eine äußerst zeitraubende Angelegenheit. Er sagt, man muß permanent auf der Hut sein vor irgendwelchen Betrügern.«

»Ich nehme an, er weiß, wovon er spricht.« Jared dachte bei sich, daß Pettigrew einen anderen Betrüger gewiß sofort erkannte. »Aber ich glaube, daß ich einen mindestens ebenso guten Preis für Sie erzielen kann wie Pettigrew. Vielleicht sogar einen besseren.«

»Selbstverständlich erhalten Sie dann einen entsprechenden Anteil vom Erlös.«

»Das ist nicht nötig.« Jared überflog in Gedanken die Schwierigkeiten der Aufgabe. Er würde die Waren an seinen Mittelsmann Felix Hartwell schicken. Wenn er Hartwell entsprechende Instruktionen erteilte, würde er auch gleich die Gelegenheit nutzen, ihn nach Fortschritten bei der Suche nach dem Betrüger in dem Unternehmen zu fragen. »Ich betrachte die Aufgabe als Teil meiner normalen Pflichten als Angestellter in Ihrem Haushalt.«

»Tatsächlich?« Olympia starrte ihn überrascht an. »Wie eigenartig. Keiner der anderen Hauslehrer hat mir jemals angeboten, seine Dienste auf Bereiche außerhalb des Klassenzimmers auszuweiten.«

»Ich hoffe, Sie werden mich nützlich finden«, sagte Jared sanft.

Abrupt öffnete sich die Tür zur Bibliothek, und eine untersetzte, kräftige Frau mit einer Schürze und einer Haube betrat den Raum. In ihren von der Arbeit geröteten Händen hielt sie ein Teetablett.

»Also, was soll das ganze Gerede von einem neuen Hauslehrer?« Finster blickte sie Olympia an. »Woll'n Sie etwa die Hoffnungen und Träume von noch so 'ner armen Seele zunichte machen, die sich einbildet, sie könnte diese kleinen Wilden bändigen?«

»Meine Neffen sind keine Wilden.« Olympia bedachte die ältere Frau mit einem mißbilligenden Stirnrunzeln. »Mrs. Bird, ich möchte Ihnen Mr. Chillhurst vorstellen. Onkel Artemis hat ihn hergeschickt, und ich glaube, daß er uns eine große Hilfe sein wird. Mr. Chillhurst, dies ist Mrs. Bird, meine Haushälterin.«

Abgesehen von ihrem Namen hatte diese Person wahrlich nichts Zartes, Flattriges an sich, dachte Jared. Sie war eine robuste Frau mit einem herben Gesicht und einer großen Nase, die aussah, als ob sie ihr Leben lang mit beiden Füßen fest auf der Erde geblieben sei. In ihren blassen Augen lag Vorsicht und Mißtrauen.

»Aha.« Mrs. Bird stellte das Tablett krachend auf den Tisch.

»Also hatten die drei Rabauken oben recht. Sie sehen eher wie ein Pirat aus und nicht wie ein Hauslehrer, Mr. Chillhurst.«

»Tatsächlich?« Jared zog die Brauen hoch ob dieser Vertraulichkeit der Haushälterin, aber Olympia schien nichts daran auszusetzen zu haben. Mit kühler Höflichkeit nahm er Tasse und Untertasse entgegen.

»Macht nichts.« Mrs. Bird bedachte ihn mit einem prüfenden Blick. »Man muß schon mit einer Machete und einer Pistole umgehen können, wenn man mit den drei Bälgern fertig werden will. Die drei letzten Hauslehrer, die Miss Olympia angestellt hat, ha'm sie alle schnell wieder vertrieben.«

Olympia warf einen Blick auf Jared. In ihrem Blick lag ängstliche Besorgnis. »Also wirklich, Mrs. Bird, Sie sollten Mr. Chillhurst keine angst machen.«

»Warum denn nicht?« Mrs. Bird schnaubte verächtlich. »Er wird schnell genug dahinterkommen. Bin mal gespannt, wie lange er bleibt. Stecken Sie ihn auch in das alte Wildhütercottage?«

Olympia schenkte Jared ein Lächeln. »Mrs. Bird spricht von dem kleinen Häuschen am Ende des Weges. Vielleicht haben Sie es schon gesehen, als Sie ankamen?«

»Habe ich. Das Häuschen wäre sehr nett.«

»Hervorragend.« Olympia war erleichtert. »Lassen Sie mich überlegen. Was gibt es sonst noch zu besprechen? Oh, ja. Sie sind herzlich eingeladen, die Mahlzeiten mit uns gemeinsam einzunehmen. Ein Stockwerk höher ist ein Raum, der sich sehr gut als Klassenzimmer eignet. Und natürlich können Sie jederzeit meine Bibliothek benutzen.« Sie hielt inne. Offensichtlich überlegte sie, ob sie noch etwas Wichtiges vergessen haben könnte. »Sie können morgen früh mit der Arbeit beginnen.«

Mrs. Bird rollte mit den Augen. »Was is' mit seinem Gehalt?« Sie bedachte Jared mit einem warnenden Seitenblick. »Sie werden sich daran gewöhnen müssen, daß Miss Olympia sich nich besonders für Geldangelegenheiten interessiert. Wahrscheinlich müssen Sie sie ab und zu an Ihr Gehalt und andere Sachen erinnern. Keine Angst.«

Olympia starrte sie drohend an. »Es reicht jetzt, Mrs. Bird. Sie sprechen von mir, als sei ich eine ausgemachte Idiotin. Zufälligerweise wurde Mr. Chillhursts Gehalt im voraus von Onkel Artemis bezahlt. Stimmt's, Mr. Chillhurst?«

»Sie brauchen sich keine Sorgen wegen meines Gehalts zu machen, Miss Wingfield«, sagte Jared leise.

Olympia bedachte ihre Haushälterin mit einem triumphierenden Blick. »Da, sehen Sie, Mrs. Bird?«

Mrs. Bird schnaubte laut. Offenbar war sie nicht ganz überzeugt, aber zumindest ließ sie das Thema fallen. »Wenn Sie mit der Familie zu Abend essen, interessiert es Sie vielleicht, daß wir Rotwein und Sherry im Keller haben.«

»Danke«, sagte Jared.

»Miss Sophy und Miss Ida ha'm vor dem Essen immer ein, zwei Gläschen zu sich genommen, und dann noch einen Schluck Brandy, bevor sie ins Bett gingen. Gut für die Verdauung, wissen Sie. Miss Olympia hat die Tradition fortgeführt.«

»Das ist auch nötig, besonders seit meine Neffen hier wohnen«, murmelte Olympia.

»Danke, Mrs. Bird.« Jared bedachte Olympia mit einem flüchtigen Lächeln. »Ein, zwei Gläser Rotwein vor dem Abendessen wären sehr nett. Es war eine lange Reise.«

»Das glaube ich.« Mrs. Bird marschierte in Richtung der Tür. »Frag' mich nur, wie lange Sie wohl bleiben.«

»Lange genug«, sagte Jared. »Übrigens, Mrs. Bird, um welche Zeit wird in diesem Haushalt das Essen serviert?«

»Woher soll ich das wissen? Kommt drauf an, wann Miss Olympia die drei Bälger an den Tisch kriegt. Sie sind nie pünktlich.«

»Ich verstehe«, sagte Jared. »In dem Fall, Mrs. Bird, wird von heute an immer um Punkt sechs gegessen. Wer dann nicht am Tisch sitzt, bekommt nichts. Ist das klar?«

Mrs. Bird starrte ihn überrascht an. »Deutlich genug.«

»Hervorragend, Mrs. Bird. Sie dürfen jetzt gehen.«

Sie warf ihm einen unfreundlichen Blick zu. »Ich wüßte nur noch gerne, wer genau hier die Befehle gibt.«

»Bis auf weiteres ich«, erklärte Jared kühl. Er sah, wie Olympia die Augen aufriß. »Im Namen meiner Arbeitgeberin natürlich.«

»Bah. Ich bezweifle, daß Sie hier lange Befehle geben«, verkündete Mrs. Bird, während sie aus dem Raum stapfte.

Olympia biß sich auf die Unterlippe. »Beachten Sie sie einfach nicht, Mr. Chillhurst. Sie ist etwas derb, aber sie meint es gut. In der Tat wüßte ich nicht, wie ich ohne sie zurechtkommen sollte. Sie und ihr verstorbener Gatte haben jahrelang für Tante Sophy und Tante Ida gearbeitet, und sie ist bei mir geblieben. Ich bin ihr wirklich dankbar. Sie müssen wissen, nicht jeder will für mich arbeiten. Hier in Upper Tudway gelte ich als etwas seltsam.«

Jared sah, wie ein Funken der alten Einsamkeit in ihren Augen aufflackerte. »Die Leute in Upper Tudway sind es sicher nicht gewöhnt, eine Frau von Welt in ihrer Mitte zu haben«, sagte er.

Olympia lächelte schwach. »Stimmt. Das haben Tante Sophy und Tante Ida auch immer gesagt.«

»Machen Sie sich keine Sorgen. Ich bin sicher, daß Mrs. Bird und ich miteinander zurechtkommen werden.« Jared nippte an seinem Tee. »Da wäre noch eine Sache, über die ich gern mit Ihnen sprechen würde, Miss Wingfield.«

Olympia zog skeptisch die Brauen zusammen. »Habe ich etwas vergessen? Ich fürchte, Mrs. Bird hat recht. Ich übersehe immer irgendeine lästige Kleinigkeit, die mir höchst unwichtig erscheint, für andere aber aus irgendeinem Grund von größter Bedeutung ist.«

»Sie haben nichts Wichtiges übersehen«, versicherte ihr Jared.

»Gott sei Dank.« Olympia lehnte sich entspannt zurück.

»Ihr Onkel bat mich, Sie davon in Kenntnis zu setzen, daß er außer den Waren für den Weiterverkauf noch einige Bücher geschickt hat. Unter anderem ein altes Tagebuch.«

Olympias erfrischende Zerstreutheit war wie verflogen. »Was sagen Sie da?«

»Die Warensendung beinhaltet ein Buch, das als das Lightbourne-Tagebuch bekannt ist, Miss Wingfield.« Jared brauchte nicht lange auf eine Reaktion zu warten.

»Er hat es tatsächlich gefunden.« Olympia sprang auf die Füße. Ihr Gesicht spiegelte helle Aufregung wider. Ihre Augen strahlten türkis. »Onkel Artemis hat das Lightbourne-Tagebuch gefunden.«

»Das hat er gesagt.«

»Wo ist es?« fragte Olympia eifrig.

»In einer der Truhen oder Kisten, die noch in der Kutsche sind. Ich weiß nicht genau, in welcher.«

Nicht, daß er nicht versucht gewesen wäre, danach zu suchen. Aber nachdem das Schiff im Hafen vor Anker gegangen war, hatte es einfach keine Gelegenheit dazu gegeben. Jared hatte eine Kutsche und die beiden Wachmänner besorgt, die Kisten und Truhen aufgeladen und war die ganze Nacht hindurch gefahren. Er hatte nicht einmal angehalten, bevor er hier in Upper Tudway angekommen war. Das Risiko, von Wegelagerern überfallen zu werden, war ihm geringer erschienen als das Risiko, in einem Gasthof von Dieben ausgeraubt zu werden.

»Wir müssen sofort die Kutsche ausladen. Ich kann es nicht erwarten, das Tagebuch zu sehen.« Olympia sprudelte über vor Begeisterung und Aufregung.

Sie kam hinter dem Schreibtisch hervor, raffte ihre Röcke und flog in Richtung der Tür.

Jared beobachtete amüsiert, wie sie aus der Bibliothek stürzte. Wenn er eine Weile in diesem chaotischen Haushalt leben sollte, dann müßte er seine eigenen Regeln aufstellen und dafür sorgen, daß sie befolgt wurden. Es ging einfach nichts über einen geordneten Tagesablauf.

Da er sich nun einmal zu dieser Farce entschlossen hatte, konnte er ebensogut sofort damit beginnen.

Allein in der Bibliothek, trank Jared zunächst in Ruhe seinen Tee aus. Dann stellte er die Tasse ab, zog seine Uhr hervor und sah nach der Zeit. In zehn Minuten hatten seine neuen Schützlinge unten zu erscheinen.

Entschlossen stand er auf und ging zur Tür.

Kapitel 3

Einige Tage später platzte Mrs. Bird mit einem Teetablett in die Bibliothek.

»Irgendwie is' es in den letzten Tagen 'n bißchen zu ruhig hier.« Sie knallte das Tablett auf Olympias Schreibtisch. »Wirklich, richtig unheimlich.«

Widerwillig wandte Olympia ihre Aufmerksamkeit von der komplizierten Sprache ab, die Claire Lightbourne in ihrem Tagebuch verwendet hatte. »Was meinen Sie? Ich finde die Stille eher angenehm. Zum ersten Mal, seit meine Neffen hier eingezogen sind, ist es wieder richtig friedlich.«

In den vergangenen Tagen hatte eine himmlische Ruhe geherrscht. Olympia konnte es kaum glauben, daß Jared innerhalb so kurzer Zeit Ordnung in ihren Haushalt gebracht hatte.

Keine schmutzigen Stiefel mehr in der Eingangshalle, keine entflohenen Frösche mehr in ihrer Schreibtischschublade und kein ohrenbetäubendes Geschrei mehr in Hörweite. Die drei Jungen waren pünktlich zu jeder Mahlzeit erschienen, und, was noch beeindruckender war, sie waren alle sauber und ordentlich gewesen.

»Das is' nich normal.« Mrs. Bird schenkte den Tee ein. »Ich frage mich nur, was der Pirat da oben in dem Klassenzimmer bloß mit den drei Gören anstellt.«

»Mr. Chillhurst ist kein Pirat«, sagte Olympia knapp. »Ich wäre Ihnen dankbar, wenn Sie aufhören würden, ihn so zu nennen. Er ist ein Hauslehrer, und zwar ein hervorragender, nach allem, was wir bisher gesehen haben.«

»Ha. Bestimmt foltert er die armen Kinder da oben. Ich wette, er hat ihnen angedroht, sie über Bord zu werfen, wenn sie sich nich anständig benehmen.«

Olympia lächelte kurz. »Wir haben hier gar kein Schiff.«

Mrs. Bird verdrehte die Augen. »Na, dann hat er ihnen vielleicht erzählt, daß er ihnen mit der Peitsche den Hintern versohlt, wenn sie nicht gehorchen.«

»Ich bin mir sicher, daß Robert sofort zu mir gekommen wäre, wenn Mr. Chillhurst derartige Drohungen geäußert hätte«, beruhigte Olympia sie.

»Nich, wenn der Pirat gedroht hat, ihm den Hals aufzuschlitzen, falls er den Mund aufmacht.«

»Um Himmels willen, Mrs. Bird. Sie haben die ganze Zeit über gesagt, daß meine Neffen eine feste Hand brauchen.«

Mrs. Bird stellte die Teekanne zurück auf das Tablett und beugte sich über den Tisch. »Ich hab' aber nich gesagt, daß sie durch Grausamkeit zum Gehorsam gezwungen werden soll'n. Alles in allem sind sie schließlich gute Jungs.«

Olympia klopfte mit ihrem Federkiel auf die Schreibtischplatte.

»Glauben Sie allen Ernstes, daß Mr. Chillhurst sie bedroht hat, um sie dazu zu bringen, sich anständig zu benehmen?«

»Wenn Sie mich fragen, was anderes hätte in so kurzer Zeit bestimmt nich so gut gewirkt.« Mrs. Birds Augen wanderten bedeutungsvoll zur Zimmerdecke.

Olympia folgte ihrem Blick. Vom oberen Stockwerk hörte man weder Schritte noch Schreie noch irgendwelchen anderen Lärm. Die ungewöhnliche Stille war vielleicht wirklich etwas beunruhigend.

»Ich nehme an, ich sehe wohl besser einmal nach, was oben los ist.« Olympia klappte das Tagebuch zu und erhob sich zögernd.

»Sie müssen aufpassen«, warnte Mrs. Bird. »Ich hab' das Gefühl, daß Mr. Chillhurst unbedingt 'n guten Eindruck auf Sie machen will. Wahrscheinlich braucht er diese Stelle unbedingt. Wenn er weiß, daß Sie ihn beobachten, benimmt er sich wahrscheinlich tadellos.«

»Ich werde vorsichtig sein.« Hastig nahm Olympia einen Schluck Tee zu sich, um sich zu stärken. Dann stellte sie die Tasse ab und ging entschlossen in Richtung der Tür.

»Eins noch, bevor ich's vergesse«, rief Mrs. Bird ihr nach. »Pettigrew hat vorhin eine Nachricht geschickt, daß er aus London zurück is'. Er kommt heute nachmittag vorbei. Bestimmt will er Ihnen beim Verkauf der letzten Warensendung behilflich sein.«

Olympia blieb im Türrahmen stehen. »Oje. Ich habe vollkommen vergessen, ihm zu sagen, daß ich seine Hilfe nicht mehr benötige.«

Mrs. Bird runzelte die Stirn. »Und warum nich?«

»Mr. Chillhurst hat gesagt, daß er diese lästigen Dinge für mich erledigen wird.«

Mrs. Birds Stirnrunzeln vertiefte sich. »Was soll das nun wieder heißen?«

»Genau das, was ich gesagt habe, Mrs. Bird. Mr. Chillhurst hat freundlicherweise angeboten, den Verkauf von Onkel Artemis' letzter Warensendung zu übernehmen.«

»Ich weiß ja nicht, ob das so 'ne gute Idee is'. Was is', wenn Chillhurst einfach mit den Sachen verschwindet?«

»Unsinn. Wenn er das vorhätte, wäre er gar nicht erst hier aufgetaucht. Er hätte sich ganz einfach gleich in Weymouth aus dem Staub gemacht.«

»Nun, vielleicht will er Sie dann einfach übers Ohr hauen«, warnte Mrs. Bird. »Und wie sollten Sie das jemals merken? Sie müßten sich auf sein Wort verlassen, daß er den bestmöglichen Preis für die Waren erzielt hat. Ich hab's ja schon gesagt, der Mann sieht aus wie 'n Pirat. Überlassen Sie die Angelegenheit besser Pettigrew.«

Olympia verlor die Geduld. »Ich bin mir sicher, daß wir Mr. Chillhurst vertrauen können. Das hat Onkel Artemis schließlich auch getan.« Sie segelte aus dem Zimmer, ohne Mrs. Birds Antwort abzuwarten.

Draußen in der Eingangshalle raffte Olympia die Röcke ihres knöchellangen bedruckten Musselinkleids und eilte die Treppe hinauf.

Oben angekommen, hielt sie kurz inne und lauschte. Selbst hier herrschte eine unheimliche Stille.

Auf Zehenspitzen schlich sie durch den Flur in Richtung des Klassenzimmers, wo sie ihr Ohr an die Tür legte. Der warme Klang von Jareds tiefer Stimme drang leise durch das dicke Holz.

»Es war von Anfang an ein schlecht durchdachter Plan«, sagte Jared. »Aber Käpt'n Jack hatte einen Hang zum Abenteuer. Diese Vorliebe setzte sich dann später als unglückselige Familientradition fort.«

»Soll das heißen, daß es in Käpt'n Jacks Familie noch andere Piraten gab?« fragte Ethan eifrig.

»Käpt'n Jack war eher ein Freibeuter«, sagte Jared in bestimmtem

Ton. »Und auch wenn ich nicht glaube, daß es in seinem Clan noch andere Freibeuter gab, fürchte ich doch, daß diverse Mitglieder seiner Familie verdächtig waren, Freihandel zu betreiben.«

»Was ist das, Freihandel?« fragte Hugh.

»Schmuggel«, erläuterte Jared trocken. »Käpt'n Jacks Familiensitz war auf der Isle of Flame. Eine wunderschöne Insel, aber sehr abgelegen. Robert, zeig uns, wo die Isle of Flame liegt.«

»Hier«, sagte Robert begeistert. »Vor der Küste von Devon. Sehen Sie? Genau da, wo der winzige Punkt auf der Karte ist.«

»Sehr gut, Robert«, lobte Jared. »Wie ihr seht, eignet sich die Insel hervorragend zum Schmuggeln von Waren. Nah genug an den Küsten von Frankreich und Spanien, aber weit genug entfernt, um nicht von Vertretern der Behörden kontrolliert zu werden. Die Zollbeamten tauchen dort höchst selten auf, und die Bewohner der Insel sprechen nicht viel mit Fremden.«

»Erzählen Sie uns von den Schmugglern«, forderte Ethan.

»Nein, ich will erst wissen, wie Käpt'n Jack den Isthmus von Panama durchquert hat«, sagte Robert.

»Ja, erzählen Sie uns von dem Plan der Freibeuter, eine spanische Galeone zu kapern, Mr. Chillhurst«, pflichtete Hugh ihm eifrig bei. »Sie können uns dann morgen von den Schmugglern erzählen.«

»Nun gut«, stimmte Jared zu. »Aber zunächst müßt ihr wissen, daß der Plan nicht nur in höchstem Maße idiotisch war, sondern noch dazu äußerst gefährlich. Der Isthmus von Panama ist extrem heimtückisch. Er ist dicht bewaldet und beherbergt eine Unzahl seltener und todbringender Geschöpfe. Zahlreiche Männer sind bei dem Versuch gestorben, das Meer auf der anderen Seite zu erreichen.«

»Warum wollten Käpt'n Jack und seine Mannschaft überhaupt den Isthmus durchqueren?« fragte Ethan. »Warum sind sie nicht auf den Westindischen Inseln geblieben?«

»Gold«, sagte Jared lakonisch. »Käpt'n Jack hatte zu der Zeit einen Partner. Sie hatten Geschichten von dem legendären Schatz gehört, den die Spanier aus ihren amerikanischen Kolonien abtransportierten. Also beschlossen die beiden Freibeuter zu versuchen, mit einer Gruppe von Männern heimlich den Isthmus von Panama zu durchqueren und ein oder zwei spanische Schiffe zu kapern. Dann wären sie über Nacht reiche Männer gewesen.«

»Mensch«, flüsterte Robert ehrfürchtig. »Was für ein aufregendes Unternehmen. Ich wünschte, ich wäre dabeigewesen, als Käpt'n Jack die Reise gemacht hat.«

Olympia hielt es nicht länger aus. Die Worte *legendärer Schatz* und *Freibeuter* übten eine magische Anziehungskraft auf sie aus. Sie war genauso gefesselt von Jareds Erzählung wie ihre Neffen. Lautlos öffnete sie die Tür und glitt heimlich in den Raum.

Ethan, Hugh und Robert waren um einen großen Globus versammelt, der neben dem Fenster stand. Sie blickten noch nicht einmal auf, als Olympia in das Klassenzimmer schlich. Ihre ganze Aufmerksamkeit galt dem Globus.

Jared stand neben ihnen. Er hatte eine Hand auf den Globus gelegt. In der anderen Hand hielt er den Dolch. Die Spitze der Klinge ruhte in der Region der Westindischen Inseln.

Beim Anblick des Dolches runzelte Olympia die Stirn. Sie hatte ihn in den letzten beiden Tagen nicht bemerkt. Jared hatte ihn nicht mehr an seinem Oberschenkel festgebunden wie an dem Tag, als er angekommen war. Sie hatte angenommen, daß er ihn in eine seiner Truhen gepackt hatte. Aber heute morgen hatte er ihn offensichtlich mit in das Klassenzimmer gebracht, und es bestand kein Zweifel daran, daß er die alte Klinge mit einer lässigen Selbstverständlichkeit in der Hand hielt.

Wie gewöhnlich sieht er absolut gefährlich aus, dachte Olympia, während sie seine grimmigen Züge im Licht der Morgensonne betrachtete. Wenn man ihn nicht kannte, hatte man allen Grund, sich vor ihm zu fürchten. Aber sie kannte ihn inzwischen wirklich gut. Schließlich hatte er sich von Anfang an allabendlich nach dem Essen zu ihr in die Bibliothek gesellt.

Jared hatte umgehend die angenehme Angewohnheit entwickelt, ein Glas Brandy mit ihr zu trinken, ehe er sich in das alte Wildhütercottage zurückzog. Gestern abend hatte er noch längere Zeit gelesen und ihr dann von seinen Reisen erzählt. Olympia hatte wie gebannt an seinen Lippen gehangen.

»Sind alle Hauslehrer so weit gereist wie Sie, Sir?« hatte sie gefragt.

Jared hatte sie mit einem durchdringenden Blick betrachtet. »Eh, nein. Ich habe diesbezüglich großes Glück gehabt. Ich habe für Leute gearbeitet, deren Geschäfte sie regelmäßig ins Ausland führten. Meine Arbeitgeber nahmen dann immer ihre Familien mit.«

Olympia hatte weise genickt. »Und natürlich nahmen sie dann auch den Hauslehrer ihrer Kinder mit. Sie haben sich wirklich einen wunderbaren Beruf ausgesucht.«

»Erst in jüngster Zeit weiß ich ihn wirklich zu schätzen.« Jared hatte sich aus seinem Sessel erhoben, die Brandykaraffe genommen und ihr ein weiteres Glas der bernsteinfarbenen Flüssigkeit eingeschenkt. »Ich sehe, Sie haben da eine recht nette Karte von der Südsee an der Wand.«

»Ich habe eine Unzahl alter Legenden aus diesem Teil der Welt erforscht.« Das Kaminfeuer und der Brandy bewirkten, daß Olympia sich angenehm warm und entspannt fühlte. *Eine Frau von Welt, die mit einem Mann von Welt Konversation betrieb,* dachte sie zufrieden.

Jared hatte sich ebenfalls noch etwas Brandy eingegossen und die Karaffe wieder auf den Tisch gestellt. »Eine meiner interessanteren Reisen hat mich zu einer Reihe von Inseln in dieser Region geführt«, hatte er nachdenklich gesagt. Dann war er wieder in den Tiefen seines Sessels versunken.

»Wirklich?« Olympia hatte ihn bewundernd angestarrt. »Wie aufregend.«

»In der Tat.« Jared hatte seine Fingerspitzen aneinandergelegt. »Wie Sie zweifellos wissen, gibt es eine Reihe interessanter Legenden aus diesem Teil der Welt. Eine davon hat mich ganz besonders fasziniert.«

»Ich würde sie sehr gerne hören«, hatte Olympia geflüstert. Die Bibliothek hatte plötzlich etwas vollkommen Unwirkliches gehabt, als sei der gesamte Raum einschließlich ihr und Jared an einen anderen Ort und in eine andere Zeit versetzt worden.

»Sie handelt von zwei verliebten jungen Menschen, die nicht heiraten durften, weil der Vater der jungen Frau gegen die Beziehung war.«

Olympia hatte erneut an ihrem Brandy genippt. »Wie unendlich traurig. Was wurde aus den Liebenden?«

»Ihre Leidenschaft war so groß, daß sie beschlossen, trotzdem zusammenzubleiben«, hatte Jared erklärt. »Also trafen sie sich heimlich nachts am Strand in einer versteckten Bucht.«

»Ich nehme an, sie unterhielten sich bis zum Morgengrauen«, hatte Olympia versonnen gesagt. »Zweifellos haben sie sich romantische Gedichte zugeflüstert, sich ihre geheimsten Gedanken anvertraut, von einer gemeinsamen Zukunft geträumt.«

Jared hatte sie angeblickt. »Nein, sie haben die Zeit damit verbracht, sich leidenschaftlich zu lieben.«

Olympia hatte geblinzelt. »An einem Strand?«

»Ja.«

Olympia hatte sich geräuspert. »Aber meinen Sie nicht, daß das eventuell etwas unbequem war? Ich meine, mit all dem Sand und so?«

Jared hatte leicht gelächelt. »Was kann ein bißchen Sand zwei verliebten Menschen schon anhaben, die sich verzweifelt nacheinander sehnen?«

»Ja, natürlich«, hatte Olympia sich zu sagen beeilt in der Hoffnung, daß er sie nun nicht für allzu naiv hielt.

»Und außerdem war es ein ganz besonderer Strand. Er war das Heiligtum einer der Inselgottheiten, die Mitleid mit den Liebenden hatten.«

Olympia war immer noch nicht gänzlich davon überzeugt gewesen, daß es sonderlich vernünftig war, sich an einem Strand zu lieben, aber sie hatte die Sache auf keinen Fall weiter ausdiskutieren wollen. »Fahren Sie bitte fort, Sir. Erzählen Sie mir den Rest der Legende.«

»Eines Nachts wurden die Liebenden von dem Vater der Frau entdeckt. Er war außer sich vor Zorn und brachte den jungen Mann um.«

»Wie schrecklich. Was passierte dann?«

»Die junge Frau war natürlich von größter Trauer erfüllt. Sie watete ins Meer hinaus und verschwand. Der Gott, dem der Strand geweiht war, wurde zornig. Er bestrafte den Vater der jungen Frau, indem er den Sand am Strand in Perlen verwandelte.«

»Das soll eine Strafe gewesen sein?« hatte Olympia verständnislos gefragt.

»Ja.« Jared hatte kühl gelächelt. »Der Mann war so aufgeregt, als er den Perlenstrand entdeckte, daß er schnurstracks nach Hause rannte und den Rest der Familie zusammenrief. Aber der Gott verzauberte die Bucht, so daß sie unsichtbar wurde für alle, die nach ihr suchten.«

»Also wurde der Perlenstrand niemals gefunden?«

Jared hatte den Kopf geschüttelt. »Bis heute sprechen die Inselbewohner davon. Viele haben nach der Bucht gesucht, aber niemand hat sie jemals gefunden. Es heißt, nur zwei Liebende, deren Leidenschaft ebenso groß ist wie die der beiden Menschen, die sich dort im Mondschein getroffen und geliebt haben, können sie entdecken.«

Olympia hatte geseufzt. »Stellen Sie sich nur einmal vor, wie es sein muß, alles für die Liebe aufs Spiel zu setzen, Mr. Chillhurst.«

»Ich bin der Überzeugung, daß eine große Leidenschaft wie eine großartige Legende ist«, hatte Jared leise erwidert. »Sie ist jedes Risiko wert.«

Ein Schauder hatte Olympia durchlaufen. Ihr war erst heiß und dann kalt geworden. »Bestimmt haben Sie recht, Sir. Auf jeden Fall danke ich Ihnen für die Geschichte. Sie war neu für mich, und sie hat mir außerordentlich gut gefallen.«

Jared hatte ihr tief in die Augen gesehen. In seinem Blick hatte etwas Dunkles und Bewegtes gelegen. »Ja«, hatte er sanft gesagt. »Sie ist wunderbar.«

In dem Augenblick hätte Olympia beinahe geglaubt, daß er von ihr sprach und nicht von der Legende. Tief in ihrem Inneren war sie von einer Erregung ergriffen worden ähnlich der, die sie sonst verspürte, wenn sie einer Legende auf der Spur war. Nur war dieses Gefühl viel heftiger gewesen. Es hatte sie regelrecht erschüttert, schwindlig gemacht.

»Mr. Chillhurst...«

Jared hatte seine Uhr hervorgezogen. »Ich sehe, es ist bereits spät«, sagte er mit offensichtlichem Bedauern in der Stimme. »Es ist Zeit, in mein Cottage zurückzukehren. Vielleicht habe ich ja morgen die Gelegenheit, Ihnen von einem höchst ungewöhnlichen Brauch zu erzählen, der von den Bewohnern einer anderen Südseeinsel praktiziert wird, die ich besuchen konnte.«

»Das würde mir sehr gefallen«, hatte Olympia atemlos erwidert.

»Gute Nacht, Miss Wingfield. Bis zum Frühstück.«

»Gute Nacht, Mr. Chillhurst.«

Olympia hatte ein wohliges Verlangen verspürt, als sie Jared an die Haustür begleitet und beobachtet hatte, wie er mit der Dunkelheit der Nacht verschmolz.

Und dann war sie zu Bett gegangen und hatte geträumt, wie sie von Jared an einem perlenübersäten Strand geküßt wurde.

Jetzt, da sie im hellen Tageslicht zuhörte, wie er ihren Neffen Geschichten erzählte, wurde ihr bewußt, daß Jared sehr schnell zu einem wichtigen Bestandteil ihres kleinen Haushalts geworden war. Sie wußte bereits eine Menge von diesem Mann, der das Gesicht eines Piraten hatte, und sie stellte fest, daß sie ihn sehr mochte. *Vielleicht zu sehr,* dachte sie.

Sie durfte nicht vergessen, daß Jared sie eines Tages verlassen würde und daß sie dann wieder allein in ihrer Bibliothek säße ohne die Gesellschaft eines anderen erwachsenen Menschen, mit dem sie ihre intellektuellen Freuden teilen konnte.

In diesem Moment blickte Jared auf und entdeckte sie. Seine Mundwinkel verzogen sich unmerklich.

»Guten Morgen, Miss Wingfield. Möchten Sie etwas Bestimmtes?«

»Nein, nein«, beeilte Olympia sich zu sagen. »Bitte fahren Sie fort. Ich hatte lediglich den Wunsch, eine Ihrer Unterrichtsstunden zu verfolgen.«

»Wie Sie wollen.« Jared zeigte auf den Globus. »Heute morgen beschäftigen wir uns mit Geographie.«

»Das sehe ich.« Olympia trat einen Schritt näher.

Ethan grinste. »Wir lernen alles mögliche über die Westindischen Inseln, Tante Olympia.«

»Und über einen Piraten namens Käpt'n Jack«, fügte Robert hinzu.

Jared räusperte sich leicht. »Wenn ich mir die Bemerkung erlauben darf, Käpt'n Jack war ein Freibeuter, kein Pirat.«

»Und wo ist da der Unterschied?« wollte Hugh wissen.

»Es ist kein großer Unterschied«, erklärte Jared trocken. »Aber es gibt Leute, die auf der Unterscheidung bestehen. Freibeuter segelten im Auftrag. Theoretisch war es ihnen von der Krone oder von den Behörden der Westindischen Inseln gestattet, feindliche Schiffe anzugreifen. Aber zuweilen war es recht kompliziert. Was meinst du wohl, weshalb, Robert?«

Robert richtete sich auf. »Ich nehme an, weil so viele verschiedene Länder Kolonien auf den Westindischen Inseln haben, Sir.«

»Genau.« Jared lächelte zustimmend. »Zu Käpt'n Jacks Zeit waren englische, französische, holländische und spanische Schiffe in der Region.«

»Und ich wette, die Freibeuter sollten die Schiffe und Städte ihrer Heimatländer in Ruhe lassen«, sagte Ethan. Dann runzelte er die Stirn. »Das heißt, daß die Engländer gegen die Franzosen und die Spanier und die Holländer gesegelt sind. Und die Franzosen haben die Engländer und die Spanier und die Holländer angegriffen.«

»Klingt recht kompliziert«, bemerkte Olympia. Sie gab den Versuch auf, bloßes Interesse an Jareds Lehrmethoden zu heucheln. Sie eilte durch den Raum und gesellte sich zu ihren Neffen. »Was war das mit der Durchquerung des Isthmus von Panama und der Suche nach einem Schatz?«

Jared lächelte geheimnisvoll. »Möchten Sie vielleicht bleiben und zuhören, während ich die Geschichte erzähle, Miss Wingfield?«

»Ja, gern«, sagte Olympia. Sie schenkte Jared ein dankbares Lächeln. »Ich interessiere mich sehr für solche Geschichten.«

»Ich verstehe«, sagte Jared leise. »Treten Sie etwas näher, Miss Wingfield. Ich möchte nicht, daß Sie etwas verpassen.«

Um drei Uhr an diesem Nachmittag erschien Pettigrew. Olympia war hinten in der Bibliothek, als sie das Rumpeln der Räder seines

Einspänners in der Einfahrt vernahm. Sie erhob sich von ihrem Platz hinter dem Schreibtisch und ging ans Fenster, um zu beobachten, wie Pettigrew aus seiner Kutsche stieg.

Pettigrew war ein schwergewichtiger Mann Ende Vierzig. Er war einmal recht hübsch gewesen, und er war nach wie vor überzeugt davon, daß sämtliche Frauen der Nachbarschaft ihn einfach unwiderstehlich fanden. Olympia begriff nicht, wie jemals irgendeine an ihm hatte Gefallen finden können.

Tatsächlich konnte Pettigrew todlangweilig sein, obgleich Olympia viel zu höflich war, um diesen Gedanken laut auszusprechen. Sie wußte, daß ihr Urteil wahrscheinlich nicht gerade als Maßstab gelten konnte. Schließlich fand sie die Mehrzahl der Männer in Upper Tudway äußerst langweilig und uninteressant. Deren Neigungen und Interessen hatten mit den ihren wenig gemeinsam, und außerdem hatten Männer im allgemeinen die unangenehme Eigenschaft, Frauen permanent belehren zu wollen. Pettigrew war da keine Ausnahme. Soweit Olympia es beurteilen konnte, galt sein Hauptinteresse seinen Hunden, der Jagd und seinen Gütern.

Nun denn, sie war sich durchaus bewußt, daß sie tief in seiner Schuld stand, weil er die gelegentlichen Warensendungen ihres Onkels für sie an den Mann brachte, und sie war Pettigrew ehrlich dankbar für alles, was er für sie getan hatte.

Gerade als Olympia wieder hinter ihrem Schreibtisch Platz nahm, öffnete sich die Tür zur Bibliothek, und Pettigrew kam hereinmarschiert. Der kräftige Duft seines Lieblingsparfüms wehte ihm voraus.

Pettigrew reiste regelmäßig nach London und nutzte die Gelegenheit, sich modisch immer auf dem laufenden zu halten. Heute nachmittag trug er ein Paar Hosen, die mit einer Reihe kleiner Falten geschmückt waren. Sein enganliegender Gehrock war an der Taille gestutzt. Hinten fielen zwei lange Schöße bis auf die Knie hinab.

Unter dem Gehrock trug er ein sorgfältig geplättetes Hemd. Seine Krawatte war so hoch gebunden und so starr, daß Olympia annahm, sie sei mit irgendeiner Stütze versehen.

»Guten Tag, Miss Wingfield.« Pettigrew ging in Richtung ihres Schreibtischs und bedachte sie mit einem Lächeln, das er zweifelsohne für charmant hielt. »Sie sehen bezaubernd aus heute.«

»Vielen Dank, Sir. Bitte nehmen Sie Platz. Ich habe interessante Neuigkeiten für Sie.«

»Tatsächlich?« Mit einer eleganten Handbewegung schwang Pettigrew die langen Schöße seines Gehrocks zur Seite, ehe er sich setzte. »Ich nehme an, Sie wollen mir von der letzten Warensendung Ihres Onkels berichten. Keine Angst, meine Liebe, ich habe bereits davon gehört und stehe Ihnen wie immer gern zu Diensten.«

»Sehr freundlich von Ihnen, Sir, aber die gute Nachricht, die ich für Sie habe, ist, daß ich Ihre Dienste nicht länger in Anspruch nehmen muß.«

Pettigrew blinzelte mehrere Male, als habe er etwas im Auge. Dann starrte er sie reglos an. »Wie bitte?«

Olympia schenkte ihm ein warmes Lächeln. »Sie waren mir wirklich eine große Hilfe, Sir, und ich bin Ihnen äußerst dankbar, aber ich kann Sie wirklich nicht länger mit meinen Problemen belästigen.«

Pettigrew runzelte die Stirn. »Sehen Sie, Miss Wingfield, es ist keinerlei Belastung für mich, Ihnen den Verkauf der Sachen abzunehmen. Ich bin vielmehr der Auffassung, daß ich meine Pflicht als Freund und Nachbar vernachlässigen würde, wenn ich zuließe, daß Sie die Waren in die Hände skrupelloser Schurken geben, die nicht eine Sekunde zögern würden, eine unschuldige junge Frau wie Sie übers Ohr zu hauen.«

»Sie brauchen sich um Miss Wingfield keine Sorgen zu machen«, sagte Jared ruhig aus Richtung der Tür. »Sie ist in guten Händen.«

»Was, zum Teufel –« Pettigrew drehte sich eilig um. Er starrte Jared an. »Wer sind Sie, Sir? Wovon sprechen Sie?«

»Ich bin Chillhurst.«

Olympia spürte die plötzliche Spannung zwischen den beiden Männern. Sie beeilte sich, die Situation zu entschärfen. »Mr. Chillhurst ist der neue Hauslehrer meiner Neffen. Er ist erst seit ein paar Tagen bei uns, hat aber schon Wunder bewirkt. Die Jungen haben sich den ganzen Morgen über mit Geographie beschäftigt, und ich wette, daß sie jetzt mehr über die Westindischen Inseln wissen als irgendein anderer Junge in Upper Tudway. Mr. Chillhurst, darf ich Ihnen Mr. Pettigrew vorstellen?«

Jared schloß die Tür hinter sich und schritt dann auf den Schreibtisch zu. »Mrs. Bird sagte mir, daß er angekommen ist.«

Pettigrews Blick war auf die schwarze Klappe geheftet, die Jareds Auge bedeckte. Dann runzelte er die Stirn, als er Jareds blanken Hals und den offenen Hemdkragen entdeckte. »Verdammt, Mann, Sie sehen nicht gerade aus wie die Hauslehrer, die ich sonst kenne. Was geht hier vor sich?«

Olympia war verärgert. »Mr. Chillhurst ist ganz gewiß Hauslehrer. Und noch dazu ein hervorragender. Onkel Artemis hat ihn zu mir geschickt.«

»Wingfield hat ihn geschickt?« Pettigrew bedachte sie mit einem ärgerlichen Blick. »Sind Sie sich da auch ganz sicher?«

»Ja, natürlich bin ich mir sicher.« Olympia rang um Geduld. »Und zufällig kennt Mr. Chillhurst sich auch mit Finanzdingen aus. Er hat mir angeboten, als mein Mittelsmann aufzutreten. Deshalb werde ich Ihre Hilfe bei dem Verkauf der Dinge, die mein Onkel mir geschickt hat, nicht mehr benötigen.«

»Ihr Mittelsmann.« Pettigrew war sprachlos. »Nun, hören Sie, Sie brauchen keinen Mittelsmann. Sie haben ja mich, und ich kümmere mich gern um Ihre finanziellen Angelegenheiten.«

Jared nahm Platz. Er stützte die Ellbogen auf die Stuhllehnen und legte die Fingerspitzen aneinander. »Sie haben gehört, was Miss Wingfield gesagt hat, Pettigrew. Sie braucht Ihre Hilfe nicht mehr.«

Pettigrew warf ihm einen eisigen Blick zu und wandte sich erneut an Olympia. »Miss Wingfield, ich habe Sie bereits oft vor den Gefahren gewarnt, die drohen, wenn man mit Personen Geschäfte macht, über deren Hintergrund man nichts weiß.«

»Mr. Chillhurst ist ein durch und durch ehrenwerter Mann«, sagte Olympia bestimmt. »Mein Onkel hätte ihn gewiß nicht für diesen Haushalt engagiert, wenn er charakterlich nicht einwandfrei wäre.«

Pettigrew musterte Jared abschätzend. »Haben Sie seine Referenzen überprüft, Miss Wingfield?«

»Mein Onkel hat sich um diese Dinge gekümmert«, entgegnete Olympia.

Jared bedachte Pettigrew mit einem kalten Lächeln. »Ich versichere Ihnen, Sir, es besteht keinerlei Grund für Sie, sich Sorgen zu machen. Ich werde zusehen, daß Miss Wingfield einen angemessenen Preis für die Waren erzielt, die ihr Onkel ihr geschickt hat.«

»Und wer sagt, was für ein Preis angemessen ist?« fragte Pettigrew. »Miss Wingfield kann schwerlich überprüfen, ob Sie sie hintergehen oder nicht, oder? Sie wird sich auf Ihr Wort verlassen müssen.«

»Genau wie sie bisher gezwungen war, sich auf Ihr Wort zu verlassen«, erwiderte Jared leise.

Pettigrew richtete sich auf. »Was wollen Sie damit sagen, Sir? Ich bin nicht bereit, mich von Ihnen in irgendeiner Weise beleidigen zu lassen.«

»Ich wollte Sie durchaus nicht beleidigen.« Jared faltete gelassen die Hände ineinander. »Miss Wingfield berichtete mir, für die letzte Sendung habe sie beinahe zweihundert Pfund erhalten.«

»Das stimmt«, sagte Pettigrew steif. »Und sie hatte großes Glück, soviel zu bekommen. Ohne meine guten Beziehungen in London hätte sie wahrscheinlich wenig mehr als hundert, hundertfünfzig Pfund erzielt.«

Jared nickte mit dem Kopf. »Es wird interessant sein zu sehen, ob ich für sie genausoviel herausschlagen kann wie Sie, nicht wahr? Vielleicht bekomme ich ja sogar noch mehr als Sie.«

Pettigrew zischte empört. »Ihr Auftreten gefällt mir ganz und gar nicht.«

»Es geht im Moment wohl kaum darum, was Sie von mir halten, oder?« bemerkte Jared milde. »Aber ich versichere Ihnen, daß ich mich mit größter Sorgfalt um Miss Wingfields finanzielle Angelegenheiten kümmern werde. Schließlich braucht sie das Geld, nicht wahr? Eine alleinstehende Frau, die die Verantwortung für drei kleine Jungen trägt, kann gewiß alles Geld gebrauchen, was sie bekommen kann.«

Pettigrews aufgedunsenes Gesicht nahm eine unschöne rötliche Farbe an. »Nun, sehen Sie, Sir, ich kann nicht zulassen, daß Sie einfach über Miss Wingfields Güter verfügen. Schließlich könnten Sie einfach über Nacht damit verschwinden.«

»Die Waren sind sozusagen bereits verschwunden«, sagte Olympia. »Mr. Chillhurst hat sie heute morgen nach London geschickt.«

Pettigrew riß die Augen auf. Er war nicht nur erstaunt, sondern vielmehr wütend. »Miss Wingfield, Sie haben doch nicht etwa allen Ernstes diesem Mann gestattet, Ihre Waren von Upper Tudway wegzubringen?«

Jared lächelte zynisch. »Die Sachen sind in Sicherheit, Pettigrew. Sie werden während des gesamten Transports bewacht. Ein vertrauenswürdiger Bekannter von mir wird sie in London in Empfang nehmen und verkaufen.«

»Großer Gott, Mann.« Pettigrew fuhr zu ihm herum. »Was

haben Sie getan? Das ist Diebstahl. Ich werde umgehend die Behörden informieren.«

Olympia sprang auf die Füße. »Es reicht. Mr. Pettigrew, ich bin überzeugt, daß Mr. Chillhurst nur meine Interessen vertritt. Ich möchte wirklich nicht unhöflich sein, Sir, aber ich muß darauf bestehen, daß Sie aufhören, derartige Beleidigungen zu äußern. Mr. Chillhurst könnte sich wirklich getroffen fühlen.«

»Ja.« Jareds Lächeln gefror plötzlich. »Das könnte ich.«

Pettigrew bewegte die Lippen, sagte jedoch nichts. Dann hievte er sich aus dem Stuhl und bedachte Olympia mit einem letzten bösen Blick. »So sei es, Miss Wingfield. Wenn Sie es vorziehen, einem Fremden zu vertrauen statt einem Nachbarn, den Sie seit Jahren kennen, dann ist das Ihre Sache. Aber ich nehme an, daß Sie Ihr übereiltes Handeln noch bedauern werden. Ihr neuer Hauslehrer wirkt auf mich wie ein verdammter Pirat, und das ist er wohl auch.«

Olympia war außer sich. Schließlich war Jared ihr Angestellter. Also war es an ihr, sich schützend vor ihn zu stellen. »Wirklich, Mr. Pettigrew, jetzt gehen Sie aber zu weit. Ich kann Ihnen nicht erlauben, so von einem meiner Bediensteten zu sprechen. Guten Tag, Sir.«

»Guten Tag, Miss Wingfield.« Pettigrew stapfte in Richtung der Tür. »Ich hoffe nur, daß Sie nicht allzuviel verlieren dadurch, daß Sie diesem... diesem Menschen Ihr Vertrauen schenken.«

Olympia wartete, bis die Tür hinter Pettigrew ins Schloß fiel. Dann riskierte sie einen schnellen, furchtsamen Blick zu Jared hinüber. Erleichtert stellte sie fest, daß er weiterhin recht gelassen wirkte.

»Ich möchte mich bei Ihnen für diese unangenehme kleine Szene entschuldigen«, sagte sie. »Pettigrew meint es gut, aber ich fürchte, er war etwas beleidigt, weil ich Ihnen die Warensendung meines Onkels anvertraut habe und nicht ihm.«

»Er hat mich einen Piraten genannt.«

Olympia räusperte sich leicht. »Ja, aber bitte nehmen Sie es ihm nicht übel. Er hat ja nicht ganz unrecht mit der Bemerkung. Tatsächlich hat auch Mrs. Bird einen solchen Vergleich angestellt. Sie haben etwas an sich, Sir, was einen an einen Piraten denken läßt.«

Jared verzog den Mund. »Es freut mich, daß Sie in der Lage sind, hinter die Fassade zu blicken, Miss Wingfield.«

»Tante Sophy und Tante Ida haben mich gelehrt, nicht auf Äußerlichkeiten zu achten.«

Ein rätselhafter Glanz trat in Jareds Augen. »Ich hoffe, Sie werden nicht enttäuscht sein von dem Mann, den Sie hinter dem Piratengesicht entdecken werden.«

»Oh, nein«, flüsterte Olympia. »Ich werde bestimmt nicht enttäuscht sein, Sir.«

Am nächsten Abend saß Olympia hinter ihrem Schreibtisch und betrachtete Jareds schweres, nachtschwarzes Haar. Es war hinter die Ohren gekämmt und ging bis zum Hemdkragen. Der Schnitt war fraglos unmodern. Außerdem trug er zu Jareds wilder Erscheinung bei. Aber das kümmerte Olympia nicht. Alles, was sie sich wünschte, war, mit ihren Fingern durch seine Mähne zu fahren.

Nie zuvor hatte sie mit den Fingern durch das Haar eines Mannes gleiten wollen.

Jared saß in einem Sessel vor dem Kamin. Die Füße hatte er weit von sich gestreckt. Er las ein Buch, das er aus einem der Regale genommen hatte.

Der Schein des Feuers verlieh seinem kantigen Profil noch härtere Züge. Nach dem Essen hatte er seinen Rock abgelegt. Olympia hatte sich an die fehlende Krawatte gewöhnt, aber es war nach wie vor nahezu überwältigend, mit Jared in einem Raum zu sein, wenn er nur in Hemdsärmeln war.

Das verwirrende Gefühl von Vertrautheit erfüllte sie mit Schwindel. Seine Anwesenheit ließ sie wohlig erschaudern. Sie fragte sich, ob er nach einem anstrengenden Tag noch etwas anderes als Müdigkeit verspürte.

Es war beinahe Mitternacht, aber er schien noch nicht aufbrechen zu wollen. Mrs. Bird hatte sich nach dem Essen auf ihr Zimmer zurückgezogen. Ethan, Hugh und Robert lagen bereits seit Stunden in ihren Betten. Minotaurus war in die Küche verbannt worden.

Olympia war mit Jared allein, und sie verspürte eine seltsame, unbekannte Unruhe. Seit Jareds Ankunft war dieses Gefühl jeden Abend stärker geworden. Er schien die vertraulichen gemeinsamen Abende in der Bibliothek auch nicht gerade unangenehm zu finden.

Plötzlich verspürte Olympia den Drang, mit ihm zu sprechen. Sie zögerte, ehe sie das Lightbourne-Tagebuch mit einem lauten Knall zuklappte.

Jared blickte auf und lächelte sie fragend an. »Und, kommen Sie voran, Miss Wingfield?«

»Ich glaube schon«, sagte Olympia. »Die meisten Eintragungen sind recht prosaisch. Oberflächlich betrachtet geht es um ganz alltägliche Dinge. Es scheint Miss Lightbournes Verlobungszeit und die ersten Monate ihrer Ehe mit einem Mann namens Ryder zu umfassen.«

Jareds Blick war unergründlich. »Mr. Ryder?«

»Sie scheint sehr glücklich mit ihm gewesen zu sein.« Olympia lächelte versonnen. »Sie nennt ihn ihren ›geliebten Mr. Ryder‹.«

»Ich verstehe.«

»Tatsächlich nennt sie ihn immer so, obgleich er doch ihr Ehemann ist. Seltsam. Sie muß eine sehr wohlerzogene Lady gewesen sein.«

»So scheint es.« Jareds Stimme hatte einen eigenartigen Klang, beinahe, als wäre er erleichtert.

»Wie gesagt, der Großteil der Eintragungen ist recht banal, abgesehen von der Tatsache, daß er in einer Mischung aus Englisch, Latein und Griechisch verfaßt wurde. Aber alle paar Seiten stoße ich auf seltsame Zahlenreihen mitten in irgendeinem Satz, der keinen rechten Sinn zu machen scheint. Ich glaube, diese Zahlen und Wörter sind der Schlüssel zu dem Geheimnis.«

»Klingt recht kompliziert, aber ich nehme an, so ist es immer mit Geheimcodes.«

»Ja.« Olympia vernahm eine gewisse Langeweile in seiner Stimme. Sie wußte, daß sie das Thema wechseln sollte.

Aus irgendeinem Grund war das Geheimnis des Lightbourne-Tagebuchs für Jared nicht von Interesse. Es schien ihn eher zu langweilen. Olympia war enttäuscht, weil sie gern mit ihm über ihre Entdeckungen gesprochen hätte.

Nun, sie konnte sich wohl kaum beschweren, wenn er sich für dieses eine Thema nicht sonderlich interessierte. Schließlich sprach er nur allzugern mit ihr über andere Dinge.

»Sie können also Latein und Griechisch?« fragte Jared nebenbei.

»Oh, ja«, versicherte ihm Olympia. »Tante Sophy und Tante Ida haben mir die beiden Sprachen beigebracht.«

»Sie vermissen Ihre Tanten, nicht wahr?«

»Ja, sehr. Tante Ida starb vor drei Jahren. Tante Sophy folgte ihr sechs Monate später. Sie waren die einzige richtige Familie, die ich jemals hatte, bis meine Neffen hier auftauchten.«

»Sie müssen sich manchmal recht einsam gefühlt haben.«

»Ja.« Olympia zögerte. »Am meisten vermisse ich die Gespräche, die wir allabendlich geführt haben. Wissen Sie, wie es ist, wenn man niemanden hat, mit dem man reden kann, Mr. Chillhurst?«

»Ja, Miss Wingfield«, sagte er leise. »Das verstehe ich sehr gut. Ich habe fast mein ganzes Leben einen vertrauten Gesprächspartner vermißt.«

Olympia begegnete seinem ruhigen Blick und wußte, daß er ihr soeben einen kleinen Einblick in sein Seelenleben gewährt hatte. *Das ist auch fair,* dachte sie. Schließlich hatte sie ihm ja auch gerade etwas von ihren innersten Gedanken anvertraut. Mit zitternder Hand führte sie ihr Brandyglas an die Lippen.

»Hier in Upper Tudway gibt es niemanden, der sich für die Bräuche und Legenden fremder Länder interessiert«, vertraute sie ihm an. »Anscheinend nicht einmal Mr. Draycott, obgleich ich eine Weile gehofft hatte...« Ihre Stimme erstarb.

Jareds Hand schloß sich fester um sein Glas. »Draycott interessiert sich nicht für solche Dinge, Miss Wingfield, aber ich.«

»Ich spürte, daß Sie ähnliche Interessen haben wie ich, Sir. Sie sind wahrlich ein Mann von Welt.«

Olympia starrte auf ihren Brandy, hob den Kopf und blickte Jared an. »Gestern abend erwähnten Sie, daß Sie von recht ungewöhnlichen Bräuchen gehört haben, die von den Bewohnern einer bestimmten Südseeinsel praktiziert werden.«

»Ah, ja.« Jared schloß sein Buch und blickte ins Feuer. »Die Inselbewohner haben höchst interessante Rituale bei der Brautwerbung.«

»Sie erinnern sich sicher daran, daß Sie versprochen haben, mir darüber etwas zu erzählen«, drängte Olympia.

»Natürlich.« Jared nippte an seinem Brandy. Sein Gesicht bekam einen verträumten Ausdruck. »Offenbar ist es bei den Inselbewohnern Brauch, daß der Mann seine Auserwählte an eine Stelle im Dschungel führt, an der magische Kräfte herrschen sollen. Man sagte mir, es sei eine Lagune, in die sich ein riesiger Wasserfall ergießt.«

»Ich verstehe. Klingt wundervoll.« Olympia nahm einen weiteren Schluck Brandy zu sich. »Und was passiert dann?«

»Wenn die Lady hofiert werden möchte, erlaubt sie dem Mann,

sie unter dem Wasserfall zu küssen.« Jared drehte das Glas in seinen Händen. »Er überreicht ihr ein Geschenk als Zeichen seiner Liebe. Der Legende nach wird eine Verbindung, die auf diese Weise zustande kommt, harmonisch und fruchtbar.«

»Wie interessant.« Olympia fragte sich, wie es wohl wäre, von Jared geküßt zu werden. Er wirkte so sehnig und stark und mächtig, wie er ihr gegenübersaß. Zweifellos könnte er sie mit einer Hand hochheben.

Sie fragte sich, wie es wohl wäre, von Jared hochgehoben zu werden.

Und gegen seine Brust gepreßt zu werden.

Und seine Lippen auf ihrem Mund zu spüren.

Entsetzt über ihre eigenen Gedanken, begann Olympia nervös mit ihrem Glas zu spielen. Brandy schwappte auf den Tisch.

»Ist alles in Ordnung, Miss Wingfield?«

»Ja, ja, natürlich.« Hastig richtete Olympia das Glas auf und stellte es ab. Ihre Ungeschicklichkeit war ihr höchst peinlich. Sie fuhr mit einem Taschentuch über den Tisch und suchte verzweifelt nach etwas Intelligentem, was sie sagen konnte.

»Da wir gerade über interessante Geschenke als Zeichen von Zuneigung sprechen.« Olympia konzentrierte sich darauf, den Rest des Brandys fortzuwischen. »Ich habe erst kürzlich etwas über einen höchst ungewöhnlichen Brauch gelesen, der ebenfalls in der Südsee praktiziert wird.«

»Ach, ja?«

»Anscheinend ist es auf einer der Inseln üblich, daß der Bräutigam der Braut einen großen goldenen Gegenstand zum Geschenk macht, der die Form eines Phallus aufweist.«

Schweigen auf der anderen Seite des Zimmers. Olympia blickte auf. Vielleicht hatte Jared sie nicht gehört? Dann sah sie seinen eigenartigen Gesichtsausdruck.

»Einen goldenen Phallus?« fragte Jared.

»Nun, ja.« Olympia ließ das brandygetränkte Taschentuch auf den Tisch fallen. »Ein äußerst seltsamer Brauch, finden Sie nicht, Sir? Was macht man Ihrer Meinung nach mit einem goldenen Phallus?«

»Das weiß ich auch nicht so genau, aber ich nehme an, daß es eine höchst interessante Antwort auf diese Frage gibt.«

»Zweifellos.« Olympia seufzte. »Aber die Antwort werde ich wahrscheinlich nie erfahren, weil ich wohl niemals in die Südsee kommen werde.«

Jared stellte sein Brandyglas ab und erhob sich. »Wie Sie bereits sagten, Miss Wingfield, muß man nicht unbedingt weit reisen, um etwas über die Welt zu erfahren.«

»Das stimmt.« Sie beobachtete, wie er entschlossen auf sie zukam. »Ist etwas, Mr. Chillhurst?«

»Ja.« Er ging um den Schreibtisch herum, beugte sich vor und hob Olympia geradewegs aus ihrem Stuhl. »Es gibt etwas, das ich heute abend erfahren möchte, Miss Wingfield, und nur Sie kennen die Antwort.«

»Mr. Chillhurst.« Olympia verschlug es den Atem. Sie wurde von Erregung gepackt. Ihr war, als würde sie hinwegschmelzen. »Was für eine Frage haben Sie, Sir?«

»Wären Sie bereit, mich zu küssen, Miss Wingfield?«

Olympia war so erschüttert, daß sie nicht in der Lage war, eine Antwort auszusprechen. Also tat sie das einzig Mögliche. Sie schlang ihre Arme um Jareds Hals und hob ihr Gesicht.

Sie wußte plötzlich mit vollkommener Sicherheit, daß sie ihr Leben lang auf diesen Augenblick gewartet hatte.

»Sirene.« Sie wurde von Jareds Armen gehalten, als seine Lippen ihren Mund berührten.

Kapitel 4

Feuer – eine wilde, lodernde Flamme – brannte in Olympia auf. Sie fühlte sich gleichzeitig betäubt und erfrischt.

Jareds Mund war heiß, drängend, fordernd. Er war schmeichlerisch und überwältigend, bittend und räuberisch. Olympia erzitterte, als seine Lippen ihre berührten.

Sie fühlte die Hitze seines Körpers und die Stärke seiner Hände. Er raubte ihr die Sinne. Statt Furcht verspürte sie jedoch eine grenzenlose, erregende Glückseligkeit. Sie schlang ihre Arme enger um seinen Hals und klammerte sich an ihn, als sie in einem Meer von Gefühlen versank.

Jared stöhnte, als sie seinem sanften Drängen nachgab und ihm ihren Mund öffnete.

»Ich kann es nicht erwarten, endlich deinen Gesang zu hören, meine süße Sirene«, murmelte er, ehe er zu einem leidenschaftlichen Kuß ansetzte.

Die Berührung ihrer beider Zungen ließ Olympia automatisch zurückfahren.

»Noch nicht«, flüsterte Jared. »Ich will dich kosten.«

Diese Worte nahmen Olympia gefangen. »Mich kosten?«

»So.« Erneut nahm Jared ihren Mund. »Und so. Mein Gott, du bist berauschender als der erlesenste Brandy.«

Olympia ließ den Kopf zurückfallen und schloß die Augen. In glücklicher Erregung gab sie sich Jareds Kuß hin.

Sie fühlte, wie sich seine Arme bewegten. Atemlos ließ sie sich von ihm hochheben und durch das Zimmer tragen.

Als Jared Olympia auf die Samtkissen des Sofas legte, öffnete sie die Augen und sah ihn an. Der erregende Hunger in seinem starren

Blick ließ sie erneut erschaudern. Tief in ihrem Inneren ertönte die Antwort auf sein Verlangen. Nie zuvor hatte sie sich so herrlich lebendig gefühlt.

»Das alles ist sehr seltsam.« Mit einem Gefühl höchster Verwunderung strich sie mit der Hand über seine Wange. »Es ist, als hätte ich mich auf eine geheimnisvolle Reise in ein unbekanntes Land begeben.«

»Mir geht es genauso.« In Jareds Lächeln lag eine schmerzliche Sinnlichkeit. Er sank neben dem Sofa auf sein Knie. »Wir werden diese Reise gemeinsam machen, meine wunderbare Sirene.«

Olympia konnte nichts mehr sagen. Sie ergriff seine Hand, führte sie an ihre Lippen und küßte sie leidenschaftlich.

»Mein Gott, wenn du wüßtest, was für Gefühle du in mir erweckst.« Jared legte seine andere Hand auf ihren Hals und ließ sie dann langsam und vorsichtig hinabgleiten, bis seine Finger auf ihrer Brust ruhten.

Olympia blickte unter ihren dichten Wimpern hervor. »Das ist Leidenschaft, nicht wahr, Jared?«

»Ja, Olympia. Das ist Leidenschaft.«

»Ich wußte nicht, daß es eine so mächtige Kraft ist«, wisperte sie. »Jetzt verstehe ich, warum sich so viele Legenden darum ranken.« Sie zog seinen Mund erneut zu sich herab.

Jareds Hand erforschte zärtlich die Form ihrer Brust, während er sie küßte. Olympias Körper erbebte unter der unbekannten Begierde. Auf der Suche nach noch größerer Nähe fuhr sie auf dem Sofa herum.

Jared sog scharf die Luft ein und begann dann, die Bänder ihres Kleides zu lösen. Seine kräftigen Finger zitterten leicht.

»Jared? Ist dir auch so warm wie mir?«

»Mir ist nicht nur warm, meine süße Sirene. Ich brenne.«

»Oh, *Jared.* Mir geht es genauso.«

»Ich fürchte, je weiter wir auf dieser Reise vorankommen, um so schwerer wird es sein, umzukehren.« Jared zog das Oberteil ihres Kleides auf ihre Hüften hinab.

Olympia erzitterte von Kopf bis Fuß, als er ihre Brustwarze in den Mund nahm. »Ich will nie wieder umkehren.«

»Ich auch nicht.« Jared hob den Kopf und sah ihr in die Augen. »Aber sosehr ich dich auch begehre, ich will nicht weiter gehen, als du selbst es möchtest. Wenn ich aufhören soll, mußt du es mir jetzt sagen, solange ich noch in der Lage dazu bin.«

»Ich bin fünfundzwanzig, Jared.« Olympia streichelte seine Wange. »Und ich bin eine Frau von Welt, kein junges Mädchen, das gerade erst der Schulbank entsprungen ist. Man hat mich gelehrt, meine eigenen Entscheidungen zu treffen.«

Er lächelte bedächtig. »Man sagte mir bereits, daß du eine sehr ungewöhnliche Frau seist.« Er blickte hinab auf ihre nackten Brüste. »Und noch dazu bist du eine sehr schöne Frau.«

Olympia erschauderte vor freudiger Erregung. Sie war hin- und hergerissen zwischen dem Bedürfnis, ihren Körper vor ihm zu verbergen, und der stolzen Freude, daß er sie attraktiv fand. Sie hatte sich nie für schön gehalten, aber Jareds Blick gab ihr das Gefühl, etwas Besonderes zu sein.

»Weißt du, wie sehr ich dich begehre?« Jared strich mit einem Finger über ihre Brust. »Kannst du es dir überhaupt vorstellen?«

»Ich bin froh, so froh, daß du mich begehrst, Jared.« Olympia streckte sich seiner Hand entgegen. Sie fühlte, wie ihre Brustwarze anschwoll und hart wurde. Seine Berührung erfüllte sie mit einer beinahe unerträglichen Lust.

»Du wirst mich noch in den Wahnsinn treiben, und ich werde mich diesem Wahnsinn mit Leidenschaft hingeben.« Jareds Hand fuhr hinab zu ihrem Knöchel und bahnte sich dann sanft einen Weg unter den Röcken ihres Kleides nach oben.

Olympia spürte seine Finger auf ihrem Bein, und etwas in ihrem Inneren begann wild zu pochen. Sie wurde von einer feuchten Hitze erfüllt. Plötzlich verspürte sie den unwiderstehlichen Drang, ihn ebenso zu berühren und zu erforschen, wie er sie berührte und erforschte.

Hastig öffnete sie die Verschlüsse seines Hemdes. Der Anblick der dunklen, gelockten Haare auf seiner Brust war faszinierend. Sie fuhr mit der flachen Hand über seine Haut und fühlte die straffen, harten Muskeln, die darunter verborgen lagen.

»Ich wußte, daß du dich so anfühlen würdest«, hauchte sie voll scheuer Bewunderung. »So warm. So stark. So kräftig.«

»Olympia... Meine Sirene...«

Jareds Hand umschloß ihren Oberschenkel oberhalb des Strumpfhalters. Er bedeckte die Vertiefung zwischen ihren Brüsten mit Küssen.

Plötzlich fuhr ein kurzer, spitzer Angstschrei durch die schimmernde Wolke der Leidenschaft, die Olympia umhüllte. Sie erstarrte, als sei sie in einen eiskalten Fluß gestürzt.

Jareds Kopf fuhr in die Höhe. »Um Gottes willen, was war das?«

»Es ist Hugh.« Olympia rappelte sich auf. Mit zitternden Fingern versuchte sie, ihr Kleid zu schließen. »Ich habe dir doch erzählt, daß er immer noch gelegentlich von Alpträumen heimgesucht wird. Ich muß sofort zu ihm.«

Jared erhob sich. Er starrte auf sie herab, als sie an ihrer Garderobe herumzupfte. »Du gestattest.«

Dankbar für seine Hilfe wirbelte Olympia herum. Ungeduldig trat sie von einem Fuß auf den anderen, bis er das Oberteil ihres Musselinkleides zurechtgerückt hatte. »Bitte beeil dich. Er hat dann immer solch entsetzliche Angst.«

»Fertig.« Jared trat einen Schritt zurück.

Olympia hastete zur Tür, riß sie auf und rannte durch die Eingangshalle in Richtung der Treppe. Sie merkte, daß Jared ihr folgte. Als sie einen Blick über ihre Schulter warf, sah sie, daß er im Laufen sein Hemd zuknöpfte und zurück in die Hose stopfte.

Oben angekommen, stürzte sie den Gang hinab zu Hughs Schlafzimmer. Zu ihrer Linken öffnete sich eine Tür, und Robert erschien, nur mit seinem Nachthemd bekleidet.

»Tante Olympia?« Er rieb sich den Schlaf aus den Augen. »Ich dachte, ich hätte Hugh gehört.«

»Stimmt.« Olympia hielt kurz an und tätschelte ihm die Schulter. »Zweifellos mal wieder ein Alptraum. Geh wieder ins Bett, Robert. Ich werde nach ihm sehen.«

Robert nickte und wollte gerade wieder die Tür schließen, als er Jared entdeckte. »Mr. Chillhurst. Was machen Sie denn hier, Sir?«

»Ich war unten bei deiner Tante, als sie Hugh schreien hörte.«

»Oh. Wissen Sie, er hat manchmal schreckliche Angst.«

»Wovor?« fragte Jared.

Robert zuckte mit den Schultern. »Er hat Angst, daß wir eines Tages wieder zu anderen Verwandten geschickt werden, die uns nicht wollen. Ethan hat auch soviel Angst. Ich habe ihnen gesagt, daß sie tapfer sein müssen, aber wissen Sie, sie sind einfach noch zu klein. Es ist schwer für sie, die ganze Sache zu verstehen.«

»Niemand wird fortgeschickt, Robert«, sagte Olympia bestimmt. »Das habe ich euch versprochen.«

»Ja, Tante Olympia«, erwiderte Robert mit einer ungewohnten Höflichkeit, die nichts Gutes verriet.

Olympia seufzte. Sie wußte, daß Robert ihr nicht ganz glauben konnte, obgleich sie ihm seit sechs Monaten immer wieder dasselbe Versprechen gab. Aber heute nacht war keine Zeit, um die Angelegenheit erneut zu besprechen. Sie mußte sich zunächst einmal um Hugh kümmern.

Also eilte sie weiter den Flur hinab zu seinem Schlafzimmer.

Durch die geschlossene Tür hindurch hörte sie das unterdrückte Schluchzen des Jungen.

Olympia öffnete leise die Tür und betrat das dunkle Zimmer. In dem fahlen Mondlicht, das durch das Fenster fiel, entdeckte sie die kleine, unter der Decke zusammengekauerte Gestalt.

»Hugh? Hugh, ich bin es, Tante Olympia.« Sie ging hinüber zum Bett und setzte sich neben das zitternde Häufchen Elend. Sie zog die Decke zurück und legte die Hand auf Hughs Schulter. »Es ist alles gut, mein Liebling. Alles ist gut. Ich bin ja bei dir.«

»Tante Olympia.« Hugh setzte sich langsam auf und starrte sie mit wildem Entsetzen an. Dann warf er sich schluchzend in ihre Arme. »Ich hatte wieder so einen schrecklichen Traum.«

»Ich weiß, mein Liebling. Aber mehr war es nicht, nur ein Traum.« Olympia drückte ihn an sich und wiegte ihn zärtlich hin und her. »Hier bei mir bist du in Sicherheit. Niemand wird dich von hier fortschicken. Dies ist jetzt dein Zuhause.«

Ein leises Kratzen ertönte in der Dunkelheit. Dann flackerte Licht auf, als Jared eine Kerze anzündete. Eilig hob Hugh den Kopf.

»Mr. Chillhurst.« Hugh blinzelte und senkte den Kopf. Es war ihm offenbar peinlich, daß er mit Spuren von Tränen im Gesicht erwischt worden war. »Ich wußte gar nicht, daß Sie noch da waren.«

»Ich war unten in der Bibliothek, als du deinen Traum hattest«, erklärte Jared ruhig. »Und, fühlst du dich jetzt wieder besser?«

»Ja, Sir.« Hugh wischte sich mit dem Ärmel seines Nachthemdes über die Augen. »Ethan sagt, ich bin eine verdammte Heulsuse.«

»Tatsächlich?« Jared zog die Braue hoch. »Wenn ich mich recht erinnere, hat Ethan gestern selbst ein paar Tränen vergossen, als er von dem Baum gefallen ist.«

Hughs Gesicht hellte sich auf. »Ja, das hat er, nicht wahr?«

Olympia blickte Jared an. »Es hat mir niemand erzählt, daß Ethan vom Baum gefallen ist.«

»Es ist ja nichts weiter passiert«, sagte Jared leichthin. »Nur eine kleine Schramme am Knie.«

»Mr. Chillhurst hat gesagt, es wäre nicht nötig, dir davon zu erzählen«, erklärte Hugh. »Er hat gesagt, Frauen kippen nur um, wenn sie Blut sehen.«

»So, hat er das gesagt?« Olympia warf Jared einen mißbilligenden Blick zu. »Nun, das zeigt nur, wie wenig Mr. Chillhurst von Frauen versteht.«

Jareds Lächeln war zugleich drohend und amüsiert. »Wollen Sie damit etwa sagen, daß meine Kenntnisse von Frauen in irgendeiner Weise unzureichend sind?«

»Genau das will ich damit sagen, Mr. Chillhurst.«

»Dann sollte ich mich vielleicht etwas eingehender mit der Sache befassen. Als Hauslehrer muß ich schließlich in allen Bereichen der Erziehung und des Unterrichts auf dem laufenden sein. Ich werde natürlich ein Exemplar Ihrer Gattung brauchen, das ich genau beobachten kann. Würden Sie sich vielleicht freundlicherweise als Studienobjekt zur Verfügung stellen?«

Olympia war auf seltsame Weise verwirrt. Sie wußte, daß er sie auf den Arm nahm, aber sie wußte nicht, was dieser Scherz bedeuten sollte. Ob sie wohl in seiner Achtung gesunken war, seit sie halbnackt in seinen Armen gelegen hatte?

Tante Sophy und Tante Ida hatten sie gewarnt, daß viele Männer frei denkende Frauen von Welt insgeheim verachteten, auch wenn sie nur allzu gern mit eben diesen Frauen vertrauliche Kontakte pflegten.

Für einen Moment blieb Olympia beinahe das Herz stehen. Sie fragte sich, ob sie sich in Jared getäuscht hatte. Vielleicht war er gar nicht der Mann, für den sie ihn gehalten hatte. Vielleicht war er gar nicht anders als Reginald Draycott oder irgendeiner der anderen Männer in Upper Tudway. Sie spürte, wie ihr erst heiß und dann kalt wurde, und sie war dankbar, daß nur die eine kleine Kerze das Schlafzimmer erhellte.

»Fühlst du dich nicht wohl, Tante Olympia?« fragte Hugh mit einem besorgten Stirnrunzeln.

Immer noch verwirrt, wandte Olympia ihre Aufmerksamkeit wieder ihrem Neffen zu. »Doch, doch, natürlich. Und wie steht's mit dir?«

»Mir geht es auch wieder besser.« Er wischte sich mit dem Ärmel die Nase. »Es tut mir leid, daß du extra wegen mir heraufkommen mußtest.«

»Jeder hat ab und zu einen Alptraum, Hugh«, sagte Jared.

Hugh blinzelte. »Sie etwa auch?«

»Ja, ich auch.«

»Was für Alpträume haben Sie denn?« fragte Hugh mit großem Interesse.

Jared betrachtete Olympias abgewandtes Profil. »Da ist ein ganz bestimmter Traum, den ich schon oft hatte. Ich träume, ich sei auf einer unbekannten Insel. In weiter Entfernung sehe ich die Segel eines Schiffs, das im Hafen vor Anker liegt.«

»Und was passiert dann in Ihrem Traum?« wollte Hugh wissen.

»Ich weiß, daß das Schiff im Begriff ist, loszusegeln, und ich weiß, daß ich das Schiff noch erwischen muß, weil ich andernfalls allein zurückgelassen werde. Aber ich erreiche das Schiff einfach nicht. Ich sehe immer wieder auf meine Uhr, aber ich weiß, daß ich machen kann, was ich will. Ohne fremde Hilfe erreiche ich das Schiff einfach nicht mehr rechtzeitig. Wenn mich niemand rettet, muß ich allein auf der Insel zurückbleiben.«

Hastig sah Olympia auf. »Ich habe auch schon ähnliche Träume gehabt«, flüsterte sie. »Man weiß, daß man für den Rest seines Lebens allein sein wird, und der Gedanke daran ist unerträglich.«

»Ja. Äußerst unangenehm.« Jared starrte auf sie hinab. Während eines kurzen Augenblicks blitzten unendliche Einsamkeit und heftige, alles verzehrende Sehnsucht in seinen Augen auf.

In diesem Augenblick wußte Olympia, daß sie sich doch nicht in ihm getäuscht hatte. Sie und Jared waren durch etwas verbunden, was sich noch nicht in Worte fassen ließ. Sie fragte sich, ob er sich dieser Tatsache wohl ebenso bewußt war wie sie.

»Aber es ist doch nur ein Traum, Tante Olympia«, beruhigte Hugh sie.

Olympia schüttelte das Gefühl der Betäubung ab, das sie gefangenhielt, und lächelte den Jungen an. »Ganz richtig. Nur ein Traum. Nun denn, ich glaube, wir haben jetzt genug über dieses Thema gesprochen.« Sie erhob sich. »Wenn du dir sicher bist, daß du wieder einschlafen kannst, Hugh, dann werden wir jetzt gehen.«

»Alles in Ordnung, Tante Olympia.« Hugh kuschelte sich in die Kissen.

»Sehr gut.« Olympia beugte sich zu ihm hinab und küßte ihn auf die Stirn. Hugh zog eine Grimasse, wie er es immer tat, wenn sie zärtlich zu ihm war, aber er wandte sich nicht ab. »Wir sehen dich dann beim Frühstück.«

Hugh wartete, bis Olympia die Kerze gelöscht hatte. »Tante Olympia?«

»Ja, mein Liebling?« Sie drehte sich noch einmal zu ihm um.

»Robert sagt, Ethan und ich müssen uns zusammennehmen, weil du uns sonst irgendwann einmal leid bist und uns zu unseren Verwandten nach Yorkshire schickst. Ich frage mich, wie lange es wohl dauert, bis du es leid bist, uns hier bei dir zu haben.«

Olympia war, als schnüre ihr jemand die Kehle zu. »Ich werde es niemals leid sein, euch hier bei mir zu haben. In der Tat weiß ich wirklich nicht, wie ich es hier ausgehalten habe, bevor ihr zu mir gekommen seid.«

»Ist das wahr?« fragte Hugh eifrig.

»Oh, ja, Hugh«, erwiderte Olympia mit großem Ernst. »Das ist wahr. Mein Leben hier war höchst langweilig, bevor du und deine Brüder zu mir kamt. Ich wüßte nichts, was mich trauriger machen würde, als wenn ihr drei mich wieder verlassen würdet.«

»Bist du dir da auch sicher?« wollte Hugh ängstlich wissen.

»Ich schwöre, wenn du und Ethan und Robert mich verlassen würdet, würde ich als höchst seltsamer Blaustrumpf enden, dessen einziges Vergnügen noch in seinen Büchern läge.«

»Das ist nicht wahr«, sagte Hugh mit überraschender Heftigkeit. »Du bist nicht seltsam. Charles Bristow hat gesagt, du seist seltsam, und ich habe ihn verprügelt, weil es nicht stimmt. *Es stimmt nicht.* Du bist sehr nett, Tante Olympia.«

Olympia war schockiert. »Hast du dich deshalb mit Charles Bristow geschlagen? Weil er gesagt hat, ich sei seltsam?«

Mit plötzlicher Verlegenheit blickte Hugh Jared an. »Ich wollte es dir nicht erzählen. Mr. Chillhurst hat gesagt, es war richtig, nicht mit dir darüber zu sprechen.«

»Ganz recht«, sagte Jared. »Ein Gentleman, der sich auf ein Duell einläßt, um die Ehre einer Lady zu verteidigen, spricht weder vorher noch nachher mit ihr darüber.«

»Gütiger Himmel.« Olympia war erzürnt. »Ich erlaube nicht, daß irgendwer sich meinetwegen schlägt. Ist das klar?«

Hugh seufzte. »Ist ja auch egal. Ich habe verloren. Aber Mr. Chillhurst sagt, er will mir ein paar Tricks beibringen, damit ich es beim nächsten Mal besser mache.«

Olympia bedachte Jared mit einem zornigen Blick. »Ach, sagt er das?«

»Machen Sie sich keine Sorgen, Miss Wingfield«, sagte Jared.

»Das sagen Sie immer, aber allmählich frage ich mich, ob ich nicht einmal den Unterricht, den Sie meinen Neffen erteilen, etwas genauer unter die Lupe nehmen sollte.«

Jared zog eine Braue hoch. »Darüber sollten wir vielleicht lieber unter vier Augen sprechen, Miss Wingfield. Gute Nacht, Hugh.«

»Gute Nacht, Sir.«

Olympia trat steif hinaus in den Flur. Jared folgte ihr und schloß leise die Tür des Schlafzimmers.

»Wirklich, Mr. Chillhurst«, sagte Olympia mit gesenkter Stimme. »Ich kann es nicht zulassen, daß Sie meine Neffen ermutigen, sich auf irgendwelche Prügeleien einzulassen.«

»Etwas Derartiges liegt mir vollkommen fern. Sie müssen mir vertrauen, Miss Wingfield. Es ist meine unerschütterliche Überzeugung, daß ein intelligenter Mann nach einer gewaltlosen Lösung suchen sollte, wann immer das in einem Streitfall möglich ist.«

Sie bedachte ihn mit einem prüfenden Blick. »Sind Sie sich da auch ganz sicher?«

»Ganz sicher. Aber manchmal geht es in der Welt nicht gerade friedlich zu, und ein Mann muß in der Lage sein, sich zu verteidigen.«

»Hmm.«

»Ebenso wie die Ehre einer Frau«, schloß Jared freundlich.

»Das ist eine recht altmodische Vorstellung, die ich nicht teile«, sagte Olympia grimmig. »Tante Sophy und Tante Ida haben mich gelehrt, daß eine Frau in der Lage sein muß, ihre Ehre selbst zu verteidigen.«

»Trotzdem hoffe ich, daß Sie meinen Lehrmethoden weiterhin vertrauen werden.« Jared ergriff ihre Hand und zwang sie stehenzubleiben. »Und mir.«

Sie betrachtete sein Gesicht im Licht der Wandleuchter. Ihr Zorn verrauchte. »Ich vertraue Ihnen, Mr. Chillhurst.«

Jared verzog leicht den Mund. »Hervorragend. Dann wünsche ich Ihnen jetzt eine gute Nacht, Miss Wingfield.« Er neigte den Kopf und küßte sie hart und fordernd direkt auf den Mund.

Noch ehe Olympia diesen Kuß erwidern konnte, war es vorbei. Jared ließ von ihr ab. Ohne ein weiteres Wort stieg er die Treppe hinab und verließ das Haus.

Olympia folgte ihm nachdenklich nach unten. Sie versuchte vergeblich, den Ansturm der Gefühle zu ordnen, die in ihrem Inneren tobten. Das alles war einfach zu neu und ungewohnt und wunderbar. Es war verwirrend und beunruhigend und vielleicht sogar ein bißchen gefährlich.

Sie hatte das Gefühl, als sei sie Teil einer Legende geworden, die extra für sie geschrieben worden war.

Mit einem verträumten, nachdenklichen Lächeln verriegelte sie die Eingangstür. Dann ging sie in die Bibliothek und nahm das Lightbourne-Tagebuch. Ein paar Minuten stand sie einfach mitten im Raum und genoß die Erinnerung an Jareds Zärtlichkeit. Es war vollkommen angemessen gewesen, daß er sie zum ersten Mal hier an diesem ganz besonderen Ort geküßt hatte.

Olympia dachte daran, wie sie die Bibliothek zum ersten Mal betreten hatte. Es war an diesem verhangenen, regnerischen Tag gewesen, als sie bei Tante Sophy und Tante Ida abgeliefert worden war. Sie hatte gefroren und sich entsetzlich gefürchtet, zugleich jedoch war sie fest entschlossen gewesen, sich diese Angst nicht anmerken zu lassen, als man sie vor der Haustür einer weiteren ihr unbekannten Verwandten abgesetzt hatte.

Die zwei Jahre, während der sie von einem Zweig der Familie zum nächsten geschickt worden war, hatten ihre Spuren hinterlassen. Mit ihren zehn Jahren war Olympia zu dünn, zu ruhig und überängstlich gewesen und hatte regelmäßig unter Alpträumen gelitten.

Ein paar dieser Alpträume hatten menschliche Gestalt angenommen. Da war zum Beispiel Onkel Dunstan gewesen, der sie immer mit einem seltsamen Glitzern in den Augen angesehen hatte. Eines

Tages war er ihr in ein etwas abgelegenes Zimmer gefolgt und hatte die Tür geschlossen. Er hatte angefangen, mit ihr zu sprechen, ihr zu erzählen, wie hübsch sie sei, und dann mit seinen großen, verschwitzten Händen nach ihr gegriffen.

Olympia hatte geschrien. Onkel Dunstan hatte sie umgehend losgelassen und sie angefleht, ruhig zu sein, aber Olympia hatte nicht aufhören können. Sie hatte geschrien, bis Tante Lilian die Tür geöffnet hatte. Die Tante hatte die Situation sofort überblickt. Sie hatte nichts gesagt, aber am nächsten Morgen war Olympia auf dem Weg zu den nächsten Verwandten auf der Liste gewesen.

Und dann war da ihr böser, drei Jahre älterer Cousin Elmer gewesen. Er hatte größten Gefallen daran gefunden, Olympia bei jeder sich bietenden Gelegenheit in Angst und Schrecken zu versetzen. Jedesmal, wenn sie an den dunklen Winkeln im Flur vorbeigegangen war, war er laut schreiend daraus hervorgesprungen gekommen. Er hatte die einzige Puppe, die sie besessen hatte, angezündet. Er hatte ihr angedroht, sie im Keller einzusperren. Innerhalb weniger Wochen hatte Olympia begonnen, bei der geringsten Bewegung erschreckt zusammenzufahren. Sie hatte sich bei Dunkelheit gefürchtet. Der Arzt hatte ein nervöses Leiden bei ihr diagnostiziert, und umgehend war sie erneut zu anderen Verwandten abgeschoben worden.

Die nächste Verwandte war Tante Sophy gewesen. Sie und Tante Ida hatten Olympia gleich bei ihrer Ankunft in die Bibliothek geführt. Sie hatten ihr heiße Schokolade serviert und ihr gesagt, daß sie von nun an ein dauerhaftes Zuhause habe. Natürlich hatte Olympia ihnen zunächst nicht geglaubt, aber sie hatte versucht, höflich zu nicken.

Tante Sophy hatte einen wissenden Blick mit Tante Ida ausgetauscht, und dann hatte sie Olympia an die Hand genommen und war mit ihr hinüber zu dem riesigen Globus gegangen.

»Du kannst jederzeit hierher in die Bibliothek kommen, Olympia«, hatte Tante Sophy freundlich gesagt. »In diesem Zimmer bist du frei. Frei, fremde Länder zu erforschen. Frei, jeden Traum zu träumen, den du träumen möchtest. Dieser Raum enthält eine ganze Welt, Olympia, und diese Welt gehört dir.«

Erst nach Monaten hatte Olympia begonnen, unter der sanften Pflege von Tante Sophy und Tante Ida aufzublühen. Aber sie war aufgeblüht. Und je fröhlicher und sicherer sie sich in ihrem neuen Zuhause gefühlt hatte, um so endloser waren die Stunden geworden, die sie in der Bibliothek verbrachte.

Die Bibliothek war schnell ihr Lieblingsplatz geworden. Hier war ihre eigene Welt, ein Ort, an dem alles möglich war. Ein Ort, an dem eine Legende wahr werden konnte. Ein Ort, an dem es nicht ganz so schlimm war, allein zu sein.

Der perfekte Ort, um sich von einem Piraten küssen zu lassen.

Das Tagebuch unter dem Arm, schlenderte Olympia langsam durchs Haus. Sie überprüfte die Riegel vor den Fenstern, löschte die Kerzen und ging die Treppe hinauf in ihr Schlafzimmer.

Es war ein milder Abend. Jared konnte sich an keine sanftere Nacht erinnern. Die Temperatur war angenehm, der Mond war voll, und Spätfrühlingsduft lag in der Luft. Es schien ihm, als müsse er nur genau zuhören, um so vielleicht sogar den Gesang von Feen in der Wiese zu vernehmen.

Es war die Art von Nacht, in der ein Mann sich seiner Männlichkeit überdeutlich bewußt war, eine Nacht wie geschaffen für das sanfte Murmeln und die leisen Seufzer der Sehnsucht. Es war eine Nacht, in der alles möglich war.

Eine Nacht, in der ein Mann auch eine Sirene verführen konnte.

Tatsächlich, wenn der kleine Hugh nicht die Magie des Augenblicks zerstört hätte, würde Olympia ihm bereits gehören.

Die Vorstellung von Olympia, wie sie sich ihm leidenschaftlich hingab, ließ Jared erneut erstarren. Sie war so wunderbar gewesen, wie sie dort im Schein des Feuers gelegen hatte. Die Erinnerung daran war beinahe schmerzhaft.

Ihr Haar, das sich über die Sofakissen ergossen hatte, war ein Flammenmeer gewesen. Ihre Brüste waren fest und hoch, herrlich geschwungen und gekrönt mit vollen, korallenfarbenen Brustwarzen. Ihre warme Haut war sanft wie Seide. Ihr Mund war honigsüß und würzig. Ihr Duft erfüllte ihn noch immer.

Und sie hatte ihn begehrt, seine Küsse erwidert, sich ihm hingegeben.

Ein Schauder heißer Befriedigung durchfuhr Jared. Zum ersten Mal in seinem Leben war er sich sicher gewesen, daß eine Frau ihn nur um seiner selbst willen begehrt hatte. Ihres Wissens hatte Miss Olympia Wingfield sich schließlich von dem Hauslehrer ihrer Neffen verführen lassen.

Jared lächelte versonnen. Sie fand ihn aufregend. Sie schmolz unter seiner Berührung. Ihr Blick hatte süße, ehrliche Leidenschaft verraten.

In ihr war keine Kälte gewesen wie in Demetria. Und Jared war sich beinahe sicher, daß es in Olympias Leben zumindest im Moment niemand anderen gab.

Wie es in der Vergangenheit gewesen war, konnte er nicht genau wissen. Schließlich behauptete Olympia, eine Frau von Welt zu sein. Das implizierte, daß sie wohl keine Jungfrau war. Aber Jared glaubte nicht, daß sie je zuvor dieselbe tiefe Leidenschaft empfunden hatte wie in dieser Nacht, selbst wenn sie schon mit einem anderen Mann das Bett geteilt haben sollte.

Er hatte die Überraschung und Verwunderung in ihrem Blick gesehen, an ihrer Berührung gespürt. Und er hatte gewußt, daß er der erste Mann war, der sie zu solch heftigen Gefühlen bewegt hatte.

Plötzlich war er sich sicher, daß es ihm gelingen würde, sie einen möglichen anderen Liebhaber vergessen zu lassen.

Was ihm bei Demetria nicht gelungen war.

Hüte dich vor dem tödlichen Kuß des Wächters, wenn du in sein Herz blickst, um den Schlüssel zu finden.

Olympia runzelte die Stirn, als sie den Satz las, den sie mit größter Mühe zusammengesetzt hatte. Sie war sich sicher, soeben den ersten Schlüssel für den Code des Tagebuchs entdeckt zu haben.

Sie gähnte, als sie die Worte auf einen Zettel schrieb. Es war bereits sehr spät, fast zwei Uhr morgens. Die Kerze neben ihrem Bett war fast heruntergebrannt. Nachdem Jared gegangen war, hatte sie einfach nicht einschlafen können. Also hatte sie sich erneut an die Entzifferung des Tagebuchs gemacht.

Hüte dich vor dem tödlichen Kuß des Wächters, wenn du in sein Herz blickst, um den Schlüssel zu finden.

Olympia hatte keine Ahnung, was die Worte bedeuten sollten, aber sie fühlte, daß sie wichtig waren. Langsam blätterte sie die Seite um. In dem Moment drang ein unterdrücktes Bellen aus der Küche zu ihr hinauf.

Irgend etwas hatte Minotaurus aufgeweckt.

Alarmiert legte Olympia das Tagebuch zur Seite und schlug die Decke zurück. Sie stieg aus dem hohen Bett, ging durch das Zimmer zum Kamin und griff nach einem eisernen Schürhaken. Dann hüllte sie sich in ihren Morgenmantel.

Sie ging zur Tür und öffnete sie vorsichtig.

Im ersten Stock herrschte vollkommene Stille. Auch Minotaurus hatte aufgehört zu bellen. Was auch immer ihn aufgeschreckt hatte, nun war es verschwunden. Vielleicht war er von einer Katze oder einem anderen kleinen Tier aufgeweckt worden, das auf der Suche nach Abfällen um die Küchentür gestrichen war.

Trotzdem konnte sie sich des Gefühls nicht erwehren, daß irgend etwas nicht stimmte.

Olympia umklammerte den Schürhaken, raffte ihren Morgenmantel und schlich die Stufen hinab. Am Fuß der Treppe wehte ihr kalte Nachtluft entgegen. Sie schien aus der Bibliothek zu kommen.

Olympia ging zur Tür der Bibliothek, die noch genauso angelehnt war wie zuvor. Mit dem Schürhaken stieß sie sie ganz auf.

Starker Brandygeruch stieg ihr in die Nase. Mit gerunzelter Stirn betrat sie vorsichtig den Raum.

Das Licht reichte gerade aus, um zu erkennen, wie die Vorhänge sanft in der leichten Brise schaukelten, die von draußen hereinwehte. Olympia erschauderte. Sie war sich ganz sicher, daß sie das Fenster vorhin geschlossen hatte. Sie schloß immer sehr sorgfältig alle Türen und Fenster, bevor sie zu Bett ging.

Natürlich war heute kein gewöhnlicher Abend gewesen. Ihre Gedanken waren einzig bei Jared gewesen, als sie die Treppe hinaufgestiegen war. Es war also durchaus möglich, daß sie einfach vergessen hatte, die Fenster in der Bibliothek zu überprüfen.

Als sie in Richtung des Fensters ging, wurde der Brandygeruch immer stärker. Erst als sie barfuß auf einen nassen Fleck im Teppich trat, dämmerte Olympia die Wahrheit.

Ein eiskalter Schreck durchfuhr sie. Sie kämpfte jedoch gegen ihre Angst an und eilte hinüber zum Schreibtisch, wo sie mit zitternden Händen die Öllampe anzündete. Im beruhigenden Schein der Lampe zeigte sich, daß niemand außer ihr im Zimmer war.

Ebenso wurde deutlich, daß der nasse Fleck auf dem Teppich von dem Brandy herrührte, der aus der umgestoßenen Karaffe geflossen war.

Olympia hielt den Atem an. Erst vor wenigen Minuten mußte jemand in ihrer Bibliothek herumgeschnüffelt haben.

Kapitel 5

»Was werden wir heute morgen machen, Mr. Chillhurst?« fragte Ethan, während er sein Brot mit Marmelade bestrich.

Jared öffnete den Terminkalender, der neben seinem Teller auf dem Tisch lag. Er sah nach, was er in die Spalte *morgendlicher Unterricht* eingetragen hatte. »Geometrie.«

»Geometrie.« Ethans Seufzer kam von Herzen.

Jared ignorierte die Reaktion und klappte das Buch wieder zu. Er blickte hinüber zu Olympia, die heute vormittag sonderbar angespannt und abwesend wirkte. Irgend etwas stimmte nicht, aber er wußte nicht, was. Ihn schauderte bei dem Gedanken, daß sie vielleicht die Geschehnisse der letzten Nacht bedauerte.

Er hätte sie nicht so sehr bedrängen dürfen. Er mußte ihr einfach mehr Zeit lassen, um sich an die Leidenschaft zu gewöhnen, die wie ein wildes Feuer zwischen ihnen entbrannt war. Er durfte nicht alles ruinieren, indem er allzu schnell allzuviel forderte.

»Mathematik interessiert mich nicht«, verkündete Hugh.

»Am allerwenigsten Geometrie«, fügte Robert hinzu. »Das bedeutet, daß wir den ganzen Morgen drinnen sitzen werden.«

»Nein, wir werden nicht im Haus bleiben.« Jared wandte sich an die Haushälterin. »Würden Sie mir wohl bitte noch etwas Kaffee einschenken, Mrs. Bird?«

»Wie Sie wünschen, Sir.« Mit der Kaffeekanne in der Hand schlurfte die Haushälterin an den Tisch. Während sie Jareds Tasse füllte, bedachte sie Ethan mit einem finsteren Blick. »Könntest du mir wohl mal sagen, was du da mit dem Würstchen machst?«

»Nichts«, erwiderte Ethan mit Unschuldsmiene.

»Du gibst es dem Hund unter dem Tisch, oder?«

»Nein, das tue ich nicht.«

»Doch, das tust du«, sagte Hugh fröhlich. »Ich habe es genau gesehen.«

»Du kannst es aber nicht beweisen«, entgegnete Ethan.

»Ich muß es auch nicht beweisen«, sagte Hugh. »Wir alle wissen, daß es so ist.«

Olympia blickte kurz von ihrem Teller auf. »Streitet ihr beiden euch schon wieder?«

»Der Streit ist beendet«, sagte Jared ruhig. Er bedachte die Zwillinge mit einem strengen Blick, und augenblicklich herrschte Ruhe. »Mrs. Bird, vielleicht wäre es das beste, wenn Sie Minotaurus aus dem Zimmer brächten.«

»Da ha'm Sie recht, Sir. Ich hab' noch nie viel davon gehalten, Hunde ins Haus zu lassen.« Mrs. Bird ging zur Küchentür und schnippte mit dem Finger.

Der große Hund kam widerwillig unter dem Tisch hervorgekrochen und trottete dann mit einem letzten hoffnungsvollen Blick auf Ethan in die Küche.

»Wie sollen wir denn draußen Geometrie lernen, Mr. Chillhurst?« wollte Robert wissen.

»Zunächst werden wir die Breite des Bachs messen, ohne ihn zu überqueren«, sagte Jared. Er beobachtete Olympia, die wieder auf ihren Teller starrte.

»Und wie macht man das?« fragte Ethan, dessen Neugierde offensichtlich geweckt war.

»Das werde ich euch zeigen«, sagte Jared, ohne Olympia aus den Augen zu lassen.

»Und wenn ihr verstanden habt, wie man Entfernungen berechnet, werde ich euch die Geschichte erzählen, wie Käpt'n Jack mit Hilfe seiner Geometriekenntnisse aus einem Dschungel herausfand.«

»Einem Dschungel auf dem Isthmus von Panama?« fragte Hugh.

»Nein, einem Dschungel auf einer der Westindischen Inseln«, erläuterte Jared. Er lächelte in sich hinein, als Olympia endlich interessiert aufblickte. *Der gute alte Käpt'n Jack,* dachte er wehmütig.

»Was hat Käpt'n Jack denn mitten in diesem Dschungel gemacht?« fragte Ethan.

»Eine Schatztruhe versteckt, was sonst«, murmelte Jared.

Olympia riß die Augen auf. »Ist er jemals auf die Insel zurückgekehrt, um den Schatz zu heben?«

»Ich glaube, diesen Schatz hat er später abgeholt«, sagte Jared.

»Hat Käpt'n Jack wirklich Geometrie gebraucht, um von der Insel herunterzukommen?« fragte Robert.

»Ja.« Jared nahm einen Schluck Kaffee zu sich und betrachtete Olympia. Ihre Augen hatten wieder diesen starren Blick. Sie war erneut in ihre Gedanken versunken. Selbst Käpt'n Jack hatte heute morgen als Köder versagt. Ganz eindeutig stimmte irgend etwas nicht.

»Hat Käpt'n Jack jemandem den Hals aufgeschlitzt und die Knochen als Warnung für irgendwelche Schatzräuber auf die Schatztruhe gelegt?« wollte Hugh wissen.

Jared hätte sich beinahe an seinem Kaffee verschluckt. »Wie, in drei Teufels Namen, kommst du bloß auf eine solche Idee?«

»Ich habe gehört, daß Piraten immer so etwas machen«, erklärte Hugh.

»Ich habe euch bereits erklärt, daß Käpt'n Jack ein Freibeuter war und kein Pirat.« Jared zog seine Uhr hervor und sah nach der Zeit. »Wenn ihr fertig gefrühstückt habt, dürft ihr den Tisch verlassen. Ich möchte mit eurer Tante allein sprechen. Lauft nach oben und holt ein paar Bleistifte und Papier. Ich werde in ein paar Minuten bei euch sein.«

»Ja, Sir«, sagte Robert eifrig.

Mit einigem Lärm rückten die drei ihre Stühle zurück und rannten zur Tür.

»Einen Moment noch bitte«, sagte Jared ruhig.

Alle drei wandten sich gehorsam um.

»Haben Sie noch etwas vergessen, Mr. Chillhurst?« fragte Robert.

»Nein, ihr habt etwas vergessen. Ihr habt euch noch nicht ordentlich von eurer Tante verabschiedet.«

»Tut mir leid, Sir.« Robert deutete eine leichte Verbeugung an. »Bitte entschuldige uns, Tante Olympia.«

»Entschuldigung, Tante Olympia«, sagte Hugh. »Wir müssen jetzt gehen.«

»Entschuldigung, Tante Olympia«, rief auch Ethan. »Weißt du, wir müssen uns auf unseren Unterricht vorbereiten.«

Olympia blinzelte und lächelte die drei Jungen an. »Ja, natürlich. Ich wünsche euch einen angenehmen Vormittag.«

Zum zweiten Mal stürzten alle drei gleichzeitig zur Tür. Jared wartete geduldig, bis er mit Olympia allein war. Dann blickte er zu ihr hinüber.

Sie war so hübsch, wie sie dort am anderen Ende des Tisches saß inmitten der warmen Sonnenstrahlen. Diese allmorgendlichen gemeinsamen Mahlzeiten hatten etwas erstaunlich Vertrauliches. Jared wurde erneut von Verlangen ergriffen.

Olympias eindrucksvolles, intelligentes Gesicht war heute vom sorgfältig geplätteten Kragen eines bescheidenen weißen Linonhemdes eingerahmt. Das helle Gelb ihres hochgeschlossenen Kleides betonte noch das Rot ihrer Haare, die locker unter einer reizenden weißen Spitzenkappe festgesteckt waren.

Jared fragte sich flüchtig, was sie wohl täte, wenn er einfach aufstünde, zu ihr ginge und sie küßte. Dieser Gedanke führte zu der

Vorstellung von Olympia, wie sie auf dem Tisch inmitten der Teller und Tassen lag. Er konnte sie sich lebhaft vorstellen, wie ihre herrlichen Beine über den Rand des Tisches hingen, mit bis an die Taille hinaufgeschobenen Röcken und wild zerzaustem Haar.

Auch sich sah er vor seinem inneren Auge. Er stand zwischen Olympias weichen, weißen Schenkeln, Honig an den Händen und aufs äußerste erregt.

Jared unterdrückte ein frustriertes Stöhnen und rang um Selbstbeherrschung. »Irgend etwas scheint Sie heute morgen zu beunruhigen, Miss Wingfield. Dürfte ich fragen, was für ein Problem Sie haben?«

Olympia blickte rasch in Richtung der Küchentür und warf dann einen ebenso eiligen Blick zur Eingangstür. Dann beugte sie sich vor und senkte die Stimme.

»Zufällig habe ich bereits den ganzen Vormittag auf eine Gelegenheit gewartet, mit Ihnen zu sprechen, Mr. Chillhurst.«

Jared fragte sich kurz, ob sie ihn wohl auch dann noch Mr. Chillhurst nennen würde, wenn sie erst in seinen Armen ihren ersten Höhepunkt erreicht haben würde. »Ich glaube, wir sind jetzt ungestört. Bitte erzählen Sie mir, was Sie beschäftigt.«

Olympia zog die Brauen zusammen. Sie wirkte äußerst konzentriert. »In der vergangenen Nacht ist in der Bibliothek etwas äußerst Seltsames passiert.«

Jareds Magen zog sich zusammen. Er gab sich die größte Mühe, ruhig und beruhigend zu klingen. »Ungewohnt vielleicht, Miss Wingfield, aber ich würde es nicht seltsam nennen. Schließlich haben Männer und Frauen sich seit Adam und Eva solch angenehmen Vergnügungen hingegeben.«

Olympia starrte ihn verwirrt an. »Wovon in aller Welt sprechen Sie?«

Wieder einmal Pech gehabt, dachte Jared finster. Da hatte er endlich seine Sirene gefunden, nur um festzustellen, daß sie mit einem Hirn gestraft war, das sich nicht auf mehrere Dinge gleichzeitig konzentrieren konnte.

Zumindest war er in höchstem Maße erleichtert, daß sie offensichtlich nicht die Leidenschaft bedauerte, die zwischen ihnen entbrannt war.

»Machen Sie sich keine Sorgen, Miss Wingfield.« Jared stützte die Ellbogen auf den Tisch und legte die Fingerspitzen aneinander. »Ich sprach von etwas vollkommen Nebensächlichem.«

»Ich verstehe.« Olympia blickte erneut ängstlich in Richtung der Türen. »Wegen gestern nacht...«

»Ja?«

»Gegen zwei hat Minotaurus plötzlich gebellt. Ich ging hinunter, um nachzusehen, was ihn dazu veranlaßt hatte.« Ihre Stimme wurde noch leiser. »Mr. Chillhurst, die Brandykaraffe war umgestürzt.«

Jared starrte sie an. »Sprechen Sie von der Karaffe in der Bibliothek?«

»Ja, natürlich. Eine andere Brandykaraffe habe ich nicht. Wissen Sie, sie gehörte Tante Sophy. Sie und Tante Ida haben sie immer in der Bibliothek aufbewahrt.«

»Miss Wingfield, vielleicht wäre es am besten, wenn Sie einfach mit Ihrem Bericht fortfahren würden«, sagte Jared.

Sie blickte ihn ungeduldig an. »Genau das versuche ich gerade, Sir, aber Sie unterbrechen mich ja dauernd.«

»Verzeihen Sie.« Jareds Fingerspitzen trommelten gegeneinander.

»Außer daß die Karaffe umgestürzt war, stand auch noch das Fenster in der Bibliothek offen.«

Jared runzelte die Stirn. »Sind Sie sich da ganz sicher? Ich erinnere mich nicht, daß eins der Fenster offengestanden hätte.«

»Genau. Es war kein Fenster auf, als wir den Raum verließen.«

»Vielleicht hat der Luftzug dann die Karaffe umgestoßen«, sagte Jared langsam.

»Das ist unwahrscheinlich. Die Karaffe ist viel zu schwer. Mr. Chillhurst, ich glaube, irgend jemand ist gestern nacht in meine Bibliothek eingedrungen.«

»Miss Wingfield, ich muß sagen, diese Geschichte gefällt mir ganz und gar nicht.«

Olympia riß die Augen auf. »Mir auch nicht, Sir. So etwas ist hier noch nie passiert. Es ist äußerst beunruhigend.«

Jared betrachtete sie nachdenklich. »Wollen Sie mir etwa erzählen, daß Sie ganz allein hinuntergegangen sind, um fremden Geräuschen in Ihrer Bibliothek nachzugehen? Sie haben weder Mrs. Bird geweckt noch den Hund aus der Küche gelassen?«

Olympia machte eine wegwerfende Handbewegung. »Es besteht kein Grund zur Besorgnis, Sir. Ich war mit einem Schürhaken bewaffnet. Und außerdem war niemand in der Bibliothek, als ich dort ankam. Ich nehme an, Minotaurus' Bellen hat den Eindringling verscheucht.«

»Sie hatten einen Schürhaken bei sich? Gütiger Himmel.« Ihr Leichtsinn machte ihn plötzlich wütend. Er sprang auf die Füße und wandte sich in Richtung der Tür. »Ich glaube, ich sehe einmal selbst in der Bibliothek nach.«

Olympia sprang eilig auf. »Ich komme mit.«

Er öffnete die Tür des Frühstückszimmers und bedachte sie mit einem harten, mißbilligenden Blick, als sie ihm in die Eingangshalle folgte. Olympia ignorierte ihn.

Sie eilte voraus durch die Halle in die Bibliothek. Jared zwang sich zu einem ruhigeren Schritt.

Als er einen Augenblick später den Raum betrat, sah er, daß Olympia bereits eines der Fenster untersuchte.

»Sehen Sie?« Sie zeigte auf den Riegel. »Er ist kaputt. Irgend jemand hat in der vergangenen Nacht das Fenster gewaltsam geöffnet, Mr. Chillhurst.«

Jared betrachtete den Riegel eingehender. Das Metall war tatsächlich verbogen. »Und der Riegel war vorher noch nicht in einem solchen Zustand?«

»Nein, das hätte ich bemerkt. Seit Jahren überprüfe ich die Riegel an diesen Fenstern jeden Abend.«

Mit einem Blick überflog Jared die Bibliothek. »Fehlt irgend etwas?«

»Nein.« Olympia ging zu ihrem Schreibtisch hinüber und zog prüfend an den verschlossenen Schubladen. »Aber es war knapp. Wer auch immer diesen Riegel verbogen hat, hätte wahrscheinlich keinerlei Probleme mit den Schreibtischschlössern gehabt.«

Jared sah sie scharf an. »Sie glauben also, jemand hat nach etwas in Ihrem Schreibtisch gesucht?«

»Natürlich. Es gibt nur eine Sache, die zu stehlen sich vielleicht lohnen würde, Mr. Chillhurst, und das ist das Lightbourne-Tagebuch.«

Jared starrte sie an. Ihre Schlußfolgerung machte ihn sprachlos. »Niemand weiß, daß Sie im Besitz des Tagebuchs sind.« *Außer mir*, dachte er.

»Da können wir uns nicht so sicher sein. Ich habe Onkel Artemis strengste Anweisung erteilt, niemandem von dem Tagebuch zu erzählen, aber man kann nicht wissen, wer vielleicht herausgefunden hat, daß er es an mich geschickt hat.«

»Es ist höchst unwahrscheinlich, daß Ihr Onkel mit irgend jemandem über das Tagebuch gesprochen hat«, sagte Jared vorsichtig.

»Ihnen hat er ja auch davon erzählt, oder nicht?«

Jareds Anspannung war beinahe unerträglich. »Ja.«

»Natürlich hat er Ihnen davon erzählt, weil er wußte, daß er

Ihnen vertrauen konnte. Aber ich glaube, daß es noch andere Menschen gibt, die wissen, daß mein Onkel das Tagebuch gekauft hat.«

»Von wem sprechen Sie, Miss Wingfield?«

»Nun, da ist zum einen der alte Franzose, der Onkel Artemis das Tagebuch verkauft hat.« Olympia wippte auf den Zehen. »Vielleicht hat er gehört, daß das Tagebuch an mich weitergeschickt wurde. Er hätte es jedem erzählen können.«

Sie hatte recht. Und wenn sie erst einmal die ganze Wahrheit erführe, dachte Jared, dann wäre der neue Hauslehrer ihrer Neffen für sie wahrscheinlich der Hauptverdächtige. Aber er hatte die Nacht in seinem eigenen Bett verbracht mit dem Gedanken an das Vergnügen, eine Sirene zu verführen. Er hatte ihre Bibliothek nicht durchsucht.

Jared versuchte, seine wachsende Nervosität zu unterdrücken. Während der vergangenen Jahre hatten auch andere versuchte, das Lightbourne-Tagebuch in die Hand zu bekommen, aber soweit Jared wußte, waren heute nur noch die Mitglieder seiner eigenen Familie hinter dem Schriftstück her. Alle anderen, die einmal mit der hundert Jahre alten Legende zu tun gehabt hatten, waren bereits vor langer Zeit gestorben.

Er hatte seiner Familie befohlen, sich aus der Sache herauszuhalten, solange er sich damit befaßte. Aber nun fragte sich Jared, ob nicht vielleicht doch einer der unberechenbaren, hitzköpfigen Ryders beschlossen hatte, sich über seine Anweisung hinwegzusetzen.

Jareds Miene spannte sich. Wenn ein Mitglied seines Clans gewagt haben sollte, in Olympias Haus einzubrechen, um an das Tagebuch zu gelangen, dann würde es teuer dafür bezahlen.

Aber es gab ja auch noch andere, logischere Erklärungen für den Einbruch in die Bibliothek.

»Miss Wingfield, falls tatsächlich gestern abend jemand in Ihr

Haus eingedrungen ist, halte ich es für wahrscheinlicher, daß er etwas Wertvolleres gesucht hat als ein altes Tagebuch. Die Brandykaraffe zum Beispiel. Sie würde einem Einbrecher eine hübsche Summe einbringen, wenn es ihm gelänge, sie zu stehlen.«

Olympia runzelte die Stirn. »Ich bezweifle, daß derjenige, der gestern nacht in meine Bibliothek eingebrochen ist, die Brandykaraffe oder die Kerzenständer oder irgend etwas in der Art gesucht hat. So etwas gab es hier in der Umgebung noch nie. Nein, ich habe lange darüber nachgedacht, und ich bin zu dem Schluß gekommen, daß die Warnung, die ich in dem Tagebuch entdeckt habe, ganz eindeutig ist.«

»Verdammt.« Jared hatte eine entsetzliche Vorahnung. »Was für eine Warnung?«

Olympias Augen funkelten vor Aufregung. »Gestern nacht habe ich den ersten der Hinweise entschlüsselt, die in dem Tagebuch versteckt sind. Er lautete ›Hüte dich vor dem tödlichen Kuß des Wächters, wenn du in sein Herz blickst, um den Schlüssel zu finden.‹«

»Sind Sie sich da ganz sicher?«

»Vollkommen. Wer auch immer dieser Wächter sein mag, er ist vielleicht äußerst gefährlich. Wir können nicht vorsichtig genug sein.«

Gütiger Gott, dachte Jared. Er mußte sie umgehend von diesen Spekulationen ablenken.

»Nun, sehen Sie, Miss Wingfield, ich glaube nicht, daß wir uns wegen einer alten Legende Sorgen machen müssen. Wenn es jemals diesen Wächter gegeben hat, dann ist er inzwischen längst tot.«

»Ich habe die Erfahrung gemacht, daß hinter jeder alten Legende zumindest ein Körnchen Wahrheit steckt. Es ist offensichtlich, daß ich mit meiner Untersuchung des Tagebuchs fortfahren muß. Vielleicht finde ich einen weiteren Hinweis auf den Wächter oder eine Erklärung, wer dieser Wächter ist.«

»Das wage ich zu bezweifeln«, murmelte Jared.

»In der Zwischenzeit muß ich das Tagebuch schützen. Es war pures Glück, daß es gestern abend oben in meinem Schlafzimmer lag, als der Eindringling danach gesucht hat.« Olympia sah sich nachdenklich in der Bibliothek um.

Noch ehe Jared darauf antworten konnte, ertönte in der Eingangshalle das donnernde Trampeln von Jungenfüßen und das Kratzen von Hundepfoten. Eine Sekunde später stürzten Ethan, Hugh, Robert und Minotaurus in den Raum.

»Wir sind fertig für unsere Geometriestunde, Mr. Chillhurst«, verkündete Robert.

Jared zögerte und nickte dann. »Sehr gut.« Er wandte sich kurz an Olympia. »Wir werden unsere Unterhaltung später fortführen, Miss Wingfield.«

»Ja, natürlich.« Aber es war offensichtlich, daß Olympias Aufmerksamkeit nicht mehr dem Gespräch galt. Sie war viel zu sehr damit beschäftigt, sich nach einem geeigneten Versteck für das Tagebuch umzusehen.

Jared folgte den Jungen nach draußen. Allmählich wurde die Sache kompliziert. Olympia machte sich daran, sich und das Tagebuch vor einer alten Legende zu schützen.

Dabei wollte die fragliche Legende nichts anderes, als Olympia wild und leidenschaftlich zu lieben.

Jared verdrängte diesen Gedanken und konzentrierte sich auf sachlichere Probleme. Darin war er schließlich ein Meister, wie er betrübt dachte.

Er mußte unbedingt eine Liste der Dinge aufstellen, die so bald wie möglich zu erledigt waren. Als erstes würde er sämtliche Schlösser im Haus überprüfen und dafür sorgen, daß der verbogene Riegel repariert wurde.

Wer auch immer in der vergangenen Nacht in die Bibliothek eingedrungen war, hatte gewiß nur nach Wertgegenständen gesucht, die leicht zu verhökern waren. Sicher war der Einbrecher von Minotaurus' Bellen verscheucht worden, und es war höchst unwahrscheinlich, daß er noch einmal zurückkehren würde.

Aber Jared war nicht bereit, irgendein Risiko einzugehen.

Kurz nach drei Uhr an diesem Nachmittag unterbrach das Rumpeln von Kutschenrädern in der Einfahrt Olympia bei ihrer Arbeit an dem Tagebuch. Sie horchte einen Moment und hoffte, wer auch immer gekommen war, würde wieder gehen, wenn Mrs. Bird verkündete, daß sie beschäftigt war.

»Miss Wingfield empfängt heute nachmittag niemand«, sagte Mrs. Bird laut an der Tür.

»Unsinn. Natürlich wird sie uns empfangen.«

Olympia stöhnte, als sie die vertraute weibliche Stimme erkannte. Sie klappte das Tagebuch zu, als Mrs. Bird die Tür zur Bibliothek öffnete.

»Was gibt's, Mrs. Bird?« fragte Olympia mit einer Stimme, von der sie hoffte, daß sie autoritär klang. »Ich habe Ihnen Anweisung erteilt, mich heute nachmittag nicht zu stören. Ich bin sehr beschäftigt.«

»Mrs. Pettigrew und Mrs. Norbury wünschen Sie zu sprechen, Miss Wingfield«, sagte Mrs. Bird düster. »Sie lassen sich einfach nicht abwimmeln, wenn ich so sagen darf.«

Olympia wußte, daß es keinen Zweck hatte zu versuchen, ihren Besucherinnen zu entkommen. Sie und Mrs. Bird wären vielleicht noch mit Mrs. Norbury, der Frau des Pfarrers, fertig geworden. Die arme Person ließ sich leicht einschüchtern. Schließlich wurde sie auch zu Hause von ihrem herrschsüchtigen Mann bereits seit Jahren tyrannisiert. Aber nichts in der Welt konnte Mrs. Pettigrew aufhalten, die auf ihre Art ebenso herrisch war wie ihr Gatte.

»Guten Tag.« Es gelang Olympia, ein höfliches Lächeln aufzusetzen, als ihre Besucherinnen hereingeführt wurden. »Was für eine angenehme Überraschung. Möchten Sie vielleicht eine Tasse Tee?«

»Natürlich.« Mrs. Pettigrew, eine große, behäbige Frau mit einer Vorliebe für ebenso große, ausladende Hüte, nahm Platz.

In Olympias Augen paßte Adelaide Pettigrew hervorragend zu ihrem Mann. Als Ehegattin des größten Landbesitzers der Umgebung war sie sich ihrer gesellschaftlichen Stellung nur allzu bewußt. Außerdem hegte sie Olympias Meinung nach ein etwas allzu großes Interesse an der gesellschaftlichen Stellung und dem Privatleben aller anderen Gemeindemitglieder. Ethan, Hugh und Robert nannten sie eine elende alte Tratschtante.

Bereits vor Jahren waren Tante Sophy und Tante Ida zu demselben Urteil gekommen.

Mrs. Norbury nickte Olympia etwas unsicher zu, als auch sie sich auf einen Stuhl setzte. Die kleine Handtasche in ihrem Schoß umklammerte sie nervös mit beiden Händen. Sie war eine kleine, graue Maus mit einem unsteten Blick, der immer nach einem geeigneten Loch in der Wand Ausschau zu halten schien, in dem sie verschwinden könnte.

Es gefiel Olympia gar nicht, daß Mrs. Pettigrew die Frau des Pfarrers mitgebracht hatte. Das ließ nichts Gutes ahnen.

»Ich werde den Tee holen«, brummte Mrs. Bird.

»Danke, Mrs. Bird.« Olympia holte tief Luft und wandte sich dann an ihre Gäste. »Herrliches Wetter heute, nicht wahr?«

Mrs. Pettigrew ignorierte die Bemerkung. »Wir sind in einer äußerst ernsten Angelegenheit zu Ihnen gekommen.« Sie blickte ihre Begleiterin auffordernd an.

Mrs. Norbury zuckte zusammen. »Vollkommen richtig, Mrs. Pettigrew.«

»Worum geht es?« fragte Olympia.

»Es geht um eine Frage des Anstandes«, verkündete Mrs. Pettigrew düster. »Ich muß ehrlich zugeben, daß ich überrascht war, als sich herausstellte, daß es um Ihren Haushalt geht, Miss Wingfield. Bisher war Ihr Verhalten zwar zugegebenermaßen exzentrisch, ja bisweilen gar regelrecht seltsam, aber Sie haben immer die Regeln des Anstands gewahrt.«

Olympia blickte sie verwirrt an. »Hat sich an meinem Verhalten in der letzten Zeit irgend etwas geändert?«

»Und ob es das hat, Miss Wingfield.« Mrs. Pettigrew machte eine Pause, um die Wirkung ihrer Worte zu verstärken. »Wie uns berichtet wurde, haben Sie einen höchst unpassenden Hauslehrer für Ihre drei Neffen engagiert.«

Olympia verharrte reglos. »Unpassend? *Unpassend?* Um Himmels willen, wovon sprechen Sie, Mrs. Pettigrew? Der Hauslehrer, den ich eingestellt habe, ist hervorragend im Umgang mit den Kindern. Mr. Chillhurst macht seine Sache außerordentlich gut.«

»Uns wurde berichtet, daß Ihr Mr. Chillhurst furchterregend aussieht und daß man ihm höchstwahrscheinlich nicht über den Weg trauen kann.« Mrs. Pettigrew blickte Mrs. Norbury beifallheischend an. »Ist es nicht so, Mrs. Norbury?«

Mrs. Norbury hielt ihre Tasche noch fester. »Ja, Mrs. Pettigrew. Ein furchterregendes Äußeres. Man sagte uns, er sehe aus wie ein Pirat.«

Mrs. Pettigrew wandte sich wieder an Olympia. »Soweit wir informiert sind, sieht er nicht nur rauh und gefährlich aus, sondern er ist auch noch gewalttätig.«

»Gewalttätig?« Olympia blickte Mrs. Pettigrew finster an. »Das ist einfach lächerlich.«

»Es heißt, er habe Mr. Draycott mit einem heftigen Schlag niedergestreckt«, erläuterte Mrs. Norbury geduldig. »In der Tat soll Mr. Draycott immer noch zwei blaue Augen haben.«

»Oh, Sie beziehen sich auf den kleinen Zwischenfall, der sich vor ein paar Tagen hier in meiner Bibliothek ereignet hat.« Olympia bedachte die beiden mit einem beruhigenden Lächeln. »Das war nichts weiter. Nur ein unglückliches Mißverständnis.«

»Es hat sich wohl kaum um ein Mißverständnis gehandelt«, sagte Mrs. Pettigrew grimmig. »Ihr Mr. Chillhurst ist ganz offensichtlich eine Gefahr für die gesamte Nachbarschaft.«

Olympias Lächeln gefror. »Sie übertreiben, Mrs. Pettigrew.«

»Und er ist nicht nur eine Gefahr für uns alle«, erwiderte Mrs. Pettigrew. »Vielmehr hat mein Mann Grund zu der Annahme, daß er obendrein Ihre Naivität ausgenutzt hat, Miss Wingfield.«

Olympia starrte sie böse an. »Ich versichere Ihnen, Mr. Chillhurst hat mich in keinster Weise ausgenutzt.«

»Offenbar hat er Ihnen eine ganze Warensendung, die Ihr Onkel Ihnen geschickt hat, abgeluchst«, fuhr Mrs. Pettigrew fort.

»Das stimmt nicht.« Olympia erhob sich. »Mrs. Pettigrew, es tut mir leid, aber ich muß Sie bitten, jetzt zu gehen. Ich habe noch eine Menge Arbeit heute nachmittag, und ich kann es mir nicht erlauben, meine Zeit mit derartigem Geschwätz zu vergeuden.«

»Haben Sie schon irgend etwas von dem Geld gesehen, das Sie für die letzte Sendung Ihres Onkels hätten erhalten sollen?« fragte Mrs. Pettigrew kalt.

»Noch nicht. Aber es war bisher wohl kaum genug Zeit, um die Sachen in London zu verkaufen, ganz zu schweigen, um das Geld hierher zurückzuschicken.«

»Mein Gatte ist der Meinung, daß es höchst unwahrscheinlich ist, daß Sie überhaupt jemals Geld für diese Warensendung sehen«, sagte Mrs. Pettigrew. »Aber ehrlich gesagt gilt meine Hauptsorge nicht Ihrer finanziellen Situation.«

Olympia stützte beide Hände auf die Schreibtischplatte und holte tief Luft. »Was ist denn Ihre Hauptsorge, Mrs. Pettigrew?«

»Ich mache mir Sorgen um Ihren Ruf, Miss Wingfield.«

Olympia starrte sie ungläubig an. »Meinen Ruf? Inwieweit ist bitte mein Ruf in Gefahr?«

Offensichtlich meinte Mrs. Norbury, es sei an der Zeit, daß sie ihren Teil übernahm. Sie räusperte sich leicht. »Es gehört sich nicht für eine alleinstehende Frau wie Sie, eine, sagen wir, so enge Beziehung zu einer Person wie Mr. Chillhurst zu pflegen.«

»Völlig richtig«, bekräftigte Mrs. Pettigrew. Sie nickte der Pfarrersfrau zustimmend zu und wandte sich dann ein weiteres Mal an Olympia. »Sie müssen Ihren Mr. Chillhurst auf der Stelle entlassen.«

Mit zusammengekniffenen Augen starrte Olympia die beiden Frauen an. »Hören Sie, Mr. Chillhurst ist der Hauslehrer meiner Neffen. Zufällig ist er ein sehr guter Hauslehrer, und ich habe nicht die Absicht, ihn zu entlassen. Außerdem hat keine von Ihnen das Recht, irgendwelche Lügen oder Gerüchte über ihn zu verbreiten.«

»Und was ist mit Ihrem Ruf?« piepste Mrs. Norbury aufgeregt.

Aus den Augenwinkeln sah Olympia, wie sich in der Tür etwas bewegte. Sie wandte den Kopf und sah, daß Jared lässig im Rahmen lehnte. Er lächelte ihr zu.

»Mein Ruf geht nur mich etwas an, Mrs. Norbury«, sagte Olympia scharf. »Machen Sie sich deswegen keine Sorgen. In den letzten Jahren war mein Ruf für niemanden von Interesse, und ich bin sehr gut damit zurechtgekommen.«

Mrs. Pettigrew streckte das Kinn vor. »Es tut mir leid, Ihnen mitteilen zu müssen, daß wir uns gezwungen sehen werden, etwas zu unternehmen, wenn Sie Vernunftgründen nicht zugänglich sind.«

Olympia blickte sie voll Widerwillen an. »Und was genau wollen Sie unternehmen, Mrs. Pettigrew?«

»Es ist unsere Pflicht, dafür zu sorgen, daß die drei unschuldigen Kinder, die sich in Ihrer Obhut befinden, keinen Schaden erleiden«, sagte Mrs. Pettigrew kühl. »Wenn Sie ihnen kein angemessenes Zuhause bieten, wird mein Mann gezwungen sein, dafür zu sorgen, daß sie woanders aufwachsen.«

Panik und Zorn flackerten in Olympia auf wie trockener Zunder. »Sie können mir meine Neffen nicht wegnehmen. Dazu haben Sie kein Recht.«

Mrs. Pettigrew bedachte sie mit einem dünnen, herablassenden Lächeln. »Ich bin überzeugt, daß mein Mann nur ein paar der anderen Verwandten der Jungen über die Zustände in Ihrem Haushalt informieren muß, um ein oder zwei von ihnen dazu zu bewegen, sich Ihrer Neffen anzunehmen.«

»Das ist wohl eher unwahrscheinlich«, schoß Olympia zurück. »Sie sind ja zunächst einmal bei mir gelandet, weil niemand anders sie wollte.«

»Diese Situation dürfte sich ändern, wenn die anderen Verwandten erfahren, daß die Kinder von einer jungen Frau mit zweifelhaftem Ruf aufgezogen werden. Ich bin sicher, daß Mr. Pettigrew jemanden in Ihrer Familie finden wird, der bereit ist, seine Pflicht gegenüber den Jungen zu erfüllen.« Mrs. Pettigrews Lächeln wurde drohend. »Besonders, wenn Mr. Pettigrew ein Stipendium aussetzt, mit dem ein Internatsaufenthalt finanziert werden könnte.«

Olympia zitterte vor Wut. »Sie würden jemanden dafür bezahlen, daß er mir meine Neffen wegnimmt und sie in ein Internat steckt?«

Mrs. Pettigrew nickte brüsk. »Wenn es nötig ist, ja. Zu ihrem eigenen Schutz natürlich. Junge Menschen sind so leicht zu beeinflussen.«

Olympia hielt es nicht länger aus. »Bitte verlassen Sie umgehend mein Haus, Mrs. Pettigrew.« Sie blickte hinüber zur Pfarrersfrau, die in ihrem Stuhl kauerte. »Sie auch, Mrs. Norbury. Und bemühen Sie sich nicht noch einmal hierher. Ich werde keine von Ihnen nochmals in meinem Haus dulden. Ist das klar?«

»Hören Sie, junge Frau«, setzte Mrs. Pettigrew scharf an.

Was auch immer sie hatte sagen wollen, ging unter in dem überraschten Aufschrei, der Mrs. Norbury entfuhr, als sie sich erhob und zur Tür wandte.

»Gott sei mir gnädig, das muß er sein.« Fasziniert und entsetzt zugleich griff sie sich an den Hals. »Es ist genau, wie Sie gesagt haben, Mrs. Pettigrew. Der Mann sieht tatsächlich aus wie ein mörderischer, blutrünstiger Pirat.«

Mrs. Pettigrew fuhr herum und blickte Jared mißbilligend an. »Wirklich, ein Pirat. Erlauben Sie mir Ihnen zu sagen, Sir, daß Sie in einem anständigen Haushalt nichts verloren haben.«

»Guten Tag, meine Damen.« Jared verbeugte sich ironisch. »Ich glaube nicht, daß wir einander ordentlich vorgestellt wurden. Ich bin Chillhurst.«

Mrs. Pettigrew marschierte in Richtung der Tür. »Mit Leuten wie Ihnen spreche ich nicht. Wenn Sie auch nur etwas Sinn für Anstand haben, verlassen Sie diesen Haushalt auf der Stelle. Sie schädigen Miss Wingfields Ruf, und ich möchte nicht wissen, wieviel Schaden Sie bereits bei ihren drei kleinen Neffen angerichtet haben. Ganz zu schweigen von den finanziellen Nachteilen, die sie Ihretwegen erlitten hat.«

»Sie wollen schon gehen?« Jared richtete sich auf und trat beiseite.

»Mein Mann wird mit Leuten Ihres Schlags schon fertig werden.« Mrs. Pettigrew segelte hinaus. »Komm, Cecily. Wir gehen.«

Mrs. Norbury blickte nervös auf Jareds schwarze Augenklappe.

»Entschuldigen Sie, Sir«, murmelte sie. »Ich hoffe, wir haben Sie nicht beleidigt.«

»Doch, das haben Sie, Madam«, sagte Jared sehr leise. »Und zwar sehr.«

Mrs. Norbury sah aus, als hätte der Teufel persönlich mit ihr gesprochen. »Oh!«

Jared schenkte ihr ein eisiges Lächeln. Dann ging er zur Haustür und öffnete sie.

»Beeil dich, Cecily«, schnauzte Mrs. Pettigrew.

»Ja, ja, ich komme ja schon.« Mrs. Norbury riß sich zusammen und rannte in Richtung der Tür.

»Also, was soll denn das nun wieder heißen?« Mrs. Bird kam mit dem Teetablett aus der Küche. »Ich hab' gerade den verdammten Tee gekocht.«

Olympia ging in die Eingangshalle und gesellte sich zu Jared. »Unsere Gäste möchten heute nachmittag keinen Tee, Mrs. Bird.«

»Typisch«, beschwerte sich die Haushälterin. »Da macht man sich die Mühe, und keiner trinkt das Zeug.«

Olympia stand neben Jared und beobachtete, wie Mrs. Pettigrews Kutscher von seinem Bock kletterte, um den beiden Frauen in den eleganten, neuen Landauer zu helfen. Das doppelte Faltdach war geschlossen, obgleich das Wetter sehr mild war.

Dicht gefolgt von Mrs. Norbury bestieg Mrs. Pettigrew das Gefährt, und der Kutscher schloß die Tür.

Plötzlich ertönte ein gellender Schrei.

»Hilfe«, kreischte Mrs. Norbury. »Hier ist etwas in der Kutsche. Machen Sie die Tür auf. *Machen Sie die Tür auf.*«

»Holen Sie uns sofort hier raus, Sie Tölpel«, schrie Mrs. Pettigrew ihren Kutscher an.

Der Mann beeilte sich, die Tür aufzureißen. Mrs. Pettigrew sprang aus dem Landauer, und Mrs. Norbury hüpfte hinterher.

Olympia hörte das unmißverständliche Quaken mehrerer Frösche. Durch die geöffnete Tür der Kutsche sah sie, daß mindestens ein halbes Dutzend der Tiere auf den Sitzen herumhopste.

»Entfernen Sie auf der Stelle diese entsetzlichen Kreaturen aus dem Wagen«, befahl Mrs. Pettigrew. »Holen Sie sie raus, oder Sie sind auf der Stelle entlassen, George.«

»Ja, Ma'am.« George nahm seine Mütze ab und fegte eifrig die Frösche von den Kissen.

Olympia verfolgte das Durcheinander in der Einfahrt mit wachsendem Unbehagen. Zwischen dem Quaken der Frösche, dem Fluchen des Kutschers, den Entsetzensschreien von Mrs. Norbury und Mrs. Pettigrews giftigen Blicken spürte sie die drohende Katastrophe.

Jared beobachtete das ganze mit einem ruhigen Lächeln.

Erst als der letzte Frosch aus dem Landauer verscheucht war und Mrs. Pettigrew und die Pfarrersfrau an ihrer Stelle Platz genommen hatten, blickte Olympia Jared an.

»Was ist aus der Geometriestunde geworden?«

»Sie wurde kurzfristig verschoben zugunsten einer Biologiestunde«, sagte Jared.

»Wann wurde diese Entscheidung getroffen?«

»Als Robert, Hugh und Ethan die Kutsche von Pettigrew in der Einfahrt entdeckten.«

»Das habe ich befürchtet«, seufzte Olympia.

»Es ist ja niemand weiter zu Schaden gekommen«, sagte Jared. »Ich glaube, sämtliche Frösche haben überlebt. Sie werden ihren Weg zurück in den Teich finden.«

»Mr. Chillhurst, Sie haben keine Vorstellung von dem Schaden, der entstanden ist. Es könnte nicht schlimmer sein.« Olympia wandte sich verzweifelt ab und ging zurück in die Bibliothek.

Kapitel 6

Olympias grimmige Miene überraschte Jared. Er ging ihr in die Bibliothek nach und schloß die Tür.

»Was ist los, Miss Wingfield? Sie machen sich doch nicht etwa wegen der Frösche in Pettigrews Kutsche solche Sorgen?«

Olympia sah ihn bestürzt an. »Diese Sache mit den Fröschen hätte zu keinem ungünstigeren Zeitpunkt passieren können.«

»Warum?« Jared blickte sie eindringlich an. »Bereuen Sie es schon wieder, daß Sie mich eben verteidigt haben?«

»Natürlich nicht. Sie sind bei mir angestellt, und somit stehen Sie unter meinem Schutz.« Olympia ging zum Fenster und sah hinaus in den Garten. »Mrs. Pettigrew ist eine äußerst unangenehme Person, die die Angewohnheit hat, sich permanent in die Angelegenheiten anderer Leute einzumischen. Ich bedauere es nicht eine Sekunde, daß ich Sie als Hauslehrer meiner Neffen verteidigt habe.«

»Danke.« Jared betrachtete die stolze Linie ihres ihm zugewandten anmutigen Rückens. »Ich glaube, das hat noch nie jemand für mich getan.«

»Was?«

»Mich verteidigt.«

»Oh. Das war nicht der Rede wert.« Olympia zuckte leicht mit einer Schulter.

Jared lächelte. »Für mich schon, Miss Wingfield.«

»Mrs. Pettigrew hatte kein Recht, Sie derart anzugreifen. Ebensowenig wie Mrs. Norbury, obgleich ich annehme, daß es für ihr Verhalten eine Entschuldigung gibt. Sie ist keine besonders starke Frau.«

»Anders als Sie«, sagte Jared. »Aber selbst die stärkste Frau muß auf ihren Ruf achten. Aus dem, was ich vor ein paar Minuten mitbekommen habe, schließe ich, daß Mrs. Pettigrew sich ernsthafte Sorgen um Ihr gesellschaftliches Ansehen macht.«

»Offensichtlich.« Olympia drehte sich nicht um.

»Und wie steht's mit Ihnen, Miss Wingfield?« Jared trat einen Schritt näher und blieb dann erneut stehen. Er wußte nicht genau, was er als nächstes tun oder sagen sollte. Nie zuvor war der Ruf einer Frau wegen ihm in Gefahr gewesen. Langweilige, uninteressante Geschäftsmänner wie er kamen selten in Situationen, in denen sie eine Bedrohung für irgendeine Frau darstellten.

»Mein Ruf kümmert mich nicht im geringsten.« Olympia preßte ihre Hände fest gegeneinander. »Tante Sophy hat immer gesagt, daß der Ruf eines Menschen nichts anderes sei als die Meinung, die die Welt von ihm hat, und daß die Welt sich regelmäßig irrt. Wichtig ist allein die Ehre eines Menschen, und die ist eine Privatsache, die man allein mit sich und seinem Gewissen vereinbaren muß. Es interessiert mich also nicht, was Mrs. Pettigrew von mir denkt.«

»Ich verstehe.« Jared nahm an, daß er erleichtert sein sollte, weil Olympia ihn nicht für die Schädigung ihres Ansehens verantwortlich machte. Er fragte sich, weshalb er sich trotzdem immer noch elend fühlte. »Wenn Ihnen also Mrs. Pettigrews Meinung egal ist, warum sind Sie dann so deprimiert, Miss Wingfield?«

»Haben Sie nicht gehört, was sie gesagt hat, Sir? Sie hat gedroht, mir meine Neffen wegzunehmen«, flüsterte Olympia. »Sie hat gesagt, sie wären in diesem Haushalt unmoralischen Einflüssen ausgesetzt, und ihr Mann wäre bereit, irgendeinen entfernten Verwandten dafür zu bezahlen, daß er die Jungen aufnimmt.«

»Bastard«, knurrte Jared.

»Bitte?«

»Nichts, Miss Wingfield. Mir ist nur eben bewußt geworden, daß Pettigrew verzweifelter ist, als ich angenommen hatte.«

»Ja. Ich wußte nicht, daß sich Pettigrew und seine Frau derart um meinen Ruf sorgen.«

Olympia fuhr herum und sah ihn an. In ihren Augen blitzte neue Entschlossenheit. »Vielleicht wäre es gut, wenn wir die Jungen eine Weile aus Upper Tudway fortbrächten. Meinen Sie, wir bekommen genug Geld für die Warensendung meines Onkels, um eine Reise an die See finanzieren zu können?«

Jared zog eine Braue hoch. »Ja, ich bin mir ziemlich sicher, daß wir genug Geld für eine Reise ans Meer haben werden.«

»Hervorragend.« Olympias Miene hellte sich auf. »Wann werden wir Ihrer Meinung nach etwas von Ihrem Freund in London hören?«

»Jeden Augenblick, Miss Wingfield? Vielleicht schon morgen oder übermorgen.« Felix Hartwell würde nicht lange brauchen, um Olympias Waren loszuwerden, dachte Jared. Er hoffte nur, daß Hartwell auch mit seinen Nachforschungen wegen der Unterschlagungen vorankam. Vielleicht erführe er ja auch diesbezüglich Neuigkeiten, wenn er die Nachricht vom Verkauf der Wingfieldschen Warensendung erhielt.

»Das freut mich zu hören«, sagte Olympia. »Wenn wir Upper Tudway für zwei Wochen oder so verlassen, beruhigt sich Mrs. Pettigrew ja vielleicht wieder. Außerdem hoffe ich, daß Pettigrew nicht gerade begeistert ist von der Vorstellung, jemanden dafür zu bezahlen, daß er meine Neffen nimmt. Er ist eigentlich eher vorsichtig im Umgang mit seinem Geld.«

Jared überdachte kurz die Situation. »Miss Wingfield, Ihr Plan, für eine Weile mit den Jungen an die See zu fahren, ist nicht schlecht, aber ich glaube, Sie können sich die Mühe sparen.«

Olympia riß überrascht die Augen auf. »Und warum?«

»Ich hatte sowieso die Absicht, Pettigrew in nächster Zeit einen Besuch abzustatten. Nun, da Mrs. Pettigrew beginnt, Drohungen auszustoßen, glaube ich, daß ich das Gespräch nicht länger hinauszögern sollte. Ich werde morgen zu ihm gehen.«

Olympia sah ihn fragend an. »Das verstehe ich nicht ganz, Mr. Chillhurst. Weshalb wollen Sie mit Pettigrew sprechen? Was werden Sie ihm sagen?«

»Ich werde versuchen, ihm zu erklären, daß weder er noch seine Frau Sie weiterhin bedrohen oder sonstwie belästigen dürfen. Kurz gesagt, ich werde ihm zu verstehen geben, daß er sich um seine eigenen Angelegenheiten kümmern soll.«

»*Jared.* Ich meine, Mr. Chillhurst, Sie dürfen nichts unternehmen, was Sie in noch größere Schwierigkeiten bringen könnte.« Olympia eilte durch den Raum und legte ihre Hand auf Jareds Arm. »Sie müssen an Ihren Ruf denken.«

Jared lächelte kurz. »Meinen Ruf?«

»Aber natürlich. Ein Hauslehrer muß äußerst vorsichtig sein. Ich werde Ihnen natürlich mit dem größten Vergnügen ein hervorragendes Zeugnis schreiben, wenn Sie uns wieder verlassen, aber wenn Pettigrew das Gerücht in die Welt setzt, daß Sie einen schlechten Einfluß auf die Jugend ausüben, dürfte es äußerst schwierig für Sie werden, eine neue Anstellung zu finden.«

Jared legte seine Hand auf die ihre. »Sie brauchen sich um mich keine Sorgen zu machen, Miss Wingfield. Ich versichere Ihnen, daß ich niemals Schwierigkeiten haben werde, meinen Lebensunterhalt zu bestreiten.«

Mit besorgtem Blick sah sie in sein Gesicht. »Sind Sie sich da auch ganz sicher?«

»Absolut, Miss Wingfield.«

»Trotzdem denke ich, daß es das beste wäre, Upper Tudway für eine Weile zu verlassen.«

»Wie Sie wünschen, Miss Wingfield.« Jared zögerte. »Ich nehme an, ich werde Sie begleiten?«

Olympia starrte ihn überrascht an. »Selbstverständlich. Sie sind einer meiner Angestellten. Ich wüßte nicht, was ich ohne Sie machen sollte.«

»Danke, Miss Wingfield.« Jared deutete eine Verbeugung an. »Ich werde mich bemühen, Sie in jeder Beziehung zufriedenzustellen.«

»Seien Sie versichert, daß Sie das tun, Mr. Chillhurst.«

Die Nachricht von Felix kam mit der Morgenpost. Mrs. Bird brachte sie an den Frühstückstisch und reichte sie Jared.

»Vielen Dank«, sagte Jared.

»Wir kriegen nich gerade viel Post hier im Meadow Stream Cottage«, informierte ihn die Haushälterin. Mit der Kaffeekanne in der Hand stand sie abwartend neben ihm.

Jared begriff, daß sie hoffte, er würde den Brief laut vorlesen. Er blickte in die Reihe der anderen aufgeregten Gesichter. Auch Olympia und ihre Neffen sahen ihn erwartungsvoll an. Selbst Minotaurus schien interessiert zu sein. Nachrichten aus der weiten Welt waren offensichtlich etwas Besonderes.

»Ist der Brief von Ihrem Freund in London?« fragte Olympia.

»In der Tat, das ist er.« Jared brach das Siegel auf und faltete das Papier auseinander.

»Hat Mr. Hartwell alles verkaufen können, Mr. Chillhurst?« wollte Ethan wissen.

»Ich wette, Ihr Freund hat auch soviel dafür gekriegt, wie Pettigrew beim letzten Mal bekommen hat«, sagte Robert.

»Ich wette, er hat sogar mehr gekriegt«, erklärte Hugh.

Jared sah kurz auf. »Du hast recht, Hugh.«

»Wirklich?« Olympias Wangen glühten vor Aufregung. »Genug, um vierzehn Tage an die See fahren zu können?«

»Mehr als genug.« Jared blickte auf die Nachricht und las sie dann laut vor.

Chillhurst:

Ich habe Ihre Anweisungen befolgt und die diversen Waren verkauft, die Sie mir anvertraut haben. Nicht eben Ihr normaler Geschäftsstil, wenn ich so sagen darf. Trotzdem, die Tat ist vollbracht. Ich habe einen Wechsel in Höhe von dreitausend Pfund auf den Namen von Miss Olympia Wingfield ausgeschrieben. Lassen Sie es mich bitte wissen, wenn ich Ihnen in irgendeiner anderen Weise behilflich sein kann ...

Robert machte einen Riesensatz. »*Dreitausend Pfund.*«

»Dreitausend Pfund«, echote Hugh ehrfürchtig.

Olympia starrte Jared nur mit offenem Mund an.

Angesichts des Chaos, das im Frühstückszimmer ausbrach, gab Jared den Versuch auf, den Brief zu Ende zu lesen. Er überflog nur schnell den Rest des Schreibens, während alle anderen aufgeregt durcheinanderschrien.

In der anderen Sache, der ich in Ihrem Auftrag nachgehen sollte, muß ich Ihnen leider mitteilen, daß ich nur sehr geringe Fortschritte gemacht habe. Ich glaube, die veruntreuten Gelder wurden von einem Ihrer Schiffskapitäne eingesteckt, aber das werden wir niemals beweisen können. Ich würde Ihnen raten, den betreffenden Kapitän zu entlassen. Lassen Sie mich wissen, wie Sie weiter vorgehen wollen, und ich werde die entsprechenden Schritte unternehmen.

Ihr ergebener
Felix

Jared runzelte nachdenklich die Stirn, als er den Brief mit ruhigen Bewegungen zusammenfaltete. Er machte sich im Geist eine Notiz, daß er Felix mitteilen würde, noch nichts gegen den Kapitän zu unternehmen.

Er legte das Schreiben neben seinen Teller und blickte auf. Es herrschte immer noch große Aufregung darüber, daß mit der Warensendung ein solch großer Gewinn erzielt wurde.

Hugh und Ethan hüpften auf ihren Stühlen auf und ab. Robert erteilte Olympia eine Reihe guter Ratschläge, was sie mit all dem Geld anfangen könnte. Minotaurus hatte irgendwie ein Würstchen erwischt.

»Verdammt, das ist ein richtiges Vermögen«, sagte Mrs. Bird verwirrt. Sie wiederholte diesen Satz ein ums andere Mal. »Verdammt, das ist ein richtiges Vermögen.«

Olympia schien hin und her gerissen zwischen Begeisterung und Besorgnis. »Mr. Chillhurst, sind Sie sich auch ganz sicher, daß kein Mißverständnis vorliegt?«

»Das ist kein Mißverständnis.« Jared griff nach seiner Gabel und begann, seine Eier zu essen. »Ich versichere Ihnen, Hartwell macht keinen Fehler, wenn es um Geld geht.« Was hieß, daß Felix zweifellos recht hatte mit seiner Vermutung, daß einer der Flamecrestschen Kapitäne verantwortlich war für das Verschwinden großer Beträge während des vergangenen Jahres.

Aber Jared war mit dieser Antwort nicht zufrieden. Er wollte Beweise.

»Aber es muß ein Mißverständnis sein«, beharrte Olympia. »Vielleicht meinte er dreihundert Pfund, obwohl selbst das eine Riesensumme wäre verglichen mit dem, was wir für die letzten Warensendungen bekommen haben.«

»Offenbar hat sich der Markt für importierte Waren in den letzten Monaten deutlich verbessert«, sagte Jared trocken. »Nun, wenn

Sie mich jetzt entschuldigen wollen. Ich werde den Beginn des Unterrichts heute morgen um etwa eine Stunde verschieben.«

»Warum?« fragte Hugh. »Wir sollen heute doch die Eigenschaften von Wolken und Wind untersuchen.«

»Ja«, beeilte Ethan sich zu sagen. »Sie haben gesagt, Sie würden uns erzählen, wie Käpt'n Jack es einmal geschafft hat, einem spanischen Schiff zu entkommen, weil er mehr von Meteorologie verstand als der spanische Kapitän.«

»Darüber werden wir auch noch sprechen.« Jared erhob sich und sah auf seine Uhr. »Zunächst jedoch muß ich mich um etwas anderes kümmern.« Er ließ die Uhr wieder in die Tasche gleiten.

Olympia stand auf und folgte ihm in die Eingangshalle. Als sie außer Hörweite der Jungen waren, legte sie aufgeregt die Hand auf seinen Arm.

»Mr. Chillhurst, sind Sie sich wirklich sicher, daß Sie kein unnötiges Risiko eingehen, indem Sie Pettigrew aufsuchen?«

»Ganz sicher.« Jared nahm seinen Mantel von einem Messinghaken.

Er spürte das Gewicht des Dolches, der fest in seinem Schaft in der Innentasche des Kleidungsstücks saß. Die Klinge drückte beruhigend gegen seine Rippen, als er sich in seinen Mantel hüllte.

Olympia runzelte die Stirn. »Vielleicht sollte ich mitkommen.«

»Das wird nicht nötig sein.« Jared war gerührt. Es war wirklich sehr seltsam und nicht im geringsten unangenehm, daß es jemanden gab, der sich Sorgen um einen machte. »Ich versichere Ihnen, daß ich bereits seit längerer Zeit gut auf mich aufzupassen weiß.«

»Ja, natürlich, aber Sie sind mein Angestellter, und ich fühle mich verantwortlich für Sie. Ich möchte nicht, daß Ihnen irgend etwas passiert.«

»Vielen Dank, Miss Wingfield.« Jared ergriff ihr Kinn und strich mit seinem Mund über ihre Lippen. »Aber ich versichere Ihnen, daß mir von Pettigrew keinerlei Gefahr droht.« Er lächelte sie böse an. »Im Moment droht mir nur eine einzige wirkliche Gefahr.«

Olympia riß alarmiert die Augen auf. »Und das wäre?«

»Die Möglichkeit, daß ich in der nächsten Sekunde in Flammen aufgehe wegen meines unbefriedigten Verlangens.«

»Mr. Chillhurst.« Olympias Gesicht überzog sich mit einem dunklen Rosa, aber ihre Augen glühten vor weiblicher Erregung.

»Bis später, meine süße Sirene.«

Leise pfeifend ließ Jared Olympia in der Eingangshalle zurück und trat hinaus in den warmen Frühlingsmorgen.

»Mr. Chillhurst, warten Sie.« Olympia eilte hinaus auf die Treppe.

Jared drehte sich lächelnd um. »Ja, Miss Wingfield?«

»Seien Sie bitte vorsichtig.«

»Ja, Miss Wingfield. Ich werde sehr vorsichtig sein.«

Minotaurus kam um die Ecke galoppiert. Mit heraushängender Zunge und wedelndem Schwanz blickte er hoffnungsvoll zu Jared hinauf.

»Ich fürchte, du kannst heute morgen nicht mitkommen«, sagte Jared. »Bleib hier und paß auf alles auf, während ich weg bin. Ich werde bald zurück sein.«

Minotaurus setzte sich auf die Stufen und lehnte sich schwer an Olympia. Der Hund war eindeutig enttäuscht, doch er ergab sich in sein Schicksal.

Es war ein relativ kurzer Spaziergang bis zu Pettigrews Farm, wenn man die Abkürzung über die Wiese und durch die kleine Baumgruppe am Bach nahm. Unterwegs dachte Jared über die seltsame Wendung nach, die sein Leben in jüngster Zeit genommen hatte.

Die Szene, die er gestern nachmittag in Olympias Bibliothek miterlebt hatte, hatte ihm zu denken gegeben. Mrs. Pettigrews Bemerkungen über Olympias Ruf waren ärgerlich gewesen, aber er mußte zugeben, daß sie nicht völlig grundlos waren. Er wußte ganz genau, daß sie beide ein gefährliches Spiel mit ihrem gesellschaftlichen Ansehen trieben.

Leidenschaft war ein erstaunliches Gefühl, dachte er. Nun, da er sie selbst erlebte, hatte er den größten Respekt vor ihrer Macht. Trotzdem, er war ein Gentleman, und er hatte nicht die Absicht, Olympia zu ruinieren. Auch wenn es ihr nichts auszumachen schien, ruiniert zu werden.

Jared wurde von lautem Jaulen aus einem Zwinger voller Jagdhunde begrüßt, als er den Weg zu Pettigrews Haus hinaufging. Mit großem Interesse sah er sich auf dem Anwesen um. Die Farm war offensichtlich höchst ertragreich. Jared fragte sich flüchtig, wie viele der Verbesserungen wohl mit den Geldern finanziert worden waren, die Pettigrew Olympia und ihrem Onkel gestohlen hatte.

Jared ging die Treppe hinauf und klopfte laut an die Tür. Einen Augenblick später wurde sie von einer mittelalterlichen Haushälterin in einem grauen Kleid, einer weißen Haube und einer Schürze geöffnet. Zuerst starrte sie bloß auf Jareds Augenklappe.

»Sie sin' bestimmt der neue Hauslehrer bei den Wingfields, von dem alle sprechen, oder?« fragte sie.

»Ich bin Chillhurst. Bitte seien Sie so freundlich und sagen Sie Pettigrew, daß ich mit ihm sprechen möchte.«

»Er is' nich' da«, sagte die Haushälterin eilig. »Ich meine, er is' im Moment nich' im Haus.«

»Und wo ist er?«

»In den Ställen.« Die Haushälterin starrte ihn nach wie vor fasziniert an. »Ich hole ihn, wenn Sie woll'n.«

»Danke. Ich werde ihn schon finden.«

Jared drehte sich um und stieg die Stufen wieder hinab. Er ging um das Haus herum und entdeckte die frisch gestrichenen Ställe.

Als er an der offenen Küchentür vorbeiging, wurde seine Aufmerksamkeit von schrillen, aufgeregten Stimmen geweckt.

»Er is' es, ich sag's dir«, sagte die Haushälterin zu jemandem im Haus. »Der neue Hauslehrer. Sie sagen, er is' ein Pirat, der Miss Wingfield jede Nacht vergewaltigt, seit er dort im Meadow Stream Cottage eingezogen is'.«

»Ich hab' gehört, daß er in dem alten Wildhütercottage am Ende des Wegs lebt, genau wie die anderen Hauslehrer, die sie eingestellt hatte«, kam die trockene Antwort.

»Tja, ich frage dich nur, woher soll'n wir wissen, wie er seine Nächte verbringt?« erwiderte die Haushälterin. »Da könnte alles mögliche passieren, ohne daß es irgend jemand erfährt. Die arme Miss Wingfield.«

»Ich bin mir nich' so sicher, daß sie einem leid tun muß.«

»Wie kannst du nur so etwas sagen? Sie is' eine anständige junge Lady, jawohl«, beharrte die Haushälterin auf ihrer Meinung. »Auch wenn sie 'n bißchen seltsam is'. Is' schließlich nich' ihre Schuld. Diese beiden Tanten ham sie eben seltsam erzogen.«

»Ich hab' nie behauptet, daß sie keine anständige junge Lady is'. Aber sie is' fünfundzwanzig Jahre alt und macht keinerlei Anstalten, jemals zu heiraten. Zumindest solange sie diese drei Bälger auf dem Hals hat, wird sie wohl keinen Mann abkriegen. Ich wette, es gefällt ihr ganz gut, jede Nacht mit einem Piraten zu verbringen. Ich kann mir Schlimmeres vorstellen.«

»Nicht für Miss Wingfield.« Die Haushälterin klang ehrlich schockiert. »Es hat noch nie einen Skandal wegen ihr gegeben, das weißt du ganz genau. Nein, dieser verdammte Pirat nutzt sie bloß aus. Weiß Gott, was er ihr nachts wohl so alles antut.«

»Ich hoffe für Miss Wingfield, daß es etwas Interessantes ist.«

Zähneknirschend ging Jared weiter in Richtung der Ställe.

Ein paar Minuten später wurde er von dem Duft von Heu und

Gras begrüßt, als er die dunklen Stallungen betrat. Ein geschmeidiger, muskulöser brauner Wallach streckte neugierig den Kopf über die Tür seiner Box. Jared bedachte das teure Pferd mit einem prüfenden Blick.

Am anderen Ende des spärlich erleuchteten Stalles ertönte Pettigrews Stimme.

»Ich werde die Stute von Henningers neuem Hengst decken lassen. Ein hervorragendes Pferd. Es wird mich ein Vermögen kosten, aber das ist es wert.«

»Wie Sie meinen, Sir.«

»Haben Sie dem Braunen vorne links einen neuen Huf verpassen lassen?« Pettigrew trat aus einer Box. In der Hand hielt er eine Reitgerte. Hinter ihm ging ein kleiner, drahtiger Mann.

»Hab 'n gestern zum Hufschmied gebracht«, sagte der Stallbursche. »Er is' jetzt voll in Ordnung, Mr. Pettigrew.«

»Hervorragend. Ich habe vor, ihn nächste Woche bei der Jagd zu reiten.« Er klopfte gedankenverloren mit der Reitgerte gegen sein Bein. »Lassen Sie uns mal nach den Hunden sehen.« Er blinzelte im Sonnenschein, der hinter Jared durch die Stalltür fiel. »Was? Wer ist da?«

»Chillhurst.«

»Chillhurst?« Pettigrew beäugte ihn argwöhnisch. »Was, in drei Teufels Namen, haben Sie in meinen Ställen zu suchen?«

»Ich bin gekommen, um mit Ihnen zu sprechen, Pettigrew.«

»Hören Sie, ich habe Ihnen nichts zu sagen. Verschwinden Sie von meinem Grundstück.«

»Ich werde schnell genug gehen, aber erst möchte ich noch ein paar Dinge klarstellen.« Jared warf einen flüchtigen Blick auf den mürrisch dreinblickenden Stallburschen. »Ich schlage vor, daß wir dieses Gespräch unter vier Augen führen.«

»Verdammter, arroganter *Hauslehrer*.« Pettigrew blitzte ihn zornig an, aber er schickte den Pferdepfleger mit einer Handbewegung aus dem Stall.

Jared wartete, bis der Mann außer Sichtweite war.

»Ich werde Ihre Zeit nicht übermäßig beanspruchen, Pettigrew. Ich möchte Ihnen nur zwei Dinge mitteilen. Als erstes werden Sie Miss Wingfield in keiner Weise mehr drohen.«

»Drohen? Wie können Sie es wagen, Sir?« zischte Pettigrew wütend. »Ich habe Miss Wingfield nie gedroht.«

»Stimmt, ich glaube, Sie haben Ihrer Frau diese Aufgabe überlassen«, sagte Jared. »Aber das ist egal. Sie müssen sich nur merken, daß es keine neuerlichen Drohungen geben wird, ganz zu schweigen davon, daß sie auf keinen Fall wahrgemacht werden.«

»Verflucht. Was erlauben Sie sich eigentlich, Sie verdammter aufgeblasener Bastard? Wovon, zum Teufel, sprechen Sie überhaupt?«

»Sie wissen ganz genau, wovon ich spreche, Pettigrew. Miss Wingfield wurde angedroht, daß man ihr ihre Neffen wegnehmen würde, wenn sie mich nicht umgehend entläßt.«

»Miss Wingfield sollte Sie wirklich auf der Stelle entlassen«, polterte Pettigrew. »Sie werden wohl nicht behaupten wollen, daß Sie einen guten Einfluß auf immerhin noch leicht zu beeindruckende kleine Jungen haben. Oder auf eine ebenso leicht zu beeindruckende junge Frau.«

»Das mag sein, aber auf jeden Fall werde ich meine Stellung bei Miss Wingfield behalten. Und wenn Sie auch nur versuchen sollten, Miss Wingfield die Kinder zu nehmen, werden Sie es bitter bereuen.«

Pettigrews Blick verengte sich. »Ich kenne Miss Wingfield seit Jahren, Sir. In der Tat war ich bereits ein Freund ihrer Tanten. Ich fühle mich verantwortlich für Miss Wingfield, und ich habe nur ihr Wohl im Sinn. Des weiteren habe ich nicht die Absicht, mich von Ihnen einschüchtern zu lassen, Chillhurst.«

»Aber ich werde Sie einschüchtern.« Jared lächelte leicht. »Wenn Sie auch nur andeuten, daß Sie Miss Wingfield die Jungen nehmen wollen, werde ich dafür sorgen, daß die Art und Weise, in der Sie sie systematisch betrogen haben, öffentlich wird.«

Pettigrew starrte ihn entsetzt an. Sein aufgedunsenes Gesicht wurde von einer tiefen Röte überzogen. »Wie können Sie es wagen, mich des Betrugs zu bezichtigen!«

»Ich versichere Ihnen, das ist ganz einfach.«

»Das ist eine verdammte Lüge.«

»Nein«, sagte Jared. »Es ist die Wahrheit. Ich weiß genau, welchen Umfang die Warensendungen hatten, die Sie für Miss Wingfield verkauft haben. Sie enthielten etwa die gleichen Dinge wie die Sendung, die ich für sie verkauft habe. Sie hätten also auch einen ähnlichen Gewinn bringen müssen, etwa dreitausend Pfund, und ich wette, das haben sie auch.«

»Das ist nicht wahr«, zischte Pettigrew.

»Sie haben das Geld gestohlen, Pettigrew.«

»Das können Sie nicht beweisen, Sie Bastard.«

»Und ob ich das kann. Ich habe einen Bekannten in London, der innerhalb kürzester Zeit die tatsächlichen Gewinne ermitteln kann. Und ich werde ihm Anweisung erteilen, eben das zu tun, wenn Sie Miss Wingfield nicht die gesamte Summe zurückerstatten, die Sie ihr noch schulden.«

Pettigrew verzog wütend das Gesicht. »Ich werde Ihnen beibringen, was es heißt, mir zu drohen, Sie verdammter Bastard.« Er hob die Reitgerte und ließ sie mit einer schnellen Bewegung auf Jareds gesundes Auge niedersausen.

Jared wehrte den Schlag mit einem Arm ab. Er riß Pettigrew die Peitsche aus der Hand und warf sie angewidert beiseite. Dann griff er in die Innentasche seines Mantels und zog den Dolch aus der Scheide.

Er drängte den verblüfften Pettigrew gegen die Stalltür und setzte ihm die Spitze des Dolches an den Hals. »Sie haben mich beleidigt, Pettigrew.«

Pettigrew konnte die Augen nicht von dem Dolch abwenden. Er fuhr sich mit der Zunge über die Lippen. »Das können Sie nicht machen. Ich werde Sie vor den Richter bringen. Sie werden hängen, Chillhurst.«

»Das wage ich zu bezweifeln. Aber es steht Ihnen natürlich frei, mit dem Richter zu sprechen, wenn Sie wollen. Erst einmal werden Sie jedoch einen Wechsel über das Geld ausstellen, das Sie Miss Wingfield für die letzten beiden Warensendungen schulden.«

Pettigrew zuckte zusammen. In seinen Augen lag nackte Verzweiflung. »Ich habe das Geld nicht. Ich habe es bereits ausgegeben.«

»Wofür?«

»Sehen Sie«, flüsterte Pettigrew. »Sie können das nicht verstehen. Ich brauchte das Geld für die erste Sendung, um gewisse Ehrenschulden zu begleichen.«

»Sie haben Miss Wingfields Geld beim Kartenspielen verloren?«

»Nein, nein, ich habe bei dem verdammten Spiel meine Farm verloren.« Pettigrews Stirn war schweißüberströmt. »Ich dachte bereits, ich sei erledigt. Ruiniert. Und dann kam Olympia und bat mich um Rat, wie sie die Warensendung ihres Onkels an den Mann bringen könne. Sie war wie die Antwort auf ein Gebet.«

»Ihr Gebet, aber nicht das von Miss Wingfield«, sagte Jared.

»Ich wollte ihr das Geld zurückbezahlen, sobald alles geregelt war.« Pettigrew warf Jared einen flehenden Blick zu. »Doch dann kam die nächste Warensendung, und ich stellte fest, daß ich damit eine Reihe von Verbesserungen auf meiner Farm durchführen konnte.«

»Sie konnten also der Versuchung nicht widerstehen, auch die zweite Sendung zu stehlen.« Jared lächelte dünn. »Und Sie besitzen die Dreistigkeit, mich einen Piraten zu nennen.«

»Dank all der Verbesserungen wird die Farm wesentlich mehr abwerfen«, sagte Pettigrew ernst. »Ich werde Miss Wingfield bald alles zurückzahlen können.«

Jared nickte in Richtung des teuren Wallachs. »War der Braune eine der notwendigen Verbesserungen, die Sie hier vornehmen mußten?«

Pettigrew war erzürnt. »Ein Mann braucht für die Jagd ein vernünftiges Pferd.«

»Und was ist mit dem neuen Landauer, in dem Ihre Frau gestern bei uns vorfuhr?«

»Sie hat eine gewisse gesellschaftliche Stellung im Dorf. Sehen Sie, Chillhurst, in ein oder zwei Jahren werde ich Miss Wingfield alles zurückzahlen können. Das schwöre ich.«

»Sie werden umgehend damit anfangen, ihr das Geld zurückzuzahlen.«

»Verdammt, Mann, ich habe das Geld nicht.«

»Sie können die erste Rate aufbringen, indem Sie den Wallach verkaufen. Er wird mindestens fünfhundert Guinees einbringen.«

»Ich soll den Braunen verkaufen? Sind Sie verrückt geworden? Ich habe ihn gerade erst gekauft.«

»Sie werden einen Käufer finden«, sagte Jared. »Und wenn Sie das Pferd verkauft haben, finden Sie am besten gleich einen Käufer für den Landauer. Ich schätze, Sie schulden Miss Wingfield fast sechstausend Pfund.«

»Sechstausend Pfund?« Pettigrew starrte ihn wie betäubt an.

»Sie haben zwei Monate, um das Geld zu besorgen.«

Jared ließ Pettigrew los. Er steckte den Dolch wieder ein, drehte sich um und verließ den Stall. Draußen sah er, daß ihn Pettigrews Stallbursche vom Zwinger aus beobachtete.

Plötzlich kam ihm ein Gedanke. Er ging hinüber zu dem Pferdepfleger und baute sich direkt vor ihm auf.

»Sie haben vorgestern nacht schmutzige Fußabdrücke auf Miss Wingfields Teppich hinterlassen«, sagte er lässig. »Und Sie haben ihre Brandykaraffe umgestoßen. Vielleicht sollten Sie auch den Riegel bezahlen, den Sie kaputtgemacht haben, ebenso wie Ihr Arbeitgeber das Geld zurückbezahlt, das er gestohlen hat.«

In den Augen des Stallburschen blitzte blankes Entsetzen auf. Er starrte Jared an, schnappte nach Luft und brach in wildes Gestammel aus. »Also, hör'n Sie, ich weiß nich', wovon Sie reden. Ich war weder gestern noch irgendwann anders in der Bibliothek von Miss Wingfield. Das schwöre ich. Is' mir egal, was Pettigrew sagt.«

»Habe ich gesagt, daß die Fußabdrücke und die Karaffe und der verbogene Riegel in ihrer Bibliothek waren?« fragte Jared freundlich.

Der Stallbursche riß die Augen auf, als er erkannte, daß er Jared in die Falle gegangen war. »Es war nich' meine Schuld. Ich hab' nur getan, was Pettigrew mir befohlen hat. Ich hätte niemals irgend jemandem was getan. Ich hab' nur nach etwas gesucht, was Pettigrew wollte, das is' alles. Er hat gesagt, er würde mich rausschmeißen, wenn ich's nich' tue.«

»Was haben Sie denn gesucht? Vielleicht einen Brief?«

»Papiere«, sagte der Pferdepfleger. »Er sagte, ich solle sämtliche Notizen oder Briefe oder andere Sachen aus ihrem Schreibtisch mitbringen, in denen es um Geldangelegenheiten ging. Aber ich hatte gar keine Gelegenheit, auch nur in die Nähe des Schreibtischs zu kommen. Der verdammte Hund hat angefangen zu bellen, und dann hab' ich Geräusche oben gehört und bin abgehauen.«

»Sehen Sie zu, daß Sie auf keinen Fall dorthin zurückkehren«, riet ihm Jared. »Wenn Sie noch einmal so etwas versuchen, werden Sie wohl nicht gegen die Brandykaraffe stoßen, sondern gegen mich.«

»Ja, Sir. Ich werde nich' noch einmal in die Nähe des Cottages gehen.«

Es hatte doch gewisse Vorteile, wenn man das Gesicht eines Piraten hatte, dachte Jared, als er zurück zum Meadow Stream Cottage spazierte. Die Leute pflegten einen ernst zu nehmen.

Jared ging die Stufen zum Cottage hinauf, öffnete die Tür und traf auf ein wildes Durcheinander. Er war nur eine Stunde fort gewesen, und schon war der gesamte Haushalt in Aufruhr. Jared lächelte schief. Die Arbeit eines Hauslehrers endete nie.

Minotaurus jaulte aufgeregt, als Jared die Eingangshalle betrat. Ethan und Hugh schrien sich lautstark an, während sie eine große, staubige Truhe die Treppe hinunter bugsierten. Robert hing über dem Geländer und brüllte irgendwelche Anweisungen. Als er Jared entdeckte, grinste er breit.

»Mr. Chillhurst, da sind Sie ja. Tante Olympia sagt, wir haben heute keinen Unterricht. Wir sollen statt dessen für die Reise pakken.«

»Wie ich sehe, hat eure Tante beschlossen, ohne Verzögerung an die See zu reisen.« Olympias Entschlossenheit amüsierte ihn. Sie wollte mit allen Mitteln ihren kleinen Haushalt in Sicherheit bringen.

»Nein, nein, Mr. Chillhurst.« Ethan kämpfte mit der Truhe. »Wir fahren nicht an die See. Wir fahren nach London.«

»London?« Jared war sprachlos.

»Ja. Ist das nicht aufregend, Sir?« Hugh grinste. »Tante Olympia sagt, jetzt, wo wir genug Geld haben, werden wir nach London fahren. Wissen Sie, wir waren noch nie dort.«

»Tante Olympia sagt, die Reise wird sehr lehrreich sein«, erläuterte Robert. »Sie sagt, wir werden Museen besuchen und die Gärten von Vauxhall sehen und alles mögliche unternehmen.«

»Tante Olympia sagt, daß es bestimmt in irgendeinem der Parks einen Jahrmarkt gibt und daß wir ein Feuerwerk ansehen und Eis essen und einen Heißluftballon sehen können«, fügte Ethan hinzu.

»Sie sagt, daß wir wahrscheinlich auch in ein Theater gehen werden, das Astleys heißt und in dem es Akrobaten und Zauberkünstler und dressierte Ponys gibt«, verkündete Hugh. »Sie hat die Anzeige in einer Londoner Zeitung gelesen.«

»Ich verstehe.« Jared zog die Braue hoch, als Mrs. Bird mit einem Stapel zusammengelegter Hemden erschien. »Wo ist Miss Wingfield?«

»In der Bibliothek.« Mrs. Bird sah niedergeschlagen aus. »Das ganze ist völliger Unsinn. Ich weiß nicht, warum wir nich' einfach hier bleiben können. Es gibt wirklich keinen Grund, so überstürzt nach London zu fahren.«

Jared ignorierte sie. Er ging in die Bibliothek und schloß die Tür. Olympia saß hinter ihrem Schreibtisch und war über eine der Londoner Zeitungen gebeugt. Als sie ihn hereinkommen hörte, blickte sie kurz auf.

»Jared. Ich meine, Mr. Chillhurst, da sind Sie ja.« Sie sah ihn ängstlich an. »Ist alles gut verlaufen?«

»Pettigrew wird Sie und die Jungen in Zukunft in Ruhe lassen. Ich werde Ihnen später alles genauer erklären. Was soll das heißen, wir reisen nach London?«

»Eine ausgezeichnete Idee, nicht wahr?« Olympia schenkte ihm ein strahlendes Lächeln. »Mir kam der Gedanke, daß wir uns von den dreitausend Pfund, die wir für die Warensendung meines Onkels bekommen haben, eine Fahrt nach London leisten können. Es wird eine wunderbare Erfahrung für die Jungen sein, und ich werde die Zeit nutzen können, um mit den Nachforschungen bezüglich des Tagebuchs weiterzumachen.«

»Nachforschungen?«

»Ja. Ich würde mir gerne ein paar Karten von den Westindischen Inseln ansehen, die der Gesellschaft für Reisen und Forschung gehören. In dem Tagebuch ist die Rede von einer Insel, die ich auf keiner meiner eigenen Karten entdecken kann.«

Jared zögerte, während er die Probleme erwog, die sich in Verbindung mit einer Reise nach London ergeben könnten. »Wo beabsichtigen Sie zu wohnen?«

»Nun, wir werden für einen Monat ein Haus mieten. Das sollte nicht allzu schwierig sein.«

»Nein.«

Olympia blinzelte überrascht. »Wie bitte?«

Jared bemerkte, daß er für einen Moment vergessen hatte, welche Stellung er in diesem Haushalt innehatte. Er sollte von Olympia Befehle entgegennehmen und nicht umgekehrt. Unglücklicherweise war er es jedoch gewohnt, Befehle zu erteilen.

»Meiner Meinung nach wäre eine Reise nach London im Moment äußerst unvernünftig, Miss Wingfield«, setzte er vorsichtig an.

»Warum?«

»Zum einen wäre ich meinerseits gezwungen, auch eine Unterkunft zu finden. Die läge dann höchstwahrscheinlich in einiger Entfernung zu dem Haus, das Sie mieten werden. Der Gedanke, daß Sie und die Jungen nachts allein in London sind, gefällt mir ganz und gar nicht.« Er machte eine bedeutungsvolle Pause. »Nicht nach dem, was vor zwei Nächten hier vorgefallen ist.«

»Sie meinen die Tatsache, daß jemand in meiner Bibliothek herumgestöbert hat?« Olympia runzelte nachdenklich die Stirn.

»Genau«, sagte Jared beflissen. »Wir dürfen kein Risiko eingehen, Miss Wingfield. Hier auf dem Land bin ich ganz in der Nähe des Hauses, so daß ich hören kann, wenn Sie um Hilfe rufen.«

Das war schließlich nur eine kleine weitere Täuschung, beruhigte er sich selbst. Er würde ihr früh genug erzählen, daß er der Überzeugung war, daß der nächtliche Besucher Pettigrews Stallbursche war. Jetzt jedoch brauchte er einen Grund, um die idiotische Reise nach London zu verhindern.

Olympia zögerte, doch dann blitzte Zufriedenheit in ihren Augen auf. »Die Lösung ist ganz einfach. Sie werden bei uns wohnen.«

»Bei Ihnen? Sie meinen im selben Haus?« Der Gedanke machte ihn sprachlos.

»Natürlich. Es besteht keinerlei Notwendigkeit, eine andere Unterkunft für Sie zu bezahlen. Das wäre reine Geldverschwendung. Außerdem, wenn wir uns gegen diesen geheimnisvollen Wächter zur Wehr setzen müssen, sollten Sie in unserer Nähe sein.«

»In Ihrer Nähe«, wiederholte Jared verständnislos.

»Unter demselben Dach«, erklärte Olympia.

»Ich verstehe.« *Unter demselben Dach.*

Der Gedanke, die Nächte unter demselben Dach zu verbringen wie seine wunderbare Sirene, genügte, um ihm den Atem zu nehmen. Zweifellos würde er in einem Schlafzimmer neben dem von Olympia einquartiert werden. Er würde hören, wie sie sich morgens ankleidete und abends auszog.

In Jareds Gedanken kreisen tausend wunderbare Vorstellungen. Er würde Olympia im Gang sehen, wenn sie auf dem Weg ins Badezimmer war. Er würde mit ihr gemeinsam die Treppe hinuntergehen, um zu frühstücken, oder spätabends eine Tasse Tee trinken. Er würde von morgens bis abends und sogar nachts in ihrer Nähe sein.

Er würde verrückt werden, dachte er. Seine Leidenschaft würde ihn verzehren. Er würde dem Ruf der Sirene folgen.

Es wäre der Himmel auf Erden, mit Olympia unter einem Dach zu leben. Oder die Hölle.

»Gibt es da ein Problem, Mr. Chillhurst?«

»Ich glaube, ja.« Zum ersten Mal in seinem Leben hatte Jared größte Schwierigkeiten, klar zu denken. »Ja. Es gibt ein Problem.«

Olympia neigte fragend den Kopf. »Und das wäre?«

Jared atmete tief ein. »Miss Wingfield, muß ich Sie daran erinnern, daß Ihr Ruf hier bereits am seidenen Faden hängt? Wenn ich mit Ihnen nach London fahre und noch dazu unter Ihrem Dach wohne, wird er vollkommen dahin sein.«

»Mein Ruf ist mir egal, Sir, aber mir ist durchaus bewußt, daß wir Maßnahmen ergreifen müssen, um den Ihren zu schützen. Wie ich bereits gesagt habe, können Sie es sich schließlich nicht leisten, von irgendwelchen Gerüchten verfolgt zu werden, wenn Sie eines Tages eine andere Anstellung suchen.«

Jared griff das Argument auf. Ein anderes schien sie ja nicht gelten zu lassen. »Ein wichtiger Punkt, Miss Wingfield. Wie Sie ganz richtig feststellen, sind derartige Gerüchte für einen Hauslehrer sehr schädlich.«

»Keine Angst, Sir. Es würde mir nicht im Traum einfallen, Ihren Ruf in Gefahr zu bringen.« Olympia schenkte ihm ein beruhigendes Lächeln. »Aber da sehe ich keine Schwierigkeiten. Schließlich wird niemand in Upper Tudway wissen, daß wir in London in ein und demselben Haus leben.«

»Eh... nun... ja, das stimmt, aber –«

»Und in London kennt Sie niemand außer Ihrem Freund, der Onkel Artemis' Waren für uns verkauft hat. Er wird gewiß keinen Klatsch über Sie verbreiten.«

»Eh... nun...«

»Schließlich werden wir uns ja nicht gerade in hochherrschaftlichen Kreisen bewegen. Wir werden vollkommen anonym sein in dem Gedränge, das in einer großen Stadt wie London herrscht.« Olympia kicherte vergnügt. »Wer sollte uns da schon bemerken, geschweige denn, Gerüchte über uns in die Welt setzen?«

Jared bemühte sich verzweifelt, die ganze Situation vernünftig zu betrachten. »Der Vermieter vielleicht, von dem Sie das Haus mieten wollen? Die Mitglieder der Gesellschaft für Reisen und Forschung, die Sie kontaktieren werden? Alle möglichen Leute könnten über uns klatschen, Miss Wingfield.«

»Hmmm.« Olympia klopfte sanft mit ihrem Federkiel auf die Tischplatte.

Jared gefiel der Ausdruck auf ihrem Gesicht ganz und gar nicht. »Miss Wingfield, gestatten Sie mir, Ihnen zu sagen, daß eine junge Frau in Ihrer Position einfach nicht –«

»Ich hab's«, erklärte sie plötzlich.

»Sie haben was?«

»Die perfekte Lösung. Wenn man uns entdeckt und Ihr Ruf in Gefahr zu sein scheint, werden wir einfach so tun, als ob wir verheiratet wären.«

Jared starrte sie sprachlos an.

»Nun, Sir? Was halten Sie von der Idee?« Olympia sah ihn erwartungsvoll an. Als Jared nicht antwortete, drängte sie ihn freundlich. »Meinen Sie nicht, daß das äußerst clever ist?«

»Eh… nun –«

»Also bitte, Mr. Chillhurst. Das ist doch vollkommen logisch, nicht nur, weil es billiger ist, sondern auch, weil es effektiv und sicher ist. Es gibt wirklich keine andere vernünftige Lösung dieses Problems.«

Jared wollte sagen, daß an der ganzen Sache rein gar nichts logisch und vernünftig war, aber er fand einfach nicht die richtigen Worte. Der Gedanke, nicht nur im selben Haus wie Olympia zu leben, sondern auch noch so zu tun, als sei er mit ihr verheiratet, trieb ihn an den Rand des Wahnsinns.

Der Gesang der Sirene hatte ihn verrückt gemacht.

»Was wollen Sie Ihren Neffen erzählen?« brachte er schließlich heraus.

Olympia grübelte kurz. Dann lächelte sie erneut.

»Sie brauchen davon natürlich nichts zu wissen«, sagte sie. »Es ist höchst unwahrscheinlich, daß sie mit irgendwelchen Erwachsenen zusammentreffen werden, die auf die Idee kommen könnten, sie über die Tiefe unserer Beziehung auszufragen. Sie sind ihr Hauslehrer, das ist alles. Niemand wird irgendwelche Fragen stellen. Habe ich nicht recht?«

»Ich nehme an, ja«, gab Jared zögernd zu. Erwachsene sprachen nur selten mit kleinen Kindern.

»Und wir werden keine Besucher empfangen, also wird es auch in dieser Beziehung keine Schwierigkeiten geben«, fuhr Olympia begeistert fort.

»Es wird ein Unglück geben«, murmelte Jared.

»Wie bitte, Mr. Chillhurst?«

»Nichts, Miss Wingfield. Überhaupt nichts.«

Und somit entschwanden im Bruchteil einer Sekunde der Verstand, der Sinn fürs Praktische und der Hang zu vernünftigen Überlegungen, die Jared ein Leben lang kultiviert hatte.

Er war nicht mehr der Mann, der er noch vor wenigen Tagen gewesen war; nicht mehr der vernünftige, phantasielose Geschäftsmann, der vollkommen ohne Hintergedanken ein dummes Tagebuch hatte kaufen wollen, damit der Rest seiner Familie vor Schwierigkeiten bewahrt wurde. Statt dessen war er nun von einem unstillbaren Verlangen ergriffen, von einer alles verzehrenden Leidenschaft. Er war ein Dichter, ein Träumer, ein Romantiker.

Er war ein Idiot.

Es wäre alles so viel einfacher, wenn er nicht seine Suche nach dem Tagebuch aufgegeben hätte, um dem Ruf der Sirene zu folgen.

Jared blickte in Olympias wunderbares, hoffnungsvolles Gesicht und hörte, wie die Wellen des Verlangens auf die Felsen schlugen. Er ergab sich in sein Schicksal.

»Ich wüßte nicht, weshalb Ihr Plan nicht funktionieren sollte,

Miss Wingfield. Er scheint das Problem vollkommen logisch zu lösen, und außerdem kommen Ihre Neffen in den Genuß neuer, lehrreicher Erfahrungen.«

»Ich wußte, daß Sie verstehen würden, wie clever mein Vorhaben ist.«

»Vollkommen richtig. Und Sie brauchen sich nicht die Mühe zu machen, ein Haus zu suchen. Als Ihr Mittelsmann werde ich mich um eine geeignete Bleibe kümmern.«

»Vielen Dank, Mr. Chillhurst. Ich wüßte wirklich nicht, was ich ohne Sie machen sollte.«

Kapitel 7

Der Vortragssaal des Musgrave-Instituts war nur spärlich gefüllt, als Mr. Blanchard über seine Reisen zu den Westindischen Inseln sprach.

»Es sind bei weitem nicht so viele Menschen hier wie bei Mr. Elkins wunderbarem Vortrag über seine Reise in die Südsee«, flüsterte die rundliche Frau, die neben Olympia saß. »Ich fürchte, Mr. Blanchards Erzählstil ist einfach nicht so unterhaltsam.«

Olympia konnte ihr nicht widersprechen. Mr. Blanchard war offensichtlich ein weitgereister Mann mit einer außerordentlichen Beobachtungsgabe, aber man konnte ihn wirklich nicht als guten Redner bezeichnen. Es gelang ihm einfach nicht, sein Publikum zu fesseln.

Olympia hatte den Vortrag in der Hoffnung besucht, neue Informationen über die Geographie der Westindischen Inseln zu bekommen. Die Lektüre des Lightbourne-Tagebuchs hatte deutlich gemacht, daß sie das Rätsel nur würde lösen können, wenn sie die genaue Position der Insel herausfand, die Claire Lightbourne genannt hatte, einen kleinen Landflecken nördlich von Jamaica.

Das hatte sie gestern abend Jared zu erklären versucht, während sie ihren allabendlichen Brandy zu sich nahmen, aber wie gewöhnlich hatte er umgehend das Thema gewechselt.

Olympia, Jared und der übrige Haushalt, einschließlich Minotaurus, waren jetzt sei drei Tagen in London. Dies war ihr erster Ausflug zu einer Veranstaltung der Gesellschaft für Reisen und Forschung, und sie hatte sich wirklich darauf gefreut.

Unglücklicherweise war Mr. Blanchards Vortrag zu langweilig, als daß er ihre Aufmerksamkeit lange hätte fesseln können. Sie blickte verstohlen auf die kleine Uhr, die am Oberteil ihres Kleides befestigt war, und stellte fest, daß Jared und die Jungen sie erst in einer halben Stunde abholen würden.

Jared. In Gedanken nannte sie ihn beim Vornamen. Das Maß an Vertrautheit, das sich zwischen ihnen entwickelt hatte, machte es ihr unmöglich, an ihn als Mr. Chillhurst zu denken. Wenn sie mit ihm sprach, achtete sie jedoch streng darauf, ihn immer korrekt bei seinem Nachnamen zu nennen.

Es bedurfte einer ungeheuren Willenskraft, in seiner Nähe so förmlich zu bleiben. Jedes Mal, wenn sie ihm in der Eingangshalle oder auf der Treppe begegnete, verspürte sie das fast übermächtige Bedürfnis, sich ihm einfach in die Arme zu werfen. Ihre gemeinsamen Abende in ihrem kleinen Arbeitszimmer waren nahezu unerträglich. Olympia wußte nicht, wie lange sie sich noch würde zurückhalten können.

Die erregte Spannung wurde noch durch das Wissen verstärkt, daß auch Jared gezwungen war, ein Höchstmaß an Selbstbeherrschung aufzubringen, sobald er in ihrer Nähe war.

Erst heute morgen hatte es diese unerwartete Begegnung vor der

Tür seines Schlafzimmers gegeben. Olympia war die Treppe hinuntergeeilt, um nicht zu spät zum Frühstück zu erscheinen. In den Armen hielt sie einen Stapel Zeitungen und einen Globus, der ihr die Sicht versperrte. Genau in dem Moment war Jared in den Flur getreten.

In Olympias Augen war dieser Zusammenstoß ein Wink des Schicksals gewesen. Sie hatte sich sogar gefragt, ob sie ihn nicht vielleicht sogar unbewußt geplant hatte. Schließlich hatte sie genau gewußt, wann Jared sein Zimmer verließ. Er war ein Mann mit festen Gewohnheiten und unabänderlicher Routine. Nachdem sie an drei Vormittagen die Geräusche auf der anderen Seite der Wand verfolgt hatte, wußte sie, daß Jared um Punkt sieben hinunterzugehen pflegte.

»Gütiger Himmel. Entschuldigen Sie.« Olympia war gestolpert und hatte den Globus umklammert, als Jared sich von der Tür abgewandt hatte und direkt mit ihr zusammengeprallt war.

Obwohl er sie nicht hatte kommen sehen, hatte er blitzschnell und ohne zu zögern reagiert und den Globus aufgefangen, der ihr aus der Hand zu fallen drohte.

»Verzeihung, Miss Wingfield. Haben Sie gut geschlafen?«

Olympia hatte wie angewurzelt vor ihm gestanden. Es hatte sie derart verwirrt, ihm zu einer so frühen Stunde so nah zu sein, daß sie nicht einmal in der Lage gewesen war, eine so einfache Frage zu beantworten. Einige Sekunden lang hatte sie ihn nur anstarren können und sich hoffnungsvoll gefragt, ob er wohl die Gelegenheit nutzen und sie küssen würde.

»Ja, ich habe sehr gut geschlafen, Mr. Chillhurst«, hatte sie schließlich gesagt, enttäuscht, daß er keinerlei Anstalten machte, sie auch nur zu berühren. »Und Sie?« Wie sollte sie das bloß einen ganzen Monat lang aushalten?

»Ich hatte in letzter Zeit nicht viel Gelegenheit zum Schlafen«, hatte Jared entgegnet. Sein Blick war zu ihren Lippen gewandert. »Nachts kreisen meine Gedanken um dich, meine Sirene.«

»Oh, Jared«, hatte Olympia gehaucht. »Ich meine, Mr. Chillhurst.« Das schmerzhafte Verlangen tief in ihrem Inneren hatte sie schwindlig gemacht. »Ich denke auch fast die ganze Nacht an dich.«

Jared hatte sein leicht amüsiertes Lächeln aufgesetzt. »In einer der kommenden Nächte werden wir etwas gegen unser gemeinsames Problem unternehmen müssen, oder wir werden niemals wieder schlafen können.«

Olympia hatte die Augen aufgerissen. Sie hatte verstanden. »Ja, natürlich, zweifellos bringe ich Ihren Terminkalender vollkommen durcheinander. Es tut mir leid, wenn ich Ihre Routine störe, Sir. Ich weiß, wie wichtig sie Ihnen ist. Mir ist bewußt, daß es für die Gesundheit unerläßlich ist, ausreichend Schlaf zu bekommen.«

»Ich nehme an, ich werde es überleben, Miss Wingfield.«

Und dann *hatte* er sie geküßt, mitten in der Eingangshalle. Er hatte sich vergewissert, daß noch keiner der Jungen sein Schlafzimmer verlassen hatte, und ihr dann einen flüchtigen, verstohlenen Kuß geraubt.

Anschließend hatte er seelenruhig den Globus nach unten getragen.

Es schien Olympia, als würden ihre Lippen immer noch von diesem Kuß brennen. Sie richtete sich in ihrem Stuhl auf und versuchte, sich wieder auf den Vortrag zu konzentrieren.

Den Blick starr auf seine Notizen gerichtet, leierte Mr. Blanchard die Fakten mit einer derart monotonen Stimme herunter, daß schon einige der Zuhörer eingeschlafen waren. »Neben Zucker exportieren die Bewohner der Westindischen Inseln noch zahlreiche andere Produkte wie Tabak, Kaffee, Muscheln und Holz. Andererseits müssen sie natürlich fast alles, was für ein zivilisiertes Leben erforderlich ist, importieren.«

Olympias Gedanken drifteten erneut ab. Sie war hier, um etwas über verlorene Inseln und Legenden zu erfahren, und nicht, um sich über Importe und Exporte zu informieren. Aus lauter Langeweile begann sie, die kleine Gruppe von Leuten zu betrachten, die in ihrer Nähe saßen. Bei den meisten handelte es sich um Mitglieder der Gesellschaft für Reisen und Forschung, die Mr. Blanchards Vortrag ausrichteten. Zweifellos hatte sie bereits mit einigen von ihnen Briefe ausgetauscht. Sie fragte sich, wie sie es am besten anstellen sollte, um mit ihnen nach dem Vortrag ins Gespräch zu kommen.

»Haben Sie auch die anderen Vorträge dieser Reihe gehört?« flüsterte die gewichtige Frau hinter vorgehaltener Hand.

»Nein«, gestand Olympia mit gesenkter Stimme. »Ich bin zwar ein Mitglied der Gesellschaft, aber ich bin erst vor kurzem nach London gekommen. Ich hatte also bisher noch keine Gelegenheit, einem der öffentlichen Vorträge beizuwohnen.«

»Ein Jammer, daß Sie gerade diesen Bericht als ersten hören. Mr. Duncans Vortrag über das Ottomanische Reich war wirklich faszinierend.«

»Ich hatte mich auf diesen Vortrag gefreut, weil ich ein besonderes Interesse an der Geographie der Westindischen Inseln hege.«

Die Frau beugte sich näher zu ihr herüber. »Ach, tatsächlich? Genau wie Mr. Torbert und Lord Aldridge. Sie müssen die beiden einfach kennenlernen.«

Olympia war hocherfreut. »Das wäre mir ein großes Vergnügen. Ich habe bereits ihre Abhandlungen über die Westindischen Inseln im Magazin der Gesellschaft gelesen.«

»Sie sind beide heute hier. Natürlich sitzen sie an entgegengesetzten Enden des Raums.« Die Frau kicherte. »Ich nehme an, Sie wissen, daß die beiden erbitterte Rivalen sind. Sie befehden sich nun schon seit Jahren.«

»Wirklich?«

»Es wird mir ein Vergnügen sein, Sie mit den beiden bekannt zu machen. Aber zunächst gestatten Sie mir, daß ich mich selbst vorstelle. Ich bin Mrs. Dalton.«

»Ich bin Miss Wingfield aus Upper Tudway in Dorset«, sagte Olympia schnell. »Freut mich, Sie kennenzulernen, Mrs. Dalton.«

Mrs. Dalton riß freudig überrascht die Augen auf. »Doch nicht die Miss Wingfield, die diese wunderbaren, hochinteressanten Abhandlungen über legendäre Schätze und ungewöhnliche Bräuche fremder Völker schreibt?«

Olympia errötete. Dies war das erste Mal, daß ihr jemand zu ihrer Arbeit gratulierte. Niemand in Upper Tudway machte sich auch nur die Mühe, das Magazin der Gesellschaft zu lesen.

»Ich habe ein, zwei derartige Artikel verfaßt, ja«, sagte Olympia und hoffte, bescheiden genug zu klingen.

»Meine Liebe, Ihre Arbeiten sind wirklich interessant. Nicht nur für mich, sondern auch für zahlreiche andere Mitglieder der Gesellschaft. Sobald Mr. Blanchard seinen Vortrag beendet hat, muß ich Sie den anderen vorstellen.«

»Sehr freundlich von Ihnen.«

»Nein, nein, Sie selbst sind praktisch eine Legende, meine liebe Miss Wingfield. Nun, Torbert und Aldridge sagten erst gestern noch, daß es ihnen nicht im Traum einfallen würde, sich ohne Ihre Artikel als Leitfaden auf irgendeine Reise zu begeben.«

»Sie spielen den Hauslehrer? Empörend. Was für ein teuflisches Spiel treiben Sie, Chillhurst?« Felix Hartwell warf Jared einen halb amüsierten, halb argwöhnischen Blick zu.

»Ich bin mir keineswegs sicher, ob ich die Antwort darauf weiß, Felix.« Jared verzog leicht den Mund. Er sah in Richtung von Ethan, Hugh und Robert, die sich in einiger Entfernung mit dem Versuch abmühten, einen neuen Drachen in die Luft zu bekommen.

Jared hatte den Drachen gekauft, kurz nachdem sie alle Olympia zum Musgrave-Institut begleitet hatten. Erst hatte Jared sie sicher in den Vortragssaal geleitet, und dann war er mit den Jungen in einen nahegelegenen Park gefahren und hatte seinem Mittelsmann eine Nachricht geschickt.

Felix war innerhalb weniger Minuten erschienen. Sein Sinn für Pünktlichkeit war eine der Eigenschaften, die Jared am meisten an ihm schätzte. Sie arbeiteten seit Jahren zusammen, und Jared betrachtete Felix als Freund, vielleicht als einzigen Menschen, dem er sich anvertrauen konnte.

In der Tat waren sich die beiden Männer in vielen Dingen ähnlich. Sie hatten beide ein ruhiges, beherrschtes – manche nannten es langweilig – Wesen. Sie waren beide sowohl in persönlichen als auch in geschäftlichen Angelegenheiten äußerst pragmatisch. Zwei Männer mit Krämerseelen, wie sein Vater sagen würde.

Aber in letzter Zeit hatten sich die Dinge verändert. Jared fragte sich, wie Felix reagieren würde, wenn er erführe, daß sein Arbeitgeber das hilflose Opfer glühender Leidenschaft geworden war.

Felix schnaubte. »Ich kenne Sie zu gut, um zu glauben, daß Sie nicht wissen, was Sie tun und warum Sie es tun, Chillhurst. Sie tun nie etwas Unüberlegtes und Planloses. Es liegt einfach nicht in Ihrer Natur, irgendwelchen plötzlichen Ideen und Launen zu folgen, Sir.«

»Sie haben einen veränderten Mann vor sich.« Jared blickte Felix an und grinste flüchtig.

Felix starrte verwirrt zurück, was Jared nicht überraschte. Schließlich begriff er selbst erst allmählich, daß er auch noch andere Wesenszüge hatte. Also war es nicht verwunderlich, daß Felix angesichts dieser Verwandlung äußerst verblüfft war.

Sie beide hatten zwar regelmäßigen Briefkontakt, aber es war inzwischen Monate her, daß Jared seinen Mittelsmann zum letzten

Mal gesehen hatte. Damals war Felix zu Jared auf die Isle of Flame vor der Küste von Devon gesegelt, um zwei Wochen lang die Flamecrestschen Geschäftspläne zu prüfen.

Jared reiste höchst selten nach London. Er zog die wild zerklüftete Landschaft seiner Privatinsel dem öden Glanz der Stadt vor.

Jared hatte den Eindruck, daß Felix sich im Laufe der Jahre nur wenig verändert hatte. Er war durch und durch ein Stadtmensch, was man seinen gepflegten, weichen Händen und dem modisch geschnittenen Mantel deutlich ansah. Hinter seinen freundlichen, offenen Zügen verbarg sich die kühle Intelligenz, die Jared so zu schätzen wußte.

»Verändert? Sie?« Felix kicherte vergnügt. »Das ist wohl eher unwahrscheinlich. Ich habe in meinem ganzen Leben noch keinen größeren Strategen getroffen als Sie. Für Sie zu arbeiten ist, als wäre man für einen meisterhaften Schachspieler tätig. Ich kann mir nicht immer vorstellen, zu welchem Ergebnis die Züge führen, aber ich habe gelernt, daß Sie das Spiel jederzeit beherrschen.«

»Dieses Mal spiele ich kein Schach.« Jared beobachtete zufrieden, wie sich der bunte Drachen in die Lüfte erhob. Ethan und Hugh brachen in Jubelrufe aus und stürzten Robert hinterher, der mit der Schnur in der Hand über die Wiese rannte. »In der Tat hat mich das Schicksal zu einem hilflosen Spielzeug gemacht. Im Augenblick fühle ich mich wie der Drachen dort drüben. Ein Geschöpf, dazu geboren, um luftige Höhen zu erklimmen.«

»Wie bitte, Sir?«

»Ich kann es Ihnen ebensogut gleich sagen, Felix. Ich habe mich den mächtigen Kräften roher Leidenschaft hingegeben.«

»Roher Leidenschaft? Sie? Chillhurst, Sie sprechen mit mir, Felix Hartwell. Ich arbeite seit beinahe zehn Jahren für Sie. Ich weiß mehr über Ihre Geschäfte und die Art und Weise, in der Sie sie führen, als irgend jemand anderer auf der Welt. Ich nehme an, ich weiß mehr über Sie als irgendwer sonst, weil wir ein ganz ähnliches Temperament haben.«

»Das stimmt.«

»Natürlich. Und wenn es eine Sache gibt, die ich sicher weiß, dann, daß Sie kein Mann sind, der sich von Leidenschaften irgendeiner Art leiten läßt.«

»Nicht mehr.« Jared dachte an den Kuß, den er Olympia am Vormittag im Flur vor seinem Schlafzimmer gegeben hatte. Heiße Freude wallte in ihm auf. Es war genau die süße Qual, die er sich vorgestellt hatte, als er erfahren hatte, daß er unter demselben Dach leben würde wie das Objekt seiner Begierde. Sein einziger Trost bestand darin, daß auch Olympia litt. »Ich habe den Ruf der Sirene gehört, und ich bin verloren.«

»Sirene?«

»Besser bekannt als Miss Olympia Wingfield.«

»Sir, machen Sie sich etwa über mich lustig?« fragte Felix geradeheraus. »Wenn dem so ist, wünschte ich, Sie würden mit dem Spaß aufhören.«

»Bei Gott, es ist kein Scherz.« Jared hatte Felix eine kurze Schilderung der Ereignisse gegeben, aber er hatte es nicht für nötig befunden, ihm die Sache mit dem Lightbourne-Tagebuch zu erklären, das ihn zu Olympia geführt hatte. Schließlich war das Tagebuch nicht mehr von Bedeutung. »Wissen Sie was, Felix? Zum ersten Mal in meinem Leben fange ich an, das bisweilen groteske Gebaren der Mitglieder meiner eigenen Familie zu verstehen.«

»Erlauben Sie mir die Bemerkung, Chillhurst, daß wohl niemand die seltsamen Anfälle und Launen Ihrer Familie verstehen kann. Ich möchte Ihnen nicht zu nahe treten, aber Sie sind das einzige vernünftige Mitglied des Clans, und das wissen Sie. Das haben Sie mir schließlich oft genug selbst gesagt.«

»Offenbar läßt sich die Blutsverwandtschaft doch nicht leugnen.«

Jared lächelte erneut. »Wer wäre wohl noch vernünftig und beherrscht, wenn er von den Flammen ungezügelter Leidenschaft verzehrt wird?«

Felix richtete sich auf und nickte beleidigt. »Sir, ich verstehe das ganze nicht. Der Gedanke, daß Sie in die Rolle eines Hauslehrers schlüpfen, um dieser seltsamen Miss Wingfield den Hof zu machen, übersteigt meine Vorstellungskraft. Es entspricht einfach nicht Ihrem Wesen, ungezügelte Leidenschaften zu entwickeln.«

Jareds gute Laune schwand. »Ich möchte eins klarstellen, Felix. Ich vertraue darauf, daß Sie die ganze Sache für sich behalten. Miss Wingfields guter Ruf steht auf dem Spiel.«

Felix bedachte Jared mit einem kurzen prüfenden Blick und wandte sich dann ab. Er sprach sehr leise. »Nach all den Jahren, Sir, hätte ich angenommen, daß Sie wissen, daß Sie mir vertrauen können.«

»Natürlich vertraue ich Ihnen«, erwiderte Jared. »Wenn ich das nicht täte, würden wir diese Unterhaltung gewiß nicht führen. Nun denn, ich bitte Sie darum, nicht nur für sich zu behalten, daß ich als Hauslehrer bei Miss Wingfield angestellt bin, sondern auch niemandem zu erzählen, daß ich überhaupt in London bin.«

Plötzlich verstand Felix. Erleichtert blickte er Jared an. »Ah, dann verfolgen Sie also doch wieder einmal eines Ihrer äußerst cleveren Vorhaben. Wußte ich es doch.«

Jared sah keinen Grund, weshalb er weitere Erklärungen abgeben sollte. Romantische Leidenschaft war schließlich eine Privatsache. »Sie werden mir also den Gefallen tun und meine Anwesenheit hier in der Stadt nicht publik machen?«

»Selbstverständlich.« Felix sah ihn nachdenklich an. »Da Sie so gut wie nie nach London kommen und sich auch nie auf irgendwelchen Festen blicken lassen, wird wahrscheinlich sowieso niemand nach Ihnen fragen.«

»Das habe ich angenommen. Außerdem verlasse ich mich darauf, daß mich die wenigsten Menschen vom Sehen her kennen.«

»Das Risiko, daß die paar Leute, mit denen Sie persönlich bekannt sind, Sir, Sie erkennen würden, ist auch nicht sonderlich groß.« Felix sah ihn gequält an. »Offensichtlich haben Sie ja nicht vor, sich in den besseren Kreisen zu bewegen, und es käme wohl niemand auf den Gedanken, in dem kleinen Häuschen in der Ibberton Street nach Ihnen zu suchen.«

»Das kleine Häuschen entspricht genau meinen Vorstellungen, Felix. Es wird den Bedürfnissen einer nicht sonderlich wohlhabenden Familie vom Land hervorragend gerecht. Wenn ich die Clubs und die allseits beliebten Ausflugsziele meide, sollte es mir gelingen, vollkommen anonym zu bleiben.«

Felix kicherte vergnügt. »Wahrscheinlich würde Sie selbst im Hyde Park niemand erkennen, solange Sie Ihre drei Schützlinge dabei haben. Die Leute sehen nur, was sie erwarten. Ich versichere Ihnen, niemand wird erwarten, dem Vicomte Chillhurst in der Verkleidung eines Hauslehrers zu begegnen.«

»Genau.« Jared war erleichtert, daß der intelligente, pragmatische Felix eine gewisse Logik hinter dem verrückten Plan entdeckte. Er wußte, daß er sich auf sein eigenes Urteil nicht mehr verlassen konnte. »Wir sollten also alle recht sicher sein.«

Felix bedachte ihn mit einem fragenden Blick. »Sicher vor was, Sir?«

»Vor einer Katastrophe«, sagte Jared.

»Was für eine Katastrophe?«

»Nun, entdeckt zu werden, natürlich«, erläuterte Jared. »Es besteht immer die Gefahr, in einer solchen Situation entdeckt zu werden, und ich fürchte die Konsequenzen. Es ginge dann alles viel zu schnell.«

Felix sah wieder besorgt aus. »Zu schnell, Sir?«

»Ja. Das Hofieren einer Sirene ist eine schwierige Angelegenheit, Felix, und ich habe in diesen Dingen keine besonders große Erfahrung. Ich möchte nicht, daß das gesamte Vorhaben scheitert, bevor es überhaupt ein solides Fundament bekommen konnte.«

Felix seufzte. »Wenn ich Sie nicht so gut kennen würde, Sir, würde ich sagen, daß Sie inzwischen ebenso seltsam sind wie der Rest Ihrer Familie.«

Jared lachte und klopfte ihm auf die Schulter. »Ein erschreckender Gedanke.«

»In der Tat. Womit ich Sie nicht beleidigen möchte, Sir.«

»Machen Sie sich keine Sorgen, Felix. Die Wahrheit kann mich nicht beleidigen. Niemand kann leugnen, daß meine Familie einen gewissen Ruf hat wegen der Originale, die sie hervorbringt.«

»Ja, Sir.« Felix zögerte. »Vielleicht sollte ich Ihnen noch eine Sache mitteilen, die Sie wissen sollten.«

»Worum geht's?«

»Demetria Seaton ist in der Stadt. Wissen Sie, sie ist jetzt Lady Beaumont.«

»Ja, ich weiß.« Jareds Stimme war unverändert.

»Ich habe gehört, daß Lord Beaumont in London ist, weil er nach einer neuen Kur für sein kleines, aber offenbar hartnäckiges Problem sucht.«

»Ich nehme an, er hat also immer noch keinen Erben gezeugt?«

»Es wundert mich immer wieder, wie gut Sie informiert sind, Chillhurst, in Anbetracht der Tatsache, daß Sie fast nie in die Stadt kommen. Sie haben vollkommen recht. Es heißt, Beaumont könne noch nicht einmal die kürzlich geschlossene Ehe vollziehen.«

»Tatsächlich?« Das würde Demetria wohl kaum stören.

»Offensichtlich gelingt es noch nicht einmal der wunderbaren Lady Beaumont, ihm über seine Impotenz hinwegzuhelfen«, murmelte Felix.

»Wie schade. Aber ich nehme an, daß Lady Beaumont nicht allzu unglücklich darüber ist«, sagte Jared.

»Auch da haben Sie recht, wenn man den Gerüchten glauben darf.« Felix beobachtete, wie der Drachen über ihm durch die Luft flog. »Wenn es Beaumont nicht gelingt, seine Pflicht gegenüber seinem Titel zu erfüllen, wird Lady Beaumont sein gesamtes Vermögen erben.«

»Ja.« Zweifellos würde sie ihrem verdammten Bruder Gifford einen großen Teil des Geldes vermachen, dachte Jared. Unbegrenzter Zugang zu Geld würde ihn noch unangenehmer machen.

Gifford war Demetrias einziger Blutsverwandter, und sie war vollkommen in ihn vernarrt. Jareds Meinung nach hatte ihre übertrieben beschützende Art ihren jüngeren Bruder zu einem verwöhnten, eigenwilligen, hitzköpfigen Draufgänger gemacht, der höchstwahrscheinlich eines Tages bei einer Auseinandersetzung zu Tode kommen würde.

Jared verzog das Gesicht, als er an den Abend vor drei Jahren dachte, an dem Gifford ihn herausgefordert hatte. Er hatte die Aufforderung zum morgendlichen Pistolenduell eine Stunde, nachdem er seine Verlobung mit Demetria gelöst hatte, erhalten.

Gifford war außer sich gewesen vor Zorn. Er hatte behauptet, Jared hätte seine Schwester beleidigt, und Genugtuung gefordert.

Natürlich hatte Jared sich geweigert, die Herausforderung anzunehmen. Schließlich war er damals noch ein logisch denkender, vernünftiger Mann gewesen, und er hatte sich demgemäß verhalten. Seiner Meinung nach machte es wenig Sinn, seinen Hals oder den des jungen Gifford bei einem Duell zu riskieren, bei dem es nichts zu gewinnen gab.

Seine Weigerung, Gifford auf dem Feld der Ehre zu treffen, hatte die Wut des jungen Mannes nur noch vergrößert. Gifford hatte ihn einen Feigling genannt.

»Da Beaumont bereits fast siebzig und nicht gerade bei allerbester Gesundheit ist«, sagte Felix, »wird seine Lady höchstwahrscheinlich in naher Zukunft eine äußerst wohlhabende Witwe sein.«

»Besonders, wenn Beaumont sein Ableben noch beschleunigt, indem er allzu anstrengende Heilungsversuche wegen seiner Impotenz unternimmt.«

Felix lächelte kühl. »Es wird interessant sein zu sehen, ob Beaumont ein Mittel gegen sein Leiden findet.«

»Ich wünsche ihm viel Glück«, sagte Jared.

»Tatsächlich?« Felix starrte ihn mit kaum verhohlener Überraschung an. »Ich hätte gedacht, daß es Sie interessieren würde, daß Lady Beaumont bald eine freie Frau sein wird.«

Jared zuckte mit den Schultern. »Ihre Freiheit oder Unfreiheit interessiert mich nicht mehr.«

»Nein? Man sagte mir, sie sei schöner als je zuvor. Und die Gerüchte über einen Liebhaber waren bereits lange, ehe Beaumont sie geheiratet hat, verstummt.«

»Ach ja?« fragte Jared ohne großes Interesse. Demetrias heimliche Liebschaft war eines der wenigen Themen gewesen, über die er niemals mit Felix gesprochen hatte.

Er wußte, daß es Spekulationen gegeben hatte wegen dem plötzlichen Ende der Verlobung, aber er hatte sich beharrlich geweigert, die Gerüchte zu bestätigen.

»Wenn Lady Beaumont momentan einen Geliebten hat«, fuhr Felix fort, »dann gelingt es ihr hervorragend, ihn vor den Augen der Öffentlichkeit zu verstecken.«

»Das müßte sie wohl auch«, sagte Jared kühl. »Beaumont würde es wohl kaum hinnehmen, daß seine Frau einen Liebhaber hat, solange es ihm nicht einmal gelingt, einen Erben hervorzubringen.«

»Stimmt.« Felix hielt inne. »Um von der anderen Sache zu sprechen.«

»Ich nehme an, es hat sich nichts Neues ergeben?«

Felix schüttelte den Kopf. »Ich fürchte, ich habe keine neuen Informationen für Sie. Es muß der Kapitän gewesen sein. Er war der einzige, der das Geld hätte unterschlagen können.«

»Ich hätte lieber einen handfesten Beweis, ehe ich ihn entlasse.«

Felix zuckte mit den Schultern. »Ich verstehe, Sir, aber in Fällen dieser Art ist es nahezu unmöglich, Beweise zu bekommen. Das ist das Problematische bei Unterschlagungen. Es ist sehr schwer, die Spur zurückzuverfolgen.«

»So scheint es.« Jared beobachtete, wie der Drachen höher stieg, und hörte, wie Ethan und Hugh fröhlich durcheinanderriefen. »Lassen Sie uns noch etwas warten, Felix. Ich bin einfach noch nicht bereit, irgendwelche Schritte gegen den Kapitän zu unternehmen.«

»Wie Sie wünschen, Sir.«

»Verflucht«, sagte Jared leise. »Es gefällt mir ganz und gar nicht, wenn mich jemand zum Narren hält.«

»Das ist mir durchaus bewußt, Sir.«

Während eines Augenblicks blickten beide Männer in Richtung der Jungen, die vergnügt mit ihrem Drachen spielten.

Dann zog Jared seine Uhr hervor und sah nach der Zeit. »Sie müssen mich entschuldigen, Felix. Ich habe in Kürze eine Verabredung, und ich fürchte, es wird eine Weile dauern, bis ich meine Schützlinge dazu bewegt habe, ihren Drachen wieder auf die Erde zu holen. Ich muß gehen.«

»Wie Sie wünschen, Chillhurst. Ich stehe Ihnen wie immer stets zur Verfügung, wenn Sie mich brauchen sollten.«

»Ich wüßte nicht, was ich ohne Sie machen sollte, Felix.« Jared nickte ihm zum Abschied zu und machte sich auf den Weg, um Ethan, Hugh, Robert und den Drachen einzusammeln. Es war beinahe vier Uhr. Zeit, um Olympia vom Musgrave-Institut abzuholen.

Jared brauchte fast zwanzig Minuten, um die Jungen und den Drachen in die Kutsche zu verfrachten. Er blickte zweimal auf seine Uhr, während das Gefährt sich einen Weg durch die überfüllten Straßen bahnte.

Robert wandte den Blick von den faszinierenden Dingen ab, die es außerhalb der Kutsche zu sehen gab. Als Jared zum zweiten Mal die Uhr hervorzog, fragte er: »Sind wir zu spät, Sir?«

»Ich glaube nicht. Mit etwas Glück wird der Vortrag länger dauern als erwartet.«

Ethan baumelte mit den Beinen. »Bekommen wir noch ein Eis, wenn wir Tante Olympia abgeholt haben?«

»Ihr habt heute nachmittag bereits ein Eis gegessen«, sagte Jared.

»Ja, ich weiß, aber das ist Stunden her, und mir ist wieder ziemlich warm.«

»Ich wette, Tante Olympia hätte gern ein Eis, Sir«, sagte Hugh mit einem selbstlosen Gesichtsausdruck, der Jared nicht einen Moment lang täuschte.

»Meinst du?« fragte Jared scheinbar nachdenklich.

»Oh, ja, Sir.« Hughs unschuldiger Blick wurde hoffnungsvoll. »Da bin ich mir ganz sicher.«

»Wir werden sehen, was sie dazu sagt.« Jared blickte hinaus. »Wir sind da. Seht ihr eure Tante irgendwo?«

Ethan beugte sich aus dem Fenster. »Da drüben ist sie. Sie ist von mehreren Leuten umgeben. Ich werde ihr winken.«

»Nein, das wirst du nicht tun«, sagte Jared. »Man winkt einer Lady nicht einfach so. Robert wird zu ihr gehen und sie zurück zur Kutsche begleiten.«

»Da haben Sie recht, Sir.« Robert öffnete die Tür und sprang auf den Gehweg. »Ich bin gleich zurück.«

»Vergiß nicht, ihr deinen Arm zu reichen«, sagte Jared.

»Ja, Sir.« Robert rannte über die Straße.

Jared schloß die Tür und lehnte sich in die Kissen zurück. Er beobachtete, wie sich Robert durch die kleine Menschenansammlung schob, die vor den Vortragssälen des Musgrave-Instituts versammelt war.

Felix hatte recht, dachte er. Die Leute sahen nur, was sie zu sehen erwarteten, und niemand in der Gesellschaft für Reisen und Forschung würde den Vicomte Chillhurst erkennen. Soweit Jared wußte, kannte er keines der Mitglieder der Gesellschaft persönlich. Aber man konnte nicht vorsichtig genug sein.

»Ich wußte gar nicht, daß Tante Olympia so viele Freunde in London hat«, sagte Ethan.

»Das wußte ich auch nicht«, murmelte Jared. Er betrachtete eingehend die beiden Männer, die neben Olympia standen. Einer der beiden war so dick, daß sein Anzug aus allen Nähten zu platzen drohte. Der andere war das genaue Gegenteil – er war so dünn und schmächtig, daß es aussah, als habe er mehrere Monate hindurch eisern gefastet.

Beide hingen an Olympias Lippen.

»Stimmt etwas nicht, Sir?« fragte Hugh ängstlich.

»Nein, Hugh, es ist alles in Ordnung.« Jared bemühte sich, seiner Stimme einen ruhigen und gelassenen Ton zu verleihen. Er wußte, daß Hugh äußerst leicht zu beunruhigen war durch den Gedanken, daß sein neues Leben bei Olympia aus den Fugen geraten könnte.

Aber die Tatsache ließ sich nicht leugnen, daß Olympia die Unterhaltung mit ihren neuen Verehrern offenbar großes Vergnügen bereitete.

Jared beobachtete, wie Olympia Robert entdeckte und sich dann in Richtung der Kutsche wandte. Er sah die Begeisterung in ihrem Gesicht und verspürte einen Stich. Ihr Enthusiasmus galt eindeutig dem Gespräch mit den beiden Männern an ihrer Seite.

Das also ist Eifersucht, dachte er leicht überrascht.

Es war eine höchst unangenehme Empfindung.

Jared bemühte sich, die Sache philosophisch zu betrachten. Schließlich war ein Mann, der auf den Wogen der Leidenschaft dahinsegelte, zweifellos dazu bestimmt, auch die dunklen Seiten einer solch waghalsigen Reise kennenzulernen.

»Da kommt sie.« Ethan hüpfte aufgeregt auf seinem Sitz auf und ab. »Meinen Sie, sie möchte ein Eis?«

»Ich habe keine Ahnung. Am besten fragst du sie.« Jared beugte sich vor und öffnete die Tür. Er nickte zustimmend, als Robert Olympia höflich in die Kutsche half.

»Danke, Robert.« Olympia nahm neben Jared Platz. Ihre Augen blitzten fröhlich unter dem Rand ihres Strohhuts. »Ich hoffe, ihr hattet einen schönen Nachmittag.«

»Wir waren im Park und haben einen Drachen steigen lassen«, sagte Ethan. »Es war wirklich toll.«

»Möchtest du vielleicht ein schönes, kühles Eis, Tante Olympia?« fragte Hugh raffiniert. »Ich nehme an, es wäre wirklich angenehm an einem so heißen Tag.«

»Ein Eis?« Olympia lächelte Hugh geistesabwesend an. »Ja, das klingt verlockend. Es war wirklich warm in dem Vortragssaal.«

Alle blickten Jared an.

»Wie ich sehe, herrscht Einstimmigkeit«, sagte Jared. Er öffnete die Luke im Dach der Kutsche und erteilte dem Kutscher Anweisung, sie zum nächsten vernünftigen Eisladen zu fahren.

»Es war wirklich aufregend. Ich habe so viel Neues erfahren«, sagte Olympia zu ihm, als er sich wieder neben sie setzte. »Ich kann es gar nicht erwarten, mit dem Tagebuch weiterzumachen.«

»Tatsächlich«, murmelte Jared höflich gelangweilt.

Das verfluchte Tagebuch sollte seiner Meinung nach verrotten. Was ihn viel mehr interessierte, war zu erfahren, wie sehr Olympia ihre neugewonnenen Freunde mochte.

Jared mußte bis zum Abend warten, um die ganze Geschichte zu erfahren. Ethan, Hugh und Robert konnten einfach nicht aufhören, von ihren Abenteuern in London zu erzählen.

Aber das war ihm egal. Er würde noch Zeit genug haben, um alle Einzelheiten zu erfragen, wenn Mrs. Bird sich erst einmal zurückgezogen hätte und die Jungen in ihren Betten lägen.

Die Qualen, die er allabendlich durchmachte, wenn er mit Olympia allein war, ertrug er einzig mit dem Gedanken an das, was sich zwangsläufig daraus ergeben würde. Er dachte nicht, daß Olympia der knisternden sinnlichen Spannung, die zwischen ihnen herrschte, noch lange würde widerstehen können. Er wußte, daß es ihm auf keinen Fall gelänge.

Als sich endlich alle anderen zur Ruhe begeben hatten, sperrte Jared Minotaurus in die Küche und machte sich auf die Suche nach Olympia. Er wußte genau, wo er sie in dem kleinen Haus finden konnte.

Als er das Arbeitszimmer betrat, blickte sie vom Lightbourne-Tagebuch auf. Ihre Augen leuchteten, und ihr Lächeln war von einer Wärme, die Jareds Blut zum Kochen brachte. Der Gedanke, daß er ohne sie vielleicht niemals diese heftigen Gefühle erlebt hätte, reichte aus, um ihn erschaudern zu lassen.

»Da sind Sie ja, Mr. Chillhurst.« Olympia markierte die Seite des Tagebuchs mit einem schmalen Lederstreifen. »Wie ich sehe, ist es endlich ruhig und friedlich im Haus. Ich weiß wirklich nicht, wie wir jemals ohne Sie zurechtgekommen sind.«

»Das Problem bestand einfach darin, daß es keinen geordneten Tagesablauf gab, Miss Wingfield.« Jared ging hinüber zum Tisch, auf dem die Brandykaraffe stand, und schenkte zwei Gläser ein. »Nun, da sich eine gewisse Routine entwickelt hat, ist alles unter Kontrolle.«

»Unterschätzen Sie nicht den Anteil, den Sie daran haben, Sir«, sagte sie, während er die Brandygläser zu ihrem Schreibtisch hinübertrug. »Sie haben wesentlich mehr geleistet, als lediglich eine gewisse Routine in unseren Alltag zu bringen.« Sie nahm ihr Glas entgegen und sah mit einem bewundernden Blick zu ihm auf.

»Ich versuche lediglich, meine Aufgabe zu erfüllen.« Jared nippte an seinem Brandy und fragte sich, wie er sich der Magie ihrer lagunenfarbenen Augen entziehen sollte. »Was haben Sie denn heute nachmittag erfahren, was Sie so begeistert hat?«

Olympia blickte ihn kurz verwirrt an, als ob ihre Gedanken für einen Moment in eine gänzlich andere Richtung gewandert wären. Sie hatte sich jedoch sofort wieder unter Kontrolle. »Ich weiß, daß Sie kein besonderes Interesse an meinen Nachforschungen bezüglich des Lightbourne-Tagebuchs hegen, Sir.«

»Mmm.« Jareds Stimme war neutral.

»Ich habe Ihnen ja bereits erzählt, daß ich mir noch ein paar Karten ansehen muß.«

»Das sagten Sie bereits.«

»Nun, jetzt habe ich Zugang zu einigen der Karten.« Olympias Augen blitzten aufgeregt. »Nicht nur, daß die Gesellschaft eine hervorragende Bibliothek mit einer sehr großen Kartensammlung unterhält. Einige Mitglieder haben mir sogar gestattet, ihre Privatsammlungen anzusehen.«

Genau das hatte Jared befürchtet. Er erinnerte sich an die beiden Männer, die vor dem Musgrave-Institut um Olympia herumgeschwänzelt waren. »Welche Mitglieder?«

»Mr. Torbert und Lord Aldridge. Offensichtlich haben sie zahlreiche Karten von den Westindischen Inseln.«

»Haben Sie ihnen von Ihren Nachforschungen erzählt?« fragte Jared besorgt.

»Nein, natürlich nicht. Ich habe lediglich gesagt, daß ich mich besonders für die Geographie der Inseln interessiere.«

Jared runzelte die Stirn. »Ich nehme an, die beiden wissen, daß Sie sich mit alten Legenden beschäftigen?«

»Ja, aber es gibt keinen Grund, weshalb sie denken sollten, daß ich auf der Suche nach dem Schatz bin, von dem im Lightbourne-Tagebuch die Rede ist«, versicherte ihm Olympia. »Ich habe niemandem von meinem Interesse an dieser Legende erzählt.«

»Ich verstehe.«

»Mr. Chillhurst, ich weiß, daß dieses Thema Sie langweilt, und zufällig möchte ich heute abend mit Ihnen über etwas anderes sprechen.«

»Worüber denn, Miss Wingfield?«

»Es ist schwierig in Worte zu fassen.« Olympia erhob sich und ging um den Schreibtisch herum zum Globus hinüber. »Ich fürchte, Sie werden meine Überlegungen für verwegen halten, womit Sie wahrscheinlich sogar recht haben werden.«

Jared spürte, wie sein Körper in freudiger Erregung hart wurde. »Ich käme niemals auf den Gedanken, Sie für verwegen zu halten, Miss Wingfield.«

Olympia legte die Fingerspitzen auf den Globus und begann, ihn langsam zu drehen. »Zunächst möchte ich Ihnen dafür danken, daß Sie es mir ermöglichten, mich weiterhin mit dem Lightbourne-Tagebuch zu beschäftigen.«

»Das ist wohl kaum mein Verdienst.«

»O doch. Wenn Sie die letzte Warensendung meines Onkels nicht so äußerst gewinnbringend verkauft hätten, hätte ich mir diese Reise nach London niemals leisten können. Und wenn Sie nicht mit Pettigrew gesprochen hätte, wäre ich gezwungen gewesen, meine Studien aufzugeben, um meine Neffen vor ihm in Sicherheit zu bringen. Wie auch immer Sie die Sache sehen, ich verdanke es Ihnen, daß wir jetzt hier in der Stadt sind und daß ich meine Nachforschungen fortführen kann.«

»Ich nehme an, Sie werden das, was Sie suchen, hier in London finden.«

Olympia drehte den Globus etwas schneller. »Auch wenn ich den Schatz nicht finde, von dem in dem Tagebuch die Rede ist, werde ich mich gewiß nicht beschweren, Sir. Ich habe bereits mehr gefunden, als ich mir jemals hätte träumen lassen.«

Jared verharrte vollkommen reglos. »Haben Sie das?«

»Ja.« Sie blickte ihn nicht an. Ihre Aufmerksamkeit war weiterhin auf den rotierenden Globus gerichtet. »Sir, Sie sind ein Mann von Welt. Sie sind weit gereist und haben die Bräuche fremder Völker mit eigenen Augen gesehen.«

»Ich habe eine gewisse Erfahrung auf diesem Gebiet, ja.«

Olympia räusperte sich und hüstelte diskret. »Wie ich Ihnen vor einiger Zeit bereits erklärt habe, bin ich meinerseits eine Frau von Welt, Sir.«

Vorsichtig stellte Jared sein Glas ab. »Miss Wingfield, was wollen Sie mir sagen?«

Sie blickte auf. Ihre Augen schimmerten sehnsuchtsvoll. »Als Frau von Welt, Sir, würde ich Ihnen gern eine Frage stellen. Und ich bitte Sie, mir diese Frage als Mann von Welt zu beantworten.«

»Ich werde mein möglichstes tun«, sagte Jared.

»Mr. Chillhurst.« Olympias Stimme zitterte leicht. Sie unterbrach sich und versuchte es noch einmal. »Sie haben mir Grund zu der Annahme gegeben, daß Sie eventuell eine romantische Liaison mit mir in Erwägung ziehen für die Zeit, die Sie als Hauslehrer in diesem Haushalt verbringen. Oder irre ich mich da vielleicht?«

Jared fühlte, wie die kläglichen Reste seiner Selbstbeherrschung in den wilden Flammen seiner Leidenschaft zu Asche zerfielen. Mit zitternden Händen stützte er sich auf die Kanten der beiden Tische, zwischen denen er stand.

»Nein, Olympia, du irrst dich nicht. Ich wäre nur allzu bereit, eine solche Liaison in Erwägung zu ziehen, wenn du endlich aufhören würdest, mich Mr. Chillhurst zu nennen.«

»Jared.« Sie wirbelte herum und flog direkt in seine Arme.

Kapitel 8

»Ich hatte solche Angst, daß du mich für allzu verwegen halten würdest«, murmelte Olympia, an Jareds Brust gelehnt. Sie war wie betäubt. Glückliche Erleichterung mischte sich in die herrliche Erregung, die sie jedesmal verspürte, wenn sie in Jareds Armen lag. »Ich weiß, daß du ein vollkommener Gentleman bist, und deswegen hatte ich Angst, daß dich meine Frage eventuell beleidigen würde.«

Jared küßte sie auf das Haar. »Meine süße Sirene. Ich bin keineswegs ein vollkommener Gentleman.«

»Doch, das bist du.« Sie hob den Kopf und lächelte ihn ängstlich an. »Zumindest gibst du dir große Mühe, einer zu sein. Es ist nicht deine Schuld, daß du einen Hang zu großer Emotionalität besitzt. Mir ist klar, daß ich bewußt versuche, diesen Wesenszug ans Tageslicht zu bringen. Das ist zweifellos nicht richtig von mir.«

»Nein, Olympia.« Jared nahm ihr Gesicht in seine Hände. »Ich glaube nicht, daß dieses Gefühl in irgendeiner Weise falsch ist, und selbst wenn es so sein sollte, ist es mir egal.«

»Ich bin froh, daß du so empfindest. Ich war mir beinahe sicher, daß du die Sache so sehen würdest.« Olympia spürte deutlich die harten, starken Muskeln seiner Schenkel, als sie sich an ihn lehnte. »Du und ich, wir sind uns sehr ähnlich, nicht wahr? Die Erforschung anderer Länder und Völker hat uns viel über die menschliche Natur gelehrt.«

»Meinst du?«

»Oh, ja. Männer und Frauen von Welt wie wir sind nicht durch gesellschaftliche Konventionen gebunden.«

Jared umfaßte ihr Kinn und blickte ihr in die Augen. »Du kannst gar nicht wissen, was für eine Wirkung du auf mich hast.«

»Ich hoffe, sie ist der Wirkung ähnlich, die du auf mich hast«, flüsterte sie.

»Ich nehme an, sie ist viel, viel größer.« Jareds Mund schwebte kaum einen Zentimeter über ihren Lippen. »Wenn du fühlen würdest, was ich fühle, wärst du inzwischen von den Flammen der Leidenschaft verzehrt worden.«

»Ich werde von den Flammen der Leidenschaft verzehrt.«

Jared murmelte etwas mit vor Erregung sanfter, heiserer, rauher Stimme. Olympia verstand zwar die Worte nicht, aber sie wußte, daß das auch nicht wichtig war. Plötzlich war sein Mund auf ihren Lippen, und sie wußte genau, was er zu sagen versuchte. Jared begehrte sie heute nacht mit einer Leidenschaft, die ihm in der Seele brannte, mit einer Leidenschaft, die der ihren ebenbürtig war.

Glückselig gab sie sich seinem Kuß hin. Sie drängte sich enger an ihn auf der Suche nach der Hitze und Stärke in seinem Inneren. Vage spürte sie, wie er sich gegen den Rand des Tisches lehnte und sie zwischen seine muskulösen Schenkel zog.

»So weich.« Jared strich durch Olympias Haar und löste den lokkeren Knoten, zu dem es zusammengesteckt war. Wieder und wieder griff er in die dichte rote Masse. »So herrlich weich.«

Aus halbgeschlossenen Augen sah Olympia, daß ihre kleine weiße Haube sanft auf den Teppich segelte. Der Anblick erfüllte sie mit einem Gefühl vollkommener Hingabe.

»Oh, Jared, dies ist mehr als alles, was ich bisher erlebt habe«, rief sie aus. Die Gefühle, die in ihrem Inneren tosten, sprudelten einfach aus ihr heraus.

»Ja, meine süße Sirene.« Jareds Stimme war dunkel und rauh vor Leidenschaft. »Mehr als alles.«

Olympia legte den Kopf zurück, und er bedeckte ihren Hals mit einer Flut von Küssen. Als er auf den steifen, geplätteten Kragen ihrer Chemisette stieß, fluchte er vor Ungeduld.

»Ich ertrage diese Folter nicht länger.« Hastig zerrte er an den Bändern ihres Kleides. »Wenn ich dich nicht ganz schnell bekomme, meine wunderbare Olympia, werde ich zweifellos als gebrochener Mann in der Irrenanstalt landen.«

»Ich verstehe.« Olympia machte sich an seinem Hemd zu schaffen. »Ich habe auch das Gefühl, daß mich dieses übermächtige Gefühl verrückt macht.«

Jared schenkte ihr ein eigenartiges Lächeln, als er das Oberteil ihres Kleides auf ihre Hüften herabzog. »Dann haben wir wohl keine Wahl, nicht wahr? Wir müssen uns gegenseitig vor dem Wahnsinn retten.«

Olympia hatte den letzten Knopf seines Hemdes geöffnet, und nun starrte sie hingerissen auf seine nackte Brust. Sie schüttelte leicht den Kopf. »Ich bin mir nicht sicher, daß wir noch zu retten sind. Vielleicht sind wir bereits verloren, Jared.«

»Dann soll es so sein.« Jared löste die Bänder ihrer feingewobenen Baumwollchemisette und ließ sie neben die weiße Spitzenhaube auf den Teppich gleiten. Reglos blickte er auf ihre Brüste.

Olympia errötete unter diesem glühenden Blick, wandte sich jedoch nicht von ihm ab. Tatsächlich machte das Wissen, daß er sie derart heftig begehrte, sie noch wagemutiger. Sie legte ihre Finger auf seine harte Brust und glitt dann langsam hinauf zu seinen Schultern.

Jared atmete tief ein und stöhnte dann leise. Er beugte den Kopf und küßte die hohen, straffen Kronen ihrer Brüste, während ihre Hände die Linie seines Rückens nachzeichneten.

»Das gefällt mir sehr gut.« Jared schloß sein Auge und zog sie enger an sich, bis ihre Brüste gegen ihn gedrückt wurden.

»Ja?« Olympia streichelte ihn weiter. »Mir gefällt es auch. Du fühlst dich einfach wunderbar an, Jared.«

»Mein Gott, Olympia.«

Als würde er von einer Macht getrieben, der er einfach nicht länger widerstehen konnte, bewegte Jared sich plötzlich. Seine Hände schlossen sich um Olympias Taille. Er hob sie hoch, drehte sich um und setzte sie auf die Kante des Tisches. Olympias Röcke flatterten leicht.

»Jared?« Olympia blickte Jared überrascht und fragend an.

»Sing dein süßes Lied für mich, meine wunderbare Sirene.« Jared schob Olympias Röcke über ihre Knie. Er schob ihre Beine mit den Händen auseinander und trat zwischen ihre Schenkel.

»Jared.«

Olympia mußte sich erst an das neue Gefühl gewöhnen, ihn zwischen ihren Beinen zu spüren. Als er seine Hände auf die empfindliche Haut ihrer Schenkelinnenseiten legte, krallte sie sich in seinen Armen fest und starrte ihn an. Sie war sich nicht sicher, wie sie auf diese Berührung reagieren sollte.

»Keine Angst, meine schöne Sirene.« Jared küßte ihre Schulter. »Du wirst es mir sagen, wenn du bereit bist.«

Noch ehe Olympia fragen konnte, was er damit meinte, glitten seine Hände ihre Beine hinauf bis an den weichen, heißen, verletzlichen Punkt, der sich ihm plötzlich geöffnet hatte.

Olympia stockte der Atem, als sie fühlte, wie er die ungeschützte Knospe ihres Körpers berührte. An der Stelle, an der seine Finger auf ihr weibliches Fleisch trafen, verspürte sie ein unerträgliches Drängen.

»Du bist schon feucht«, sagte Jared. »So warm und weich wie die Südsee.« Er zog seine Finger zurück und legte sie an seine Lippen.

Sein Lächeln war zugleich bedächtig und sinnlich. »Du schmeckst sogar wie das Meer.«

»Tue ich das?« Olympia umklammerte seine Oberarme wie eine Ertrinkende. Sie wünschte sich verzweifelt zu wissen, was sie als nächstes tun sollte.

»Ja. Erregend. Etwas salzig. Unglaublich.«

Jared legte seine Hand erneut zwischen ihre Beine und schob vorsichtig einen Finger in sie hinein.

Olympia erschauderte. »Jared. Ich weiß einfach nicht, was ich sagen soll.«

»Du brauchst überhaupt nichts zu sagen, meine süße Sirene, ehe du bereit bist, für mich zu singen.«

Sie wußte nicht, was er meinte, aber sie besaß weder die Kraft noch die Geistesgegenwart, ihn um Aufklärung zu bitten. Sein Finger in ihrem Inneren fühlte sich so wunderbar und eigenartig an, daß Olympia erschauderte. Instinktiv schlang sie die Beine um ihn.

»Komm. Sing für mich, meine schöne Sirene.« Langsam zog Jared seinen Finger zurück. Als sie leise stöhnte, blickte er ihr ins Gesicht. »Ja, genau so. Noch einmal, meine wunderbare Schönheit.«

Er berührte sie mit der Spitze seines Daumens, bis sie zitterte und ihr ein leises, wimmerndes Stöhnen entfuhr.

»Verdammt, ich liebe deinen Gesang.« Zögernd nahm Jared seine Hand fort.

Olympia öffnete leicht die Augen, als die intime Berührung aufhörte. Sie brauchte seine Hand dort an dem geheimen Ort. Nichts anderes konnte ihre schmerzhafte Unruhe besänftigen.

»Jared?« Sie blickte hinab und sah, daß er versuchte, seine Hose zu öffnen. »Bitte, ich möchte, daß du mich noch einmal berührst.«

Jared äußerte ein ersticktes Lachen, das in einem Stöhnen endete. »Ich könnte nicht aufhören, dich zu berühren, selbst wenn mir alle Dämonen der Hölle auf den Fersen wären.«

Olympia beobachtete, wie er seine Breeches aufklappte. Schokkiert starrte sie auf sein schweres, erregtes Glied, das aus der Öffnung trat.

»Mr. Chillhurst.«

Jared lehnte seine Stirn an ihren Kopf. Er verzog den Mund zu einem sinnlich boshaften Grinsen. »Könnten Sie sich vielleicht vorstellen, daß es sich hierbei um eine Variante des eigenartigen Brautgeschenks handelt, von dem Sie mir einmal erzählt haben, Miss Wingfield? Mir ist durchaus klar, daß dieser Phallus nicht eben aus Gold ist, aber einen anderen habe ich leider nicht.«

Mit Entsetzen erinnerte sich Olympia an ihre naiven Gespräche über goldene Phalli. Sie wußte nicht, ob sie lachen oder vor Peinlichkeit im Boden versinken sollte.

»Vielleicht ist es ganz praktisch, daß er nicht aus Gold ist, Sir«, gelang es ihr zu sagen. »Schließlich ist er ziemlich groß, und er wäre zweifellos ein Vermögen wert. Es könnte glatt jemand auf den Gedanken kommen, ihn zu stehlen.«

Jareds vergnügtes Kichern verwandelte sich zu einem heiseren Ausruf. »Du machst dich auf eigene Gefahr über mich lustig, Sirene.«

Sie fuhr sich mit der Zunge über die Lippen und warf einen Blick unter ihren dichten Wimpern hervor. »Tue ich das?«

»Ja.« Jared schob ihre Beine weit auseinander und schlang sie um seine Hüfte. Er trat näher und schob sich in ihre weiche, feuchte Öffnung.

Hatte der bloße Anblick seiner Männlichkeit Olympia bereits schockiert, so war sie nun ehrlich überwältigt, als er durch das ungeschützte Tor in ihren Körper eindrang. Zugleich schien dieses Gefühl genau die Erlösung zu versprechen, nach der sie sich so gesehnt hatte.

»Ja, bitte.« Sie umklammerte seine Schultern.

»Mein Gott.« Jared umfaßte ihr Hinterteil mit beiden Händen und hielt sie fest, während er langsam in sie hineinfuhr.

Olympia schloß die Augen und konzentrierte sich ganz auf das eigenartige Gefühl, das sie durchfuhr.

Ihre Erregung mischte sich mit leichter Angst, als Jared sie mehr und mehr ausfüllte. Sie konnte sich nicht vorstellen, daß ihr Körper sich daran gewöhnen könnte, aber genau das schien er zu tun.

Trotzdem war es recht eng und nicht besonders bequem, auch wenn sie Wellen freudiger Erregung durchzogen.

»Verdammt.« Plötzlich hielt Jared inne.

»Was ist los?« Olympia öffnete die Augen. Jareds Gesicht war hart und unbeugsam wie Stein. Nie zuvor jedoch hatte sie einen schweißbedeckten Stein gesehen, dachte sie. Seine Muskeln unter ihren Fingern waren wie Stahlseile. »Ist alles in Ordnung?«

Mit einem fast verzweifelten Ausdruck sah er sie an. »Olympia, du hast gesagt, du seist eine Frau von Welt.«

Sie lächelte verträumt. »Das bin ich, Sir.«

»Ich dachte, du meintest damit, daß du eine gewisse Erfahrung auf diesem Gebiet hast.«

»Keine persönliche Erfahrung.« Sie fuhr ihm sanft mit den Fingerspitzen über die Wange. »Ich glaube, ich habe darauf gewartet, daß Sie mich unterrichten, Sir. Schließlich sind Sie ein begabter Hauslehrer, nicht wahr?«

»Ich bin ein Verrückter.« Jared sah sie mit glühendem Blick an. »Olympia, bist du dir ganz sicher, daß du mich willst?«

»Mehr als alles andere«, wisperte sie.

»Dann wünsche ich, daß du dich mit ganzer Kraft an mir festhältst, während ich mir einen Weg durch den Sturm in den sicheren Hafen in deinem Inneren suche.«

Olympia war keiner Antwort fähig, also schlang sie ihre Arme und Beine um ihn und zog ihn enger an sich.

Jareds Hände umfaßten fest die sanften Kurven ihres Hinterteils. So hielt er sie, während er sich unerbittlich in ihre Weichheit drängte. Olympia erstarrte und öffnete den Mund zu einem überraschten Schrei. Eilig versiegelte Jared ihren Mund mit seinen Lippen. Als er ganz in ihr war, versteifte er sich. Er verharrte reglos, hob lediglich ein wenig den Kopf.

»Ist alles in Ordnung?« flüsterte er heiser.

»Ja.« Olympia schluckte und lockerte behutsam die Umklammerung, in der sie ihn hielt. »Ja, ich glaube schon.«

»Zeig es mir. Sing für mich, Sirene.«

Jared begann, sich sehr langsam und vorsichtig in ihr zu bewegen. Jedesmal, ehe er sie ganz verließ, warf er sich erneut in sie hinein.

Der Schmerz, den sie empfunden hatte, als er in sie eingedrungen war, wurde schnell von der Hitze verdrängt, die in ihrem Körper brannte. Olympia klammerte sich an Jared, während er sie tiefer und tiefer in die schwülen Gewässer der Leidenschaft hineinzog.

Das schmerzliche Verlangen in ihrem Inneren war überwältigend. Sie hatte das Gefühl zu explodieren. Sie hörte, wie sie Jared um Erlösung anflehte.

»Bald, meine Sirene, bald«, versprach er, als er langsam zurück in ihre Tiefen fuhr.

»Jetzt, Jared. Du mußt etwas tun.«

»Du bist ein forderndes kleines Ding.«

Aber Jared schienen ihre Forderungen sehr gut zu gefallen. In der Tat schien er sie noch zu ermutigen. Zu Olympias wachsender Enttäuschung schien er genau zu wissen, wie weit er sich in sie hineinschieben durfte und wie weit er sich zurückziehen mußte. Er schürte ihre Spannung, bis sie das Gefühl hatte, ein Uhrwerk zu sein, das zu weit aufgezogen wurde.

Und dann legte Jared seine Hand zwischen ihre Körper und streichelte sie, während er erneut in sie drang.

Es war einfach zu viel. Die Feder in Olympia zerbarst.

Nie hätte sie es sich träumen lassen, daß sie solcher Gefühle fähig sei. Woge um Woge durchfuhr sie ein Glücksgefühl, das sie auf das heftigste erzittern ließ. Sie wollte vor Freude schreien, aber Jareds Lippen verschlossen erneut ihren Mund.

Sie spürte, wie er ein letztes Mal in sie eindrang. Er erschauderte und öffnete den Mund. Olympia trank seinen befriedigten Aufschrei, wie er zuvor ihre leiseren Rufe getrunken hatte.

Als es vorbei war, hob Jared Olympia vom Tisch, trug sie schwankend zum Sofa und sank mit ihr auf die weichen Kissen.

Es dauerte eine ganze Weile, bis sich Jared soweit erholt hatte, daß er den Kopf heben und Olympia ansehen konnte. Sie hatte sich träge neben ihm ausgestreckt. In ihrem Lächeln lag eine angenehm selbstgefällige, weibliche Befriedigung. *Das Lächeln einer Sirene, die endlich ihre eigene Macht erfahren hat,* dachte er.

Und er war derjenige, der ihr das Ausmaß dieser Macht gezeigt hatte.

»Sie sind ein außerordentlich leidenschaftlicher Mann, Mr. Chillhurst«, sagte Olympia.

Jared lächelte wehmütig. Er war erschöpft. Erschöpft und zugleich erfrischt. »So scheint es, Miss Wingfield. Erlauben Sie mir die Bemerkung, daß Sie eine ebenso außerordentliche Leidenschaft besitzen wie ich.«

Sie kuschelte sich eng an ihn und schlang ihre Arme um seinen Hals. »Ich muß sagen, daß das Ganze sehr aufregend war. Nie zuvor habe ich Gefühle wie diese erlebt.«

»Das ist mir bewußt, Olympia.« Er neigte den Kopf und küßte sanft die Rundung ihrer Brust. Endlich besaß er sie.

Auch wenn ihn Olympia für leidenschaftlich hielt, wußte Jared nur allzu gut, daß er die wenigen Beziehungen, die er in der Vergangenheit eingegangen war, mit derselben ordentlichen Diszipliniertheit geführt hatte wie seine Geschäfte. Auf jeden Fall hatte er es nie zuvor mit einer Jungfrau zu tun gehabt.

Olympias Unberührtheit hatte sich nicht leugnen lassen. Er hatte die kleine Blutmenge nur allzu deutlich bemerkt, die sich in die schwüle Feuchtigkeit gemischt hatte, die sein Glied bedeckte.

Er sollte sich wahrscheinlich schämen. Aber das einzige Gefühl, das er im Moment verspürte, war eine tiefe Befriedigung. Und wie Olympia selbst gesagt hatte, war sie schließlich kein junges Mädchen mehr, das eben der Schulbank entsprungen war. Sie war fünfundzwanzig Jahre alt. *Eine Frau von Welt.*

Jared stöhnte leise. Sie war gewiß keine Frau von Welt. Sie war eine Unschuld vom Lande, die ihr Leben lang nicht über Upper Tudway hinausgekommen war, und er hatte sie ausgenutzt.

Es war die wunderbarste Erfahrung gewesen, die er in seinem Leben gemacht hatte.

Jared dachte an den lüsternen Draycott, der versucht hatte, Olympia in ihrer Bibliothek zu verführen. Er fragte sich, wie viele Männer in Upper Tudway sie wohl als legitime Beute betrachtet hatten; wie viele von ihnen ihr wohl unehrenhafte Angebote unterbreitet hatten. Aber Olympia hatte auf ihn gewartet, ehe sie ihren Sirenengesang erklingen ließ.

Das Wissen, daß er derjenige war, den sie gewählt, dem sie sich hingegeben hatte, erfüllte Jared mit scheuer Ehrfurcht. Er schluckte heftig, ehe er sprechen konnte.

»Olympia«, sagte er sehr ernst. »Ich möchte, daß du weißt, daß ich das, was du mir geschenkt hast, zu schätzen weiß. Ich werde immer gut für dich sorgen.«

Mit den Fingerspitzen zog sie die Linie seiner Wange nach. »Du sorgst bereits sehr gut für mich.« Sie lächelte. »Ich hoffe nur, daß du sehr lange bei uns bleiben wirst.«

»Als Hauslehrer und Geliebter?«

Sie errötete. »Nun, ja, natürlich. Was sonst?«

»In der Tat, was sonst?« Jared legte den Arm über sein Gesicht. Er sollte ihr auf der Stelle die ganze Geschichte erzählen, aber wenn er es täte, würde sich alles ändern. Zweifellos würde sie zornig und beleidigt sein, weil er sie getäuscht hatte.

An ihrer Stelle wäre er wütend, wenn er erführe, daß man ihn derart belogen hatte, ebenso wütend, wie er gewesen war, als er Demetrias geheime Liebschaft entdeckt hatte.

Er erinnerte sich an seine eigenen Worte, die er erst heute nachmittag gegenüber Felix geäußert hatte. *Es gefällt mir nicht, zum Narren gehalten zu werden.*

Wenn Olympia die Wahrheit erführe, würde sie denken, daß er sie zum Narren gehalten hatte, daß er sich auf ihre Kosten amüsiert hatte.

Auf jeden Fall würde er zu diesem Schluß kommen, wenn er in ihrer Lage wäre.

Dieser Gedanke ließ ihn zusammenfahren. Was, wenn Olympia auf die Neuigkeit, von ihm getäuscht worden zu sein, ebenso reagierte, wie er vor drei Jahren auf Demetrias Betrug reagiert hatte? Was, wenn sie ihn ebenso aus ihrem Leben warf, wie er Demetria aus dem seinen verbannt hatte?

Was, wenn Olympia sich einfach umdrehte und ihn verließ?

Jared durchfuhr ein eisiger Schauder.

Er wußte nicht, was er als nächstes tun sollte. Er schien über die ganze Sache einfach nicht logisch nachdenken zu können.

Das einzige, was er ganz sicher wußte, war, daß der leidenschaftliche Anfang seiner Beziehung zu Olympia ihn derart verzaubert hatte, daß er jetzt nicht alles aufs Spiel setzen konnte.

Wenn er ihr erst einmal die Wahrheit sagte, würde der Teufel los sein, dachte er bedrückt. Wahrscheinlich könnte sie eine derartige

Täuschung durch den Mann, dem sie sich hingegeben hatte, nicht hinnehmen.

Er mußte die Möglichkeit in Erwägung ziehen, daß Olympia ihm, wenn sie alles wüßte, nie wieder dasselbe Vertrauen schenken würde wie heute abend.

Er würde es nicht ertragen, wenn sie ihn verlassen würde. Nicht, nachdem er sie gerade erst gefunden hatte.

Es war alles so verdammt kompliziert, dachte Jared nicht zum ersten Mal.

Das war der Preis der Leidenschaft.

Nie zuvor hatte er sich in einer solchen Lage befunden, aber er spürte, daß er Zeit brauchte. *Nur noch etwas Zeit, bis er ihr genug bedeutete, daß er es wagen konnte, ihr die Wahrheit zu gestehen.*

Ja, mit der Zeit würde er eine Lösung finden, beschloß er, dankbar, einen praktischen, durchaus logischen Grund gefunden zu haben, das Unvermeidbare noch zu verschieben.

Seine Gedanken wurden durch ein unterdrücktes Bellen vom Fuß der Treppe unterbrochen.

Er nahm den Arm von seinem Gesicht. »Was, zum Teufel, hat das zu bedeuten?«

»Das ist Minotaurus«, sagte Olympia überrascht.

»Dieser verfluchte Hund wird noch das ganze Haus aufwecken.« Jared rollte vom Sofa und stand auf. Eilig rückte er seine Kleider zurecht.

Der Gedanke, daß Mrs. Bird und die drei Jungen in das Arbeitszimmer stürzen und Olympia in diesem Zustand entdecken könnten, war mehr als nur leicht beunruhigend.

»Zieh dich an«, befahl er. »Schnell. Ich kümmere mich in der Zwischenzeit um den Hund.« Er griff nach einer Kerze und wandte sich zur Tür.

»Weißt du, genauso hat Minotaurus in der Nacht gebellt, als er jemanden in meiner Bibliothek in Upper Tudway gehört hat.« Olympia zog nachdenklich die Brauen hoch, während sie sich aufsetzte. »Vielleicht hat er ja wieder einen Eindringling gehört.« Hastig zerrte sie am Oberteil ihres Kleides herum.

»Das wage ich zu bezweifeln. Höchstwahrscheinlich hat das Vieh irgend jemanden oder irgend etwas draußen auf der Straße gehört. Er ist die Geräusche und Gerüche in der Stadt noch nicht gewohnt.« In der Tür drehte sich Jared noch einmal kurz um und sah zu, wie Olympia ihre Garderobe ordnete. Es war ein bezaubernder Anblick.

Ihre Chemisette lag immer noch neben ihrer zarten Spitzenhaube auf dem Teppich. Ohne den kleinen Baumwolleinsatz, der das tief ausgeschnittene Dekolleté verdeckte, war das Kleid vollkommen verwandelt. Statt sittsam und bescheiden wirkte es nun wie ein gewagter und provozierender Rahmen, in dem ihre herrlich gerundeten Brüste deutlich zur Geltung kamen.

Als Olympia einen vorsichtigen Schritt wagte, zuckte sie zusammen. Wahrscheinlich verspürte sie in gewissen Gegenden ungewohnte Schmerzen. Aber sie sagte nichts, und er wußte nicht, wie er sich bei ihr entschuldigen sollte.

Ehe er noch überlegen konnte, was er tun sollte, hatte Olympia sich gefaßt. Sie lächelte ihn an und ging in Richtung der Tür.

Jared war verwirrt und überrascht über die Reaktion seines Körpers. Mit äußerster Willenskraft zwang er sich, an den bellenden Hund zu denken.

»Warte hier. Ich werde nachsehen, was Minotaurus aufgeschreckt hat«, murmelte er. Mit einem letzten bedauernden Blick auf Olympias süß gerundeten Busen, ihre geröteten Wangen und ihr wirres Haar ging er hinaus in den Flur.

Olympia eilte ihm nach. »Warten Sie einen Moment, Mr. Chillhurst. Ich komme mit.«

Jared zog eine Braue hoch, während er zur Hintertreppe ging. »Mr. Chillhurst?«

»Am besten behalten wir eine gewisse Förmlichkeit bei«, sagte sie sehr ernst. »Wir müssen schließlich den Schein wahren, wenn die Jungen oder Mrs. Bird anwesend sind.«

»Wie Sie wünschen, Miss Wingfield.« Jared senkte die Stimme, als er die Treppe hinunterging. »Aber ich warne Sie. Ich behalte mir das Recht vor, Sie Olympia zu nennen, wann immer ich zufällig meine Hand unter Ihren Röcken habe.«

»Mr. Chillhurst.«

»So laufen die Dinge nun einmal zwischen Männern und Frauen von Welt«, informierte Jared sie lakonisch. Er verdrängte die Schuldgefühle und gestattete sich das Glücksgefühl, das ihn zu überwältigen drohte.

Durch seine Adern strömte eine Befriedigung, die stärker war als der beste Brandy. Er war Ikarus, und er flog zu nah an der Sonne, aber das war es wert. Der Lohn der Leidenschaft war mehr als ausreichend, dachte er mit einem flüchtigen Grinsen. Heute abend war er ein anderer Mann geworden.

»Sie machen sich auf unfeine Art über mich lustig, Sir.« Olympias atemlose Anschuldigung wurde durch ein erneutes Winseln von unten unterbrochen. »Minotaurus scheint wirklich wegen irgend etwas aufgeregt zu sein.«

»Vielleicht ist nebenan ein Nachtarbeiter gekommen, um die Senkgrube der Nachbarn zu leeren.«

»Vielleicht.«

Jared öffnete die Küchentür und wäre von Minotaurus beinahe umgeworfen worden, der bereits ungeduldig gewartet hatte. Der Hund rannte an ihm vorbei und baute sich vor Olympia auf.

»Was ist los, Minotaurus?« Olympia tätschelte ihm vorsichtig, aber freundlich den Kopf. »Außer uns ist niemand im Haus.«

Minotaurus winselte laut und schoß dann an ihr vorbei die Treppe hinauf.

»Vielleicht will er in den Garten«, sagte Olympia. »Ich werde ihn kurz hinauslassen.«

»Ich mache das schon.« Jared blickte sich schnell in der Küche um, ehe er dem Hund folgte. Es gab kein Anzeichen dafür, daß irgend etwas in der Nähe des großen, eisernen Herdes oder in der Umgebung der Spüle angerührt worden wäre. Das Fenster, das auf den kleinen Hof unterhalb der Straße hinausging, war fest verschlossen.

Dicht gefolgt von Olympia ging Jared die Treppe hinauf.

Gemeinsam gingen sie durch den Flur zur Hintertür, wo Minotaurus sie bereits erwartete. Er kratzte aufgeregt an der Türschwelle.

»Irgend etwas stimmt nicht«, sagte Olympia. »So benimmt er sich sonst nie.«

»Ich glaube, Sie haben recht.« Jared öffnete die Tür.

Sofort quetschte Minotaurus sich durch den Spalt und rannte hinaus in den kleinen, von einer Mauer umgebenen Garten.

»Die Nachbarn werden bestimmt ärgerlich, wenn er wieder bellt«, sagte Olympia besorgt.

»Zum Glück haben wir sie bisher noch nicht kennengelernt.« Jared reichte ihr die Kerze. »Bleiben Sie hier im Haus. Ich werde nachsehen, was Minotaurus erschreckt hat.«

Leise glitt Jared in die Dunkelheit. Er nahm an, daß Olympia ihm gehorchen würde, weil ihm immer gehorcht wurde, wenn er in diesem Ton sprach.

Am anderen Ende des Gartens blieb Minotaurus stehen. Er sprang auf die Hinterbeine und schnüffelte aufgeregt auf dem Mauerrand herum.

Jared ging am Toilettenhäuschen vorbei und zwängte sich durch das dichte Gebüsch an die Stelle, an der Minotaurus auf den Weg starrte. Das Licht reichte gerade, um zu erkennen, daß der kleine, gepflasterte Pfad menschenleer war.

Jared blickte in die Nachbargärten zu beiden Seiten. Sie lagen still und verlassen da. Kein Anzeichen eines Nachtarbeiters, der zu später Stunde seinem Geschäft nachging. Nur wenige Leute wollten während des Tages ihre Toilettenhäuschen leeren lassen. In den meisten Haushalten wurde der Inhalt der Senkgrube aus dem Garten durch den Hausflur getragen und auf einen Wagen geladen, der auf der Straße hielt. Normalerweise wurde dieses notwendige Geschäft zu nachtschlafender Zeit verrichtet, wenn sich weniger Leute durch die Gerüche belästigt fühlten.

»Es ist niemand da«, sagte Jared leise. »Aber ich nehme an, das weißt du bereits, nicht wahr, Minotaurus?«

Minotaurus blickte zu ihm auf und schnüffelte dann erneut an den Steinen.

»Sehen Sie irgend etwas?« fragte Olympia.

Jared sah sich um und stellte fest, daß sie seine Anweisungen ignoriert hatte. Sie hatte die Kerze im Haus gelassen und war ihm nach draußen gefolgt. Der Mondschein ließ ihre wunderbaren, großen Augen erstrahlen und warf tiefe, faszinierende Schatten zwischen ihre Brüste.

Jared war hin- und hergerissen zwischen der Verärgerung darüber, daß sie ihm nicht gehorcht hatte, und der höchst angenehmen Erinnerung daran, wie weich Olympias Brüste waren.

»Nein«, sagte er. »Es ist niemand zu sehen. Vielleicht ist vor ein paar Minuten jemand den Weg entlanggegangen und hat Minotaurus aufgeweckt.«

Olympia spähte über den Rand der Mauer. »Wir haben bereits einige Nächte hier verbracht, und bisher hat Minotaurus noch nie angeschlagen, wenn jemand am Haus vorbeiging.«

»Das ist mir bewußt.« Jared griff nach ihrem Arm. »Gehen wir zurück ins Haus. Es hat keinen Sinn, noch länger hier herumzustehen.«

Sein Ton schien sie zu überraschen. »Haben Sie sich über irgend etwas geärgert?«

Er fragte sich, wie ein Hauslehrer seiner Arbeitgeberin wohl am besten erklären würde, daß er erwartete, daß logische, vernünftige Befehle, die er erteilte, aufs Wort befolgt wurden. Doch ehe er einen Weg fand, ihr diese Sache klarzumachen, ohne gleichzeitig seine wahre Identität zu enthüllen, zwang sie ihn durch einen Aufschrei zum Stehenbleiben.

»Gütiger Himmel, was ist das?« Olympia starrte auf etwas kleines Weißes, das vor ihm im Gras lag. »Haben Sie Ihr Taschentuch fallen gelassen, Mr. Chillhurst?«

»Nein.« Jared bückte sich und hob das zerknüllte weiße Leinenviereck auf. Er runzelte die Stirn, als ihm ein Hauch herben Parfüms entgegenwehte.

Olympia zog ob des starken Dufts die Nase kraus. Ernst blickte sie Jared an. »Also war *doch* heute nacht irgend jemand hier im Garten.«

Jared beobachtete, wie Minotaurus angetrottet kam und das Taschentuch beschnüffelte. »Es scheint so«, entgegnete er ruhig.

»Das habe ich befürchtet, Mr. Chillhurst. Daran besteht kein Zweifel mehr. Die Situation wird allmählich höchst bedrohlich.«

»Bedrohlich?«

Olympia untersuchte eingehend das parfümierte Taschentuch. »Wir müssen die Warnung vor dem Wächter, die ich in dem Tagebuch entdeckt habe, äußerst ernst nehmen. Irgend jemand ist fest entschlossen, hinter das Geheimnis des verborgenen Schatzes zu kommen. Aber wie hat der Übeltäter herausgefunden, wo wir hier in der Stadt wohnen?«

»Verdammt, Olympia.« Jared unterbrach sich plötzlich, als ihm ein unangenehmer Gedanke kam. Er blickte sie streng an. »Hast du mit irgend jemandem über unseren Aufenthalt hier gesprochen?«

»Nein, natürlich nicht. Ich war äußerst vorsichtig. Schließlich steht Ihr Ruf auf dem Spiel.«

»Ich nehme an, einer deiner Bekannten von der Gesellschaft für Reisen und Forschung könnte uns gefolgt sein oder jemanden angeheuert haben, der uns gefolgt ist.«

»Ja, das wäre eine Möglichkeit«, räumte Olympia ein. »Vielleicht hat einer von ihnen irgend etwas mit dem Wächter zu tun.«

Oder vielleicht fühlte sich einer von Olympias neuen oder alten Freunden von dem Schatz angelockt, dachte Jared grimmig. Er wußte schließlich nur allzu gut, wie weit gewisse Mitglieder seiner Familie in der Vergangenheit gegangen waren, wenn sie einem versteckten Vermögen auf der Spur waren. Es war durchaus möglich, daß andere ebensoweit gingen.

Zweifelsohne wußten sämtliche Mitglieder der Gesellschaft für Reisen und Forschung, daß Miss Olympia Wingfields Spezialität die Suche nach geheimen Schätzen und verlorenen Reichtümern war.

Kapitel 9

Als Jared am nächsten Morgen erwachte, fielen ihm die steife kleine Baumwollchemisette und die weiße Spitzenhaube ein. Zweifellos lagen beide Teile noch auf dem Teppich in Olympias Arbeitszimmer, wo sie sie in der vergangenen Nacht liegengelassen hatten.

»Verdammt.« Jared richtete sich auf und griff nach der schwarzen Augenklappe, die auf dem Nachtschränkchen lag.

Es war wirklich schwierig, eine leidenschaftliche Affäre geheimzuhalten. Er fragte sich, wie es den notorischen Frauenhelden der besseren Gesellschaft gelang, sich so problemlos von einem Boudoir ins andere zu stehlen, ohne daß es jemand bemerkte. Er für seinen Teil mußte feststellen, daß eine einzige Liebschaft mit einer Frau bereits voller Risiken steckte.

Vielleicht war er einfach nicht für solche Dinge geschaffen, dachte Jared, als er die Decke aufschlug und aus dem Bett stieg. Andererseits war das Stelldichein der vergangenen Nacht eines der aufregendsten Erlebnisse gewesen, die er je gehabt hatte. Vielleicht sogar das aufregendste.

Aber nun war ein neuer Tag angebrochen, und er mußte sich um all die vertrackten, lästigen Kleinigkeiten kümmern, die mit solchen außergewöhnlichen Unternehmungen zwangsläufig zusammenhingen. *Das Wichtigste zuerst,* sagte sich Jared. Er mußte unbedingt die Chemisette und die Haube retten, ehe sie von Mrs. Bird oder einem der Jungen entdeckt wurden.

Eilig nahm er ein weißes Baumwollhemd und ein Paar Breeches aus seinem wohlgeordneten Kleiderschrank. Statt sich die Zeit zu nehmen, seine Stiefel anzuziehen, ging er lieber barfuß.

Jared warf sich in seine Kleider und ging zur Tür. Er öffnete sie vorsichtig und spähte ängstlich in den Flur. Ein Blick auf seine Uhr verriet ihm, daß es erst kurz vor halb sechs war.

Mit etwas Glück war Mrs. Bird entweder noch in ihrem Zimmer oder sie hantierte eifrig in der Küche herum.

Lautlos schlich Jared die Treppe hinunter. Seine Gedanken flogen zwischen dem drängenden Problem der vergessenen Kleidungsstücke und der unseligen Entdeckung des Leinentaschentuchs hin und her. Es bestand kein Zweifel, daß in der vergangenen Nacht jemand im Garten gewesen war. Höchstwahrscheinlich ein Dieb oder Einbrecher, der nach einer günstigen Gelegenheit gesucht hatte. Aber Olympia ließ eine derart plausible Erklärung nicht gelten.

Jared fluchte leise. Olympias wachsende Besorgnis wegen des legendären Wächters würde sein jetzt schon chaotisches Leben noch schwerer machen.

Erleichtert atmete er auf, als er die Tür zum Arbeitszimmer öffnete und Chemisette und Spitzenhaube auf dem Teppich vor dem Schreibtisch entdeckte. Sie lagen immer noch an derselben Stelle, an der sie zu Boden gefallen waren, delikate Beweise einer Nacht voll herrlicher, wilder Hemmungslosigkeit. Jared spürte, wie erneut eine schmerzhafte Hitze in ihm aufstieg. Niemals würde er die vergangene Nacht vergessen.

Lächelnd beugte er sich hinab, um die Kleidungsstücke aufzuheben. Zugleich sammelte er die drei Nadeln ein, die er aus Olympias Haar gezogen hatte.

»Un', ham Sie was vergessen?« knurrte Mrs. Bird von der Tür her. »Dacht' ich's mir doch.«

»Verflucht.« Chemisette und Haube in der Hand, richtete Jared sich auf und wandte sich grimmig, doch schicksalsergeben nach der Haushälterin um. »Sie sind recht früh auf den Beinen heute morgen, nicht wahr, Mrs. Bird?«

Doch Mrs. Bird war nicht so leicht einzuschüchtern. Sie funkelte ihn böse an und stemmte die Hände in die Hüften. »Es gibt Männer, die nennen sich Gentlemen, und wenn sie bekommen ham, was sie wollten, machen sie sich aus dem Staub. Gehör'n Sie auch zu dieser Sorte?«

»Ich habe nicht die Absicht zu gehen, Mrs. Bird, falls es das ist, was Sie wissen wollen.«

Mrs. Bird blickte ihn nachdenklich an. »Wär' vielleicht besser, wenn Sie's täten. Je länger Sie hier rumhängen, um so mehr wird sich Miss Olympia an Sie gewöhnen.«

Jared blickte sie mit mildem Interesse an. »Meinen Sie?«

Mrs. Birds Gesicht wurde zornrot. »Also, hör'n Sie mir mal gut zu, Sie verdammter Pirat. Ich werde es nicht zulassen, daß Sie ihr das Herz brechen. Miss Olympia is' eine anständige Frau, egal, was Sie letzte Nacht mit ihr gemacht ham. Es is' nich' richtig von Ihnen, ihre Unschuld und ihr Vertrauen auszunutzen.«

Jared erinnerte sich an das mysteriöse Taschentuch, und plötzlich kam ihm ein Gedanke. »Sagen Sie, Mrs. Bird, wie kommt es, daß Sie so genau wissen, was letzte Nacht vorgefallen ist? Haben Sie uns zufällig vom Garten aus nachspioniert?«

»Nachspioniert? *Nachspioniert?*« Mrs. Bird wirkte ehrlich gekränkt. »Nichts da. Ich bin keine Schnüfflerin, Sir.«

Zu spät fiel Jared der Parfümduft ein, der von dem Taschentuch ausgegangen war. Er paßte eindeutig nicht zu Mrs. Bird, die für gewöhnlich nach Leinöl, Möbelpolitur und ab und zu nach Gin roch.

»Bitte entschuldigen Sie«, sagte er kläglich.

So schnell ließ sich Mrs. Bird jedoch nicht besänftigen. »Ich hab' schließlich Augen und Ohren. Ich hab' die ganze Aufregung im Garten mitbekommen. Als ich mein Fenster aufgemacht habe, um zu sehen, was da los war, standen Sie beide unten und sprachen miteinander. Und dann hab' ich gesehen, wie Sie Miss Olympia geküßt haben, bevor Sie wieder ins Haus gegangen sind.«

»Ach, das haben Sie tatsächlich gesehen?« Dieser letzte Kuß hatte Olympia von ihren Gedanken an den Wächter ablenken sollen, überlegte Jared. Er war sich jedoch keineswegs sicher, daß es funktioniert hatte.

»Das habe ich. Außerdem war es hell genug, um zu sehen, daß die arme Miss Olympia ihre Chemisette nich' trug. Das hieß, daß irgendwer, höchstwahrscheinlich Sie, es ihr ausgezogen haben mußte.«

»Sie haben eine ausgesprochen gute Beobachtungsgabe, Mrs. Bird.«

»Ich wußte, daß Sie's darauf abgeseh'n hatten, sie zu verführen, und ich hatte recht. Nach dem, was ich letzte Nacht im Garten gesehen hatte, beschloß ich, mich hier mal umzusehen, bevor irgendwer anderer aufwacht. Als ich die Sachen auf dem Boden sah, wußte ich genau, was passiert war.«

»Sehr clever, Mrs. Bird.«

Sie hob anklagend das breite Kinn. »Ich wollte das Zeug gerade aufheben, als ich hörte, wie Ihre Tür aufging. Und jetzt weiß ich ganz sicher, daß Sie schuldig sind.«

»Ich gratuliere Ihnen zu Ihren brillanten Nachforschungen und den logischen Schlußfolgerungen, Mrs. Bird.« Jared hielt so lange inne, bis er sicher war, daß er ihre ganze Aufmerksamkeit hatte. »Mit derartigen Talenten sollten Sie vielleicht als Detektivin arbeiten, wenn Sie erst einmal aus diesem Haushalt entlassen sind.«

Mrs. Bird riß alarmiert die Augen auf. Dann blickte sie ihn wieder finster an. »Wagen Sie es ja nich', mir zu drohen, Sir. Miss Olympia wird mich ganz bestimmt nich' entlassen, und das wissen Sie genauso gut wie ich.«

»Ach ja? Falls Sie es noch nicht bemerkt haben, Miss Olympia verläßt sich inzwischen ganz auf mich, was die Organisation dieses Haushalts betrifft.«

»Sie wird mich nich' rauswerfen«, erklärte Mrs. Bird. »Dazu hat sie ein viel zu gutes Herz. Sie sin' derjenige, den sie entlassen wird, wenn sie dahinterkommt, daß Sie mir drohen.«

»An Ihrer Stelle würde ich es lieber nicht darauf ankommen lassen, Mrs. Bird. Stellen Sie sich einmal vor, sie erführe, daß Sie ihr nachspioniert haben.«

»Verdammt, ich hab' ihr nich' nachspioniert.«

»Hm, aber das wird sie ganz sicher denken, wenn Sie ihr erzählen, daß Sie ganz genau wissen, was letzte Nacht in diesem Arbeitszimmer vorgefallen ist. Nehmen Sie meinen Rat an, Mrs. Bird. Hüten

Sie Ihre Zunge, und kümmern Sie sich um Ihre eigenen Angelegenheiten.«

Mrs. Bird verzog zornig den Mund. »Sie sin' ein richtiger Teufel. Sie kommen wie ein Dämon aus der Hölle hier in diesen Haushalt und stellen alles auf den Kopf. Sie ham die drei Gören verzaubert, damit sie sich gut benehmen. Sie schnippen einmal mit dem Finger, und plötzlich haben wir dreitausend Pfund. Und jetzt verführen Sie auch noch Miss Olympia.«

»In der letzten Sache irren Sie sich, Mrs. Bird.« Jared ging entschlossen in Richtung der Tür.

»Sie ham Miss Olympia verführt.« Mrs. Bird sah seinen Gesichtsausdruck und machte vernünftigerweise einen Schritt zur Seite, um ihn vorbeizulassen. »Ich weiß es ganz genau.«

»Das zeigt nur, daß Sie die Situation wirklich nicht ganz verstehen.« Jared ging an ihr vorbei zur Treppe.

»Verdammt, was woll'n Sie damit sagen?« rief Mrs. Bird ihm hinterher.

»Ich war derjenige, der verführt wurde«, sagte Jared höflich.

Ohne sich umzublicken, ging er die Treppe hinauf, wobei er zwei Stufen auf einmal nahm. Mrs. Birds schäumende Wut spürte er jedoch bis oben.

Das Problem mit dieser alten Vettel war zwar ärgerlich, aber durchaus zu bewältigen, dachte er, während er den Gang hinabging. Er würde schon mit ihr fertig werden.

Jared blieb vor Olympias Schlafzimmer stehen und klopfte leise an. Er hörte, wie sie durch das Zimmer huschte, und einen Moment später stand sie vor ihm.

»Guten Morgen, Miss Wingfield.« Er lächelte, als er sie in ihrem weißen Linonnachthemd und dem eilig übergeworfenen Chintzmorgenrock sah.

Olympias dunkelrotes Haar umgab ihr herbes Gesicht wie eine

herrliche Feuerwolke. Als sie ihn erblickte, errötete sie sanft. In dem fahlen Morgenlicht war sie einfach unwiderstehlich. Jared warf einen kurzen Blick auf das einladend zerwühlte Bett hinter ihr.

»Mr. Chillhurst, was tun Sie denn zu so früher Stunde hier?« Olympia spähte an ihm vorbei in den Gang. »Es könnte Sie jemand entdecken.«

»Ich bin hier, um Ihnen ein paar persönliche Dinge zurückzugeben, die Sie offensichtlich letzte Nacht vergessen haben.« Jared hielt ihr die Chemisette und die Haube entgegen.

»Gütiger Himmel.« Olympia starrte die Kleidungsstücke an. Entsetzt riß sie die Augen auf. »Bin ich froh, daß Sie daran gedacht haben, die Sachen einzusammeln.« Sie riß ihm die Teile aus der Hand.

»Unglücklicherweise hatte Mrs. Bird sie bereits entdeckt, als ich unten ankam.«

»Oje.« Olympia seufzte. »Hat sie sich sehr aufgeregt? Sie macht sich bereits ziemliche Sorgen, seit Sie hier angekommen sind, und nun befürchtet sie wahrscheinlich das Schlimmste.«

»Sie befürchtet das Schlimmste, aber ich glaube, daß sie genug Verstand besitzt, um ihre Gedanken für sich zu behalten.« Jared beugte den Kopf und küßte Olympia innig. »Ich freue mich darauf, Sie beim Frühstück zu sehen, Miss Wingfield.«

Jared trat einen Schritt zurück und schloß die Tür vor Olympias hochrotem Gesicht. Leise pfeifend ging er den Flur entlang zu seinem eigenen Schlafzimmer.

»Guten Morgen, Tante Olympia.«

»Du siehst sehr gut aus heute, Tante Olympia.«

»Guten Morgen, Tante. Ein herrlicher Tag heute, nicht wahr?«

Hugh, Ethan und Robert waren umgehend aufgesprungen, als ihre Tante das Frühstückszimmer betreten hatte.

Olympia schenkte den drei Jungen ein freundliches Lächeln. »Guten Morgen allerseits.« Sie wartete, als Ethan sich beeilte, ihr den Stuhl zurechtzurücken. Das Benehmen der Jungen war ihr immer noch nicht ganz geheuer. »Danke, Ethan.«

Ethan blickte fragend zu Jared hinüber. Als der zustimmend nickte, nahm sein Zögling grinsend Platz.

Olympia fing Jareds wissenden Blick auf. Wieder spürte sie die schimmernde Freude, die in der vergangenen Nacht in ihr erblüht war. Mit leicht zitternden Fingern griff sie nach ihrem Löffel.

So also fühlt es sich an, wenn man verliebt ist, dachte sie. Gestern abend hatte sie die Wahrheit erkannt. Das, was sie für Jared empfand, war mehr als Leidenschaft.

Liebe. Sie hatte geglaubt, sie würde dieses Gefühl niemals kennenlernen. Mit fünfundzwanzig mußte eine Frau von Welt schließlich realistisch sein.

Liebe.

Diese Empfindung war weit aufregender als die Entdeckung der Geheimnisse einer verlorenen Legende oder die Erforschung der Bräuche fremder Völker.

Liebe.

Ihr Leben war wie ein Krug, der zum Überlaufen gefüllt war. Die Einsamkeit, die sie verspürt hatte, seit Tante Sophy und Tante Ida nicht mehr lebten, war verschwunden. Sie hatte einen Mann gefunden, dessen Seele in vollkommenem Einklang mit der ihren zu sein schien.

Er würde nicht lange bei ihr bleiben, erinnerte sie sich; ein paar Wochen oder Monate, im besten Fall vielleicht ein oder zwei Jahre. Es ließ sich nicht leugnen, daß Jared sie eines Tages verlassen würde, um eine Stelle in einem anderen Haushalt anzutreten. So war es nun einmal mit Hauslehrern. Die Kinder wurden älter, und ihre Lehrer zogen weiter.

Aber bis dahin, so schwor sich Olympia, würde sie sich dieser großartigen, leidenschaftlichen Liebe hingeben, die ihr in Gestalt eines Mannes mit einem Piratengesicht begegnet war.

»Nun denn, was steht heute auf dem Programm?« Olympia hoffte, daß ihre Stimme ruhig und gelassen klang. Sie selbst war es gewiß nicht. Freude, so stellte sie fest, war ein Gefühl, das sich nur schwer verbergen ließ. Das Glitzern in Jareds Augen verriet ihr, daß er sich ihrer euphorischen Stimmung durchaus bewußt war.

»Wir werden Mr. Winslows Mechanisches Museum besuchen«, erklärte Robert.

»Es heißt, daß es dort eine riesige mechanische Spinne gibt, die sich wie eine echte Spinne bewegt«, sagte Hugh aufgeregt. »Die Ladys haben Angst davor, aber ich nicht.«

»Ich habe gehört, daß es dort auch einen mechanischen Bären und ein paar Vögel gibt«, fügte Ethan hinzu.

Olympia blickte Jared an. Ihre Neugierde war geweckt. »Das klingt hochinteressant.«

»Ist es wohl auch.« Jared bestrich seinen Toast mit Marmelade.

Olympia dachte kurz nach. Plötzlich war sie hin- und hergerissen zwischen ihren eigenen Plänen und der Vorstellung, ein Mechanisches Museum zu besuchen. »Ich glaube, ich würde euch gerne in das Museum begleiten.«

»Sie können gerne mitkommen.« Jared biß in seinen Toast.

»Ja, Tante Olympia, komm mit«, sagte Robert. »Es wird bestimmt sehr lustig.«

»Und sehr lehrreich«, fügte Ethan weise hinzu.

»Ich bin sicher, daß es das wird.« Der Museumsbesuch wäre gewiß nicht nur lehrreich, dachte Olympia, sondern er würde ihr die Möglichkeit geben, den Nachmittag mit Jared zu verbringen. »Sehr gut, dann werde ich also die notwendigen Vorkehrungen treffen. Um wieviel Uhr fahren wir in das Museum?«

»Um drei«, sagte Jared.

»Hervorragend. Ich habe eine Verabredung im Musgrave-Institut, wo ich mir einige Karten ansehen möchte, aber bis dahin werde ich lange zurück sein.«

»Ich bezweifle, daß Sie in der Sammlung der Gesellschaft irgend etwas Nützliches finden, Miss Wingfield.« Roland Torbert faltete die Hände hinter dem Rücken und beugte sich über Olympia. »Sie haben eine äußerst armselige Auswahl an Karten von den Westindischen Inseln. Nun, ich habe in meiner eigenen Bibliothek eine hervorragende Sammlung.«

»Ich freue mich schon darauf, mir Ihre Karten anzusehen, Mr. Torbert.« Olympia wandte sich leicht von ihm ab. Torbert roch nach einer Mischung aus modrigen Kleidern, Schweiß und dem Parfüm, mit dem er vergeblich versuchte, die anderen Gerüche zu überdecken. »Aber ich möchte meine Nachforschungen der Reihe nach durchführen.«

»Natürlich.« Torbert machte einen erneuten Schritt auf sie zu. Er blickte ihr über die Schulter, als sie eine weitere Karte neben der ersten ausrollte, die bereits auf dem Tisch ausgebreitet war. »Was genau suchen Sie denn, wenn ich mir die Frage erlauben darf?«

»Ich versuche, die genaue Geographie der Region zu ermitteln«, antwortete Olympia vage. Sie hatte nicht die Absicht, sich zu diesem Zeitpunkt irgend jemandem außer Jared anzuvertrauen. »Es scheint einige unterschiedliche Aufzeichnungen zu geben.«

»Ich verstehe.« Torbert setzte ein gelehrtes Gesicht auf. »Wissen Sie, es ist schwierig, all die kleinen Inseln genau zu erfassen.«

»Ja, tatsächlich.« Olympia beugte sich über die beiden Karten und verglich sie sorgfältig.

Auf keiner der beiden Karten war die geheimnisvolle, namenlose Insel nördlich von Jamaica eingezeichnet. Die neuere Karte zeigte zwar ein, zwei Landflecken, die die ältere nicht aufwies, aber sie lagen nicht an der richtigen Stelle.

»Vielleicht würde es Ihnen später passen«, sagte Torbert. »Ich empfange Sie gerne heute nachmittag, Miss Wingfield.« Er sah zu, wie sie eine der Karten zusammenrollte und an die Seite legte. »Bis dahin könnte ich Ihnen die richtigen Karten heraussuchen.«

»Vielen Dank, aber ich habe heute nachmittag zu tun.« Olympia rollte eine andere Karte auseinander. »Vielleicht an einem anderen Tag in dieser Woche, wenn Ihnen das passen würde?«

»Natürlich, natürlich.« Torbert faltete erneut seine Hände hinter seinem breiten Rücken und wippte auf den Absätzen. »Miss Wingfield, ich nehme an, Sie werden sich auch Aldridges Sammlung ansehen?«

»Er war so freundlich, mir das Angebot zu machen.« Olympia runzelte die Stirn, als sie die neue Karte überprüfte.

»Ich denke, ich sollte die Gelegenheit nutzen und Ihnen einen Rat erteilen.«

»Ja?« Olympia blickte nicht auf.

Torbert hüstelte diskret. »Ich betrachte es als meine Pflicht, Sie davor zu warnen, Aldridge irgend etwas von den Nachforschungen zu erzählen, die Sie augenblicklich betreiben.«

»Wirklich?« Olympia sah ihn überrascht an. »Was wollen Sie damit sagen, Sir?«

Torbert blickte sich eilig in der Bibliothek um. Er wollte sichergehen, daß niemand in Hörweite war. Dann beugte er sich zu ihr hinüber. »Aldridge wäre durchaus imstande, eine junge Frau schamlos auszunutzen, Miss Wingfield.«

»Auszunutzen?« Olympia zog die Nase kraus. Torberts schweres Parfüm war einfach unerträglich. »Mich?«

Torbert blickte sie verwirrt an und fuhr zurück. »Nicht Sie persönlich, Miss Wingfield«, murmelte er. »Ihre Arbeit.«

»Ich verstehe.« Dieses Parfüm kam ihr irgendwie bekannt vor.

»Meine Liebe, es ist allseits bekannt, daß Sie sich auf die Untersuchung alter Legenden und der Bräuche fremder Völker spezialisiert haben.« Torbert kicherte verschwörerisch. »Und es ist eine Tatsache, daß diese Geschichten über alte Schätze, über die Sie im Magazin der Gesellschaft schreiben, oft ein Körnchen Wahrheit enthalten.«

»Stimmt.« Olympia zuckte leicht mit den Schultern und beugte sich erneut über die Karten. »Aber ich habe noch nie gehört, daß wirklich jemand einen echten Schatz gefunden hätte, Sir. Die Freude an den Nachforschungen ist Lohn genug.«

»Nur für diejenigen unter uns, die die geistige Größe besitzen, um solche Dinge würdigen zu können«, sagte Torbert geschliffen. »Andere, so fürchte ich, fühlen sich von billigem Gold und Juwelen weit mehr angezogen als von erhabenen Studien und Nachforschungen.«

»Wahrscheinlich haben Sie recht, Mr. Torbert, aber ich bezweifle, daß solche Menschen Mitglieder in einer gelehrten Gesellschaft wie der für Reisen und Forschung wären.«

»Bedauerlicherweise irren Sie sich in diesem Punkt, meine Liebe.« Torbert lächelte traurig. »Da die Menschen nun einmal so sind, gibt es auch in unserer Mitte eine gewisse Anzahl von rüden, ungehobelten Schatzsuchern.« Er richtete sich zu voller Größe auf. »Und ich bedaure, Ihnen sagen zu müssen, daß Aldridge einer von ihnen ist.«

»Ich werde mir Ihre Warnung merken.« Olympia runzelte die Stirn, als erneut ein Hauch seines Parfüms zu ihr herüberwehte. Beinahe hätte sie es erkannt. Sie wußte, daß sie genau denselben Geruch erst vor kurzer Zeit irgendwo wahrgenommen hatte. Vor sehr kurzer Zeit.

Letzte Nacht.

»Es ist wirklich sehr warm hier drinnen, nicht wahr?« Torbert zog sein Taschentuch hervor und wischte sich über die schweißbedeckte Stirn.

Olympia starrte das Leinentuch an. Es war genau das gleiche Taschentuch wie das, das sie und Jared im Garten gefunden hatten.

Die riesige mechanische Spinne krabbelte ruhelos über den Boden des Glaskastens. Sie hatte einen ruckartigen, unnatürlichen Gang, aber trotzdem war es ein faszinierender Anblick. Die Spinne verfolgte eine mechanische Maus, die sich mit ähnlich unausgewogenen Schritten bewegte.

Olympia stand neben Ethan, Hugh und Robert dicht vor dem Glas. Sie alle verfolgten gespannt die Jagd. Jared stand auf der anderen Seite und beobachtete die Spinne mit einem nachsichtigen Blick.

»Die ist wirklich riesig, nicht wahr?« Ethan blickte Olympia erwartungsvoll an. »Fürchtest du dich vor der Spinne, Tante Olympia?«

»Natürlich nicht.« Olympia blickte auf und sah seine Enttäuschung. »Weshalb sollte ich mich fürchten, wenn ihr drei da seid, um mich vor dem Biest zu beschützen?«

Ethan grinste zufrieden. »Vergiß nicht Mr. Chillhurst. Er wird dich auch beschützen. Nicht wahr, Mr. Chillhurst?«

»Ich werde mein Möglichstes tun«, versprach Jared leise.

»Es ist nur eine mechanische Spinne«, erklärte Robert mit der Verachtung, die nur ein Zehnjähriger aufbringen konnte. »Sie kann niemandem etwas tun, nicht wahr, Mr. Chillhurst?«

»Wahrscheinlich nicht«, sagte Jared. »Aber man kann schließlich nie wissen.«

»Das stimmt«, verkündete Ethan vergnügt. »Man kann nie wissen. Ich wette, wenn sie zum Beispiel aus dem Glaskasten klettert, gibt es eine ganz schöne Aufregung.«

Robert sah durch den Raum hinüber zu den anderen Besuchern, die die Bewegungen eines mechanischen Bären beobachteten. »Stellt euch nur einmal vor, was die Lady da drüben tun würde, wenn plötzlich eine eklige Spinne an ihrem Knöchel hinaufkrabbeln würde.«

»Ich wette, sie würde schreien«, sagte Hugh. Er bedachte den Riegel, mit dem der Glaskasten verschlossen war, mit einem prüfenden Blick.

Jared zog die Brauen hoch. »Am besten denkst du noch nicht einmal daran.«

Alle drei Jungen seufzten bedauernd und wandten sich dann wieder der Spinne zu.

Olympia blickte sich eilig um und ging dann zu Jared hinüber. Dies war die erste Gelegenheit, um mit ihm allein zu sprechen. Sie wollte ihm unbedingt von Torberts Taschentuch erzählen.

»Mr. Chillhurst, ich muß mit Ihnen sprechen.«

Er lächelte. »Stets zu Diensten, Miss Wingfield.«

»Allein.« Olympia ging in einen anderen Raum voller seltsamer Uhrwerke.

Jared folgte ihr lässig zu einer Vitrine, in der ein mechanischer Soldat stand. »Ja, Miss Wingfield?« Er drehte den Knopf am Boden der Vitrine. Der Soldat richtete sich auf und stand stramm. »Worum geht es?«

Sie warf ihm einen triumphierenden Seitenblick zu und tat so, als würde sie sich die Figur in dem Schaukasten ansehen. »Ich glaube, ich habe die Identität des Eindringlings herausgefunden. Vielleicht sogar die des Wächters höchstpersönlich.«

Jareds Hand erstarrte an dem Knopf. »Ach, ja?« fragte er teilnahmslos.

»Ja.« Unter dem Vorwand, den mechanischen Soldaten genauer betrachten zu wollen, beugte Olympia sich zu ihm hinüber. »Sie werden es nicht glauben, aber es ist niemand anders als Mr. Torbert.«

»Torbert?« Jared starrte sie an.

»Ich bin fast sicher, daß das Taschentuch, das wir letzte Nacht gefunden haben, Mr. Torbert gehört.« Olympia beobachtete, wie der mechanische Soldat sein kleines Gewehr anhob. »Er hat heute morgen in der Bibliothek der Gesellschaft für Reisen und Forschung ein Taschentuch benutzt, daß genauso aussah wie das von gestern abend.«

»Die meisten Taschentücher sehen sehr ähnlich aus«, bemerkte Jared trocken.

»Ja, aber seins hat genauso gerochen wie das, das wir gefunden haben.«

Jared runzelte leicht die Stirn. »Sind Sie sich sicher?«

»Ganz sicher.« Olympia sah, daß der mechanische Soldat das Gewehr anlegte. »Aber es gibt noch eine andere mögliche Erklärung.«

»Und die wäre?«

»Offensichtlich sind Torbert und Aldridge erbitterte Rivalen. Torbert gab sich heute morgen die größte Mühe, mich vor Aldridge zu warnen. Es wäre demnach durchaus möglich, daß Lord Aldridge absichtlich gestern abend Torberts Taschentuch in unserem Garten zurückgelassen hat.«

»Weshalb, um Himmels willen, sollte er das tun?«

Olympia bedachte ihn mit einem ungeduldigen Blick. »Natürlich in der Hoffnung, daß ich dann schlecht über ihn denke.«

»Das würde heißen, daß er davon ausgegangen ist, daß Sie in der Lage sind, Torberts Taschentuch zu identifizieren«, warf Jared ein.

»Ja, ich weiß, aber das habe ich ja auch getan.«

»Aldridge konnte aber nicht wissen, daß Sie es so leicht wiedererkennen würden. Nein, ich bezweifle ernsthaft, daß er irgend etwas mit der Sache zu tun hat.« Jared sah sie nachdenklich an. »Olympia, ich möchte nicht, daß du in diese Sache hineingezogen wirst.«

»Aber, Mr. Chillhurst –«

»Überlassen Sie alles mir.«

»Das kann ich nicht.« Olympia reckte das Kinn. »Es geht um meine Nachforschungen, Sir. Ich habe das Recht, das Tagebuch vor dem Wächter und vor allen anderen zu schützen, die hinter dem Schatz her sind.« Grübelnd nagte sie an ihrer Unterlippe. »Obgleich ich zugeben muß, daß ich mir Mr. Torbert nicht gerade als Teil einer Legende vorstellen kann. Ich glaube nicht, daß er etwas mit dem Wächter zu tun hat.«

»Verdammt, Frau«, knurrte Jared. »Ich werde dich vor Torbert, dem Wächter und allen anderen beschützen. Das heißt, wenn du überhaupt Schutz brauchst.«

Olympia starrte ihn überrascht an. »Was wollen Sie damit sagen, Sir? Natürlich müssen wir die nötigen Vorkehrungen treffen, um uns und das Tagebuch zu schützen.«

»Miss Wingfield, die Sache mit dem Taschentuch werden Sie mir überlassen. Ich werde dafür sorgen, daß Torbert begreift, daß es nicht noch einmal zu einem Vorfall wie dem in der letzten Nacht kommt.«

»Sie werden mit ihm sprechen?«

»Seien Sie versichert, daß er die Warnung verstehen wird.«

Olympia gab sich geschlagen. Zufrieden sagte sie: »Sehr gut, Sir, ich werde alles Ihnen überlassen.«

»Danke, Miss Wingfield. Nun, denn –«

Ehe Jared seinen Satz beenden konnte, drang die Stimme einer Frau durch das Gemurmel der Museumsbesucher.

»*Chillhurst.* Was, in aller Welt, machen Sie denn hier?«

Jareds Blick flog über Olympia hinweg zu jemandem, der hinter ihr auftauchte. »Verflucht.«

Olympia hatte kaum Zeit, um den eiskalten, rätselhaften Gesichtsausdruck zu deuten, den er aufsetzte, noch ehe die Frau weitersprach.

»Chillhurst, sind Sie's wirklich?«

Olympia drehte sich um und sah, wie eine ausgesprochene Schönheit quer durch den Raum auf sie zuglitt. Die Lady blieb vor Jared stehen und bedachte ihn mit einem kühlen Lächeln. In ihren strahlendblauen Augen spiegelte sich eine gewisse Amüsiertheit.

Während eines Augenblicks starrte Olympia die wunderhübsche Frau einfach nur an. Das platinblonde Haar war elegant unter einem äußerst geschickt aufgesetzten, zweifellos ungemein teuren, kleinen blauen Hut festgesteckt. Das himmelblaue Nachmittagskleid wurde durch einen dunkelblauen Spenzer ergänzt. Allein die farblich passenden Glacéhandschuhe hatten wahrscheinlich mehr gekostet als Olympias Kleid, Schuhe, Hut und Tasche zusammen.

Die Frau war nicht allein. Sie wurde von einer ebenso modisch gekleideten Lady in Gelb begleitet. Diese war zwar nicht so schön wie die Blondine, aber sie war von einer exotischen Attraktivität. Sie stellte einen herrlichen Kontrast zu ihrer Freundin dar. Das Haar, das unter ihrem federbesetzten Hut hervorlugte, war von einem tiefen, reichen Braun. Ihre Augen waren dunkel. Sie war etwas voller und gerundeter als ihre gertenschlanke Begleiterin.

»Ich wollte es einfach nicht glauben, als ich Sie eben entdeckte, Chillhurst«, sagte die blonde Frau. »Ich hatte zwar gehört, daß Sie in der Stadt seien, aber das hielt ich für ein Gerücht. Schließlich kommen Sie nie nach London.«

»Guten Tag, Demetria. Oder sollte ich lieber Lady Beaumont sagen?« Jared neigte mit kühler Höflichkeit den Kopf.

»Demetria reicht.« Sie blickte in Richtung ihrer Begleiterin. »Sie erinnern sich doch sicher an Constance?«

»Nur allzu gut.« Jared lächelte kühl. »Lady Kirkdale.«

»Chillhurst.« Constance, Lady Kirkdale, lächelte höflich. Ihr Blick wanderte zu Olympia.

Auch Demetria sah zu ihr hinüber. »Und wer ist Ihre kleine Freundin, Chillhurst? Es heißt, Sie leben mit ihr in einem Haus in der Ibberton Street. Aber auch das habe ich nicht geglaubt. Es paßt so überhaupt nicht zu Ihnen, sich auf eine solche Liaison einzulassen.«

»Lady Beaumont, Lady Kirkdale, gestatten Sie mir, Ihnen meine Frau vorzustellen.« Jareds Stimme klang unbewegt wie immer, aber der Blick, den er Olympia zuwarf, enthielt eine eindeutige Warnung.

Meine Frau.

Olympia bemerkte, daß ihr Mund offenstand. Sie klappte ihn wieder zu und riß sich zusammen. Schließlich war es ihre Idee gewesen, zu behaupten, sie und Jared seien verheiratet, wenn sie irgend jemandem begegnen würden, der Jared kannte. Sein Ruf stand auf dem Spiel.

Der arme Mann befolgte lediglich ihre Anweisungen. Sie mußte ihn also unterstützen.

»Sehr erfreut«, sagte sie brüsk.

»Wie faszinierend.« Demetria musterte Olympia, als sei sie eines der Ausstellungsstücke des Museums. »Was für eine Überraschung. Also hat Chillhurst schließlich doch seine Pflicht gegenüber seinem Titel erfüllt und eine Vicomtesse gefunden.«

Kapitel 10

»Vicomte?« Eine halbe Stunde nach dieser unerwarteten Begegnung stapfte Olympia in ihr Arbeitszimmer. Sie riß sich den Hut vom Kopf und wirbelte zu Jared herum. Endlich konnte sie ihn allein sprechen. Sie schäumte vor Wut. »Sie sind ein *Vicomte*?«

»Es tut mir leid, daß du die Wahrheit auf diese Weise erfahren hast, Olympia.« Jared schloß die Tür und legte den Riegel vor. Er sah Olympia mit demselben grimmigen, rätselhaften Blick an, mit dem er sie als seine Frau vorgestellt hatte. »Mir ist durchaus bewußt, daß ich dir eine Erklärung schulde.«

»Allerdings. Schließlich sind Sie mein Angestellter, Mr. Chillhurst.« Olympia runzelte die Stirn. »Ich meine, Mylord. Was auch immer. Verdammt. Anscheinend hätte ich doch auf Referenzen bestehen sollen. Ich nehme an, Sie haben auch meinem Onkel keine Empfehlungsschreiben vorgelegt, oder?«

»Hm, nicht direkt«, murmelte Jared. »Nein. Ich fürchte, nicht. Wissen Sie, er hat nicht danach gefragt.«

»Er hat Sie als Hauslehrer für meine Neffen eingestellt, ohne nach Ihren Referenzen zu fragen?« fragte Olympia ungläubig.

»Er hat mich nicht direkt als Hauslehrer eingestellt«, sagte Jared ruhig.

»Das wird ja immer schlimmer. Zu welchem Zweck hat er Sie genau eingestellt, Mylord?«

»Er hat mich überhaupt nicht eingestellt. Er bat mich, ihm einen Gefallen zu erweisen und seine Warensendung nach Upper Tudway zu begleiten.« Jared blickte sie an. »Eine Aufgabe, die ich sehr gut erfüllt habe, wenn ich mir die Bemerkung erlauben darf.«

»Unsinn.« Olympia warf den Hut auf das Sofa und ging um ihren

Schreibtisch herum. Sie fühlte sich immer stark und sicher, wenn sie an ihrem Schreibtisch saß. Sie nahm Platz und blickte Jared finster an. »Würden Sie wohl so freundlich sein und mir den Rest der Geschichte erzählen, Sir. Ich bin es allmählich leid, zum Narren gehalten zu werden.«

Irgend etwas flackerte in Jareds Blick auf. Es hätte Schmerz, aber auch genausogut Verärgerung sein können, Olympia war sich nicht ganz sicher. Was auch immer es war, es ließ Olympia erschaudern.

Jared setzte sich langsam, streckte die Füße von sich und stützte die Ellbogen auf die Lehnen des Mahagonistuhls. Er legte die Fingerspitzen nachdenklich aneinander. »Die ganze Sache ist ein wenig kompliziert.«

»Machen Sie sich deswegen keine Sorgen.« Olympia lächelte. Auch sie konnte durchaus ruhig und gelassen bleiben. »Ich bin mir sicher, daß ich intelligent genug bin, um das Wichtigste zu begreifen.«

Jareds Gesichtsausdruck wurde hart. »Zweifellos. Also gut, wo soll ich anfangen?«

»Natürlich am Anfang. Erzählen Sie mir, weshalb Sie sich mir gegenüber als Hauslehrer ausgegeben haben.«

Jared zögerte. Offenbar suchte er nach Worten. »Alles, was ich von meiner Begegnung mit deinem Onkel erzählt habe, stimmt, Olympia. Wir haben uns in Frankreich kennengelernt, und ich habe mich bereit erklärt, dir die Warensendung zu überbringen.«

»Weshalb haben Sie sich diese Mühe gemacht, wenn Sie gar keine Anstellung als Hauslehrer suchten?«

»Das Lightbourne-Tagebuch«, sagte Jared einfach.

Zum zweiten Mal an diesem Tag blieb Olympia vor Überraschung der Mund offenstehen. »Das Tagebuch? Sie wußten davon?«

»Ja, auch ich war auf der Suche danach.«

»Gütiger Himmel.« Olympia hatte das Gefühl, jeden Moment in Ohnmacht zu fallen. Sie lehnte sich in ihrem Stuhl zurück und versuchte nachzudenken. »Das erklärt natürlich alles.«

»Nicht ganz.«

»Sie waren dem Tagebuch auf der Spur, aber Onkel Artemis hat es vor Ihnen in die Hände bekommen. Also haben Sie es so arrangiert, daß Sie ihn kennenlernten. Stimmt es bis dahin?«

»Ja.« Jared begann mit den Fingern aneinanderzutrommeln. »Trotzdem –«

»Sie haben schnell herausgefunden, daß das Tagebuch Teil der Warensendung war, die an mich geschickt werden sollte. Also haben Sie eine Möglichkeit gesucht, die Sendung zu begleiten.«

Jared nickte. »Deine Cleverness überrascht mich immer wieder aufs neue, Olympia.«

Sie versuchte, das Kompliment zu ignorieren. Dies war nicht der richtige Zeitpunkt, um sich von honigsüßen Worten des Mannes, den sie liebte, einwickeln zu lassen. Sie durfte nicht vergessen, daß Jared sie bewußt getäuscht hatte. »Als Sie dann hier ankamen, fanden Sie schnell eine Möglichkeit zu bleiben. Offensichtlich erkannten Sie sofort, daß ich einen Hauslehrer brauchte.«

»Ihr Onkel hat mich auf diesen Gedanken gebracht«, gestand Jared. »Er sagte, du hättest in nur sechs Monaten bereits drei Hauslehrer gehabt.«

»Also haben Sie die Gelegenheit genutzt, um in der Nähe des Lightbourne-Tagebuchs zu bleiben.«

Jared musterte die Wand über ihrem Kopf. »Mir ist klar, daß du denken mußt, ich hätte dich deswegen getäuscht.«

»Ich nehme an, Sie fürchteten, das Tagebuch nicht selbst entziffern zu können, also wollten Sie abwarten, ob es mir vielleicht gelänge, das Geheimnis der Legende für Sie zu lüften.«

»Ich weiß, daß es so aussieht.«

Olympia runzelte nachdenklich die Stirn. »Wie sind Sie auf das Tagebuch gekommen, Mr. Chillhurst? Ich meine, Euer Lordschaft.«

»Jared reicht«, sagte er ruhig. »Der Grund, weswegen ich das Tagebuch gesucht habe, als ich deinem Onkel begegnete, ist der, daß es meiner Familie gehört.« Er zuckte leicht mit den Schultern. »Genau wie der Schatz, falls es ihn tatsächlich gibt.«

Olympia erstarrte. »Was soll das heißen, es gehört Ihrer Familie?«

»Claire Lightbourne war meine Urgroßmutter.«

»Nein.« Olympia fiel beinahe von ihrem Stuhl. »Ihre Urgroßmutter? Eine Gräfin? Aber in dem Tagebuch steht nichts von einem Titel.«

»Sie heiratete Jack Ryder, als er noch einfach Käpt'n Jack war. Er wurde erst einige Jahre später, nachdem er von den Westindischen Inseln nach England zurückgekehrt war, der Graf von Flamecrest. Die Familie spricht nicht gern darüber, aber in Wahrheit hat er den Titel mehr oder weniger gekauft.«

»Gütiger Himmel.«

»Es war damals überhaupt nicht schwierig, einen Titel zu kaufen«, erklärte Jared milde. »Man brauchte nur viel Geld und einen gewissen Einfluß. Jack Ryder hatte beides.«

»Ja, natürlich.« Olympia erinnerte sich an einige der Eintragungen, die sie in dem Tagebuch entdeckt hatte. Jack Ryder war als reicher Mann von den Westindischen Inseln zurückgekommen und hatte dann in England noch größere Reichtümer angehäuft.

»Nachdem er sich den Flamecrest-Titel gesichert hatte«, fuhr Jared fort, »erwarb mein Urgroßvater einen zweiten Titel, den des Vicomte Chillhurst, der vom Flamecrest-Erben getragen wird. In diesem Fall also von mir.«

Olympia war bereits ganz schwindlig von all den Überraschungen. »Sie sind der Erbe eines Grafentitels. Ihr Urgroßvater war Claire Lightbournes Mr. Ryder.« *Claires geliebter Mr. Ryder*, dachte Olympia.

»Ja.«

Mein geliebter Mr. Chillhurst.

Mit jeder neuen Enthüllung wurde Olympia verzweifelter. Sie hatte von Anfang an gewußt, daß ihr Mr. Chillhurst nicht lange bei ihr bleiben würde. Trotzdem konnte sie nicht leugnen, daß sie tief in ihrem Inneren gehofft hatte, ihn länger als nur ein paar kurze Wochen bei sich zu haben.

Ihr Traum endete zu schnell. Viel zu schnell. Sie mußte einen Weg finden, um ihn zu retten, selbst wenn es nur für ganz kurze Zeit wäre.

Und was war mit Jared, dachte sie mit zunehmender Verzweiflung. Sie konnte einfach nicht glauben, daß ihm die Leidenschaft, die sie geteilt hatten, nichts bedeutete, daß er sie auch in den Momenten getäuscht hatte, als sie in seinen Armen lag. Vielleicht liebte er sie nicht, aber er begehrte sie. Da war sie sich beinahe sicher.

Sie zwang sich, logisch nachzudenken. »Nun, kein Wunder, daß Sie das Tagebuch finden wollten, Lord Chillhurst. Sie haben eindeutig einen Anspruch darauf. Sicher haben Sie es seit Jahren gesucht. Sie müssen sehr verärgert gewesen sein, als Sie herausfanden, daß ich es als erste entdeckt hatte.«

»Chillhurst reicht vollkommen, wenn du dich schon nicht überwinden kannst, mich Jared zu nennen.«

»Wie auch immer.« Olympia rang sich ein fröhliches Lächeln ab. »Ich muß sagen, daß uns nun ganz neue Forschungsmöglichkeiten offenstehen.«

Jared blickte sie verwirrt an. »Ach ja?«

»Natürlich.« Olympia sprang auf die Füße und ging hinüber zum Fenster. Sie faltete die Hände hinter dem Rücken und blickte hinaus in den kleinen, mauerumrandeten Garten. Sie war im Begriff, ein kalkuliertes Risiko einzugehen, und sie wußte, daß sie größte Vorsicht walten lassen mußte.

»Ich verstehe nicht, was du damit sagen willst, Olympia.«

Olympia atmete tief ein. »Ihre Kenntnis von der Familiengeschichte könnte uns einige wichtige Hinweise geben, Sir. Sie könnte mir helfen, das Tagebuch zu entziffern.«

»Das bezweifle ich. Meine Kenntnis von der Familiengeschichte beschränkt sich auf eine Reihe von Räubergeschichten über Käpt'n Jack und seine lächerlichen Heldentaten.«

Olympia ballte die Fäuste. Sie mußte Jared dazu bewegen, sie mit ihrer Arbeit an dem Tagebuch weitermachen zu lassen. Es war schließlich die einzige Entschuldigung, die sie hatte, um mit ihm in Verbindung zu bleiben.

»Man kann nie wissen, Sir«, sagte sie. »Vielleicht kann ich ein paar der Informationen, die diese Geschichten enthalten, benutzen, um einige der seltsamen Sätze in dem Tagebuch zu entschlüsseln.«

»Meinst du?« Jared klang skeptisch.

»Ja, da bin ich mir ganz sicher.« Olympia wirbelte herum und blickte ihm ins Gesicht. »Ich bin durchaus bereit, mit meiner Arbeit an dem Tagebuch fortzufahren, Sir, und ich werde Ihnen gerne mitteilen, was ich herausfinde. Ich verstehe, daß das Geheimnis des versteckten Schatzes Ihrer Familie gehört.«

Jareds Miene verfinsterte sich. »Olympia, das Geheimnis des Lightbourne-Tagebuchs interessiert mich nicht im geringsten. Ich habe bereits versucht, dir das klarzumachen.«

»Natürlich interessiert es Sie«, beharrte sie auf ihrem Standpunkt. »Sie haben sich schließlich die größte Mühe gegeben, das Tagebuch zu finden und sich dann in meinen Haushalt einzuschleichen, um hinter das Geheimnis zu kommen. Ich möchte, daß Sie wissen, daß ich vollkommen verstehe, weshalb Sie mich getäuscht haben.«

»Ach ja?«

»Ja, und ich muß Ihnen sagen, daß ich Ihr Vorgehen für höchst clever halte, Sir. Es hätte hervorragend geklappt, wenn Sie nicht heute nachmittag Lady Beaumont begegnet wären.«

»Du bist die einzige, die auch noch eine Entschuldigung für mein Verhalten findet, Olympia.«

»Das ist wohl kaum eine Entschuldigung, Sir. Wenn ich die Sache genauer betrachte, erscheint mir Ihre Handlungsweise vollkommen logisch.«

»Du mußt dich doch fragen, warum ich mich nicht mit der Rolle des Hauslehrers begnügt habe«, sagte Jared leise, »weshalb ich dich auch noch verführt habe.«

Olympia verschränkte ihre Hände ineinander und hob den Kopf. »Nein, Mr. Chillhurst. Diese Frage stelle ich mir nicht.«

»Und warum nicht?« Jared erhob sich. »In deiner Situation würden sich die meisten Frauen diese Frage stellen.«

»Ich kenne die Antwort bereits.« Olympia war sich seiner Nähe deutlich bewußt.

»Ach ja? Und wie sieht diese Antwort aus, Olympia? Wie erklärst du mein Verhalten? Wir beide wissen nur allzu gut, daß ich mich nicht gerade wie ein Gentleman benommen habe. Die meisten Leute würden wohl sagen, daß ich dich ausgenutzt habe.«

»Das stimmt nicht.« Olympia blickte ihn finster an. »Wir haben uns gegenseitig ausgenutzt, Sir.«

Jared verzog schmerzlich das Gesicht. »Haben wir das?«

»Ja. Wir sind beide Menschen von Welt, Sir. Wir wußten genau, was wir taten. Wenn überhaupt jemanden eine Schuld trifft wegen der Dinge, die sich zwischen uns abgespielt haben, dann wohl mich.«

»Dich?« Er starrte sie verblüfft an.

Olympia errötete, aber sie hielt seinem Blick stand. »Sie sind ein vollkommener Gentleman, Sir, aber ich habe sofort gespürt, daß Sie zugleich ein äußerst leidenschaftlicher Mensch sind. Ich fürchte, ich habe dieses Wissen ausgenutzt.«

Jared räusperte sich. »Äußerst leidenschaftlich?«

»Das liegt bei Ihnen zweifellos in der Familie«, sagte Olympia freundlich. »Schließlich sind Sie ein Nachfahre von Mr. Ryder, und nach allem, was ich über ihn gelesen habe, war er in der Tat ein recht temperamentvoller Mann.«

»Erlaube mir die Bemerkung, daß du wahrscheinlich der einzige Mensch auf der Welt bist, der mich für einen leidenschaftlichen Mann hält, Olympia.« Jared lächelte wehmütig und zugleich amüsiert. »Tatsächlich halten mich die meisten Leute für todlangweilig.«

»Unsinn. Wer so etwas behauptet, kennt Sie nicht, Sir.«

»Meine gesamte Familie ist dieser Meinung. Und damit steht sie nicht allein da. Auch Lady Beaumont findet mich nicht gerade interessant.«

Olympia war kurzfristig abgelenkt. »Das bringt mich auf eine andere Sache, über die ich mit Ihnen sprechen möchte. Wer ist Lady Beaumont? Eine alte Freundin von Ihnen?«

Ohne ein Wort zu sagen, drehte sich Jared um und ging zurück zu Olympias Schreibtisch. Er lehnte sich gegen die Tischkante und kreuzte die Arme vor seiner Brust.

»Lady Beaumont war bis vor einiger Zeit noch Miss Demetria Seaton«, sagte er ohne ein Anzeichen von Gefühl. »Vor drei Jahren waren sie und ich für kurze Zeit miteinander verlobt.«

»Verlobt.« Aus irgendeinem Grund schockierte Olympia diese Neuigkeit mehr als alles andere, was bisher geschehen war. »Ich verstehe.«

»Ach ja?«

»Sie ist sehr schön.« Olympia versuchte, die aufkommende Panik zu unterdrücken.

Sie wußte nicht, wie sie mit der Erkenntnis, daß Jared die wunderbare Demetria einmal geliebt hatte, umgehen sollte. Bisher hatte sie niemals ernsthaft daran gedacht, daß es in seinem Leben andere Frauen gegeben hatte. Sie hatte gewußt, daß er nicht vollkommen ohne diesbezügliche Erfahrung war, aber sie hatte die Vorstellung immer erfolgreich verdrängt, daß er tatsächlich eine andere Frau geliebt haben könnte – *so sehr geliebt haben könnte, daß er sich mit ihr verlobt hatte.*

»Aus verschiedenen Gründen, mit denen ich dich heute nicht langweilen möchte, beschlossen Demetria und ich, daß wir nicht zueinander paßten«, sagte Jared.

»Oh.« Olympia wußte nicht, was sie sonst sagen sollte.

»Die Verlobung endete bereits kurz nach ihrer Bekanntgabe. Es gab nur sehr wenig Gerede, weil sich die ganze Sache auf meinem Familiensitz auf der Isle of Flame abspielte und nicht in London. Vor einem Jahr hat sie dann Beaumont geheiratet. Das ist alles.«

»Oh.« Olympia fiel auch dazu nichts weiter ein. Sie wußte instinktiv, daß mehr hinter dieser Sache steckte, aber sie wußte auch, daß sie kein Recht hatte, weiter in ihn zu dringen. »Nun, ich nehme an, das Ganze ist auch nicht so wichtig.«

»Genau.«

»Trotzdem«, fuhr sie fort, bemüht, bei wichtigeren Themen zu bleiben, »befinden wir uns in der unglücklichen Situation, daß Lady Beaumont Sie heute nachmittag erkannt hat.«

»Ich würde die Situation nicht unglücklich nennen«, sagte Jared. »Vielleicht etwas unangenehm.«

»Ja, nun, egal. Auf jeden Fall müssen wir eine Lösung für dieses Problem finden.«

»Ich hätte da einen Vorschlag.« Jared blickte sie eindringlich an.

»Ich auch.« Olympia begann in dem kleinen Arbeitszimmer auf und ab zu gehen. »Wir können nur eines tun.«

»Ach ja?«

»Natürlich. Wir müssen umgehend packen und nach Upper Tudway zurückkehren.«

»Wenn es das ist, was du möchtest, können wir das natürlich tun. Einfach die Stadt zu verlassen, ist jedoch keine Lösung.«

»Doch, das ist es.« Olympias Blick verriet unterdrückten Zorn. »Wenn wir uns beeilen, sind wir fort, bevor wir noch andere von Ihren Freunden oder Bekannten treffen. In Upper Tudway können Sie dann weiter den Hauslehrer spielen.«

»Ich glaube nicht –«

»Ich kann mit meiner Arbeit an dem Tagebuch fortfahren«, sagte sie, plötzlich wieder begeistert. »Alles wird wieder so sein, wie es war, ehe wir nach London gekommen sind.«

»Darf ich dich daran erinnern, daß es dein Vorschlag war, das Ehepaar zu spielen für den Fall, daß man uns zusammen entdecken würde?«

Olympia errötete. »Mir ist durchaus bewußt, daß das Ganze meine Schuld ist, Sir. Aber der Gerechtigkeit halber muß ich sagen, daß mein Plan bestens funktioniert hätte, wenn Sie das wären, als was Sie sich ausgegeben haben, ein einfacher Gentleman ohne Geld und ohne Titel. Es ist die Tatsache, daß Sie der Erbe eines Grafentitels sind, die die Dinge so kompliziert macht.«

»Ich weiß«, gestand Jared kleinmütig.

»Unsere Beziehung hätte niemanden auch nur im geringsten interessiert. Jetzt hingegen führen Ihr Titel und Ihre gesellschaftliche Stellung dazu, daß alle Welt über uns reden wird.«

»Das ist mir durchaus bewußt. Ich trage die Verantwortung für alles, was passiert ist.«

Olympia seufzte. »Machen Sie sich deswegen keine Vorwürfe, Sir. Wahrscheinlich war das Ganze einfach unvermeidlich in Anbetracht Ihrer Natur und Ihres Temperaments. Ein leidenschaftlicher

Mann läuft immer Gefahr, Gegenstand von Klatsch zu werden. Trotzdem glaube ich, daß die Gerüchte bald verstummen werden, wenn wir umgehend nach Upper Tudway zurückkehren.«

»Der Schaden ist nun einmal entstanden«, sagte Jared. »Wir haben uns als Lord und Lady Chillhurst ausgegeben. Da können wir kaum erwarten, daß sich das Gerede einfach wieder legt.«

»Das wird es, wenn Sie, sobald Sie das nächste Mal in London sind, einfach verlauten lassen, daß es sich um einen Scherz gehandelt hat«, sagte Olympia eilig.

Jared starrte sie an. »Du willst, daß ich das Ganze als einen Scherz abtue?«

»Es könnte funktionieren«, sagte Olympia ernsthaft. »Sie könnten ja erklären, daß ich einfach eine gute Freundin bin.«

»Eine Freundin?«

Olympia runzelte die Stirn. »Nun, vielleicht könnten Sie sagen, daß ich Ihre Geliebte oder so war. Ich weiß sehr wohl, daß Gentlemen ihre kleinen Freundinnen häufig in irgendwelchen Häusern hier in der Stadt verstecken. Das passiert die ganze Zeit.«

»Verflucht.« Jared richtete sich auf. »Und was ist mit deinem Ruf, Olympia?«

»Niemand kennt mich hier in London, und es ist höchst unwahrscheinlich, daß irgend jemand in Upper Tudway jemals etwas davon erfährt.« Olympia blieb stehen und begann auf den Zehen zu wippen. »Außerdem ist es mir relativ egal, ob die Leute davon erfahren. Ich habe Ihnen bereits gesagt, daß mir mein Ansehen nicht besonders wichtig ist.«

»Und was ist mit mir?« fragte Jared leise. »Ich muß auch an meinen Ruf denken.«

Olympia sah ihn unsicher an. »Ich glaube, Sie werden die ganze Sache recht schadlos überstehen.«

»So, meinst du.«

»Sie werden in Zukunft wohl nicht noch einmal eine Anstellung als Hauslehrer suchen«, bemerkte sie spitz. »Und niemand wird sich für die Lady interessieren, die Sie verführt haben. Schließlich bin ich kein Mitglied der besseren Gesellschaft. Und Sie selbst sind offensichtlich auch nicht gerade häufig in London. Sie brauchen also lediglich für ein paar Monate zu verschwinden.«

»Ich möchte dir eine andere Lösung vorschlagen, Olympia.«

»Ja? Was denn?«

»Ich schlage vor, wir machen die Sache einfach wahr. Wir könnten ohne Aufsehen mit einer Sondererlaubnis heiraten. Niemand braucht zu erfahren, wann genau die Eheschließung erfolgt ist.«

»Heiraten?« Olympias Mund war wie ausgetrocknet. »Dich?«

»Warum nicht? Das scheint mir eine äußerst logische Lösung für unser Problem zu sein.«

»Unmöglich.« Olympia erholte sich von dem Schock und ging eilig um ihren Schreibtisch herum. Sie ließ sich auf ihren Stuhl fallen und atmete tief ein. »Vollkommen unmöglich, Mr. Chillhurst. Ich meine, Mylord.«

Jared richtete sich auf und drehte sich zu ihr um. Er stützte beide Hände auf die Schreibtischplatte und beugte sich zu ihr hinüber. Sein Gesicht war wie versteinert.

»Warum nicht?« knurrte er.

Olympia fuhr zusammen. Dann blickte sie ihn aus zusammengekniffenen Augen an. Sie war nicht bereit, sich von ihm einschüchtern zu lassen. »Zum einen sind Sie schließlich ein Vicomte.«

»Und?«

Diese Antwort verblüffte Olympia. »Ich bin wohl kaum die passende Frau für Sie.«

»Diese Entscheidung mußt du schon mir überlassen.«

Sie blinzelte. »Sie bitten mich doch nur, Sie zu heiraten, weil wir uns in dieser unangenehmen Situation befinden.«

»Ich hätte dich sowieso irgendwann gebeten, meine Frau zu werden, Olympia.«

»Es ist sehr freundlich von Ihnen, so etwas zu sagen, Mylord, aber Sie müssen schon entschuldigen, wenn ich Ihnen nicht ganz glaube.«

»Wollen Sie etwa behaupten, ich sei ein Lügner, Miss Wingfield?«

Sie holte tief Luft. »Nicht direkt. Sie benehmen sich einfach wie der perfekte Gentleman, der Sie nun einmal sind.«

»Verflucht.«

»Das habe ich auch nicht anders erwartet«, beruhigte sie ihn. »Trotzdem werde ich nicht zulassen, daß Sie eine nicht gewollte Ehe eingehen, wenn ein solches Opfer nicht unbedingt erforderlich ist.«

»Ich versichere Ihnen, Miss Wingfield, ich will diese verdammte Heirat. Sie in meinem Bett zu haben, wird mich mehr als genug für die Opfer entschädigen, die ich möglicherweise bringe.«

Olympia spürte, wie sie hochrot anlief. »Sir, Sie lassen sich mal wieder von Ihrem Temperament hinreißen. Leidenschaft als solche ist schön und gut, aber sie ist wohl kaum ein ausreichender Grund für eine Heirat.«

»Da muß ich Ihnen widersprechen, Miss Wingfield.« Ohne Vorwarnung nahm Jared ihr Gesicht zwischen beide Hände. Er neigte den Kopf und küßte sie heftig.

Olympia war so überrascht, daß sie noch nicht einmal Widerstand leistete. Ihr Mund öffnete sich unter seinen Lippen, und sie zitterte, wie sie es immer tat, wenn Jared sie küßte. Die vertraute Wärme breitete sich in ihr aus. Sie seufzte leise.

Jared ließ sie los und trat mit einem zufriedenen Ausdruck zurück. »In Anbetracht der Leidenschaft, die wir beide füreinander empfinden, sollten wir sehr gut miteinander zurechtkommen, Miss Wingfield.«

Er wandte sich in Richtung der Tür.

Olympia schluckte hart, ehe sie sprechen konnte. »Warten Sie, Sir. Wo wollen Sie hin?«

»Ich werde eine Sonderheiratserlaubnis einholen und Vorkehrungen für eine Heirat ganz im stillen treffen. Am besten bereiten Sie sich schon einmal auf die Hochzeitsnacht vor, Miss Wingfield.«

»Also hören Sie, Mr. Chillhurst, ich meine Lord Chillhurst. Genaugenommen sind Sie immer noch mein Angestellter. Sie können nicht einfach irgendwelche Anweisungen erteilen.«

Jared legte den Riegel um und öffnete die Tür. Er blickte sich kurz zu ihr um. »Falls Sie es noch nicht bemerkt haben sollten, Miss Wingfield, ich habe Ihren Haushalt seit dem Tag geführt, an dem ich bei Ihnen ankam. Zudem habe ich einfach ein gewisses Talent für solche Dinge.«

»Das ist mir durchaus bewußt, Sir, aber –«

»Es besteht kein Grund, daß Sie sich gerade jetzt um die lästigen Kleinigkeiten des Alltags kümmern sollten, Miss Wingfield. Solche Dinge sind nichts für Sie. Überlassen Sie einfach alles mir.«

Jared ging hinaus und schloß die Tür mit solchem Schwung, daß sie in den Angeln erzitterte.

Olympia wollte aufstehen, ließ sich dann jedoch einfach mit einem Stöhnen auf ihren Stuhl zurückfallen. Obwohl sie Jareds Hitzköpfigkeit und Arroganz bisher noch nie erlebt hatte, wußte sie, daß sie nicht davon überrascht sein sollte. Sie paßte hervorragend zu seinem äußerst leidenschaftlichen Wesen.

Trotzdem konnte sie ihm nicht gestatten, sein unglaubliches Vorhaben, sie zu heiraten, in die Tat umzusetzen. Schließlich wurde der Mann von Leidenschaft und Ehrgefühl getrieben und nicht von wahrer Liebe.

Er würde seinen spontanen Entschluß noch bereuen, sagte sie sich traurig. Irgendwann würde er sie nicht mehr begehren, und sie würde mit einem gebrochenen Herzen enden.

Sie mußte ihn vor seiner eigenen Leidenschaft retten, dachte Olympia. Sie liebte ihn viel zu sehr, um zuzulassen, daß er sie wirklich heiratete.

Außerdem war schließlich alles ihre Schuld. Also war sie auch diejenige, die alles wieder in Ordnung bringen mußte.

Kurz vor dem Abendessen klopfte es an Jareds Schlafzimmertür. Er hatte sich gerade an den kleinen Schreibtisch gesetzt, um einen Brief an seinen Vater zu schreiben.

»Herein.«

Er blickte auf, als sich die Tür öffnete und Robert, Ethan und Hugh hereinkamen. Minotaurus erschien am Ende der kleinen Prozession.

Jared sah in die entschlossenen Gesichter der drei Jungen und legte den Federkiel beiseite. Er wandte sich leicht um und legte einen Arm auf die Rückenlehne seines Stuhls.

Robert richtete sich auf. »Guten Abend, Sir.«

»Guten Abend. Gibt es etwas, worüber ihr mit mir sprechen möchtet?«

»Ja, Sir.« Robert atmete tief ein. »Wir sind gekommen, um zu fragen, ob das, was Mrs. Bird sagt, wahr ist.«

Jared unterdrückte einen Fluch. »Was genau sagt sie denn?«

Ethans Augen blitzten vor Aufregung. »Sie sagt, daß Sie ein Vicomte sind, Sir. Kein Hauslehrer.«

Jared sah ihn an. »Das stimmt zur Hälfte. Ich bin ein Vicomte, aber ich glaube, ich habe auch als Hauslehrer hier bei euch ganz gute Arbeit geleistet.«

Ethan blickte verwirrt zu seinen Brüdern. »Tja, nun. Sie sind ein sehr guter Hauslehrer, Sir.«

Jared neigte den Kopf. »Vielen Dank.«

Hugh runzelte besorgt die Stirn. »Die Sache ist die, Sir, werden

Sie weiterhin unser Hauslehrer bleiben, jetzt, wo Sie ein Vicomte sind?«

»Ich beabsichtige, eure Studien auch weiterhin zu überwachen«, sagte Jared.

Hugh entspannte sich ein wenig. »Sehr gut, Sir.«

»Wirklich.« Ethan grinste. »Das sind gute Neuigkeiten, Sir. Wir wollen keinen anderen Hauslehrer.«

Robert bedachte die beiden jüngeren Brüder mit einem finsteren Blick. »Deswegen sind wir nicht hierhergekommen.«

»Weshalb seid ihr dann gekommen, Robert?« fragte Jared ruhig.

Robert ballte die Faust, doch dann sprudelten die Worte nur so aus ihm heraus. »Mrs. Bird sagt, daß Sie Tante Olympia verführt haben, und daß Sie nun bekommen haben, was Sie wollten, und daß jetzt die ganze Stadt weiß, wer Sie wirklich sind, und daß Sie bald verschwinden werden wegen dem Skandal, den es geben wird, wenn die Leute herausfinden, daß Sie nicht wirklich mit Tante Olympia verheiratet sind.«

»Entschuldigen Sie, Sir«, sagte Ethan, noch ehe Jared antworten konnte. »Aber was heißt das, Sie haben Tante Olympia verführt?«

Robert blickte ihn böse an. »Sei ruhig, du Idiot.«

»Ich hab' ja nur gefragt«, murmelte Ethan.

»Mrs. Bird sagt, Sie haben sie ruiniert«, sagte Hugh zu Jared. »Aber als ich Tante Olympia kürzlich gefragt habe, ob sie ruiniert ist, hat sie gesagt, daß sie sich sehr wohl fühlt.«

»Freut mich zu hören«, sagte Jared.

»Ich glaube, es steckt mehr dahinter, Sir.« Robert stapfte unbehaglich von einem Fuß auf den anderen. »Mrs. Bird sagt, daß Sie Tante Olympia heiraten müssen, aber daß Sie das wahrscheinlich nicht tun werden.«

»Ich fürchte, da irrt sich Mrs. Bird«, sagte Jared. »Ich habe eure Tante bereits gefragt, ob sie mich heiraten will.«

»Ja?« Robert starrte ihn verwirrt an, doch dann blitzte Hoffnung in seinen Augen auf. »Sir, wir wissen nicht genau, was vor sich geht, aber wir wollen nicht, daß Tante Olympia irgend etwas passiert. Wissen Sie, sie war sehr nett zu uns.«

Jared lächelte. »Sie war auch zu mir sehr nett. Und ich habe die Absicht, dafür zu sorgen, daß ihr bestimmt nichts passiert.«

»Ich verstehe.« Robert grinste erleichtert. »Wenn Sie sich um sie kümmern, ist ja alles in Ordnung.«

»Nun«, sagte Jared langsam. »Es gibt da noch ein kleines Problem, aber ich bin sicher, daß ich das noch beseitigen kann.«

In Roberts Gesicht spiegelte sich erneut Besorgnis. »Was für ein Problem, Sir? Vielleicht können wir Ihnen ja helfen.«

»Ja, wir helfen Ihnen«, sagte Hugh eifrig.

»Sagen Sie uns nur, was wir tun sollen«, fügte Ethan hastig hinzu.

Jared streckte die Beine aus, lehnte sich zurück und stützte die Ellbogen auf die Stuhllehnen. Er legte die Fingerspitzen aneinander. »Ich habe eure Tante gebeten, mich zu heiraten, aber sie hat bis jetzt noch nicht zugestimmt. Ich fürchte, die ganze Sache ist noch etwas in der Schwebe, bis sie mir ihr Jawort gibt.«

Ethan, Hugh und Robert tauschten besorgte Blicke aus.

»Die Sache eilt natürlich ein wenig«, fuhr Jared fort. »Eure Tante sollte sich wirklich entschließen, mich so schnell wie möglich zu heiraten.«

»Wir werden mit ihr sprechen«, sagte Hugh sofort.

»Ja«, pflichtete Ethan ihm bei. »Ich bin mir sicher, daß wir sie überreden können, Sie zu heiraten, Sir. Mrs. Bird sagt, nur eine Verrückte würde sich unter diesen Umständen weigern zu heiraten.«

»Tante Olympia ist nicht wirklich verrückt«, beruhigte Robert Jared. »Nur manchmal etwas geistesabwesend. Wissen Sie, eigentlich ist sie sogar ziemlich intelligent. Ich bin sicher, daß wir sie dazu bringen, Sie zu heiraten.«

»Hervorragend.« Jared beugte sich wieder über seinen Schreibtisch und griff nach dem Federkiel. »Dann macht euch mal an die Arbeit. Ich sehe euch beim Abendessen.«

»Ja, Sir.« Robert verbeugte sich und ging den anderen voran zur Tür.

»Wir werden die Sache für Sie regeln, Sir«, sagte Ethan zu Jared. Er verbeugte sich eilig und eilte Robert nach.

»Machen Sie sich keine Sorgen, Sir«, sagte Hugh zuversichtlich. »Tante Olympia ist meistens sehr vernünftig. Wir kriegen sie bestimmt dazu, Sie zu heiraten.«

»Danke, Hugh. Ich weiß eure Hilfe zu schätzen«, sagte Jared ernst.

Minotaurus erhob sich, wedelte mit dem Schwanz und trottete den Jungen hinterher.

Jared wartete, bis die Tür hinter seinen treuen Gefolgsleuten ins Schloß gefallen war, und dann machte er sich erneut an den Brief.

Sir,

Wenn Sie diesen Brief erhalten, werde ich bereits mit Miss Olympia Wingfield aus Upper Tudway verheiratet sein. Ich kann nur sagen, daß sie die passende Frau für mich ist.

Leider ist es unmöglich, die Hochzeit auf einen späteren Zeitpunkt zu verschieben, an dem Sie an der Feier teilnehmen könnten. Ich freue mich aber bereits darauf, Ihnen meine Braut schnellstmöglich vorzustellen.

Ihr ergebener
Jared

Als Jared den Brief versiegeln wollte, klopfte es an der Tür.

»Herein.«

Die Tür öffnete sich, und Mrs. Bird kam herein. Sie blieb stehen und funkelte Jared kampflustig an. »Ich bin gekommen, um selbst zu seh'n, was hier eigentlich los ist.«

»Ach ja?«

»Stimmt es, was Sie den Jungs erzählt ham? Ham Sie Miss Olympia wirklich gebeten, Sie zu heiraten?«

»Ja, Mrs. Bird. Auch wenn es Sie nichts angeht.«

Die Haushälterin blickte ihn kurz verwirrt an. Dann jedoch kehrte ihr altes Mißtrauen zurück. »Wenn Sie Miss Olympia gefragt ham, ob sie Ihre Frau werden will, warum benimmt sie sich dann nich' wie eine Frau, die kurz davor steht zu heiraten?«

»Wahrscheinlich, weil sie meinen Antrag abgelehnt hat.«

Mrs. Bird starrte ihn entgeistert an. »Sie hat ihn abgelehnt?«

»Ich fürchte, ja.«

»Das is' mal wieder typisch.« Mrs. Bird schüttelte den Kopf. »Diese junge Lady hat manchmal wirklich seltsame Vorstellungen. Is' nich' ihre Schuld. Miss Sophy und Miss Ida haben sie in mancher Hinsicht eigenartig erzogen. Trotzdem muß sie zur Vernunft gebracht werden.«

»Ich vertraue darauf, daß Ihnen das sicher gelingen wird, Mrs. Bird.« Jared hielt ihr den Brief hin. »Übrigens, könnten Sie wohl bitte dafür sorgen, daß dieses Schreiben abgeschickt wird?«

Langsam nahm ihm Mrs. Bird den Brief aus der Hand. »Sin' Sie wirklich ein echter Vicomte?«

»Ja, Mrs. Bird, das bin ich.«

»Dann sorgen wir am besten dafür, daß Miss Olympia Sie heiratet, bevor Sie sich's anders überlegen. Was Besseres als 'n Vicomte wird sie wohl nich' kriegen.«

»Es freut mich, daß Sie die Sache so sehen, Mrs. Bird.«

Kapitel 11

Olympia legte ihren Füllfederhalter beiseite und starrte nachdenklich auf den geheimnisvollen Satz, den sie soeben mit viel Mühe entschlüsselt hatte.

Suche das Geheimnis unter der wogenden See der Sirene.

Es ergab keinen Sinn, ebensowenig wie die Warnung vor dem Wächter einen Sinn ergab. Aber Olympia war sich sicher, daß es sich um einen weiteren Teil des Rätsels handelte.

Ehe sie jedoch das Problem genauer überdenken konnte, klopfte es an der Tür des Arbeitszimmers.

»Herein«, rief sie abwesend, in Gedanken immer noch bei dem neuen Hinweis.

Die Tür öffnete sich, und herein kamen Mrs. Bird, Robert, Ethan, Hugh und Minotaurus. Alle fünf bauten sich nebeneinander vor ihrem Schreibtisch auf.

Als Olympia endlich vom Lightbourne-Tagebuch aufsah, blickte sie in eine Reihe entschlossener Gesichter. Sie lächelte amüsiert.

»Hallo«, sagte sie. »Gibt es irgendein Problem?«

»Ja«, erwiderte Mrs. Bird. »Es gibt ein Problem.«

Robert, Ethan und Hugh nickten zustimmend.

»Vielleicht wenden Sie sich besser an Mr. Chillhurst«, empfahl Olympia. Sie dachte immer noch über den eigenartigen Satz nach, den sie gerade entdeckt hatte. »Er ist ein Meister im Lösen von Problemen.«

»Sie vergessen, daß er jetzt der Vicomte Chillhurst is'«, sagte Mrs. Bird brüsk.

»Ja, Tante Olympia«, unterstützte Ethan die Haushälterin. »Du mußt ihn jetzt mit Euer Lordschaft anreden.«

»Oh, ja. Du hast vollkommen recht. Ich war in Gedanken gerade mal wieder ganz woanders. Also gut, wendet euch mit eurem Problem an Seine Lordschaft.« Olympia lächelte zerstreut. »Ich bin sicher, daß er eine Lösung für euer Problem finden wird. Das tut er immer.«

Robert richtete sich auf. »Verzeihung, Tante Olympia, aber du bist das Problem.«

»Ich?« Olympia sah Mrs. Bird fragend an. »Was soll das heißen?«

Mrs. Bird stemmte die Hände in die breiten Hüften und blickte ihre Arbeitgeberin entschlossen an. »Dieser verfluchte Pirat sagt, daß er Sie gebeten hat, seine Frau zu werden.«

Plötzlich war Olympia äußerst wachsam. »Ja, und?«

»Außerdem sagt er, daß Sie seinen Antrag noch nich' angenommen ham«, fuhr Mrs. Bird fort.

Olympia bedachte sie mit einem nachsichtigen Lächeln. »Ich kann wohl kaum einen Vicomte heiraten, oder?«

»Warum nicht?« wollte Robert wissen.

»Ja, warum nicht?« echote Ethan.

Olympia runzelte die Stirn. »Nun, er ist ein *Vicomte*. Eines Tages wird er ein Graf sein. Er braucht eine passende Frau und nicht jemanden wie mich.«

»Was ist an dir denn unpassend?« fragte Hugh. »Ich finde dich gut so, wie du bist.«

»Ja, du bist eine sehr nette Frau«, sagte Robert treuherzig.

»Außerdem sin' Sie diejenige, die von Seiner Lordschaft ruiniert wurde, Miss Olympia«, murmelte Mrs. Bird. »Un' Sie sin' auch diejenige, die er heiraten will.«

»Ich habe Mr. Chillhurst, ich meine Lord Chillhurst, bereits erklärt, daß du kein bißchen ruiniert bist«, sagte Ethan. »Ich habe ihm erklärt, daß du dich durchaus wohl fühlst, aber er denkt immer noch, daß du ihn heiraten solltest.«

»Das stimmt«, pflichtete Hugh ihm bei. »Und wir denken auch, daß du ihn heiraten solltest, Tante Olympia. Wenn du es nicht tust, könnte er auf den Gedanken kommen, uns zu verlassen, und dann brauchen wir einen neuen Hauslehrer. Wir finden bestimmt niemanden, der so viel über Käpt'n Jack weiß und wie man die Breite eines Bachs mißt, ohne drüberzugehen, und warum ein Drachen fliegen kann.«

»Es ist eine Frage der Ehre«, sagte Robert finster.

Olympia durchfuhr erneut einer der unangenehmen Schauder, die sie bereits den ganzen Tag verspürt hatte.

Sie als Frau von Welt hegte zwar kein besonderes Interesse an der Wahrung ihres eigenen Rufs, aber es ließ sich nicht leugnen, daß Jared ein stolzer Mann war. Seine Ehre war ihm gewiß sehr wichtig. Wenn er also wirklich der Überzeugung war, daß er sie aus seinem Ehrgefühl heraus heiraten mußte, blieb ihr wohl kaum eine Wahl.

»Wer hat gesagt, daß es eine Frage der Ehre ist?« fragte sie vorsichtig. »Hat Chillhurst das gesagt?«

»Ich habe Master Robert gesagt, daß es eine Frage der Ehre ist«, sagte Mrs. Bird. »Das is' eine Tatsache, und das wissen Sie, Miss Olympia.«

Olympia blickte in die erwartungsvollen Gesichter ihrer Neffen. »Vielleicht sollten wir diese Unterhaltung unter vier Augen fortführen, Mrs. Bird.«

»Nein«, sagte Robert eilig. »Wir haben Seiner Lordschaft gesagt, daß wir alle mit dir über diese Sache sprechen würden.«

Olympia sah Robert fragend an. »Ach ja?«

»Ja, und er scheint recht froh darüber zu sein, daß wir ihm helfen«, versicherte er ihr.

»Ich verstehe.« Olympia richtete sich in ihrem Stuhl auf. Wenn Jared zu derartigen Taktiken griff, konnte das nur heißen, daß er fest entschlossen war, sie dazu zu bewegen, sich seinem Willen zu beugen.

Mrs. Bird schien zu begreifen, daß die Dinge eine neue Wendung genommen hatten. Nachdem sie Olympia einmal scharf angesehen hatte, scheuchte sie die Jungen hinaus. »In Ordnung. Ihr habt gesagt, was ihr sagen wolltet. Jetzt nichts wie fort mich euch. Ich werde alles weitere mit Miss Olympia besprechen.«

Robert blickte sie skeptisch an. »Aber Sie rufen uns, wenn Sie uns brauchen, ja, Mrs. Bird?«

»Ja, mach' ich. Jetzt aber raus.«

Die drei Jungen verbeugten sich artig und marschierten, Minotaurus im Schlepptau, aus dem Zimmer. Sobald sich die Tür hinter der kleinen Gruppe geschlossen hatte, ertönte draußen das wilde Getrampel von Jungenfüßen und das Kratzen von Hundepfoten.

Olympia hörte, wie die Kinder die Treppe hinaufstürzten und oben den Flur entlangrannten. Niemand veranstaltete jemals einen solchen Lärm, wenn Jared in der Nähe war, dachte sie.

»Ich nehme an, Seine Lordschaft ist nicht zu Hause?« sagte Olympia.

»Nein, Miss Olympia, Seine Lordschaft ist heute nachmittag ausgegangen.« Mrs. Bird reckte den Kopf. »Sagte, er hätte was Wichtiges zu erledigen. Würde mich nich' überraschen, wenn er mit 'ner Sonderheiratserlaubnis zurückkäme.«

»Oje.« Olympia klappte das Tagebuch zu und lehnte sich in ihrem Stuhl zurück. »Was soll ich bloß machen, Mrs. Bird?«

»Heiraten Sie den Mann.«

»Das kann ich nicht.«

»Weil Sie denken, daß Sie keine passende Vicomtesse für ihn wären?«

»Nein, ich nehme an, ich könnte lernen, wie man sich als Vicomtesse zu verhalten hat. Das kann schließlich nicht so schwer sein.«

»Warum heiraten Sie ihn denn dann nich'?«

Olympia blickte zum Fenster hinaus. »Ich kann ihn nicht heiraten, weil er mich nicht liebt.«

»Bah. Ich hab' mir schon gedacht, daß es so was is'. Jetzt hör'n Sie mir mal zu, Miss Olympia. Liebe is' nicht der wichtigste Grund fürs Heiraten.«

»Da bin ich anderer Meinung, Mrs. Bird«, sagte Olympia kühl. »Ich kann mir einfach nicht vorstellen, einen Mann zu heiraten, der mich nicht liebt.«

»Offenbar ham Sie ja auch nichts dagegen, ein Verhältnis mit ihm zu haben«, schoß Mrs. Bird zurück.

Olympia zuckte zusammen. »Sie verstehen das nicht«, murmelte sie.

»Und ob ich das verstehe. Wann lernen Sie endlich mal, praktisch zu denken? Woll'n Sie wissen, was Ihr Problem is'?« Mrs. Bird beugte sich angriffslustig vor. »Sie ham so viele Jahre mit diesen dummen Büchern verbracht, komische Legenden ausgegraben und seltsame Bräuche studiert, daß Sie verpaßt ham zu lernen, in den wichtigen Dingen des Lebens auch mal logisch zu handeln.«

Olympia rieb sich die Stirn. Sie hatte bereits den ganzen Nachmittag Kopfweh. Das hatte sie sonst nie. »Er hat mich nur gebeten, seine Frau zu werden, weil seine Verlobte uns gestern zusammen in Winslows Mechanischem Museum gesehen hat.«

»Verlobte.« Mrs. Bird sah sie empört an. »Dieser verfluchte Pirat hat 'ne Verlobte? Er ist drauf und dran, Sie zu ruinieren, während er irgendwo eine Verlobte versteckt hält?«

»Nein, nein, sie ist inzwischen Lady Beaumont.« Olympia seufzte. »Ich glaube, die Verlobung wurde vor etwa drei Jahren gelöst.«

»Warum?« fragte Mrs. Bird geradeheraus.

»Sie paßten nicht zueinander.«

»Hah. Ich wette, da steckt mehr dahinter.« Mrs. Bird hatte ein seltsames Glitzern in den Augen. »Würde bestimmt nich' schaden, rauszufinden, was sich vor drei Jahren zwischen Seiner Lordschaft und dieser Verlobten abgespielt hat.«

»Wozu?« Olympia bedachte sie mit einem fragenden Blick. »Das geht mich nun wirklich nichts an.«

»Da wär' ich mir an Ihrer Stelle nich' so sicher. Seine Lordschaft ist ein höchst ungewöhnlicher Mann, wenn Sie mich fragen. 'türlich sin' feine Leute oft 'n bißchen seltsam, aber Lord Chillhurst is' der eigenartigste Mensch, der mir je begegnet is'.«

»Sie kennen doch sonst gar keine feinen Leute, wie Sie sie nennen, Mrs. Bird. Woher wollen Sie denn wissen, wie sich diese Menschen normalerweise verhalten?«

»Ich weiß, daß es sich nich' gehört, wenn einer von ihnen behauptet, ein Hauslehrer zu sein un' es in Wirklichkeit gar nich' is'«, erwiderte Mrs. Bird.

»Chillhurst hatte seine Gründe.«

»Ach ja?« Mrs. Bird runzelte die Stirn, als Olympia sich erneut über die Augen fuhr. »Was is' mit Ihnen? Ham Sie Kopfschmerzen?«

»Ja. Vielleicht sollte ich nach oben gehen und mich ein wenig hinlegen.«

»Ich hole Ihnen etwas von meinem Kampfer un' meinem Ammoniakwasser. Wirkt wahre Wunder, das Zeug.«

»Vielen Dank.« Olympia war alles recht, was sie von Mrs. Bird befreite. Sie wollte keine weiteren Gründe für eine Ehe mit Jared aufgezählt bekommen. Es war bereits schwierig genug, nicht einfach ihrem Herzen zu folgen. Also erhob sie sich.

Gerade als sie hinter ihrem Schreibtisch hervorkommen wollte, ertönte ein lautes Klopfen an der Haustür, und Minotaurus' unterdrücktes Bellen drang von oben herunter.

»Ich wette, das is' Seine Lordschaft. Wahrscheinlich kann er sich nich' mehr selbst die Tür öffnen, jetzt wo er ein Vicomte is'.« Mrs. Bird eilte hinaus in die Eingangshalle. »Die feinen Leute sind ein arroganter Haufen.«

Olympia rechnete aus, wie weit es bis zur Treppe war. Wenn sie sich beeilte, könnte sie es bis in ihr Schlafzimmer schaffen, ehe Jared versuchte, sie in ihrem Arbeitszimmer erneut zu bedrängen.

Während sie auf Zehenspitzen zur Tür schlich, hörte sie, wie jemand im Eingang sprach. Sie erstarrte, als sie zwei der drei Stimmen erkannte.

»Ich werde nachsehen, ob die gnädige Frau zu Hause ist«, sagte Mrs. Bird in einem Ton, den Olympia noch nie von ihr gehört hatte. Er enthielt ein vollkommen neues Element stolzer Herablassung.

Einen Augenblick später erschien Mrs. Bird in der Tür zum Arbeitszimmer. Ihr Gesicht war vor Aufregung gerötet. »Zwei Ladys und ein Gentleman wünschen Sie zu sprechen«, zischte sie. »Sie haben nach dem Vicomte Chillhurst gefragt. Die denken, Sie wären bereits mit Seiner Lordschaft verheiratet.«

»Ich weiß. Verdammt. Das mußte ja so kommen.«

»Ich hab' sie in den Besuchersalon gesteckt.«

»Sagen Sie ihnen, ich sei krank, Mrs. Bird.«

Mrs. Birds Haltung glich der eines Generals, der in die Schlacht zieht. »Sie müssen sie schon empfangen, sonst wundern sie sich bestimmt, was los is'. Wir werden schon mit ihnen fertig.«

»Nicht ohne Chillhurst.«

»Oh, doch.« Mrs. Bird nickte resolut. »Wir tun einfach so, als ob Sie die Vicomtesse wären. Das werden die nie merken.«

»Gütiger Himmel, was für ein Durcheinander. Ich weiß einfach nicht, was ich machen soll, Mrs. Bird.«

»Keine Sorge. Ich kümmere mich schon um alles. Oh, hier, der Gentleman hat mir ihre Visitenkarten gegeben.«

»Zeigen Sie mal.« Olympia nahm die Karten, warf einen kurzen Blick darauf und stöhnte. »Lady Beaumont, Lady Kirkdale und jemand namens Gifford Seaton.«

»Ich mach' jetzt erst mal Tee«, sagte Mrs. Bird. »Nur keine Aufregung. Ich werd' schon dran denken, Sie vor Ihren Gästen mit gnädige Frau anzusprechen.«

Ehe Olympia sie aufhalten konnte, war sie bereits aus dem Zimmer gesegelt.

Mit einer dunklen Vorahnung ging Olympia langsam durch den Flur in Richtung des Besuchersalons. Sie wünschte sich, es würde ein Wunder geschehen und Jared stünde plötzlich da, um ihr die Sache abzunehmen. Er war immer so geschickt, wenn es darum ging, irgendwelche peinlichen Situationen zu meistern.

Plötzlich kam ihr ein entsetzlicher Gedanke. Wenn es ihr nicht gelänge, ihn dazu zu bewegen, ihre romantische Liaison fortzuführen, würde er wahrscheinlich wirklich gehen, und sie wäre gezwungen, mit all diesen lästigen Unterbrechungen ihres Alltags allein fertig zu werden.

Natürlich wäre das ihr geringstes Problem, dachte sie düster. Wenn Jared sie verließe, würde ihr das das Herz brechen. Und sie hätte nicht die geringste Ahnung, wie sie es jemals wieder reparieren könnte.

Demetria und Constance saßen an entgegengesetzten Enden des Sofas. Die eine in Blau und die andere in Blaßgelb gekleidet, wirkten sie wie ein elegantes Bild, das nicht ganz in dieses bescheidene Besuchszimmer paßte.

Neben dem Fenster stand ein hübscher Mann, der anscheinend einige Jahre jünger war als Olympia. Sein Haar war ebenso blond wie das von Demetria. Seine Kleidung entsprach dem neuesten modischen Trend – die Krawatte wies einen komplizierten Knoten auf, die Hosen waren sorgfältig gebügelt, und die gutsitzende Jacke war in der Taille gestutzt.

»Lady Chillhurst.« Demetria lächelte freundlich, aber in ihren kühlen Augen lag ein rätselhafter Glanz. »Ich glaube, Sie haben ja bereits gestern die Bekanntschaft meiner teuren Freundin Lady Kirkdale gemacht. Erlauben Sie mir, Ihnen meinen Bruder Gifford Seaton vorzustellen.«

»Mr. Seaton.« Olympia nickte auf die gleiche höfliche Art, wie Jared es oft tat.

»Lady Chillhurst.« Lächelnd und mit einer trägen Anmut ging Gifford ihr entgegen. Er nahm Olympias Hand, beugte sich darüber und fuhr leicht mit den Lippen über ihre Haut. »Es ist mir ein außerordentliches Vergnügen, Ihre Bekanntschaft zu machen.«

»Gifford hat darauf bestanden, Ihnen einen Besuch abzustatten«, sagte Demetria frei heraus. »Also haben Constance und ich beschlossen, ihn zu begleiten.«

Gifford starrte Olympia hingerissen an. »Sie sind ganz anders, als ich Sie mir aufgrund der Beschreibung meiner Schwester vorgestellt habe, Madam.«

»Was soll das heißen?« Olympia zog ihre Hand zurück. Ihr Kopfweh machte sie reizbar. Sie wünschte, all diese elegant gekleideten Leute würden einfach verschwinden und sie in Ruhe lassen.

»Ich wollte Sie keinesfalls beleidigen, Madam«, beeilte Gifford sich zu sagen. »Es ist nur so, daß Demetria sagte, Sie kämen offenbar vom Land, und ich dachte, Sie hätten vielleicht eine etwas ländliche Erscheinung. Ich hatte nicht erwartet, eine so charmante Lady vorzufinden.«

»Vielen Dank.« Olympia war sich nicht sicher, wie sie auf dieses Kompliment reagieren sollte. »Nehmen Sie doch Platz, Mr. Seaton. Meine Haushälterin bereitet gerade den Tee zu.«

»Wir wollen Sie nicht lange belästigen«, sagte Constance ruhig. »Wissen Sie, wir sind aus reiner Neugierde gekommen.«

Olympia warf ihr einen nervösen Blick zu. »Neugierde?«

Demetria ließ ein trällerndes Lachen ertönen. »Sie müssen wissen, meine Liebe, daß Chillhurst und ich einmal verlobt waren. Als mein Bruder gestern erfuhr, daß Seine Lordschaft geheiratet hat, konnten wir der Versuchung einfach nicht widerstehen, etwas mehr über Sie herauszufinden.«

Giffords Lächeln wurde eisig. »Seine Lordschaft hat schließlich ganz bestimmte Anforderungen, was seine Frau betrifft. Es interessierte mich, die Lady zu sehen, die diesen Anforderungen genügt.«

»Ich habe nicht die geringste Ahnung, wovon Sie sprechen«, sagte Olympia.

Gifford nahm in der Nähe des Fensters Platz. Olympia schien ihn zu faszinieren. »Sie können ebensogut alles erfahren, ehe Sie in unseren Kreisen Einzug halten, Madam. Es ist kein Geheimnis, daß Chillhurst die Verlobung mit meiner Schwester löste, als er herausfand, wie es um ihre finanzielle Situation bestellt war. Wissen Sie, er hatte fälschlicherweise angenommen, daß sie eine reiche Erbin sei.«

»Nein, das wußte ich nicht.« Olympia fühlte sich wie eine Maus, die von drei geschmeidigen Katzen umzingelt war, die erst noch mit ihr spielen wollten, ehe sie sie schließlich umbrachten.

Giffords Blick verdüsterte sich. »Chillhurst machte vor drei Jahren deutlich, daß er von seiner zukünftigen Frau einzig erwartete, daß sie ein Vermögen mit in die Ehe einbringt.«

»Gifford, bitte.« Demetria bedachte ihren Bruder mit einem warnenden Blick und lächelte dann ängstlich in Richtung von Olympia. »Chillhurst trägt einen noblen Titel, aber selbst seine eigene Familie gibt zu, daß er das Herz eines Kaufmanns hat.«

»Für Chillhurst geht es immer nur ums Geschäft«, sagte Gifford finster.

»Also, Gifford, ich bin sicher, daß Lady Chillhurst sehr gut zu ihm paßt«, sagte Constance nicht unfreundlich. »Sie selbst scheint ein äußerst praktisches Geschöpf zu sein.«

»Wie kommen Sie denn darauf?« fragte Olympia verblüfft. Nie zuvor hatte jemand behauptet, daß sie praktisch veranlagt sei.

Gifford runzelte die Stirn. »Nun, das ist doch wohl offensichtlich, oder? Sie müssen schließlich ein Vermögen besitzen, da Chillhurst Sie sonst niemals geheiratet hätte. Bei Gott, dabei verfügt er bereits selbst über ein beachtliches Vermögen. Und trotzdem bringt er Sie hier in dieser ärmlichen Gegend unter.« Er musterte ihr schlichtes Musselinkleid. »Außerdem geben Sie offenbar nicht gerade viel Geld für Kleider aus. Also kann man wohl annehmen, daß Sie ein äußerst sparsamer Mensch sind, Madam.«

»Chillhurst weiß das gewiß zu schätzen.« Demetrias Lächeln erreichte nicht ihre Augen, und ihre Stimme klang spröde. »Ich glaube, er hatte Angst, ich würde sein Vermögen verpulvern. Und wahrscheinlich hatte er damit sogar recht. Ich muß zugeben, daß ich Spaß an hübschen Dingen habe.«

Constance bedachte sie mit einem amüsierten Lächeln. »In der Tat, das hast du, Demetria. Und hübsche Dinge sind nun einmal teuer.«

»Aber sie sind jeden Pfennig wert«, erwiderte Demetria.

Giffords Augen flackerten unangenehm. »Chillhurst hat Geld wie Heu. Der Mann ist reich wie Krösus. Er hätte es wirklich nicht nötig gehabt, eine reiche Frau zu heiraten.«

Olympia öffnete den Mund, um zu widersprechen. Als sie jedoch die nervösen Blicke bemerkte, die Demetria und Constance austauschten, schwieg sie.

Intuitiv verstand Olympia plötzlich, weshalb alle so angespannt waren. Demetria und ihre Freundin hatten nicht herkommen wollen. Sie versuchten nur vergeblich, Gifford in Zaum zu halten. Der

Mann schäumte vor Wut und unterdrücktem Ärger, und sein gesamter Zorn schien sich gegen Jared zu richten.

Olympia wurde nachdenklich.

Demetria beeilte sich, von Giffords Unhöflichkeit abzulenken. »Sie müssen meinen Bruder entschuldigen. Selbst nach all diesen Jahren schmerzt es ihn noch immer ein wenig, daß Chillhurst sich damals vernünftigerweise geweigert hat, seine Herausforderung anzunehmen.«

Olympia verschlug es beinahe den Atem. Sie starrte kurz Demetria an und wandte sich dann an Gifford. »Sie wollen mir doch nicht etwa erzählen, daß Sie Chillhurst zu einem Duell herausgefordert haben?«

»Ohne Ihnen zu nahe treten zu wollen, Madam, mir blieb einfach keine andere Wahl.« Gifford erhob sich ruhelos und spazierte zum Fenster. »Er hat meine Schwester schändlich behandelt. Ich war also gezwungen, Genugtuung zu fordern.«

»Bitte, Gifford.« Demetria warf ihrem Bruder erneut einen unbehaglichen Blick zu. »Es gibt keinen Grund, diese alte Geschichte wieder aufzuwärmen. Schließlich ist das Ganze drei Jahre her, und ich bin inzwischen glücklich verheiratet.«

Olympia blickte hinüber zu Gifford, der reglos aus dem Fenster starrte. »Ich bin sicher, daß mehr hinter dieser Sache steckt, als Sie mir erzählen, Mr. Seaton.«

Gifford zuckte mit den Schultern. »Ich versichere Ihnen, das ist alles. Nachdem Chillhurst die Verlobung gelöst hatte, habe ich ihn herausgefordert. Ich hab ihm gesagt, daß er meiner Meinung nach Demetria entsetzlich beleidigt hat.«

Demetria seufzte leise. Constance tätschelte ihr beruhigend den Arm.

»Was hat Chillhurst gesagt, als Sie ihn beschuldigten, seine Schwester beleidigt zu haben?« fragte Olympia neugierig.

»Er bot höflich an, sich bei mir zu entschuldigen«, sagte Demetria beflissen. »Stimmt's, Gifford?«

»Ja. Dieser verdammte Bastard. Genau das hat er getan. Er bot an, sich zu entschuldigen, und sagte, er wäre nicht bereit, mich auf dem Feld der Ehre zu treffen. Elender Feigling.«

»Gifford, so etwas solltest du nicht in Gegenwart von Lady Chillhurst sagen«, flehte Demetria verzweifelt.

»Nimm doch ein wenig Rücksicht auf deine Schwester«, murmelte Constance.

»Ich berichte Lady Chillhurst ja nur die Fakten«, polterte Gifford. »Sie sollte schließlich wissen, wen sie da geheiratet hat.«

Olympia starrte Gifford an. »Sind Sie verrückt geworden? Mein Mann ist kein Feigling.«

»Natürlich ist er das nicht«, sagte Demetria hastig. »Niemandem würde es auch nur im Traum einfallen, Chillhurst der Feigheit zu bezichtigen.«

»Bah.« Gifford verzog den Mund. »Und ob er ein Feigling ist.«

Constance stöhnte. »Ich habe dir gesagt, daß es nicht gut ist, deinen Bruder hierher zu begleiten, Demetria.«

»Was hätte ich denn tun sollen?« fragte Demetria erstickt. »Er war schließlich fest entschlossen, heute hierherzukommen.«

Olympias Kopfschmerzen verschlimmerten sich. »Ich glaube, für heute habe ich genug von irgendwelchen Gästen. Ich wünschte, Sie alle würden gehen.«

Demetria versuchte, Olympia zu besänftigen. »Bitte entschuldigen Sie das Benehmen meines Bruders, Lady Chillhurst. Er ist einfach ein Hitzkopf, und er fühlt sich für mich verantwortlich. Gifford, du hast mir versprochen, daß du keine Szene machen würdest. Bitte entschuldige dich bei Lady Chillhurst.«

Gifford blickte sie finster an. »Ich werde mich nicht dafür entschuldigen, daß ich die Wahrheit gesagt habe, Demetria.«

»Dann entschuldige dich wenigstens um deiner Schwester willen«, sagte Constance kühl. »Ich bin sicher, daß keinem von uns daran gelegen ist, daß die alten Gerüchte wieder aufleben. Das würde allen Beteiligten unnötigen Schmerz verursachen.« Sie hielt inne. »Beaumont wäre gewiß alles andere als erfreut darüber.«

Olympia stellte fest, daß die letzte Bemerkung eine gewisse Wirkung erzielte. Gifford blickte seine Schwester und Constance mit unterdrücktem Ärger an. Dann wandte er sich zögernd an Olympia und neigte leicht den Kopf.

»Bitte entschuldigen Sie, Madam.«

Olympia reichte es. »Ihre Entschuldigung ist mir egal. Zufällig habe ich heute noch sehr viel zu tun. Wenn es Ihnen also nichts ausmacht –«

»Bitte seien Sie uns nicht böse, Lady Chillhurst.« Demetria zerrte an ihren Handschuhen. »Die ganze Sache war damals recht unangenehm, aber ich habe Gifford wiederholt erklärt, daß das, was vor drei Jahren geschehen ist, zu unser aller Bestem war. Stimmt es nicht, Constance?«

»Vollkommen richtig«, pflichtete diese ihr bei. »Wenn Chillhurst die Verlobung nicht gelöst hätte, hätte Demetria niemals Beaumont geheiratet. Und ich bin überzeugt, daß sie mit ihm weitaus glücklicher ist, als sie es jemals mit Chillhurst gewesen wäre.«

»Das ist gar keine Frage.« Demetria blickte Olympia an. »Beaumont ist sehr gut zu mir, Madam. Ich bin durchaus zufrieden mit der Wahl meines Ehemannes. Ich möchte nicht, daß Sie denken, ich trauere immer noch Chillhurst hinterher. Ganz im Gegenteil.«

Gifford fluchte leise.

Olympias Kopf dröhnte inzwischen fürchterlich. Sie fragte sich, wie eine richtige Vicomtesse es anstellte, ungebetene Gäste loszuwerden. Sie wünschte nur, Chillhurst käme zurück. Er wüßte, was zu tun sei.

»Der Tee, Madam«, verkündete Mrs. Bird mit ihrer neuen vornehmen Stimme. Sie kam herein und fragte: »Soll ich einschenken?«

Dankbar für die Unterbrechung, blickte Olympia auf. »Vielen Dank, Mrs. Bird.«

Mit glühenden Wangen schritt Mrs. Bird triumphierend durch den Besuchersalon. Sie hielt ein massives Tablett in der Hand, das anscheinend mit sämtlichen Teilen des alten Teeservices beladen war, die im Haus aufzutreiben waren. Eine kleinere Frau wäre unter dem Gewicht des schweren, angeschlagenen Steinguts zusammengebrochen.

Sie stellte das Tablett auf einem kleinen Tisch ab und machte sich voller Schwung an die Arbeit. Tassen und Untertassen klapperten. Löffel rasselten.

Demetria und Constance beäugten das Tablett und Mrs. Bird leicht beklommen. Gifford lächelte spöttisch.

Olympia beschloß, einen weiteren Versuch zu unternehmen, die Eindringlinge loszuwerden.

»Wissen Sie«, verkündete sie mit grimmiger Entschlossenheit, »ich habe mich bereits den ganzen Nachmittag unwohl gefühlt. Es ist mir ziemlich gleichgültig, was Sie tun, aber ich ziehe mich jetzt in mein Schlafzimmer zurück.«

Die anderen blickten sie überrascht an.

»Also bitte, ich habe gerade den Tee gebracht«, beklagte sich Mrs. Bird gekränkt. Sie griff nach der schweren Teekanne. »Niemand verläßt den Raum, ehe er nich' eine anständige Tasse Tee getrunken hat.«

»Ich glaube nicht, daß wir die Zeit haben, um noch einen Tee zu trinken«, sagte Demetria eilig. Sie erhob sich vom Sofa.

»Nein, wirklich nicht.« Auch Constance sprang auf die Füße. »Wir müssen leider gehen.«

»Keine Angst, ich schenke Ihnen den Tee ganz schnell ein.« Mrs.

Bird füllte eine der Tassen und schob sie in Richtung von Demetria. »Hier, bitte.«

Demetria griff automatisch nach der Tasse und der Untertasse. Ehe sie ihr Gedeck jedoch fest in der Hand hielt, ließ Mrs. Bird es bereits los.

Die Tasse kippte und fiel um. Tee floß über Demetrias herrliches blaues Kleid. Mit einem leisen Aufschrei fuhr sie zurück.

»Oje«, seufzte Olympia resigniert.

»Das Kleid habe ich erst gestern geliefert bekommen.« Demetria wischte ärgerlich an den feuchten Flecken herum. »Es hat ein Vermögen gekostet.«

Constance zog ein weißes Spitzentaschentuch hervor und begann, die Flecken auf Demetrias Kleid abzutupfen. »Ist schon gut, Demetria. Beaumont wird dir ein Dutzend neuer Kleider kaufen.«

»Darum geht es nicht, Constance.« Demetria bedachte Mrs. Bird mit einem angewiderten Blick. »Diese Frau ist einfach unfähig, Lady Chillhurst. Weshalb, in aller Welt, behalten Sie sie?«

»Mrs. Bird ist eine hervorragende Haushälterin«, sagte Olympia loyal.

»Und ob ich das bin.« Mrs. Bird schwenkte drohend die Teekanne. »Ich arbeite schließlich für einen echten Vicomte, oder?« Tee spritzte auf den Teppich.

»Gütiger Himmel«, sagte Constance amüsiert. »Das ist wirklich ungewöhnlich. Wenn wir das heute auf dem Spielabend bei den Newburys unseren Freunden erzählen, werden sie uns wahrscheinlich gar nicht glauben.«

»Sie haben nicht das Recht, über uns zu tratschen«, fuhr Olympia sie an. Sie sprang auf die Füße und holte tief Luft. Irgendwie mußte sie es schaffen, diese Leute hinauszuwerfen.

Ein lautes Kläffen ertönte in der Eingangshalle.

Hugh rief von oben herab: »Komm wieder rauf, Minotaurus. Hierher, alter Junge. Hierher.«

Ein lautes, durchdringendes Pfeifen folgte. Hundepfoten kratzten über den Holzfußboden.

Einen Augenblick später kam Minotaurus in den Besuchersalon gestürzt. Er wollte Olympias Gäste begrüßen. Unterwegs wischte er mit seinem buschigen Schwanz über das Tablett, so daß zwei weitere Tassen krachend auf den Boden fielen.

»Verdammt«, brummte Mrs. Bird. »Jetzt muß ich noch mal Tassen holen geh'n.«

»Machen Sie sich unseretwegen keine Mühe«, beeilte sich Demetria zu sagen.

Constance taumelte zurück, als Minotaurus auf das Sofa zuraste. »Schaffen Sie uns diese Kreatur vom Hals.«

Beim Klang ihrer Stimme wandte Minotaurus seinen riesigen Kopf und schwenkte mit hängender Zunge in ihre Richtung.

»Also wirklich.« Gifford sah verwirrt aus. Er ging quer durch das Zimmer, offenbar in der Absicht, den Hund beim Halsband zu pakken.

Minotaurus bellte vor Freude, da er scheinbar annahm, der Fremde wolle mit ihm spielen.

In diesem Augenblick hörte Olympia, wie sich die Haustür öffnete und wieder schloß. Sie wirbelte herum und sah, wie Jared in die Eingangshalle trat. Mit in die Hüften gestemmten Händen ging sie ihm entgegen.

»Da sind Sie ja, Sir. Es wurde auch allmählich Zeit, daß Sie auftauchen.«

»Irgend etwas nicht in Ordnung?« fragte Jared höflich.

Olympia winkte in Richtung des lärmenden Durcheinanders hinter sich. »Ich wünschte, Sie würden irgend etwas gegen all diese Leute in meinem Besuchersalon unternehmen.«

Jared betrat das Zimmer und blickte sich mit ruhigem Interesse um.

»Minotaurus«, sagte er leise.

Minotaurus gab seine Flucht vor Gifford auf und rannte quer durch den Raum. Vor Jared kam er zum Stehen, setzte sich auf die Hinterpfoten und blickte ihn beifallheischend an.

Jared tätschelte ihm den Kopf, und der Hund blickte zufrieden.

»Geh«, befahl Jared ruhig. »Hinauf mit dir, Minotaurus.«

Der Hund erhob sich gehorsam und trottete aus dem Zimmer.

Jared sah hinüber zu Mrs. Bird. »Bemühen Sie sich nicht weiter, Mrs. Bird.«

»Aber sie ham noch gar nichts getrunken«, protestierte die Haushälterin.

Jared blickte Gifford mit eisiger Höflichkeit an. »Ich bin sicher, daß unsere Gäste keine Zeit haben, um zum Tee zu bleiben. Sie und Ihre Begleiterinnen wollten doch sicher gerade gehen, nicht wahr, Mr. Seaton?«

Gifford fegte sich die Hundehaare vom Ärmel seiner Jacke und bedachte Jared mit einem giftigen Blick. »Ja, das wollten wir, in der Tat. Ich bin überzeugt, daß wir alle inzwischen genug haben von diesem Irrenhaus.«

»Guten Tag, Lady Chillhurst«, sagte Demetria.

Sie und Constance gingen eilig in Richtung der Tür. Gifford stapfte hinterher.

Jared trat beiseite, um sie vorbeizulassen.

Olympia sah, wie Demetria Jared einen spöttischen Blick zuwarf, als sie den Besuchersalon verließ.

»Sie waren schon immer etwas seltsam, Chillhurst, aber dieser Haushalt ist wirklich bemerkenswert, selbst für ein Mitglied Ihrer eigenartigen Familie. Was, in Gottes Namen, haben Sie vor, Mylord?«

»Meine Privatangelegenheiten dürften für Sie nicht weiter von Interesse sein, Madam«, erwiderte Jared. »Also kommen Sie nicht noch einmal uneingeladen in dieses Haus.«

»Bastard«, brummte Gifford, als er durch die Tür ging. »Ich hoffe nur, Ihre arme Frau weiß, worauf sie sich eingelassen hat.«

»Pst, Gifford«, sagte Demetria. »Komm jetzt. Wir haben heute nachmittag noch andere Besuche zu absolvieren.«

»Ich bezweifle, daß die ebenso amüsant sein werden wie dieser«, murmelte Constance.

Die Besucher traten hinaus auf die Treppe. Jared schloß hinter ihnen die Tür, ohne sich die Mühe zu machen, sie zu ihrer Kutsche zu begleiten. Dann wandte er sich zu Olympia um.

»Du wirst keinen der drei noch einmal empfangen«, sagte er. »Ist das klar?«

Dies war der letzte Strohhalm, an den Olympia sich noch klammern konnte. Sie stapfte in Richtung der Treppe. »Erteilen Sie mir keine Befehle, Chillhurst. Falls Sie es vergessen haben sollten, noch bin ich diejenige, die diesem Haushalt vorsteht, und Sie sind mein Angestellter. Bitte vergessen Sie nicht, welche Stellung Sie hier innehaben, und benehmen Sie sich dementsprechend.«

Jared ignorierte ihren Zornesausbruch. »Olympia, ich möchte mit dir reden.«

»Jetzt nicht, Sir. Dies war ein höchst unerfreulicher Tag. Ich gehe jetzt in mein Schlafzimmer, um vor dem Abendessen noch etwas zu ruhen.« Mitten auf der Treppe blieb sie stehen und wandte sich zu ihm um. »Übrigens, Sir, sind Sie wirklich so tief gesunken und haben meine Neffen und Mrs. Bird gedrängt, mit mir über die Heirat zu sprechen?«

Jared ging zur Treppe hinüber und umklammerte den Pfosten des Geländers. »Ja, Olympia, das bin ich.«

»Sie sollten sich schämen, Sir.«

»Ich bin ehrlich verzweifelt, Olympia.« Jared lächelte seltsam wehmütig. »Ich würde alles tun, wirklich alles, so tief sinken, wie es nur geht, und jede mögliche Taktik anwenden, um dich zu meiner Frau zu machen.«

Er meint es ernst, dachte Olympia. Trotz ihrer schlechten Laune und ihres schmerzenden Kopfes verspürte sie eine gewisse Erregung. Der letzte Widerstand, den sie noch zu leisten imstande gewesen war, schmolz dahin wie Wachs.

»Es besteht keine Notwendigkeit zu derartigen Manövern, Sir«, sagte sie, immer noch verärgert und sich des Risikos, das sie einging, nur allzu bewußt. »Ich habe beschlossen, Sie zu heiraten.«

Jareds Hand umklammerte den geschwungenen Kopf des Pfostens. »Ach ja?«

»Ja.«

»Danke, Olympia. Ich werde mir alle Mühe geben, damit du diese Entscheidung nicht bereust.«

»Sehr wahrscheinlich werde ich sie noch bereuen«, sagte sie gereizt, »aber ich kann es nicht ändern. Bitte lassen Sie mich jetzt erst einmal allein.«

»Olympia, warte bitte noch einen Augenblick.« Jared blickte ihr tief in die Augen. »Dürfte ich dich vielleicht fragen, weshalb du deine Meinung geändert hast, meine Liebe?«

»Nein.« Olympia ging weiter die Treppe hinauf.

»Olympia, bitte, ich muß es wissen. Sonst sterbe ich vor Neugierde. Haben dich die Jungen dazu gebracht, deine Meinung zu ändern?«

»Nein.«

»Dann vielleicht Mrs. Bird? Ich weiß, daß sie äußerst besorgt ist um deinen Ruf, auch wenn du es nicht bist.«

»Mrs. Bird hat mit meiner Entscheidung nicht das geringste zu tun.« Olympia war beinahe oben angelangt.

»Warum bist du dann bereit, mich zu heiraten?« rief Jared ihr hinterher.

Olympia blieb auf dem Treppenabsatz stehen und bedachte ihn mit einem herablassenden Blick. »Ich habe meine Meinung geändert, Sir, weil es Ihnen hervorragend gelingt, einen Haushalt zu führen.«

»Ja, und?« fragte Jared vorsichtig.

»Nun, es ist ganz einfach, Sir. Ich kann es mir nicht leisten, Sie zu verlieren. Es ist schließlich sehr schwer, gutes Personal zu bekommen.«

Jared starrte sie verblüfft an. »Olympia, du heiratest mich doch nicht allen Ernstes bloß aus dem Grund, daß ich deinen Haushalt gut führe.«

»Meiner Meinung nach ist das ein ausgezeichneter Grund zum Heiraten. Oh, da wäre noch etwas, was ich Sie fragen möchte, Sir.«

Jared blickte sie argwöhnisch an. »Ja?«

»Wissen Sie zufällig, auf was sich das Wort *Sirene* beziehen könnte?«

Er blinzelte. »Eine Sirene ist ein mythisches Geschöpf, das unvorsichtige Seeleute ins Verderben lockte.«

»Nicht diese Art von Sirene«, sagte sie ungeduldig. »Ich meine Sirene vielleicht als Name oder so.«

»Sirene hieß das Schiff von Käpt'n Jack, mit dem er als Freibeuter vor den Westindischen Inseln herumsegelte«, sagte Jared. »Weshalb fragst du?«

Sie umklammerte das Geländer. »Sind Sie sich da ganz sicher?«

Jared zuckte mit den Schultern. »Das behauptet jedenfalls mein Vater.«

»Die Zeichnungen auf den Vorsatzblättern«, flüsterte Olympia.

Jared runzelte die Stirn. »Was ist damit?«

»Falls Sie sich erinnern, zeigen die Zeichnungen auf den Vorsatzblättern des Tagebuchs alte Segelschiffe, die über das stürmische Meer, über die *wogende See* segeln. Eines der Schiffe hat vorne am Bug die Figur einer Frau. Vielleicht eine Sirene.«

»Soweit ich weiß, hatte Käpt'n Jacks Schiff eine solche Figur am Bug.«

Olympia vergaß ihr Kopfweh. Sie raffte ihre Röcke und flog die Treppe wieder hinab.

»Olympia, warte. Wo gehst du hin?« fragte Jared, als sie an ihm vorbeistürzte.

»Ich bin in meinem Arbeitszimmer.« In der Tür wandte sie sich um. »Ich werde für eine Weile sehr beschäftigt sein, Mr. Chillhurst. Sorgen Sie bitte dafür, daß ich nicht gestört werde.«

Jared zog die Brauen hoch. »Selbstverständlich, Miss Wingfield. Als Ihr Angestellter ist es mir ein Vergnügen, Ihre Befehle auszuführen.«

Olympia warf ihm die Tür vor der Nase zu. Sie ging hinüber zu ihrem Schreibtisch und öffnete Claire Lightbournes Tagebuch.

Eine lange Zeit starrte sie einfach nur auf die Zeichnung, mit der das Vorsatzblatt vorne im Tagebuch verziert war, und dann griff sie langsam nach einem Taschenmesser.

Ein paar Minuten später nahm sie das Bild von dem Segelschiff heraus und entdeckte die Karte, die dahinter verborgen gewesen war.

Die Karte zeigte eine Insel. Einen nicht kartographierten Landflecken vor den Westindischen Inseln. Aber die Karte war nicht vollständig. Sie war in zwei Hälften geteilt worden.

Und die andere Hälfte fehlte.

Auf dem unteren Rand des Kartenfragments stand etwas geschrieben.

Die Sirene und die Schlange gehören zusammen,
zwei Hälften eines Ganzen,
ein Schloß, das auf den Schlüssel wartet.

Olympia blätterte schnell zum Ende des Tagebuchs und blickte auf das Schiff, das dort abgebildet war. Bei der Figur am Bug handelte es sich eindeutig um eine Schlange.

Eilig machte sich Olympia am hinteren Vorsatzblatt zu schaffen. Keine Spur von der anderen Hälfte der Karte.

Kapitel 12

Jared legte den Terminkalender neben seinen Frühstücksteller. Terminkalender sind wirklich etwas Beruhigendes, dachte er. Sie gaben einem Mann das Gefühl, sein Schicksal unter Kontrolle zu haben. Dies war zwar zweifelsohne eine Illusion, aber ein Mann, der einer heftigen Leidenschaft zum Opfer gefallen war, brauchte einfach gewisse Illusionen.

»Der Unterricht wird heute morgen wie gewöhnlich von acht bis zehn abgehalten«, sagte er. »Wir werden uns mit Geographie und Mathematik beschäftigen.«

»Werden Sie uns wieder eine Geschichte von Käpt'n Jack erzählen, Sir?« fragte Hugh, den Mund voller Ei.

Jared blickte seinen Zögling an. »Es besteht keinerlei Veranlassung, mit vollem Mund zu sprechen.«

»'tschuldigung, Sir.« Hugh schluckte das Ei runter und grinste. »Da. Ich bin fertig. Was ist nun mit einer Geschichte über Käpt'n Jack?«

»Ja, Mr. Chillhurst, ich meine, Mylord«, sagte Robert. »Werden Sie uns eine neue Geschichte erzählen?«

»Ich will hören, wie Käpt'n Jack eine besondere Uhr gebaut hat, um die Längengrade auf See zu messen«, sagte Ethan eifrig.

»Die Geschichte kennen wir doch schon«, widersprach Robert.

»Ich will sie aber noch mal hören.«

Jared beobachtete Olympia, die geistesabwesend an ihrem Toast mit Stachelbeermarmelade knabberte. Der Ausdruck in ihren Augen erfüllte ihn mit Unbehagen. Bereits als sie zum Frühstück heruntergekommen war, hatte sie so eigenartig nachdenklich und abwesend gewirkt.

Heute morgen hatte es keine sorgfältig geplanten, zufälligen Zusammenstöße im Flur gegeben, keine schmachtenden Blicke, keine heimlichen Küsse und kein Erröten. *Ein unglücklicher Anfang für einen so wichtigen Tag.*

»Ich glaube, es gibt eine recht lehrreiche Geschichte über die Berechnung der Längengrade, die Käpt'n Jack auf einer seiner Fahrten nach Boston angestellt hat«, sagte Jared. Er blickte erneut in seinen Terminkalender. »Nach dem Unterricht werde ich eure Tante zur Gesellschaft für Reisen und Forschung begleiten.«

Olympia hob leicht den Kopf. »Hervorragend. Es gibt noch ein oder zwei Sachen, die ich mir auf den Karten dort ansehen möchte.«

Man sollte nicht meinen, daß dies ihr Hochzeitstag ist, dachte Jared grimmig. Offensichtlich fand sie die Vorstellung, in die Bibliothek zu gehen und alte Karten zu durchforsten, wesentlich aufregender als den Gedanken, ihn zu heiraten.

»Während Sie in der Bibliothek arbeiten«, sagte er, »werde ich Felix Hartwell treffen. Wir haben noch ein paar geschäftliche Dinge zu besprechen. Robert, Ethan und Hugh können in der Zwischenzeit im Park ihren Drachen steigen lassen. Wenn ich fertig bin, ist es Zeit zum Mittagessen.«

Ethan trat mit seinen Fersen gegen die Stuhlbeine. »Und was machen wir heute nachmittag, Sir?«

»Bitte hör auf, gegen den Stuhl zu treten«, sagte Jared geistesabwesend.

»Ja, Sir.«

Jared blickte auf den nächsten Eintrag in seinem Kalender und spürte, wie er sich vor freudiger Erwartung anspannte. *Was würde er bloß machen, wenn Olympia es sich anders überlegte?*

Sie durfte es sich nicht anders überlegen.

Nicht jetzt, da er so nah daran war, seine eigene Sirene zu besitzen.

Nicht jetzt, da sie, die einzige Frau, die er jemals so heftig begehrt hatte, beinahe in Reichweite war. *Nicht jetzt.*

Er mußte seine ganze Selbstbeherrschung aufbieten, um seiner Stimme einen gelassenen Klang zu verleihen. »Nach dem Essen werden eure Tante und ich uns um die Formalitäten unserer Eheschließung kümmern. Es ist alles vorbereitet. Es sollte also nicht allzu lange dauern. Nach unserer Rückkehr –«

Am anderen Ende des Tisches hörte man lautes Scheppern.

»Oje«, murmelte Olympia.

Jared blickte gerade noch rechtzeitig auf, um zu sehen, wie der Topf mit der Stachelbeermarmelade vom Tisch fiel. Auch der Löffel, der in dem Topf gesteckt hatte, glitt zu Boden.

Ethan kicherte. Olympia sprang auf, bückte sich und wischte unbeholfen mit ihrer Serviette auf dem Teppich herum.

»Laß es«, sagte Jared. »Mrs. Bird wird sich darum kümmern.«

Olympia sah ihn unsicher an, senkte den Blick und nahm eilig wieder Platz.

Die Hochzeit interessierte sie also doch. Jared entspannte sich ein wenig. Er stützte die Ellbogen auf den Tisch, legte die Finger aneinander und konzentrierte sich erneut auf seinen Terminkalender.

»Heute abend werden wir früher als gewöhnlich essen«, fuhr er fort, »weil wir anschließend noch zu den Gärten von Vauxhall fahren, um uns das Feuerwerk anzusehen.«

Wie vorauszusehen gewesen war, brachen Ethan, Hugh und Robert in lauten Jubel aus.

»Ein hervorragender Plan, Sir.« In Roberts Augen blitzte bereits die Vorfreude.

»Wir haben noch nie ein Feuerwerk gesehen«, vertraute Ethan ihm fröhlich an.

»Gibt es dort auch eine Musikkapelle?« wollte Hugh wissen.

»Das nehme ich an«, sagte Jared.

»Und kriegen wir auch ein Eis?«

»Höchstwahrscheinlich.« Jared blickte in Olympias Gesicht, um zu sehen, was sie von dem Gedanken hielt, ihre Hochzeit in den Gärten von Vauxhall zu feiern. Etwas spät kam ihm der Gedanke, daß es gewiß Frauen gab, die sich durch eine solch bescheidene Feier gekränkt fühlen würden.

Aber Olympias Augen strahlten. »Eine wunderbare Idee. Ich freue mich schon auf das Feuerwerk.«

Jared atmete erleichtert auf. Wer sagte, daß er keine romantische Ader hatte?

»Dürfen wir auch den Dunklen Weg in Vauxhall benutzen?« fragte Robert mit verdächtiger Unschuldsmiene.

Jared runzelte kurz die Stirn. »Was weißt du von dem Dunklen Weg?«

»Einer der Jungen, die wir gestern im Park getroffen haben, hat uns davon erzählt«, erklärte Ethan. »Er hat gesagt, es wäre ganz schön gefährlich, den Weg hinunterzugehen.«

»Das stimmt, Sir«, sagte Robert. »Er hat uns erzählt, daß manchmal Leute, die dort spazierengehen, einfach verschwinden.« Er erschauderte. »Glauben Sie, daß das wahr ist, Sir?«

»Nein, das glaube ich nicht«, sagte Jared.

»Ein anderer Junge, den wir getroffen haben, hat gesagt, daß ein Dienstmädchen, das jahrelang in seinem Haus beschäftigt war, auf dem Dunklen Weg verschwunden ist«, informierte Robert ihn. »Sie wurde nie wieder gesehen.«

»Höchstwahrscheinlich ist sie mit einem Pagen durchgebrannt.« Jared klappte seinen Terminkalender zu.

»Ich würde wirklich gerne einmal auf dem Dunklen Weg spazierengehen«, beharrte Robert.

Hugh schnitt eine Grimasse. »Du willst doch nur auf den Dunklen Weg, weil der Junge im Park gesagt hat, daß du dich nicht traust. Aber wenn wir alle zusammen gehen, zählt es sowieso nicht. Lord Chillhurst würde sämtliche Bösewichter verscheuchen.«

»Das stimmt«, pflichtete Ethan ihm triumphierend bei. »Kein Straßenräuber würde sich auch nur in deine Nähe trauen, wenn Lord Chillhurst und wir dabei wären. Um die Wette zu gewinnen, müßtest du schon ganz allein den Dunklen Weg entlanggehen. Und ich wette, das traust du dich sowieso nicht.«

»Ja«, stichelte Hugh. »Du hättest viel zuviel Angst, um ganz allein den Dunklen Weg entlangzuspazieren.«

Robert warf seinen Brüdern einen vernichtenden Blick zu. »Und ob ich mich traue, allein dort entlangzugehen.«

»Nie im Leben«, sagte Hugh.

Jared blickte die Zwillinge mit hochgezogenen Brauen an. »Es reicht. Ein intelligenter Mann reagiert überhaupt nicht auf die Herausforderungen und den Spott anderer Leute. Er ist erhaben über solche Verrücktheit und trifft seine Entscheidungen ausschließlich mit Verstand und Logik. Nun, wenn ihr fertig seid mit dem Frühstück, könnt ihr gehen und euch auf den Unterricht vorbereiten.«

»Ja, Sir.« Hugh bedachte Robert mit einem letzten spöttischen Blick und sprang von seinem Stuhl.

Ethan kicherte und stand ebenfalls auf.

Robert ignorierte seine Brüder, als er sich erhob und sich mit einer höflichen Verbeugung von seiner Tante verabschiedete.

Jared wartete, bis er und Olympia allein im Zimmer waren. Dann blickte er sie an. »Ich nehme an, die Pläne für den heutigen Tag finden deine Zustimmung, meine Liebe?«

Olympia sah überrascht auf. »Ja. Ja, natürlich.« Sie fuchtelte mit ihrem Löffel in der Luft herum. »Sie sind schließlich der Fachmann für Terminplanung und ähnliche Dinge.«

»Vielen Dank. Ich tue mein Bestes.«

Olympia runzelte ein wenig die Stirn. »Wollen Sie sich etwa über mich lustig machen, Chillhurst?«

»Nein, meine Liebe. In letzter Zeit lache ich eher über mich selbst.«

In Olympias Augen flackerte Verwirrung auf. »Jared, weshalb lachst du über dich und deine Leidenschaft? Liegt es daran, daß du nicht zugeben willst, daß du durchaus in der Lage bist, echte Gefühle zu entwickeln?«

»Ich habe die Erfahrung gemacht, daß sich heftige Leidenschaft im allgemeinen negativ auf das Leben eines Mannes auswirkt. Sie führt zu verrückten Exzessen, gefährlichen Abenteuern und verantwortungslosem Verhalten.«

»Nur unkontrollierte Leidenschaft führt zu einem solch schlechten Ende«, sagte Olympia sanft. »Sie jedoch haben Ihre Leidenschaft ständig unter Kontrolle, Sir.« Sie errötete heftig. »Außer vielleicht, wenn diese Leidenschaft romantischer Natur ist.«

»Ja«, sagte Jared, *außer, wenn ich dich liebe.*

Er blickte ihr in die Augen. *Du bist meine große Schwäche, mein wunder Punkt, meine Achillesferse. Meine Sirene.* Jared trank seinen Kaffee aus und stellte die Tasse entschlossen auf den Tisch. »Bitte entschuldige mich jetzt, Olympia. Meine Schüler warten.«

»Jared, warte, ich möchte dir noch etwas Wichtiges sagen.« Olympia streckte die Hand aus, als er an ihr vorbeiging. »Es geht um meine neueste Entdeckung in dem Lightbourne-Tagebuch.«

»Meine Liebe, wenn es eine Sache gibt, über die ich an meinem Hochzeitstag nicht sprechen möchte, dann ist es das verdammte Tagebuch. Du weißt, wie sehr mich dieses verfluchte Thema ärgert.« Jared beugte sich zu ihr hinab und fuhr sanft mit seinem Mund über ihre Lippen.

»Aber, Jared –«

»Versuch, ab und zu auch mal an die Hochzeitsnacht zu denken, die vor uns liegt, meine Sirene«, empfahl er leise. »Vielleicht findest du sie ja fast ebenso interessant wie das Lightbourne-Tagebuch.«

Mit diesen Worten verließ er das Frühstückszimmer.

»Sie wollen, daß ich Ihr Stadthaus öffne?« Felix beugte sich über seinen Tisch und goß sich ein Glas Rotwein ein. »Natürlich. Es ist mir ein Vergnügen. Sie werden sicherlich Personal benötigen, nehme ich an?«

»Ja.« Jareds Fingerspitzen trommelten gegeneinander. Er dachte eilig nach. »Aber Sie brauchen keine Haushälterin zu suchen. Wir haben bereits eine.«

Felix bedachte ihn mit einem skeptischen Blick. »Die, die Sie aus Upper Tudway mitgebracht haben? Ich wage zu bezweifeln, daß sie weiß, wie man den Haushalt eines Gentlemans hier in der Stadt führt. Ihr fehlt bestimmt die Erfahrung.«

»Es wird schon klappen.«

Felix zuckte mit den Schultern. »Das ist natürlich Ihre Entscheidung. Rotwein?«

»Nein, danke.«

»Sehr gut. Lassen Sie mich trotzdem auf Ihre bevorstehende Hochzeit trinken.« Felix nahm einen großen Schluck und stellte das

Glas ab. »Ich muß sagen, Sie haben die Angelegenheit auf höchst ungewöhnliche Weise geregelt. Vielleicht haben Sie doch etwas von der Exzentrik Ihrer Familie geerbt.«

»Vielleicht.«

Felix kicherte. »Sie können die Neuigkeit wohl kaum in der Zeitung bekanntgeben. Schließlich denken die Leute, Sie seien bereits verheiratet. Darf ich fragen, wie Sie den Anlaß zu feiern gedenken?«

»Wir werden heute abend mit den Neffen meiner Verlobten nach Vauxhall fahren und uns das Feuerwerk ansehen.«

»Vauxhall.« Felix verzog das Gesicht. »Meine Güte, was sagt denn Ihre Braut zu diesem Vorhaben?«

»Solche Dinge überläßt sie immer mir. Aber noch etwas, Felix.«

»Ja?«

Jared zog Torberts Taschentuch aus der Tasche. »Ich möchte, daß dieses Ding an Mr. Roland Torbert zurückgeschickt wird, zusammen mit einer Nachricht.«

Felix warf einen neugierigen Blick auf das Taschentuch. »Was für eine Nachricht?«

»Sie werden Torbert davon in Kenntnis setzen, daß er es mit dem Gatten von Lady Chillhurst persönlich zu tun bekommt, wenn es noch einmal zu einem Zwischenfall kommen sollte wie dem, bei dem das Taschentuch in ihrem Garten zurückgelassen wurde.«

Felix nahm das Taschentuch. »Sehr gut, aber ich bezweifle, daß Ihnen aus der Richtung eine ernsthafte Gefahr droht, Chillhurst. Torbert gehört nicht zu der Sorte von Mann, die in den Gärten irgendwelcher Ladys herumschleichen.«

»Nein, ich glaube auch nicht, daß ich mir deswegen allzu große Sorgen machen muß.« Jared streckte die Füße von sich und blickte seinen alten Freund an. »Es gibt noch eine Sache, über die ich mit Ihnen sprechen möchte. Hatten Sie schon eine Gelegenheit, um mit der Versicherung zu sprechen?«

»Ja. Dieses Gespräch war ebenso ergebnislos wie meine anderen Nachforschungen.« Felix erhob sich mit einem sorgenvollen Gesicht und begann, im Zimmer auf und ab zu gehen. »Sie werden wohl akzeptieren müssen, daß Kapitän Richards hinter der Unterschlagung steckt. Es gibt einfach keine andere Erklärung.«

»Richards arbeitet bereits seit Jahren für mich. Fast so lange wie Sie, Felix.«

»Das ist mir bewußt, Sir.« Felix schüttelte den Kopf. »Es tut mir leid, Ihnen keine bessere Nachricht überbringen zu können. Ich weiß, wie wichtig Ihnen Loyalität und Ehrlichkeit sind. Ich verstehe, wie Sie sich fühlen müssen, wenn Sie von jemandem getäuscht werden, dem Sie seit Jahren vertrauen.«

»Ich habe Ihnen bereits beim letzten Mal gesagt, daß es mir widerstrebt, zum Narren gehalten zu werden.«

Eine halbe Stunde später hielt die Mietkutsche vor dem eleganten Beaumontschen Stadthaus.

Jared stieg aus. »Warten Sie«, rief er dem Kutscher zu. »Es wird nicht lange dauern.«

»Zu Befehl, Mylord.«

Jared zog seine goldene Uhr hervor, während er die Treppe hinaufstieg. Er hatte die Jungen zu Hause bei Mrs. Bird gelassen, als er sich auf den Weg zu Demetria gemacht hatte.

Er hatte nicht mehr viel Zeit, bis er Olympia von der Bibliothek abholen sollte, aber das war egal. Er hatte Demetria ja nicht viel zu sagen.

Die Tür wurde von einem Butler geöffnet, dessen mißbilligender Blick nicht nur Jareds unmoderner Kleidung, sondern seinem insgesamt höchst uneleganten Auftritt galt. Es war ganz offensichtlich, daß die meisten Besucher in Privatkutschen vorfuhren.

»Setzen Sie Lady Beaumont davon in Kenntnis, daß Chillhurst sie zu sprechen wünscht«, sagte Jared ohne Einleitung.

Der Butler sah ihn spitz an. »Ihre Karte, Sir?«

»Ich habe keine Karte.«

»Lady Beaumont empfängt niemanden vor drei Uhr nachmittags, Sir.«

»Wenn Sie ihr nicht mitteilen, daß ich hier bin«, sagte Jared sehr höflich, »werde ich es ihr selbst sagen.«

Der Butler bedachte ihn mit einem finsteren Blick. Vernünftigerweise zog er sich jedoch in die Eingangshalle zurück, um der Anweisung Folge zu leisten. Jared wartete auf der Treppe, bis die Tür zum zweiten Mal geöffnet wurde.

»Lady Beaumont wird Sie im Salon empfangen.«

Jared machte sich nicht die Mühe zu antworten. Er betrat das Haus und ließ sich zu Demetria führen. Sie erwartete ihn am anderen Ende des Zimmers, ihre hellblauen und weißen Seidenröcke kunstvoll auf einem blau-gold gemusterten Sofa drapiert. Sie lächelte ihr kühles Lächeln, als er näher trat. Ihre Augen waren kalt und wachsam.

Jared fiel auf, daß sie ihn immer mit diesem eigenartig distanzierten Ausdruck angesehen hatte. Vor drei Jahren hatte er diesen Blick fälschlicherweise als Zeichen von Selbstbeherrschung und Zurückhaltung gedeutet. Damals hatte er gedacht, eben solche Eigenschaften seien das, was er suchte.

Später hatte er dann erfahren müssen, daß Demetria auf diese Weise lediglich ihre Abneigung gegen ihn zu kaschieren versucht hatte.

»Guten Morgen, Chillhurst. Was für eine Überraschung.«

»Ach, ja?« Jared sah sich gelassen in dem teuer dekorierten Salon um. An den Wänden hingen weißblaue Seidentapeten. Der Kamin war mit gemeißeltem weißem Marmor umrandet. Schwere, blaue Samtvorhänge umrahmten die in klassischer Harmonie angeordneten Fenster, durch die man auf einen großen Garten hinausblickte.

Das Ganze war von einer kühlen Üppigkeit, die Beaumonts ungeheuren Reichtum noch betonte.

»Du hast eine gute Partie gemacht, Demetria.«

Demetria neigte den Kopf. »Haben Sie jemals ernsthaft daran gezweifelt?«

»Nein. Nicht eine Sekunde.« Jared blieb stehen und blickte sie an. Sie paßte gut in diesen reich ausgestatteten Salon. Niemand, der Demetria so sah, würde jemals auf den Gedanken kommen, daß sie einst vollkommen mittellos gewesen war. »Du warst immer schon eine sehr zielstrebige Frau.«

»Diejenigen unter uns, die nicht reich geboren werden, müssen entweder zielstrebig sein oder sich mit einem sehr unsicheren Leben zufriedengeben. Aber solche Probleme sind dir fremd, nicht wahr, Jared?«

»Das ist anzunehmen.« Es war sinnlos, ihr zu erklären, daß er bereits vor langer Zeit diese Erfahrung gemacht hatte. Er nahm nicht an, daß Demetria von seiner Kindheit hören wollte, die von finanzieller Unsicherheit und dem emotionalen Chaos in seiner exzentrischen, leidenschaftlichen Familie geprägt gewesen war.

Jared fiel auf, daß er nie mit Demetria über seine Vergangenheit gesprochen hatte. Aber die hätte sie wohl auch nicht interessiert. Sie dachte nur an ihre eigene Zukunft und an die ihres Bruders.

Demetria legte gelangweilt einen Arm auf die Rückenlehne des Sofas. »Ich nehme an, es gibt einen bestimmten Grund für deinen Besuch?«

»Natürlich.«

»Natürlich.« In Demetrias Stimme lag eine gewisse Bitterkeit. »Du tust nie etwas ohne irgendeinen besonderen Grund, nicht wahr, Jared? Dein ganzes Leben wird von deiner Vernunft, deiner Uhr und deinem verdammten Terminkalender bestimmt. Also gut, dann erklär mir, weshalb du gekommen bist.«

»Ich möchte wissen, warum du, dein Bruder und deine sehr gute Freundin Lady Kirkdale gestern meine Frau aufgesucht habt.«

Demetria sah ihn mit Unschuldsmiene an. »Also, Jared, das ist wirklich eine eigenartige Frage. Wir wollten sie lediglich in der Stadt willkommen heißen.«

»Spar dir deine Lügen für deinen Ehemann. In seinem Alter wird er sie nur allzu gerne glauben.«

Demetrias Blick wurde hart. »Es steht Ihnen nicht zu, über meine Ehe zu urteilen, Chillhurst. Sie wissen nichts darüber.«

»Ich weiß, daß du höchstwahrscheinlich aus Geldgier geheiratet hast und er aus dem verzweifelten Wunsch nach einem Erben heraus.«

»Also bitte, Chillhurst. Wir wissen beide, daß Geldgier und der Wunsch nach einem Erben in unseren Kreisen der Grund für die meisten Ehen sind.« Demetria blickte ihn nachdenklich an. »Sie erwarten doch wohl nicht allen Ernstes, daß ich glaube, Ihre Verbindung mit dieser höchst eigenartigen Frau, die Sie in der Ibberton Street versteckt halten, basiere auf edleren Motiven.«

»Ich bin nicht hierhergekommen, um mit dir über meine Ehe zu sprechen.«

»Weshalb sind Sie dann gekommen?«

»Um dich und deinen äußerst lästigen Bruder davor zu warnen, meiner Frau zu nahe zu kommen. Ich werde keinem von euch beiden erlauben, euer Katz-und-Maus-Spiel mit ihr zu treiben. Ist das klar?«

»Weshalb denken Sie, daß wir ein Spiel mit ihr treiben? Vielleicht waren wir einfach neugierig zu sehen, was für eine Frau es geschafft hat, Ihren Anforderungen gerecht zu werden?«

»Du mußt dich wirklich sehr langweilen, wenn du dir solche Gedanken über Olympia machst.«

»Ist sie denn so langweilig?« fragte Demetria mit gespielter Un-

Unschuld. »Wie schade. Was meinen Sie, wie lange wird sie wohl Ihr Interesse wachhalten können? Oder sind Sie der Meinung, daß ein langweiliger kleiner Blaustrumpf so gut zu Ihnen paßt?«

»Es reicht, Demetria.«

»Haben Sie bekommen, was Sie wollten, Chillhurst?« In Demetrias Augen flackerte kalter Ärger auf. »Eine Frau, die sich an Ihren verfluchten Terminkalender anpaßt? Eine Frau, die selbst nichts von Leidenschaft versteht und die deshalb nicht merken wird, daß Ihnen derartige Emotionen vollkommen fremd sind?«

»Du brauchst dir über meine Privatangelegenheiten nicht den Kopf zu zerbrechen.« Jared wandte sich zum Gehen. »Du hast bekommen, was du wolltest. Gib dich damit zufrieden.«

»Ist das etwa eine Drohung, Jared?«

»Ja, ich glaube, das ist es.«

»Du kaltblütiger, arroganter Bastard.« Demetria ballte die Hand zur Faust. »Es ist so leicht für dich, Drohungen auszusprechen. Nur weil du bereits bei deiner Geburt ein Vermögen und einen Titel hattest, glaubst du, du seist uns allen haushoch überlegen. Aber weißt du was, Jared? Ich beneide dich nicht im geringsten.«

Jared lächelte. »Das freut mich zu hören.«

»Nein, ich beneide Sie wirklich nicht, Mylord.« Demetrias Augen blitzten. »Sie sind dazu verdammt zu leben, ohne auch nur einmal die Leidenschaft kennenzulernen, die Ihr Blut zum Kochen bringt. Sie werden niemals wissen, wie es ist, in einen Strom gewaltiger Emotionen zu stürzen, die einen vollkommen mitreißen.«

»Demetria –«

»Du wirst niemals die süße Freude erleben, die man verspürt, wenn man mit jemandem zusammen ist, dessen Seele die eigene Seele berührt. Du mit deiner Krämerseele wirst niemals wissen, was es heißt, die Macht zu besitzen, einen geliebten Menschen dazu zu bewegen, diese Liebe zu erwidern, nicht wahr, Jared?«

Jared blickte ihr in die Augen und wußte, daß sie an denselben Nachmittag dachte wie er, als er sie in den Ställen auf der Isle of Flame geküßt hatte.

Dieser Kuß war anders gewesen als die höflichen, unschuldigen Küsse vorher. Es war der verzweifelte Versuch gewesen, sie zu einer Reaktion zu bewegen. Dieser Kuß hatte sie beide überrascht, nicht jedoch die Antwort, die er darauf erhalten hatte.

Er wußte, daß sie beide an diesem Tag die Wahrheit erkannt hatten. Zwischen ihnen konnte es keine Leidenschaft geben. In diesem Moment hatte Jared zum ersten Mal begriffen, daß er Leidenschaft in seiner Ehe brauchte. Er nahm an, daß er Demetria dankbar dafür sein sollte, daß sie ihm die Augen geöffnet hatte.

»Ich werde mich eben mit dem begnügen müssen, was ich habe«, sagte Jared. »Guten Tag, Demetria. Laß dich nicht dabei erwischen, daß du meine Frau erneut belästigst. Und ich rate dir, deinen verdammten Bruder von mir fernzuhalten.«

»Warum?« Angst flackerte in Demetrias Augen auf. »Du kannst ihm nichts anhaben. Mein Mann hat Geld und Einfluß. Er wird Gifford vor dir schützen, wenn es nötig ist.«

Jared zog die Brauen hoch. »Dein Mann ist voll und ganz damit beschäftigt, ein Heilmittel für sein unglückseliges Leiden zu finden. Da wird er nicht viel Zeit haben, sich um deinen närrischen Bruder zu kümmern. Außerdem, wenn du Seaton wirklich einen Gefallen erweisen willst, hörst du endlich auf, ihn permanent zu beschützen. Allmählich wird es Zeit, daß einmal ein Mann aus ihm wird.«

»Er ist ein Mann, verdammt.«

»Er ist ein Junge, mit den wilden, unkontrollierten Gefühlen eines Jungen. Er ist verwöhnt, mürrisch und launisch. Du hast ihn nie losgelassen, sondern ihn immer vor allem abgeschirmt. Wenn du ihn endlich erwachsen werden ließest, würde er vielleicht lernen, die Verantwortung für seine Taten zu übernehmen.«

»Ich habe mich mein Leben lang um meinen Bruder gekümmert«, sagte Demetria heftig. »Ich will und brauche deinen Rat nicht.«

Jared zuckte mit den Schultern. »Wie du willst. Aber falls du oder Seaton mir noch einmal über den Weg laufen solltet, verläßt du dich besser nicht darauf, daß ich mich noch einmal wie ein Gentleman verhalte. Das habe ich schon mal getan, falls du dich daran erinnerst. Einmal reicht.«

»Du verstehst das nicht«, zischte Demetria. »Aber du verstehst ja nie etwas. Gehen Sie, Chillhurst, oder ich lasse Sie hinauswerfen.«

»Mach dir nur keine Umstände. Ich gehe gerne.«

Ohne sich noch einmal umzublicken, verließ Jared den Salon. Der Butler war verschwunden, aber Gifford stand direkt neben der Tür. Er war weiß vor Zorn.

»Was haben Sie hier zu suchen, Chillhurst?«

»Ich besuche Ihre charmante Schwester, obgleich Sie das eigentlich nichts angeht.« Jared ging an Gifford vorbei zur Haustür.

»Verdammt, was haben Sie zu ihr gesagt?«

Jared hatte bereits die Hand am Türknauf, drehte sich jedoch noch einmal kurz um. »Ich werde Ihnen genau erklären, was ich zu ihr gesagt habe: Kommen Sie nicht noch einmal in die Nähe meiner Frau, Seaton.«

Gifford verzog sein hübsches Gesicht zu einer ärgerlichen Grimasse. »Wir wissen beide, daß dies eine leere Drohung ist. Beaumont ist viel zu mächtig, selbst für Sie.«

»Ich an Ihrer Stelle würde mich nicht darauf verlassen, daß sich Beaumont schützend vor Sie stellt.« Jared öffnete die Tür. »Oder Ihre Schwester.«

Gifford trat einen Schritt vor. »Der Teufel soll Sie holen, Chillhurst. Was soll das heißen?«

»Wenn Sie mich beleidigen, indem Sie in die Nähe meiner Frau kommen, werde ich dafür sorgen, daß Sie das sehr bereuen werden.«

»Chillhurst«, stichelte Gifford leise, »Sie drohen doch nicht etwa, mich herauszufordern? Wir wissen beide, daß Sie viel zu vernünftig und *viel zu feige* sind, um ein Duell zu riskieren.«

»Wie ich sehe, ist es sinnlos, weiter mit Ihnen über diese Angelegenheit zu sprechen. Ich habe Sie gewarnt.« Jared trat hinaus auf die Treppe und schloß leise die Tür hinter sich.

Die Mietkutsche wartete immer noch.

»Zur Bibliothek des Musgrave-Instituts«, rief Jared dem Kutscher zu. »Und zwar schnell. Ich habe dort eine Verabredung.« Er öffnete die Tür und stieg ein.

»Ja, Sir.« Der Kutscher seufzte und lockerte die Zügel.

Jared lehnte sich zurück, als das Gefährt anfuhr. Demetria irrte sich, wenn sie dachte, daß er zu einem Leben ohne Leidenschaft verdammt sei. Im Augenblick wurde er von einem inneren Aufruhr aufgefressen, der alles übertraf, was er je erlebt hatte.

Dies war sein Hochzeitstag. Er sollte ruhig und gelassen sein, nun da seine Pläne aufgingen. Olympia würde bald ihm gehören, sowohl vor Gott als auch vor aller Welt. Trotzdem war er heute morgen mit einer inneren Unruhe erwacht, die er auch jetzt noch verspürte.

Er verstand das Gefühl nicht, das wie ein Geschwür in seinem Inneren wucherte. Schließlich war er im Begriff, sich die Frau, die er begehrte, zu eigen zu machen.

Aber er wußte einfach nicht genau, weshalb sie seinen Antrag angenommen hatte.

Olympia hatte sich zunächst geweigert, ihn zu heiraten, aber nach der Szene mit Demetria gestern hatte sie verkündet, daß sie ihre Meinung geändert hätte.

Jared blickte hinaus auf die belebten Straßen. Sicherlich hatte Olympia sich nicht bereit erklärt, ihn zu heiraten, nur weil er in der Lage war, Ordnung in ihren Haushalt zu bringen. Er wußte, daß mehr dahintersteckte. Es *mußte* mehr dahinterstecken.

Sie begehrte ihn. Die Erinnerung an ihre Leidenschaft sollte ihn eigentlich beruhigen, aber aus irgendeinem Grund tat sie das nicht. Olympia hatte ihm deutlich zu verstehen gegeben, daß sie weder nur aus Leidenschaft noch um ihren Ruf zu retten, zur Heirat bereit war. Sie war eine Frau von Welt, dachte er bitter, ihrer Meinung nach waren dies keine Gründe für eine Ehe.

Weshalb also hatte sie schließlich zugestimmt, ihn zu heiraten, fragte er sich zum tausendsten Mal. Diese Frage quälte ihn seit gestern. Er war überzeugt, daß Demetria während ihres Besuchs irgend etwas gesagt oder getan hatte, das Olympia dazu gebracht hatte, seinen Antrag anzunehmen. Aber das machte einfach keinen Sinn.

Es sei denn, die Auseinandersetzung im Besuchersalon hätte Olympia deutlich gemacht, daß sie ihn aus Anstand heiraten mußte.

Schließlich war es eine Sache, darüber zu sprechen, die Welt zu täuschen, indem man vorgab, verheiratet zu sein, aber etwas gänzlich anderes, ein solch gewagtes Vorhaben tatsächlich durchzuführen. Trotz ihres Geredes von Weltlichkeit war Olympia nichts anderes als eine unschuldige junge Frau aus einem kleinen Dorf auf dem Land. Sie hatte keine Ahnung gehabt, wovon sie sprach, als sie unbekümmert verkündet hatte, sie könnten das Ehepaar spielen und damit durchkommen.

Natürlich hatte sie nicht gewußt, daß sie sich als Gattin eines Vicomte würde ausgeben müssen. Sie hatte gedacht, daß er ein einfacher Hauslehrer sei. Er mußte zugeben, daß ihr Plan durchaus hätte funktionieren können, wenn er sie nicht gleich am Anfang ihrer Beziehung getäuscht hätte.

Jared wußte, daß es seine eigene Schuld war, daß er sich nun in dieser entsetzlichen Situation befand. Zweifelsohne verdiente er es, daß er von Unsicherheit geplagt und von Fragen gequält wurde, die er einfach nicht stellen konnte. Er schwankte ständig zwischen Hoffnung und Verzweiflung.

Das also waren die Folgen unbekümmerter Leidenschaft.

So sei es. Er lächelte grimmig. Es war klar, daß nichts mehr sicher war, wenn ein Mann sich erst einmal den wütenden Kräften der Begierde hingegeben hatte. Er konnte nur versuchen, in dem wirbelnden Strudel der Gefühle nicht unterzugehen.

Heute war seine Hochzeitsnacht. Er würde sich durch nichts in der Welt davon abhalten lassen, sich das, was er am heftigsten begehrte, zu nehmen. Heute abend würde er Olympia in sein Bett holen, sie zu seiner Frau machen. Er würde in ihrer Liebe schwelgen, würde die Gewißheit genießen, endlich einen klaren Anspruch auf sie zu haben.

Vielleicht wußte er nicht, weshalb sie der Hochzeit zugestimmt hatte, aber er war sich wunderbar sicher, daß sie ihn mit der gleichen Leidenschaft begehrte, die er für sie empfand.

Das reichte ihm zwar nicht, aber es war wesentlich mehr, als er jemals von Demetria bekommen hatte.

Das Feuerwerk, das den Himmel über den Gärten von Vauxhall erleuchtete, war so faszinierend, daß Olympia beinahe das Durcheinander vergaß, das sich in ihrem Kopf abspielte.

Sie war verheiratet.

Sie konnte es noch nicht ganz begreifen.

Mit Jared verheiratet.

Es war einfach unmöglich. Die bescheidene, geschäftsmäßige Zeremonie, die am frühen Nachmittag von einem Pfarrer in einem der Londoner Vororte abgehalten worden war, hatte irgend etwas Unwirkliches gehabt.

Sie waren auf ewig aneinander gebunden.

Was, wenn sie einen entsetzlichen Fehler gemacht hatte, überlegte

Olympia plötzlich verzweifelt. Was, wenn Jared sie niemals so lieben würde, wie sie ihn liebte?

Es gab keinen Zweifel, daß er sie begehrte. Vielleicht konnte sie auf diese Leidenschaft bauen.

Sie mußte auf seine Leidenschaft bauen.

Aber Leidenschaft war nicht Liebe. Sie war eine Frau von Welt. Tante Sophy und Tante Ida hatten sie gelehrt, wie wichtig Liebe war, sie hatten ihr gezeigt, was Liebe war und was nicht. Olympia wußte sehr gut, daß ein himmelweiter Unterschied bestand zwischen körperlicher Begierde und einer tieferen, engeren Bindung.

Sie liebte Jared von ganzem Herzen, aber sie war sich nicht sicher, ob er sich diese Liebe jemals zugestehen würde. Jared mißtraute starken Gefühlen. Er lächelte über seine eigenen Emotionen und hielt sie unter Kontrolle.

Außer wenn er sie liebte, dachte Olympia.

Sie umklammerte ihre Tasche fester, als sie beobachtete, wie erneut Dutzende von Feuerwerkskörpern am Nachthimmel zerbarsten.

Außer wenn er sie liebte.

Heute abend fühlte sie sich so verwegen und wagemutig wie ein Abenteurer, der sich auf die Suche nach einem legendären Schatz begeben hatte.

»Oh, seht euch das an«, flüsterte Ethan hingerissen, als sich ein leuchtender Feuerregen über die Zuschauer ergoß. Er blickte zu Jared, der neben ihm stand. »Haben Sie schon einmal so etwas Schönes gesehen, Sir?«

»Nein«, sagte Jared, aber er sah dabei in Olympias Gesicht und nicht auf das Feuerwerk. »Ich glaube nicht.«

Aus dem Augenwinkel heraus beobachtete Olympia Jareds Gesicht. Nie zuvor hatte er so gefährlich ausgesehen.

Jareds Blick entzündete brillante, leuchtende Funken in Olympias Innerem, die verwirrender waren als das Schauspiel über ihren Köpfen. Unter seinem Blick fühlte sie sich wirklich schön, wie die Heldin einer alten Legende.

»Die Musik ist toll«, rief Hugh. »Ist es nicht aufregend, Tante Olympia?«

»Oh, ja.« Olympia hörte, daß ihre Stimme atemlos klang, und sie sah, wie Jared wissend lächelte. Er wußte ganz genau, daß sie nicht an die Musik dachte, sondern daran, wie er sie später berühren würde. »Wirklich, furchtbar aufregend.«

»Wie der Gesang einer Sirene«, murmelte Jared, so daß nur sie es hören konnte. »Und ich kann ihm nicht widerstehen.«

Olympia riskierte einen zweiten Blick auf sein hartes, unbeugsames Profil. Die männliche Erwartung, die in seinem Gesicht geschrieben stand, ließ sie dahinschmelzen.

Jared ergriff ihren Arm, als die Musik aufbrauste, sich über die Gärten von Vauxhall erhob und die Leute zu wahren Begeisterungsstürmen hinriß.

»Hier müssen Tausende von Leuten sein«, bemerkte Robert.

»Zwei-, dreitausend mindestens«, stimmte Jared zu. »Und das heißt, daß es leicht ist, einen von euch in dem Gedränge zu verlieren.« Er blickte in die aufgeregten Gesichter der Jungen. »Ich möchte, daß ihr mir euer Wort gebt, daß ihr euch nicht von der Stelle rührt.«

»Ja, Sir«, sagte Robert pflichtbewußt, ehe er in erneuten Jubel ausbrach, als ein weiterer Satz Feuerwerkskörper am Himmel explodierte.

»Ja, Sir.« Ethan klatschte begeistert in die Hände, seine Aufmerksamkeit galt allein dem farbenfrohen Schauspiel.

Hugh starrte entzückt in Richtung des Orchesters. »Ja, Sir. Ist es sehr schwer, ein Musikinstrument zu spielen, Sir?«

Jared blickte Olympia in die Augen. »Es erfordert eine Menge

Zeit und viel Übung«, sagte er leise, »aber das tun fast alle lohnenswerten Dinge. Wenn man wirklich mit einer Sache Erfolg haben will, muß man bereit sein, sich dieser Aufgabe ganz zu widmen.«

Olympia wußte, daß er nicht davon sprach, wie man lernte, ein Instrument zu spielen. Er sprach direkt zu ihr. Sie wußte nicht genau, was er meinte, aber sie spürte, daß er ihr irgendein Versprechen gab. Sie lächelte und fühlte deutlich den schweren goldenen Ring, den er ihr am Nachmittag auf den Finger geschoben hatte.

»Wie ist es mit Trommeln?« beharrte Hugh. »Vielleicht sind sie nicht ganz so schwer?«

»Klavierspiel erfüllt einen auf alle Fälle mit größter Befriedigung.«

»Meinen Sie?« Hugh blickte ihn ernst an.

»Ja.« Jared lächelte leicht. »Wenn du ein Musikinstrument spielen möchtest, werde ich einen Lehrer für dich engagieren.«

Hughs Wangen glühten. »Das wäre toll, Sir.«

Olympia berührte Jareds Arm. »Sie sind wirklich sehr gut zu uns, Mylord.«

Jared küßte ihre Hand. »Es ist mir ein Vergnügen.«

»Wo ist Robert?« fragte Ethan plötzlich.

»Vor einer Minute war er noch da«, sagte Hugh. »Vielleicht holt er sich ein Eis. Ich hätte auch gern eins.«

Olympia kam wieder zu Sinnen. Besorgt blickte sie sich um. Robert war in der Menge aufgeregter Leute, die das Feuerwerk beobachteten, nirgends zu entdecken. »Er ist weg, Mylord. Er hat versprochen, in der Nähe zu bleiben, aber ich sehe ihn nicht.«

Mit einem leisen Fluch ließ Jared ihre Hand los. »Der Dunkle Weg.«

Olympia sah ihn an. »Bitte?«

»Ich fürchte, Robert konnte der Versuchung einfach nicht widerstehen, einen Spaziergang auf dem Dunklen Weg zu machen.«

»Oh, ja. Er sprach heute morgen von dieser Wette.« Jareds grimmiger Gesichtsausdruck erfüllte Olympia mit Sorge. »Ist der Dunkle Weg wirklich so gefährlich?«

»Nein«, sagte Jared. »Aber darum geht es nicht. Robert hat mir sein Wort gegeben, daß er in Sichtweite bleiben würde. Und nun ist er verschwunden.«

»Werden Sie ihn dafür schlagen, Sir?« fragte Ethan ängstlich.

Hugh runzelte die Stirn. »Es war wegen der Wette, Sir. Deshalb ist er verschwunden.«

»Es ist egal, warum er verschwunden ist«, sagte Jared bedrohlich leise. »Was zählt, ist, daß er sein Versprechen gebrochen hat. Aber das geht nur Robert und mich etwas an. Nun, ich werde eure Tante in eurer Obhut lassen, während ich ihn suche. Ich erwarte, daß ihr drei euch nicht von der Stelle rührt, bis ich zurück bin.«

»Ja, Sir«, flüsterte Ethan.

»Wir werden schon auf Tante Olympia aufpassen«, versprach Hugh.

Jared blickte Olympia an. »Mach dir keine Sorgen, Olympia. Robert ist bestimmt wohlauf. Ich werde bald mit ihm zurück sein.«

»Ja, natürlich.« Olympia ergriff Hughs Hand und sah sich nach Ethan um. »Wir werden hier auf dich warten.«

Jared drehte sich um und ging davon. Innerhalb von Sekunden war er in der Menschenmenge verschwunden.

Hugh umklammerte Olympias Hand. Seine Unterlippe zitterte. »Ich glaube, Mr. Chillhurst, ich meine, Seine Lordschaft, ist sehr, sehr böse auf Robert.«

»Unsinn«, sagte Olympia beruhigend. »Er ist nur ein wenig verärgert.«

»Vielleicht ist er wegen Robert dann auf uns alle böse«, sagte Hugh besorgt. »Vielleicht beschließt er, daß wir ihm zuviel Ärger machen und daß er uns doch nicht behalten will.«

Olympia beugte sich zu ihm hinunter. »Beruhige dich. Chillhurst wird uns auf keinen Fall wegen Roberts Verhalten oder irgend etwas anderem vor die Tür setzen.«

»Das kann er ja auch gar nicht, oder?« sagte Ethan hoffnungsvoll. »Schließlich hat er dich geheiratet, Tante Olympia. Und jetzt hat er uns eben am Hals, nicht wahr?«

Olympia sah Ethan an. »Ganz richtig. Jetzt hat er uns am Hals.«

Was für ein betrüblicher Gedanke. Olympias frohe Erwartung und Erregung verschwanden. Wenn sie es genau betrachtete, mußte sie sich eingestehen, daß Chillhurst sie aus Gründen der Ehre und aus Leidenschaft heraus geheiratet hatte.

Und nun hatte er sie am Hals.

Kapitel 13

Er hätte sich denken sollen, daß Robert der Versuchung nicht widerstehen könnte, den Dunklen Weg allein entlangzugehen. Es war seine eigene Schuld, daß der Junge sich heimlich fortgeschlichen hatte. Er hatte an seine Hochzeitsnacht gedacht und nicht an seine Verantwortung für die Kinder. Den ganzen Tag schon hatte Leidenschaft sein Denken bestimmt, und nun hatte er die Konsequenzen zu tragen.

Je näher Jared dem Dunklen Weg kam, um so spärlicher wurden die farbigen Laternen, die die Gärten von Vauxhall beleuchteten. Das schwache Mondlicht erhellte die Umgebung nur unzureichend. Die Musik und der Lärm der Menge wurden leiser, als er tiefer in die Gärten hineinging.

Die Bäume standen dicht gedrängt am Rand des finstersten der langen Wege, die sich über das riesige Gelände erstreckten. Hier und da sah Jared Paare, die die Dunkelheit gesucht hatten. Als er eine besonders dicht bewachsene Stelle passierte, hörte er das leise, sinnliche Gelächter einer Frau und das tiefe, leidenschaftliche Murmeln eines Mannes.

Aber Robert war nirgends zu entdecken.

Jared sah sich genau um. Vielleicht hatte er sich auch verrechnet? Es war schließlich durchaus möglich, daß der Junge gar nicht hierher gegangen war. In diesem Fall wäre die Situation erheblich problematischer, als Jared angenommen hatte.

Er verdrängte die Gedanken an seine Hochzeitsnacht. Seine gesamte Planung für den Abend war durcheinandergekommen.

Plötzlich bewegte sich etwas am Wegrand. Ein Mann hüstelte leise. »Emm. Sie sin' nich' zufällig der reiche Typ namens Chillhurst, oder?«

Jared blieb stehen. Er wandte sich in Richtung der dichten Baumreihe links des Weges.

»Ich bin Chillhurst.«

»Dacht' ich's mir doch. Er hat gesagt, daß Sie 'ne Augenklappe ham. ›Sieht aus wie'n verdammter Pirat‹, hat er gesagt.«

»Wer hat das gesagt?«

»Mein Auftraggeber.« Ein kleines, spindeldürres, drahtiges Männlein mit einer schmutzigen braunen Kappe, einem fleckigen Hemd und einer viel zu weiten Hose trat auf den Weg und entblößte sein lückenhaftes Gebiß, um Jared anzulächeln. »'n Abend, Euer Lordschaft. Netter Abend für 'n kleines Geschäft, nich' wahr?«

»Das kommt darauf an. Wer sind Sie?« fragte Jared.

»Also.« Der kleine Mann rieb sich nachdenklich die Wange. »Freunde nennen mich den Reisenden Tom.« Er grinste fröhlich. »Wenn Sie woll'n, können Sie mich auch so nennen.«

»Vielen Dank. Nun, da Sie bereits zu wissen scheinen, wer ich bin, könnten wir vielleicht die gegenseitige Vorstellung beenden und zum Thema kommen. Ich habe heute abend noch eine wichtige Verabredung.«

Der Reisende Tom nickte zufrieden. »Das Balg hat mir schon erzählt, daß Sie sich Ihre Terminplanung nich' gerne durcheinanderbringen lassen. Is' mir recht. Ich bin auch Geschäftsmann, genau wie Sie un' der Typ, der mich heute abend angeheuert hat. Un' 'n Geschäftsmann muß seine Termine schließlich einhalten, ne?«

»Vollkommen richtig.«

»Wir Geschäftsleute wissen, wie wir miteinander umgehn müssen.« Der Reisende Tom schüttelte traurig den Kopf. »Nich' wie die anderen.«

»Welche anderen?« fragte Jared geduldig.

»Die elenden Angeber, die nich' das kleinste bißchen Verstand ham. Ich bin sicher, Sie wissen, wovon ich spreche. Es gibt diesen Typ, der bei jedem kleinen Geschäft gleich ein Riesentheater macht und mit Pistolen rumfuchtelt und lächerliche Drohungen ausstößt.«

»Ja, ich kenne diesen Typ.«

»Aber zum Glück gibt's ja noch vernünftige Männer wie uns, M'lord.« Der Reisende Tom nickte weise. »Männer, die 'n kühlen Kopf behalten und logisch denken, statt ihre Entscheidungen aus dem Gefühl heraus zu treffen. Leute wie wir lassen ihr Blut nich' wegen 'ner lächerlichen Geldangelegenheit in Wallung geraten, oder?«

»Gewiß nicht«, pflichtete ihm Jared bei. »Ah, wenn ich vielleicht fragen dürfte, wo genau ist der Junge im Moment?«

»In Sicherheit. Ich hab' ihn ganz in der Nähe der Gärten untergebracht. Nun, ich glaube, Sie wolln ihn möglichst schnell zurückhaben, un' darum schlage ich vor, daß wir die Sache hinter uns bringen.«

»Ich stehe Ihnen zu Diensten.« Jared bezwang seinen Zorn und seine Sorge um Robert und blickte sein Gegenüber gelassen an. Es nützte nichts, wenn er irgendeine Gefühlsregung zeigte. Der Reisende Tom hatte recht. Wenn er Robert helfen wollte, mußte er die Sache wie ein ganz normales Geschäft betrachten.

Jared hatte vor ein paar Monaten in Spanien etwas ganz ähnliches erlebt. Damals hatte er mit Banditen über die Freilassung seiner beiden Cousins verhandelt.

Es schien sein Schicksal zu sein, immer irgendwelche Leute aus Situationen zu retten, in die sie aus Leichtsinn hineingeraten waren.

Und wer würde ihn retten?

Er schob diesen flüchtigen Gedanken beiseite und konzentrierte sich wieder auf die Verhandlungen mit dem Männchen.

Das Gewicht des Dolches in der Innentasche seines Mantels war beruhigend, aber er zögerte, die Waffe herauszuholen. Er hatte die Erfahrung gemacht, daß Gewalt ein meistens unnötiger letzter Ausweg war, das Zeichen gescheiterter Verhandlungen. Für gewöhnlich gab es bessere Methoden, mit Problemen umzugehen. Ruhigere, vernünftigere Methoden.

»Freut mich zu hören.« Der Reisende Tom bedachte ihn mit einem verschwörerischen Zwinkern, das zeigen sollte, daß sie beide Männer von Welt waren. »Nun, es is' ganz einfach, M'lord. Mein Auftraggeber will etwas von Ihnen. Dafür gibt er Ihnen das Gör zurück.«

»Und was will Ihr Auftraggeber von mir?«

»Das hat er nich' gesagt. Unter uns gesagt, M'lord, ich nehme an, er will ziemlich viel Geld. Ich bin mir sicher, daß Sie wissen, wie solche Sachen laufen. Mir wurde nur gesagt, daß ich den Jungen heute abend einkassieren und Ihnen eine Nachricht überbringen soll. Der Rest geht mich nichts an.«

»Was ist das für eine Nachricht?« wollte Jared wissen.

Der Reisende Tom zog seinen Gürtel hoch und setzte eine wichtige Miene auf. »Sie werden morgen einen Brief kriegen, in dem steht, daß Sie um eine bestimmte Zeit an einen bestimmten Ort kommen soll'n. Außerdem steht in dem Brief auch, was Sie mitbringen soll'n.«

»Das ist alles?«

»Ich fürchte, ja.« Der Reisende Tom zuckte mit den Schultern. »Wie gesagt, ich spiele nur eine unwichtige Rolle bei der ganzen Sache.«

»Dürfte ich fragen, wieviel Ihnen Ihr Auftraggeber für Ihre Bemühungen heute abend zahlt?« fragte Jared leise.

Der Reisende Tom blickte ihn interessiert an. »Eine berechtigte Frage, wenn ich so sagen darf, M'lord. Wirklich berechtigt. Zufällig glaube ich, daß ich für die Zeit un' die Mühe, die mich das Ganze kostet, nich' eben genug bekomme.«

»Das überrascht mich nicht. Sie sagten, Ihr Auftraggeber sei ein Geschäftsmann, und solche Männer versuchen immer, einen übers Ohr zu hauen, nicht wahr?«

»Das ist für sie so normal wie das Atmen, M'lord.«

»Mir ist klar, daß ein Mann mit Ihren Fähigkeiten für seinen Zeitaufwand angemessen entschädigt werden sollte.« Jared zog seine Uhr hervor und runzelte nachdenklich die Stirn. Es war so dunkel, daß er die Uhrzeit nicht erkennen konnte, aber das Mondlicht reichte gerade, um zu erkennen, daß die Uhr aus Gold war.

»Ja, Sir, stimmt.« Beim Anblick der hübschen Uhr blitzten die Augen des Reisenden Tom auf. »Zeit is' Geld für einen Geschäftsmann.«

Jared ließ die Uhr an seinem Finger baumeln. »Für vielbeschäftigte Männer gibt es nichts Wichtigeres als Effektivität. Transaktionen, die innerhalb weniger Minuten erledigt werden können statt durch stundenlange Verhandlungen, erlauben es einem, an einem Abend gleich mehrere profitable Geschäfte zu machen.«

»Sie ham', wenn ich so sagen darf, einen erstaunlich scharfen Verstand, Sir.«

»Vielen Dank.« Jared schwenkte die Uhr, so daß das Gold bei jeder Bewegung aufblitzte. »Ich schlage vor, Sir, daß wir uns beide eine Menge Arbeit ersparen, indem wir uns auf der Stelle einigen.«

Der Reisende Tom sah die Uhr an, wie eine Forelle nach dem Köder blickt. »Vielleicht, Sir. Vielleicht.«

»Was hat Ihnen Ihr bisheriger Auftraggeber für Ihre Dienste bezahlt?«

Der Wicht blickte Jared verschlagen an. »Vierzig Pfund. Zwanzig sofort und den Rest, wenn ich die Ware liefere.«

Er log, dachte Jared. Wenn überhaupt, hatte der Reisende Tom wahrscheinlich insgesamt höchstens zwanzig Pfund bekommen. Die goldene Uhr war erheblich mehr wert.

»Sehr gut, bringen wir es also hinter uns.« Jared umschloß die Uhr mit seinen Fingern. »Wie gesagt, ich habe heute abend noch eine wichtige Verabredung. Ich biete Ihnen die Uhr für den Jungen. Wenn Sie annehmen, heißt das, daß Sie Ihre Belohnung sofort erhalten und nicht erst morgen.«

»Die Uhr, he?« Der Reisende Tom überlegte. »Tja, nun, ich hab' schließlich keine Garantie, daß ich die zweite Hälfte des Geldes von meinem Auftraggeber noch kriege, oder?«

»Nein.« Jared machte eine Pause. »Es sei denn, Sie wüßten genau, wer er ist, und könnten auf Bezahlung klagen.«

»Ich kenne seinen Namen nich', und er kennt meinen nich'. Wissen Sie, ich ziehe es vor, über Mittelsmänner zu arbeiten. Das is' für alle Beteiligten sicherer.«

»Sehr vernünftig.« Jared verbarg seine Verärgerung. Es hätte die Sache erheblich vereinfacht, wenn er gleich heute abend herausgefunden hätte, wer hinter der Entführung steckte. Nun müßte er seine Zeit mit der Suche nach der Person vergeuden.

»Ja, Sir, ich bin immer sehr vorsichtig bei meiner Arbeit. Nun, zu der Uhr.«

»Das Gehäuse ist aus Gold, wie Sie sicher unschwer erkennen. Sehr gut verarbeitet. Die Kette ist mit einer wertvollen Spange versehen. Das Ding hat einen Wert von hundertfünfzig Pfund, aber vielleicht wollen Sie es als Erinnerung an den heutigen Abend behalten, statt es an einen Hehler zu verkaufen.«

»Als Erinnerung, he? Meine Freunde wären bestimmt ganz schön beeindruckt, meinen Sie nich?« Der Reisende Tom leckte sich die Lippen und zog erneut seinen Gürtel hoch. »Und dafür woll'n Sie sicher das Gör zurück, oder?«

»In der Tat. Ich will den Jungen noch heute abend zurück.« Jared sah den Reisenden Tom an. »Ich habe morgen früh wichtigere Dinge zu tun, als meine Zeit mit Zahlungen von Lösegeldern zu vergeuden.«

»Das kann ich versteh'n, Sir.« Der Reisende Tom bleckte erneut seine schwarzweißen Zähne. »Folgen Sie mir, M'lord. Dann haben wir die Sache in ein paar Minuten erledigt.«

Der Reisende Tom drehte sich um und sprang vom Weg ins dichte Gebüsch. Jared steckte die Uhr wieder in die Tasche und ließ seine Hand in die Innentasche seines Mantels gleiten. Er umfaßte den Griff des Dolches, zog ihn jedoch nicht hervor.

Nach ein paar Minuten hatten sie sich durch das Gebüsch gekämpft und traten hinaus auf die Straße. Als sie die Gärten verlassen hatten, eilte der Reisende Tom an einer Reihe wartender Kutschen vorbei und bog in eine enge Gasse ein. Dort in der Dunkelheit stand eine kleine, verdunkelte Droschke.

Auf dem Bock saß ein in einen schmutzigen Umhang gehüllter Kutscher, dem bei Jareds Anblick ein Ausruf der Verwunderung entfuhr. Langsam setzte er seine Ginflasche ab und verstaute sie unter dem Sitz.

»Also, was is' 'n jetzt los?« Der Kutscher bedachte den Reisenden Tom mit einem bösen Blick. »Davon war nich' die Rede, daß dieser Typ mitkommt.«

»Er kommt nich' mit«, beruhigte ihn der Kleine. »Wir ham uns geeinigt. Wir geben ihm das Balg wieder.«

»Un' was kriegen wir dafür?« fragte der Kutscher mürrisch.

»Eine Uhr, die uns dreimal mehr einbringt als das, was wir für diesen Auftrag gekriegt ham.«

Der Kutscher blickte Jared scharf an und schob die Hand in den Umhang. »Tja, un' warum nehmen wir nich' einfach seine Uhr und das Gör?«

Jared machte einen Schritt vor und schlang dem Reisenden Tom einen Arm und den Hals. Er zog den Dolch aus dem Schaft und setzte ihn dem Männchen an die Kehle. »Ich würde es vorziehen, wenn Sie sich an unsere Abmachung hielten«, sagte er leise. »Aber wenn Sie wollen, können wir die Sache natürlich auch komplizierter gestalten.«

»Beruhigen Sie sich, M'lord«, beeilte sich der Reisende Tom zu sagen. »Mein Freund is' manchmal 'n bißchen unüberlegt. Er is' eben nich' so besonnen wie Sie un' ich. Aber er arbeitet für mich, un' er tut, was ich sage.«

»Dann sagen Sie ihm, daß er die Pistole aus der Tasche nehmen und auf den Boden werfen soll.«

Der Reisende Tom bedachte den Kutscher mit einem finsteren Blick. »Tu was er sagt, Davy. Wir machen 'n ganz schönes Geschäft heute abend. Also mach die Sache nich' komplizierter als sie is'.«

»Bist du sicher, daß du ihm trauen kannst?« Davy sah ihn skeptisch an.

»Mann, das is' 'n echter Gentleman«, murmelte der Reisende Tom. »Sogar mein Auftraggeber sagt, daß er jemand is', der sich an Abmachungen hält.«

»Na gut. Wenn du dir sicher bist.«

»Ich bin mir sicher, daß ich nich' will, daß er mir die Kehle durchschneidet«, fuhr der Reisende Tom ihn an. »Jetzt hol endlich das Balg aus der Kutsche un' laß uns verschwinden.«

Der Kutscher zögerte kurz, sprang dann aber von seinem Sitz. Er öffnete die Tür des Gefährts, griff hinein und schleuderte den gefesselten und geknebelten Robert auf das Pflaster.

»Also bitte«, brummte der Kutscher. »Un' jetzt her mit der Uhr, von der Tom geredet hat.« Er schubste den Jungen zu Jared hinüber.

Mit vor Angst weit aufgerissenen Augen stolperte Robert vorwärts. Jared ließ den Dolch sinken, ehe das Kind ihn sah, und drückte dem Reisenden Tom die Klinge in den Rücken.

»Hierher, Robert.«

Beim Klang von Jareds ruhigem Befehlston flog Roberts Kopf herum. Er stieß einen erstickten Schrei aus, und die Angst verschwand aus seinen Augen. Statt dessen mischte sich Erleichterung in den verzweifelten Blick.

Jared ließ den Dolch wieder in den Schaft gleiten. Er machte einen Schritt zurück und zog die Uhr aus der Tasche. Dann stieß er den Reisenden Tom in Richtung der Kutsche.

»Verschwinden Sie«, sagte Jared. »Wir sind fertig.«

»Was is' mit meiner Uhr?« winselte der Reisende Tom.

Jared warf ihm die Uhr in hohem Bogen zu. Das goldene Gehäuse blitzte im Mondlicht. Mit einem zufriedenen Glucksen fing der Reisende Tom das Prachtstück auf.

»Es is' ein echtes Vergnügen, mit Ihnen Geschäfte zu machen, Sir«, sagte er, während er die Uhr in seine Tasche gleiten ließ.

Jared machte sich nicht die Mühe zu antworten. Er packte Robert am Arm und zerrte ihn eilig aus der engen Gasse hinaus in die relativ sichere, belebte Straße. Dann befreite er den Jungen von dem Knebel.

»Ist alles in Ordnung, Robert?«

»Ja, Sir«, erwiderte dieser mit leicht zittriger Stimme.

Jared löste die Fesseln von Roberts Handgelenken. »So, jetzt kannst du dich wieder bewegen. Gehen wir. Deine Tante und deine Brüder warten auf uns. Sie machen sich bestimmt schon Sorgen.«

»Sie haben ihm Ihre Uhr gegeben.« Robert starrte Jared betroffen an.

»Und du hast mir dein Ehrenwort gegeben, daß du dich nicht von uns entfernen würdest.« Jared führte Robert durch das Gewühl der Kutschen zurück zu den Gärten.

»Es tut mir wirklich leid, Sir«, sagte Robert leise. »Ich wollte nur allein den Dunklen Weg entlanggehen. Wissen Sie, es ging schließlich um eine Wette.«

»Die Wette war dir also wichtiger als dein Ehrenwort?« Jared ging eiligen Schrittes durch die Menge in Richtung des hell erleuchteten Flecks, an dem er Olympia und die Zwillinge zurückgelassen hatte.

»Ich dachte, ich wäre zurück, bevor Sie mich überhaupt vermissen«, sagte Robert elend.

»Genug jetzt. Wir werden morgen früh darüber sprechen.«

Robert sah Jared erneut ängstlich an. »Ich nehme an, Sie sind mir jetzt sehr böse.«

»Ich bin sehr enttäuscht, Robert. Das ist etwas anderes.«

»Ja, Sir.« Robert verfiel in Schweigen.

Das Feuerwerk war beendet, aber das Orchester spielte immer noch. Olympia wartete mit den unruhigen und gelangweilten Zwillingen. Als sie Jared und Robert erblickte, hellte sich ihre besorgte Miene auf.

»Da seid ihr ja«, sagte sie mit offensichtlicher Erleichterung. »Wir wollten euch schon nachgehen.«

»Das stimmt«, sagte Ethan eifrig. »Tante Olympia sagte, es wäre bestimmt nicht gefährlich, wenn wir alle zusammenbleiben und euch suchen würden.«

Jared dachte daran, was hätte passieren können, wenn Olympia und die Zwillinge in einem ungünstigen Augenblick in die Verhandlungen geplatzt wären, die er mit dem Reisenden Tom geführt hatte. Der Ärger und die Sorge, die er während der letzten halben Stunde hatte unterdrücken müssen, brachen sich Bahn.

»Ich habe Ihnen gesagt, daß Sie mit den Zwillingen hier bleiben sollen«, sagte er sehr leise. »Wenn ich einen Befehl erteile, erwarte ich, daß ihm Folge geleistet wird, Madam.«

Olympia starrte ihn an, als hätte er sie geschlagen. Dann blitzte Verständnis in ihren Augen auf. »Ja, Mylord«, sagte sie sehr sanft.

Eilig blickte sie zu Robert. »Was ist passiert? Wo warst du?«

»Ich bin direkt auf dem Dunklen Weg von einem Schurken entführt worden«, sagte Robert nicht ohne einen gewissen Stolz in der Stimme. Er blickte Jared an, und seine Aufregung erstarb. »Er hat mich aus den Gärten gezerrt und gesagt, daß er mich bis morgen bei sich behalten würde.«

»Du verkohlst uns, oder?« wollte Ethan wissen.

Hugh schwankte zwischen Unglauben und Entsetzen. Er wandte sich an Jared. »Das stimmt doch nicht, oder, Sir? Niemand hat Robert entführt. Er will uns nur auf den Arm nehmen.«

»Ich fürchte, Robert sagt die Wahrheit.« Jared ergriff Olympias Arm und wandte sich in Richtung des Ausgangs.

»Was sagst du da?« Olympia schüttelte Jareds Hand ab, packte Robert bei den Schultern und zog ihn an sich. »Robert, stimmt das? Jemand hat dich heute abend entführt?«

Robert nickte und ließ den Kopf hängen. »Ich hätte nicht allein den Dunklen Weg entlangspazieren sollen.«

»Mein Gott.« Olympia drückte ihn fest an sich. »Ist alles in Ordnung?«

»Ja, natürlich.« Robert entwand sich der Umarmung und richtete sich auf. »Ich wußte, daß Mr. Chillhurst, ich meine, Seine Lordschaft, mich suchen würde. Ich wußte nur nicht, ob er heute abend noch käme. Ich dachte, vielleicht müßte ich bis morgen warten.«

»Aber warum hat man versucht, dich zu entführen?« fragte Olympia. Sie blickte Jared an. »Ich verstehe das nicht. Was wollte der Schurke von ihm?«

»Ich weiß es nicht«, sagte Jared. Er ergriff erneut ihren Arm und führte die kleine Gruppe durch das Tor auf die Straße hinaus. »Ich muß zugeben, daß ich nicht lange genug mit dem Entführer gesprochen habe, um herauszufinden, was hinter der Sache steckt.«

»Gütiger Himmel«, flüsterte Olympia. »Es gibt nur einen Grund, weshalb irgend jemand Robert entführen wollen könnte.«

»Welchen?« fragte Hugh aufgeregt.

»Er muß hinter dem Lightbourne-Tagebuch hergewesen sein«, sagte Olympia mit grimmiger Entschlossenheit.

»Verflucht«, murmelte Jared.

»Wer auch immer hinter dieser Sache steckt, muß vorgehabt haben, Robert gegen das Tagebuch auszutauschen«, erklärte Olympia. »Auf so eine gemeine Idee kann nur ein Mensch kommen.«

Zu spät merkte Jared, worauf sie mal wieder hinauswollte. »Also, Olympia…«

»Der Wächter«, sagte Olympia sehr ernst. »Verstehst du das nicht? Er muß es gewesen sein. Wir müssen ihn aufhalten, ehe etwas Schreckliches passiert. Vielleicht sollten wir einen Spitzel engagieren, um ihn zu finden. Meinen Sie, das könnte klappen, Mylord?«

Nun reichte es Jared. »Verdammt, Olympia, würdest du endlich einmal aufhören, permanent über diesen verfluchten Wächter zu reden? Diesen Menschen gibt es nicht. Wenn es ihn jemals gegeben hat, ist er lange tot. Außerdem ist dies weder die rechte Zeit noch der rechte Ort für deine lächerlichen Phantasien.«

Olympia erstarrte. Die drei Jungen blickten Jared vorwurfsvoll an. Jared verfluchte sich selbst.

Er wußte, daß sich der schwelende Zorn, den er verspürte, vor allem gegen ihn selbst richtete. Er hatte seine Pflichten vernachlässigt. Doch statt Robert im Auge zu behalten, hatte er an seine Hochzeitsnacht gedacht.

Diese Erkenntnis verschlimmerte seine Laune noch. Er konnte nur noch daran denken, wie nah sie alle heute abend einer Katastrophe gekommen waren.

Und nun machte sie den Wächter für alles verantwortlich.

Kurz vor seiner Hochzeitsnacht sollte ein Mann keinen solchen Unsinn ertragen müssen, dachte Jared, während er einer Mietkutsche winkte. Auch wenn er selbst dafür verantwortlich war.

»Wie haben Sie Robert zurückbekommen, Mylord?« fragte Ethan mit der ihm eigenen unstillbaren Neugierde.

»Ja, Sir«, echote Hugh, als er in die Kutsche sprang. »Wie haben Sie Robert gerettet?«

Es war Robert, der antwortete. Er warf Jared einen betrübten Blick zu und sah eilig wieder weg. »Seine Lordschaft hat dem Schuft seine Uhr gegeben.«

»Seine Uhr?« Ethan riß die Augen auf.

In der dunklen Kutsche herrschte bedrücktes Schweigen. Als das Gefährt anfuhr, starrten alle Jared an.

»O nein«, murmelte Olympia.

»Verflucht«, flüsterte Ethan.

»Das glaube ich nicht«, sagte Hugh. »Ihre schöne Uhr, Sir? Sie haben die Uhr gegen Robert eingetauscht?«

Robert saß kerzengerade auf seinem Platz. »Es stimmt doch, nicht wahr, Mylord? Sie haben dem Schurken Ihre Uhr gegeben.«

Jared sah sie alle der Reihe nach an, bis sein Blick schließlich auf Robert gerichtet war. »Wir werden morgen früh um neun darüber sprechen, Robert. Bis dahin sagt niemand mehr ein Wort zu diesem Thema.«

Erneut schwiegen alle.

Zumindest dieses Mal hatte er das letzte Wort behalten. Jared lehnte sich in die Kissen zurück und blickte grüblerisch aus dem Fenster. Dies war wirklich kein allzu gelungener Auftakt für eine Hochzeitsnacht.

Er fragte sich, weshalb in letzter Zeit in seinem Leben einfach nichts mehr nach Plan verlief.

Anderthalb Stunden später ging Olympia in ihrem kleinen Schlafzimmer auf und ab. Zum vierten Mal, seit sie ihr Nachthemd und den Chintzmorgenmantel angezogen hatte, blickte sie auf die Uhr, die auf der Spiegelkommode stand. Noch immer drang kein Laut aus Jareds Schlafzimmer.

Im Haus herrschte seit fast einer Stunde Ruhe. Alle außer Jared waren in ihren Betten. Selbst Minotaurus war in der Küche verschwunden.

Jared hatte sich, nachdem er alle anderen auf ihre Zimmer geschickt hatte, mit eine Flasche Brandy im Arbeitszimmer eingeschlossen. Er war immer noch dort unten.

Dies war ihre Hochzeitsnacht, aber Olympia erwartete sie nicht mehr mit derselben Sehnsucht und Vorfreude wie zuvor. Sie war sich keineswegs sicher, ob sie überhaupt eine Hochzeitsnacht erleben würde. Jareds schlechte Laune hing über dem ganzen Haus.

Olympia spürte seine elende Stimmung, konnte sie aber nicht ganz verstehen. Sie hatte sich gesagt, daß die Ereignisse des Abends einfach zuviel für ihn gewesen waren. Dies war eine vernünftige Erklärung für seine schlechte Laune. Schließlich hatte es ihn einiges gekostet, Robert zu retten, der sich gar nicht erst allein hätte aus dem Staub machen dürfen.

Ihr war auch bewußt, daß Jared einige höchst unangenehme Augenblicke erlebt haben mußte bei den Verhandlungen mit den Schurken, die Robert entführt hatten. Und es war wirklich entsetzlich, daß er seine geliebte Uhr hatte fortgeben müssen.

Alles in allem verstand Olympia also durchaus, wie die Ereignisse des Abends Jareds ansonsten nicht so leicht zu erschütternde Gemütsruhe hatten ins Wanken bringen können.

Trotzdem war dies noch lange kein Grund, sich in ihrer Hochzeitsnacht so unhöflich zu benehmen.

Sie erreichte das Ende des kleinen Schlafzimmers, drehte sich um und ging zurück in Richtung der gegenüberliegenden Wand. Tief in ihrem Inneren verspürte sie ein wachsendes Unbehagen.

Sie betete, daß Jared nicht unten im Arbeitszimmer saß und sein Handeln bereits bedauerte.

Was, wenn die Ereignisse des Abends ernste Zweifel am Sinn ihrer Heirat in ihm geweckt hatten?

Was, wenn er zu dem Schluß kam, daß sie und ihre Neffen doch eine zu große Belastung waren?

Was, wenn Jared unten saß und Brandy trank, um zu vergessen, daß er sie alle am Hals hatte?

Olympia blieb vor dem Spiegel ihres Ankleidetisches stehen und runzelte die Stirn. Es war nicht allein ihre Schuld, daß sie und Jared gezwungen gewesen waren zu heiraten, dachte sie. Jared hatte die ganze Katastrophe ausgelöst, als er sich in der Rolle des Hauslehrers bei ihr eingeschlichen hatte.

Er hatte sie von Anfang an getäuscht. Und auch wenn sie seine Gründe vollkommen verstehen konnte, nahm ihr diese Tatsache einen Teil der Verantwortung für die ganze Sache.

Außerdem hatte sie Jared als Lehrer ihrer Neffen eingestellt, und er hatte immer noch nicht ordnungsgemäß gekündigt.

Olympia reckte den Kopf. Jared hatte nicht das Recht, seine

unschuldige Arbeitgeberin in ihrer Hochzeitsnacht so unhöflich zu behandeln. Entschlossen rückte Olympia ihre Haube zurecht, raffte den Morgenmantel und ging zur Tür. Sie öffnete und trat hinaus in den stillen Flur.

Vom Treppenabsatz aus konnte sie den Schein der Kerze unter der Tür des Arbeitszimmer erkennen. Sie straffte die Schultern, ging die Treppe hinab und durchquerte die kleine Eingangshalle.

Sie hob die Hand, um anzuklopfen, besann sich eines Besseren und drehte einfach den Türknauf. Mit erhobenem Kopf segelte sie in das Zimmer und schloß die Tür hinter sich.

Als sie Jared erblickte, blieb sie abrupt stehen. Sein Anblick erschütterte sie mehr, als sie erwartet hatte.

Er flegelte in ihrem Schreibtischstuhl und hatte den entspannten Gesichtsausdruck einer fleischfressenden Bestie. Mit einer Selbstverständlichkeit, als ob das Arbeitszimmer und das gesamte Mobiliar ihm gehörte, hatte er die Füße auf ihren Schreibtisch gelegt.

Die Jacke hatte er ausgezogen. Der Schein der einzigen Kerze, mit der der Raum erleuchtet war, fiel auf sein halbgeöffnetes Hemd. In einer Hand hielt Jared ein halbgeleertes Glas Brandy.

Die schwarze Samtklappe über seinem linken Auge ließ das Glitzern in seinem gesunden Auge noch bedrohlicher erscheinen.

»Guten Abend, Olympia. Ich nahm an, du würdest bereits tief und fest schlafen.«

Olympia wappnete sich gegen den eindeutig unangenehmen Ton. »Ich bin hinuntergekommen, um mit Ihnen zu sprechen, Mr. Chillhurst.«

Jared zog die Brauen hoch. »*Mr.* Chillhurst?«

»Euer Lordschaft«, verbesserte sie sich ungeduldig. »Ich möchte mit Ihnen über eine bestimmte Sache reden.«

»Ach, tatsächlich? Das möchte ich Ihnen nicht raten, Madam. Nicht heute abend.«

Er hielt ihr das Brandyglas entgegen. »Sie müssen nämlich wissen, daß ich nicht gerade allerbester Laune bin.«

»Das sehe ich«, Olympia schenkte ihm ein zaghaftes, ängstliches Lächeln. »Sie haben heute abend viel durchgemacht. Ein sensibler Mann wie Sie wird gewiß durch eine so unangenehme Erfahrung zutiefst erschüttert. Zweifellos brauchen Sie Zeit, um sich zu erholen.«

»Zweifellos.« Jared verzog den Mund. In seinem Blick flackerte bittere Ironie auf, während er noch einen Schluck Brandy zu sich nahm. »Männer, die mit einer derartigen Sensibilität gestraft sind, reagieren nun einmal empfindlich auf Entführungen und ähnliche Dinge.«

»Es besteht keinerlei Veranlassung, sich über Ihre Empfindungen lustig zu machen, Chillhurst«, sagte Olympia ruhig. »Wir sind nun einmal, wie wir sind, und wir müssen das Beste daraus machen.« Sie atmete tief ein und nahm all ihren Mut zusammen. »Und ich habe das Gefühl, daß dasselbe für unsere Ehe gilt, Mylord.«

Jared warf ihr einen angewiderten Blick zu, »Ach, tatsächlich?«

Olympia trat einen Schritt vor und hielt ihren Morgenmantel unter dem Kinn zusammen. »Die Sache ist die, Sir, wir haben einander nun einmal am Hals, wenn Sie verstehen, was ich meine.«

»Wir haben einander am Hals. Eine reizende Vorstellung.«

»Mir ist durchaus bewußt, daß Sie diese Heirat bereits bedauern, und das tut mir aufrichtig leid. Falls Sie sich erinnern, habe ich versucht, Ihnen diese Ehe auszureden.«

»Daran erinnere ich mich nur allzu gut, Madam.«

»Ja, nun, unglücklicherweise können wir daran jetzt nichts mehr ändern. Wir müssen eben versuchen, das Beste daraus zu machen.«

Jared stellte sein Glas ab und stützte die Ellbogen auf die Stuhllehnen. Er legte die Fingerspitzen aneinander und sah sie mit einem rätselhaften Blick an.

»Bedauerst du, daß du mich geheiratet hast, Olympia?«

Sie zögerte. »Ich bedauere, daß Sie sich verpflichtet gefühlt haben, mich zu heiraten, Mylord. Das habe ich nicht gewollt.«

»Ich war nicht im geringsten verpflichtet, dich zu heiraten.«

»Doch, das waren Sie.«

»Mußt du mir eigentlich immer widersprechen?« Jareds Mund war ein dünner Strich. »Ich habe dich geheiratet, weil ich es wollte.«

»Oh.« Diese Aussage überraschte Olympia. Ihre Stimmung besserte sich schlagartig. »Das ist sehr beruhigend, Mylord. Wissen Sie, ich habe mir deswegen leichte Sorgen gemacht. Es ist kein angenehmes Gefühl zu denken, daß man nur geheiratet wurde, weil es keine andere ehrenvolle Möglichkeit gab.«

»Falls du dich erinnerst, habe ich bereits einmal eine Verlobung gelöst. Sei versichert, wenn ich gewollt hätte, hätte ich einen Weg gefunden, um auch diese Verbindung zu beenden.«

»Ich verstehe.«

»Genau wie du bin auch ich nicht sonderlich um meinen Ruf besorgt, und selbst die Gefahr eines Skandals hätte mich nicht davon abgehalten, zu tun, was ich für richtig halte.«

Olympia trat noch einen Schritt näher. »Es freut mich sehr, das zu hören, Mylord.«

Er legte den Kopf leicht schräg und bedachte sie mit einem spöttisch-fragenden Blick. »Meinst du, du könntest mich vielleicht Jared nennen? Wir sind ganz allein. Und wie du eben richtig bemerkt hast, sind wir miteinander verheiratet.«

Olympia errötete. »Ja, natürlich. Jared.«

»Warum hast du mich geheiratet, Olympia?«

»Wie bitte?«

Er betrachtete ihr Gesicht im Schein der Kerze. »Ich habe gefragt, warum du mich geheiratet hast. War es nur aus dem Grund, daß du mich in gewisser Weise nützlich findest?«

»*Jared.*«

»Ich glaube, das hast gestern du gesagt, als du meinen Antrag angenommen hast. Du hast mir zu verstehen gegeben, daß du mich vor allem deswegen zu schätzen weißt, weil ich eine gewisse Ordnung in deinen Haushalt bringe.«

Olympia starrte ihn entgeistert an. »Das habe ich nur gesagt, weil ich Kopfschmerzen hatte und weil mich die Szene im Besuchersalon mit Lady Beaumont und Lady Kirkdale und Mr. Seaton ziemlich aufgeregt hatte. Es gibt noch zahlreiche andere Gründe, weswegen ich deinen Antrag gerne angenommen habe.«

»Bist du dir ganz sicher?« Jareds Fingerspitzen trommelten gegeneinander. »Ich möchte anmerken, daß ich nicht ganz so nützlich bin, wie du vielleicht angenommen hattest. Schließlich hätte ich heute abend beinahe Robert verloren.«

»Du hast Robert nicht verloren, er ist uns von selbst entwischt.« Olympia verzweifelte allmählich. »Du hast ihn gerettet, Jared. Das werde ich niemals vergessen.«

»Ist das der Grund, weshalb du heruntergekommen bist? Wolltest du mir dafür danken, daß ich Robert rettete, nachdem ich ihn erst verloren hatte?«

»Jetzt reicht es.« Olympia stürmte hinüber zum Schreibtisch. »Ich glaube, Sie mißverstehen mich absichtlich, Sir.«

»Das ist durchaus möglich. Ich bin augenblicklich nicht gerade verständnisvoll gestimmt.«

Olympia blickte ihn aus zusammengekniffenen Augen an. »Außerdem glaube ich langsam, daß Sie diesen Streit nur vom Zaun gebrochen haben, um mich zu ärgern.«

»Ich habe diesen Streit nicht angefangen.« Jared nahm abrupt die Füße vom Tisch und erhob sich. Drohend beugte er sich über sie. »Du hast den Streit angefangen.«

»Das habe ich nicht.« Olympia war nicht bereit nachzugeben.

»Doch, das hast du. Ich saß ganz allein hier und habe niemanden belästigt, als du einfach hier durch die Tür gestürmt kamst.«

»Dies ist unsere Hochzeitsnacht«, knurrte Olympia. »Du solltest oben bei mir sein. Es ist nicht richtig, daß ich extra herunterkommen mußte, um dich zu suchen.«

Jared stützte die Hände auf den Tisch und lehnte sich noch weiter vor. »Sag mir, warum du mich geheiratet hast, Olympia.«

»Du weißt, warum.« Olympia wurde von einem leidenschaftlichen Zorn übermannt. »Ich habe dich geheiratet, weil du der einzige Mann bist, den ich jemals begehrt habe. Der einzige Mann, dessen Berührung mich mit Leidenschaft erfüllt. Der einzige Mann, der mich versteht. Der einzige Mann, der mich nicht seltsam findet. Jared, du bist die Erfüllung meiner Träume. Wie könnte ich dich da nicht heiraten wollen, du verdammter Pirat?«

Stille.

Olympia hatte das Gefühl, soeben von einer sehr hohen Brücke in einen tosenden, abgrundtiefen Strom gesprungen zu sein.

»Ah«, sagte Jared leise. »Nun, ich nehme an, so ist es.« Er streckte die Arme nach ihr aus.

Und fing sie genau in dem Moment auf, als sie in den Wogen der Leidenschaft versank, die über ihnen beiden zusammenstürzten.

Kapitel 14

Als Jared Olympia berührte, fühlte er, wie ihr letzter Zorn verrauchte. *Du bist die Erfüllung meiner Träume.*

Keine Frau hatte jemals etwas Ähnliches zu ihm gesagt, dachte er. Keine Frau hatte ihn jemals derart begehrt.

Nichts schien Olympias Verlangen nach ihm zu erschüttern. Sie hatte ihn gewollt, als sie ihn noch für einen einfachen Hauslehrer gehalten hatte. Sie hatte ihn auch dann noch gewollt, als sie allen Grund gehabt hätte anzunehmen, daß er es ausschließlich auf das Lightbourne-Tagebuch abgesehen hatte. Sie interessierte sich weder für seinen Titel noch für sein Vermögen. Sie wollte ihn.

Das war mehr, als er sich je erträumt hatte. Aber es reichte nicht. Es würde niemals reichen, denn den wahren Schatz hatte er immer noch nicht gefunden.

Aber zumindest war er ihm noch nie so nahe gewesen, und er hatte auch noch nie soviel besessen. Ein weiser Mann nahm, was er bekommen konnte, und schätzte sich glücklich damit.

Ein Pirat hielt fest an dem, was er einmal bekam, und dachte nicht an die Zukunft.

Jared schwang sich über den Schreibtisch. Er packte Olympia und ließ sich mit ihr zurück auf den Stuhl fallen. Sie sank ihm in die Arme, warm und zerbrechlich und zitternd vor Verlangen.

»Jared.« Olympia schlang die Arme um seinen Hals und preßte ihren Mund sanft auf seinen. Ein leiser, sinnlicher Seufzer entfuhr ihren Lippen.

Jared berührte ihre sanft gerundete Wade unter dem hochgerutschten Nachthemd und Morgenmantel. Aus irgendeinem Grund schoß ihm dabei die Erinnerung an ihre erste Begegnung in der Bibliothek durch den Kopf, als sie sich verzweifelt aus Draycotts unerwünschter Umarmung zu befreien versucht hatte.

Olympia wollte nicht, daß ein anderer Mann sie berührte, dachte Jared. Nur er.

Nur er.

Er spürte, wie sie ihren Mund öffnete, um ihn in die feuchte, enge Dunkelheit einzuladen. Jared drang in die Tiefe ein und schwelgte in der Vertrautheit des berauschenden Kusses. Olympia erschauderte.

Er verstärkte den Griff um ihr Bein und ließ langsam die Hand über ihren Schenkel gleiten. Ihre Haut erinnerte ihn an Rosenblüten. Sie war so weich.

Er hingegen war hart und angespannt. Es drängte ihn, sie endgültig zu besitzen. Seine Hände zitterten vor Erregung.

Jared schob seine Finger zwischen Olympias Schenkel. Sie löste ihre Lippen von seinem Mund, schnappte nach Luft und begrub ihr Gesicht an seiner Schulter.

Und dann öffnete sie leicht ihre Schenkel.

»Ja«, murmelte Jared. Er umfaßte ihre feuchte Hitze und hatte das Gefühl zu zerbersten. Ruhelos schob sie sich seiner Hand entgegen, und er stöhnte leise.

Der schwere Duft ihrer Begierde lockte ihn, köderte ihn, band ihn an sie mit der Macht eines Zauberspruchs.

»Meine Sirene.«

Olympia schrie leise auf, als er die kleine Perle zwischen ihren Schenkeln fand. Ihre Nägel wurden zu Krallen, als sie an seinen Schultern hing. Seine Finger wurden feucht.

Jared teilte ihren Chintzmorgenmantel und öffnete den Kragen ihres steifen Linonnachthemdes. Er erblickte die süße Frucht einer ihrer Brüste und biß leicht und vorsichtig hinein.

Olympia zog sich vor Verlangen zusammen. »Jared, ich halte es nicht mehr aus.«

Sie nahm sein Gesicht in ihre weichen Hände und küßte ihn mit einer wilden, süßen Leidenschaft, die ebenso unbezähmbar war wie der Wind. Jared sog scharf die Luft ein, als er spürte, wie sie ihr verführerisches Becken gegen sein steifes Glied preßte.

Eine von Olympias Händen war inzwischen unter seinem Hemd, streichelte ihn, zog sanft an dem lockigen Haar auf seiner Brust. Sie schlängelte sich tiefer und kostete ihn mit ihrer Zunge, während sie seinen Körper hinabfuhr.

Jared fühlte, wie sie langsam von seinem Schoß glitt. Er hielt sie fester, damit sie nicht auf den Fußboden rutschte. Und dann registrierte er, daß sie versuchte, seine Hose zu öffnen.

Er atmete tief ein und nahm ihr diese Arbeit eilig ab. Kurz darauf war er endlich frei. Er hörte, wie Olympia leise seufzte und ihn mit weiblicher Scheu berührte.

»Du fühlst dich wunderbar an«, flüsterte sie. Ihre Finger umschlossen ihn sanft. »So stark und stolz und mächtig.«

Ihre Worte und ihre Berührung ließen Jared beinahe kopfüber von einer unsichtbaren Klippe stürzen. Es war, als hätte ihm plötzlich jemand den Atem genommen. Er schloß die Augen und focht einen gewaltigen Kampf, um seine Beherrschung nicht zu verlieren.

Es war das erste Mal, daß sie ihn derart berührte, und er war sich nicht sicher, ob er sich jemals wieder davon erholen würde.

Geschweige denn, daß er dies überhaupt wollte.

Jared spürte, wie Olympia ganz auf den Boden glitt. Und dann kniete sie vor ihm, eingebettet zwischen seinen Schenkeln. Er öffnete die Augen und blickte auf sie herab.

Interessiert betrachtete sie seine pochende Männlichkeit.

»Olympia?«

Sie schien ihn nicht zu hören. Ihre Finger berührten ihn mit zunehmender Leidenschaft. »Du bist herrlich, Jared. Aufregend. Wie der Held einer alten Legende.«

»Verdammt«, flüsterte Jared. »Du schaffst es, daß ich mich auch so fühle.« Seine Hände krallten sich in ihrem Haar fest. Er merkte kaum, als ihre Spitzenhaube auf den Teppich fiel.

Olympia fuhr mit den Fingern durch das dunkle, lockige Haar seiner Leiste. Sie wandte den Kopf und küßte die Innenseite seines Schenkels.

»Genug.« Jared wußte, daß er diese sinnliche Folter nicht länger ertragen würde.

Er erhob sich und streckte sich auf dem Teppich aus. Mit einem tiefen, heiseren Stöhnen zog er Olympia zu sich hinab.

»Jared? Ich verstehe nicht…« Olympia stemmte sich gegen seine nackte Brust. Sie blickte mit einer Mischung aus ernster Verwirrung und schimmernder Erregung auf ihn hinunter.

Jared schob ihre Beine neben seine Hüften, so daß sie auf ihm saß. »Es ist ein normaler Brauch bei den Bewohnern mehrerer –« Jared brach ab und biß die Zähne fest zusammen. Die feuchte, warme Öffnung ihres Körpers berührte die breite Spitze seines Gliedes. »Bei den, ah, Bewohnern bestimmter fremder Länder.«

Olympia blinzelte, und dann lächelte sie. Sie hatte verstanden. Sie sank vorsichtig auf ihn herab, bis er fest zwischen ihren Schenkeln lag. »Und um welche Länder handelt es sich, Mr. Chillhurst? Sie wissen, daß ich immer daran interessiert bin, neue Dinge zu lernen.«

Jared blickte zu ihr hoch, sah das herrlich verruchte, zutiefst sinnliche Lachen in ihren Augen und grinste. »Erinnern Sie mich daran, Ihnen später eine Liste dieser Länder zu erstellen, Miss Wingfield.«

»Wenn es nicht allzu große Mühe macht.«

»Nicht im geringsten. Falls Sie sich erinnern, bin ich schließlich Hauslehrer. Und ich bin sehr gut im Erstellen von Listen.«

Er umfaßte Olympias Hüften und warf sich ihr mit einer schnellen, sicheren, überraschenden Bewegung entgegen.

»Jared.« Erstaunt riß sie die Augen auf, um sie mit zunehmendem Verlangen erneut zu schließen. »Ein höchst interessanter Brauch.«

»Ich dachte mir, daß Sie ihn faszinierend finden würden.« Jared fuhr mit seinen Händen über ihre Schenkel. »Mir gefällt er auf jeden Fall sehr gut.«

Er brachte diese Worte kaum heraus. Sein ganzer Körper reagierte auf den Gesang der Sirene. Er war starr, ja verzweifelt vor Verlangen. Olympia war eng und heiß und feucht. Sie umschlang ihn, umhüllte ihn, machte ihn zu einem Teil von sich.

Während dieser Minuten, als er tief in ihrem Inneren geborgen war, wußte Jared, daß er nicht allein war. Er war mit dem einzigen anderen Menschen zusammen, der seine Seele berühren konnte. Dem einzigen anderen Menschen, der ihn von seiner einsamen Insel retten konnte.

»Meine wunderbare Sirene. Meine Frau.«

Olympia schrie auf. Sie zitterte, und ihr Körper zog sich um Jared zusammen.

Dann sang sie ihr hohes, süßes Sirenenlied, das Lied, das sie nur für ihn sang. Er warf sich ein letztes Mal ihr entgegen und ergab sich dem wilden, unerforschten Meer der Leidenschaft.

»Feuerwerk«, murmelte Jared.

Olympia bewegte sich. Sie lag auf Jareds hartem, schwitzendem Körper, ihre Beine mit seinen verschlungen, ihr Haar wie einen roten Teppich auf seiner Brust ausgebreitet.

»Was hast du gesagt?« fragte sie höflich.

»Mit dir zu schlafen war, als ob ich inmitten eines großartigen Feuerwerks gestanden hätte.« Jared ergriff ihr Haar und betrachtete es im Schein der Kerze. Er lächelte langsam. »Du bist eine Sirene mit vielen Talenten. Du kannst mich sogar dann verführen, wenn wir miteinander streiten.«

Olympia kicherte. »Ich möchte Ihnen ja nicht zu nahe treten, Mylord, aber Sie sind erstaunlich leicht zu verführen.«

Sein Lächeln verschwand. »Nur von dir.«

Sein plötzlicher Stimmungswechsel überraschte sie. Wahrscheinlich, weil sie selbst äußerst entspannt und zufrieden war. Sie sah ihn an und hatte erneut das Gefühl, als sei für einen kurzen Moment irgendein innerer Schleier beiseite gezogen worden. Sie blickte durch die gelassene Fassade, die er der Welt präsentierte, in die stürmischen Tiefen seiner leidenschaftlichen Seele.

»Das freut mich zu hören, Jared, weil es mir genauso geht«, sagte sie sanft. »Du bist der einzige Mann, den ich jemals auf diese Weise begehrt habe.«

»Wir sind verheiratet«, sagte er sehr leise, als wolle er einen unsichtbaren Pakt besiegeln. »Keiner von uns beiden kann jetzt noch zurück.«

»Ich verstehe. Das ist es, was ich vorhin versucht habe, dir zu erklären.«

»Ah, ja. Dein kleiner Vortrag darüber, daß wir einander am Hals haben und das Beste daraus machen müssen.«

Sein Spott ließ sie erröten. »Ich habe lediglich versucht, die Sache unter einem praktischen Gesichtspunkt zu sehen.«

»Überlaß die praktischen Dinge lieber mir«, sagte er. »Ich verstehe mich darauf.«

Olympia runzelte die Stirn. »Das ist sehr seltsam, nicht wahr?«

»Was?«

»Daß du in praktischen Dingen so geschickt bist, obgleich es doch offensichtlich ist, daß du ein so leidenschaftlicher Mensch bist. Ihre Selbstbeherrschung ist wirklich beeindruckend, Mylord.«

»Vielen Dank«, sagte er. »Ich versuche meistens, meine Gefühle unter Kontrolle zu behalten.«

Sie lächelte zustimmend. »Ja, das tust du. Und meistens bist du dabei auch sehr erfolgreich, Jared.«

»Hmm?«

Sie berührte das schwarze Band, mit dem seine Samtaugenklappe befestigt war. »Du hast mir nie erzählt, wie du das Auge verloren hast.«

»Es ist auch keine besonders nette Geschichte.«

»Trotzdem würde ich sie gerne hören. Ich will alles über dich wissen.«

Jared fuhr ihr mit der Hand durchs Haar. »Ich habe zwei Cousins, Charles und William, die bisher den Großteil ihres Lebens damit verbracht haben, dem Ruf der Familie gerecht zu werden.«

»Was meinst du damit?«

»Sie sind wirklich nett, aber sie sind leichtsinnig, unbesonnen und meistens ein verdammtes Ärgernis. Als der eine vierzehn und der andere sechzehn war, beschlossen sie, im Freihandel tätig zu werden. Sie schlossen sich einem Schmuggler an, der mit den Franzosen Geschäfte machte.«

»Und was passierte dann?«

»Ich erfuhr von ihren Plänen erst an dem Abend, an dem sie mit ihrer neuen Beschäftigung beginnen wollten. Mein Vater und mein Onkel waren zu der Zeit in Italien, wo sie sich in irgendein Abenteuer gestürzt hatten. Also kam meine Tante zu mir. Sie bat mich, dafür zu sorgen, daß Charles und William nichts passierte.«

»Und wie alt warst du damals?«

»Neunzehn.«

»Also hast du... Ist an dem Abend irgend etwas schiefgelaufen?« fragte Olympia unbehaglich.

Jared verzog unmutig den Mund. »Natürlich ist etwas schiefgelaufen. Es läuft immer etwas schief, wenn ein Mitglied meiner Familie einen seiner idiotischen Pläne ausheckt. In diesem Fall war der Kapitän des Schiffes, das die Schmuggelware über den Kanal gebracht hatte, das Problem.«

»Was hat er gemacht?«

»Nachdem meine Cousins das Schiff entladen und die Waren sicher verstaut hatten, beschloß der Kapitän, daß er ihre Hilfe nicht länger benötigte. Außerdem hatte er keine Lust, den Gewinn mit zwei kleinen Jungen zu teilen. Er beschloß also, sich die Waren unter den Nagel zu reißen, und wollte keine Zeugen dafür.«

Olympia starrte Jared entsetzt an. »Er hat versucht, sie umzubringen?«

»Ich kam gerade in dem Moment dazu, als er Charles erschießen wollte. Meine Cousins hatten keine Waffen, und ich hatte nur den Dolch meines Vaters dabei.« Jared machte eine Pause. »Zum Glück hatte er mir beigebracht, wie man damit umgeht. Unglücklicherweise jedoch hatte der Kapitän mehr Erfahrung in Messerstechereien als ich. Also hat er gleich mit dem ersten Stoß mein Auge getroffen.«

»Gütiger Himmel«, flüsterte Olympia. »Das wir wirklich knapp. Er hätte dich umbringen können.«

Jared wandte seinen Blick von ihrem Haar zu ihrem Gesicht. Er bedachte sie mit einem seltsamen Lächeln. »Wie du siehst, hat er es nicht getan. Genausowenig, wie er meine Cousins umgebracht hat. Ende gut, alles gut, Sirene.«

Olympia umarmte ihn heftig. »Du darfst dich nie wieder in eine solche Gefahr begeben, Jared.«

»Ich versichere dir, ich habe keinen besonderen Geschmack an solchen Situationen«, murmelte er. »Ich suche sie bestimmt nicht.«

Olympia hielt ihn fest. »Jared, wenn ich daran denke, was dich dieser Abend gekostet hat –«

»Denk einfach nicht daran.« Jared nahm ihr Gesicht in beide Hände. »Hörst du? Denk nicht daran, und sprich auch nie wieder davon.«

»Aber, Jared –«

»Olympia, es ist vorbei. Es war schon vor fünfzehn Jahren vorbei. Dies ist das erste Mal, daß ich überhaupt mit jemandem über diesen Abend gesprochen habe. Und ich möchte nicht noch einmal darüber sprechen.«

Sie strich sanft über seine harte Wange. »Er ist dabei gestorben, nicht wahr? Du warst gezwungen, diesen Mann zu töten, der versucht hat, dich und deine Cousins umzubringen. Deswegen willst du nicht darüber sprechen.«

Er brachte sie zum Schweigen, indem er seine Finger auf ihren Mund legte. »Kein Wort mehr, Sirene. Es kommt nichts Gutes dabei heraus. Was geschehen ist, ist nicht mehr zu ändern. Es ist das beste, wenn man die Vergangenheit ruhen läßt.«

»Ja, Jared.« Olympia verfiel in Schweigen. Sie legte ihren Kopf an seine Schulter. Ihre Gedanken kreisten darum, wie entsetzlich dieser Abend für Jared gewesen sein mußte.

Er war ein intelligenter Mann, dachte sie, ein leidenschaftlicher und sensibler Mann. Ein solcher Mann konnte eine Gewalttat nicht so einfach abschütteln. Die schlimmsten Narben würden immer unter der Oberfläche versteckt sein.

Jared rührte sich. »Um auf Robert zu sprechen zu kommen.«

Olympia war augenblicklich wieder in der Gegenwart. Sie runzelte die Stirn. »Ja, der arme Robert. Vielleicht sollten wir endlich darüber sprechen, was heute abend in den Gärten von Vauxhall passiert ist.«

»Da gibt es nicht viel zu sagen, Olympia.«

»Ganz im Gegenteil. Wir müssen herausfinden, wer ihn entführt hat und warum. Ich weiß, daß du nicht viel von meiner Theorie hältst, daß der Wächter hinter dem Lightbourne-Tagebuch her ist, aber ich denke wirklich, du solltest diese Möglichkeit in Betracht ziehen.«

»Verdammt.« Jared richtete sich zögernd auf, knöpfte seine Hose zu und stützte den Arm auf das hochgestellte Knie. Während eines langen Augenblicks sah er Olympia nachdenklich an. »Was genau denkst du, geht hier vor sich? Glaubst du allen Ernstes, daß irgendein Geist aus der Zeit von Käpt'n Jack hier herumhängt und nach dem Schatz sucht?«

»Sei nicht albern.« Olympia schob sich das Haar aus dem Gesicht und machte sich an ihrem Morgenmantel zu schaffen. »Natürlich glaube ich nicht an Geister. Aber ich habe die Erfahrung gemacht, daß selbst die eigenartigsten Legenden immer noch ein Körnchen Wahrheit enthalten.«

»Niemand außer Ihnen ist hinter dem Geheimnis des Lightbourne-Tagebuchs her, Madam.«

»Und was ist mit Mr. Torbert?« fragte sie.

»Torbert weiß zweifellos, daß du eine alte Legende erforschst, aber er kann nicht wissen, welche. Außerdem glaube ich nicht, daß er ein Kind entführen würde, nur um hinter das Geheimnis zu kommen. Er hat schließlich genug Geld. *Und ganz bestimmt ist er nicht der Wächter.*«

Olympia dachte darüber nach. »Nun, ich gebe zu, daß er nicht gerade wie jemand wirkt, der mit einer Legende zu tun hat.«

»Eine scharfsinnige Beobachtung«, sagte Jared trocken.

»Aber wer auch immer Robert heute abend entführt hat, muß einen Grund dafür gehabt haben.«

»Natürlich gab es einen Grund, und zwar einen ganz einfachen: Geld.«

»Geld?« Olympia starrte ihn entsetzt an. »Du meinst, irgendwer weiß von den dreitausend Pfund, die ich für Onkel Artemis' Warensendung bekommen habe?«

»Nein«, sagte Jared heftig. »Das meine ich nicht.« Er erhob sich und zog Olympia auf die Füße. »Olympia, ich glaube, daß derjenige, der Robert entführt hat, ebensowenig hinter deinen dreitausend Pfund her war wie hinter dem Tagebuch.«

Sie blickte ihn verwirrt an. »Weshalb sollte sich sonst jemand die Mühe machen und Robert entführen? Er kommt schließlich nicht gerade aus einer reichen Familie.«

»Doch, das tut er«, sagte Jared einfach.

Olympia schwieg verblüfft. Dann schluckte sie. »Deine Familie?«

»Das Flamecrestsche Vermögen ist recht beachtlich, auch ohne den verlorenen Schatz von Käpt'n Jack. Es ist demnach nur allzu wahrscheinlich, daß Robert heute abend gefangen wurde, um mich zu zwingen, ein beträchtliches Lösegeld zu bezahlen.«

»Gütiger Himmel.« Olympia griff nach dem Stuhl und setzte sich. »Daran hatte ich nicht gedacht. Ich hatte nicht geglaubt, daß jemand annehmen könnte, daß du dich für Robert verantwortlich fühlst, nur weil du verpflichtet warst, mich zu heiraten.«

»Olympia, ich warne dich. Wenn du noch einmal sagst, daß ich gezwungen war, dich gegen meinen Willen zu heiraten, werde ich höchstwahrscheinlich sehr ungemütlich. Ich habe dich geheiratet, weil es mir paßte. Ist das klar?«

Sie blickte in sein unnachgiebiges Gesicht. »Ja, Mylord.«

»Sehr gut.« Jared griff nach seiner Uhr und fluchte leise, als er die leere Tasche vorfand. Er sah auf die große Standuhr. »Ich schlage vor, wir gehen schlafen. Es war ein langer Abend, und ich habe inzwischen mehr als die nötige Bettschwere.«

»Ja, natürlich.« Olympia erhob sich. Sie fühlte sich seltsam leer. Die überschwengliche Freude war verflogen, die sie noch vor wenigen Minuten verspürt hatte, als sie und Jared sich geliebt hatten.

Jared blickte ihr direkt ins Gesicht, als er die Kerze nahm. »Olympia, du bist meine Frau, aber das ändert nichts an unserer Beziehung. Verstehst du das? Ich werde weiterhin den Haushalt führen und mich um Roberts, Ethans und Hughs Erziehung kümmern. Du brauchst dich um die lästigen Kleinigkeiten des Alltags nicht zu scheren. Ich werde für euch alle sorgen.«

Olympia lächelte versonnen. »Ja, Jared.« Sie stellte sich auf die Zehenspitzen und küßte seine straffe Wange. »Aber eine Sache wird anders sein als vorher.«

Er zog die Brauen hoch. »Und das wäre?«

Olympia errötete, aber sie wandte die Augen nicht von seinem herausfordernden Blick ab. »Ich spreche von der Bettenverteilung im Haus, Sir. Ich habe den Eindruck, daß es nicht länger erforderlich ist, das Arbeitszimmer für, eh, die Art von Dingen zu benutzen, wie wir sie eben getan haben.«

Jared lächelte sein Freibeuterlächeln. »Nein, Madam, es gibt keinen Grund mehr, uns in Ihrem Arbeitszimmer herumzudrücken. Es ist höchste Zeit, daß wir den traditionellen englischen Brauch testen und uns in einem Bett lieben.«

Er gab ihr die Kerze in die Hand und hob sie hoch. Dann trug er sie auf seinen Armen durch die Tür und die Treppe hinauf.

Der Herr der Sirene muß seinen Frieden machen mit dem Herrn der Schlange, ehe beide Hälften zu einem Ganzen zusammengefügt werden können.

Olympia runzelte nachdenklich die Stirn, als sie über den neuesten Hinweis aus dem Lightbourne-Tagebuch nachdachte, den sie soeben entschlüsselt hatte. Der Herr der *Sirene* konnte nur Käpt'n Jack sein, das wußte sie. Der Herr der *Schlange* war zweifelsohne sein ehemaliger Freund und Partner Edward Yorke.

Claire Lightbourne hatte nichts von dem Streit der beiden Männer gewußt. Er hatte sich auf den Westindischen Inseln zugetragen, lange bevor sie ihren Mr. Ryder in England kennengelernt hatte. Sie hatte jedoch berichtet, daß ihr neuer Ehemann geschworen hatte, nie wieder etwas mit Yorke oder einem Mitglied seiner Familie zu tun haben zu wollen.

Aber die beiden Männer waren bereits vor langer Zeit gestorben. Es gab also keine Möglichkeit mehr für die beiden, Frieden zu schließen.

Keine Möglichkeit mehr, die beiden Hälften der Karte zusammenzufügen.

»Verdammt«, flüsterte Olympia. Sie hatte das Gefühl, der Lösung des Rätsels ganz nah zu sein. Sie mußte einfach die fehlende

Kartenhälfte finden. Ob sie wohl in der Yorke-Familie weitervererbt worden war, genau wie die Rydersche Hälfte heute noch in den Händen der Flamecrests war?

Wie stellte man es nur an, wenn man den Nachfahren eines lange verstorbenen Freibeuters suchte?

Nachdenklich tippte Olympia mit ihrem Füllfederhalter auf die blankpolierte Tischplatte. Sie wünschte sich, Jared würde mehr Interesse an der Suche nach dem verlorenen Schatz zeigen. Sie hatte das dringende Bedürfnis, mit einem intelligenten Menschen über die Angelegenheit zu sprechen. Aber in diesem Punkt blieb er unnachgiebig. Er wollte einfach nichts mit der Sache zu tun haben.

Sie spürte, daß Jared ihr durch seine Weigerung, mit ihr über das Tagebuch zu sprechen, zeigen wollte, daß er sie nicht geheiratet hatte, um hinter das Geheimnis des Schatzes zu kommen. Trotzdem erschwerte sein Verhalten ihre Nachforschungen ungemein.

Ihre Gedanken wurden durch ein Klopfen an der Tür unterbrochen. »Herein«, rief sie ungeduldig.

Die kleine Abordnung, die ihr Arbeitszimmer betrat, bestand aus Ethan, Hugh, Mrs. Bird und Minotaurus. Olympia stellte fest, daß selbst der Hund verdrießlich blickte.

»Ist etwas nicht in Ordnung?« fragte sie besorgt.

Hugh machte einen Schritt vor. »Robert war einfach zu teuer.«

Olympia legte ihren Füllfederhalter beiseite. »Wie bitte?«

»Wir fürchten, daß Robert zu teuer war«, erklärte Ethan nüchtern. »Lord Chillhurst mußte seine schöne goldene Uhr für ihn hergeben. Und jetzt erteilt er Robert eine entsetzliche Tracht Prügel im Speisezimmer, und dann werden wir wahrscheinlich alle hinausgeworfen.«

»Oh, ich glaube wirklich nicht, daß Chillhurst Robert wegen dem, was gestern abend passiert ist, verprügelt«, sagte Olympia. »Und wir werden ganz bestimmt nicht von hier fortgehen.«

»Ein paar von uns werden sogar ziemlich schnell gehen.« Mrs. Bird sah sie niedergeschlagen und zugleich trotzig an. »Seine Lordschaft hat's mir selbst gesagt.«

Olympia war entsetzt. »Hat er das?«

»Ja. Er sagt, daß wir alle morgen in 'n großes Stadthaus umziehn. Sagt, daß er noch Personal einstellt.« Mrs. Birds trotziger Ausdruck verschwand, und ihre Stimme zitterte ängstlich. »Er wird 'n *Butler* einstelln, Miss Olympia. 'n echten Butler. Un' was wird dann aus mir, frag ich Sie? Seine Lordschaft braucht bestimmt keine einfache Haushälterin mehr, wenn er erst mal seine eigenen Angestellten hat.«

»Und Seine Lordschaft wird uns auch nicht mehr haben wollen«, murmelte Hugh. »Vor allem nicht, nachdem er seine Uhr für Robert hergeben mußte. Er wird uns alle einfach zu unseren Verwandten nach Yorkshire schicken.«

Ethan trat vor. »Glaubst du, wir könnten es uns leisten, Seiner Lordschaft eine neue Uhr zu kaufen, Tante Olympia? Ich habe Sixpence.«

Hugh starrte ihn böse an. »Sei kein Narr, Ethan. Sixpence reichen bei weitem nicht für eine Uhr wie die, die Seine Lordschaft gegen Robert eintauschen mußte.«

Mrs. Bird brach in heftiges Schluchzen aus. »Er wird keinen von uns wollen, vor allem mich nich'.«

Olympia sprang auf die Füße. Sie war am Ende ihrer Geduld. »Es reicht. Ich will nichts mehr hören von diesem Unsinn. Ich weiß nichts davon, daß wir morgen in ein großes Stadthaus ziehen werden. Aber, ganz egal, ob wir es tun, es wird sich nichts dadurch ändern. Das hat Chillhurst mir gestern abend versichert.«

Mrs. Bird bedachte sie mit einem trübsinnigen Blick. »Dann hat er Sie mal wieder getäuscht, Miss Olympia. Alles hat sich verändert, jetzt wo Sie mit ihm verheiratet sin'.«

»Das stimmt nicht.« Olympia blickte ihre kleine Familie entschlossen an. »Er hat gesagt, daß alles so weitergehen wird wie bisher. Chillhurst wird Robert nicht schlagen. Er wird Sie nicht entlassen, Mrs. Bird. Und er wird keinen von euch nach Yorkshire schikken.«

»Woher woll'n Sie das wissen, Miss Olympia?« fragte Mrs. Bird. Sie klang immer noch verzweifelt, aber in ihren Augen blitzte ein Hoffnungsschimmer auf.

»Weil ich darauf vertraue, daß er sein Wort hält«, sagte Olympia ruhig. »Außerdem seid ihr alle Teil meiner Familie, und das weiß Chillhurst. Er würde niemals versuchen, uns zu trennen. Er weiß ganz genau, daß ich das niemals zulassen würde.«

Der Hoffnungsfunke in Mrs. Birds Augen erlosch. »Sie reden, als ob er immer noch Ihr Angestellter wäre, Miss Olympia. Aber in Wahrheit sin' nich' mehr Sie diejenige, die die Anweisungen hier erteilt. Sie sin' jetzt Chillhursts Frau, und das ändert alles. Er ist jetzt der Herr des Hauses. Er kann machen, was er will.«

Minotaurus winselte leise und schob seinen dicken Kopf unter Olympias Hand.

»Das, was gestern abend passiert ist, tut mir ehrlich leid, Sir.« Robert stand steif vor Jared. Er starrte auf die Wand hinter Jareds Rücken.

Jared stützte die Ellbogen auf den Eßtisch und klopfte mit den Fingern aneinander. Er beobachtete den Jungen, der ganz offensichtlich verzweifelt mit den Tränen kämpfte. »Verstehst du, weshalb ich von dir enttäuscht bin, Robert?«

»Ja, Sir.« Robert blinzelte mehrere Male.

»Es ist nicht wegen der Schwierigkeiten, in die du dich gebracht hast. Und es ist auch nicht, weil du mich eine schöne Uhr gekostet hast.«

Robert blickte ihn flüchtig an und starrte dann wieder die Wand an. »Das mit der Uhr tut mir leid, Sir.«

»Vergiß die Uhr, Sie ist billig, verglichen mit der Ehre eines Mannes. Nichts ist so wichtig für einen Mann wie seine Ehre.«

»Ja, Mylord.«

»Wenn du jemandem dein Wort gibst, Robert, mußt du alles tun, was in deiner Macht steht, um es zu halten. Ein anderes Verhalten ist einfach nicht akzeptabel. Ein anderes Verhalten ist unehrenhaft.«

Robert schniefte laut. »Ja, Sir. Ich verspreche, daß ich in Zukunft sehr vorsichtig mit meiner Ehre umgehen werde.«

»Das freut mich zu hören.«

Robert sah ihn ängstlich an. »Sir, ich möchte Sie um einen großen Gefallen bitten. Ich weiß, daß ich das nicht verdient habe, aber ich verspreche, daß ich alles tun werde, wenn Sie mir meine Bitte erfüllen.«

»Worum geht es?«

Robert schluckte. »Ich möchte Sie bitten, die anderen für das, was ich getan habe, nicht zu bestrafen. Ethan und Hugh sind noch sehr jung, Sir. Sie haben schreckliche Angst, daß sie nach Yorkshire geschickt werden. Und ich weiß, daß Tante Olympia sehr traurig wäre, wenn die beiden fortgeschickt würden. Wissen Sie, sie hat uns alle sehr gern. Sie wäre sehr einsam ohne uns.«

Jared seufzte. »Niemand wird fortgeschickt, Robert. Du, deine Brüder und deine Tante seid jetzt in meiner Obhut. Sei versichert, daß ich meiner Verantwortung für euch gerecht werde.« Er verzog schmerzlich den Mund. »Und mit etwas Glück wird mir das in Zukunft besser gelingen als gestern abend.«

Robert runzelte die Stirn. »Das, was gestern abend passiert ist, war meine Schuld, Sir.«

»Ich fürchte, wir beide haben Schuld daran. Ich hätte ein Auge auf dich werfen sollen. Ich hätte mir denken müssen, daß du der Versuchung nicht widerstehen konntest, den Dunklen Weg entlangzugehen.«

Robert blickte ihn verwirrt an. »Weshalb hätten Sie sich das denken müssen, Sir?«

»Weil ich auch einmal so jung war wie du.«

Robert starrte ihn überrascht an.

»Ja, ich weiß. Es ist schwer zu glauben.« Jared nahm die Ellbogen vom Tisch und lehnte sich in seinem Stuhl zurück. »Nun, denn, mehr gibt es zu diesem Thema nicht zu sagen. Laß uns von etwas anderem sprechen.«

Robert zögerte. »Sir, wenn es Ihnen nichts ausmacht, wüßte ich gern genau, wie Sie mich für das, was ich gestern abend gemacht habe, bestrafen werden.«

»Ich sagte, die Sache ist erledigt, Robert. Ich sehe, daß du dich bereits selbst gestraft hast, und das reicht.«

»Ja?«

»Natürlich. Es ist ein Zeichen, daß du zum Mann wirst.« Jared lächelte zufrieden. »Ich bin sehr zufrieden mit dir, Robert. Es ist das höchste Ziel eines Hauslehrers, daß seine Schützlinge zu ehrenwerten jungen Männern werden, auf deren Wort man sich verlassen kann.«

Er sagte die Wahrheit. Überrascht stellte Jared fest, daß es wirklich sehr befriedigend war, als Hauslehrer zu arbeiten. Es gab durchaus schlimmere Betätigungen für einen Mann. Man formte im wahrsten Sinne des Wortes die Zukunft, wenn man junge Leute erzog.

Robert richtete sich auf. »Ja, Sir. Ich werde mir die größte Mühe geben, um nicht noch einmal zu versagen, Sir. Heißt das, Sie bleiben unser Hauslehrer, auch wenn Sie jetzt mit Tante Olympia verheiratet sind?«

»Ja. Mir gefällt diese Aufgabe. Aber jetzt muß ich mich unbedingt noch um eine andere Sache kümmern. Robert, ich möchte, daß du ganz genau nachdenkst und mir erzählst, was gestern abend passiert ist. Ich will genau wissen, was diese Halunken gesagt haben, während du mit ihnen zusammen warst.«

»Ja, Sir. Aber ich dachte, Sie hätten gesagt, die Sache sei erledigt.«

»Was dich betrifft, ist sie das auch«, sagte Jared. »Aber es gibt noch ein, zwei Kleinigkeiten, um die ich mich kümmern muß.«

»Was für Kleinigkeiten, Sir?«

»Ich muß herausfinden, wer diesen Schurken den Auftrag gegeben hat, dich zu entführen.«

Robert riß die Augen auf. »Sie wollen den Mann ausfindig machen, Sir?«

»Mit deiner Hilfe, Robert.«

»Ich werde mir die größte Mühe geben.« Robert runzelte nachdenklich die Stirn. »Aber ich weiß nicht, ob ich Ihnen dabei helfen kann. Das einzige, woran ich mich erinnere, ist, daß sie gesagt haben, ihr Auftraggeber sei ein Geschäftsmann wie Sie, Sir.«

»Ich nehme an, Sie haben gehört, daß es Gerüchte über einen Liebhaber gab.« Lady Aldridge bedachte Olympia mit einem wissenden Blick, während sie ihr die Teetasse reichte. »Es heißt, Lord Chillhurst habe seine Verlobte in einer höchst kompromittierenden Situation mit ihrem Geliebten überrascht und die Verlobung auf der Stelle gelöst. Das Gerücht wurde natürlich nie bestätigt. Keiner der Beteiligten hat je darüber gesprochen.«

Olympia zog ärgerlich die Brauen hoch. »Ich bezweifle ehrlich, daß an den Gerüchten etwas dran ist, und darum möchte ich auch nicht darüber sprechen, Madam.«

Diese ganze Situation gefiel Olympia ganz und gar nicht. Sie hatte Lady Aldridges Einladung zum Tee angenommen, weil sie nicht wußte, wie sie sie hätte ablehnen können, ohne unhöflich zu erscheinen. Nachdem sie die letzten beiden Stunden in Lord

Aldridges Bibliothek verbracht hatte, fühlte sie sich mehr oder weniger verpflichtet, höflich zu sein, obgleich sie noch nicht einmal irgend etwas Nützliches in Aldridges Kartensammlung gefunden hatte. Unglücklicherweise mußte sie nun feststellen, daß ihre Gastgeberin ein unverbesserliches Klatschmaul war.

»Sie haben vollkommen recht, Lady Chillhurst. Ich bezweifle ebenfalls, daß an diesem Gerücht etwas dran ist.« Lady Aldridges Gesichtsausdruck verriet jedoch, daß sie jedes Wort dieser Geschichte glaubte.

»Hervorragend. Vielleicht könnten wir ja dann das Thema wechseln.« Olympia bemühte sich, ihrer Stimme einen gelangweilten Ton zu verleihen.

Lady Aldridge blickte sie traurig an. »Aber natürlich, Madam. Ich wollte Ihnen keinesfalls zu nahe treten. Sie verstehen, daß ich weniger die Familie Ihres Mannes meinte als Lady Beaumont.«

»Auch über sie möchte ich lieber nicht sprechen.«

»Was ist mit Lady Beaumont?« Lord Aldridge runzelte die Stirn, als er den Salon betrat. Nachdem Olympia ihr Kartenstudium beendet hatte, war er noch einige Minuten in seiner Bibliothek geblieben, um all seine wertvollen Karten in die entsprechenden Schubladen einzusortieren. »Was hat sie mit der Karte von den Westindischen Inseln zu tun, die Lady Chillhurst sucht?«

»Nichts, mein Lieber.« Lady Aldridge lächelte hoheitsvoll. »Ich sprach lediglich über die alte Geschichte von der plötzlichen Auflösung der Verlobung von Chillhurst und Lady Beaumont vor drei Jahren.«

»Vollkommener Unsinn, das alles.« Aldridge ging hinüber zum Tisch und schenkte sich ein Glas Brandy ein. »Chillhurst hatte vollkommen recht, als er diese Sache beendete. Ein Mann in seiner Position kann schließlich kaum eine Frau heiraten, die sich noch vor der Hochzeit mit einem anderen Mann einläßt.«

»Natürlich nicht«, murmelte Lady Aldridge. Sie warf Olympia einen prüfenden Blick zu.

»Er muß schließlich an seine Ehre denken«, sagte Aldridge. »Die Flamecrest-Sippe ist ein Haufen von Originalen, aber sie waren immer sehr auf ihre Ehre bedacht.«

Lady Aldridge lächelte kühl. »Wenn Chillhurst sich so sehr um seine Ehre sorgte, Sir, weshalb hat er dann den Liebhaber seiner Verlobten nicht herausgefordert, nachdem er die beiden überrascht hat? Außerdem habe ich gehört, daß Lady Beaumonts Bruder Chillhurst herausgefordert hat, daß der Vicomte es jedoch vorzog, diese Herausforderung zu ignorieren.«

»Wahrscheinlich ist er einfach zu intelligent, um sein Leben wegen einer Frau aufs Spiel zu setzen.« Lord Aldridge nahm einen weiteren Schluck Brandy zu sich. »Auf jeden Fall weiß alle Welt, daß Chillhurst vollkommen kaltblütig ist. Der Rest des Clans ist verdammt hitzköpfig, aber er nicht. Frag seine Geschäftspartner. Sie werden dir erzählen, wie kalt und vernünftig er ist.«

»Haben Sie schon einmal geschäftlich mit meinem Mann zu tun gehabt?« fragte Olympia in dem verzweifelten Versuch, das Gespräch auf ein anderes Thema zu bringen.

»Natürlich. Und ich habe ein ganz schönes Sümmchen dabei verdient.« Lord Aldridge nickte zufrieden.

»Ich wußte nicht, daß Sie mit meinem Gatten bekannt sind«, sagte Olympia.

»Nun, das bin ich auch nicht. Ich hatte natürlich nie mit ihm persönlich zu tun. Der Mann kommt schließlich selten in die Stadt. Er macht all seine Geschäfte über einen Mittelsmann.«

»Mr. Hartwell?«

»Genau. Felix Hartwell führt die Geschäfte Ihres Mannes seit Jahren. Aber alle Welt weiß, daß Chillhurst die Befehle erteilt. Er hat das Flamecrestsche Imperium ganz allein wieder aufgebaut, nachdem sein Großvater und Vater den letzten Rest des Vermögens durchgebracht hatten. In finanziellen Dingen ging es in der Familie immer auf und ab, zumindest bis Chillhurst die Sache in die Hand nahm.«

»Mein Mann hat Talent für solche Dinge«, sagte Olympia mit leisem Stolz.

»Es ist offensichtlich, daß Sie Ihren Mann sehr mögen, Lady Chillhurst.« Lady Aldridge griff nach ihrer Tasse. »Ich finde das unter diesen Umständen sehr rührend, wenn auch etwas seltsam.«

»Unter was für Umständen?« fragte Olympia verärgert. Wenn von einer Vicomtesse verlangt wurde, mit solchen Leuten höflich umzugehen, dann würde sie mit ihrer neuen Aufgabe noch große Schwierigkeiten bekommen.

»Wie mein Mann bereits sagte, hat Chillhurst den Ruf, äußerst gefühlskalt zu sein. Es heißt, er sei vollkommen emotionslos. Man fragt sich, ob das nicht der Grund ist, weshalb Lady Beaumont während ihrer Verlobung mit ihm Trost bei jemand anderem gesucht hat.«

Olympia knallte ihre Teetasse auf den Tisch. »Mein Mann ist in jeder Hinsicht ein bewundernswerter Mensch, Lady Aldridge. Und es fehlt ihm auch nicht im geringsten an Gefühl.«

»Tatsächlich?« In Lady Aldridges Augen lag ein bösartiges Funkeln.

»Dann frage ich mich, weshalb er sich nicht veranlaßt sah, den Liebhaber seiner Verlobten herauszufordern oder sich der Herausforderung ihres Bruders zu stellen.«

Olympia erhob sich. »Die Entscheidungen meines Mannes gehen Sie wirklich nichts an, Lady Aldridge. Wenn Sie mich jetzt entschuldigen wollen, es ist bereits vier, und ich muß wirklich gehen. Mein Mann sagte, er würde mich um vier abholen, und er ist in solchen Dingen äußerst zuverlässig.«

Aldridge stellte hastig sein Glas ab. »Ich werde Sie an die Tür begleiten, Lady Chillhurst.«

»Vielen Dank.« Olympia wartete nicht auf ihn. Sie stapfte zornig aus dem Salon.

Aldridge holte sie in der Eingangshalle ein. »Es tut mir leid, daß ich Ihnen heute morgen nicht weiterhelfen konnte, Lady Chillhurst.«

»Machen Sie sich deswegen keine Sorgen.«

In Wahrheit hatte Olympia die Hoffnung beinahe aufgegeben, eine Karte zu entdecken, die ihr einen Hinweis auf die unbekannte Insel geben würde, von der in Claire Lightbournes Tagebuch die Rede war. Sie hatte eine halbe Karte von der Insel, aber keine Ahnung, wo dieser verfluchte Landfleck lag.

»Lady Chillhurst, Sie denken an meine Warnung vor Torbert, ja?« Aldridge blickte sie nervös an. »Dem Mann ist nicht zu trauen. Versprechen Sie mir, daß Sie äußerst vorsichtig sein werden, wenn Sie mit ihm zu tun haben.«

»Ich versichere Ihnen, daß ich vorsichtig sein werde.« Olympia band die Schleife ihres Huts zu, als Aldridges Butler ihr die Tür öffnete.

Am Fuß der Treppe wartete Jared in einer Mietkutsche. Ethan, Hugh und Robert waren bei ihm.

Olympia lächelte erleichtert und rannte die Treppe hinunter zu ihrer Familie.

Kapitel 15

»Mensch«, flüsterte Hugh, als Jared die Tür im Obergeschoß des Flamecrestschen Stadthauses aufschloß. »Seht euch das mal an.«

»Das ist der beste Raum von allen. Hier gibt es alle möglichen interessanten Sachen«, sagte Ethan. Er drängte sich hinter seinem Zwillingsbruder in das Zimmer und begutachtete die zahlreichen Truhen und die mit Tüchern verhüllten Möbelstücke, die dort herumstanden. »Ich wette, in einer dieser alten Truhen sind irgendwelche wertvollen Juwelen versteckt.«

»Das würde mich nicht überraschen.« Olympia hielt die Kerze höher und spähte über die Köpfe der Jungen hinweg in den großen, dunklen Raum. In dem dämmrigen Licht erkannte sie riesige zarte Spinnweben, die wie Schleier über den Gegenständen hingen.

Ethan hatte recht. Dieses Zimmer, anscheinend ein Lagerraum, war noch anziehender als die zahlreichen anderen Räume, die Jared ihnen auf dem Rundgang durch das alte Haus gezeigt hatte.

Es war nicht das ungewöhnlichste Zimmer. Diese Ehre wurde der ein Stockwerk tiefer gelegenen Galerie zuteil, in der es eine Treppe gab, die nirgendwohin führte. Sie endete ganz einfach an einer Steinwand. Der Raum, den sie jetzt erforschten, enthielt jedoch eine mindestens ebenso interessante Ansammlung alter Gegenstände, entschied Olympia.

»Wer weiß, was es hier alles zu entdecken gibt«, sagte sie.

»Wahrscheinlich begegnen wir hier ein oder zwei Geistern«, prophezeite Robert mit makabrem Vergnügen. »Dies ist wirklich ein unheimlicher Ort, nicht wahr? Sieht genauso aus wie ein Zimmer in einer der Gespensterburgen, die in dem Buch beschrieben werden, das ich gerade lese.«

»Geister«, wiederholte Hugh mit vor Aufregung und Angst zitternder Stimme. »Glaubst du wirklich, daß es hier Geister geben könnte?«

»Vielleicht ja sogar den Geist von Käpt'n Jack höchstpersönlich«, schlug Ethan mit Grabesstimme vor. »Vielleicht geht er durch die Wände und die Treppe der Galerie runter.«

Jared sah mit leicht hochgezogenen Brauen zu Ethan hinüber.

Olympia runzelte nachdenklich die Stirn. »Nun, das ist eine interessante Vorstellung. Der Geist von Käpt'n Jack.«

»Käpt'n Jack starb friedlich in seinem Bett«, verkündete Jared in beruhigendem Ton. »Er war zweiundachtzig, und nach seinem Tod fand er die letzte Ruhe im Familiengrab auf der Isle of Flame. Dieses Haus gab es noch gar nicht, als er starb.«

»Wer hat denn dann dieses wunderbare Haus gebaut, Sir?« wollte Hugh wissen.

»Käpt'n Jacks Sohn, Käpt'n Harry.«

Hugh riß die Augen auf. »Ihr Großvater hat das Haus gebaut? Wirklich, er muß ein cleverer Mann gewesen sein.«

»Ja, er war clever«, sagte Jared. »Besonders wenn es darum ging, Geld auszugeben. Der Bau dieses Hauses zerstörte einen beträchtlichen Teil des Familienvermögens.«

»Und was ist mit dem Rest des Familienvermögens passiert?« fragte Ethan.

»Mein Vater und mein Onkel haben das meiste durchgebracht. Ohne meine Mutter wären wir inzwischen allesamt in tiefster Armut versunken«, erklärte Jared.

»Was hat Ihre Mutter denn getan, um Sie vor der Armut zu bewahren?« fragte Robert.

»Sie hat mir eine ihrer Ketten gegeben.« Jared blickte Olympia an. »Sie hatte sie von meiner Großmutter, die sie wiederum von meiner Urgroßmutter hatte.«

»Claire Lightbourne?« Olympia riß die Augen auf.

»Ja. Die Kette bestand aus Diamanten und Rubinen und war ziemlich wertvoll. Meine Mutter gab sie mir an meinem siebzehnten Geburtstag und sagte, ich solle sie einmal der Frau geben, die ich heiraten würde. Sie wollte, daß die Kette von einer Flamecrest-Vicomtesse zur nächsten weitergereicht würde. Wißt ihr, Mutter war eine ziemlich romantische Frau.«

»Sie haben Tante Olympia geheiratet«, bemerkte Robert. »Haben Sie ihr die Kette gegeben?«

»Ja, haben Sie ihr die Kette gegeben?« fragte Hugh aufgeregt.

»Nein«, sagte Jared ohne das Anzeichen irgendeines Gefühls. »Ich habe sie an meinem neunzehnten Geburtstag verkauft.«

»Verkauft.« Ethan verzog enttäuscht das Gesicht.

»Das glaube ich nicht, Sir.« Robert sah niedergeschlagen aus.

Hugh starrte Jared an. »Sie haben die schöne Kette Ihrer Urgroßmutter verkauft? Wie konnten Sie das nur tun, wenn Sie doch wußten, daß Sie sie einmal Ihrer Frau geben sollten?«

»Ich habe das Geld benutzt, um das einzige Schiff, das meiner Familie damals noch geblieben war, wieder seeklar zu machen.« Jared blickte Olympia unverwandt an. »Das Schiff wurde die Grundlage meiner gesamten Geschäfte.«

Olympia sah die finstere Entschlossenheit in seinem Blick und wußte ohne den geringsten Zweifel, welche Überwindung es ihn gekostet hatte, die Kette seiner Mutter zu verkaufen. »Das war sehr vernünftig, Mylord«, sagte sie tapfer. »Ich bin sicher, daß Ihre Mutter sehr stolz darauf war, daß Sie ihre Kette benutzt haben, um das Familienvermögen der Flamecrests wiederaufzubauen.«

»Nicht besonders«, erwiderte Jared kühl. »Meine Mutter brach in Tränen aus, als sie erfuhr, wie ich das erste Schiff finanziert hatte. Was sie jedoch nicht daran hinderte, den neuen Reichtum ausgiebig zu genießen.«

»Wie meinen Sie das?« fragte Hugh.

Jared machte eine ausladende Handbewegung. »Mutter hat eine Reihe rauschender Feste hier in der Stadt veranstaltet. Sie liebte es, Gäste einzuladen, und sie gab beträchtliche Summen aus für die Bälle und Soiréen, die sie in diesem Haus gab. Ich erinnere mich ganz besonders an eines der Feste, als sie in einem der Räume einen Wasserfall und eine kleine Lagune aus Champagner anlegen ließ.«

»Mann«, flüsterte Hugh. »Einen ganzen Wasserfall aus Champagner.«

Robert legte fragend den Kopf schief. »Ich wette, Sie haben die Kette zurückgekauft, als Sie wieder reich waren.«

Jared spannte die Wangenknochen an. »Ich habe es versucht, aber es war zu spät. Der Juwelier, der die Kette gekauft hatte, hatte sie bereits in ihre Einzelteile zerlegt. Er hatte die Steine herausgenommen und in verschiedene Armreifen, Ringe und Broschen eingearbeitet. Das Ganze war dann an verschiedene Personen weiterverkauft worden. Es war unmöglich, alle Steine wiederzufinden, um sie erneut zusammenzusetzen.«

»Also war die Kette für immer verloren«, verkündete Hugh mit einem dramatischen Seufzer.

Jared nickte. »Ich fürchte, ja.«

Olympia hob den Kopf. »Meiner Meinung nach haben Sie vollkommen richtig gehandelt, Mylord. Es ist äußerst lobenswert, daß Sie die Sache unter den damaligen Umständen logisch und praktisch gesehen haben, und ich nehme an, daß Ihre gesamte Familie insgeheim froh darüber ist.«

Jared zuckte mit einer Schulter und blickte sich in dem dunklen Zimmer um. Der schwere Schlüssel, mit dem er die Tür aufgeschlossen hatte, baumelte in seiner Hand. »Es ist jetzt auch egal, oder? Es ist nicht mehr zu ändern. Was Geister, Schätze oder ähnliche Sachen betrifft, so bezweifle ich, daß ihr hier, abgesehen von ein paar staubigen Möbelstücken und ein paar vergilbten Familienporträts, etwas Interessantes finden werdet.«

»Porträts.« Olympia wurde von einer Welle der Erregung gepackt. »Natürlich. Vielleicht finde ich hier oben ja ein Bild von Claire Lightbourne. Oder vielleicht sogar von Käpt'n Jack höchstpersönlich.«

Jared überflog das Zimmer mit einem letzten, gleichgültigen Blick. »Vielleicht. Du kannst ja später danach suchen, wenn du willst. Es ist bereits ziemlich spät, und ich nehme an, es gibt gleich Abendessen.« Automatisch griff er in seine leere Uhrtasche.

Olympia zuckte zusammen. Ethan, Hugh und Robert starrten auf Jareds Hand und hielten den Atem an.

Jared verzog wehmütig den Mund, als seine Finger in die leere Tasche fuhren. Ohne ein Wort zu sagen, drehte er sich um und ging in Richtung der Tür. »Gehen wir. Wir haben genug Zeit mit dieser Besichtigungstour vergeudet.«

Zögernd trotteten die Jungen ihm nach. Olympia sah sich noch ein letztes Mal nachdenklich um, ehe sie den anderen folgte. Sie tröstete sich mit dem Gedanken, daß sie das Zimmer ein andermal genauer durchforsten konnte.

Jared betrachtete seinen neuen Butler mit einem abschätzenden Blick. Er hatte den Mann selbst eingestellt, nachdem er Felix erklärt hatte, er müsse niemanden für diesen Posten suchen.

Felix war überrascht gewesen, als Jared verkündet hatte, daß er die Kandidaten für diese Stelle persönlich befragen würde. »Erzählen Sie mir nicht, daß es Ihnen Spaß macht, einen Butler auszusuchen, Chillhurst.«

»Ich fürchte, ich muß mich selbst um diese Sache kümmern«, hatte Jared erklärt. »Die Position erfordert schließlich einzigartige Qualifikationen.«

Felix hatte ihn verständnislos angestarrt. »Warum?«

Zur Verwunderung seines Freundes hatte Jared leicht gelächelt. »Weil diese Person gezwungen sein wird, mit meiner Haushälterin zusammenzuarbeiten, die eine höchst ungewöhnliche Frau ist.«

»Ich habe Ihnen gesagt, daß Sie sie durch eine gut ausgebildete, erfahrene Haushälterin ersetzen sollen«, hatte Felix gemurmelt.

»Das kann ich nicht. Meine Frau will nichts davon hören. Sie hängt sehr an Mrs. Bird.«

Felix hatte Jared einen eigenartigen Blick zugeworfen. »Sie lassen sich in diesen Dingen von Ihrer Frau Vorschriften machen?«

Jared hatte mit der spöttischen Resignation eines Ehemannes die Hände gen Decke gehoben. »Sagen Sie, daß es mir Spaß macht, meiner neuen Braut einen Gefallen zu erweisen.«

Felix hatte laut geschnaubt. »Allmählich fange ich an zu glauben, daß Sie mir die Wahrheit sagen, wenn Sie behaupten, im Netz der Leidenschaft gefangen zu sein, Chillhurst. Das sieht Ihnen so gar nicht ähnlich, mein Freund. Vielleicht sollten Sie einmal einen Arzt aufsuchen.«

»Meinen Sie?«

Felix kicherte. »Ja, aber ich würde Ihnen nicht raten, denselben Arzt wie Beaumont zu konsultieren. Den jüngsten Berichten zufolge ist es dem Quacksalber nicht gelungen, Beaumont von seinem unglückseligen Leiden zu befreien.«

Die Erinnerung an Felix' Rat, einen Arzt aufzusuchen, ließ Jared unwillkürlich lächeln, während er den Privatdetektiv Mr. Graves musterte.

Graves hatte den passenden Namen, dachte Jared. Der Mann war groß, spindeldürr und hatte herabhängende Schultern. Er hatte die beständige Leidensmiene eines Beerdigungsunternehmers. Jared hatte ihn aus der Reihe der Detektive ausgewählt, die sich bei ihm vorgestellt hatten, weil in seinen Augen Intelligenz blitzte.

»Nun, denn, verstehen Sie, welche Pflichten Sie hier in diesem Haushalt zu erfüllen haben?« fragte Jared.

»Ja, Mylord, ich glaub' schon.« Graves zerrte an seiner unbequemen neuen schwarzen Jacke. Ein derart elegantes Kleidungsstück war er eindeutig nicht gewohnt. »Ich soll ein Auge auf die Bewohner des Hauses werfen und dafür sorgen, daß niemand das Grundstück betritt, den Sie nicht kennen und dulden.«

»Korrekt. Außerdem werden Sie auf alles achten, was Ihnen irgendwie ungewöhnlich oder verdächtig erscheint. Ich möchte einen täglichen Bericht über alles, was während meiner Abwesenheit passiert, egal, wie unwichtig es Ihnen erscheinen mag. Ist das klar?«

»Ja, Mylord.« Graves versuchte vergeblich, seine Schultern zu straffen. »Sie können sich auf mich verlassen, Sir. Ich hab' Ihnen in der anderen Sache ja auch ganz gute Dienste erwiesen, oder?«

»Ja, Graves, das haben Sie.« Jareds Fingerspitzen trommelten gegeneinander. »Sie und Ihr Freund Fox haben hervorragende Arbeit geleistet, als Sie die Beweise gesammelt haben, die ich brauchte, um meine Theorie zu belegen.«

»Fox und ich sin' stolz darauf, wenn Sie mit unserer Arbeit zufrieden sin', Sir.«

»Wie gesagt, habe ich Grund zu der Annahme, daß jemand versucht hat, den Neffen meiner Frau zu entführen. Außerdem hat möglicherweise jemand versucht, in unser Haus in der Ibberton Street einzubrechen. Ich möchte, daß Sie alles im Auge behalten. Die Möglichkeit eines Einbruchs beunruhigt mich jedoch bei weitem nicht so wie die Sorge um die Sicherheit meiner Familie.«

»Verstehe, Euer Lordschaft.«

»Sehr gut, Sie können umgehend anfangen.« Jared runzelte die Stirn. »Eins noch, Graves.«

»Ja, Mylord?«

»Sie werden sich die größte Mühe geben, mit unserer Haushälterin Mrs. Bird zurechtzukommen. Ich möchte nicht mit irgendwelchen Streitereien zwischen meinen Angestellten belästigt werden. Ist das klar?«

Graves' Augen leuchteten auf. »Ja, Sir. Ich hab' Mrs. Bird bereits kennengelernt. Eine prächtige Frau, wenn ich so sagen darf, Sir. Äußerst temperamentvoll. Temperamentvolle Fraun ham mir schon immer gefalln.«

Jared verbarg ein Lächeln. »Wie ich sehe, brauche ich mir deswegen also keine Sorgen zu machen. Sie können dann gehen, Graves.«

»Ja, Euer Lordschaft.«

Jared wartete, bis sein neuer Butler die Bibliothek verlassen hatte. Dann erhob er sich und ging um den Schreibtisch herum zum Fenster. Der Garten war immer noch in einem jämmerlichen Zustand, aber das große Haus, das jahrelang geschlossen gewesen war, war inzwischen vollkommen verwandelt. Alles war abgestaubt und blank poliert worden. Das Holz glänzte und die Fenster blitzten. Wie durch ein Wunder hatte sich das alte, monströse Gebäude in ein gemütliches Heim für seine lebhaften jungen Schützlinge und seine Frau verwandelt.

Nein, es war andersherum, dachte er plötzlich. Die drei Jungen und Olympia hatten das Haus zu einem Heim gemacht.

Nach ein paar Minuten ging Jared zurück und setzte sich wieder hinter seinen Schreibtisch. Er schloß eine der Schubladen auf, holte seinen Terminkalender hervor und betrachtete die Einträge, die er während der vergangenen Monate gemacht hatte.

Er konnte die Augen nicht länger vor der Wahrheit verschließen. Die Beweise waren inzwischen zu erdrückend. Jared fragte sich, weshalb er das Unvermeidbare so lange vor sich hergeschoben hatte. Es sah ihm nicht ähnlich, in derartigen Angelegenheiten lange zu zögern.

Er hatte von Anfang an den richtigen Verdacht gehabt, aber immer gehofft, daß er eine andere Erklärung für die Unterschlagungen finden könnte.

Jetzt aber war es an der Zeit, etwas zu unternehmen. Er hatte sich lange genug zum Narren halten lassen.

Die Nachricht, daß Olympia mit dem Vicomte Chillhurst verheiratet war, ging wie ein Lauffeuer um. Ihr wäre es lieber gewesen, wenn die Sache nicht so öffentlich geworden wäre.

Es war höchst lästig, eine Vicomtesse zu sein, dachte sie zwei Tage später, als man ihr aus der alten Flamecrestschen Stadtkutsche half. Anscheinend konnte man nicht einmal mehr allein unterwegs sein, wenn man solch einen Titel trug.

Jared hatte die alte Kutsche hervorholen, polieren und mit einem Gespann robuster Grauer versehen lassen. Dann hatte er angeordnet, daß Olympia von einem der neuen Pagen und einem der Mädchen zu begleiten sei, sobald sie das Haus verließ.

Das neue Mädchen, ein diensteifriges siebzehnjähriges Fräulein, folgte Olympia pflichtbewußt aus der schweren Kutsche und die Treppen zum Musgrave-Institut hinauf.

»Sie können hier auf einer der Bänke warten, Lucy.« Olympia winkte in Richtung der Holzbänke vor der Bibliothek. »Ich werde in etwa einer Stunde zurück sein.«

»Ja, Ma'am.« Lucy machte einen höflichen Knicks.

Olympia eilte in die große Bibliothek. Der ältliche Bibliothekar nickte grüßend.

»Guten Tag, Lady Chillhurst. Es tut mir leid, wenn ich in der Vergangenheit eventuell etwas unhöflich war.«

»Guten Morgen, Boggs.« Olympia streifte die Handschuhe ab und schenkte dem Mann ein Lächeln. »Was soll das Gerede von Unhöflichkeit? Sie waren immer äußerst reizend.«

»Es tut mir leid, aber ich wußte nicht, daß Sie die Vicomtesse Chillhurst sind, Madam.« Boggs bedachte sie mit einem gekränkten Blick.

»Ach, das.« Olympia machte eine wegwerfende Handbewegung. Sie und Jared hatten darüber gesprochen, wie sie sich in einer solchen Situation verhalten würden. »Natürlich wußten Sie das nicht. Mein Gatte zieht es vor, seine Ruhe zu haben, und deshalb wollten wir hier in der Stadt unerkannt bleiben. Aber man hat uns entdeckt, so daß Seine Lordschaft der Auffassung ist, daß es keinen Zweck mehr hat, unsere Identität vor aller Welt zu verbergen.«

Boggs war deutlich verwirrt. Weshalb sollte jemand mit einem erhabenen Titel anonym bleiben wollen? Aber er war zu höflich, um weitere Fragen zu stellen. »Ja, Madam.«

»Würde es Ihnen sehr viel ausmachen, wenn ich mir noch einmal die Karten von den Westindischen Inseln ansehe?«

»Überhaupt nicht.« Boggs machte eine Verbeugung in Richtung des Kartenraums. »Sie kennen sich ja aus, Madam. Ich habe den Raum bereits für ein anderes Mitglied der Gesellschaft aufgeschlossen. Er ist noch drin.«

»Oh?« Olympia runzelte leicht die Stirn. »Mr. Torbert oder Lord Aldridge?«

»Nein, Mr. Gifford Seaton«, sagte Boggs.

»Mr. Seaton?« Olympia war so überrascht, daß sie beinahe ihre Handtasche fallen ließ. »Ich wußte gar nicht, daß er ein Mitglied der Gesellschaft ist.«

»In der Tat. Er trat der Gesellschaft unmittelbar nach der Hochzeit seiner Schwester mit Lord Beaumont bei. Ich glaube, das müßte etwa zwei Jahre her sein. Er verbringt eine Menge Zeit mit den Karten von den Westindischen Inseln.«

»Ich verstehe.« Olympia ging zur Tür und blickte in den verstaubten Raum.

Gifford stand vor einem großen Mahagonitisch und beugte sich über eine Karte. Als er aufsah, entdeckte er Olympia. Er schenkte ihr ein berechnendes Lächeln.

»Lady Chillhurst.« Gifford hatte eine Hand auf dem Rand der Karte, als er Olympia mit einer kleinen, eleganten Verbeugung begrüßte. »Wie nett, Sie zu sehen. Ich hörte bereits, daß Sie die Angewohnheit haben, die Bibliothek der Gesellschaft zu benutzen.«

»Guten Morgen, Mr. Seaton. Ich wußte bis heute morgen gar nicht, daß Sie ein aktives Mitglied der Gesellschaft für Reisen und Forschung sind.«

»Ich habe all Ihre Artikel gelesen, die im Magazin der Gesellschaft veröffentlicht worden sind«, murmelte Gifford. »Sehr informativ, wenn ich so sagen darf.«

»Wie nett von Ihnen.« Olympia war lächerlich erfreut über dieses Kompliment. Der Argwohn, den sie verspürt hatte, als sie Gifford in der Bibliothek entdeckt hatte, schwand. Sie trat näher an den Tisch heran und blickte auf die Karte. »Wie ich sehe, beschäftigen Sie sich mit den Westindischen Inseln. Schreiben Sie einen Artikel oder planen Sie eine Reise in die Region?«

»Das wäre beides durchaus möglich.« Gifford sah sie interessiert an. »Wie ich hörte, interessieren Sie sich ebenfalls für dieses Gebiet, Lady Chillhurst? Boggs erzählte mir, daß Sie sich bereits die entsprechenden Karten angesehen haben.«

»Das stimmt.« Sie sah erneut auf die Karte, die Gifford auf dem Tisch ausgerollt hatte. »Ich hatte allerdings noch keine Gelegenheit, diese Karte hier zu überprüfen. Sie scheint recht alt zu sein.«

»Das ist sie. Ich habe sie letzten Monat entdeckt und beiseite legen lassen, damit ich jederzeit drankomme.«

»Tatsächlich?« Olympia beäugte die Karte. »Dann habe ich sie wohl deshalb bisher noch nicht zu Gesicht bekommen.«

»Wahrscheinlich.« Gifford zögerte und machte dann eine einladende Handbewegung in Richtung der Karte. »Sie können sie gern jetzt einsehen, wenn Sie möchten. Ich finde sie sehr interessant, weil sie einige kleine Inseln aufweist, die ich auf keiner der anderen Karten entdecken konnte.«

»Wie aufregend.« Olympia legte ihre Tasche beiseite und beugte sich über das alte Pergament.

»Ich nehme an, Sie interessieren sich für unbekannte Landflecken in der Region der Westindischen Inseln, Madam?«

»In der Tat.« Olympia beugte sich tiefer über die Karte. Sie suchte vertraute Anhaltspunkte, die sie auf anderen Karten von dem Gebiet entdeckt hatte. Auf den ersten Blick war die einfache Karte recht enttäuschend. »Dies ist eine äußerst ungewöhnliche Darstellung der Geographie dieser Region. Sie ist bei weitem nicht so genau wie die meisten anderen Karten.«

»Man sagte mir, sie sei von einem Freibeuter gezeichnet worden, der vor über hundert Jahren vor den Westindischen Inseln herumsegelte.«

»Die Karte eines Freibeuters?« Olympia blickte eilig auf und sah, daß Gifford sie interessiert anstarrte. »Wirklich?«

Er zuckte mit den Schultern. »Das hat zumindest Boggs erzählt. Aber in diesen Dingen kann man sich ja nie ganz sicher sein. Die Karte ist nicht unterschrieben. Also gibt es auch keine Möglichkeit, herauszufinden, wer sie gezeichnet hat.«

»Faszinierend.« Olympia beugte sich erneut über die Karte. »Auf alle Fälle scheint sie sehr alt zu sein.«

»Ja.« Gifford bewegte sich leicht. Dicht neben ihr beugte auch er sich wieder über das Papier. »Lady Chillhurst, ich möchte mich bei Ihnen wegen meines Benehmens neulich entschuldigen. Es tut mir leid, wenn ich Ihnen in irgendeiner Weise zu nahe getreten bin.«

»Machen Sie sich keine Sorgen, Sir.« Olympia blickte genauer auf einen kleinen Flecken Land, den sie auf den anderen Karten nicht bemerkt hatte. »Ich verstehe, daß bei der Sache eine Menge Gefühle im Spiel sind.«

»Meine Schwester und ich waren lange Zeit ganz allein auf dieser Welt«, sagte Gifford. »Bis sie Beaumont heiratete, war unsere finanzielle Situation äußerst bedrohlich. Es gab Zeiten, in denen ich fürchtete, daß wir beide im Arbeitshaus oder im Schuldnergefängnis landen würden.«

Olympia wurde von Mitgefühl ergriffen. Dank der kleinen Erbschaft, die sie von ihren Tanten erhalten hatte, waren ihr derartige Ängste Gott sei Dank erspart geblieben.

»Wie furchtbar für Sie beide«, sagte sie sanft. »Hatten Sie denn keine Verwandten, an die Sie sich hätten wenden können?«

»Keine.« Gifford lächelte wehmütig. »Wir waren gezwungen, uns mehr oder weniger ehrlich durchzuschlagen. Und ich bedaure sagen zu müssen, daß es meistens meine Schwester war, der der Großteil dieser Last zufiel. Über Jahre hinweg war ich einfach zu jung, um ihr eine große Hilfe zu sein. Sie hat für uns beide gesorgt, bis sie eine gute Partie machen konnte.«

»Ich verstehe.«

Giffords Ausdruck wurde hart. »Meine Familie war nicht immer arm. Demetria und ich fanden uns in solch unglücklichen Umständen wieder, weil mein Vater kein Talent für Geldangelegenheiten hatte. Und was alles noch schlimmer machte, war sein Hang zum Spielen. Am Morgen nach der Nacht, in der er den letzten Rest seines Erbes verspielt hatte, erschoß er sich.«

Olympia vergaß die Karte, die vor ihr auf dem Tisch lag. Sie konnte den Schmerz in Giffords Blick einfach nicht ignorieren. »Das tut mir wirklich furchtbar leid.«

»Wissen Sie, meine Großmutter war eine reiche Erbin.«

»Ach, ja?«

»Ja.« Gifford starrte sie abwesend an, als blicke er in die Vergangenheit. »Sie hatte eine Reederei von meinem Urgroßvater geerbt, und sie führte das Unternehmen ebenso gut wie jeder Mann.«

»Sie muß eine clevere Frau gewesen sein«, sagte Olympia.

»Es heißt, sie sei äußerst gerissen gewesen. Es gab Zeiten, in denen segelten ihre Schiffe von Amerika aus in die entlegensten Gebiete der Erde und brachten von dort Seide, Gewürze und Tee mit.«

»Amerika?«

»Ja. Mein Urgroßvater gründete sein Schiffahrtsunternehmen in Boston. Meine Großmutter wuchs dort auf. Schließlich heiratete sie einen der Kapitäne. Sein Name war Peter Seaton.«

»Ihr Großvater?«

Gifford nickte. »Ich habe weder ihn noch meine Großmutter jemals kennengelernt. Mein Vater war ihr einziges Kind. Er erbte das Unternehmen, als seine Eltern starben. Er verkaufte die Schiffe und zog nach England.« Gifford ballte die Faust. »Er heiratete und machte sich dann daran, das gesamte Vermögen zu verjubeln.«

»Und was geschah mit Ihrer Mutter?«

Gifford starrte auf seine Hand. »Sie starb bei meiner Geburt.«

»Und nun haben Sie niemanden mehr außer Ihrer Schwester.«

Gifford kniff die Augen zusammen. »Und sie hat niemanden außer mir. Ich nehme an, Sie verstehen nun, weshalb ich außer mir war vor Zorn, als Chillhurst die Verlobung löste. Sie hatte hart gearbeitet, um sein Interesse zu wecken. Sie hatte die letzten Schmuckstücke meiner Mutter versetzt, um die Kleider kaufen zu können, die sie brauchte, um Eindruck auf ihn zu machen.«

Olympia berührte ihn am Arm. »Mr. Seaton, es tut mir sehr leid, was mit Ihrer Familie geschehen ist. Aber bitte werfen Sie meinem Mann nicht vor, daß er die Verlobung mit Ihrer Schwester gelöst hat. Ich kenne ihn gut genug, um sicher zu sein, daß er sich nicht von ihr getrennt hat, weil er von ihrer finanziellen Misere erfuhr.«

»Demetria hat mir gesagt, daß es so war, und ich glaube eher ihr als Chillhurst.« Gifford wandte sich abrupt ab. »Es ist alles so verdammt unfair.«

»Aber Ihre Schwester hat am Ende eine gute Partie gemacht, und sie scheint mit ihrer Ehe sehr zufrieden zu sein. Und Sie haben den Vorteil, eine enge Beziehung zu Lord Beaumont zu haben. Weshalb sind Sie nicht zufrieden?«

Gifford schwang zu ihr herum. Sein Gesicht verriet Ärger und Verzweiflung. »Weil es nicht richtig ist. Verstehen Sie das nicht? Es ist nicht fair, daß Chillhurst alles hat und wir nichts. *Nichts.*«

»Mr. Seaton, ich verstehe nicht, was Sie meinen. Mir scheint, daß Sie viel erreicht haben.«

Gifford versuchte offenbar, sich wieder unter Kontrolle zu bekommen. Er schloß kurz die Augen und atmete tief ein. »Bitte entschuldigen Sie, Lady Chillhurst. Ich weiß nicht, was über mich gekommen ist.«

Olympia lächelte unsicher. »Vielleicht sollten wir das Thema wechseln. Wollen wir gemeinsam die Karte studieren?«

»Vielleicht ein andermal.« Gifford zog seine Uhr hervor. »Ich habe noch eine Verabredung.«

»Ja, natürlich.« Olympia blickte auf seine Uhr und dachte an die, die Jared gegen Robert eingetauscht hatte. »Das ist eine sehr schöne Uhr. Könnten Sie mir verraten, wo ich ein solches Stück kaufen kann?«

Gifford runzelte kurz die Stirn. »Ich habe sie in einem kleinen Laden in der Bond Street gekauft. Sie wurde ebenso wie die Uhrkette speziell für mich angefertigt.«

»Ich verstehe.« Fasziniert trat Olympia einen Schritt näher. »Das ist ein höchst ungewöhnliches Motiv, da auf dem Gehäuse. Es erinnert an eine Schlange.«

»Eine Seeschlange.« Gifford ließ die Uhr wieder in die Tasche gleiten. »Wissen Sie, ein Geschöpf aus Mythen und Legenden.« Sein Lächeln erreichte nicht seine Augen. »Sie ist das Symbol einer Zeit, in der meine Familie ihren rechtmäßigen Platz in der Welt hatte. Wenn Sie mich bitte entschuldigen wollen. Ich muß gehen.«

»Guten Tag, Mr. Seaton.«

Olympia blickte Gifford nachdenklich hinterher. Als sie allein war, wandte sie sich erneut der alten Karte zu. Aber ihre Gedanken waren nicht länger bei der schlechten Zeichnung.

Sie dachte an die Verzierung von Giffords Uhr und Uhrkette.

Das Motiv kam ihr seltsam bekannt vor.

»Willkommen zu Hause, Madam.« Graves hielt die Tür des Flamecrestschen Stadthauses auf, als Olympia die Treppe hinaufgeeilt kam. »Wir haben Gäste.«

»Ach, ja?« Olympia blieb in der Eingangshalle stehen und wandte sich zu dem neuen Butler um. »Weiß Mrs. Bird Bescheid?«

»Ja, Madam, sie is' informiert.« Graves kicherte. »Un' sie is' ganz aus dem Häuschen deswegen.«

Mrs. Bird kam bereits angestürzt. »Sin Sie's, Miss Olympia? Wurde auch Zeit, daß Sie nach Hause kommen. Seine Lordschaft sagt mir, daß ich heute abend zwei Gedecke mehr auflegen soll. Und außerdem erwartet er, daß ich zwei der Gästezimmer herrichte. Wüßte nur gerne, ob's hier immer so zugeht.«

»Nun, das kann ich Ihnen wirklich nicht sagen«, antwortete Olympia. »Ich habe keine Ahnung, wie viele Freunde Seine Lordschaft empfangen wird.«

»Das sin keine Freunde«, sagte Mrs. Bird düster. »Das sin Verwandte. Der Herr Papa und der Onkel Seiner Lordschaft.«

Sie senkte die Stimme und blickte sich um, um sicherzugehen, daß sonst niemand im Flur war. »Der Herr Papa Seiner Lordschaft is 'n echter *Graf*.«

»Ja, ich weiß.« Olympia setzte ihren Hut ab. »Ich bin sicher, daß Sie mit Gästen im Haus spielend fertig werden, Mrs. Bird.«

Graves lächelte Mrs. Bird verliebt an. »Natürlich tut sie das, Madam. In der kurzen Zeit, in der ich in diesem Haushalt tätig war, is' mir klargeworden, daß Mrs. Bird eine Frau mit außerordentlichen Fähigkeiten is'.«

Mrs. Bird errötete. »Ich wollte ja nur wissen, wie oft ich mit so was zu rechnen habe, das is' alles.«

»Ich stehe Ihnen jederzeit mit Rat und Tat zur Seite, Mrs. Bird«, betonte Graves. »Ich helfe Ihnen gern, so gut ich kann. Zusammen werden wir's schon schaffen.«

Mrs. Birds Augenlider flatterten. »Ich nehme an, wir werden die Sache schon irgendwie schaukeln.«

»Da hab' ich nicht den geringsten Zweifel«, sagte Graves.

Olympia blickte von einem zum anderen. »Wo sind Seine Lordschaft und unsere Gäste?«

»Seine Lordschaft is' in der Bibliothek, Madam«, sagte Graves. »Seine Gäste sin' oben bei den jungen Gentlemen. Ich glaube, der Graf un' sein Bruder erzählen Master Robert, Ethan und Hugh irgendwelche Geschichten.«

Olympia hatte sich gerade in Richtung der Bibliothek gewandt, hielt aber noch einmal an. »Geschichten?«

»Ich glaube, über irgendeinen Käpt'n Jack, Madam.«

»Oh, nun, ich bin sicher, daß meinen Neffen diese Geschichten enorm gefallen werden.« Olympia griff nach dem Knauf der Tür.

»Sie gestatten, Madam.« Graves machte einen Satz vor und öffnete ihr die Tür zur Bibliothek.

»Vielen Dank«, sagte Olympia. Dieser ungewohnte Service überraschte sie ein wenig. »Tun Sie das immer?«

»Ja, Madam, das tue ich. Es gehört zu meinen Pflichten.« Graves verbeugte sich und geleitete sie in den Raum.

Jared saß an seinem Schreibtisch. Er blickte auf, als Olympia das Zimmer betrat. »Guten Tag, meine Liebe.« Er erhob sich. »Es freut mich, daß du zurück bist. Wir haben Gäste. Mein Vater und mein Onkel sind gekommen.«

»Das sagte man mir.«

Jared wartete, bis sich die Tür hinter ihr geschlossen hatte. Dann lächelte er auffordernd.

Olympia flog quer durch den Raum direkt in seine Arme und hob den Kopf, um sich küssen zu lassen.

»Ich glaube, es gefällt mir, verheiratet zu sein«, sagte Jared nachdenklich, als er ihre Lippen schließlich wieder freigab.

»Mir auch.« Olympia trat einen Schritt zurück. »Jared, ich habe gerade ein höchst ungewöhnliches Gespräch mit Gifford Seaton geführt. Es gibt da ein oder zwei Punkte, die ich...«

Jareds sinnliches Lächeln verschwand abrupt. »Was sagst du da?«

Olympia runzelte die Stirn. »Es besteht kein Grund, daß Sie sich aufregen, Mylord. Ich sagte, daß ich soeben eine höchst seltsame Unterhaltung mit Mr. Seaton hatte.«

»Seaton hat mit dir gesprochen?«

»Ja, eben das versuche ich dir zu erklären. Wir sind uns in der Bibliothek des Musgrave-Instituts begegnet. Es ist wirklich sonderbar, Sir, aber anscheinend teilt er mein Interesse an den Westindischen Inseln.«

»Dieser Bastard«, sagte Jared mit gefährlich leiser Stimme. »Ich habe ihm gesagt, daß er nicht noch einmal in deine Nähe kommen soll.«

Olympia blickte ihn finster an. »Ich glaube nicht, daß Sie so über ihn sprechen sollten. Mr. Seaton ist ein armer Mensch. Er hat es im Leben nicht leicht gehabt.«

»Seaton ist ein mieser, niederträchtiger Halunke, der immer auf Unheil aus ist und der sogar die ehebrecherischen Handlungen seiner Schwester stillschweigend hinnimmt. Ich habe ihm strikte Anweisung erteilt, sich von dir fernzuhalten.«

»Um Himmels willen, Jared, es ist nicht Mr. Seatons Schuld, daß wir uns in der Bibliothek der Gesellschaft getroffen haben.«

»Da wäre ich mir an deiner Stelle nicht so sicher. Seaton hat wahrscheinlich herausgefunden, daß du dort viel Zeit verbringst, und hat seinen Besuch absichtlich so geplant, daß ihr euch in der Bibliothek begegnen würdet.«

»Wirklich, Jared, jetzt gehst du aber zu weit. Mr. Seaton schien echtes wissenschaftliches Interesse an den Westindischen Inseln zu haben. Tatsächlich hat er mir sogar gestattet, eine Karte anzusehen, die er in der Bibliothek entdeckt hat.«

»Ich wette, er hatte auch ein Motiv dafür.« Mit grimmiger Miene nahm Jared hinter seinem Schreibtisch Platz. »Egal, ich werde mich der Sache annehmen. Bis dahin werden Sie jeden weiteren Kontakt mit Seaton vermeiden. Ist das klar, Madam?«

Olympia starrte ihn entsetzt an. »Es reicht, Sir.«

»Es reicht? Ich habe noch gar nicht richtig angefangen. Ich werde dem jungen Seaton eine Lektion erteilen, die er nicht so schnell vergessen wird.«

»Jared, ich verbiete dir, so zu reden. Du nimmst doch wohl nicht allen Ernstes an, du könntest plötzlich anfangen, unsinnige Befehle zu erteilen und dich wie ein Wilder zu gebärden, nur weil du jetzt mein Ehemann bist.«

Jared blickte sie kalt an. »Es ist mir durchaus bewußt, daß Sie sich lieber nicht mit den lästigen kleinen Details des Alltagslebens auseinandersetzen, Madam. Aber eigentlich gehört das jetzt nicht zur Sache. Es gibt jedoch bezüglich unserer Ehe eine Kleinigkeit, die Sie sich gut merken sollten.«

Olympia sah ihn aus zusammengekniffenen Augen an. »Und was für eine Kleinigkeit ist das?«

Jared lehnte sich in seinem Stuhl zurück, stützte die Ellbogen auf die Lehnen und legte die Fingerspitzen aneinander. »Ich bin jetzt der Herr im Haus. Ich werde tun, was ich für das Beste halte, und ich werde auch meine Entscheidungen demgemäß treffen. Und Sie werden sich diesen Entscheidungen beugen, Madam.«

Olympia blieb der Mund offenstehen. »Ich werde nichts dergleichen tun. Nicht, wenn ich diese Entscheidungen nicht gutheiße, und was Sie in bezug auf Mr. Seaton vorhaben, heiße ich zufällig nicht gut.«

»Verdammt, Olympia, ich bin dein Ehemann. Du wirst also tun, was ich dir sage.«

»Irrtum, ich werde tun, was ich will, genau wie ich es immer getan habe«, empörte sich Olympia. Sie hörte, wie sich hinter ihr die Tür öffnete, aber das war ihr egal. »Sie werden mir jetzt einmal ganz genau zuhören, Mr. Chillhurst. Vergessen Sie nicht, daß ich Sie als Hauslehrer eingestellt habe. Und ganz offensichtlich sind Sie immer noch mein Angestellter.«

»Das ist vollkommener Unsinn«, schoß Jared zurück. »Du bist meine Frau und nicht meine Arbeitgeberin.«

»Das, Sir, ist wohl Ansichtssache. Was mich betrifft, so hat sich bezüglich unseres ursprünglichen Arrangements nichts geändert.«

»Alles hat sich geändert«, knurrte Jared. »Und das, Madam, ist keine Ansichtssache. Es ist eine Sache der Gesetze.«

»Himmel«, mischte sich eine unbekannte Stimme ein, noch ehe Olympia antworten konnte.

»Was ist denn hier los?« fragte eine andere Stimme von der Tür her. »Stören wir vielleicht gerade bei einem kleinen Streit? Was meinst du, Thaddeus?«

»Scheint so«, sagte die erste Stimme fröhlich. »Ich habe deinen Sohn noch nie wütend erlebt, Magnus. Anscheinend tut ihm die Ehe richtig gut.«

»Verdammt«, murmelte Jared. Er starrte zur Tür. »Madam, erlauben Sie mir, Ihnen meinen Vater, den Grafen von Flamecrest, und meinen Onkel, Thaddeus Ryder, vorzustellen. Gentlemen, meine Frau.«

Olympia drehte sich um und sah sich zwei verwegenen Gestalten älteren Jahrgangs gegenüber. Die beiden gutaussehenden, silberhaarigen und hochmodisch gekleideten Männer bedachten sie mit einem charmanten Lächeln, das gewiß zahlreiche Frauenherzen gebrochen hatte.

»Flamecrest, stets zu Diensten«, sagte der größere der beiden mit einer eleganten Verbeugung. »Es ist mir ein Vergnügen, Sie kennenzulernen, Madam.«

»Thaddeus Ryder.« Der zweite Mann grinste vergnügt. »Freut mich, daß Jared endlich seine Pflicht erfüllt hat. Ich nehme an, Sie hatten noch nicht die Zeit, um den Schlüssel zu Käpt'n Jacks Schatz zu finden, oder?«

Jared warf ihm einen angewiderten Blick zu. »Verflucht, Onkel. Hast du nicht den geringsten Sinn für Diskretion?«

Thaddeus sah ihn überrascht an. »Es gibt doch keinen Grund, diskret zu sein, Junge. Sie gehört schließlich zur Familie.«

»Besser geht's doch gar nicht, wenn du mich fragst«, sagt Magnus, während er Olympia mit einem strahlenden Lächeln bedachte. »So besteht kein Grund, nachts wie ein Dieb durch die Gegend zu schleichen und zu versuchen, ihr das Geheimnis zu entlocken. Sie wird uns gerne alles erzählen, was sie herausfindet, nicht wahr, meine Liebe?«

Olympia betrachtete die beiden Männer mit großem Interesse. »Ich bin gerne bereit, Sie alle über meine Nachforschungen auf dem laufenden zu halten, aber ich denke, Sie sollten wissen, daß noch jemand hinter dem Schatz her ist.«

»Großer Gott.« Magnus' Grinsen verwandelte sich in wütendes

Zähnefletschen. »Das habe ich befürchtet.« Er blickte seinen Bruder an. »Hab' ich dir nicht gesagt, daß ich so ein Gefühl hatte, Thaddeus?«

Thaddeus sah sehr besorgt aus. »Ja, das hast du, Magnus. Das hast du. Und Vorahnungen sind in unserem Clan fast immer von Bedeutung. Wir alle wissen das.« Er blickte Olympia an. »Haben Sie eine Ahnung, wer es auf den Familienschatz abgesehen haben könnte, meine Liebe?«

Olympia stellte mit großer Erleichterung fest, daß sie endlich in Gesellschaft von Leuten war, die ihre Ängste verstanden und sich nicht darüber lustig machten. »Nun, Sie werden meine Vermutung als unwahrscheinlich abtun, Sir. Chillhurst jedenfalls hat sich strikt geweigert, mir irgendwelchen Glauben zu schenken.«

Magnus zog die Nase kraus. »Mein Sohn ist zwar in manchen Dingen recht schlau, aber er hat keinerlei Phantasie. Beachten Sie ihn einfach nicht. Also sag uns, was du denkst, Mädchen.«

Aus dem Augenwinkel heraus sah Olympia, wie Jareds Miene sich anspannte. Sie ignorierte ihn einfach. »Ich glaube, daß irgendwas oder irgendwer, der als der Wächter bekannt ist, hinter Käpt'n Jacks Schatz her ist.«

»Der *Wächter*.« Magnus starrte sie verblüfft an.

Thaddeus wirkte ebenso überrascht und verwirrt. »Der Wächter, eh?«

Olympia nickte eilig. »Das Tagebuch enthält eine deutliche Warnung vor irgendeinem Wächter.«

Magnus und Thaddeus blickten erst sich und dann Olympia an.

»Nun, in diesem Fall hast du ja nichts zu befürchten, nicht wahr, meine Liebe?« erklärte Magnus geduldig.

Thaddeus strahlte. »Genau.«

Jareds Stimme hatte einen drohenden Unterton. »Ich würde es begrüßen, wenn wir dieses Thema umgehend beenden.«

»Warum? Was wissen Sie über diesen Wächter?« fragte Olympia Magnus.

Magnus zog seine buschigen Brauen in einer vertrauten Geste hoch. »Der Wächter ist Ihr Ehemann, meine Liebe. Hat mein Sohn Ihnen etwa nicht erzählt, daß ihm die große Ehre und Verantwortung dieses Titels zuteil wurde, als er neunzehn war?«

»Die Familie nennt ihn seit dem Abend den Wächter, an dem er meine beiden Jungs vor einem Schmuggler gerettet hat«, sagte Thaddeus.

Olympia wollte ihren Ohren nicht trauen. Für einen Moment war sie einfach sprachlos. Als sie sich erholt hatte, wirbelte sie zu Jared herum. »Nein, er fand es anscheinend nicht erforderlich, mir diese Kleinigkeit zu berichten.«

Jared legte die Hände auf die Stuhllehnen und wollte sich gerade erheben. »Nun, Olympia, ich kann dir das erklären...«

Olympia war außer sich. »Mr. Chillhurst, Sie haben mich von Anfang an getäuscht. Wenn es nicht in einer Sache war, dann in einer anderen. Ich habe Ihnen diese Dinge immer nachgesehen, wegen Ihrer leidenschaftlichen Natur, aber in diesem Fall, Sir, sind Sie zu weit gegangen. Wie konnten Sie mir verschweigen, daß Sie der Wächter sind?«

»Verdammt, Olympia, das ist alles vollkommener Unsinn. Du hast dir wegen irgendeines legendären Geistes Sorgen gemacht, der hinter dem Geheimnis des Tagebuchs her war. Ich bin weder eine Legende noch ein Geist, und der verdammte Schatz könnte mich nicht weniger interessieren.«

»Mr. Chillhurst, ich muß Ihnen sagen, daß Sie mir in dieser Angelegenheit keine große Hilfe waren. Tatsächlich haben Sie mir meine Aufgabe so oft wie möglich erschwert, indem Sie sich weigerten, auch nur das geringste Interesse an dem Geheimnis des Tagebuchs zu zeigen. Ich bin wirklich sehr böse auf Sie, Sir.«

»Das sehe ich«, murmelte Jared. »Aber was nützt es dir zu wissen, daß mir mein Vater diesen idiotischen Titel des Wächters verliehen hat, als ich neunzehn war? Diese Information hilft dir doch auch nicht weiter.«

Olympia richtete sich auf. »Das bleibt abzuwarten, Mr. Chillhurst.«

»Olympia, warte...«

Aber Olympia war nicht in der Stimmung zu warten. Sie hatte einen weiteren Teil des Puzzles entdeckt und mußte darüber nachdenken. Ohne sich umzudrehen, eilte sie aus der Bibliothek.

Kapitel 16

Magnus bedachte Jared mit einem Grinsen. »*Mr.* Chillhurst?«

»Gelegentlich vergißt meine Frau, daß ich nicht länger ihr Angestellter bin«, sagte Jared kalt.

»Ihr Angestellter?« Thaddeus kicherte. »Wie ist sie denn jemals auf die Idee gekommen?«

»Das ist eine lange Geschichte, Sir.« Jared ging um seinen Schreibtisch herum. »Und ich habe im Moment nicht die Zeit, um sie zu erzählen. Nun, wenn ihr mich jetzt bitte entschuldigen wollt. Ich muß mit meiner Frau sprechen. Wie ihr sehen könnt, ist sie ein recht temperamentvoller Mensch.«

Magnus schlug sich auf die Schenkel und brüllte vor Lachen. »Freut mich, daß du dir 'ne interessante Frau geangelt hast, mein Junge. Ich hatte mir ganz schöne Sorgen gemacht, daß du mal mit irgendeinem langweiligen, nüchternen kleinen Mädchen ankommen würdest, das so richtig zu deiner Krämerseele paßt.«

Thaddeus kicherte vergnügt. »Sie scheint dich für einen äußerst leidenschaftlichen Mann zu halten, Junge. Wie, zum Teufel, ist sie bloß auf die Idee gekommen?«

»Keine Ahnung.« Jareds Hand schloß sich um den Türknauf. »Ich bin gleich zurück. Aber erst muß ich Lady Chillhurst unbedingt etwas klarmachen.«

»Geh nur, mein Sohn«, sagte Magnus fröhlich. »Wir werden uns in der Zwischenzeit mit etwas Brandy versorgen. Ich nehme an, du hast noch etwas von Käpt'n Harrys gutem französischen Zeug im Keller?«

»Ja«, sagte Jared. »Versuch, nicht die ganze Karaffe leer zu machen, bis ich zurück bin.«

»Laß dir nur Zeit, Junge, laß dir nur Zeit«, beruhigte ihn Thaddeus.

Jared stapfte aus der Bibliothek, durchquerte die mit Marmorfliesen ausgelegte Eingangshalle und ging die Treppe hinauf.

Die Tür zu Olympias Schlafzimmer war geschlossen. Jared verzog den Mund, als er die Hand hob und laut klopfte.

»Laß mich in Ruhe«, rief Olympia mit gedämpfter, abwesender Stimme. »Ich bin sehr beschäftigt.«

»Olympia, ich möchte mit dir sprechen.«

»Ich habe wirklich keine Zeit, mit Ihnen darüber zu streiten, wer für diesen Haushalt verantwortlich ist, Mr. Chillhurst.«

»Verdammt und zugenäht, hör endlich auf, mich herumzukommandieren, als ob ich einer deiner Angestellten wäre.«

Jared ließ die Hand auf den Türknauf sinken. Eigentlich erwartete er, daß die Tür verschlossen war.

Zu seiner Überraschung war sie es nicht.

Die Tür öffnete sich wesentlich besser, als Jared geglaubt hatte. Sie knallte so heftig gegen die Wand, daß Olympia hinter ihrem Schreibtisch zusammenfuhr.

Sie funkelte ihn böse an. »Ich sagte Ihnen doch, daß ich beschäftigt bin, Sir.«

»Zu beschäftigt, um mit deinem Ehemann zu sprechen?« Jared schloß die Tür und spazierte mit einer Gelassenheit durch den Raum, die er wahrlich nicht empfand.

Olympia zog die Brauen zusammen. »Ich bin wirklich nicht besonders gut auf Sie zu sprechen, Mylord. Ich kann es einfach nicht fassen, daß Sie mir nicht die Wahrheit über sich erzählt haben.«

»Verdammt, Olympia, ich versuche seit Jahren, diesen Unsinn, daß ich der Wächter bin, einfach zu vergessen.«

Olympias Blick fiel auf seine schwarze Augenklappe, und ihr Gesichtsausdruck wurde sanfter. »Ich weiß, daß dieser Titel schreckliche Erinnerungen wachrufen muß. Aber er ist ein wichtiger Bestandteil des Rätsels. Vielleicht sogar der Schlüssel zu dem Geheimnis.«

»Er ist nicht der Schlüssel. Wie sollte er der Schlüssel sein? Ich gebe zu, daß ich im Kreis meiner Familie als der Wächter bekannt bin, aber das Tagebuch oder der Schatz interessieren mich überhaupt nicht. Die Warnung vor mir ist vollkommener Unsinn. Du darfst sie einfach nicht ernst nehmen.«

In Olympias Augen blitzte Verständnis auf. »Darum also hast du mir nicht von Anfang an die Wahrheit gesagt. Du hattest Angst, daß ich die Warnung falsch interpretieren würde. Du dachtest, ich würde das Schlimmste annehmen.«

»Ich wollte nicht, daß du Angst vor mir hast. Verflucht, Madam, ich bin nicht der Geist von Käpt'n Jack.«

Olympia klopfte mit ihrem Füllfederhalter auf das Blatt, das vor ihr lag. »Das habe ich auch nie behauptet. Ich glaube nicht an Geister, Mylord.«

»Wie kann ich dann irgend etwas mit dem Rätsel des Tagebuchs zu tun haben?« wollte Jared wissen.

Olympia blickte ihn nachdenklich an. »Darüber denke ich im Moment gerade nach, Sir. Ich muß herausfinden, welche Verbindung zwischen der Warnung und dem Herrn der *Sirene* und all den anderen Dingen besteht. Bitte laß mich also allein. Ich weiß, daß du kein Interesse an der Sache hast, und ich kann mich nicht konzentrieren, wenn du hier herumstehst und mich anschreist.«

»Ich schreie dich nicht an.«

»Doch, das tust du. Wirklich, Jared, deine leidenschaftliche Natur macht die Sache nur noch schwieriger. Ich kann dich natürlich verstehen, aber ich muß darauf bestehen, daß du jetzt mein Schlafzimmer verläßt.«

Jared wurde von Zorn gepackt. »Wagen Sie es ja nicht, mich aus Ihrem Schlafzimmer zu werfen, Madam.«

»Warum nicht?« Sie blickte ihn an. »Schließlich ist es mein Schlafzimmer, und im Augenblick möchte ich dich nicht hier haben.«

»Tatsächlich?« Jared packte sie und hob sie von ihrem Stuhl. »In diesem Fall werden wir eben in mein Schlafzimmer gehen.«

»Mr. Chillhurst, lassen Sie mich sofort runter.« Olympia griff nach ihrer Haube, die langsam von ihrem Kopf zu rutschen drohte. »Ich habe zu arbeiten.«

»Das hast du. Es ist höchste Zeit, daß du ein paar deiner ehelichen Pflichten erfüllst.« Jared stürmte durch die Verbindungstür in sein Schlafzimmer.

Er ging hinüber zu dem riesigen Bett und ließ Olympia vorsichtig darauf sinken. Die Haube glitt ihr vollends vom Kopf, so daß sich ihr leuchtend rotes Haar über die Kissen ergoß. Ihr Kleid war ihr über die Knie gerutscht und gab einen verführerischen Blick auf ihre bestrumpften Beine frei.

»Sirene«, flüsterte Jared. Verlangen wallte in ihm auf wie eine mächtige Welle, die ihn fortzuspülen drohte.

Er ließ sich auf Olympia fallen, preßte sie auf die Tagesdecke. Sein

Körper war bereits angespannt. Er spürte das Feuer in seinen Adern und die drängende Hitze in seinen Lenden.

Olympia riß erstaunt die Augen auf. »Gütiger Himmel, Mr. Chillhurst, es ist hellichter Tag.«

»Gestatten Sie mir, Sie darüber aufzuklären, Madam, daß es in einigen Ländern durchaus üblich ist, sich am hellichten Tag zu lieben.«

»Wirklich?« Die Überraschung in Olympias Augen wandelte sich in sinnliche Spekulation. »Mitten am Tag?«

»Diese Vorstellung würde normale, engstirnige Leute gewiß schockieren. Aber wir sind anders, Olympia, wir sind Menschen von Welt.«

»Ja.« Olympia lächelte unendlich zärtlich. Ihr Blick füllte sich mit sinnlicher Wärme. »Wir sind anders, Sir.«

Er küßte ihren Hals und spürte, wie sie schmolz. Sie krallte sich in seinem Haar fest und hob sich ihm entgegen.

Heiße, pulsierende Freude wallte in Jared auf. Olympias berauschende Antwort ließ die Leidenschaft in ihm überschäumen. Sie gehörte ihm, dachte er jubelnd. Sie konnte ihm noch nicht einmal widerstehen, wenn sie böse auf ihn war.

Sie liebte ihn. Sie mußte ihn lieben.

Plötzlich wurde ihm beinahe schmerzlich bewußt, daß er darauf wartete, diese Worte aus ihrem Mund zu hören. Weshalb hatte sie sie nie laut ausgesprochen?

Gewiß liebte sie ihn.

Er schob diese Gedanken beiseite, als ihn die Leidenschaft übermannte. Olympia lächelte ihr Sirenenlächeln und fuhr mit ihrem Fuß über sein Bein.

»Es ist ein äußerst glücklicher Umstand, daß wir einander begegnet sind, nicht wahr, Mylord? Ich glaube, es gibt auf der ganzen Welt keinen anderen Mann, der so mit mir übereinstimmt wie Sie.«

»Es freut mich, daß du so denkst.« Jared umfaßte besitzergreifend eine ihrer Brüste. »Weil es nämlich auf der ganzen Welt bestimmt keine andere Frau gibt, die mich so gut versteht wie du.«

Eine ganze Weile später rollte Jared vorsichtig neben Olympia und lehnte sich entspannt in den Kissen zurück. Er legte einen Arm hinter seinen Kopf und betrachtete mit einem Gefühl höchster Zufriedenheit die Decke.

Olympia rührte sich und streckte sich. »Es ist ein äußerst angenehmer Brauch, sich am hellichten Tag zu lieben, Sir, nicht wahr? Wir sollten dieses Experiment möglichst bald wiederholen.«

»Das werden wir bestimmt tun.« Jared zog sie eng an sich. »Ich nehme an, du wirst in nächster Zeit nicht noch einmal versuchen, mich aus deinem Schlafzimmer zu werfen.«

»Das werde ich mir zumindest zweimal überlegen«, sagte Olympia ernst.

Jared runzelte die Stirn. »Ich meine es ernst, kleine Sirene. Du kannst mich zwar mit einem Blick oder einem Lächeln verzaubern, aber du wirst mich nicht mehr herumkommandieren, als ob ich dein Angestellter sei. Ich bin der Herr in meinem Haus ebenso wie ich der Herr in meinem Unternehmen bin. *Und ich bin der Herr meiner Frau.* Ist das klar?«

»So ist das also.« Ungeachtet ihrer Nacktheit setzte sich Olympia auf. Sie bedachte Jared mit einem vor Erregung funkelnden Blick. »Der Herr deiner Frau.«

»Es freut mich, daß wir uns einig sind, Madam.« Jared betrachtete die schöne Wölbung ihrer Brüste. »Es gibt einen Punkt, an dem muß ein Mann sich behaupten.«

»Herr deiner Frau. Jared, du hast mich immer eine Sirene genannt.«

»Stimmt.« Jared zeichnete mit der Spitze seines Daumens die Rundung ihrer linken Brustwarze nach. »Weil du eine bist.«

»Verstehst du denn nicht?« Olympia kniete neben ihm auf den zerwühlten Laken. »Du hast dich gerade Herr der Sirene genannt. Käpt'n Jack war der Herr der Sirene, und du bist sein Nachfahre. Du bist der neue Herr der Sirene.«

Zu spät erkannte Jared, in welche Richtung ihre Gedanken gingen. Er stöhnte. »Olympia, jetzt gehst du wirklich zu weit.«

»Ganz im Gegenteil. Ich bin noch gar nicht weit genug gegangen.« Olympia sprang aus dem Bett. »Ich muß sofort weiterarbeiten. Hinaus mit dir, Jared. Du lenkst mich nur ab.«

»Madam, zufällig befinde ich mich in meinem eigenen Schlafzimmer.«

»Oh, ja. Das stimmt. Dann mußt du mich bitte entschuldigen. Ich muß zurück in mein Schlafzimmer.« Olympia wirbelte herum und eilte durch die offene Verbindungstür.

Jared ergötzte sich am Anblick ihres süß gerundeten Hinterteils, bis sie um die Ecke verschwunden war. Dann seufzte er und setzte sich langsam auf.

Er betrachtete die hingeworfenen Kleidungsstücke auf dem Bett und dem Teppich. Dann hob er Olympias kleine weiße Haube auf und lächelte schwach.

Als sein Blick auf die Standuhr fiel, runzelte er die Stirn. Es war fast eins, und er hatte in fünfundvierzig Minuten eine Verabredung in den Docks.

»Verdammt.«

Er griff nach seinem Hemd. Die Ehe brachte den Terminkalender eines Mannes ganz schön durcheinander.

Eine dreiviertel Stunde später entstieg Jared einer unauffälligen Mietkutsche und ging über die belebte Straße in eine kleine Taverne. Der Mann, den er mit Nachforschungen in den Docks beauftragt hatte, erwartete ihn bereits.

Jared nahm ihm gegenüber in der Nische Platz und schickte das dralle Schankmädel mit einer Handbewegung fort. »Nun, Fox, was haben Sie herausbekommen?«

Fox wischte sich mit dem Ärmel seines Hemdes über den Mund und rülpste. »Genau, was Sie vermutet ham, M'lord. Der Mann hat vor sechs Monaten 'n Haufen Schulden gemacht. Er saß dermaßen tief in der Tinte, daß alle dachten, er käm nie mehr raus. Aber dann gelang es ihm irgendwie, seine ganzen Schulden zu bezahln. Un' vor drei Monaten is' dann noch mal das gleiche passiert. Hat wieder alles verlorn un' dann irgend 'n Weg gefunden, um alles zu bezahln.«

»Ich verstehe.« Jared dachte einen Augenblick darüber nach. »Ich wußte, was passierte, ich wußte nur nicht, weshalb. Aber jetzt kenne ich den Grund.«

Spielschulden. Nun, anscheinend hatte jeder irgendeine geheime Leidenschaft, dachte Jared.

»'n typischer Fall, M'lord.« Die Wirkung des verständnisvollen Stoßseufzers, den Fox ausstieß, wurde durch einen weiteren Rülpser zunichte gemacht. »Der Mann is' in den Spielhöllen versackt und dann ausgenommen worn. Traurig, aber nich' weiter ungewöhnlich. Der einzige Unterschied diesmal is', daß der Typ es geschafft hat, seine Schulden loszuwern, bevor's zu spät war. Hat er echt Glück gehabt, he?«

»Ja, tatsächlich.« Jared erhob sich. »Sie werden heute nachmittag wie vereinbart von Graves Ihr Geld bekommen. Vielen Dank für Ihre Bemühungen.«

»Gern geschehn, M'lord.« Fox nahm einen weiteren Schluck Bier zu sich. »Ich bin Ihnen stets zu Diensten.«

Jared verließ die Taverne und stand einen Moment auf dem Gehweg. Er wollte gerade eine Kutsche herbeiwinken, überlegte es sich jedoch dann anders. Er mußte erst einmal nachdenken über das, was er soeben erfahren hatte.

Ohne ein bestimmtes Ziel spazierte er gemächlich die Straße entlang. Nur am Rand nahm er die Tavernen und Kaffeehäuser wahr, an denen er vorbeiging. Selbst um diese Zeit wurden sie von Arbeitern, Matrosen, Taschendieben, Huren und Betrügern rege besucht.

Wie immer war ein Teil von Jareds Aufmerksamkeit auf seine Umgebung gerichtet. Das Gewicht seines Dolches in der Manteltasche war beruhigend.

Während er so vor sich hinging, überdachte er die Dinge, die er in Erfahrung gebracht hatte. Obgleich er nun das Motiv für die Unterschlagungen kannte, fiel ihm die Entscheidung nicht leichter.

Es war an der Zeit, die Person, die ihn derart hintergangen hatte, zur Rede zu stellen, aber Jared hatte es nicht eilig. Schließlich hatte er nicht gerade sehr viele Freunde.

Der Mann mit dem Messer kam praktisch vollkommen geräuschlos aus der schmalen Gasse. Zuerst nahm Jared nur seinen Schatten wahr, der kurz an der Steinmauer aufflackerte.

Dieser kurze Moment, in dem der Angreifer nach vorn sprang, reichte gerade noch aus. Jared warf sich zur Seite, und die Klinge des Messers sauste ins Leere.

Der Mann wirbelte herum, tänzelte geschickt, um sein Gleichgewicht wiederzubekommen, und stieß dann ein zweites Mal zu.

Dieses Mal war Jared auf den Angriff vorbereitet. Er hob seinen Arm, um das Messer abzuwehren, und zog gleichzeitig seinen Dolch aus der Scheide. Der gute spanische Stahl glitzerte im Sonnenlicht.

Der Angreifer sog scharf die Luft ein. »Davon war nicht die Rede, daß Sie auch 'n Messer ham.«

Jared machte sich nicht die Mühe zu antworten. Er umkreiste seinen Gegner, bis er sicher war, daß dessen Augen gänzlich auf den Dolch geheftet waren. Dann trat er zu.

Vor Schmerz und Wut heulte der Mann auf. Er fuchtelte wild herum, um nicht die Balance zu verlieren. Jared stieß den Dolch drohend in Richtung des Angreifers, bis dieser rückwärts sprang, stolperte und auf den Gehweg stürzte.

Jared trat ihm das Messer aus der Hand, beugte sich hinab und setzte ihm die Spitze seines Dolches an den Hals.

»Wer hat dich angeheuert?« fragte er.

»Keine Ahnung.« Der Mann starrte den Dolch an. »Es war 'n ganz normaler Auftrag, den ich über meinen Mittelsmann gekriegt hab. Ich hab den Typen, der mich bezahlt hat, nich einmal gesehn.«

Jared richtete sich angewidert auf und steckte den Dolch wieder ein. »Verschwinde.«

Das ließ sich der Mann nicht zweimal sagen. Er stolperte auf die Füße und wollte sein Messer aufheben, das auf dem Pflaster lag.

»Laß es liegen«, befahl Jared leise.

»Zu Befehl, Sir. Wie Sie wünschen, Sir. Ich hab noch mehr von den Dingern.«

Der Schurke rannte die Straße hinab. Einen Augenblick später war er in einer engen Gasse zwischen zwei riesigen Lagerhäusern verschwunden.

Jared blickte hinab auf das Messer, das der Angreifer liegengelassen hatte.

Nein, dachte er, es hatte keinen Sinn, die unvermeidbare Auseinandersetzung noch länger hinauszuzögern.

Eine Stunde später ging Jared die Stufen zu dem Haus hinauf, in dem Felix Hartwell seit beinahe zehn Jahren gearbeitet hatte. Als er die Tür öffnete und das kleine Vorzimmer betrat, verspürte er eine gewisse Traurigkeit. Er war nicht sicher, was man in einer solchen Situation sagte.

Es war jedoch unnötig, sich darüber Gedanken zu machen. Als Jared die Tür zum Büro öffnete, stellte er fest, daß er zu spät gekommen war.

Felix war verschwunden.

Auf dem Tisch lag ein Brief. Er war an Jared adressiert und war offenbar in großer Eile geschrieben worden.

Chillhurst,

Mir ist jetzt klar, daß Sie alles wissen. Es war nur eine Frage der Zeit. Sie waren immer so verdammt clever. Wahrscheinlich haben Sie trotzdem noch ein paar Fragen. Alles, was ich also tun kann, ist, sie zu beantworten.

Ich war derjenige, der verbreitet hat, daß Sie hier in der Stadt sind und daß Sie mit Miss Wingfield unter einem Dach leben. Ich hoffte, wenn Sie erst einmal entdeckt würden, würden Sie schnell aufs Land zurückkehren. Es war beunruhigend, Sie in der Nähe zu wissen, Chillhurst.

Aber statt zu verschwinden, sind Sie in London geblieben, und ich habe versucht, einen Ihrer Schützlinge zu benutzen, um das Geld von Ihnen zu bekommen, das ich dringend brauchte. Ich möchte, daß Sie wissen, daß ich dem Jungen nichts getan hätte. Ich wollte ihn lediglich behalten, bis Sie ein Lösegeld bezahlen. Aber wieder einmal haben Sie meine Pläne durchkreuzt. Sie sind so verdammt clever.

Zweifellos werden Sie Gerechtigkeit fordern, wie dies nun einmal Ihre Art ist, aber ich nehme an, daß Sie mich nicht finden werden, da ich England verlasse. Ich habe alles seit Monaten vorbereitet, weil ich wußte, daß dieser Tag kommen würde.

Es tut mir leid. Ich wollte nie, daß es so kommt. Meine einzige Entschuldigung ist die, daß mir keine andere Wahl blieb.

Ihr
FH

P. S. Ich weiß, Sie werden es nicht glauben, aber ich bin froh, daß Sie den Nachmittag überlebt haben. Es war die Tat eines verzweifelten Mannes, und ich habe sie bereits in dem Moment bedauert, als ich den Auftrag dazu erteilt hatte. Zumindest habe ich jetzt nicht auch noch Ihren Tod auf dem Gewissen.

Jared zerknüllte den Brief. »Felix, warum um Himmels willen hast du mich nicht um Hilfe gebeten? Wir waren Freunde.«

Lange Zeit starrte er auf Felix' aufgeräumten Schreibtisch. Dann drehte er sich um und ging zurück auf die Straße.

In diesem Augenblick wollte Jared mit Olympia sprechen. Sie würde ihn verstehen.

»Jared, es tut mir so leid.« Olympia stolperte aus dem Bett hinüber zum Fenster, wo er stand und in die Dunkelheit hinausstarrte. »Ich wußte nicht, daß dieser Mann dein Freund war, aber ich verstehe, wie du dich fühlen mußt.«

»Ich habe ihm vertraut, Olympia. Mit den Jahren habe ich ihm immer mehr Verantwortung übertragen. Er kannte sich mit meinen Geschäften genauso gut aus wie ich selbst. Verdammt. Normalerweise mache ich keine solchen Fehler.«

»Du darfst dir keine Vorwürfe machen, nur weil du der falschen Person vertraut hast.« Olympia schlang von hinten die Arme um ihn und drückte ihn an sich. »Ein leidenschaftlicher Mann wie du folgt eben oft seinem Herzen und nicht seinem Verstand.«

Jared stützte seine Hand gegen den Fensterrahmen. »Meine Freundschaft zu Hartwell hat sich mit der Zeit entwickelt. Er kannte mich besser als irgend jemand anderer. Er war auch derjenige, der mich mit Demetria bekannt gemacht hat.«

Olympia runzelte die Stirn. »Nun, damit hat er dir meiner Ansicht nach keinen allzu großen Gefallen getan.«

»Du verstehst das nicht. Niemand war über die Ereignisse bestürzter als Hartwell.«

»Wenn du es sagst, Jared.«

Olympia hatte gewußt, daß irgend etwas nicht stimmte, als Jared spätnachmittags nach Hause gekommen war. Sie hatte versucht, mit ihm zu sprechen, aber er hatte nicht eher über die Sache reden wollen, als bis der gesamte Haushalt sich zurückgezogen hatte.

»Ich habe einige Nachforschungen angestellt, und ich glaube, ich weiß, wie alles angefangen hat.« Jared nippte an seinem Brandy. »Felix hat eine Leidenschaft für Spielhöllen entwickelt. Zuerst hat er auch gewonnen.«

»Aber dann begann er zu verlieren?«

»Ja.« Jared nahm einen weiteren Schluck Brandy zu sich. »Dann begann er zu verlieren. Das ist immer so. Anscheinend hat er seine anfänglichen Verluste mit Geld beglichen, das ihm einige unserer Investoren gezahlt hatten. Er füllte diese Konten dann mit Geld aus anderen Quellen wieder auf. Solange er alles hin- und herschieben konnte, war es leicht, alles zu vertuschen.«

»Sein Plan muß eine Zeitlang funktioniert haben, so daß er zweifellos wagemutiger wurde.«

»Du hast vollkommen recht. Er spielte immer höher. Die Verluste wurden größer. Vor sechs Monaten stellte ich fest, daß irgend etwas nicht in Ordnung war, und beschloß, der Sache nachzugehen.« Jareds Gesichtsausdruck wurde hart. »Natürlich beauftragte ich meinen vertrauten Agenten mit den Nachforschungen.«

»Er muß sehr schlau sein, wenn er die Diebstähle so lange vor dir geheimhalten konnte.«

Jared zuckte mit den Schultern. »Hartwell ist ein cleverer Mann. Deshalb habe ich ihn eingestellt.«

»Ich frage mich, wie er herausgefunden hat, daß du ihm schließlich doch auf die Schliche gekommen bist«, überlegte Olympia.

»Offensichtlich wurde ihm das heute nachmittag klar, als der Mann, den er angeheuert hatte, mich umzubringen, seinen Auftrag nicht ausführen konnte.«

»Was sagst du da?« Olympia klopfte wütend auf Jareds Arm, bis er sich zu ihr umdrehte und sie ihm ins Gesicht sehen konnte. »Willst du mir etwa erzählen, daß jemand versucht hat, dich umzubringen, Jared?«

Jared lächelte schwach, als er ihr entsetztes Gesicht sah. »Beruhige dich, meine Liebe. Es war nicht besonders wichtig. Wie du siehst, hat der Mann es nicht geschafft.«

»Mir ist das sehr wichtig, Sir. Wir müssen sofort etwas unternehmen.«

»Was schlägst du vor?« fragte Jared freundlich.

»Nun, wir sollten das Gericht verständigen.« Olympia begann im Zimmer auf und ab zu stapfen. »Einen Detektiv anheuern. Wir müssen diesen Verrückten finden und umgehend hinter Schloß und Riegel bringen.«

»Ich glaube nicht, daß das möglich ist. Heute nachmittag ist mir klargeworden, daß Hartwell ganz offensichtlich Vorsorge getroffen hat für den Fall, daß ich ihm auf die Schliche komme. Er hinterließ mir eine Nachricht, daß er England verlassen hat.«

»Ach, ja?« Olympia wirbelte herum. »Bist du dir auch sicher, daß er fort ist?«

»Ganz sicher.« Jared leerte sein Glas. »Das ist schließlich nur vernünftig, und Hartwell ist ein vorsichtiger, logisch denkender Mann.« Erneut verzog er den Mund. »Genau wie ich. Das war einer der Gründe, weshalb ich ihn eingestellt hatte.«

Olympia blickte finster. »Das ist wirklich höchst unangenehm, Jared. Mir wäre es lieb, wenn er bezahlen würde für den Versuch, dich ermorden zu lassen. Er muß recht kaltblütig sein.«

»Nein. Ich glaube, er war am Ende nur sehr verzweifelt. Wahrscheinlich wurde er von irgendwelchen Gläubigern verfolgt, die ihn vielleicht sogar tätlich angegriffen oder ihm gedroht haben, alles ans Tageslicht zu bringen.«

»Bah, Sie sind zu gutherzig, Mylord. Er ist ganz eindeutig kaltblütig. Wenn ich daran denke, was Ihnen heute hätte passieren können, könnte ich mich vor Sorge verrückt machen. Gott sei Dank sind Sie unbeschadet davongekommen.«

Jareds Augen leuchteten. »Ich weiß deine Sorge um mich zu schätzen.«

Sie starrte ihn an. »Du brauchst gar nicht so zu tun, als würde ich lediglich versuchen, höflich zu sein. Es ist schließlich vollkommen natürlich, daß ich mir wegen dieses Vorfalls Gedanken mache.«

»Stimmt. Ich nehme an, von einer pflichtbewußten Ehefrau wird erwartet, daß sie eine gewisse Besorgnis zeigt, wenn ihr Mann ihr erzählt, daß er knapp dem Tod entronnen ist.«

»Jared, machst du dich jetzt über dich oder über mich lustig?«

Die Amüsiertheit verschwand aus seinen Augen. »Weder noch. Ich frage mich lediglich, wie weit deine Besorgnis reicht.«

Sie starrte ihn entgeistert an. »Das ist eine sehr dumme Frage, Mr. Chillhurst.«

»Ach, ja? Du mußt mir verzeihen. Ich bin heute nicht besonders auf der Höhe. Das liegt zweifellos an der Aufregung.«

»Wie können Sie die Ernsthaftigkeit meiner Sorge um Sie auch nur für eine Sekunde in Frage stellen?« fragte Olympia empört.

Jared lächelte. »Sie sind gegenüber Ihren Angestellten immer sehr loyal, nicht wahr, Madam?«

»Sie sind mehr als nur mein Angestellter, Sir«, schnauzte Olympia. »Sie sind mein Ehemann.«

»Ah, ja, das war's, nicht wahr?« Jared stellte sein Glas ab und streckte seine Arme nach ihr aus.

Kapitel 17

Mrs. Bird knallte die Kaffeekanne auf den Frühstückstisch und bedachte die Anwesenden mit einem bösen Blick. »Die Köchin will wissen, für wie viele Personen sie heut' abend kochen soll, Euer Lordschaft. Sie is' nicht besonders wild drauf, plötzlich 'n Haufen Gäste versorgen zu müssen, von denen sie vorher nichts wußte.«

Jared griff nach seiner Kaffeetasse. »Sie können der Köchin mitteilen, daß ich zufällig ganz genau weiß, wieviel ich jeder von Ihnen zahle. Sie, Mrs. Bird, haben wegen Ihrer neuen Aufgaben hier eine beachtliche Gehaltserhöhung bekommen. Mir ist durchaus bewußt, daß ich die höchsten Gehälter in ganz London zahle, und als Gegenleistung erwarte ich auch den besten Service. Sagen Sie der Köchin, daß wir alle zum Abendessen dasein werden.«

»Wie Sie wünschen, Euer Lordschaft. Aber sie is' trotzdem ziemlich verärgert. Geben Sie bloß nich' mir die Schuld, wenn es ihr in den Sinn kommt, die Suppe anbrennen zu lassen.«

Jared zog eine Braue hoch. »Falls sie heute abend angebrannte Suppe serviert, wird sie sich morgen früh nach einer neuen Anstellung umsehen. Dasselbe gilt für jeden meiner Angestellten, der den Anforderungen in diesem Haushalt nicht gewachsen ist.«

Mrs. Bird schnaubte und eilte zurück in die Küche.

»Bitte seien Sie so freundlich, und nehmen Sie den Hund mit, Mrs. Bird«, rief Jared ihr nach.

Die Haushälterin blieb stehen und drehte sich um. »Wofür ham Sie eigentlich die ganzen neuen Angestellten, wenn immer von mir erwartet wird, daß ich mich allein um alles kümmere?« Sie schnippte mit den Fingern. »Kommst du wohl unter dem Tisch vor, du verfluchter Kerl. Du brauchst wirklich kein Würstchen mehr.«

Das Maul voll Würstchen kam Minotaurus hervorgekrochen.

Ethan sah Jared unschuldig an. »Ich habe ihm das Würstchen nicht gegeben, Sir. Ehrenwort.«

»Ich weiß schon, wer das getan hat.« Jared bedachte seinen Vater mit einem finsteren Blick. »Wir versuchen gerade, ihm abzugewöhnen, mit der Familie zu essen, Sir. Ich wüßte es wirklich zu schätzen, wenn Sie ihn nicht noch ermutigen würden.«

»Da hast du recht, Sohn. Wo hast du deine Haushälterin her, wenn ich fragen darf?« Magnus schnitt in ein dickes Würstchen. »Ein ganz schön geschwätziges Weib. Scheint nicht gerade viel Respekt vor ihren Arbeitgebern zu haben.«

»Sie kam mit der restlichen Sippe«, sagte Jared geistesabwesend.

Robert schlug sich die Hand vor den Mund, um ein Kichern zu unterdrücken.

Olympia blickte von ihren Eiern auf. »Sie dürfen es Mrs. Bird nicht übelnehmen. Sie hat schon immer zum Haushalt gehört. Ich wüßte nicht, was ich ohne sie täte.«

»Höchstwahrscheinlich eine andere Haushälterin einstellen«, sagte Thaddeus. »Eine, die die Gäste nicht gleich morgens böse anstarrt.«

»Oh, ich könnte Mrs. Bird niemals gehen lassen«, beeilte Olympia sich zu sagen.

Jared stützte die Ellbogen auf den Tisch und legte seine Fingerspitzen aneinander. Er blickte seinen Vater nachdenklich an.

»Sie brauchen sich wegen Mrs. Bird keine Gedanken zu machen, Sir«, sagte er kühl. »Wir beide haben uns vor einiger Zeit geeinigt. Und ich muß zugeben, daß sie mich auf einen interessanten Gedanken gebracht hat. Wie lange wollt ihr beide eigentlich bei uns bleiben?«

Magnus tat, als sei er beleidigt. »Du willst uns also schon wieder loswerden, Sohn. Dabei sind wir doch gerade erst angekommen.«

Thaddeus grinste. »Spar dir den Atem, Junge. Dein Vater und ich werden nicht eher gehen, bis wir der Lady geholfen haben, das Geheimnis des Lightbourne-Tagebuchs zu lüften. Richte dich also am besten darauf ein, daß wir noch eine Weile bleiben werden.«

»Das hatte ich befürchtet.« Jared blickte hinüber zu Olympia. »Ich nehme an, du wirst recht schnell hinter das Geheimnis kommen, meine Liebe. Ansonsten werden wir unsere ungebetenen Gäste bis in alle Ewigkeit hier haben.«

»Ich werde mich bemühen, Mylord.« Olympia errötete sanft. Sie war sich nicht sicher, ob Jareds Unhöflichkeit sie verlegen machen sollte oder nicht. Soweit sie feststellen konnte, schien weder Flamecrest noch Thaddeus auch nur im geringsten von Jareds Bemerkung getroffen zu sein.

»Sehr gut, dann werde ich also dir die Angelegenheit überlassen.« Jared griff nach seiner Uhr und zog eine Grimasse, als seine Hand wieder mal ins Leere fuhr. »Ich muß mir aufschreiben, daß ich eine neue kaufen muß.« Er blickte hinüber zur Standuhr und wandte sich dann an Ethan, Hugh und Robert. »Es ist Zeit für euren Unterricht. Ich glaube, heute morgen stehen Geographie und Mathematik auf dem Programm.«

Thaddeus stöhnte. »Wie langweilig.«

»Das ist typisch mein Junge«, brummte Magnus. »Da hat man mal einen herrlichen Sommermorgen, und er vergeudet ihn mit Geographie und Mathematik.«

Robert sah Jared treuherzig an. »Sir, wir hatten gehofft, daß wir heute morgen dem Unterricht fernbleiben dürften. Seine Lordschaft, der Graf, sagt, daß Jungen in unserem Alter im Sommer jeden Morgen angeln gehen sollten.«

»Das stimmt«, legte auch Ethan los. »Und Onkel Thaddeus hat uns erzählt, daß er als Junge im Sommer immer morgens Papierschiffe auf einem Bach fahren ließ.«

»Und mit einem echten Schwert trainiert hat«, warf Hugh unterstützend ein.

»Ihr dürft jetzt aufstehen«, sagte Jared ruhig. »Ihr habt fünf Minuten Zeit, um nach oben ins Klassenzimmer zu gehen und eure Bücher zu öffnen.«

»Ja, Mylord.« Robert sprang auf die Füße und verbeugte sich.

»Ja, Mylord.« Ethan hüpfte von seinem Stuhl, verbeugte sich ebenfalls eilig und rannte zur Tür.

»Ja, Mylord.« Hugh stolperte seinen Brüdern nach.

Jared wartete, bis sie den Raum verlassen hatten, ehe er sich mit grimmiger Miene an seinen Vater und seinen Onkel wandte. »In diesem Haushalt gibt es ein paar einfache, aber unabänderliche Regeln. Die oberste Regel ist, daß ich die Regeln aufstelle. Und eine dieser Regeln ist, daß die Jungen jeden Morgen Unterricht haben, wenn ich ihn nicht ausdrücklich absage. Ich wäre euch dankbar, wenn ihr euch da nicht einmischen würdet.«

Olympia war entsetzt. »Chillhurst, Sie sprechen mit Ihrem Vater und Ihrem Onkel.«

Magnus grinste fröhlich. »Das stimmt, Sohn. Also zeig bitte ein wenig Respekt.«

Thaddeus kicherte vergnügt. »So ist's richtig, Mädchen. Laß es nicht zu, daß er so mit uns umspringt.«

Jared blickte Olympia an und erhob sich. »Sie brauchen sich wegen meines Benehmens keine Sorgen zu machen, Madam. Ich versichere Ihnen, ich kenne die beiden lange genug, um zu wissen, daß ich mich von Anfang an unmißverständlich ausdrücken muß, wenn ich vermeiden will, daß sie diesen Haushalt in einen Zirkus verwandeln.«

»Das kann ich mir kaum vorstellen«, erwiderte Olympia steif.

»Vertrau mir«, sagte Jared. »Ich kenne sie wesentlich besser als du. Guten Tag, meine Liebe. Ich sehe dich dann um zwölf. Bis dahin bin ich im Klassenzimmer.« Er verneigte sich kurz in Richtung seines Vaters und Onkels. »Meine Herren.«

»Hinaus mit dir, Sohn«, sagte Magnus leichthin. »Wir werden schließlich noch dasein, wenn du zurückkommst.«

»Das habe ich befürchtet«, sagte Jared von der Tür her.

Er ging hinaus in die Eingangshalle und ließ Olympia allein mit Magnus und Thaddeus zurück. Sie warf ihnen einen ängstlichen Blick zu und stellte erleichtert fest, daß keiner der beiden auch nur im geringsten gekränkt zu sein schien.

»Chillhurst legt großen Wert auf einen ordentlichen Haushalt«, erklärte sie.

»Du brauchst dich nicht für sein Benehmen zu entschuldigen, meine Liebe.« Magnus schenkte ihr ein strahlendes Lächeln. »Der Junge war immer schon ein Pedant. Es gab Zeiten, da wären seine Mutter und ich beinahe wegen ihm verzweifelt.«

»Er ist ein guter Junge«, versicherte Thaddeus ihr. »Aber er schlägt so gar nicht nach der Familie.«

»In welcher Beziehung?« fragte Olympia.

»Er ist kein bißchen heißblütig«, sagte Magnus traurig. »Ihm fehlt einfach das Flamecrestsche Feuer, wenn du weißt, was ich meine. Er hat immer nur seine Termine im Kopf und schaut ständig auf seine dumme Uhr. Er vergräbt sich in seinen Geschäften. Keine heftigen Gefühle, keine starken Leidenschaften. Kurz gesagt, er ist ein sehr ungewöhnliches Mitglied unseres Clans.«

Olympia runzelte die Stirn. »Ich glaube nicht, daß Sie beide Chillhurst besonders gut verstehen.«

»Warum auch?« sagte Thaddeus. »Er versteht uns ja auch nicht.«

»Er ist ein äußerst sensibler und leidenschaftlicher Mann«, sagte Olympia ernst.

»Bah. Man käme nicht im Traum auf den Gedanken, daß er Freibeuter-Blut in den Adern hat, aber trotzdem ist er ein guter Junge.«

Thaddeus blickte sie fragend an. »Da wir gerade über Pünktlichkeit und Ordnung sprechen. Was ist mit seiner Uhr passiert?«

Olympias Miene verhärtete sich. »Chillhurst hat sie gegen meinen Neffen eingetauscht.«

Magnus starrte sie an. »Was Sie nicht sagen. Das sieht ihm mal wieder ähnlich, die Sicherheit des Jungen zu erkaufen, statt ihn mit dem Dolch zwischen den Zähnen und zwei Pistolen in den Händen zu befreien. Durch und durch ein Geschäftsmann. Wer hat Ihrer Meinung nach den Jungen entführt?«

»Chillhurst nimmt an, daß es ein guter Bekannter von ihm war, der inzwischen das Land verlassen hat«, sagte Olympia. »Ich hingegen bin mir da nicht so sicher.«

Thaddeus sah sie mit zusammengekniffenen Augen an. »Dann erzähle uns mal, was du denkst, meine Liebe.«

Olympia blickte in Richtung der Tür, um sicherzugehen, daß Jared nicht unbemerkt zurückgekommen war. »Nun, meine Herren, ich habe die Befürchtung, daß derjenige, der Robert entführt hat, hinter dem Lightbourne-Tagebuch her war.«

»Aha.« Magnus schlug so hart mit der flachen Hand auf den Tisch, daß das Silber zu hüpfen begann. »Da stimme ich dir zu. Höchstwahrscheinlich ist das Tagebuch schuld an allem. Wir kommen dem Geheimnis immer näher, Thaddeus. Das fühle ich.«

Thaddeus' Augen leuchteten. »Erzähl uns, was du bisher herausgefunden hast, Mädchen. Vielleicht können Magnus und ich dir ja irgendwie weiterhelfen.«

Olympia war begeistert. »Das wäre wunderbar. Ich würde mich sehr über Ihre Hilfe freuen. Ich muß sagen, daß Chillhurst in dieser Angelegenheit recht wenig Begeisterung zeigt.«

Magnus stieß einen abgrundtiefen Seufzer aus. »Das is' ganz mein Junge. Kalt wie ein Fisch. Nun, denn, fangen wir an. Wie weit sind Sie mit dem Tagebuch gekommen?«

»Ich bin fast am Ende angelangt.« Olympia schob ihren Teller beiseite und faltete ihre Hände auf dem Tisch. Sie sah ihre beiden neuen Helfer an. »Aber obwohl ich die meisten der mysteriösen Sätze entschlüsselt habe, weiß ich nicht, was sie bedeuten sollen.«

»Dann erzähl uns mal, was für Sätze das sind«, forderte Magnus sie auf.

»Nun, da ist ein Satz, in dem es heißt, daß der Herr der *Sirene* Frieden schließen muß mit dem Herrn der *Seeschlange*. Nun, auf den ersten Blick scheint sich das auf Käpt'n Jack und Käpt'n Yorke zu beziehen.«

»Bißchen spät, um den Streit zu begraben«, sagte Thaddeus. »Die beiden sind seit Jahren tot.«

»Das weiß ich. Aber ich bin zu der Überzeugung gelangt, daß die Nachkommen der beiden zusammenkommen müssen, um das Geheimnis lüften zu können«, erläuterte Olympia. »Ich habe die Hälfte einer Schatzkarte gefunden. Ich nehme an, daß jemand aus Yorkes Familie die andere Hälfte hat.«

»Wenn das der Fall ist, dann werden wir den Schatz nie finden«, sagte Magnus trübe.

»Verdammt.« Thaddeus ballte eine Hand zur Faust und schlug kräftig auf den Tisch. »Da kommt man dem Geheimnis so nah, nur um zu erfahren, daß man es nie ganz lösen wird.«

»Warum sagen Sie das?« Olympia blickte beide fragend an.

»Wir werden keinen Nachkommen von Yorke finden«, sagte Thaddeus traurig. »Er hatte nie einen Sohn. Der ganze verfluchte Clan ist ausgestorben, soweit ich weiß.«

Olympia wollte gerade antworten, als Graves in der Tür erschien.

»Verzeihung, Madam.« Er hatte ein Silbertablett voller Karten und Einladungen in der Hand. »Die Morgenpost ist gekommen.«

Olympia winkte ihn hinaus. »Seine Lordschaft wird sich darum kümmern. Er macht das immer.«

»Wie Sie wünschen, Madam.« Graves wandte sich zum Gehen.

»Warten Sie einen Augenblick.« Magnus sah den Butler an. »Zeigen Sie mal, was Sie da so alles haben.«

»Es sind nur Einladungen zu irgendwelchen Festen«, erklärte Olympia. Sie war über die Unterbrechung verärgert. »Sie kommen haufenweise, seit die Leute erfahren haben, daß Chillhurst in der Stadt ist.«

»Stimmt das?« Thaddeus rümpfte die Nase. »Ihr seid also schon auf 'ner Menge Bälle, Soiréen und so gewesen?«

»Oh, nein«, sagte Olympia überrascht. »Chillhurst wirft die Einladungen immer weg.«

Magnus stöhnte. »Das sieht ihm ähnlich. Der Junge hat noch nie gewußt, was es heißt, sich zu amüsieren. Laß uns ein paar von den Einladungen aufmachen und nachsehen, was im Moment so passiert. Vielleicht finden wir ja irgendwas Interessantes, Thaddeus.«

»Da hast du recht.« Thaddeus winkte Graves, daß er Olympia das Tablett reichen sollte.

»Ich glaube wirklich nicht –« Olympia brach ab, als Graves das Tablett voller Karten und Briefe vor ihr auf den Tisch stellte.

»Du mußt allmählich lernen, wie du dich am besten amüsierst, wenn du den Rest deines Lebens mit Chillhurst verbringen willst.« Magnus sah sie liebevoll an. »Brich ein paar von den Siegeln auf und laß uns gucken, wer diese Woche was macht.«

»Also gut, wenn Sie darauf bestehen.« Zögernd nahm Olympia einen der kleinen weißen Briefe und blickte mit gerunzelter Stirn auf den Wachsklumpen, mit dem er versiegelt war. »Hat einer von Ihnen etwas, womit ich den Brief öffnen kann?«

Beide griffen in ihre Jacken.

Olympia starrte überrascht auf die Dolche, die ihr Schwiegervater und sein Bruder aus den Taschen zogen. Die Griffe der Waffen, die Magnus und Thaddeus ihr hinhielten, waren reich verziert.

»Bitte sehr, Mädchen«, sagte Magnus.

Olympia fiel der Dolch ein, den Jared an dem Tag getragen hatte, als er in Upper Tudway angekommen war. »Trägt jeder Mann Ihres Clans einen Dolch mit sich herum?«

»Das ist eine alte Familientradition«, erklärte Thaddeus. »Selbst mein Neffe hat einen.«

»Natürlich ist Chillhursts Dolch etwas Besonderes«, sagte Magnus stolz. »Ich selbst habe ihn jahrelang getragen, bis ich ihn an ihn weitergegeben habe. Es ist der Dolch, den Käpt'n Jack persönlich getragen hat.«

»Wirklich?« Olympia vergaß den Stapel Einladungen, der vor ihr lag. »Ich wußte nicht, daß Jareds Dolch einmal seinem Urgroßvater gehört hat.«

»Verdammt gutes Stück Stahl«, sagte Magnus. »Es hat Käpt'n Jack mehr als einmal das Leben gerettet. Und es hat auch schon meinem Sohn und Thaddeus' Jungen einmal das Leben gerettet. Käpt'n Jack hat seinen Dolch immer den Wächter genannt.«

»Den Wächter.« Olympia sprang auf die Füße. »Sie haben Jared den Wächter genannt.«

»Das ist er ja auch.« Magnus zog die Brauen hoch. »Der Mann, der den Dolch trägt, erhält auch den Titel.«

»Gütiger Himmel. Das wußte ich nicht.« Olympia dachte eilig nach.

»Was ist los, Mädchen?« wollte Thaddeus wissen.

»Vielleicht gar nichts. Vielleicht alles. Einer der geheimnisvollen Sätze in dem Tagebuch heißt: ›Hüte dich vor dem tödlichen Kuß des Wächters, wenn du in sein Herz blickst, um den Schlüssel zu finden.‹« Olympia wirbelte herum. »Ich muß mir sofort den Dolch ansehen.«

Sie hörte, wie hinter ihr Stühle verrückt wurden, als sie zur Tür eilte.

»Also«, donnerte Thaddeus. »Sie ist weg, Magnus. Sie hat irgendeine Idee.«

»Hinter ihr her, Mann«, brüllte Magnus.

Ohne auf die beiden zu warten, stürzte Olympia hinaus in die Eingangshalle und rannte dann, zwei Stufen auf einmal nehmend, die Treppe hinauf in den dritten Stock.

Oben angekommen, eilte sie den Flur hinab zum Klassenzimmer. Außer Atem griff sie nach dem Knauf, drehte ihn und öffnete die Tür mit solchem Schwung, daß sie gegen die Wand knallte.

Ethan, Hugh und Robert standen am Globus. Sie fuhren herum und starrten ihre Tante erstaunt an.

Jared sah auf und bemerkte die Aufregung in Olympias Blick. »Ist irgend etwas nicht in Ordnung, meine Liebe?«

»Ja, nein, ich weiß nicht.« Olympia hörte, wie Magnus und Thaddeus hinter ihr in der Tür erschienen. »Chillhurst, würde es Ihnen sehr viel ausmachen, mir kurz Ihren Dolch zu überlassen?«

Jared sah über ihren Kopf hinweg seinen Vater und seinen Onkel an. »Was geht hier vor sich?«

»Wenn ich das nur wüßte«, sagte Magnus fröhlich. »Das Mädchen hat wirklich Wind in den Segeln. Wir kommen kaum hinterher.«

Jared bedachte Olympia mit einem finsteren Blick. »Wenn es etwas mit dem Tagebuch zu tun hat, meine Liebe, dann wird es bis heute nachmittag warten können. Du weißt, ich mag es nicht, wenn mein Unterricht gestört wird.«

Olympia errötete. »Ja, ich weiß, aber es ist äußerst wichtig, Mylord. Dürfte ich mir also bitte einmal den Dolch ansehen?«

Jared zögerte und zuckte dann resigniert mit den Schultern. Er ging durch den Raum dorthin, wo sein Mantel an einem Haken hing. Er langte hinein und zog den Dolch aus der Scheide. Ohne ein Wort reichte er Olympia die Waffe.

Vorsichtig nahm sie den Dolch und berührte leicht die gefährliche Spitze. *»Hüte dich vor dem tödlichen Kuß des Wächters«*, flüsterte sie. Sie betrachtete eingehend den Griff. »Ihr Vater erzählte mir, daß dieser Dolch Ihrem Urgroßvater gehörte und daß er der Wächter genannt wird.«

Jared warf seinem Vater einen ironischen Blick zu. »Das ist wieder so eine unsinnige Familienlegende.«

Olympia drehte den Dolch um. »Kann man den Griff irgendwie abmachen?«

»Ja«, sagte Jared langsam. »Aber weshalb solltest du das tun wollen?«

Sie blickte ihn aufgeregt an. »Weil ich in das Herz des Wächters sehen möchte.«

Jared nahm den Dolch, ohne den Blick von ihrem Gesicht abzuwenden. »Also gut. Offensichtlich gibt es keine andere Möglichkeit, deine Neugierde zu befriedigen.«

Olympia lächelte. »Danke, Sir.«

Kurze Zeit später zog Jared den reichverzierten, hohlen Griff von der Klinge und blickte hinein. »Verdammt.«

»Was ist?« fragte Robert aufgeregt. »Was sehen Sie, Sir?«

»Ja, was ist?« fragte auch Ethan, während er und Hugh sich näher drängten.

Jared sah Olympia an und lächelte zögernd. »Ich glaube, die Ehre gebührt meiner Lady.«

Olympia riß ihm den Griff aus der Hand und spähte hinein. Drinnen steckte ein altes Stück Papier. »Da ist was drin.«

»Verflucht«, murmelte Thaddeus.

»Hol's raus, Mädchen. Ich sterbe vor Neugierde«, sagte Magnus.

Mit vor Aufregung zitternden Fingern zog Olympia den zusammengefalteten Zettel aus dem Griff. Sie faltete ihn vorsichtig auseinander und las, was darauf geschrieben stand. »Ich glaube, bei diesen

Zahlen handelt es sich um die Längen- und Breitengrade der geheimnisvollen Insel, auf der der Schatz versteckt ist.«

Jared legte seine Hand auf den Globus. »Lies sie mir vor.«

Olympia las die Zahlen laut. »Es muß in der Nähe der Westindischen Inseln sein.«

»Ist es.« Jared blickte nachdenklich auf eine Stelle etwas nördlich von Jamaica. »Es heißt, Käpt'n Jack sei ein hervorragender Mathematiker gewesen. Er konnte also Längen- und Breitengrade mit großer Genauigkeit berechnen.«

»Großer Gott, Sohn«, sagte Magnus mit schallender Stimme. »Deine Lady hat's geschafft. Sie hat den Schlüssel zu dem Schatz gefunden.«

»So scheint es«, sagte Jared langsam.

»Nicht ganz«, widersprach Olympia.

Alle wandten sich zu ihr um.

»Was soll das heißen?« fragte Thaddeus. »Wir halten die genauen Informationen in den Händen, die wir brauchen, um zu der verdammten Insel zu segeln, auf der Käpt'n Jack den Schatz versteckt hat.«

»Ja, aber wir haben nur die eine Hälfte der Karte von der Insel«, sagte Olympia. »Die andere Hälfte fehlt noch. Ich bin mehr und mehr davon überzeugt, daß die Nachfahren von Käpt'n Yorke die andere Hälfte der Karte haben.«

»Dann ist alles verloren.« Magnus schlug die Faust gegen die Innenfläche der anderen Hand. »Es gibt keine Nachfahren.«

»Ich nehme an, wir könnten versuchen, die ganze Insel umzugraben«, sagte Thaddeus nachdenklich.

Jared bedachte ihn mit einem spöttischen Blick. »Selbst wenn ihr die Insel finden solltet, wage ich zu bezweifeln, daß ihr den Schatz entdeckt, indem ihr ziellos herumgrabt.«

»Wir könnten Ihnen helfen, Sir«, bot Robert an.

»Wir können sehr gut graben«, versicherte Hugh Jared.

»Minotauraus auch«, sagte Ethan.

»Es reicht.« Jared hob gebieterisch die Hand. »Olympia hat vollkommen recht. Wir haben noch nicht alle Teile des Puzzles zusammen. Erst müssen wir noch weitere Hinweise suchen.«

Olympia starrte auf das Blatt Papier, das im Griff des Dolches versteckt gewesen war. »Wir müssen versuchen herauszufinden, ob es noch irgendwelche Yorkes gibt.«

Magnus runzelte die Stirn. »Ich habe dir doch gesagt, daß die Linie ausgestorben ist. Käpt'n Yorke hatte keinen Sohn, soweit ich weiß.«

»Und was ist mit einer Tochter?« fragte Olympia ruhig.

Überraschtes Schweigen.

»Verdammt«, murmelte Thaddeus. »Daran habe ich noch gar nicht gedacht.«

»Eine Tochter kann einen Familienschatz oder ein Geheimnis ebensogut weitergeben wie ein Sohn«, sagte Olympia. »In der Tat hat mir zum Beispiel Mr. Seaton erst gestern erzählt, daß seine Großmutter ein Schiffahrtsunternehmen geleitet hat, das sie von ihrem Vater geerbt hatte.«

Jareds mildes Lächeln schwand. Sein Blick wurde kalt. »Ich werde nicht zulassen, daß Seaton irgendwie in die Sache hineingezogen wird, ist das klar, Olympia?«

»Ja, natürlich. Verzeihung.« Olympia wandte sich in Richtung der Tür. »Ich muß wieder zurück an das Tagebuch. Es gibt da noch ein, zwei Punkte, die ich überprüfen möchte.«

Magnus und Thaddeus wollten ihr folgen.

»Nein, ich glaube, das wäre wirklich nicht besonders hilfreich«, sagte Olympia. »Ich werde es Sie wissen lassen, wenn ich etwas Neues herausfinde.«

»Nun, dann werden wir uns eben irgendwie anders unterhalten

müssen«, sagte Thaddeus. Er warf Jared einen nachdenklichen Blick zu. »Was für ein Fach ist gerade dran, Junge?«

»Ihr werdet euch nicht hier im Klassenzimmer herumdrücken«, sagte Jared. »Ich dulde heute keine weiteren Unterbrechungen.«

»Der Junge war schon immer ein Spaßverderber«, flüsterte Magnus Olympia zu, als er ihr die Tür aufhielt. »Ruf uns, wenn du etwas herausfindest, meine Liebe.«

»Das werde ich tun.« Olympia sah ihn fragend an. »Was werden Sie beide heute unternehmen?«

Magnus und Thaddeus wechselten einen Blick. Dann lächelte Magnus strahlend.

»Ich glaube, wir werden die Einladungen durchsehen, die vor ein paar Minuten gekommen sind. Ich wette, mein Sohn hat sich bisher nicht die Mühe gemacht, dich in die Gesellschaft einzuführen, oder?«

Jared fluchte leise. »Olympia hat kein Interesse an gesellschaftlichem Umgang, Sir.«

»Woher willst du das denn wissen?« fragte Magnus. »Es ist offensichtlich, daß sie bisher noch gar keine Gelegenheit dazu hatte. Mach du mit deinem verfluchten Unterricht weiter, Sohn. Überlaß die gesellschaftlichen Aktivitäten deiner Frau einfach uns.«

Olympia blickte von einem sturen Männergesicht ins nächste. »Die Sache ist die«, sagte sie verlegen. »Ich habe wirklich nichts anzuziehen.«

Magnus tätschelte ihr väterlich die Schulter. »Überlaß das einfach Thaddeus und mir, meine Liebe. Wir beide haben in jüngeren Jahren eine ganz gute Figur abgegeben. Und unsere Frauen, Gott behüte ihre Seelen, galten als wahre Juwelen. Wir haben einen Sinn für Stil, nicht wahr, Thaddeus?«

»Oh, ja, Magnus, den haben wir.« Ehe Thaddeus die Tür des Klassenzimmers schloß, wandte er sich noch einmal an Jared. »Such heute nachmittag am besten einen Schneider auf, Junge. Du wirst schließlich deine Frau nicht in Verlegenheit bringen wollen.«

»Verdammt, Onkel –« setzte Jared an.

Thaddeus machte eilig die Tür zu und wandte sich mit einem fröhlichen Grinsen an Olympia. »Lauf schon und guck zu, was du in dem Tagebuch entdecken kannst, meine Liebe. Ich werde nach einer flotten Schneiderin schicken, die mit ein paar Mustern kommt. Wir sollten dich innerhalb kürzester Zeit mit ein paar ordentlichen Kleidern ausstatten können.«

»Wie Sie wünschen«, sagte Olympia geistesabwesend. Sie hielt immer noch den Zettel fest umklammert, den sie aus dem Dolch gezogen hatte. »Bitte entschuldigen Sie mich jetzt. Ich muß wirklich zurück an die Arbeit.«

Widerwillig wartete Jared am folgenden Abend um neun in der Eingangshalle. Er trug einen schwarzen Mantel, Breeches und die fesch gebundene Krawatte, die ihm von seinem Vater verordnet worden war. Die schwere alte Stadtkutsche wartete bereits am Fuß der Treppe, um den Flamecrest-Clan zu einem Ball bei Lord und Lady Huntington zu fahren.

Jared kannte die Huntingtons nicht, aber Magnus hatte ihm versichert, daß Lady Huntington eine alte Bekannte aus den Tagen war, in denen er seiner Mutter den Hof gemacht hatte.

»Es gibt keine bessere Gastgeberin, um Olympia in die Gesellschaft einzuführen.« Magnus hatte sich vergnügt die Hände gerieben, als er Jared seinen Plan erläutert hatte. »Sie kennt genau die richtigen Leute, und sie werden alle dort sein.«

»Ich sehe nicht, weshalb ich meine Frau irgendwo einführen sollte«, hatte Jared gebrummt. »Sie ist vollkommen zufrieden mit ihren gegenwärtigen Aktivitäten. Ich glaube nicht, daß es ihr großen Spaß machen wird, auf Bällen herumzustehen.«

»Das zeigt nur wieder einmal, wie wenig du von Frauen verstehst, Sohn.« Magnus hatte verzweifelt den Kopf geschüttelt. »Ich frage mich wirklich, wie du es geschafft hast, dir eine Frau wie Olympia zu angeln.«

Jared hatte seinen Vater nachdenklich angesehen. »Ich nehme an, daß deine neue Schwiegertochter deine Zustimmung findet?«

Magnus hätte sich beinahe verschluckt. »Sie paßt hervorragend zu unserer Familie.«

Jared lächelte bei der Erinnerung an diese Unterhaltung und blickte dann ungeduldig auf die Standuhr im Flur. Weder Magnus noch Thaddeus waren irgendwo zu sehen. Und auch Olympia hatte er seit dem Mittagessen nicht mehr zu Gesicht bekommen.

Jared erwartete sie mit einer gewissen Beklommenheit. Er wußte, daß sein Vater und sein Onkel am Vortag stundenlang mit der Schneiderin und ihren Helferinnen zusammengesessen hatten. Heute nachmittag um fünf waren ein Kleid und mehrere geheimnisvolle Kartons abgeliefert worden, aber er wußte wirklich nicht, welcher Anblick ihn erwartete.

Er hatte in der Stadt genug von der gängigen Mode mitbekommen, um zu wissen, daß tiefausgeschnittene Dekolletés und zarte, durchsichtige Stoffe der letzte Schrei waren.

Wenn Olympias Kleid zu freizügig war, beschloß er, würde er ihr einfach nicht erlauben, das Haus zu verlassen. In einigen Dingen mußte ein Mann sich schließlich behaupten.

Graves erschien im Durchgang hinter der Treppe. Jared runzelte die Stirn, als er sah, daß sein Butler noch leidender aussah als sonst.

»Verzeihung, M'lord. Diese Nachricht wurde eben für Sie an der Küchentür abgegeben. Dachte, Sie woll'n sie vielleicht gleich ham.« Er überreichte ihm einen versiegelten Brief.

Jared warf einen Blick auf die schlechte Handschrift. »Was, zum Teufel, ist das?«

»Keine Ahnung, M'lord. Der Junge hat gesagt, es wäre dringend.«

»Verflucht.« Er riß den Brief auf und überflog den Inhalt.

Sir,
bedaure, Ihnen mitteilen zu müssen, daß der betreffende Gentleman keineswegs außer Landes is. Einer meiner Kollegen hat ihn vor 'ner Stunde gesehn. Glaube, er is zu seinem alten Arbeitsplatz unterwegs. Dachte, Sie wolln ihn vielleicht dort überraschen. Ich warte in der Gasse hinter dem Gebäude auf Sie.

Fox

Jared blickte noch einmal die Treppe hinauf, während er den Brief zusammenfaltete. »Es hat etwas mit unserem alten Problem zu tun, Graves. Bitte sagen Sie meiner Frau nichts davon. Sie macht sich sonst nur Sorgen. Sagen Sie ihr, daß ich sie später bei den Huntingtons treffe.«

»Sie ham recht, Sir.« Graves öffnete die Tür. »Vielleicht sollte ich mitkommen?«

»Das ist nicht nötig. Fox wird dort sein.«

Jared ging hinaus. Während er die Treppe hinuntereilte, überlegte er, was er tun würde, wenn er Felix Hartwell tatsächlich in die Finger bekäme.

Kapitel 18

»Das hatte ich befürchtet.« Thaddeus blickte sich mit grimmiger Miene in dem dichtbevölkerten Ballsaal um. »Sieht aus, als würde dein Sohn überhaupt nicht mehr auftauchen, Magnus.«

»Verdammt und zugenäht.« Magnus schnappte sich ein Glas Champagner von einem Tablett und kippte den Inhalt mit einem Schluck hinunter. »Ich wußte ja, daß er sich nicht unbedingt auf den Ball freut, aber ich hätte angenommen, er sei Gentleman genug, um sich wenigstens kurz blicken zu lassen, um Olympia diese Blamage zu ersparen.«

»Ich bin nicht blamiert«, sagte Olympia heftig. »Ich bin sicher, daß Chillhurst einen guten Grund dafür hatte, heute abend wegzugehen. Sie haben gehört, was Graves gesagt hat. Er hat eine dringende Nachricht erhalten.«

»Bah, die einzige Art von Nachricht, die Jared als dringend betrachten würde, wäre eine, die mit seinen Geschäften zu tun hat«, murmelte Thaddeus. Er musterte Olympia von Kopf bis Fuß und nickte beifällig. »Er weiß gar nicht, was er verpaßt. Der junge Robert hatte recht. Du siehst heute abend aus wie eine Märchenprinzessin, Mädchen. Sieht sie nicht aus wie eine Prinzessin, Magnus?«

»Und ob sie das tut.« Magnus lächelte sein charmantes Piratenlächeln. »Ein echtes Juwel. Morgen früh wird alle Welt nur von dir sprechen, meine Liebe. Verdammt, diese Schneiderin hatte ehrlich recht, als sie dir Smaragdgrün empfohlen hat.«

Olympia lächelte. »Es freut mich, daß Sie mit ihrer Wahl zufrieden sind, Mylord. Ich muß sagen, daß ich mir heute abend ganz fremd vorkomme.«

In Wahrheit fühlte sie sich in ihrem Aufzug vollkommen unwirklich. Die knöchellangen Seidenröcke ihres eng taillierten Kleides schienen wie eine laue Brise um ihre Beine zu wehen. Das Dekolleté war wesentlich tiefer ausgeschnitten als alles, was Olympia je zuvor getragen hatte, und endete in klitzekleinen, kaum über die Schulter reichenden Ärmeln.

Ihr Haar war in der Mitte gescheitelt und zu einem eleganten Chignon geknotet. Sie hatte grüne Satinblumen im Haar, und um ihre Ohren tanzten natürliche kleine Löckchen. Ihre Satinpantoffeln und die langen Glacéhandschuhe hatten dasselbe Edelsteingrün wie das Kleid.

Thaddeus, Magnus und die Schneiderin hatten darin übereingestimmt, daß der einzige Schmuck, den sie zu dieser Garderobe tragen könne, ein Paar smaragdfarbene Ohrringe seien. Olympia hatte ihnen erklärt, daß sie keine smaragdgrünen Ohrringe besaß.

»Ich kümmere mich schon darum«, hatte Thaddeus versprochen.

Am Nachmittag vor dem Ball war er mit einem Paar herrlicher smaragd- und diamantbesetzter Ohrringe aufgetaucht. Olympia war entsetzt gewesen.

»Wo haben Sie die her?« hatte sie argwöhnisch gefragt.

Thaddeus hatte sie gekränkt angesehen. »Sie sind ein Geschenk, Mädchen.«

»Ein solch wertvolles Geschenk kann ich unmöglich annehmen, Sir«, hatte sie eilig gesagt.

»Ich habe sie nicht für dich gekauft«, hatte Thaddeus ihr mit einem Augenzwinkern verraten. »Dein Ehemann war's.«

»Chillhurst hat sie für mich gekauft?« Olympia hatte den Schmuck ungläubig angestarrt. Der Gedanke, daß Jared sich die Zeit genommen hatte, ein Paar Ohrringe für sie auszusuchen, hatte sie überrascht und insgeheim gefreut. »Er hat sie selbst ausgesucht?«

»Was ich sagen wollte«, hatte Thaddeus vorsichtig erklärt, »er hat sie sozusagen für dich gekauft. Er hat sie zwar nicht selber ausgesucht, aber sei versichert, daß er sie bezahlt hat.«

»Oh.« Olympia hatte prompt jegliches Interesse an den Ohrringen verloren.

»Also bitte, es ist doch beinahe dasselbe, wie wenn er sie selbst für dich gekauft hätte, Mädchen«, hatte Thaddeus auf seiner Meinung beharrt. »Die Sache ist einfach die, daß Chillhurst zwar ein sehr netter Neffe ist, daß er jedoch nicht die geringste Ahnung in Stilfragen hat.«

»Das stimmt, Mädchen«, hatte Magnus ernst erklärt. »Er hat einfach keine Ahnung von Mode. Aber weißt du, er ist außer Käpt'n Jack der einzige in der Familie, der sich darauf versteht, Geld zu machen.«

Thaddeus hatte fröhlich genickt. »Es läßt sich nicht leugnen, daß das ganze Geld, das Magnus und ich und all die anderen Familienmitglieder ausgeben, irgendwie von Chillhurst stammt.«

Olympia hatte ärgerlich die Stirn gerunzelt. »In diesem Fall sollte man meinen, daß Sie und der Graf und der Rest der Familie Chillhurst mit etwas mehr Respekt begegneten, Sir.«

»Oh, wir mögen den Jungen sehr gern«, hatte Thaddeus gesagt. »Daran darfst du nicht eine Minute zweifeln. Aber es läßt sich nicht leugnen, daß er anders ist als wir übrigen.«

Robert, Hugh und Ethan waren wie vom Donner gerührt gewesen, als Olympia heute abend die Treppe hinabgekommen war.

»Wirklich, du siehst wunderschön aus, Tante Olympia«, hatte Hugh geflüstert.

»Die schönste Lady auf der ganzen Welt«, hatte Ethan hinzugefügt.

»Wie eine Märchenprinzessin«, hatte Robert geschlossen.

Die Bewunderung der Jungen hatte Olympia gerührt. Sie hatte ihr ein wenig neuen Auftrieb gegeben, nachdem sie leicht niedergeschlagen festgestellt hatte, daß Jared nicht in der Eingangshalle war, um ihre Verwandlung zu begutachten.

Die Enttäuschung, die sie verspürt hatte, hatte ihr zum ersten Mal bewußt gemacht, wie sehnsüchtig sie Jareds Zustimmung zu ihrer neuen Ausstattung erwartet hatte.

»Verdammt, da kommt Parkerville«, verkündete Magnus. »Zweifelsohne will er dir vorgestellt werden und dann auch noch mit dir tanzen, genau wie die anderen.« Er sah Olympia an. »Bist du dir wirklich sicher, daß du nicht tanzen möchtest, meine Liebe?«

»Ich sagte bereits, daß ich nicht tanzen kann«, erklärte Olympia. Tante Sophy und Tante Ida hatten es für eine junge Dame nicht erforderlich gefunden, diese Kunst zu beherrschen. Sie hatten sie lieber in Griechisch, Latein und Geographie unterrichtet.

»Wir werden auch dieses kleine Problem lösen«, flüsterte Thaddeus, als ein älterer Herr mit Schnauzbart in ihrer Nähe auftauchte. »Ich werde gleich morgen einen Tanzlehrer engagieren.«

»Ich werde mich erst mal um den alten Parkerville kümmern«, murmelte Magnus. »Der Mann war schon immer ein alter Lüstling.« Er nickte dem Neuankömmling zu.

»'n Abend, Parkerville«, dröhnte Magnus. »Ist Jahre her, daß wir uns zum letzten Mal gesehen haben. Wie geht es Ihrer reizenden Gattin?«

»Sie ist tot, danke.« Parkerville wandte sich mit einem anzüglichen Lächeln an Olympia. »Wie ich höre, haben Sie endlich eine Schwiegertochter, Flamecrest. Es heißt, Ihr Sohn habe sie bis heute abend vor aller Augen versteckt. Nun, da ich sie sehe, verstehe ich auch, warum. Sie sind doch sicher so freundlich, mich der jungen Dame vorzustellen, nicht wahr?«

»Natürlich.« Magnus stellte die beiden einander vor.

Lord Parkerville ergriff Olympias Hand und beugte sich darüber. »Sehr erfreut, Madam. Darf ich Sie um diesen Tanz bitten?«

Olympia lächelte zerstreut, während sie ihre Hand aus seiner Umklammerung zerrte. »Nein, danke, Sir.«

Parkerville sah tief enttäuscht aus. »Vielleicht später?«

»Das bezweifle ich«, sagte Magnus mit kaum unterdrückter Zufriedenheit. »Meine Schwiegertochter ist besonders wählerisch, was ihre Partner betrifft.«

Parkerville blickte ihn böse an. »Tatsächlich, Sir?«

»Ja, tatsächlich.« Magnus lächelte freundlich. »Falls Sie es nicht bemerkt haben sollten, sie hat heute abend mit noch niemandem getanzt.«

»Das ist mir nicht verborgen geblieben«, sagte Parkerville. »Ebensowenig wie es irgendeinem anderen der Anwesenden verborgen geblieben ist.« Er bedachte Olympia mit einem nachdenklichen Blick. »Wir warten alle gespannt darauf, wem sie ihre Gunst wohl als erstem schenken wird.«

Olympia gefiel sein Ton nicht. »Sir, ich...«

»Lady Chillhurst.« Lord Aldridge kam durch die Menge und baute sich direkt vor Olympia auf. »Ich freue mich, Sie heute abend hier zu sehen.«

Magnus' Miene wurde drohend. »Kennst du diesen Mann, meine Liebe?«

»Oh, ja.« Olympia lächelte Aldridge an. »Wie nett, Sie hier zu treffen, Sir. Ist Ihre Frau auch da?«

»Sie schwirrt irgendwo herum.« Aldridge lächelte hoffnungsvoll. »Könnte ich Sie vielleicht dazu überreden, mit mir zu tanzen, Madam? Es wäre mir eine große Ehre, der erste zu sein, der Sie auf die Tanzfläche führt.«

»Nein, danke«, setzte Olympia an. »Wissen Sie, ich...«

»*Olympia*. Ich meine, Lady Chillhurst.« Gifford Seaton drängte sich an all den Verehrern vorbei, die Olympia belagerten. »Ich hörte bereits, daß Sie heute abend hier sind. Alle Welt spricht davon.« Er blickte sie überrascht und bewundernd an. »Erlauben Sie mir, Ihnen zu sagen, Madam, daß Sie hinreißend aussehen.«

Magnus sah ihn finster an. »Sie sind der junge Seaton, nicht wahr? Ich erinnere mich, Sie einmal getroffen zu haben, als Ihre Schwester mit meinem Sohn verlobt war.«

»Ja, ich erinnere mich auch an Sie«, schnaubte Thaddeus. »Ich bezweifle, daß Chillhurst es für angebracht gehalten hat, Sie mit Lady Chillhurst bekannt zu machen, Seaton, und wir haben ebenfalls nicht die Absicht. Fort mit Ihnen, auf der Stelle.«

Gifford betrachtete ihn mit einem verärgerten Blick. »Lady Chillhurst und ich kennen uns bereits. Wir haben gemeinsame Interessen.« Er wandte sich wieder an Olympia. »Stimmt's nicht, Madam?«

»Ja, das ist richtig.« Olympia spürte die deutliche Spannung, die in der Luft lag. »Bitte, meine Herren, ersparen Sie mir und Ihrem Sohn die Peinlichkeit einer öffentlichen Szene. Mr. Seaton und ich sind lediglich Bekannte.«

Magnus und Thaddeus warfen ihr verärgerte Blicke zu.

»Wenn du es sagst«, murmelte Magnus. »Wenn ich mir die Bemerkung erlauben darf, überrascht es mich, daß Chillhurst diese Bekanntschaft duldet.«

»Chillhurst hat nichts damit zu tun.« Gifford schenkte Magnus ein sarkastisches Lächeln. »Ich sagte Ihnen bereits, Lady Chillhurst und ich haben gemeinsame Interessen. Wir sind beide Mitglieder der Gesellschaft für Reisen und Forschung.«

Magnus verzog das Gesicht. Thaddeus blickte weiterhin finster.

Olympia bedachte ihren Schwiegervater und seinen Bruder mit einem bösen Stirnrunzeln. »Wirklich, es reicht, Mr. Seaton hat dasselbe Recht wie die anderen, heute abend hier zu sein und mit mir zu sprechen.«

Gifford lächelte sie an. »Vielen Dank, Madam. Ich nehme an, ich habe ebenso wie jeder andere das Recht, Sie um einen Tanz zu bitten.«

Olympia lächelte sehnsüchtig. »Ja, natürlich. Unglücklicherweise muß ich leider ablehnen.« Sie hielt inne, als ihr Blick auf Giffords kunstvoll verzierte Uhrkette fiel. »Aber wenn ich darf, würde ich gern kurz mit Ihnen sprechen, Sir.«

Seatons Lächeln enthielt eine Spur von Triumph. »Es ist mir ein Vergnügen, Madam. Darf ich Sie an das Bufett begleiten?«

Olympia legte ihre Hand auf Giffords Arm. Sie sah, wie Magnus die Augen zusammenkniff und wie Thaddeus die Stirn noch heftiger runzelte. Sie bedachte die beiden mit einem besänftigenden Blick.

»Ich bin gleich zurück, Mylord«, sagte Olympia zu dem Grafen. »Bitte entschuldigen Sie mich. Ich möchte mit Mr. Seaton über etwas Wichtiges sprechen.«

»Na, na, na«, murmelte Parkerville. »Was für eine interessante Wendung dieser Abend noch nimmt.«

Magnus und Thaddeus starrten ihn drohend an.

Olympia ignorierte sie alle und drängte Gifford weiter. »Kommen Sie, ich muß unbedingt mit Ihnen sprechen. Ich habe ein paar wichtige Fragen an Sie.«

»Was für Fragen?« Gifford führte sie durch die Menge elegant gekleideter Leute.

»In bezug auf Ihre Uhr.«

Gifford blickte sie überrascht an. »Was sollte Sie an meiner Uhr interessieren?«

»Ich bin mir noch nicht sicher, aber ich wüßte allzugern, weshalb Sie als Motiv für die Verzierung eine Seeschlange gewählt haben.«

»Verdammt.« Gifford blieb abrupt neben der offenen Flügeltür stehen. Er sah sie fragend an. »Sie wissen es also, nicht wahr?«

»Ich glaube, ja«, sagte Olympia sanft. »Sie sind Käpt'n Yorkes Urenkel.«

Gifford fuhr sich mit der Hand durch das Haar. »Verdammt und zugenäht. Ich habe geahnt, daß Sie die Wahrheit herausfinden würden. Irgend etwas an Ihnen hat mir gesagt, daß Sie alle Teile des Puzzles zusammenfügen und den richtigen Schluß daraus ziehen würden.«

»Sie brauchen sich keine Sorgen zu machen, Mr. Seaton. Ich wüßte nicht, weshalb wir in dieser Sache nicht zusammenarbeiten sollten.« Olympia blickte ihn neugierig an. »Darf ich Sie fragen, weshalb Sie aus Ihrer Identität ein solches Geheimnis machen?«

»Ich habe niemals ein Geheimnis daraus gemacht«, sagte Gifford vorsichtig. »Und Demetria auch nicht. Unser Familienname ist Seaton. Wir haben Chillhurst einfach nur nicht erzählt, wer unser Urgroßvater war.«

»Warum nicht?«

»Weil Käpt'n Jack Ryder der Erzfeind meines Urgroßvaters war, darum nicht«, fauchte Gifford wild. »Ryder dachte, daß Yorke ihn an die Spanier verraten hätte, aber das stimmte nicht. Jemand anderer hat ihn verraten. Auf jeden Fall entkam Ryder dem spanischen Schiff und kehrte als reicher Mann nach England zurück.«

»Mr. Seaton, bitte, die Leute gucken schon.«

Gifford wurde dunkelrot und blickte sich eilig um, ob ihn jemand gehört hatte. »Lady Chillhurst, könnten wir diese Angelegenheit vielleicht draußen im Garten besprechen? Ich möchte nicht, daß die Hälfte der Anwesenden unserer Unterhaltung folgt.«

»Ja, natürlich.« Olympia machte sich Sorgen, da er offensichtlich sehr leicht erregbar war, und deshalb gestattete sie ihm, sie in die milde Nacht hinauszuführen. »Mr. Seaton, ich verstehe, daß Sie an dem verschwundenen Schatz interessiert sind, aber ich verstehe nicht, weshalb Sie ein solches Geheimnis aus der Sache gemacht haben. Diese alte Fehde zwischen Ihrem Urgroßvater und Chillhursts Urgroßvater ist lange vorbei.«

»Sie irren sich, Madam. Sie ist nicht vorbei.« Giffords Armmuskeln zuckten. Er ballte die Faust. »Der Graf von Flamecrest hat ewige Rache gegen meine Familie geschworen. Er schwor, daß er es Edward Yorke niemals gestatten würde, seine Hälfte des Schatzes zu bekommen, den sie gemeinsam auf der verdammten Insel vergraben hatten. Außerdem schwor er, daß seine Nachkommen wegen der Familienehre diesen Schwur einhalten würden.«

»Woher wissen Sie das alles?«

»Meine Großmutter hinterließ uns einen Bericht über die ganze Geschichte, zusammen mit der Hälfte der Karte, die meinem Urgroßvater gehörte.«

»Also haben Sie die andere Hälfte der Karte?« fragte Olympia eifrig.

»Natürlich. Meine Großmutter hat sie meinem Vater vererbt.« Gifford verzog den Mund. »Die Karte war das einzige, was mein Vater Demetria und mir hinterlassen hat. Wahrscheinlich hätte er sie mit allen anderen Sachen zusammen versetzt, wenn es einen Markt für halbe Schatzkarten gegeben hätte.«

»Was stand in dem Bericht Ihrer Großmutter?«

»Nicht viel. Offenbar hat sie dem Flamecrest-Clan nach dem Tod ihres Vaters ein Friedensangebot gemacht, das abgelehnt wurde. Also drängte sie meinen Vater, es eines Tages noch einmal zu versuchen.« Gifford grinste höhnisch. »Wegen der alten Freundschaft, die einst zwischen Yorke und Ryder bestanden hatte.«

Olympia blickte ihn an. Sie versuchte, sein Gesicht in der Dunkelheit zu erkennen. »Sie hat versucht, Frieden zu stiften?«

»Wenn eine Frau etwas in die Hand nimmt, dann kann man sich darauf verlassen, daß daraus nichts wird. Die Flamecrests wollten den Streit nie beilegen. Harry, der Sohn von Käpt'n Jack, ließ meiner Großmutter ausrichten, daß er beabsichtige, den Schwur seines Vaters in Ehren zu halten. Er würde es niemals zulassen, daß der

Schatz irgendwelchen Nachkommen von Edward Yorke in die Hände fiele. Behauptete, es sei eine Frage der Familienehre.«

»Ein echter Flamecrest«, überlegte Olympia laut. »Sie sind wirklich ein höchst gefühlsbetonter Haufen.«

»Es war nicht richtig«, erwiderte Gifford heftig. »Flamecrest und seine Familie haben es zu Wohlstand gebracht, während Demetria und ich nichts hatten. *Nichts.*«

»Auch der jetzige Graf von Flamecrest hatte nichts, bis er auf den glorreichen Gedanken kam, seinem Sohn die Geschäfte zu überlassen«, entgegnete Olympia. »Sir, da ist noch eine Sache, die ich nicht verstehe. Wenn Sie die Familie meines Mannes derart hassen, weshalb hat sich dann Ihre Schwester bereit erklärt, Chillhurst zu heiraten?«

»Sie hatte niemals vor, ihn wirklich zu ehelichen«, sagte Gifford. »Eigentlich wollte sie sich auch gar nicht erst mit ihm verloben.«

»Das verstehe ich nicht.«

Gifford seufzte ungeduldig. »Ich überredete Demetria, seine Bekanntschaft zu suchen. Wir hatten gehört, daß Chillhurst auf der Suche nach einer Frau war. Demetria fand eine Möglichkeit, ihm durch jemanden vorgestellt zu werden, dem er vertraute.«

»Felix Hartwell.«

»Ja. Sie fand heraus, daß Hartwell Chillhursts Mittelsmann war, und es gelang ihr, seine Bekanntschaft zu machen. Demetria ist sehr schön.« Brüderlicher Stolz schwang in seiner Stimme. »Kein Mann kann ihr widerstehen.«

»Also sorgte Mr. Hartwell dafür, daß Demetria eine Einladung auf die Isle of Flame erhielt.«

»Richtig. Natürlich war ich als ihr Bruder ebenfalls eingeladen. Ich dachte, wenn ich eine Möglichkeit hätte, das Familienschloß der Flamecrests zu durchsuchen, würde ich vielleicht die fehlende Kartenhälfte finden.«

»Und was geschah dann?«

Gifford lachte bitter. »Wir waren erst ein paar Tage dort, als Chillhurst Demetria bat, seine Frau zu werden. Demetria nahm seinen Antrag an, weil wir die Karte noch nicht gefunden hatten. Ich sagte ihr, daß ich noch etwas mehr Zeit bräuchte.«

»Gütiger Himmel«, murmelte Olympia. »Ich hatte keine Ahnung, daß Chillhurst sich auf eine so logische, praktische Weise auf die Suche nach einer Frau gemacht hatte. Wissen Sie, das sieht ihm so überhaupt nicht ähnlich.«

»Ganz im Gegenteil. Nach allem, was ich über ihn weiß, ist das nur allzu typisch für ihn. Der Mann hat Eis in den Adern, kein Blut.«

»Das ist nicht wahr. Ich glaube, er muß Ihre Schwester wirklich gemocht haben«, sagte Olympia langsam. »Sonst hätte er sie niemals gebeten, seine Frau zu werden.«

Gifford blickte sie an, als sei sie von Sinnen, aber er widersprach ihr nicht. »Sei's, wie es will, Tatsache ist nun einmal, daß er um ihre Hand anhielt. Was mir mehr Zeit gab, um nach der fehlenden Kartenhälfte zu suchen.«

»Die Sie jedoch nicht gefunden haben«, stellte Olympia mit kühler Zufriedenheit fest. »Das geschieht Ihnen recht, Sir, wenn ich so sagen darf. Sie hätten niemals auf eine solche Weise dort herumschleichen sollen.«

»Mir blieb keine Wahl«, flüsterte Gifford zornig. »Käpt'n Jack Ryder weigerte sich aus reiner Gehässigkeit, meinem Urgroßvater seinen Anteil an dem Schatz abzutreten, und all seine Nachkommen haben sich als ebenso boshaft erwiesen.«

Olympia rümpfte die Nase. »Es ist ganz offensichtlich, daß wir es hier mit zwei leidenschaftlichen, temperamentvollen Familien zu tun haben, nicht nur mit einer. Ich denke, es ist an der Zeit, endlich Frieden zu schließen. Meinen Sie nicht, Mr. Seaton?«

»Niemals.« In Giffords Augen blitzte blanke Wut. »Nicht, nachdem Chillhurst meine Schwester derart schändlich behandelt hat. Das werde ich ihm niemals vergeben oder vergessen.«

»Um Himmels willen, Mr. Seaton, es klingt nicht gerade so, als ob Ihre Schwester diese Ehe unbedingt gewünscht hätte. Und was Sie betrifft, so haben Sie sie einfach ausgenutzt, um das Flamecrestsche Schloß durchsuchen zu können. Sie können wohl kaum so tun, als seien Sie derjenige, der beleidigt wurde.«

»Die Sache ist nun einmal die, daß Chillhurst sie beleidigt hat«, sagte Gifford mit gerechtem Zorn. »Er hat die Verlobung auf höchst grausame Weise gelöst, nur weil er entdeckte, daß sie keine reiche Erbin war. Ich wünsche nur, er wäre kein solcher Feigling gewesen und hätte sich mit mir duelliert.«

Olympia berührte sanft seinen Arm. »Ich weiß, daß dieses Thema viele Gefühle bei Ihnen hervorruft. Bitte glauben Sie mir, wenn ich Ihnen sage, daß ich sicher bin, daß Chillhurst die Verlobung nicht nur gelöst hat, weil er herausfand, daß Ihre Schwester keine reiche Frau war.«

»Oh, ich weiß, daß er behauptet, er hätte sich von ihr getrennt, weil sie nicht zueinander paßten, aber das ist eine Lüge. Ich kenne die Wahrheit. Er war schließlich ein paar Tage lang recht zufrieden mit der Verlobung. Und dann hat er sie eines Nachmittags ganz ohne Vorwarnung gelöst.«

»Ohne jegliche Vorwarnung?«

Giffords Augen blitzten ärgerlich. »Demetria, ich und Lady Kirkdale wurden aufgefordert zu packen und innerhalb einer Stunde abzureisen.«

Olympia starrte ihn überrascht an. »Lady Kirkdale war auch auf der Isle of Flame?«

»Ja, natürlich«, sagte Gifford verärgert. »Es war eine ganze Reihe von Gästen dort, und sie kam als Demetrias Begleiterin mit. Sie ist seit Jahren die beste Freundin meiner Schwester. Wissen Sie, sie war es auch, die Demetria später mit Beaumont bekannt machte.«

»Ich verstehe.«

Gifford ballte die Hand zur Faust. »Madam, Ihre Loyalität gegenüber Ihrem Ehemann ist lobenswert, aber ich muß Ihnen sagen, daß Sie ihn in einem vollkommen falschen Licht sehen. Es tut mir leid, Ihnen mitteilen zu müssen, daß ich nach allem, was ich über ihn weiß, unmöglich glauben kann, daß er Sie aus reiner Liebe geheiratet hat.«

»Eine solch persönliche Angelegenheit möchte ich wirklich nicht mit Ihnen besprechen, Sir.«

Gifford bedachte sie mit einem mitleidigen Blick. »Meine arme, naive Lady. Was können Sie, eine Unschuld vom Land, schon über einen Mann wie Chillhurst wissen?«

»Unsinn. Ich versichere Ihnen, daß ich nicht halb so naiv bin, wie Sie meinen. Ich habe bei meinen Tanten eine hervorragende, weitreichende Erziehung genossen, und ich habe mich eifrig meinen eigenen Studien gewidmet. Ich bin durch und durch eine Frau von Welt.«

»Dann muß Ihnen klar sein, daß er Sie nur geheiratet hat, weil er glaubt, daß Sie das Geheimnis des Lightbourne-Tagebuchs lösen können.«

»Unsinn. Mein Mann würde niemals aus einem derart armseligen Grund heiraten. Der verschwundene Schatz interessiert ihn nicht im geringsten. Er braucht ihn nicht. Er ist schließlich ein sehr reicher Mann.«

»Verstehen Sie denn nicht? Geld ist das einzige, was Chillhurst interessiert. Ein Mann wie er kann nie genug haben.«

»Woher wollen Sie das wissen?«

»Weil ich beinahe einen Monat mit ihm unter einem Dach gelebt habe.« Giffords Stimme überschlug sich vor Zorn. »Ich habe in der Zeit eine Menge über Chillhurst in Erfahrung gebracht, und das Wichtigste war, daß er keinerlei Wärme oder Gefühl besitzt für irgendwen oder irgendwas außer seinen Geschäften. Er ist kalt wie ein Fisch.«

»Chillhurst ist bestimmt nicht kalt, und ich wäre Ihnen dankbar, wenn Sie aufhören würden, ihn zu beleidigen. Außerdem versichere ich Ihnen, daß er mich nicht geheiratet hat, um hinter das Geheimnis des Tagebuchs zu kommen. Ich würde es sehr zu schätzen wissen, wenn Sie aufhören könnten, ein solch böses Gerücht über ihn zu verbreiten.«

»Aber er *muß* Sie aus diesem Grund geheiratet haben. Weshalb sonst sollte ein Mann wie er eine arme Frau wie Sie heiraten?«

»Mr. Seaton, bitte sagen Sie nichts mehr. Ich bin sicher, daß es Ihnen ansonsten eines Tages leid tun wird.«

Gifford packte sie am Arm und blickte mit ernster Besorgnis auf sie herab. »Lady Chillhurst«, setzte er an, um dann innezuhalten. Als er weitersprach, schwang in seiner Stimme echtes Gefühl. »Meine liebe Olympia, wenn ich so verwegen sein darf, Sie so zu nennen. Ich weiß, was Sie durchmachen müssen. Sie sind bloß eine unschuldige Schachfigur in diesem Spiel. Es wäre mir eine große Ehre, wenn Sie mir gestatten würden, Ihnen, soweit ich kann, behilflich zu sein.«

»Nehmen Sie Ihre Hände von meiner Frau.« Jareds Stimme war so kalt wie die Stahlklinge des Wächters. »Oder ich werde Sie auf der Stelle umbringen, Seaton, statt auf einen angemesseneren Zeitpunkt zu warten.«

»*Chillhurst.*« Gifford ließ Olympia los und wirbelte zu Jared herum.

»Jared, du bist doch noch gekommen«, sagte Olympia. »Das freut mich.«

Jared ignorierte sie. »Ich habe Sie gewarnt, meiner Frau noch einmal nahe zu kommen, Seaton«, sagte er sehr leise.

»Sie verfluchter Bastard.« Giffords Stimme war voller Ekel. »Also haben Sie sich schließlich doch entschlossen, heute abend zu erscheinen. Alle Welt fragte sich bereits, ob Sie sich wohl die Mühe machen würden. Ich nehme an, Sie wissen, daß Ihre Abwesenheit für Ihre Frau recht demütigend war?«

»Unsinn«, sagte Olympia lebhaft. »Ich habe mich nicht im geringsten gedemütigt gefühlt.«

Keiner der beiden Männer beachtete sie. Jared blickte Gifford mit einem Ausdruck kalter Langeweile an. Aber Olympia blieb das gefährliche Glitzern in seinem Auge nicht verborgen.

»Ich werde mich später um Sie kümmern, Seaton.« Jared reichte Olympia seinen Arm.

»Ich freue mich schon darauf.« Gifford verbeugte sich spöttisch. »Aber wir wissen ja beide, daß Sie einfach nie die Zeit finden, um sich mit mir zu duellieren, nicht wahr? Zumindest beim letzten Mal waren Sie offenbar zu beschäftigt.«

Olympia spürte nur allzu deutlich, daß Jared bereits äußerst gereizt war. »Mr. Seaton, bitte, sagen Sie kein Wort mehr. Mein Mann ist nicht gerade leicht aus der Ruhe zu bringen, aber ich fürchte, daß Sie wirklich zu weit gehen.«

Gifford sah sein Gegenüber verächtlich an. »Sie brauchen sich um mich keine Sorgen zu machen, Lady Chillhurst. Es liegt Ihrem Gatten fern, ein Duell nur der Ehre wegen zu riskieren, nicht wahr, Chillhurst?«

Olympia wurde von Panik ergriffen. »Mr. Seaton, Sie wissen nicht, was Sie tun.«

»Ich glaube, er weiß sehr wohl, was er tut«, sagte Jared. »Komm, meine Liebe. Die Unterhaltung beginnt mich zu langweilen.« Er ergriff Olympias Arm und wandte sich in Richtung des Ballsaals.

»Ja, natürlich.« Olympia war so erleichtert, daß keine Herausforderung ausgesprochen worden war, daß sie ihre smaragdgrünen Röcke raffte und beinahe angefangen hätte zu rennen.

Jared blickte amüsiert auf sie herab. »Haben Sie es so eilig, mit mir zu tanzen, Madam? Ich fühle mich geehrt.«

»Oh, Jared, einen Moment lang dachte ich, daß du es zulassen würdest, daß Mr. Seaton dich zu einem dummen Duell herausfordert.« Olympia lächelte strahlend. »Ich habe mir große Sorgen gemacht.«

»Das brauchst du nicht, meine Liebe.«

»Gott sei Dank. Ich muß sagen, daß die enorme Selbstbeherrschung, die du bisweilen an den Tag legst, mich immer wieder überrascht. Es ist wirklich beeindruckend, wie sehr du dein Temperament unter Kontrolle hast.«

»Vielen Dank. Ich gebe mir auch die größte Mühe. Meistens.«

Sie warf ihm einen schüchternen Blick zu. »Ich hatte schon Angst, daß der Unsinn, den Mr. Seaton von sich gegeben hat, dich beleidigen könnte.«

»Dürfte ich vielleicht fragen, was ihr beide hier draußen im Garten zu suchen hattet?«

»Himmel, das hätte ich jetzt beinahe vergessen.« Olympia wurde erneut von Aufregung gepackt. »Wir waren hier, weil Mr. Seaton etwas mit mir besprechen wollte.«

»Das habe ich mir bereits gedacht.« Jared blieb vor der Eingangstür zu dem glitzernden Ballsaal stehen. »Offensichtlich hat eine ganze Reihe anderer Leute heute abend denselben Eindruck gewonnen. Zumindest war das allseitige Flüstern, als ich den Raum betrat, nicht zu überhören.«

»Oh.«

»Vielleicht könntest du mir verraten, worüber ihr euch unterhalten habt?«

»Ja, natürlich.« Olympia sprudelte beinahe über. »Jared, du wirst nicht glauben, was ich herausgefunden habe. Gifford Seaton und seine Schwester sind die direkten Nachfahren von Käpt'n Edward Yorke. Sie sind im Besitz der anderen Kartenhälfte.«

»Gütiger Himmel.« Was auch immer Jared erwartet hatte, das offenbar nicht. Er starrte sie verblüfft an. »Bist du dir sicher?«

»Vollkommen.« Olympia lächelte stolz. »Mir kam dieser Verdacht, nachdem Mr. Seaton mir etwas von seiner Familiengeschichte erzählt hatte und nachdem ich erfuhr, daß er sich für Karten von den Westindischen Inseln interessierte. Dann bekam ich zufällig seine Uhr zu Gesicht und erkannte das Motiv wieder, das auf dem Uhrdeckel eingraviert war.«

»Was für ein Motiv war das?«

»Eine Seeschlange.« Olympia konnte den Triumph in ihrer Stimme nicht ganz unterdrücken. »Die gleiche Seeschlange wie auf dem Bug des Schiffes auf einem der Vorsatzblätter in dem Lightbourne-Tagebuch.«

»Das Symbol von Yorkes Schiff?«

»Genau. Heute abend habe ich ihm erzählt, was ich wußte, und er gab zu, daß er tatsächlich Yorkes Urenkel ist. Darüber haben wir im Garten gesprochen.«

»Verflucht.«

»Er und Demetria sind Nachkommen von Yorkes Tochter. Deshalb tragen sie einen anderen Namen.«

Jared blickte sie nachdenklich an. »Also war wirklich die ganze Zeit jemand hinter der Karte her.«

»Ja.« Olympia berührte seinen Arm. »Bitte sei jetzt nicht beleidigt, Jared, aber ich muß dir sagen, daß Demetria vor drei Jahren deine Bekanntschaft gesucht hat, damit ihr Bruder nach der fehlenden Kartenhälfte suchen konnte.«

»Sie hat also Hartwell überredet, sie mit mir bekannt zu machen, nur damit ihr idiotischer Bruder nach der legendären Schatzkarte suchen konnte?« Jared klang ehrlich angewidert.

»Ich bin mir sicher, daß Mr. Hartwell nicht wußte, wer sie war«, beeilte Olympia sich zu sagen.

»Nun, vielleicht wußte er auch Bescheid und dachte, er könnte dieses Wissen eventuell eines Tages nutzen«, sagte Jared. »Vielleicht wurde er auch nur ebenso wie alle anderen von ihrer Schönheit geblendet. Aber darum geht es jetzt nicht.«

»Richtig«, stimmte Olympia eilig zu. Sie wollte nicht, daß Jared allzu lange über Demetrias Schönheit nachdachte. »Das gehört alles der Vergangenheit an.«

Jared musterte sie von Kopf bis Fuß. »Ich bedauere, daß ich dich heute abend nicht begleiten konnte, meine Liebe.«

Die Bewunderung in seinem Blick erwärmte Olympias Herz. »Mach dir deswegen keine Sorgen, Jared. Ich weiß, daß du eine dringende Nachricht erhalten hast. Graves hat es mir gesagt.«

»In der Nachricht stand, daß Hartwell immer noch in London sei.«

Olympia war entsetzt. »Du bist heute abend losgegangen, um ihn ausfindig zu machen?«

»Ja. Ich bin zu seinem alten Haus gegangen, weil es hieß, er sei vielleicht dort. Aber er war nicht da, und es gab auch kein Anzeichen dafür, daß er dort gewesen war. Ich bin überzeugt, daß die Information falsch war.«

»Gott sei Dank.« Olympia entspannte sich. »Ich bin sehr froh, das zu hören. Ich hoffe, dieser verdammte Mensch kehrt nie mehr nach London zurück.«

»Das hoffe ich auch.« Jared nahm ihre Hand und führte sie zu der Flügeltür. »Nun, da ich endlich hier bin, hoffe ich, daß du mir die Ehre zuteil werden läßt und einen Walzer mit mir tanzt, meine Liebe.«

Olympia seufzte bedauernd. »Ich wünschte, das könnte ich. Es tut mir wirklich leid, Jared, aber ich kann keinen Walzer tanzen.«

»Aber ich.«

»Ach ja?«

»Ich habe es vor drei Jahren gelernt, als mir klar wurde, daß ich eine Frau finden müßte. Ich habe mein diesbezügliches Können nie angewandt, aber ich glaube nicht, daß ich vollkommen vergessen habe, wie es geht.«

»Ich verstehe.« Er hatte Tanzen gelernt, um Demetria den Hof machen zu können, dachte Olympia bitter. »In wünschte, ich könnte mit dir tanzen. Walzer scheint ein aufregender Tanz zu sein.«

»Wir werden gemeinsam herausfinden, wie aufregend er ist.« Jared zog sie durch die Menge der Neugierigen und führte sie auf die Tanzfläche.

Olympia wäre beinahe in Ohnmacht gefallen. »Jared, bitte, ich möchte dich nicht in Verlegenheit bringen.«

»Du könntest mich niemals in Verlegenheit bringen, Olympia.« Er legte ihr seine Hand auf den Rücken. »Nun, paß einfach auf und folge meinen Anweisungen. Schließlich bin ich ein Lehrer.«

»Das stimmt.« Olympia lächelte, als die Musik sie gefangennahm. »Sie haben ein außergewöhnliches Talent zum Unterrichten, Mr. Chillhurst.«

Demetrias Nachricht erreichte Olympia am folgenden Morgen, gerade als sie sich erneut auf das Lightbourne-Tagebuch stürzen wollte.

Madam,

Ich muß umgehend mit Ihnen über eine äußerst dringende Sache sprechen. Bitte reden Sie mit niemandem über diese Nachricht, und vor allem erzählen Sie bitte nicht Ihrem Mann, daß Sie mich treffen. Ein Leben ist in Gefahr.

Ihre
Lady B.

Olympia erschauderte. Sie sprang auf die Füße und rannte zur Tür.

Kapitel 19

»Sind Sie sicher, daß diese Information stimmt?« fragte Olympia. Sie saß kerzengerade auf dem blaugoldenen Sofa. Das, was Demetria ihr soeben erzählt hatte, schockierte sie. Es schockierte, aber überraschte sie nicht.

»Ich habe verschiedene zuverlässige Quellen, die ich alle überprüft habe.« Demetrias Blick verriet Schmerz und Furcht. »Es besteht kein Zweifel. Chillhurst und mein Bruder werden sich duellieren.«

»Gütiger Himmel«, flüsterte Olympia. »Das hatte ich befürchtet.«

»Sie haben keinen Grund, sich irgendwelche Sorgen zu machen.« Demetria wandte sich heftig vom Fenster ab, von dem aus sie auf den Garten hinausgeblickt hatte. »Ich bin diejenige, die sich Sorgen machen muß. Ihr Mann wird meinen Bruder umbringen.«

»Demetria, beruhige dich.« Constance griff nach der silbernen Kanne, schenkte sich Tee ein und nahm Zucker. Es war offensichtlich, daß sie in Demetrias Salon ebenso zu Hause war wie in ihrem eigenen. »Es nützt nichts, wenn du jetzt in Panik ausbrichst.«

»Du hast gut reden, Constance. Schließlich ist es ja auch nicht dein Bruder, um dessen Leben es hier geht.«

»Das ist mir durchaus bewußt.« Constance bedachte Olympia mit einem bedeutungsvollen Blick. »Aber noch ist nicht alles verloren. Ich glaube, Lady Chillhurst macht sich ebensolche Sorgen wie du. Sie wird uns sicher helfen wollen.«

»Wenn es stimmt, was Sie sagen, müssen wir einen Weg finden, um dieses Duell zu verhindern«, sagte Olympia. Sie hatte sich wieder gefangen und versuchte, logisch nachzudenken.

»Wie sollen wir es denn verhindern?« Demetria flatterte aufgeregt von einem Fenster zum nächsten. Sie glich einem wilden, exotischen Vogel, der in einem goldenen Käfig gefangen saß. »Ich weiß weder wann noch wo das Duell stattfinden soll. Solche Dinge werden von den Beteiligten immer streng geheimgehalten.«

»Vielleicht kann ich diese Details herausfinden.« Olympia erhob sich und begann auf der anderen Seite des Raums auf und ab zu gehen. Ihre Gedanken drehten sich um das, was sie eben erfahren hatte.

Jared war im Begriff, sein Leben bei einem Duell aufs Spiel zu setzen. *Und es war allein ihre Schuld.*

»Sie denken, Sie könnten den Tag, die Uhrzeit und den Ort des Duells herausfinden, wenn ich mit all meinen Quellen nichts herausbekommen habe?« fragte Demetria.

»Das sollte nicht allzu schwierig sein«, sagte Olympia in beruhigendem Ton. »Mein Mann ist ein sehr ordentlicher Mensch.«

»Ja, das ist er, nicht wahr?« schnauzte Demetria. »Wie eins dieser mechanischen Spielzeuge in Winslows Museum.«

»Das ist nicht wahr«, sagte Olympia kalt. »Aber er glaubt, daß ein sorgfältig geplanter Tagesablauf das Leben erleichtert. Wenn er also eine Verabredung im Morgengrauen getroffen hat, wird sie ebenso wie seine ganzen anderen Termine in seinem Kalender vermerkt sein.«

»Großer Gott.« Constance riß die Augen auf. »Sie hat recht, Demetria. Wir alle wissen, daß Chillhurst größten Wert auf feste Gewohnheiten und Routine legt. Es würde demnach vollkommen zu ihm passen, selbst die Einzelheiten eines Duells aufzuschreiben.«

Demetria blickte Olympia an. »Meinen Sie, Sie könnten einen Weg finden, um einen Blick in seinen Terminkalender zu werfen?«

»Sehr wahrscheinlich. Aber das ist nicht das größte Problem.« Olympia konzentrierte sich. »Schwieriger wird es werden, das Duell irgendwie zu verhindern.«

»Ich nehme an, wir könnten die Behörden benachrichtigen«, sagte Constance nachdenklich. »Duelle sind schließlich verboten. Aber wenn wir das täten, könnte es passieren, daß Gifford und Chillhurst verhaftet werden. Zumindest würde es einen ziemlichen Skandal geben.«

»Gütiger Himmel.« Demetria rang nach Atem. »Beaumont wäre außer sich, wenn es einen solchen Skandal gäbe. Höchstwahrscheinlich würde er Gifford ohne einen Penny vor die Tür setzen.«

Olympias Finger trommelten auf der Sofalehne. »Und Chillhurst wäre mir bestimmt nicht gerade dankbar, wenn er meinetwegen verhaftet würde. Wir müssen einen anderen Weg finden, um diesem Unsinn ein Ende zu machen. Haben Sie versucht, Gifford die Sache auszureden?«

»Natürlich haben wir das versucht.« Die Röcke von Demetrias blau-weißem Vormittagskleid wirbelten zornig über den Boden, als sie zu einem anderen Fenster eilte. »Er gibt noch nicht einmal zu, daß ein Duell geplant ist, geschweige denn, daß er sich von mir überzeugen ließe, daß Chillhurst ihm höchstwahrscheinlich eine Kugel ins Herz jagen wird.«

»Mein Mann wird auf keinen Fall bewußt versuchen, Ihren Bruder umzubringen«, sagte Olympia heftig. »Er wird sich lediglich verteidigen. Ich habe vielmehr Angst, daß Ihr Bruder Chillhurst umbringen könnte.«

»Mein Bruder ist kein Gegner für Ihren Mann«, flüsterte Demetria. »Es heißt, der Sieg auf dem Feld der Ehre ginge im allgemeinen an den Mann, der den kühleren Kopf und die ruhigere Hand behält. Es ist Kaltblütigkeit, nicht Heißblütigkeit, die gewinnt. Und Chillhurst ist der kaltblütigste Mensch, den ich kenne.«

»Das ist nicht wahr«, sagte Olympia knapp.

»Ich kenne Chillhurst gut, und ich versichere Ihnen, daß er noch nicht einmal dann in Schweiß ausbrechen würde, wenn er mit dem Teufel höchstpersönlich in der Hölle dinieren müßte«, schoß Demetria zurück. »Aber Gifford sieht das nicht. Er freut sich sogar noch auf das Duell.« Sie schloß kurz die Augen. »Er sagt, daß er meine Ehre verteidigen will. Er hat Chillhurst niemals vergeben, daß er vor drei Jahren die Verlobung gelöst hat.«

Olympia holte tief Luft. »Ihr Bruder ist ein äußerst gefühlvoller Mensch. Wie alle anderen, die mit dieser verdammten Sache zu tun haben.«

»Und nicht genug, daß er mich rächen will«, fuhr Demetria grimmig fort. »Ich glaube, daß er der Meinung ist, Ihnen einen großen Gefallen zu erweisen, wenn er Ihrem Mann eine Kugel in den Leib jagt, Madam.«

»Die Gefühle Ihres Bruders scheinen seinen Verstand zu regieren, nicht wahr?« Olympia musterte Demetria. »Zweifelsohne eine Eigenschaft, die in der Familie liegt.«

Demetria blickte sie scharf an. »Gifford sagt, Sie wissen, daß er und ich Edward Yorkes Urenkel sind.«

»Ja.«

Constance zog ihre fein geschwungenen Brauen hoch. »Es war sehr clever, wie Sie das herausbekommen haben, Lady Chillhurst.«

»Danke«, murmelte Olympia. »Aber um auf unser Problem zurückzukommen, würde ich vorschlagen, daß ich zunächst einmal Ort und Zeitpunkt des Duells herausfinde. Und dann muß ich Chillhurst davon abhalten, sich dorthin zu begeben.«

»Selbst wenn Ihnen das gelingen sollte, was nützt das schon?« fragte Constance ruhig. »Chillhurst und Gifford werden einfach eine neue Verabredung treffen.«

»Wenn wir das erste Duell verhindern können, das eindeutig in der Hitze des Gefechts vereinbart worden ist«, sagte Olympia bedächtig, »wird uns das etwas Zeit geben, in der sich Gifford und Chillhurst beruhigen können. Diese Zeit müssen wir nutzen.«

Demetria rang die Hände. »Was meinen Sie?«

»Sie müssen mit Gifford sprechen, und ich werde versuchen, Chillhurst gut zuzureden.«

»Es wird nicht funktionieren.« Demetria biß sich verzweifelt auf die Lippe. »Gifford glaubt, daß Chillhurst ein Feigling ist, weil er die Herausforderung vor drei Jahren nicht angenommen hat. Aber ich kenne den wahren Grund, weshalb Chillhurst sich ihm nicht gestellt hat. Es hat nicht das geringste mit Feigheit zu tun.«

Olympia lächelte. »Das ist mir durchaus bewußt.«

Constance und Demetria sahen erst sich und dann Olympia an.

»Ach ja?« fragte Demetria vorsichtig.

»Natürlich.« Olympia blickte auf die Teetasse, die sie bisher noch nicht angerührt hatte. »Es ist ganz offensichtlich, daß Chillhurst sich aus Rücksicht auf Sie nicht mit Ihrem Bruder duelliert hat.«

»Auf mich?« Demetria war verblüfft.

Constance bedachte Olympia mit einem seltsamen Lächeln. »Sie sind sich da auch ganz sicher, Lady Chillhurst?«

»Ja«, sagte Olympia. »Es ist klar, daß Chillhurst sich geweigert hat, Giffords Herausforderung anzunehmen, weil er wußte, wie sehr Demetria an ihrem Bruder hängt. Mein Mann wollte ihr das Leid ersparen, das ein Duell unweigerlich mit sich gebracht hätte.«

»Bah. Er machte sich nicht das geringste aus mir«, murmelte Demetria. »Chillhurst betrachtete eine Ehe mit mir wie eine geschäftliche Vereinbarung. Offenbar kennen Sie doch nicht die Wahrheit.«

»Da muß ich Ihnen widersprechen«, sagte Olympia. »Ich habe ziemlich viel über die ganze Sache nachgedacht und habe so meine Schlüsse gezogen.«

Demetria fuhr erneut herum. »Lassen Sie mich Ihnen etwas erklären, Madam. Der Grund, weshalb Chillhurst Giffords Herausforderung vor drei Jahren nicht angenommen hat, war, daß er fürchtete, die wahren Gründe für das Ende unserer Verlobung könnten ans Tageslicht kommen, was ihn erheblich brüskiert hätte.«

»Ich nehme an, Sie beziehen sich auf das Gerücht, demzufolge er Sie mit jemand anderem überrascht hat?« fragte Olympia.

Schweigen senkte sich über den Salon.

Schließlich stellte Constance ihre Tasse ab. »Ich sehe, Sie kennen die alte Geschichte, die die Runde machte, nachdem die Verlobung in die Brüche ging.«

»Ja, ich kenne sie«, bestätigte Olympia. »Es war kein Gerücht, nicht wahr? Es stimmte.«

»Ja«, gestand Demetria leise. »Aber ich habe allen Leuten, auch Gifford, erzählt, daß Chillhurst die Verlobung gelöst hat, weil er herausfand, daß ich keine reiche Erbin war. Wir alle, einschließlich Chillhurst, sind bei dieser Version geblieben.«

»Das war schließlich in jedermanns Interesse«, murmelte Constance. »Die Wahrheit hätte allen Beteiligten nur geschadet.«

Demetria warf Olympia einen eiligen Blick zu. »Gifford hielt

Chillhurst für einen Feigling, weil er sich nicht nur weigerte, sich mit ihm zu duellieren, sondern darüber hinaus noch nicht einmal meinen Geliebten herausforderte.«

»Nun, das konnte er auch kaum tun, oder?« sagte Olympia ruhig. »Ein Gentleman kann schließlich keine Lady herausfordern.«

Constance und Demetria starrten sie wortlos an. Es war Constance, die sich als erste erholte.

»Also das wissen Sie auch.« In ihren Augen lag ein ängstliches Lächeln. »Hat Chillhurst es Ihnen gesagt? Ich muß gestehen, es überrascht mich, daß er Ihnen die Wahrheit erzählt hat. Es ist schwierig genug für einen Mann, wenn er seine Zukünftige mit einem anderen Mann überrascht. Aber es ist noch wesentlich unangenehmer für ihn, wenn er sie mit einer anderen Frau überrascht.«

»Chillhurst hat mir nichts erzählt«, sagte Olympia. »Er ist ein Gentleman. Er würde niemals schlecht über eine Frau reden, mit der er einmal verlobt war.«

Constance runzelte die Stirn. »Ich hätte auch nicht gedacht, daß er irgend jemandem die Wahrheit sagen würde. Aber wie sind Sie dann auf die Idee gekommen, daß er Demetria an jenem Tag mit einer Frau überrascht hat?«

»Das war nicht allzu schwierig.« Olympia zuckte leicht mit den Schultern. »Man erzählte mir, daß Sie Demetria vor drei Jahren auf die Isle of Flame begleitet hätten. Seit ich Ihnen zum ersten Mal begegnet bin, war mir klar, daß Sie und Demetria eine besondere Freundschaft verbindet, genau wie es bei meinen Tanten der Fall war. Ich habe also lediglich eins und eins zusammengezählt.«

»Ihre *Tanten*.« Demetria blieb vor Überraschung der Mund offenstehen.

»Tante Sophy war diejenige, die tatsächlich mit mir verwandt war«, erklärte Olympia. »Ihre sehr gute Freundin und Begleiterin hieß Ida. Ich nannte sie jedoch immer Tante Ida.«

»Sie kannten diese Tanten gut?« fragte Constance mit großem Interesse.

»Sehr gut. Ich bin bei Tante Sophy und Tante Ida aufgewachsen, nachdem man mich im Alter von zehn ohne einen Penny vor ihrer Tür abgesetzt hatte«, sagte Olympia. »Sie haben mich bei sich aufgenommen, als niemand anderer aus meiner Familie mich haben wollte. Sie waren sehr gut zu mir.«

»Ich verstehe.« Constance blickte Demetria an. »Die gnädige Frau ist nicht gerade die naive Unschuld vom Lande, für die du sie gehalten hast, meine Liebe.«

»Das merke ich.« Demetria lächelte wehmütig. »Ich möchte mich bei Ihnen entschuldigen, Madam. Wie ich sehe, sind Sie durch und durch eine Frau von Welt.«

»Genau das sage ich Chillhurst auch immer«, sagte Olympia.

Die Eintragung in Jareds Terminkalender war sachlich und nüchtern. Olympia schützte die Flamme der Kerze mit einer Hand, während sie die bedeutungsschweren Worte las.

Donnerstag morgen, fünf Uhr, Chalk Farm.

Olympia wußte umgehend, daß Chalk Farm der Ort des Duells war. Sie schloß den Terminkalender mit einem Gefühl der Angst und löschte die Kerze.

Donnerstag morgen. Fünf Uhr. Sie hatte noch einen Tag Zeit, um einen Weg zu finden, Jared von seiner Verabredung mit Gifford abzuhalten. Es war klar, daß sie Hilfe brauchen würde.

»Olympia?« Jared rührte sich, als sie wieder ins Bett glitt. »Ist irgendwas los?«

»Nein. Ich bin nur aufgestanden, um einen Schluck Wasser zu trinken.«

»Du bist ganz kalt.« Er zog sie an sich.

»Es ist kühl heute nacht«, flüsterte sie.

»Ich bin sicher, daß wir eine Möglichkeit finden, um uns warm zu halten.«

Jareds Mund umschloß ihre Lippen heiß, stark und fordernd. Seine Hand glitt auf ihren Bauch. Olympia schlang ihre Arme eng um seinen harten, muskulösen Körper. Sie hing an ihm, als könnte sie ihn retten, wenn sie ihn einfach nicht mehr losließe.

Er nannte sie seine Sirene, aber sie würde es nicht zulassen, daß er an den Klippen zerbarst. Sie würde einen Weg finden, um ihn zu retten.

»Du willst, daß wir dir helfen, meinen Sohn zu retten?« Magnus blickte Olympia verwundert an. Dann sah er zu den anderen hinüber, die vor Olympias Schreibtisch versammelt waren.

»Ich brauche Ihre Hilfe, Sir.« Olympia wandte sich vom Grafen ab und blickte Thaddeus, Robert, Hugh und Ethan entschlossen an. »Ihr müßt mir alle helfen. Mein Plan kann nur funktionieren, wenn ihr alle mitmacht.«

»Ich helfe dir«, versicherte Hugh ihr eilig.

»Ich auch«, echote Ethan.

Robert richtete sich in seinem Stuhl auf. »Du kannst auf mich zählen, Tante Olympia.«

»Hervorragend.«

»Warte mal einen Moment.« Thaddeus wackelte mit den Brauen. »Wer sagt überhaupt, daß der Junge gerettet werden muß?«

»Thaddeus hat recht. Mein Sohn kann durchaus auf sich selbst aufpassen.« Magnus grinste stolz. »Ich selbst habe ihm beigebracht, wie man mit einer Pistole umgeht. Reg dich nicht auf, meine Liebe. Ein Duell ist halb so wild. Jared wird auf jeden Fall als Sieger daraus hervorgehen.«

»Auf jeden Fall.« Thaddeus faltete die Hände vor dem Bauch. »Er hat einen geübten Blick und eine ruhige Hand. Ich habe noch nie einen kaltblütigeren Menschen als ihn gesehen, wenn es irgendeine Krise gibt. Ihm wird schon nichts passieren.«

Olympia war außer sich. »Anscheinend verstehen Sie mich nicht, Sir. Ich will nicht, daß mein Mann seinen Kopf in einem dummen Duell zur Verteidigung meiner Ehre riskiert.«

Magnus runzelte die Stirn. »Daran ist nichts dumm. Die Ehre einer Lady ist verdammt wichtig, meine Liebe. Ich selbst habe mich zwei- oder dreimal wegen einer Frau duelliert, als ich so alt war wie Jared.«

»Ich werde es nicht zulassen«, sagte Olympia. Magnus' offensichtlicher Mangel an Verständnis empörte sie.

»Ich bezweifle, daß du ihn aufhalten kannst.« Magnus strich sich über die Wange. »Ich muß sagen, es überrascht mich, daß mein Sohn ein solches Temperament zeigt. Sieht aus, als hätte er doch etwas von dem Flamecrestschen Feuer abbekommen.«

»Der Junge wird der Familie noch alle Ehre machen«, sagte Thaddeus warm. »Du kannst stolz auf ihn sein, Magnus.«

»Genug mit diesem Unsinn.« Olympia sprang auf die Füße und legte die Hände flach auf die Schreibtischplatte. »Sie, Sir«, sagte sie zu Magnus, »haben Ihren Sohn noch nie verstanden.« Sie wandte sich an Thaddeus. »Und Sie kennen ihn auch nicht gerade gut. Sie haben sich beide damit begnügt, zu wissen, daß er immer für Sie da war.«

Thaddeus' Barthaare zitterten. »Also, hör mal...«

»Ich will nichts mehr von Ihren lächerlichen Befürchtungen hören, daß er eventuell nicht das Flamecrestsche Feuer geerbt haben könnte. Die Wahrheit ist, daß Chillhurst mehr Feuer besitzt, als Sie jemals gedacht hätten. Aber er hat dieses Feuer sein Leben lang unterdrückt und unter Kontrolle gehalten, weil er die Verantwortung für die ganze Familie zu tragen hatte.«

»Wovon redest du?« fragte Magnus.

»Chillhurst konnte es sich nicht leisten, seinen wilden Leidenschaften und heftigen Gefühlen nachzugeben wie Sie alle, weil er die Aufgabe hatte, sich um den Rest der Familie zu kümmern. Er war permanent damit beschäftigt, irgendeinen von Ihnen zu retten.«

»Das geht jetzt aber ein bißchen weit«, murmelte Magnus.

»Ach, ja?« Olympia blickte ihn aus zusammengekniffenen Augen an. »Wollen Sie etwa leugnen, daß er bereits in jungen Jahren eine ungeheure Verantwortung zu tragen hatte, Mylord?«

»Nun, nur in gewissem Sinn«, gestand Magnus widerwillig. »Es war ja nicht so, daß ich nicht auch noch dagewesen wäre, um mich um wichtige Angelegenheiten zu kümmern. Stimmt's nicht, Thaddeus?«

»Vollkommen richtig. Du warst da und ich auch«, pflichtete Thaddeus ihm bei. »Natürlich hatte keiner von uns beiden einen besonders guten Geschäftssinn, Magnus. Das mußt du zugeben. Dein Sohn war der einzige, der etwas von Finanzen und Wirtschaft verstand.«

»Und Sie waren beide sehr zufrieden damit, daß er seine Talente in den Dienst der Familie stellte, nicht wahr?« Olympia warf den beiden Männern einen herausfordernden Blick zu.

»Tja, nun«, setzte Magnus an.

»Hah«, unterbrach Olympia ihn. »Sie und der Rest der Familie geben nur allzugern sein Geld aus, aber gleichzeitig verurteilen Sie genau die Eigenschaften, die es ihm ermöglichen, dieses Geld zu verdienen.«

»Ganz so ist es nicht.« Magnus rutschte unglücklich auf seinem Stuhl hin und her. »Es ist ja gut und schön, wenn jemand viel Geld verdient, aber das Flamecrestsche Blut soll kochen und nicht starr durch die Adern rinnen.«

Thaddeus seufzte. »Jared ist nicht wie wir anderen, Olympia.

Zumindest hatten wir bis jetzt diesen Eindruck. Da wollen wir ihm nun, da er endlich mal das Flamecrestsche Feuer an den Tag legt, bestimmt keinen Dämpfer verpassen.«

»Wir werden ihm keinen Dämpfer verpassen, sondern ihn retten«, sagte Olympia knapp. »Und ihr werdet mir alle helfen.«

»Ach, ja?« Magnus blickte sie skeptisch an.

»Lassen Sie es mich so sagen«, erklärte Olympia mit eisiger Stimme. »Wenn Sie mir in dieser Angelegenheit nicht helfen, werde ich dafür sorgen, daß keiner von Ihnen jemals erfährt, wo der verschwundene Schatz vergraben ist. Ich werde das Lightbourne-Tagebuch mit all seinen Geheimnissen persönlich zerstören.«

»Großer Gott«, flüsterte Thaddeus.

Die beiden Männer tauschten entsetzte Blicke aus.

Dann wandte sich Magnus mit einem charmanten Lächeln an seine Schwiegertochter. »Wenn das so ist, meine Liebe, nehme ich an, daß wir dir durchaus behilflich sein können.«

»Wir freuen uns, wenn wir dir einen Gefallen tun können«, verkündete Thaddeus fröhlich.

Robert erhob die Stimme. »Was sollen wir denn tun, Tante Olympia?«

Olympia ließ sich wieder auf ihren Stuhl fallen und faltete die Hände auf der Schreibtischplatte. »Ich habe einen Plan ausgearbeitet, von dem ich annehme, daß er funktionieren sollte. Chillhurst wird nicht gerade begeistert sein, aber ich bin mir sicher, daß er die Maßnahme verstehen wird, wenn er sich erst einmal beruhigt hat.«

»Zweifellos«, sagte Magnus. »Mein Sohn war schon immer ein vernünftiger Mensch. Das ist einer seiner größten Fehler.«

Jared hielt die Kerze höher und überflog die Abstellkammer am oberen Ende der Treppe. »Was wolltest du mir hier oben denn zeigen, Olympia?«

»Eins der Porträts.« Olympia, die eine Schürze über ihrem Kleid trug, mühte sich mit einer riesigen, schweren Truhe ab. »Es steht direkt hinter diesem Ding.«

»Hat die Sache nicht vielleicht bis morgen Zeit? Es ist fast neun.«

»Ich möchte unbedingt dieses Gemälde sehen, Jared.« Erfolglos zerrte sie an dem Messinggriff der Truhe. »Ich hoffe, daß es sich um ein Bild deines Urgroßvaters handelt.«

»Also gut, geh zur Seite. Ich werde die Truhe für dich beiseite schieben, meine Liebe.« Jared lächelte beim Anblick der Haarsträhnen, die unter Olympias niedlicher Musselinhaube hervorguckten. »Wieso denkst du, daß es sich um ein Porträt von Käpt'n Jack handeln könnte?«

Olympia richtete sich keuchend auf und wischte ihre Hände an der Schürze ab. »Weil ich einen kurzen Blick darauf werfen konnte, und das bißchen, was ich erkannt habe, zeigt einen Mann, der genauso aussieht wie du, Augenklappe und alles.«

»Ich bezweifle, daß es sich um Käpt'n Jack handelt. Aber ich hole das Bild gern für dich aus der Ecke. Hier, halt mal die Kerze.«

»Ja, natürlich.« Olympia nahm ihm die Kerze aus der Hand und schenkte ihm ein strahlendes Lächeln. »Ich weiß deine Hilfe wirklich zu schätzen.«

Jared sah sie an. »Ist irgendwas los, Olympia?«

»Nein, nein, natürlich nicht.« Die Hand mit der Kerze zitterte leicht. »Ich will das Gemälde sehen, weil es vielleicht einen Hinweis auf den verschwundenen Schatz enthält.«

»Ah, ja. Der verfluchte Schatz.« Jared ging hinüber zu der schweren Truhe und schob sie beiseite. Das schwache Licht der Kerze wurde noch schwächer, als er den nächsten Gegenstand, einen mit schwerem Musselin bezogenen Stuhl, hochhob. »Olympia, halt die Kerze mal näher hierher.«

»Es tut mir wirklich leid«, sagte Olympia von der Tür her. Ihre

Stimme klang eigenartig dünn und piepsend. »Aber ich fürchte, das kann ich nicht.«

Jared stellte den Stuhl ab und fuhr gerade noch rechtzeitig herum, um zu sehen, wie Olympia die Tür zuwarf. Die Erschütterung ließ den ganzen Raum erzittern, und der Luftzug blies die Kerze aus, die sie auf den Boden gestellt hatte.

Jared stand da in tiefster Dunkelheit. Er hörte, wie der schwere Eisenschlüssel im Schloß herumgedreht wurde.

»Ich weiß, daß du wahrscheinlich erst einmal fürchterlich böse sein wirst, Jared.« Olympias Stimme drang kaum durch die dicke Holztür. »Und es tut mir wirklich leid. Aber es ist zu deinem Besten.«

Jared machte einen Schritt vorwärts. Die Spitze seines Stiefels stieß gegen eine Truhe. Er fluchte und streckte vorsichtig eine Hand aus, um sich vorwärts zu tasten. »Mach die Tür auf, Olympia.«

»Ich werde sie morgen früh aufmachen, Ehrenwort, Sir.«

»Um wieviel Uhr?« fragte Jared.

»Ich denke, so gegen sechs oder sieben.«

»Verdammt und zugenäht.« *Eine clevere Ehefrau konnte gelegentlich ziemlich lästig sein*, dachte er. »Ich nehme an, Sie haben von meiner Verabredung im Morgengrauen erfahren, Madam.«

»Ja, Jared, das habe ich.« Olympia klang inzwischen selbstsicherer. »Und da ich weiß, daß ich dir die Sache wohl kaum ausreden kann, solange du von so starker Leidenschaft ergriffen bist, muß ich eben drastischere Maßnahmen ergreifen.«

»Olympia, ich versichere dir, daß das vollkommen unnötig ist.« Jared machte noch einen Schritt vorwärts und stieß mit dem Schienbein gegen einen Stuhl. »Verdammt.«

»Ist alles in Ordnung, Jared?« fragte Olympia besorgt.

»Es ist zappenduster hier drin, Olympia.«

»Aber ich habe doch die Kerze für dich dagelassen.«

»Die ist ausgegangen, als du die Tür zugeknallt hast.«

»Oh.« Olympia zögerte. »Nun, neben der Tür sind noch andere Kerzen und Streichhölzer, Jared. Ich habe sie vorhin dort hingelegt. Mach einfach eine davon an. Außerdem habe ich dir etwas zu essen auf einem Tablett neben der großen Kiste in der Ecke hingestellt.«

»Vielen Dank.« Jared rieb sich das Schienbein.

»Mrs. Bird hat die Lamm- und Kalbfleischpastete selbst gemacht. Und das Brot ist frisch von heute morgen. Außerdem habe ich noch etwas Käse draufgelegt.«

»– Wie ich sehe, hast du an alles gedacht, meine Liebe.« Jared tastete sich mühsam zur Tür vor.

»Das hoffe ich«, sagte Olympia. »Unter einem der Stühle findest du einen Nachttopf. Ich muß zugeben, daß war Roberts Idee.«

»Robert ist ein intelligenter Junge.« Jared hatte die Tür erreicht. Er bückte sich und tastete nach einer Kerze.

»Jared, ich muß dir noch etwas sagen. Das Personal hat heute abend Ausgang. Ich habe ihnen gesagt, daß sie nicht vor Sonnenaufgang zurückkommen sollen. Es hat also keinen Sinn, nach einem der Pagen oder Mädchen zu rufen.«

»Ich habe auch nicht die Absicht, um Hilfe zu rufen.« Beim dritten Versuch gelang es Jared, die Kerze anzuzünden. »Ich bezweifle, daß mich hier oben irgend jemand hören würde.«

»Richtig.« Olympia klang erleichtert. »Und dein Vater und dein Onkel sind mit den Jungen ins Astley-Theater gegangen. Sie kommen erst spät zurück. Sie haben alle versprochen, daß sie die Tür nicht aufmachen werden.«

»Ich verstehe.« Jared hielt die Kerze hoch und musterte die Wände des Raums.

»Jared?«

»Ja, Olympia?«

»Ich hoffe, du kannst mir verzeihen. Ich weiß, daß du im Augenblick wahrscheinlich ziemlich wütend bist, aber du mußt verstehen, daß ich nicht zulassen konnte, daß du morgen früh dein Leben aufs Spiel setzt.«

»Geh schlafen, Olympia. Wir werden morgen früh über die Sache sprechen.«

»Ich höre an Ihrer Stimme, daß Sie furchtbar wütend sind, Mylord.« Olympias Stimme klang resigniert, aber zugleich resolut. »Trotzdem, mir bleibt keine Wahl. Sie brauchen Zeit, um sich zu beruhigen und um sich das Ganze noch einmal zu überlegen. Im Moment werden Sie einfach zu sehr von Ihrem Temperament und Ihrem Gefühl beherrscht.«

»Zweifellos.«

»Gute Nacht, Jared.«

»Gute Nacht, meine Liebe.«

Er hörte, wie ihre Schritte verhallten. Zum letzten Mal hatte er diesen Raum als Zehnjähriger erforscht. Es würde nicht leicht sein, den Geheimgang wiederzufinden, der zu der Treppe in der Galerie führte.

Er würde eine Menge Kisten und Truhen verrücken müssen, um bis zur Wand zu kommen. Und dann bräuchte er wahrscheinlich eine Ewigkeit, bis er die versteckte Feder finden würde, mit der die Geheimtür aufging. Eine dicke Staubschicht verdeckte die alten Markierungen.

Jared lächelte in sich hinein, als er an die Mühe und Anstrengung dachte, die Olympia auf sich genommen hatte, um ihn davor zu bewahren, seinen Kopf bei einem Duell zu riskieren.

Sein Leben lang hatte er sich gefragt, wer ihn jemals retten würde. Nun kannte er die Antwort.

Jared brauchte über eine Stunde, bis er die versteckte Tür gefunden hatte. Als seine Finger über die feine Linie in der Wandverkleidung fuhren, murmelte er zufrieden. Dann zog er den Wächter aus der Scheide und fuhr mit der Spitze in die kleine Spalte.

Der alte Mechanismus in der Wand knarrte rostig, aber die Tür ging auf. Jared steckte den Dolch wieder ein, nahm die Kerze und eilte die Treppe hinab, die Käpt'n Harry gebaut hatte.

Es stimmte zwar, daß die Grafen von Flamecrest ein Haufen von Hitzköpfen waren, aber niemand hatte je behaupten können, daß sie dumm seien, überlegte Jared. Sie taten niemals etwas grundlos, auch wenn andere diese Gründe häufig nicht vollkommen verstanden.

Wenn Besucher des Hauses glaubten, daß die Treppe auf der Galerie nirgendwohin führte, dann war das ihr Problem. Großvater Harry hatte es jedoch für sinnvoll erachtet, aus jedem Zimmer einen Fluchtweg zu haben.

Jared runzelte die Stirn, als er sah, daß der dritte Stock des Hauses vollkommen im Dunkeln lag. Er ging hinab in den zweiten Stock, in dem ebenfalls kein Licht brannte. Vielleicht hatte Olympia beschlossen, in der Bibliothek zu arbeiten, bis der Graf und die anderen zurückkämen.

Er hatte Olympia oft genug in einer Bibliothek geliebt, überlegte Jared, während er die letzte Treppe hinabging. Er hätte nichts dagegen, das auch heute nacht zu tun.

Als Jared den unteren Treppenabsatz erreichte, stellte er fest, daß es in der Eingangshalle ebenso dunkel war wie in allen anderen Räumen. Aber lächelnd entdeckte er den schwachen Lichtschimmer, der unter der Tür zur Bibliothek hervordrang.

Er machte einen Schritt vorwärts und wäre beinahe über einen großen, weichen, sehr schweren Gegenstand gestolpert. Der Gedanke daran, daß Olympia die dunklen Stufen hinuntergefallen sein könnte, ließ ihn erstarren.

Als er hinabblickte, entdeckte er jedoch umgehend, daß nicht Olympia dort lag, sondern Graves.

Jared kniete sich neben den Mann und legte ihm die Hand an den Hals. Graves hatte sich offenbar nicht das Genick gebrochen. Dann sah Jared die kleine Blutlache auf dem Marmorboden und den silbernen Leuchter, der neben seinem Butler lag. Graves war nicht gestürzt. Er hatte einen Schlag auf den Kopf bekommen.

Jared blickte in Richtung der Bibliothek. Die Kälte in seinem Inneren wurde noch stärker. Er stand auf und schlich lautlos durch den Flur. Seine Hand legte sich auf den Türknauf.

Er zog erneut den Dolch hervor, schob ihn in den Ärmel seines Hemdes und umschloß den Griff mit der Hand.

Dann blies er die Kerze aus und öffnete die Tür.

Der Schein einer einzigen Kerze auf dem Schreibtisch fiel auf Olympia. Sie stand am Fenster. Ihre Augen waren vor Entsetzen weit aufgerissen.

Felix Hartwell hatte einen Arm um ihren Hals gelegt. In der anderen Hand hielt er eine Pistole.

»Guten Abend, Felix«, sagte Jared ruhig. »Ich hatte bereits befürchtet, daß Sie nicht vernünftig genug sein würden, um die Stadt zu verlassen.«

»Bleiben Sie, wo Sie sind, Chillhurst, oder ich schwöre, daß ich sie umbringen werde.« Felix klang heiser. In seiner Stimme schwang ein gefährliches Zittern.

Olympia blickte Jared mit schimmernden Augen an. »Er sagt, daß er das Haus beobachtet hat, um zu sehen, wann niemand da ist«, sagte sie mit fester Stimme. »Ich fürchte, mein Plan, dich in die Abstellkammer zu sperren und alle anderen fortzuschicken, hat ihm die Gelegenheit geboten, hier einzudringen. Er dachte, daß niemand da sei.«

»Hättest du mich gefragt, meine Liebe, dann hätte ich dir sagen können, daß dein Plan ein oder zwei Schwachstellen aufwies«, sagte Jared freundlich, ohne den Blick von Felix abzuwenden.

»Ruhe«, befahl Felix. »Chillhurst, ich brauche auf der Stelle zehntausend Pfund.«

»Er ist ziemlich verzweifelt«, flüsterte Olympia. »Ich habe ihm bereits erklärt, daß ich nicht glaube, daß wir so viel im Haus haben.«

»Du hast recht«, sagte Jared. »Das haben wir nicht. Und wir haben auch nichts, was so wertvoll wäre und was sich so einfach aus dem Haus tragen ließe. Ich nehme an, Sie könnten ein paar der Möbelstücke mitnehmen, Felix.«

»Machen Sie sich ja nicht über mich lustig, Chillhurst. Ich warne Sie. Ich bin ebenso versessen darauf, England zu verlassen, wie Sie es sind, mich loszuwerden. Aber ich habe haufenweise Schulden, und meine Gläubiger haben Wind davon bekommen, daß ich London verlassen wollte. Sie haben gedroht, mich umzubringen. Ich muß ihnen ihr Geld zurückzahlen, bevor ich gehen kann.«

»Nun, wir haben etwas Silber«, sagte Jared nachdenklich. »Aber Sie werden einen ziemlich großen Karren brauchen, um Sachen im Wert von zehntausend Pfund abzutransportieren. Irgendwie lästig, wenn man in Eile ist und das Land verlassen will.«

»Sie müssen doch Schmuck haben.« Felix blickte ihn verzweifelt an. »Schließlich haben Sie jetzt eine Frau. Sie müssen ihr doch irgendwelche wertvollen Juwelen oder so geschenkt haben. Ein Mann in Ihrer Position kauft einer neuen Braut immer allen möglichen nutzlosen Plunder.«

»Schmuck?« Jared trat einen Schritt näher. Er würde nur eine einzige Chance haben, dachte er. »Das bezweifle ich.«

Olympia räusperte sich. »Nun, da sind die Ohrringe mit den Smaragden und den Diamanten, Mylord. Die, die ich auf dem Ball bei den Huntingtons getragen habe.«

»Ach, ja«, sagte Jared. »Da sind die Ohrringe. Natürlich.«

»Ich *wußte* es.« Felix blickte ihn halb triumphierend, halb erleichtert an. »Wo sind sie, Lady Chillhurst?«

»Oben, in einer Schachtel auf meinem Ankleidetisch«, flüsterte Olympia.

»Sehr gut.« Felix ließ sie los und gab ihr einen Stoß. Er hielt die Pistole auf Jared gerichtet. »Sie werden hinaufgehen und mir die Ohrringe holen, Madam. Sie haben genau fünf Minuten Zeit. Wenn Sie dann nicht wieder hier sind, schwöre ich, daß ich Ihren Mann erschießen werde. Haben Sie mich verstanden?«

»Ja.« Olympia stürzte los. »Keine Angst, Sir. Ich bin sofort zurück.«

»Du brauchst dich wegen mir nicht so zu beeilen«, sagte Jared, als sie zur Tür rannte. »Du wirst eine Kerze brauchen, meine Liebe. Am besten gehst du zurück zum Schreibtisch und holst dir eine.«

»Oh, mein Gott, ja, natürlich. Ich brauche eine Kerze.« Olympia wirbelte herum und eilte hinüber zum Schreibtisch.

»Beeilen Sie sich«, befahl Felix.

»Ich versuche ja, mich zu beeilen, Sir.« Sie nahm eine der erloschenen Kerzen und griff nach der brennenden. Sie blickte Jared an.

Er lächelte leicht. Olympia drückte den Docht zwischen zwei Fingern aus, und tiefste Finsternis senkte sich über den Raum.

»Verdammt«, schrie Felix. Seine Pistole knallte, und in der Mündung blitzte es kurz auf.

Jared ließ den Wächter aus dem Ärmel gleiten. Er schleuderte ihn in die Ecke, in der Felix gestanden hatte.

Ein spitzer Aufschrei, und dann das Geräusch eines Aufpralls.

»Jared?« In der Dunkelheit war ein Kratzen zu hören. Die Kerze in Olympias Hand flackerte auf. »Jared, ist alles in Ordnung?«

»Ja, meine Liebe. Ich hoffe, ehe du mich das nächste Mal über Nacht in eine Abstellkammer sperrst, überlegst du dir, ob ich nicht vielleicht in irgendeiner Weise nützlich für dich sein könnte.«

Felix lag auf dem Boden und stöhnte. Er schlug die Augen auf und sah Jared an. »Sie waren immer so verdammt clever.«

»Ich dachte, Sie wären auch clever, Felix.«

»Ich weiß, Sie werden mir niemals glauben, aber es tut mir wirklich leid, daß es soweit kommen mußte.«

»Mir auch.« Jared ging durch den Raum und kniete neben Felix nieder. Er untersuchte den Griff des Dolches, der aus Felix' Schulter ragte. »Sie werden es überleben, Hartwell.«

»Das ist egal«, flüsterte Felix. »Es ist mir gleich, ob ich gehängt werde, Sir. Ich wünschte, Sie hätten mich umgebracht.«

»Sie werden nicht ins Gefängnis gehen«, sagte Jared. »Ich werde dafür sorgen, daß Ihre Gläubiger ihr Geld erhalten. Als Gegenleistung werden Sie England für immer verlassen.«

»Sie meinen es wirklich ernst, nicht wahr?« Felix blickte Jared fragend an. »Ich verstehe Sie einfach nicht, Chillhurst. Aber im Grunde habe ich Sie nie ganz verstanden.«

»Das weiß ich.« Jared blickte zu Olympia auf, die neben ihm stand. »Es gibt auf der ganzen Welt nur einen Menschen, der mich versteht.«

Graves kam hereingestolpert. Er hatte die Hand fest gegen seinen Hinterkopf gepreßt, aber er sah wieder halbwegs munter aus. »M'lord. Wie ich sehe, komme ich etwas zu spät.«

»Alles in Ordnung, Graves. Wie fühlen Sie sich?«

»Danke, ich werd's überleben, Sir.«

Olympia fuhr besorgt herum. »Graves. Sind Sie verletzt?«

»Nichts Ernsthaftes, Madam. Ich hab' in meiner Karriere schon öfter mal 'n Schlag auf 'n Kopf gekriegt. Is' nie besonders schlimm, wenn ich so sagen darf.« Graves grinste sein skelettartiges Grinsen. »Ich hoffe, Sie erzählen Mrs. Bird nichts davon, wie hart im Nehmen ich bin. Wissen Sie, ich hab' nämlich vor, mich 'n bißchen von ihr bedauern zu lassen.«

»Sie wird vor Mitgefühl zerfließen«, versicherte ihm Olympia.

Graves' Lächeln schwand, als er sich an Jared wandte. »Tut mir leid, Sir. Ich bin wieder ins Haus geschlichen, nachdem die gnädige Frau mich und die andern heute abend weggeschickt hat, aber ich kam zu spät. Er war schon da. Ich hab ihn erst gar nicht bemerkt.«

»Schon gut, Graves. Wir haben den Abend ja alle überlebt.«

Jared wurde von einem lauten Klopfen an der Haustür unterbrochen.

»Sie sehen besser einmal nach, wer es ist, Graves.«

»Ich gehe schon«, sagte Olympia hastig. »Graves ist heute abend offensichtlich nicht in der allerbesten Verfassung.« Sie zündete eine zweite Kerze an und ging hinaus in die Eingangshalle.

Laut protestierend folgte ihr Graves.

Jared berührte Felix' verwundete Schulter.

»Verdammt.« Felix sog scharf die Luft ein.

»Demetria. Constance«, rief Olympia im Flur. »Was machen Sie denn hier? Und weshalb kommen Sie zu so später Stunde, Mr. Seaton? Also hören Sie, wenn Sie wegen des Duelles gekommen sind, kann ich Sie beruhigen. Es wird nicht stattfinden. Ist das klar?«

»Sie können Chillhurst wieder rauslassen«, sagte Constance trokken. »Demetria hat ihrem Bruder alles erzählt. Gifford möchte sich entschuldigen und das Duell absagen. Stimmt's, Gifford?«

»Ja.« Gifford war sehr kleinlaut. »Bitte sagen Sie Ihrem Gatten, daß ich mit ihm sprechen möchte.«

Jared blickte zur Tür. »Ich bin hier, Seaton. Könnten Sie bitte, ehe Sie sich entschuldigen, einen Doktor rufen?«

Gifford erschien im Türrahmen. »Warum wollen Sie einen Doktor?« Dann fiel sein Blick auf Felix. »Verdammt. Wer ist das? Warum ist da so viel Blut auf dem Boden?«

Olympia stand auf Zehenspitzen und blickte Gifford über die Schulter. »Das ist Mr. Hartwell. Er hat versucht, mir meine Smaragdohrringe zu stehlen. Das ist seine Pistole, da drüben auf dem Boden. Er hat gedroht, Jared damit zu erschießen.«

»Aber was ist mit ihm passiert?« Gifford starrte den Mann entsetzt an.

»Chillhurst hat seinen Dolch benutzt, um uns zu retten.« Olympia war ganz die stolze Ehefrau. »Er hat ihn in Richtung von Mr. Hartwell geworfen, als der seine Pistole abfeuerte.«

»Chillhurst hat ihn mit einem Dolch niedergestreckt?« fragte Gifford schwach.

»Oh, ja. Wissen Sie, Chillhurst hat immer einen Dolch dabei. Es ist wirklich erstaunlich, das alles hat sich auch noch im Dunkeln abgespielt. Ich hatte gerade die Kerze gelöscht –«

Gifford stöhnte, als Jared den Dolch ergriff und mit einem Ruck aus Felix' Schulter zog. In den paar Sekunden, die Jared benötigte, um die Wunde mit Felix' Krawatte zu verbinden, floß noch mehr Blut auf den Boden.

»Mein Gott«, Gifford war inzwischen ziemlich bleich. »Ich habe noch nie einen Mann mit einem Dolch in der Schulter gesehen.«

»Wenn Sie den Anblick unangenehm finden«, sagte Jared leichthin, »dann sollten Sie erst einmal einen Mann sehen, der eine Kugel in der Brust hat. Darum habe ich Ihnen die Nachricht geschickt, daß Sie einen Arzt zu dem Duell mitbringen sollten.«

»Sie sind wirklich ein verdammter Pirat, nicht wahr?« Giffords Gesicht war grün. Er wurde ohnmächtig und sank zu Boden.

Kapitel 20

»Ich muß sagen, es war ganz schön clever, wie Sie aus der Abstellkammer entwischt sind.« Olympia kuschelte sich in Jareds Arme. »Aber schließlich erstaunen Sie mich immer wieder, Mylord.«

»Es freut mich, daß du nach wie vor von meinen bescheidenen Talenten beeindruckt bist.« Jared fuhr ihr mit den Fingern durchs Haar.

Es war beinahe drei Uhr morgens. Endlich lagen alle in ihren Betten, und es herrschte wieder Ruhe im Haus. Aber obgleich Olympia erschöpft war, konnte sie nicht schlafen. Die Erlebnisse des Abends waren ihr noch allzu frisch im Gedächtnis.

»Ihre zahlreichen Fähigkeiten haben mich schon immer beeindruckt, Sir.« Olympia preßte ihre Lippen gegen seine Schulter. »Ich bin sehr froh, daß Sie nicht böse sind, weil ich Sie in die Abstellkammer gesperrt habe.«

»Meine wunderbare Sirene«, flüsterte Jared. »Wie sollte ich dir deswegen böse sein? Als du den Schlüssel im Schloß herumgedreht hast, wußte ich, daß du mich liebst.«

Olympia verharrte vollkommen reglos. »Wie hast du das herausgefunden?«

»Nie zuvor hat jemand versucht, mich zu retten.« Er blickte ihr ins Gesicht. »Ich habe doch recht, oder? Du liebst mich.«

»Jared, ich liebe dich seit dem Tag, an dem du in meine Bibliothek spaziert kamst und mich vor Mr. Draycott gerettet hast.«

»Warum hast du mir das nie gesagt?«

»Weil ich nicht wollte, daß du dich verpflichtet fühlst, mich auch zu lieben«, sagte Olympia. »Du hattest mir bereits so viel gegeben. Ich hatte gehofft, daß du mich liebst, aber ich wollte dich nicht drängen. Es war wirklich sehr schwer für mich, nicht mehr zu fordern. Mehr als alles andere sehnte ich mich nach deiner Liebe.«

»Die war dir sicher seit dem Tag, an dem ich dir zum ersten Mal begegnet bin.« Jareds Mund fuhr sanft, beinahe demütig über ihre Lippen. »Ich muß zugeben, daß mir anfangs nicht klar war, daß es Liebe war. Ich war viel zu sehr damit beschäftigt, mit der heftigen Leidenschaft fertig zu werden, die du in mir wachriefst.«

»Ah, ja, die Leidenschaft.« Olympia lächelte. »Die gibt es ja auch noch, nicht wahr, Sir?«

»Und ob es die gibt.« Er küßte ihre Nasenspitze. »Aber die Liebe war auch da. Ich habe noch nie so etwas für jemanden empfunden, Olympia.«

»Das freut mich zu hören, Sir.«

»Ich habe dich gesucht, um einen verschwundenen Schatz zu finden«, murmelte Jared. »Aber mir wurde sehr schnell bewußt, daß du der einzige Schatz warst, den ich wollte.«

»Mylord, ich weiß nicht, was ich sagen soll.« Sie schlang ihre Arme um seinen Hals und zog ihn an sich. »Kommen Sie ganz nah, und erzählen Sie mir noch ein paar Geschichten von Ihren Reisen. Ich möchte von fremden, fernen Inseln hören, auf denen sich Paare an Perlenstränden lieben.«

Es bedurfte keiner weiteren Aufforderung. Jared senkte sich auf sie und küßte sie erneut.

Olympia erschauderte unter seinem erregenden, fordernden Gewicht. Jared war bereits hart und schwer, und seine Leidenschaft rief die vertraute Antwort hervor. Olympia vergrub ihre Fingernägel in seinen Schultern.

Und als der Punkt kam, wo die Welt außerhalb des Schlafzimmers nicht mehr zählte, flüsterte Jared heiser in ihr Ohr.

»Sing dein Lied für mich, meine süße Sirene.«

»Nur für dich«, schwor Olympia.

»Ich hatte nicht vor, Seaton zu töten«, sagte Jared eine ganze Zeit später.

»Natürlich nicht. Du würdest niemals absichtlich jemanden umbringen. Aber in der Hitze eines Duells kann alles mögliche passieren.« Olympias Griff um seinen Arm verstärkte sich. »Du hättest sterben können.«

»Ich glaube nicht, daß es soweit gekommen wäre.« Jared lächelte in der Dunkelheit. »Ich hatte beschlossen, daß es an der Zeit sei, Seaton eine Lektion zu erteilen. Er wurde wirklich lästig.«

»Was hattest du vor?«

»Ich wußte, Seaton war so sehr davon überzeugt, daß ich ein Feigling bin, daß er annahm, ich würde gar nicht erst zu dem Duell erscheinen. Außerdem nahm ich an, daß er ziemliche Angst bekommen hätte, wenn ich tatsächlich dort aufgetaucht wäre.«

»Was wäre deiner Meinung nach dann passiert?« fragte Olympia.

»Es wäre sein erstes Duell gewesen«, erklärte Jared. »Seine erste Begegnung mit echter Gewalt. Es war nahezu sicher, daß seine Hand derart gezittert hätte, daß sein Schuß danebengegangen wäre. Ich hatte vor, ihn als ersten schießen zu lassen. Dann hätte ich ihm ein oder zwei Minuten Zeit gegeben, ehe ich meine Pistole in die Luft abgefeuert hätte.«

»Die Ehre wäre wiederhergestellt gewesen, und Gifford hätte seine Lektion erteilt bekommen«, sagte Olympia nachdenklich.

»Genau. Wie du siehst, meine Liebe, bestand also keine Notwendigkeit, mich in der Abstellkammer einzusperren.« Jared zog sie eng an sich. »Aber es freut mich, daß du es getan hast.«

»Woher hätte ich denn wissen sollen, daß Sie einen Plan hatten?« murmelte Olympia an seinem Hals. »Und was, wenn etwas schiefgegangen wäre? In Zukunft müssen Sie wirklich mit mir über solche Dinge reden, Mr. Chillhurst.«

Jareds Gelächter hallte durch das ganze Schlafzimmer.

Zwei Tage später herrschte in der Bibliothek lärmendes Chaos. Es waren alle da außer Jared, der seinen neuen Mittelsmann hinter den verschlossenen Türen von Olympias Arbeitszimmer interviewte.

Die Lautstärke der Unterhaltung in der Bibliothek rührte daher, daß alle gleichzeitig sprachen. In einer Ecke des Zimmers unterhielten Magnus und Thaddeus sich dröhnend über Giffords Kartenhälfte. Gifford seinerseits hatte zahlreiche Fragen bezüglich der Hälfte, die im Besitz des Flamecrest-Clans gewesen war.

Robert, Hugh und Ethan wurden ebenfalls von der allgemeinen Aufregung ergriffen. Sie hingen über den Karten und machten zahllose Vorschläge, wie man den Schatz am besten ausgraben könnte.

Minotaurus stürmte von einem zum anderen, wedelte mit dem Schwanz und beschnüffelte die Stiefel und Schuhe der Leute.

Am anderen Ende des Raums erläuterte Demetria Olympia, wie sie schließlich zu der Erkenntnis gelangt war, daß es an der Zeit sei, ihrem Bruder die Wahrheit über die Geschehnisse vor drei Jahren zu erzählen.

»Ich habe ihn mein Leben lang beschützt, nachdem Mutter gestorben war. Ich konnte einfach nicht zulassen, daß er sich meinetwegen umbringen läßt«, sagte sie.

»Ich verstehe«, sagte Olympia. »Er hat Glück, eine Schwester wie Sie zu haben.«

»Trotzdem hatte Chillhurst recht«, warf Constance ein. »Es wurde Zeit, daß Demetria endlich aufhörte, ihren Bruder permanent zu beschützen. Sie hat bereits viel zuviel für ihn getan.«

»Gifford hat seinen Unmut gegenüber der Familie Ihres Mannes all die Jahre genährt, weil es das einzige war, an das er sich klammern konnte«, erklärte Demetria. »Und ich ließ es zu, weil er dadurch ein gewisses Ziel hatte und einen gewissen Stolz empfand. Ich wußte nicht, was aus ihm werden würde, wenn er nicht mehr von dem Gedanken an den Schatz besessen wäre. Ich hatte Angst, er würde dann wie mein Vater in irgendwelchen Spielhöllen enden.«

»Wir hätten natürlich niemals erwartet, daß er die fehlende Kartenhälfte finden würde«, sagte Constance. »Aber als er Demetria vor drei Jahren erzählte, daß er einen Plan hätte, um an die Karte heranzukommen, blieb ihr nichts anderes übrig, als mitzumachen.«

»Eins führte zum anderen«, vertraute Demetria ihr an. »Das nächste war, daß Chillhurst tatsächlich um meine Hand anhielt. Es war ein Schock für mich, aber schließlich dachte ich, eine Heirat mit ihm wäre vielleicht nicht das Schlechteste.«

»Sie dachte, er könnte ihr die finanzielle Sicherheit und die gesellschaftliche Stellung bieten, die Gifford so verzweifelt suchte«, fuhr Constance fort.

Demetria lächelte furchtsam. »Und Chillhurst schien mir nicht die Art Mann zu sein, die allzuviel von einer Frau erwartet. Wissen Sie, ich hielt ihn nicht gerade für einen leidenschaftlichen Menschen. Er überraschte mich nur ein einziges Mal mit einem Kuß. Als ich ihn nicht erwidern konnte, schien ihn das nicht weiter zu stören. Ich hielt ihn für vollkommen gleichgültig.«

»Ich war diejenige, die zu der Überzeugung gelangte, daß diese Ehe niemals funktionieren würde«, murmelte Constance. »Es war klar, daß Chillhurst nicht die Absicht hatte, viel Zeit in London zu verbringen. Er hatte kein Interesse am Stadtleben. Ich fürchtete, meine teure Freundin monatelang entbehren zu müssen.«

»Dann überraschte er uns eines Nachmittags, und das war das Ende«, sagte Demetria ruhig.

Ein angenehmes, sinnliches Kribbeln sagte Olympia, daß Jared in der Nähe war. Sie drehte sich um und sah, daß er in der Tür stand. Ihr Herz klopfte wie immer, wenn sie ihn erblickte.

Er sah genauso aus wie damals, als sie ihn zum ersten Mal gesehen hatte, dachte sie. Gefährlich und aufregend, ein Mann wie aus einer Legende.

Jared blickte sie an und verzog wissend den Mund. Dann wandte er sich an die Allgemeinheit.

»Guten Tag allerseits.« Ohne daß er die Stimme erheben mußte, verfielen alle in Schweigen, und er blickte in eine Reihe erwartungsvoller Gesichter.

Als er die allgemeine Aufmerksamkeit hatte, ging Jared durch das Zimmer, baute sich hinter seinem Schreibtisch auf und schlug seinen Terminkalender auf. Die Erregung im Raum war spürbar.

»Nun, Sohn?« fragte Magnus eifrig. »Hast du die notwendigen Vorbereitungen getroffen?«

»Ich habe eine Entscheidung getroffen, die wahrscheinlich für alle Anwesenden von großem Interesse sein wird.« Jared blätterte in seinem Kalender. »Ich habe veranlaßt, daß eines der Flamecrestschen Schiffe in vierzehn Tagen zu den Westindischen Inseln aufbricht.«

»Gut.« Thaddeus grinste in freudiger Erwartung.

»Das Schiff wird unter dem Kommando eines vertrauenswürdigen und sehr erfahrenen Angestellten von mir stehen, Käpt'n Richards. Alle, die an der Schatzsuche teilnehmen möchten, können mitfahren«, sagte Jared. »Ich nehme an, das sind Seaton, meine Cousins und sehr wahrscheinlich mein Vater und mein Onkel.«

»In der Tat.« Magnus kicherte vergnügt.

»Ich fahre auf jeden Fall mit«, versicherte ihm Thaddeus. »Es geht doch nichts über den Anblick des Meeres, nicht wahr, Magnus?«

Gifford grinste breit. Olympia bemerkte, daß der latente Unmut aus seinem Blick verschwunden war.

»Danke, Chillhurst«, sagte er ehrlich. »Das ist wirklich sehr großzügig von Ihnen.«

»Nichts zu danken«, erwiderte Jared. »Ich bin nur froh, wenn die ganze Bande vor den Westindischen Inseln rumschippert. Ich freue mich schon darauf, wieder so etwas wie Ordnung und Routine in mein Leben zu bringen.«

»Heißt das, daß Sie nicht mit auf die Suche nach dem verlorenen Schatz gehen, Sir?« fragte Robert schnell.

»Genau das heißt es, Robert. Ich werde zu Hause bleiben und mich um meine Geschäfte kümmern und mich meinen Pflichten als Ehemann und Hauslehrer widmen.«

Robert sah erleichtert aus.

Hugh und Ethan tauschten ein Grinsen aus.

»Nun, denn.« Jared klappte seinen Terminkalender zu. »Ich glaube, mehr gibt es dazu heute morgen nicht zu sagen. Mein neuer Mittelsmann wartet draußen in der Eingangshalle. Er wird euch die Einzelheiten der Fahrt erläutern.«

Magnus, Thaddeus und Gifford stürzten zur Tür.

Als sie den Raum verlassen hatten, wandte sich Demetria an Jared. »Vielen Dank, Chillhurst.«

»Gern geschehen.« Jared blickte hinüber zur Standuhr. »Nun, wenn ihr mich bitte entschuldigen würdet, ich habe heute morgen noch verschiedene Verabredungen.«

»Natürlich.« Demetria lächelte schüchtern und erhob sich. »Wir möchten nicht länger stören, Mylord.«

»Nein, wirklich nicht.« Constance sah ihn amüsiert an und bedachte Olympia mit einem Kopfnicken. »Guten Tag, Madam.«

»Guten Tag«, sagte Olympia. Sie wartete, bis Demetria und Constance gegangen waren, und dann nickte sie Robert zu.

Der Junge errötete und blickte Jared an. »Sir, wenn es Ihnen nichts ausmacht, meine Brüder und ich haben ein Geschenk, das wir Ihnen gerne geben möchten.«

»Ein Geschenk?« Jared zog überrascht die Brauen hoch. »Was ist es denn?«

Robert zog eine kleine Schachtel aus der Tasche, trat zwei Schritte vor und überreichte sie Jared. »Sie ist bei weitem nicht so schön wie die, die Sie gegen mich eingetauscht haben, Sir, aber wir hoffen, daß sie Ihnen trotzdem gefällt.«

»Auf der Innenseite ist etwas eingraviert«, sagte Hugh eifrig. »Tante Olympia hat das machen lassen.«

Ethan boxte ihm in die Rippen. »Halt den Mund, du verdammter Idiot. Er hat ja noch nicht einmal die Schachtel aufgemacht.«

Langsam öffnete Jared den Karton und sah hinein. Gespanntes Schweigen.

Lange Zeit blickte Jared einfach nur auf die neue Uhr.

Dann zog er sie vorsichtig aus der Schachtel und betrachtete die Inschrift. »Für einen hervorragenden Hauslehrer.« Als er aufsah, lag ein seltsamer Glanz in seinem Auge. »Du irrst dich, Robert. Sie ist wesentlich schöner als die, die ich dem Schurken gegeben habe, der dich entführt hat. Ich danke euch allen sehr.«

»Gefällt sie Ihnen wirklich?« fragte Ethan.

»Das ist das schönste Geschenk, das mir jemand gemacht hat, seit ich ein kleiner Junge war«, sagte Jared ruhig. »Ich glaube, es ist überhaupt das erste Geschenk, das ich bekommen habe, seit ich siebzehn war.«

Robert, Ethan und Hugh grinsten sich an. Olympia kämpfte mit Tränen der Rührung.

Jared brach das feierliche Schweigen, indem er seine neue Uhr in die Westentasche gleiten ließ und heiser verkündete: »Nun, denn. Ich glaube, es ist Zeit für den nächsten Punkt in meinem Terminkalender.«

»Was ist es, Sir?« fragte Robert mißtrauisch. »Hoffentlich kein Latein.«

»Nein, kein Latein.« Jared lächelte. »Mrs. Bird erwartet euch mit Tee und Kuchen in der Küche.«

»Sehr gut, Sir«, rief Robert.

Hugh lachte fröhlich und verbeugte sich eilig. »Ich habe einen ganz schönen Hunger. Ich hoffe, es gibt Lebkuchen.«

»Ich hoffe, es gibt Rosinenkuchen«, verkündete Ethan, während er seinen Diener machte.

»Ich hätte am liebsten Pflaumenkuchen«, sagte Robert nachdenklich. Er verbeugte sich elegant vor Olympia und folgte seinen Brüdern.

Jared blickte Olympia an. »Ich hatte schon befürchtet, daß wir heute morgen nie mehr allein sein würden.«

»Es war ein wenig hektisch, nicht wahr, Mylord?« Olympia sah ihm ins Gesicht. »Sind Sie sich auch ganz sicher, daß Sie nicht mit den anderen auf Schatzsuche gehen wollen?«

»Vollkommen sicher, Madam.« Jared zog seine Jacke aus und ließ sie auf einen Stuhl fallen. Dann ging er zur Tür. »Ich habe wichtigere Dinge zu tun, als einem Schatz hinterherzujagen, den ich nicht brauche.«

»Was für Dinge, Mylord?« Olympia beobachtete, wie er den Schlüssel im Schloß herumdrehte.

Als er zurückkam, glühten seine Augen vor Verlangen. »Ganz oben auf der Liste steht, daß ich meine Frau lieben muß.«

Er zog Olympia in seine Arme und trug sie hinüber zum Sofa.

Olympia schlang ihre Arme um seinen Hals und blickte ihn an. »Aber, Mr. Chillhurst, was ist mit Ihren Verabredungen? Diese Sache wird Ihren ganzen Terminplan durcheinanderbringen.«

»Zum Teufel mit meinen Verabredungen, Madam. Ein Mann wie ich kann sich schließlich nicht zum Sklaven seines Kalenders machen.«

Olympias leises Lachen wurde durch den plündernden Kuß ihres Piraten geschluckt.